北宋诗学思想史论

The Discussion on the History of Poetic Thoughts
in the Northern Song Dynasty

宋皓琨 著

国家社科基金后期资助项目
出版说明

后期资助项目是国家社科基金设立的一类重要项目，旨在鼓励广大社科研究者潜心治学，支持基础研究多出优秀成果。它是经过严格评审，从接近完成的科研成果中遴选立项的。为扩大后期资助项目的影响，更好地推动学术发展，促进成果转化，全国哲学社会科学工作办公室按照"统一设计、统一标识、统一版式、形成系列"的总体要求，组织出版国家社科基金后期资助项目成果。

全国哲学社会科学工作办公室

目 录

绪 论 ·· 1

第一章 北宋诗学思想体系的萌芽 ·· 10
第一节 "三体"诗学:并非简单地延续 ······························ 10
第二节 引领时代、勇于振作的复古诗学 ···························· 34
第三节 多元、开放的诗学空间 ·· 47
第四节 宋初诗学的价值与意义 ·· 57

第二章 北宋诗学思想体系的建立 ·· 66
第一节 导夫先路:范仲淹《唐异诗序》 ···························· 66
第二节 北宋中期经世诗学的内涵 ···································· 78
第三节 儒学复兴与诗歌美学倾向 ···································· 86

第三章 北宋儒学新变与诗学传承 ······································ 101
第一节 儒学山林气与"晚唐体"兴味的延续 ···················· 101
第二节 儒学乐道精神与"白体"风神的张扬 ···················· 117

第四章 北宋儒学思潮与唐诗接受 ······································ 127
第一节 唐诗接受的主要倾向 ·· 127
第二节 对李、杜的突出接受 ·· 136
第三节 对唐诗的批评与指摘 ·· 142

第五章 北宋诗学思想体系的调整 ······································ 146
第一节 儒学:诗学体系调整的内因 ································ 146
第二节 党争:诗学体系调整的外因 ································ 154

第六章　苏轼：诗学调整的风向标 ……………………… 167
第一节　乌台诗案：特定条件下的必然事件 ……………… 167
第二节　"诗穷"：现实对固有内涵的强化 ……………… 174
第三节　清平丰融：戒惧状态下的诗学选择 ……………… 183
第四节　黄州耕作：陶渊明接受的关键因素 ……………… 191

第七章　黄庭坚：后期诗学的典型 ……………………… 205
第一节　心性涵养及美学品格 ……………………………… 205
第二节　诗学典范的多元选择 ……………………………… 213
第三节　超离现实的创作方法 ……………………………… 225
第四节　关于超逸绝尘的格调 ……………………………… 234

第八章　北宋辩证诗学的发展与成熟 …………………… 246
第一节　北宋辩证诗学思想探源 …………………………… 246
第二节　北宋辩证诗学思想的流衍 ………………………… 254

第九章　北宋诗学对唐诗的"超越" …………………… 267
第一节　平淡与工巧：披沙拣金后的接受倾向 …………… 267
第二节　唐诗接受的批判性与北宋诗学的自立 …………… 272

第十章　余论 ……………………………………………… 292
第一节　道学家诗学思想举要 ……………………………… 292
第二节　《宋史·薛田传》"与魏野友善"考 …………… 306
第三节　两宋后山诗学传承考论 …………………………… 314
第四节　观照与反思：民国时期开放的文学史观与古典文学
研究 ………………………………………………… 331

参考文献 ………………………………………………………… 342

索　引 …………………………………………………………… 355

后　记 …………………………………………………………… 360

绪　论

诗学研究的对象非常广泛，如《诗大序》关于诗的本体论，唐五代诗格，宋以后诗话及各种序论碑志中关于诗的鉴赏、批评与创作方法等，然而范围并未仅限于此，诗歌作品作为诗学思考的艺术实践，自然也是重要的研究对象。一般来说，诗学思想即诗歌理论、批评及诗歌创作中体现出来的有关"诗"的思想。一个人的零星点评与感悟式的表述或许称不上"思想"，然而一个时代的诗学表述汇集在一起，则大有可观。20世纪罗宗强先生开了中国大陆文学思想史研究的先河，此后张毅先生《宋代文学思想史》获得高度评价，然而在专门领域仍大有可为。北宋诗学是一个传统的研究领域，但人们往往只重视对个案或某一命题的理论探讨，孤立地看待一个诗学人物或现象，而忽视对北宋诗学发展的整体观照及对其发展脉络的梳理与论述，至今尚未有关于北宋诗学思想演变的专门论著。本书将用发展的视角，对这一领域的源流脉络进行合乎逻辑的探讨。

一　宋代的独特人格及北宋诗学的总体倾向

宋人是历史上非常独特的时代群体，他们体现着务实的儒家风范，同时也体现出潇洒的魏晋风度。他们延续着唐末五代人在个体空间里优游的处世态度，也注重用儒家情怀彰显对社会的责任与担当。他们就这样游走于出世与入世两种情境中，频繁地切换着两种不同的人生格调，这对他们来说是如此容易，他们从不缺乏走向乐易[①]的契机与追求。

[①] 唐杨倞注《荀子》卷2《安利者常乐易》曰："乐易，欢乐平易也，《诗》所谓'恺悌'者也。"（上海古籍出版社，1996，第26页）故"易"即平易。"乐易"在宋人语境中的内涵更加丰富，如宋郑汝谐《易翼传》下经上云："凡物之理，有所激则必争，无所激则乐易。"（《影印文渊阁四库全书》本）再如宋李杞《用易详解》卷3亦云："安恬自守，故其所履之道坦坦，自适而无忧。坦坦者，乐易之状也。"（《影印文渊阁四库全书》本）故"乐易"有平和、淡泊、自适之意。而如李焘《续资治通鉴长编》（中华书局，1992，第9059页）"元祐夏四月己丑"条载："使多士欣于从（转下页注）

这种独特人格与唐末以来社会和思想环境的变化有关。在唐末以来的乱世中，佛、道思想对人们的影响日益深刻，并与儒学紧密地融合在一起，面对外界的种种纷扰，人们往往能泰然处之，平淡地看待人生的得失和社会的转型。从创作的角度看，从晚唐起诗人便逐渐将自己局限在吟咏个人性情的狭小天地里，而与社会乱离隔离开来。他们的吟咏虽然看似平和，但常带有黯淡的色彩，这无疑是乱世中人们精神风貌的自然呈现。唐末人就是带着这种士风与诗风走入五代乃至赵宋新朝的。或许由于政权的平稳过渡，对于宋人而言，国家只是改了名号、换了皇帝而已，大臣还是那些大臣，生活还是同样的生活，他们并没有感受到易代之际常出现的剧烈社会动荡。而随着赵宋政权日益巩固和全国统一形势逐渐形成，人们愈加感受到平和安定的社会氛围，他们着意于对山林景物的优游吟咏，抒发平和乐易的闲适情调，尽管其中往往带有装点升平的意味，官员的诗作更是如此，但从整体上说，诗人们平淡的诗歌普遍具有了乐易明朗的格调，这是宋初士风给诗歌创作带来的微妙新变。

进入北宋中期以后，宋人虽然面对政治、经济等弊端，终于迸发出革弊图新、积极振作的热情，这成为当时士人生活中最突出的亮色和强音；但唐末以来儒、释、道思想融合给予士人的影响仍是根深蒂固的，一旦跌入人生逆境，宋人就立即回到对山水的吟咏和对旷达情怀的抒发当中。如苏舜钦在被罢官后说："三商而眠，高春而起，静院明窗之下，罗列图史琴尊，以自愉悦；逾月不迹公门，有兴则泛小舟出盘闾，吟啸览古于江山之间；渚茶野酿，足以消忧；莼鲈稻蟹，足以适口；又多高僧隐君子，佛庙胜绝；家有园林，珍花奇石，曲池高台，鱼鸟留连，不觉日暮。"（《答韩持国书》）范仲淹离开京城后也说："有严子陵之钓石，

（接上页注①）学，则上库宜复有雍容乐易之美，为四方矜式矣。""乐易"还有祥和、充盈之意。又如欧阳修《诗本义》卷13云："君子乐易而有威仪尔。乐易所以容众，有仪所以为人法也。"（《影印文渊阁四库全书》本）故"乐易"还指宽以待人。总之，"乐易"具有宽以待人、平淡闲适、充盈自足、快意悠然等丰富的精神内涵，是一种极高的修养。宋人非常推崇"乐易"的人格，如《续资治通鉴长编》"景祐元年九月辛丑"条赞赏说："（晁）迥乐易纯固，服道履正，虽贵势无所屈。"（第2699页）再如《续资治通鉴长编》"嘉祐二年冬十月丁丑"条云："（遵）性乐易，善议论。其言时政得失，不为激讦，故多见推行，杜衍、范仲淹皆称道之。"（第4493页）

方干之隐茅。又群峰四来，翠盈轩窗。……白云徘徊，终日不去。岩泉一支，潺湲斋中。春之昼，秋之夕，既清且幽，大得隐者之乐，惟恐逢恩，一日移去。"（《与晏尚书书》）同时，宋人在关注古道的时候，也日益挖掘出其中的淡泊意味，尤其是颜回乐道固穷的气度，从而使"古淡"这一审美范畴风行一时，这为人们从儒学视角接受和崇尚平淡诗风提供了坚实的思想基础，使"平淡"这一本与释、道思想关系更为密切的审美范畴，被极大地纳入儒家诗歌美学的轨道，宋人成为这一美学的伟大实践者。

"平淡"历来都是一个内涵丰富的概念。拿陶渊明诗来说，他"道狭草木长，夕露沾我衣。衣沾不足惜，但使愿无违"（《归园田居》其三）的清疏萧散是平淡，他"山气日夕佳，飞鸟相与还。此中有真意，欲辩已忘言"（《饮酒》其五）的平和充盈也是平淡，而他"天地长不没，山川无改时。草木得常理，霜露荣悴之"（《形赠影》）的质朴淡泊仍是平淡，故"平淡"是与激昂、豪放、华丽等相对的范畴。对宋人来说，他们的"平淡"充盈着平和优游的格调，这是儒、释、道思想在宋代融会贯通后的新的美学展示。在宋人看来，享受平淡的生活意趣在很大程度上就是在践行和品味古道，因此在北宋中期，无论是释道思想的影响，还是对儒学平淡意味的挖掘，都使人们有充足的理由在平淡之思中优游吟咏、乐易畅然。"平淡"始终是宋人诗学的主调，虽然梅尧臣、欧阳修、王安石、苏轼、黄庭坚等人都创作过一些反映和讥刺现实的作品，但这些只占其诗作的极小部分，他们的多数诗歌都是在吟咏性情，表达旷达的生活旨趣与淡泊的情思，这在诗学上就表现为对平淡诗风的赞赏。

宋人的淡泊气度与他们对儒家思想的挖掘密不可分。宋人的淡泊情怀在理论上主要来自颜子的启发，孔子曾赞赏颜子"一箪食，一瓢饮，在陋巷。人不堪其忧，回也不改其乐。贤哉，回也！"（《论语·雍也》）。颜子身上体现出了儒家思想中的"君子固穷"的品格，他在简陋的生活条件下安身立命，表现出安贫乐道的气度，既自由又安适，这令宋人叹羡不已。宋初，人们淡泊乐道的旨趣主要源自释、道，尚未对颜子有深入的挖掘，如贬谪黄州时期的王禹偁，他在小竹楼中身披鹤氅，戴华阳巾，手执《周易》，完全是一副世外散人的形象；在小竹楼之外，他则与僧道往来，以琴酒诗书相娱，并以煮茶炼药为趣，表现出与释、道融合后的意态，但王禹偁的文字中总有一种低沉、枯寂的情绪。然而自北宋中期，人们开始普遍关注和赞赏颜子的"乐道"精神，并以"乐道"标榜自己在山水间优游吟咏的志趣，如范仲淹、欧阳修等人虽然在贬谪中深刻地体会到人生之"穷"，但对他们来说，超越人生困境、抚平内心伤痛已不是"道胜"的全部内容，他们更要用颜子的"乐道"来充实内心，要在诗歌中展现出旷达、高卓的情操和"乐"意悠然的人格形象。

至北宋中后期，儒学已发展至道学阶段①，"乐道"更成为人们在任何人生情境中都要去主动追求的精神胜境。对于邵雍而言，"乐"是思想融会贯通后的一种情绪体验，他说："学不至于乐，不可谓之学。"（《皇极经世书·观物外篇下》）他在洛阳虽然"岁时耕稼，仅给衣食"，但"兴至辄哦诗自咏。春秋时出游城中……出则乘小车，一人挽之，惟意所适"（《宋史·邵雍传》），体味着充满无限"乐"意的人生境界。当司马光在新党执政时期不得不退居洛阳时，他却在《独乐园七题》中说："吾爱白乐天，退身家履道。酿酒酒初熟，浇花花正好。作诗邀宾朋，栏边长醉倒。至今传画图，风流称九老。"（其七《浇花亭》）他所说的"退身家履道"就是颜子般的乐道情怀，丝毫没有表现出赋闲失志的感伤情状。"乐"在北宋中后期是人们超越世虑后的高卓情怀的体现，如果说宋代以前人们用出世情怀消解世虑的话，那么宋人则是用超越世俗的心性涵养化解现实中的无奈与困顿，进而表现出高卓的精神之"乐"，这是他们所要着意强调和表现的人生境界，也是他们的过人之处。在北宋后期，党争越是酷烈，人们越是倾向于用这种"乐道"情怀表现卓越的心性涵养，黄庭坚等人无一不是如此。与这种情绪相应，到北宋后期人们在诗学思想上鲜明地表现出对怨、怒的排斥，尤其是黄庭坚、黄裳等有着深厚儒学涵养的诗学家，他们都强调诗歌吟咏性情的功能和优游闲适的思想旨趣，这有效地缓解了党争带来的精神压力，由此

---

① 北宋中后期，儒学在宋初三先生的基础上，更加强调抽象的理论意义及其与现实生活、人性的结合。虽然儒学内部存在诸多分支，如洛学、关学、蜀学、新学等，但它们的思想核心都在于强化儒家伦理纲常，都有着把"道"引向心、性、情、理等抽象的理论范畴的发展趋势，故被统称为道学。道学中尤以二程洛学最为典型，其代表着儒学未来的发展方向。

与恶劣的生存环境形成强烈的反差。从某种程度上说，北宋后期诗歌是脱离社会现实的。

北宋中后期，宋人以颜回的乐道情怀为前提，强调对外在生存环境的忽略，无论是范仲淹、欧阳修，还是苏轼、黄庭坚，他们都没有沉重的不能自拔的身世之感，更没有像唐人那样表现出愤世嫉俗之态，无论是困顿还是优裕，他们都能徜徉在优游自在的精神之境中。"乐道"情怀有力地强化着淡泊之思，而淡泊之思又促使着"乐道"意绪频繁出现，平淡与乐易在宋人诗学中始终是密切相关的。

二　北宋诗学的发展阶段

宋人喜爱论诗、评诗，这是他们日常清谈的重要内容，因此宋人诗学资料非常丰富，其中所呈现的诗学思想也较纷繁复杂。但经过梳理，还是能找出其中基本的发展脉络与演变轨迹的，其中仁宗景祐元年（1034）和神宗元丰二年（1079）就是主要的转变节点。

景祐元年，西昆体诗人钱惟演去世，作为当时的文坛领袖，他的离世代表着一个诗学时代的结束。在钱惟演去世前，欧阳修、梅尧臣等人在他的盛名下进行创作，尚未明显表现出北宋中期诗歌的特色。钱惟演去世后，欧阳修等人在日益浓郁的变革思潮中，瞩目现实的创作视角及相关诗学取向开始变得鲜明起来，而对于古文创作，石介也提出"景祐后"为一关捩。同时，在景祐元年前后，一系列社会、政治、军事、文化事件集中发生。如景祐三年（1036），范仲淹上《百官图》对朝政提出批评，余靖、尹洙、欧阳修等一批青年官员为营救范仲淹，集体出现在政治舞台上。宝元元年（1038），西夏建国，并于康定元年（1040）发动了对北宋的进攻；宝元二年（1039），宋祁针对时弊写出了著名的《上三冗三费疏》。因此，钱惟演去世大致可作为划分北宋早、中期诗学的一个重要节点。而元丰二年（1079）乌台诗案发生，这在客观上否定了儒家诗教中的讽喻精神，改变了北宋中期以来用诗歌讽喻现实的传统，乌台诗案及以其为肇端的北宋后期诸多文字事件，在很大程度上使宋诗创作局限在吟咏个人情性的狭小天地里，反映在诗学思想上就是强调对个人胸次的抒发。可以说，乌台诗案对北宋诗学思想演变的影响是非常明显的。

当然，本书以景祐元年和元丰二年为分期节点，并不是说在景祐元年之前诗学就没有向中期转化的迹象，也不是说在元丰二年之后诗学就完全与中期分离开来，设置这两个节点，只是为了大致体现发展阶段并方便论述而已。

三　北宋诗学的儒学品格

北宋诗学在各个时期都与宋人的儒学追求密切相关。宋初，与政治相对疏离的晚唐体诗学也会从儒家诗教出发，以平淡闲适的情怀"叙闲逸，美太宁"（释智圆《远上人湖居诗序》），展现着儒家"治世之音安以乐"的社会图景，可以说，宋初"三体"虽然在创作上体现着不同的旨趣，但它们在诗学的时代内涵上却不乏相似之处。当时，"复古"是一个宽泛的概念，如"三体"诗人也有复古思想，杨亿虽然写作华美繁缛的西昆体，但他也是主张复古的，他憧憬"三代"清明平和的政治景象，把"三代"作为政治目标来追求。总的来说，"三体"诗人的"复古"就是以守成心态来粉泽王业，甚至比拟"三代"。因此，专就"复古"而言，宋初人的态度是一致的，只是柳开等人用批判的态度来审视现实，他们的区别只在于对当下或肯定、或否定的态度上。一般我们所说的复古士人，是指以倡导、恢复韩、孟古道自任的一批士人，他们以犀利的目光及浩然之气瞩目现实，关注时弊，并在诗学上形成了独特的认知。到北宋中期，复兴儒学的思潮席卷社会的各个角落，与刚毅的士人品格相应，人们推崇豪健诗风成为一时风气，这实际都延续着宋初复古士人的诗学倾向。宋初，如果说"三体"诗学因平易明朗的时代内涵而与唐末五代相区别，那么宋初复古诗学则因鲜明的经世立场而与"三体"诗学相区别，它直接导引出北宋中期诗学对宋初"三体"诗学的反拨。

在北宋中期，宋人"自成一家"的诗学意识日趋强烈，这与复古思潮赋予人们的气度密切相关。范仲淹在《唐异诗序》中说，"皇朝龙兴，颂声来复，大雅君子，当抗心于三代"，颇有时不我待的慨叹，所以他对宋初创作沿袭唐人、陈陈相因的积弊予以强烈的批评。宋祁也说："夫文章必自名一家，然后可以传不朽。若体规画圆，准方作矩，终为人之臣仆。"（《宋景文公笔记》上）他明确提出自我树立的必要性及诗学追求。

而当余靖游览大峒山时,他为创作上不能专咏一物而自我名家感到遗憾。这些都与复兴儒学过程中宋人精神的砥砺振作有密切的关系,他们希望可以追踪"古人"的足迹,甚至与"古人"比肩,这成为宋人脱离唐诗影响而自成一家的良好开端。

宋人的儒学气度对诗学的浸润更体现在后期诗学中,其时道学思想弱化了中期诗学在现实社会中的批判功能,强调创作主体"胸次释然"的心性涵养与优游平和的精神旨趣。黄裳(1044~1130)是北宋后期的著名学者,也是诗学批评家,他主张文学应反映"性与天道",反对发泄穷愁忧愤的情绪,他认为现实中那些"与物竞"的人,由于心中含有"私"意,因此对"性"的表达就会受到阻滞,其文章也无非是些"讥娱调谈,穷愁忧愤,鄙俚陈旧"之辞。在他看来,这些都是废言,他认为只有当人们在"深远其气,使夫世习物累不能辄然摇动于声色"的情况下,不与物竞,其所言所感才符合"性与天道"。因此可以说,后期诗学思想具有更为鲜明的儒学品格。

四 对唐诗的态度

唐诗的影响并不会因朝代更迭而骤然消失,相反,它始终深刻影响着宋人诗学。唐、宋诗学的更迭与转换是宋诗学发展过程中非常重要的内容,唐宋诗之争实际在北宋时期即已开始,只是它不像后世那样会急剧发生或决裂,而是有一个发生、发展的过程。对于唐诗与宋诗,应该说,宋诗不过是片面地发展了唐诗中平淡与理性的部分,并将其发展到极致,形成了自己的特色,以至于足以与自己的"母体"——唐诗相提并论,因此唐宋诗并无优劣之分,而是各具千秋,北宋诗学就鲜明地记录着这一历史进程。

宋初,诗学自然地延续着唐末五代以来的流风余韵,没有大的突破,人们对唐诗不断顶礼膜拜,表现出开放的、全盘接受的态势,即使现在一般文学史中不太提的项斯、张谓、吕温等人,也都在接受之列。然而在北宋中期复古思潮到来之际,宋人精神气度的变化使他们在对唐诗的接受上具备了鲜明的选择意识,他们尤其热衷于讨论唐诗中与"平淡""穷愁"相关的诗人诗作,以及豪健诗风和诗句之"工"等艺术问题;同时,伴随着宋人诗学和"自成一家"诗学思潮的发展,宋人开始对自己时代的诗歌有了自信，并初步表现出与唐诗比肩的意识，"不减唐人""深入唐人诗格"常出现在这一时期的诗学批评中，这是宋初以来宋人接受唐诗过程中出现的新现象。同时，这一时期他们也偶尔会发出对唐诗的批评和指摘之声。但总的来说，北宋中期仍以崇尚和接受唐诗为主。而到了北宋后期，宋人超越唐诗的意识开始变得清晰起来，并全面呈现出来。这主要体现在四个方面。

第一，随着儒学的发展，宋人思想更趋于正统，唐诗的典范地位则因此大打折扣，李白诗因"不识理"而受到批评，杜诗的忠义虽受到人们的普遍推重，但其"穷愁"及"动成法言"则被指摘。与李白的境遇相似，在宋人以"理"为标准的诗学背景下，韩愈、白居易、孟郊、贾岛、刘禹锡、柳宗元等一大批唐代诗人都成为被批判的对象，宋人强大的思想"优势"使他们最终在"思想性"方面俯视唐诗。第二，在艺术批评上，宋人诗学日臻成熟，他们已能够用批判、辩证的眼光打量唐诗，在对唐诗表示赞赏和接受的同时，也全面指出了唐诗艺术上存在的"不足"，如批评韦应物"似村寺高僧，奈时有野态"，批评柳宗元"似入武库，但觉森严"，批评白居易"如苏小虽美，终带风尘"，批判李贺诗歌过于工巧等。第三，宋人恢复古道的夙愿与"乐道"情怀使他们跨越了唐人唐诗，进而去追踪比唐人更为久远的"古人"，并最终选取了平和淡泊、不与世竞的陶渊明作为诗学典范，由此，唐诗已落第二义。第四，随着宋诗学的建立，宋人自己的诗学典范出现了，苏轼、黄庭坚、王安石成为人们讨论的三个焦点，在宋人看来，苏、黄、王的创作成就已在某些方面超越了唐诗，甚至超越了古往今来的诗人，他们部分地取代了唐人在诗学中的典范地位，这标志着在宋人诗学中"宋人"与"古人"并立的局面开始出现，而唐、宋诗学的更迭与转换在这种诗学态势下得以完成。

北宋是宋诗及宋诗学产生、发展的关键时期，在唐人之后宋人必然面临诗学该往何处去的问题，"自成一家"就是这种思考的突出表征，而宋人的儒学涵养为这一问题的解决提供了契机并起到了催化剂的作用。它催生了宋人独特的诗学意识和诗学风貌，主要表现为与古道相应的淡泊乐易之趣，这是宋诗及宋诗学的特色所在，也是宋诗学"超越"（在宋人看来是超越的）唐人唐诗的关键所在，正是在"道"的高度上，北宋诗学完整地展现出宋诗脱胎于唐诗，又逐步走出唐诗笼罩范围，进而"超越"唐诗的历史进程。

五　诗学思想史与诗歌史

　　诗学思想史研究可以阐明一段诗学发展的历史，也可以为诗歌史研究提供重要的参照，由于诗学思想是诗歌创作的深层原因，因此诗学思想史往往也是更深层次上的诗歌发展史，故而通过诗学思想的演变透视宋诗的发展历程及内涵，是本书立论的重要出发点。但需要说明的是，每个阶段的诗学思想与创作虽然大体是吻合的，但并不完全同步，或超前，或延后。如北宋后期，诗学虽然排斥用诗歌表现"穷愁"，但在实际创作中，尤其是新党掌权时期，因不能入仕而产生的忧生之嗟并不鲜见，借物托讽之作也偶有出现，因此并不能完全根据诗学思想史推断当时的创作情形，也不能以此涵盖全部个案的诗学思想动态。

第一章　北宋诗学思想体系的萌芽

一般认为，宋初"三体"（白体、晚唐体、西昆体）学习唐诗，创作上乏善可陈。然而从诗学的角度看，宋初"三体"体现着与赵宋新朝相应的明朗格调与时代内涵，并非对前代诗学的简单延续。而在"三体"诗学之外，宋初还存在常为人们所忽略的复古士人的诗学思想，它将引领北宋未来经世诗学的到来。因此，无论是对平和意蕴及洒脱旨趣的追求，还是对经世情怀与豪健诗风的张扬，宋人诗学思想的诸多要素在宋初均已萌芽，只是尚处于零散的状态，不成体系。宋初可谓北宋诗学发展中不可缺少且必要的一环。

对于"宋初"，一般限定为太祖、太宗、真宗三朝及仁宗统治前期，但这稍显笼统，从诗学的角度看，"宋初"结束的确切时间应在景祐元年（1034）前后。景祐元年，钱惟演去世，这标志着一个诗学时代的结束。石介《赠张绩禹功》曾说："朱严兼孙仅，培塿对岳峙。卒能霸斯文，河东柳开氏。嗟吁河东没，斯文乃屯否。汩汩三十年，淫哇满人耳。粤从景祐后，大儒复倡始。文人如麻立，枞枞攒战骑。"[①] 柳开卒于咸平四年（1001），后推"三十年"恰是石介所说的景祐，这就揭示了"景祐后"北宋文学进入新的历史进程。除了文学视角，从社会的角度看，景祐元年以后北宋政治、军事、经济等方面也都进入风起云涌的时期。因此，景祐元年（1034）可看作北宋社会与文学发展的一个分水岭。

第一节　"三体"诗学：并非简单地延续

建国伊始，赵宋新朝就有意营造平和的社会气氛和清明的政治生态。太祖甫即位就在《即位谕郡国诏》中说："辅臣共述于讴谣，少主自知

[①]　北京大学古文献研究所编《全宋诗》第5册，北京大学出版社，1998，第3408页。

于运命。虽惭二帝之揖让，且殊三代之干戈，勉徇乐推，已升大位。"①把谋权过程描绘得一团和气，将充斥其间的血腥和杀戮②掩盖在"虽惭二帝之揖让，且殊三代之干戈"的描述当中。到了太宗、真宗朝，皇帝常设赏花钓鱼宴，君臣唱和，吟咏情性，营造出浓郁的"既逢清世，何让古人"（田锡《进文集表》）③的社会氛围，描绘比肩三代的政治图景。同时太宗本人受到佛、道思想的影响，用黄老之术治国，对天下镇之以清静，他曾亲撰《逍遥咏》和《缘识》组诗，共四百余首，利用释、道思想来劝诫和引导世俗，如云："逍遥安且定，但信莫怀疑。……乐天分造化，慧眼细观之。"（《逍遥咏》）④又云："修心慕道入玄机，方便门停次第依。……浮世利名常自遣，真空妄想一时归。"（《缘识》）⑤太宗作为一代豪杰，其思想是时代思潮的集中体现，而贵为皇帝，他的思想则必然又会强化这一思潮。此后真宗秉承太宗的治国理念，在位期间多次奖掖僧、道及隐士，引导社会形成崇尚恬淡的风气。对于国家治理，真宗说："先朝皆有成宪，但与卿等遵守，期致和平尔。"⑥这无疑是给臣子定下了治理的调子。

在这种社会氛围里，人们都感受到了和平安宁的时代气息。田锡在《酬陈处士咏雪歌》中说："君不闻吾皇在上致太平，地不藏珍天降灵。时闻刺吏奏河清，又报诸侯贺景星。君心幸有经纶术，休向江湖隐声迹。"⑦他劝导陈处士不要隐逸自守，而应及时出山为朝廷效力。张咏在

---

① 曾枣庄、刘琳主编《全宋文》第 1 册，上海辞书出版社、安徽教育出版社，2006，第 2 页。
② （元）脱脱等撰《宋史》卷 1 所载："诸将……肃队以入。副都指挥使韩通谋御之，王彦升遽杀通于其第。太祖进登明德门，令甲士归营，乃退居公署。有顷，诸将拥宰相范质等至，太祖见之，呜咽流涕曰：'违负天地，今至于此！'质等未及对，列校罗彦环按剑厉声谓质等曰：'我辈无主，今日须得天子。'质等相顾，计无从出，乃降阶列拜。"（中华书局，1985，第 4 页）《宋史全文》也载兵变时"宰相早朝未退，闻变，范质下殿，执王溥手曰：'仓卒遣将，吾辈之罪也！'爪入溥手几出血。溥噤不能对。副都指挥使韩通自内庭奔归，将率众备御，王彦升逐杀之，并其妻子"。（黑龙江人民出版社，2005，第 5 页）
③ 曾枣庄、刘琳主编《全宋文》第 5 册，第 138 页。
④ 北京大学古文献研究所编《全宋诗》第 1 册，第 321 页。
⑤ 北京大学古文献研究所编《全宋诗》第 1 册，第 410 页。
⑥ （宋）李焘撰《续资治通鉴长编》"咸平元年冬十月乙未"条，中华书局，2004，第 918 页。
⑦ 北京大学古文献研究所编《全宋诗》第 1 册，第 489 页。

《唐衢赞》中也赞叹道:"天地环复,千年会昌,圣人导道于上,贤人陈力于下。和气骈合而颂声作,故《南熏》之凯康,《下武》之熙穆,岂不兆乎乐者也!"① 即使像林逋这样的隐士,也感叹道:"桥边野水通渔路,篱外青山见寺邻。懒为躬耕咏梁甫,吾生已是太平民。"(《园庐》)② 在这种社会氛围中,诗学有着与晚唐五代不同的时代内涵与气韵格调。

一 白体诗学:君臣契合之际的主动诉求

宋人崇尚白体,源于白居易放达、闲适的胸襟。太宗贵为皇帝,其《逍遥咏》《缘识》两组组诗中多劝世之言,其核心就是要安分守己、逍遥自适,如云:

> 人救眼前急,何曾利益心。愚迷终浅见,达者智高深。苦行须知应,余忧力不任。经书无限意,稽古便同今。(《逍遥咏》)③
>
> 逍遥安且定,但信莫怀疑。大海波中水,狂风树摆枝。乐天分造化,慧眼细观之。方寸无诸恶,恒将利益持。(《逍遥咏》)④
>
> 金鼎精须炼,华池水火红。坎离能匹配,男女自相逢。曩劫知因果,生前道不穷。若修方寸是,发意便周通。(《逍遥咏》)⑤
>
> 避罪胜修福,其为理一般。资财丰利益,公道不欺瞒。浊世贪荣禄,明时善政官。遏强能抚弱,容此势情观。(《缘识》)⑥
>
> 修心慕道入玄机,方便门停次第依。种性莫教拘执定,因缘去住不相违。离他少欲阴功积,淡薄深来绝是非。浮世利名常自遣,真空妄想一时归。(《缘识》)⑦

他在诗中提倡与世无忤的"淡泊"气度,这显然与佛、道思想有关。太宗在《逍遥咏》序中说:"夫诗颂歌辞,华而不实,上不足以补

---

① 曾枣庄、刘琳主编《全宋文》第 6 册,第 141 页。
② 北京大学古文献研究所编《全宋诗》第 2 册,第 1216 页。
③ 北京大学古文献研究所编《全宋诗》第 1 册,第 321 页。
④ 北京大学古文献研究所编《全宋诗》第 1 册,第 321 页。
⑤ 北京大学古文献研究所编《全宋诗》第 1 册,第 330 页。
⑥ 北京大学古文献研究所编《全宋诗》第 1 册,第 405 页。
⑦ 北京大学古文献研究所编《全宋诗》第 1 册,第 410 页。

时政之阙失，次不足以救苍生之弊病。假有独擅其名，弗精于用，义同画饼，弃不足珍。争如立至当之言，以济于时世者哉。所以姑务契理，不取于文，贻尔方来，悟夫悬解者矣。"①他强调诗颂若华而不实，就如同画饼，没有实际功用，因此他要求创作要"姑务契理"，即重视对思想内涵的表达，他的《逍遥咏》及《缘识》就是在这种思想指导下创作的。这与唐代初年接受六朝以来的华丽文风不同，宋人一开始就在皇帝那里定下了平淡质朴的创作美学，形成了以平淡风格为主导、以思想内涵为要务的创作倾向。所以白体的创作主体虽然多是达官显贵，却强调对洒脱情怀的抒发，没有变而为浮华。后来西昆体务取浮华，则最终被真宗排斥，这一结果正是宋初诗学的时代基调所使然，这一点将在后文有所辨析。而到仁宗时期，以"筋骨思理"见胜的宋诗则开始浮现，因此宋诗的发展历程，在宋初诗学思想的指引下可谓有迹可循。

与时代和思想氛围相应，晁迥大部分诗中也充斥着与佛道思想密切相关的人生领悟。其诗现存五十余首，几乎首首都表达着与太宗类似的人生旨趣，体现着"姑务契理"的思想内容。如《与道相知最乐篇》云："人多乐于新相知，又多悲于生别离。唯能与道相知久，如鱼乐水无暌时。乐道至乐非常乐，宜真造适潜熙怡。迨然在心不在境，安能更与白云期。"②再如《无有所求歌》云："无所求，摆落人间万事休。有所求，安养衰年乐圣猷。不愿竹木林内隐，不愿莲花社里收。愿在清平仁寿域，含华守素得优游。"③这些无不是对旷达与闲适情怀的理性思考及哲理升华。又如《拟白乐天诗》云："权要亦有苦，苦在当忧责。闲慢亦有乐，乐在无萦迫。"④又如《拟白乐天期李二十文略王十八质夫不至独宿仙游寺》云："角胜劳生不足云，滥傅僧语亦非真。始知解爱禅中乐，万万人中无一人。"⑤这些诗并无情采可言，几与佛家偈子及后来的道学诗一般无二。

相比于太宗、晁迥，李昉的高明之处在于他注重对诗歌情境的营造。

---

① 北京大学古文献研究所编《全宋诗》第1册，第312页。
② 北京大学古文献研究所编《全宋诗》第1册，第608页。
③ 北京大学古文献研究所编《全宋诗》第1册，第609页。
④ 北京大学古文献研究所编《全宋诗》第1册，第612页。
⑤ 北京大学古文献研究所编《全宋诗》第1册，第612页。

如《小园独坐偶赋所怀寄秘阁侍郎》云："烟光澹澹思悠悠，朝退还家懒出游。静坐最怜红日永，新晴更助小园幽。砌苔点点青钱小，窗竹森森绿玉稠。宾友不来春又晚，眼看辜负一年休。"① 再如《宿雨初晴春风顿至小园独步方多索寞之怀嘉句忽来骤引吟哦之兴仰攀高韵少达鄙诚》云："融融和气满亭台，寂绝无人访我来。忽喜贰卿篇咏至，如闻三岛信音回。偷闲旋要偿诗债，减俸惟将买树栽。春旦两壶宣赐酒，一壶留著待君开。"② 他通过徜徉于小园的闲适情趣，形象地表述着与太宗、晁迥类似的乐易丰融的生存态度。与太宗、晁迥相比，李昉的诗更加生活化，他注重用诗酒表达自得之乐。又如《更依前韵上献恶诗搜吟虽罄于短才歌咏宁穷于盛美》云："茂陵词客马相如，贮蓄胸中万卷余。闲坐小斋惟看画，旋分清俸只抄书。槛花灼灼韶光盛，庭竹森森翠影疏。晨入蓬山暮归去，到归多是闭门居。"③ 在他冲淡丰盈的境界中，幽静闲适的意趣迎面而来。李昉历仕后汉、后周，后归宋，三入翰林，并在太宗朝拜相，其乐易优游的情趣代表了一部分入宋士人的生存状态。他曾在《二李唱和集序》中自述仿效刘、白唱和"仅无虚日"的情形，表现出对"缘情遣兴"④ 的赞赏。

然而，无论是太宗还是李昉、晁迥，他们的旷达情怀都不免带有自矜其达的特点。实际上白居易也常"自矜其达"，蔡宽夫就指出："乐天既退闲，放浪物外，若真能脱屣轩冕者，然荣辱得失之际，铢铢校量，而自矜其达，每诗未尝不着此意，是岂真能忘之者哉？亦力胜之耳。"⑤ 具体到白居易的作品，如其《咏怀》云："自从委顺任浮沉，渐觉年多功用深。面上灭除忧喜色，胸中消尽是非心。妻儿不问唯耽酒，冠带皆慵只抱琴。长笑灵均不知命，江蓠丛畔苦悲吟。"⑥ 再如《重题》其一

---

① 北京大学古文献研究所编《全宋诗》第 1 册，第 172 页。
② 北京大学古文献研究所编《全宋诗》第 1 册，第 174 页。
③ 北京大学古文献研究所编《全宋诗》第 1 册，第 175 页。
④ （宋）李昉《二李唱和集序》云："南宫师长之任，官重而身闲；内府图书之司，地清而务简。朝谒之暇，颇得自适，而篇章和答，仅无虚日，缘情遣兴，何乐如之！"（曾枣庄、刘琳主编《全宋文》第 3 册，第 161 页）
⑤ （宋）胡仔纂集《苕溪渔隐丛话》前集卷 19，人民文学出版社，1962，第 123 页。
⑥ （唐）白居易撰，朱金城笺校《白居易集笺校》第 2 册，上海古籍出版社，1988，第 1024 页。

云："喜入山林初息影，厌趋朝市久劳生。早年薄有烟霞志，岁晚深谙世俗情。已许虎溪云里卧，不争龙尾道前行。从兹耳界应清净，免见啾啾毁誉声。"① 又如其三云："日高睡足犹慵起，小阁重衾不怕寒。遗爱寺泉欹枕听，香炉峰雪拨帘看。匡庐便是逃名地，司马仍为送老官。心泰身宁是归处，故乡可独在长安？"② 这些诗都有意将放达的一面展示给世人。宋初白体诗就继承了这一点，人们表现闲适情怀实际也是在展现一种人生姿态。一般来说，和乐的白体诗只适用于有"资本"展现这一姿态的人群，如达官显贵、方外之士及少数确有闲适情怀的文人，而不会在普通文士中成为一股普遍创作思潮。

同时要看到，白体虽源于白居易的闲适诗，但它的创作倾向与宋初社会的总体氛围是相应的，而与中唐乃至五代有所不同。白居易曾在《序洛诗》中说：

> 自三年春至八年夏，在洛凡五周岁，作诗四百三十二首。除丧朋、哭子十数篇外，其他皆寄怀于酒，或取意于琴。闲适有余，酣乐不暇。苦词无一字，忧叹无一声。岂牵强所能致耶！盖亦发中而形外耳。斯乐也，实本之于省分知足，济之以家给身闲，文之以觞咏弦歌，饰之以山水风月。此而不适，何往而适哉？兹又以重吾乐也。予尝云：治世之音安以乐，闲居之诗泰以适。苟非理世，安得闲居？故集洛诗别为序引，不独记东都履道里有闲居泰适之叟，亦欲知皇唐大和岁有理世安乐之音。集而序之，以俟夫采诗者。③

然而我们知道，中唐社会并非他所说的"理世"，但他强调用"安以乐"的作品，使人知"皇唐大和岁有理世安乐之音"，"东都履道里有闲居泰适之叟"，并期待"采诗者"的到来，这些无非是为其脱离现实的闲适倾向找一个借口罢了。但宋初拥有久违的平和安定的社会氛围，皇帝与大臣之间的创作活动很大程度上就是这种治世之音的体现与表达。在一定程度上，唐末五代的白体诗是刻意地忘却现实的残酷，而宋初则

---

① （唐）白居易撰，朱金城笺校《白居易集笺校》第2册，第1029页。
② （唐）白居易撰，朱金城笺校《白居易集笺校》第2册，第1030页。
③ （唐）白居易撰，朱金城笺校《白居易集笺校》第6册，第3757~3758页。

是刻意地表现盛世的安乐,其创作基础迥然不同;唐末五代诗人是表现个人的安乐,宋初君臣则是在表现一个安乐的时代,其胸襟亦迥然不同。面对真实存在的平和安乐的社会景象,创作白体诗成为部分人臣的一种主动诉求,如张咏所说:"天地环复,千年会昌,圣人导道于上,贤人陈力于下。和气骈合而颂声作,故《南熏》之凯康,《下武》之熙穆,岂不兆乎乐者也!"(《唐衢赞》)①宋初,人们就是通过如《南熏》《下武》般的诗歌来表现盛世中优游闲适的情态。对于白体创作而言,诗人无论处于朝堂之上还是闲居野处,其作品都是赵宋皇权营造社会与政治氛围所需要的,同时也是臣子表现人生与政治态度不可或缺的,皇帝与臣子对此有着默契和共识。因此,宋初白体诗学的盛行,除源于人们对社会和个人生活的切身感受,也有深刻的政治背景。而我们离开宋初,会发现白体诗在北宋中后期仍然盛行,究其原因,除了人们借以表达旷达、闲适的"乐道"情怀外,仍难以完全排除政治因素。经过历史的不断洗礼,文人到了宋代已经拥有足够多的处世智慧,对他们来说,对个人生活的优游吟咏往往能够全身远害,尤其对处在政治逆境中的人们来说更是如此,虽然后来在车盖亭诗案中,蔡确因一首闲适诗受到迫害,但创作白体诗无疑是相对安全的。因此,北宋白体诗的出现与盛行,恐怕始终都有一丝政治的影子。

一般人们会把徐铉置于白体诗人的首位,这主要是因为他的创作成就较高。但作为白体诗人来说,他实际并不典型。作为南唐旧臣,徐铉入宋后的政治境遇极为尴尬,人生际遇也令人感伤。李至在《徐铉祭文》中说他"道屈于位,遇休明之世未尽伸;才困于命,当衰晚之年不得志。……可惜者沦于远郡,契阔千里。《鵩鸟》之赋未成,二竖之灾奄至。淳于意兮止一女,邓伯道兮终无子。此素友清交,门生故吏,可以失声而长号,汍澜而屑涕,以为天道难忱,善人如是"②。"二竖"出自《左传·成公十年》,指病魔,而"邓伯道兮终无子"出自《晋书·良吏列传》对邓攸无子的记载,这是对徐铉人生晚景的写照。在诗学上,徐铉入宋后曾在《洪州新建尚书白公祠堂之记》中表达了对白居易诗

---

① 曾枣庄、刘琳主编《全宋文》第6册,第141页。
② 曾枣庄、刘琳主编《全宋文》第7册,第40页。

"主讽刺，垂教化，穷理本，达物情"①的赞赏，但他更多地选择了用平淡之思来消解尘世的烦忧。

徐铉的诗学思想在入宋前后有着微妙的变化。南唐时期，徐铉曾在《成氏诗集序》中说："诗之旨远矣，诗之用大矣，先王所以通政教、察风俗，故有采诗之官、陈诗之职，物情上达，王泽下流。及斯道之不行也，犹足以吟咏情性，黼藻其身，非苟而已矣。"②他认为当诗人不能用诗"通政教、察风俗"的时候，还可以通过"吟咏"来修身养性，黼藻其身。而入宋后，他在《邓生诗序》中说："诗者，志之所之也。故君子有志于道，无位于时，不得伸于事业，乃发而为诗咏。"③这两篇文章的内容相近，但后者强调，当诗人处于"有志于道，无位于时"的人生逆境中时，其内心抑郁的情志就会通过诗歌表达出来，可以想象，这是饱受压抑的情绪的释放。显然，虽然《成氏诗集序》与《邓生诗序》都强调吟咏性情，但前者通过"吟咏情性，黼藻其身"，充盈着悠然从容的情态；后者则表现出对人生失意的体察，情感色彩更为黯淡和无奈。徐铉对邓生能在人生失意之际仍表现出超然、淡泊的情态非常赞赏，于是他接着说："南阳邓君，少而从吏，服勤靡盬。时命不偶，淹翔末涂。养心浩然，不以为慊，遇事造景，辄以吟咏自怡。悔吝不及，终始无累，至于皓首，未见愠容。……嗟夫！士君子乐道自娱，贞节没齿，斯可矣，悠悠世利，曾何足云！"（《邓生诗序》）④邓生"悔吝不及，终始无累，至于皓首，未见愠容"，并以诗歌"吟咏自怡"，表现出对人生困境的超越，这也是徐铉面对人生困境时的态度。他晚年在《静斋自箴》中说："爰有愚叟，栖此陋室。风雨可蔽，户庭不出。知足为富，娱老以逸。貂冠蝉冕，虎皮羊质。处之勿疑，永尔终吉。"⑤他以"虎皮羊质"表达对世俗所谓"宦达"的蔑视，而选择了"户庭不出""知足为富"的淡泊心态。由于受个人际遇的浸染，徐铉除了点缀升平的应制之作，在创作上往往倾向于寂寞和清苦。如《和清源太保闲居偶怀》云："朝退闲斋

---

① 曾枣庄、刘琳主编《全宋文》第2册，第237页。
② 曾枣庄、刘琳主编《全宋文》第2册，第189页。
③ 曾枣庄、刘琳主编《全宋文》第2册，第199页。
④ 曾枣庄、刘琳主编《全宋文》第2册，第199页。
⑤ 曾枣庄、刘琳主编《全宋文》第2册，第247页。

落叶天，道心真气本仙源。帘前风月澄秋景，门外轮蹄任世喧。棋罢早寒生北户，酒醒黄菊满西园。时人自有思齐者，践迹观形不在言。"① 这首诗虽然也是表现闲适的人生情态，但其中总有一丝落寞和低沉的情绪。再如《送高秀才》云："龙门一上嫌轻进，关塞西游自爱山。缑岭春归林影密，津桥人静水声闲。如今正得幽寻兴，佗日青云不易还。"② 我们也可以在淡泊平和中寻觅到一丝感伤萧索的意味。

二 晚唐体诗学："美太宁"的一种形态

这里，我们首先需要澄清人们对晚唐体的一些错误认识。自20世纪80年代以来，人们在晚唐体师法对象、人员构成、主体风貌等方面形成了大体一致的看法，但遗憾的是，人们未能从学术史的角度对此进行深入的检视，以至于对晚唐体概念存在误解。

众所周知，元人方回首次提出了宋初晚唐体的概念，但这在相当长的时间里并未产生大的影响。戴表元对方回是很熟悉的，曾为方回《桐江诗集》作序。但他在《洪潜甫诗序》（《剡源文集》卷九）中论述了白体与西昆体，却没有提及晚唐体，与方回同时期的袁桷在《书汤西楼诗后》（《清容居士集》卷四十八）中也只提到宋初有西昆体。直到明清时期，"晚唐体"说才有了些许回响，如明徐伯龄《蟫精隽》卷十五说："宋诗变而为数体，有九僧体，学晚唐，即晚唐体也。九僧乃希昼、保暹、文兆、行肇、简长、惟凤、惠崇、宇昭、怀古九人也。又有香山体，学白乐天。又有西昆体，祖李义山。自杨文公亿首与刘筠变宋初诗格，缌织华丽，盖一变晚唐诗体、香山诗体。"③ 但徐氏把宋初晚唐体缩小至"九僧"，指出"九僧体"即"晚唐体"。再如清纪昀等《钦定四库全书总目·南阳集》云："宋划五代旧习，诗有白体、昆体、晚唐体。其晚唐一体，九僧最迫真。寇莱公、林和靖、魏仲先父子、潘逍遥、赵清献之祖凡数家，深涵茂育，气势极盛。"④ 引述了方回的说法，但去掉了鲁

---

① 北京大学古文献研究所编《全宋诗》第1册，第124页。
② 北京大学古文献研究所编《全宋诗》第1册，第126页。
③ （明）徐伯龄撰《蟫精隽》，《影印文渊阁四库全书》本，上海古籍出版社，1987，第867册，第176页。
④ （清）纪昀等撰《钦定四库全书总目·南阳集》，中华书局，1997，第2035页。

三交，把晚唐体诗人由"数十家"改为"数家"，规模大为缩小。总的看来，宋初"晚唐体"的提出并没有得到清及清以前学者的普遍关注。

进入民国时期，现代意义上的文学史著作大量出现，方回关于宋初诗坛的表述才为文学史家所普遍接受，这体现在两个方面：一是对"三体"格局的接受；二是对方回所提代表作家的接受。如1916年朱希祖所撰《中国文学史要略》云："宋初之诗，尚沿袭唐人，魏野、潘阆学晚唐，王禹偁学白居易，而杨亿、刘筠等十七人学李商隐，为西昆体，其流最盛。"① 1917年吴梅所撰《中国文学史》云："宋初诗脱去五季余习，而一意宗唐者有三派：为王禹偁，初学少陵，后学长庆，是曰白体；寇准、林逋、魏野、潘阆辈则学晚唐，是曰晚唐体；杨亿、刘筠等十七人宗法李义山，是曰西昆体。"② 这些都反映出对方回"三体"说的接受，只是在代表作家上有所裁减。1918年发行的谢无量《中国大文学史》卷八说："宋初如徐铉诗，犹有唐音。当时九僧亦有名。……九僧以后，遂有杨大年辈之西昆体。"③ 虽然没有明确指出所谓"三体"，但将徐铉、九僧、杨亿分别叙述，实际包含了"三体"的概念。然而，人们对晚唐体代表作家则有很大分歧，这主要表现在九僧与晚唐体成员的关系上。许啸天《中国文学史解题》、李维《中国诗史》等论及晚唐体时，并未谈及九僧，而谢无量《中国大文学史》及陈去病的《诗学概论》相反，唯以九僧代表晚唐体。吕思勉《宋代文学》则是将九僧与林逋、寇准等人分为两个群体，云："九僧而后，风靡一时者为西昆体。……此外徐铉诗学元白；寇准，……林逋，……魏野，……潘阆，……学晚唐，皆出于西昆之外者。"④ 并未指出九僧与林逋、魏野等人的一致性。郑振铎《插图本中国文学史》也说："在'西昆体'流行的前后，未入杨、刘们之网罗的诗人们很不在少数……较早的时候，有九僧。……他们尝相酬和，别具一体。归心禅门之人，其所写的诗篇，总要带些寒峻之色。……又有寇准、王禹偁、林逋、魏野、潘阆、陈尧佐、赵湘、钱易

---

① 陈平原辑《早期北大文学史讲义三种》，北京大学出版社，2005，第291页。
② 陈平原辑《早期北大文学史讲义三种》，第470页。
③ 谢无量：《中国大文学史》，中州古籍出版社，1992，第10~11页。
④ 吕思勉：《宋代文学》，山西人民出版社，2014，第49~50页。

诸人，皆以诗名，而俱清真平淡，不为靡艳之音。"① 同样未指出九僧与林逋、魏野的一致性。其他如柯敦伯的《宋文学史》谈到宋初有徐铉、潘阆、寇准、王禹偁、林逋、魏野、九僧等人，② 只于潘阆下曰"尚有晚唐作者之遗"（第89页），在寇准下曰"有晚唐之致"（第90页），不仅未指出九僧与其他晚唐体成员的一致性，似乎也没有将魏野等人归入同一群体之意。

可知民国时期对晚唐体的接受并未达成一致，但其中1938年出版的梁昆《宋诗派别论》拈出了晚唐体的师法对象、创作领袖、群体成员、创作风貌等要素③，用流派的逻辑将方回提出的代表诗人组合在一起，开了后世用流派模式描述和论述晚唐体的先河。然而如上文所述，这在当时远非学界共识，甚至到1957年教育部颁布《中国文学史教学大纲》，游国恩等学者和中科院文研所据此编写的两部重量级《中国文学史》仍只论及西昆体，亦均未提及晚唐体。直到20世纪80年代中后期，梁昆《宋诗派别论》才开始受到重视，受其影响，人们在晚唐体师法对象、人员构成、创作风貌上极大程度地吸收了梁昆的论断，因此，我们现在对晚唐体的诸多认识都与梁论密切相关。然而，梁论对晚唐体存在诸多误读。

一般认为，晚唐体师法贾岛、姚合，而且人们多举北宋蔡宽夫的话为证，然而蔡宽夫说："唐末五代，流俗以诗自名者……大抵皆宗贾岛辈，谓之贾岛格。"（《蔡宽夫诗话》第64条）④ 他明确指出时间是"唐末五代"，无法证明宋初"以诗自名者"也"大抵"学习贾岛。到元代方回，他说："有宋国初，未远唐也。凡此九人（九僧）诗，皆学贾岛、周贺，清苦工密。"（《瀛奎律髓》卷四七《宿西山精舍》）⑤ 方回只是说九僧学贾岛，并没有把贾岛与整个宋初晚唐体对应起来。明代胡应麟在《诗薮》中说："（九僧诗）几于升贾岛之堂，入周贺之室，佳句甚多。"

---

① 郑振铎：《插图本中国文学史》，上海人民出版社，2005，第490~491页。
② 张高评编《民国时期文学研究丛刊》第1编第91册，台中：文听阁图书有限公司，2011，第89~92页。
③ 陈引驰、周兴陆主编《民国诗歌史著集成》第20册，南开大学出版社，2015，第29~30页。
④ 郭绍虞辑《宋诗话辑佚》，中华书局，1980，第410页。
⑤ （元）方回选评《瀛奎律髓》，《影印文渊阁四库全书》本，第1366册，第529页。

（杂编卷五）① 这显然是受到了方回的影响，同时他又说："魏野、林逋亦姚合流亚也。"（外编卷五）② 这两段话出自不同的卷页，并且他只谈到了魏野、林逋，而"流亚"也并不意味着师承。到清初，贺裳《载酒园诗话》则将贾岛、姚合这两位师法对象放在一起，云："宋初多学贾岛、姚合"③，已与前人不同，也就是说，到贺裳这里才形成了宋初师法贾、姚论的雏形，但是，他仍未明确将晚唐体代表诗人全部与贾岛、姚合对应起来。

然而，梁昆在《宋诗派别论》中则明确地说："取学白乐天者谓之香山体，取宋初学姚、贾者谓之晚唐体……取以李商隐诗为准者谓之西昆派。"④ 把贾岛、姚合推为晚唐体的集体师法对象，这就不免武断和简单化，以至于引起人们的长期误解。

应该说，把贾岛作为宋初晚唐体的师法对象之一，这本身并没有错，从贾岛在宋初的影响及宋祁所说"大抵近世之诗，多师祖前人，不丐奇博于少陵，萧散于摩诘，则肖貌乐天，祖长江而摹许昌也"（《南阳集序》）⑤ 便可知。然而，梁昆把贾岛塑造成林逋、魏野、潘阆、寇准、九僧等人的集体师法对象则有问题，他的论证存在诸多纰漏。如他说："潘阆《忆阆仙诗》：'风雅道何玄，高吟忆阆仙。人虽终百岁，君合寿千年。骨已埋西蜀，魂应北入燕。不知天地内，谁为续遗编？'推崇贾岛，可谓备至！则阆诗必宗贾岛。《载酒园诗话》：'九僧诗俱宗阆仙。'则九僧诗亦宗贾岛。《瀛奎律髓》：'莱公诗学晚唐，与九僧体相似'，则寇准亦宗贾岛。《四库提要》：'赵湘诗源出姚合'，然武功诗本效贾岛，则赵湘亦宗贾岛。《瀛奎律髓》：'林和靖诗，予评之在姚合之上'，则林逋亦宗贾岛。故晚唐诗派皆宗贾岛无疑。"⑥ 其中关于寇准、赵湘、林逋宗贾岛的论述颇为牵强和武断，稍辨自明。尤其好笑的是，他依据方回"林和靖诗，予评之在姚合之上"，推导出林逋"亦宗贾岛"的结论，其间并无严密的逻辑性可言。显然他在贺裳的基础上，以"派"字挂帅，生

---

① （明）胡应麟：《诗薮》，中华书局，1958，第304页。
② （明）胡应麟：《诗薮》，第201页。
③ 郭绍虞编《清诗话续编》第1册，上海古籍出版社，2016，第401页。
④ 陈引驰、周兴陆主编《民国诗歌史著集成》第20册，第6页。
⑤ 曾枣庄、刘琳主编《全宋文》第24册，第321页。
⑥ 陈引驰、周兴陆主编《民国诗歌史著集成》第20册，第29页。

拉硬拽，进一步将师法贾、姚的诗人具体化，如寇准等人，以此形成了他的论断。

从现有材料看，自五代到宋初，人们对贾岛都有着客观的评价和冷静的观察。如孙光宪说："进士李洞慕贾岛，欲铸而顶戴，尝念'贾岛佛'，而其诗体又僻于贾。"① 指出"僻"是贾岛诗的特点。对于贾岛的品性际遇，孙光宪也说"贾岛，以其僻涩之才，无所采用"②，这里的"僻"包含着明显的贬抑色彩。《太平广记》也载："贾岛字浪仙。元和中，元白尚轻浅，岛独变格入僻，以矫艳，虽行坐寝食，吟咏不辍。"③ 这虽然是表彰贾岛以"僻"矫"艳"的成就，但对其诗歌则很难说是赞赏。只有孙仅在《读杜工部诗集序》中指出"公（杜甫）之诗，支而为六家：……贾岛得其奇僻"④，才有了一些赞赏的意味。可以说，"僻"是五代至宋初人们对贾岛及其诗歌风貌的共识，但没有表现出多少赞赏与推崇之意，相反，却时有贬抑之嫌。事实上，晚唐司空图对贾岛诗的认识已经很客观了。他在《与李生论诗书》中说："贾浪仙诚有警句，视其全篇，意思殊馁，大抵附于蹇涩，方可致才，亦为体之不备也。"⑤ 指出贾岛只有在"蹇涩"方面才能写出好诗，并明确指出这是贾岛的不足。宋初《文苑英华》《唐文粹》都选有这篇《与李生论诗书》，因此宋初人对贾岛之"僻"应是很熟悉的。在这种情况下，对贾岛诗可以是部分地接受，但大概不会像李洞那样顶礼膜拜。除了贾岛，姚合的诗闲适平淡，应比贾岛诗更适合宋人的口味，但他在宋初的影响远不及贾岛，对他的评价也基本见不到。姚合在诗学话语中频繁出现，始于宋末晚唐体形成时期，元代方回也频繁地指出宋末晚唐体学贾岛、姚合，同时也指出许浑等晚唐诗人创作上的不足，如"细碎以求新""小巧而近乎弱""多先锻炼景联、颔联，乃成首尾以足之""装点纤巧""体格太卑，对偶太切"等，这些都构成了梁昆论述宋初晚唐体的理论基础，因此梁昆"晚唐体"概念的提出，是他综合前人的论述，并将宋初晚唐体与宋末

---

① （五代）孙光宪撰，贾二强点校《北梦琐言》卷7，中华书局，2002，第164页。
② （五代）孙光宪撰，贾二强点校《北梦琐言》卷6，第144页。
③ （宋）李昉等编《太平广记》第4册，中华书局，1961，第1124页。
④ 曾枣庄、刘琳主编《全宋文》第13册，第307页。
⑤ （唐）司空图撰，祖保泉、陶礼天笺校《司空表圣诗文集笺校》，安徽大学出版社，2002，第193页。

晚唐体胡子眉毛一把抓的结果。

把贾、姚作为宋初晚唐体的集体师法对象，这在民国时期并非学界共识。当时人们对这一问题的认识是多样的，主要有以下四种。第一种，谭正璧《文学概论讲话》持杜牧说，认为"林逋、魏野、潘阆等学杜牧诗，号为'晚唐体'"①。第二种，柳村任《中国文学史发凡》持"大历十才子"说，认为"（九僧）作风多半和大历十子相像"②，延续着清初王士禛"大抵九僧诗规模大历十子"③的看法。第三种，钱基博《中国文学史》持杜牧与姚合两分说，认为："大约宋初诗人，西昆而外，寇准、赵湘为一类，以温丽为恻怆，杜牧之遗音也。潘阆、种放、魏野、林逋为一类，以瘦炼出清新，姚合之嗣响也。"④ 第四种，即梁昆《宋诗派别论》的贾、姚说。贾、姚说对我们今天的文学史写作与晚唐体研究影响甚巨，然而这在当时只是一家之言，梁氏所论无非是合并此前诸家说法，然而却是对前人的误读与"粗暴"总结，这既偏离了古人的认知，也找不到实实在在的材料依据。

至于人们为何认同宋初晚唐体师法贾、姚，或许是按照相似性原则，由于宋末晚唐体师法贾、姚，而且方回又说过："永嘉四灵复为九僧旧，晚唐体非始于此四人也。"（《送罗寿可诗序》）⑤ 于是将宋初与宋末晚唐体混为一谈，主观地认为宋初晚唐体也师法贾、姚，抑或根据九僧学贾岛，简单地以偏概全，将贾岛扩大为整个宋初晚唐体的师法对象。

在方回的概念里，他只是指出了宋初有晚唐体，并提出了一些代表人物，换句话说，他只是客观地叙述了宋初有哪些人在创作晚唐体作品。从元明以至民国，人们大都如此。但梁昆《宋诗派别论》不但提出晚唐体师法贾、姚，而且提出以寇准为"盟主"，成员包括林逋、魏野、潘阆、寇准、九僧等人，并总结其诗具有"重五律轻七律""重腹联轻首尾""重景联轻意联""炼句不炼意"等特征。⑥ 当然，他所使用的"派别"观念未必等同于西方传入的"流派"，但他用流派逻辑描述宋初晚

---

① 张高评编《民国时期文学研究丛刊》第1编第50册，第61页。
② 张高评编《民国时期文学研究丛刊》第1编第95册，第325页。
③ （清）王士禛：《居易录》，《影印文渊阁四库全书》本，第869册，第483页。
④ 钱基博：《中国文学史》，中华书局，1993，第485页。
⑤ （元）方回：《桐江续集》卷32，《影印文渊阁四库全书》本，第1193册，第662页。
⑥ 陈引驰、周兴陆主编《民国诗歌史著集成》第20册，第22~30页。

唐体则是不争的事实。受此影响，人们至今仍难以摆脱这套叙述逻辑的影响和束缚。

近年来，人们已逐渐认识到晚唐体概念中存在的纰漏和不足，讨论热点在于林逋、魏野诗风与贾、姚存在较大差异，并以此否定林逋、魏野诗的晚唐体属性。但实际上，风貌上的差异与创作成员之间缺乏紧密的诗学联系有关。寇准、魏野、潘阆、林逋、九僧等人虽然生活年代较为接近，但活动地点迥异，现实生活中难得一见。常有学者在宋初晚唐"派"成立的预设前提下，考察晚唐体诗人间的交游情况。然而我们经过仔细梳理，会发现晚唐体诗人间的交游有一个特点，即多为单向的拜访或拜谒，如魏野作有《喜怀古上人见访》《送怀古上人游钱塘》《送文兆上人南归》，再如林逋作有《酬昼师西湖春望》，潘阆作有《赠林逋处士》等。其中有三个热点人物，即魏野、林逋与寇准，前两位是著名的隐士，是当时上至达官显贵、下至僧道文士争相交游的对象；寇准则是风雅的宰相，也是人们尊崇的权贵，与其交往或许难免有攀附的成分。① 在这些晚唐体诗人中，多是四处云游的九僧及潘阆与居所相对稳定的林逋、魏野、寇准在交往，而且多是单向的人际走动。魏野的活动地点多是在陕州附近，而林逋曾二十年足不出钱塘，只有寇准与魏野在一段时间内互动较为频繁。魏野是著名的隐士，寇准在陕州任职期间曾多次前往拜访，魏野也一度成为其座上宾，这些都与当时社会对隐士人格的仰慕是一致的。同时我们要看到，寇准拜访魏野是权贵的一种风雅，魏野到寇准府上又何尝不是一种隐士的自我标榜，因此他们的诗学交流在人际交往中恐怕只能占次要地位。而且在晚唐体诗人之间，他们的酬赠也和他们与晚唐体以外诗人之间的唱酬无明显不同，加之见面次数有限，其中有些人恐怕终生都难得一见，很难说会有多密切的诗学意义上的交流和创作联系。常有学者因林逋、魏野诗风与贾、姚有异，从而对其是否属于晚唐体进行质疑。事实上如前所述，晚唐体并不以贾、姚为集体师法对象，其创作风貌的多样性恰恰符合不以某个晚唐人为集体师法对象的特点，因此林逋、魏野作为晚唐体诗人，其风貌与贾岛、姚合不一致，无可厚非。而这种质疑说到底仍是自梁昆以来将晚唐体风貌"定型

---

① 参见王传龙《"九僧"生卒年限及群体形成考》，《文学遗产》2012年第4期。

化"以后，流派逻辑产生潜在影响的结果。

梁昆关于晚唐体流派化的叙述在民国时期并未取得共识，也未产生大的反响。《宋诗派别论》出版后，1939年钱基博《中国文学史》也出版了，但钱氏并没有把晚唐体成员放在一个有共同师法对象的群体当中。1946年，蒋伯潜、蒋祖怡出版了《诗》，其论曰："当时除西昆体以外尚有冲淡一派的诗人，如王禹偁、寇准、林逋、范仲淹等。"① 也没有用派别的叙述方式对晚唐体进行归纳，因此梁论在当时只是一家之言，我们须谨慎地对待和接受。

谈到晚唐体，就不能不论述"九僧"。欧阳修、司马光等人虽没有提出有所谓"晚唐体"，却多次提到过"九僧"，同时宋初还编有《九僧诗集》，可知在当时和稍后，"九僧"与白体、西昆体一样，已经作为宋初诗坛突出的创作现象被人们注意到了。

九僧之间交游频繁，常相互拜访且情谊相投，如保暹《宿宇昭师房》就说："与我难忘旧，多期宿此房。眠云归未得，静夜话空长。"② 在交游过程中，诗常常是他们要谈到的话题。惟凤从关中回来，宇昭就说："孤锡依京寺，诗愁上鬓新。"（《喜惟凤师关中回》，第1475页）简长去拜访行肇，在墙壁上写下了"心真冥自契，句好与谁论"（《书行肇师壁》，第1457页）的诗句。九僧之间常有共同的创作活动，如惟凤游历终南山，希昼、文兆分别作有《送惟凤之终南山》与《送惟凤师之终南》。再如简长游历洛阳，保暹作有《送简上人之洛》，文兆也作有《送简长师之洛》。这些作品，或是当时诸人俱在，同题共作，或是游历途中分别与其他人相遇，而在不同地点赠酬，但无论何种情况，都表现出他们之间紧密的创作联系。在这种情况下，以诗会友也就顺理成章了。如宇昭《宿丁学士宅朱严希昼不至》说："幽期不可见，牢落望君情。坐久诗源寂，谈余井浪平。"（第1474页）希昼爽约令宇昭"诗源"颇感寂寥。再如惟凤《答宇昭师》说："要地无闲日，吟踪肯暂过。林泉归计晚，雨雪向春多。径僻稀来客，庭荒半长莎。独眠思旧约，寒梦绕烟萝。"（第1461页）最后一联用"思旧约"表达与对方见面的期待，而

---

① 陈引驰、周兴陆主编《民国诗歌史著集成》第7册，第108页。
② 北京大学古文献研究所编《全宋诗》第3册，第1446页。本节所引九僧诗均来自此本，不再出注。

第一联所谓"吟踪"则指宇昭之行,可知他们见面少不了题咏诗句。"九僧"的作品还展现出"分题"创作的情形,如希昼《书惠崇师房》说:"几为分题客,殷勤扫石床。"(第1441~1442页)文兆在《寄保暹师》中也说:"四释分题处,年来一榻虚。"(第1451页)他们还拥有较为成熟的诗社,如惟凤《寄希昼》说:"秋声落晚木,夜魄透寒衣。几想林间社,他年许共归。"(第1461页)所谓"林间社",指出了这个具有方外性质的诗社的存在。再如宇昭《寄保暹师》说"吟会失秋期,荒山寄病时。客髭生白早,丛木落青迟"(第1475页),则表达了未能赶赴"吟会"的惋惜。这些无疑会促使他们形成相同或相近的创作旨趣和诗歌风貌。如文兆在《寄行肇上人》中说,"诗禅同所尚,邂逅在长安。为客闲相似,趋时懒一般。分题秋阁迥,对坐夜堂寒。未遂归山计,流年鬓已干"(第1451页),就指出了他们"诗禅同所尚"的一致性。惟凤在《与行肇师宿庐山栖贤寺》中也说:"冰瀑寒侵室,围炉静话长。诗心全大雅,祖意会诸方。"(第1460页)所谓"诗心全大雅,祖意会诸方",是惟凤与行肇"静话"的内容及其所取得的诗学共识,即"大雅"是他们共同的诗学追求。将这两首诗合起来看,表明文兆、行肇、惟凤三人之间有着共同的诗学旨趣;我们再把这些与文兆《寄保暹师》所说的"四释分题",及惟凤《寄希昼》提到的"林间社"等雅集情形综合起来看,那么九僧之间拥有共同的诗学旨趣及创作活动也就不难想见了。①

因此,我们若以白体、西昆体树立的标准观照宋初诗坛,那么"九僧"相互唱和,具有鲜明的群体特征与创作风貌,其诗歌可当仁不让地与白体、西昆体相提并论,构成宋初"三体"。实际上,方回已隐约有这种提法,如他说:"有九僧体,即晚唐体也;有香山体者,学白乐天;有西昆体者,祖李义山。"(《瀛奎律髓》卷一《甘露寺》)②再如他说:"元祐诗人诗,既不为杨刘昆体,亦不为九僧晚唐体,又不为白乐天体,各以

---

① 参见刘玉《论宋初"九僧"诗》,《盐城工学院学报》(社会科学版)2003年第1期;朱新亮《宋初"九僧"诗人群体形成辨》,《宁波大学学报》(人文科学版)2017年第1期。

② (元)方回选评《瀛奎律髓》,《影印文渊阁四库全书》本,第1366册,第7页。

才力雄于诗。"（卷二十一《咏雪奉呈广平公》）① 到明代，徐伯龄《蟫精隽》亦云："宋诗变而为数体，有九僧体，学晚唐，即晚唐体也。……又有香山体，学白乐天。又有西昆体，祖李义山。"（卷十五）② 民国时期谢无量的《中国大文学史》、陈去病的《诗学概论》等也有这种表达，如陈去病云："宋兴，有九僧者，咸袭晚唐。厥后杨亿、刘筠、钱惟演等十七人，又宗法义山……（白乐天派）若王禹偁之徒。"③ 可知"九僧体"这个称谓及其与白体、西昆体并列的叙述格局由来已久，如前所述，北宋欧阳修等人也常提及九僧，这也足以支持这一诗坛架构。

因此，宋初晚唐体的构成相对复杂，一方面有群体特征鲜明的"九僧"存在，另一方面，林逋、魏野等人如同散落在夜空中的繁星，在整体人员构成上却不成体系。那么，我们应该如何认识宋初晚唐体呢？

立足于宋初创作实践，我们会发现晚唐体是当时最切于日用的创作思潮。白体表达闲适、乐意及放达的情怀，创作主体是生活优裕的官员，或洒脱的方外之士以及少数有着闲适情怀的文人，可以想见这不会是宋初诗坛上的多数群体。华丽繁缛的西昆体虽成为一时风气，但本质上只对应台阁文人这一特殊群体，它是学习李商隐华辞丽藻的产物。相比之下，晚唐体的内涵相对宽泛，表达的情感和旨趣可以是闲适、平淡，也可以是感伤、深沉，如寇准，他辗转于仕途当中，其诗歌多写尘世中的生活场景与思想情感，沉挚而有些许感伤，其《夏日》云："离心杳杳思迟迟，深院无人柳自垂。日暮长廊闻燕语，轻寒微雨麦秋时。"④ 再如《秋斋》云："霁景有谁同远望，秋怀无奈只悲歌。云收远峤凝岚翠，雨歇空庭败叶多。"⑤ 都是通过景物表达衰飒而有些低沉的情绪。因此晚唐体反映的是宋初人在现实中的真性情以及日常生活中的点滴感受，其创作态度可以是苦吟，也可以是平易，创作主体可以是官员，也可以是落第才士及平民，乃至方外之士等，不一而足。相比于白体和西昆体，晚唐体才是多数宋初人身边的诗，它的存在符合人们的现实创作需求，从

---

① （元）方回选评《瀛奎律髓》，《影印文渊阁四库全书》本，第1366册，第275页。
② （明）徐伯龄撰《蟫精隽》，《影印文渊阁四库全书》本，第867册，第176页。
③ 陈去病撰《陈去病全集》，上海古籍出版社，2009，第1416~1417页。
④ 北京大学古文献研究所编《全宋诗》第2册，第1020页。
⑤ 北京大学古文献研究所编《全宋诗》第2册，第1023页。

这一点说它是宋初最普遍的创作思潮。

从北宋诗歌发展来看,人们从晚唐体中受益良多,如对字句的锤炼、格律的重视,甚至苦吟的态度等,梅尧臣、欧阳修等人的诗都有明显的晚唐体痕迹。然而如此重要的创作思潮为何没有像白体、西昆体那样被人们着意强调呢?这似乎令人费解。但是,如果我们深入考察宋初的创作背景,这一现象解释起来或许非常简单。白体在宋初呈现出前代无可比拟的鼎盛局面,不但有皇帝亲自倡导和组织,而且众多达官显宦参与其中,这使白体在宋初有着重要的影响;西昆体则在平庸、琐屑的宋初诗坛异军突起,以其华丽繁缛的美学特征在社会上产生了轰动效应,赢得了人们的追捧;而晚唐体就存在于人们身边,显得那么平淡无奇,以至于司空见惯,不为时人所瞩目,欧阳修等人虽从晚唐体中受益良多,但在晚年回顾宋初诗坛时却没有形成对"晚唐体"这一概念的认知,可以想见晚唐体对人们来说,或许就像每天要吃饭一样平常,无须刻意强调,算不上特别的诗学现象。相比之下,白体与西昆体兴盛是宋初诗坛上的突出现象,"九僧"也以其特殊的身份引起了人们的集体关注,因此人们对这三者需要着意说明和记录一番。这也从侧面说明,宋初晚唐体在整体上并没有特定的师法对象,也没有形成特定的群体特征,更没有领袖人物,故而没有给人以突出而深刻的整体印象,否则不会被宋人集体忽视。

作为一种创作体式,晚唐体在宋初是切实存在的,然而面对九僧这一群体与林逋、魏野等人的差异,我们应该如何认识宋初"三体"的内涵呢?鉴于"九僧体"在宋初的独特性以及人们对它的强调,我们或许可以这样认为:"晚唐体"有狭义与广义之分,狭义上特指"九僧体",从一致的师法对象(方回认为学贾岛、周贺)、创作风貌等来观照,"九僧体"可当仁不让地与白体、西昆体构成宋初"三体";广义上,晚唐体代表诗人则包括九僧及各具风貌的潘阆、魏野、林逋、寇准等人,他们的作品共同构成了宋初晚唐体的多重面貌。

综上,宋初晚唐体概念虽是人们熟知的"常识",但其中仍有一些重要问题需要进一步体认和考察,这涉及如何认识晚唐体的性质,如何表述其特性和内涵,因此仍有予以重视的必要。以往,我们从作家、作品的角度去研究晚唐体,常常陷入一种模棱两可、似是而非的境地,然而，我们从学术史的角度去梳理晚唐体概念的形成过程，则很多疑问可迎刃而解，如师法对象、体派属性以及林逋等人的诗是否属于晚唐体等。民国是学术向现代演变的关键时期，奠定了古典文学研究的基本方法与叙述思路。① 然而通过对这一问题的研究，我们也发现，虽然学术后出转精，但不排除在某一阶段会偏离正确的方向。梁昆《宋诗派别论》关于晚唐体的论述就是明显的例证，一些问题往往随着时间的流逝，不是变得越来越清晰，而是越来越宽泛和模糊，我们去掉这重"翳障"，进而求"是"，正是学术研究的真谛。

如上所述，广义上晚唐体是一个没有创作宗主，具有多重创作风貌，普遍存在于宋初的创作现象，它比白体更能让人感受到真淳的性情及诗人在生活中的点滴感受。相对于晚唐五代时期，宋初社会环境已大不相同，因此我们阅读晚唐体诗歌，能明显感受到其中融入了当时普遍存在的闲适之感。如魏野，他在《辞招表》中曾说："陛下告成天地，延聘岩薮。臣实愚戆，资性慵拙，幸逢圣世，获安故里。早乐吟咏，实匪风骚，岂意天慈，曲垂搜引。但以尝婴心疾，尤疏礼节，麋鹿之性，顿缨则狂，岂可瞻对殿墀，仰奉清燕。望回过听，许令愚守，则畎亩之间，永荷帝力。"② 他首先表达的是"幸逢圣世，获安故里"的欣慰，又说自己"早乐吟咏，实匪风骚"，虽属谦辞，但也表明他是以"风骚"为理论上的诗学标准。然而这种标准在实际创作中并没有太大的指导意义，他的诗大多是吟咏性情之作，偏重于吟咏一己之安乐，这正如他在《述怀》中所说："东郭魏仲先，生计且随缘。任懒自扫地，更贫谁怨天。有名闲富贵，无事小神仙。不觉流光速，身将半百年。"③ 具体到诗歌当中，其《暮秋闲望》云："水阁闲登望，郊原欲刈禾。坏檐巢燕少，积雨病蝉多。砧隔寒溪捣，钟随晚吹过。扁舟何日去，江上负烟蓑。"④ 其《送丕上人南游》亦云："江山独去游，游遍始应休。云外敲清磬，船中剃白头。阻风孤岛晚，听雨二林秋。南国多嘉境，诗牌几处留。"⑤ 其中

---

① 参见第十章第四节"观照与反思：民国时期开放的文学史观与古典文学研究"。
② 曾枣庄、刘琳主编《全宋文》第9册，第128～129页。
③ 北京大学古文献研究所编《全宋诗》第2册，第932页。
④ 北京大学古文献研究所编《全宋诗》第2册，第946页。
⑤ 北京大学古文献研究所编《全宋诗》第2册，第903页。

没有白体的肤廓、浅近，相对来说，也没有白体"自矜其达"的刻意，其中无非是萧散悠然的情境，而且在艺术上表现出平淡质实的倾向，正如释文莹所说："其诗固无飘逸俊迈之气，但平朴而常，不事虚语尔。"① 再如赵湘，其《游烂柯山》云："仙人与王质，相会偶多时。落日千年事，空山一局棋。树高明月在，风动白云移。未得酬身许，闲来学采芝。"② 也是以萧散闲淡为主。同样作为隐士的林逋，他的诗学资料中有一条涉及李白、杜甫，这在宋初"三体"诗人中是比较少见的。他说："李杜风骚少得朋，将坛高筑竟谁登。"（《和皓文二绝》其一）③ 与魏野的"风骚"观一样，林逋对李、杜的推崇在具体创作中同样不具有指导意义，并且如前所述，林逋也曾表达过"吾生已是太平民"的庆幸，这与魏野极为相似。林逋明确表达过对平淡的赞赏，其《送思齐上人之宣城》云："诗正情怀澹，禅高论语稀。"④ 我们结合林逋的作品，更能感受到这种平淡宁静的情思与境界。如其《山中冬日》云："残雪照篱落，空山无俗喧。鸡寒懒下树，人晏独开门。废圃春荣动，回塘雾气昏。谁家岁酒熟，辍棹忆西村。"⑤ 再如《湖村晚兴》云："沧洲白鸟飞，山影落晴晖。映竹犬初吠，弄舡人合归。水波随月动，林翠带烟微。寺近疏钟起，萧然还掩扉。"⑥ 这些都与他的隐士身份相一致。其他诗人如潘阆、"九僧"等人的诗作，也大致趋向闲适平淡。晚唐体诗颇令人感受到其中所描绘的生活小景与宁静气息，其闲适的格调与宋初的社会文化氛围是一致的，而与白体声气相通。

除了处士与文人，即使僧人之作也是如此，对此，宋人有直接的语言表述。释智圆在思想上属于复古人士，但在创作上属于晚唐体诗人。他在《远上人湖居诗序》中说："子夏所序之道不可咈也。繇是赞其辞，知中心之哀乐焉，国政之美恶焉。……（远上人）袖出《湖居诗》十章示于予，且以序为请。予三复之，而皆叙闲逸，美太宁也。……俾诵其辞者乃知贤者之心，乐王者之化洽，则上人之为诗，庶乎子夏所叙之道

---

① （宋）文莹撰，郑世刚、杨立扬点校《玉壶清话》卷7，中华书局，1984，第66页。
② 北京大学古文献研究所编《全宋诗》第2册，第871页。
③ 北京大学古文献研究所编《全宋诗》第2册，第1237页。
④ 北京大学古文献研究所编《全宋诗》第2册，第1200页。
⑤ 北京大学古文献研究所编《全宋诗》第2册，第1194页。
⑥ 北京大学古文献研究所编《全宋诗》第2册，第1191页。

也,岂但驰骋于偶对、拘忌于声病耶?"① 其中他所举的诗句如"积水涵虚碧,遥峰带月秋""香飘寒水远,烛映夜堂深""幽鸟入深霭,残霞照晚流""猿声秋岳迥,月影夜潭空",显然都属于晚唐体范畴。但在他看来,这些诗歌反映了"国政之美恶",远上人等人诗"叙闲逸,美太宁",故读之使人"乐王者之化洽",这样释智圆就把晚唐体与儒家诗教融会在了一起,使晚唐体与白体一样具有了反映社会升平的意义,这种诗学设定是人们常常忽略的。

三 昆体诗学:升平已极的诗学反映

西昆体是"三体"中最晚起,但社会反响最剧烈的诗学思潮,它以典雅、华丽为特征。释文莹《玉壶清话》曾记载:"枢密直学士刘综出镇并门,两制、馆阁皆以诗宠其行,因进呈。真宗深究诗雅,时方竞务西昆体,碌裂雕篆,亲以御笔选其平淡者,止得八联。晁迥云:'凤驾都门晓,微凉苑树秋。'杨亿止选断句:'关榆渐落边鸿过,谁劝刘郎酒十分。'朱巽云:'塞垣古木含秋色,祖帐行尘起夕阳。'李维云:'秋声和暮角,膏雨逐行轩。'孙仅云:'汾水冷光摇画戟,蒙山秋色镶层楼。'钱惟演云:'置酒军中乐,闻笳塞上情。'都尉王贻永云:'河朔雪深思爱日,并门春暖咏《甘棠》。'刘筠云:'极目关山高倚汉,顺风雕鹗远凌秋。'……综后写御选句图立于晋祠。"② 一般认为,真宗排斥西昆体是因《宣曲》诗影射掖庭事。但从诗学的角度看,西昆体的繁缛、雕琢与宋初社会倡导的"淡泊""无为"的社会氛围格格不入,实际越是往后,浮艳诗风与宋人思想和诗学格格不入的现象就越鲜明,终宋一代,浮艳诗风始终都难以拓展存在的空间,这也就说明,真宗时期打击西昆体是宋人诗学的一种必然选择。同时西昆体专注于"文",与宋人"姑务契理"(太宗语)的诗学追求龃龉不合,而它又与当时社会上喧喧嚷嚷的奔竞之风相呼应,更非统治者所乐见。因此可以说,不是真宗因"私事"刻意排斥西昆体,而是宋人诗学意识与审美习惯这个"公器"容不下并最终抛弃了西昆体。

---

① 曾枣庄、刘琳主编《全宋文》第15册,第237页。
② (宋)文莹撰,郑世刚、杨立扬点校《玉壶清话》卷1,第2页。

西昆体是宋初诗学优柔闲适之风发展到极致的一种体现。杨亿少年时期就以诗赋召授秘书省正字，咸平元年（998）出知处州，后官至翰林学士，一生大部分时间都以宫廷文人的身份出现。与其人生状态相应，杨亿的思想也极为符合雅正雍容的宫廷风范，他动辄以"三代之风，不日而复"（《与梁舍人启》）①、"固汤诰、禹谟之可复，岂元和、长庆之足云"（《与薛舍人启》）② 来比附北宋的政治图景。在他的文字中，无论是给皇帝的奏章还是私人书信大都用骈文写成，其言语、论断无不显露出雍容雅正的宫廷气息。与其成长经历一致，杨亿的诗学思想也极为强调雅颂旨归。如他在《与秘阁黄少卿启》中赞扬说："有二《雅》之遗风，乃一时之绝唱。"③ 在《送致政朱侍郎归江陵唱和诗序》中也赞扬说："登于乐府，何愧《中和》《乐职》之诗；布于郢中，足掩《阳春》《白雪》之唱。雅言四达，颂声载扬，俾贞退之有光，致风俗之归厚。"④他心目中的美学典型是《中和》《乐职》《阳春》《白雪》等"雅颂"之音，这是他诗学批评的最高标准。与此相对，他极为反对诗歌中的"讽刺"与"忧思"。杨亿曾在《温州聂从事云堂集序》中说："若乃《国风》之作，骚人之辞，风刺之所生，忧思之所积，犹防决川泄流，荡而忘返，弦急柱促，掩抑而不平。今夫聂君之诗，恬愉优柔，无有怨谤，吟咏情性，宣导王泽，其所谓越《风》《骚》而追二《雅》，若西汉《中和》《乐职》之作者乎！"⑤ 在儒家诗教中，讥刺谲谏是诗歌的重要功能，而杨亿却视之如"决川泄流，荡而忘返，弦急柱促，掩抑而不平"，故极力反对诗歌中怨、怒的成分。他的诗学始终回荡着雅颂之声，并把这看作"风化"的反映。他在《广平公唱和集序》中说："广平公感交游之畴昔，虑竹素之沦胥，休沐之余，孜孜缀缉，为之七卷，以传于世。颂声奋发，爵里森布，著于简牍，垂厥方来。当使仲尼删诗，取《周南》而居首；班固著论，称西京之得人。盖风化之所系焉，岂徒缘情绮靡而已。"⑥ 他肯定"颂声奋发，爵里森布，著于简牍"的创作倾向，在

---

① 曾枣庄、刘琳主编《全宋文》第 14 册，第 330 页。
② 曾枣庄、刘琳主编《全宋文》第 14 册，第 332 页。
③ 曾枣庄、刘琳主编《全宋文》第 14 册，第 329 页。
④ 曾枣庄、刘琳主编《全宋文》第 14 册，第 383 页。
⑤ 曾枣庄、刘琳主编《全宋文》第 14 册，第 376~377 页。
⑥ 曾枣庄、刘琳主编《全宋文》第 14 册，第 385 页。

他看来这些作品不止"缘情绮靡而已",还有着充实的社会内涵,是"风化之所系"。杨亿《温州聂从事永嘉集序》也说:"(河东聂君)以为诗者,妙万物而为言也,赋颂之作,皆其绪余耳,于是收视反听,研精覃思。起居饮食之际,不废咏歌;门庭藩溷之间,悉施刀笔。鸟兽草木之情状,风云霜露之变态,登山涉水之怨慕,游童下里之歌谣,事有万殊,悉裁成于心匠;……予固知采其颂声,埒于乐府,荐于郊丘有日矣。"① 他要"采其颂声",目的就在于"埒于乐府""荐于郊丘",为朝廷所用。从总体上说,杨亿的诗学思想始终是倾向于优柔平和的,但他因此否定了"风刺"的存在价值,可谓走向了一个极端。除了杨亿,钱惟演在《梦草集序》中赞赏说:"浣水之锦,不足称其妍;合浦之珠,不足称其媚。至于咏清风于周雅,歌卿云于舜堂,铺菜帝猷,粉泽王业,斯志既励,属辞尤多。"② 显然也是认为华丽的言辞足以"粉泽王业",其诗学思想与杨亿相一致。

  一般,人们批评西昆体诗人只学到李商隐诗华丽繁缛的外表,却不得其诗的精髓,即深刻的内心体验,常把其看作一次蹩脚的诗学历程。然而,杨亿等人选择李商隐作为典范,这与宫廷文人优柔典雅的诗学观念有关,也与他们生存的台阁环境相关。西昆诗人大都生活在富丽堂皇的宫廷当中,其诗文的华丽、繁缛在很大程度上就是日常生活环境的写照,而在选取创作典范的时候,李商隐华丽的辞藻、考究的技法自然适应了这种美学需求。如果我们深入当时的创作环境,就会知道杨亿等人虽然欣赏义山诗,但李商隐感伤幽隐的意绪与杨亿等人的生活情境并不相符,或者说,他们本就无意去效法这一点,他们只是看中了李商隐诗华丽的辞藻与精妙的写作技巧,仅此而已,他们本就是有选择地学习,如同白体诗人学习白居易的闲适诗,而不学其讽喻诗一样。这与宋初特定的社会氛围是相呼应的。西昆体不过是宋初平和的社会氛围与李商隐诗华辞丽藻相结合的产物,因此不是杨亿等人缺乏赏鉴能力或才气不足,导致学习走向误区,而是他们进行了与所处时代相应的诗学选择。

---

① 曾枣庄、刘琳主编《全宋文》第 14 册,第 379~380 页。
② 曾枣庄、刘琳主编《全宋文》第 9 册,第 392 页。

综上所述，宋初诗学虽然接受了晚唐五代以来的影响，但有着自主的时代选择，"三体"诗人对诗歌的讽喻精神也有所认识，但这对他们的创作实践并没有太多的指导意义，相比之下，他们更重视诗歌吟咏情性的价值，更倾向于表现优柔闲适的人生情态，这是宋初社会氛围在诗学上的投射，其清和明朗的格调体现着鲜明的时代特征。

第二节　引领时代、勇于振作的复古诗学

如果说"三体"诗学以时代内涵与晚唐五代相区别，那么宋初复古诗学则以鲜明的经世立场与"三体"诗学相区别。复古诗学在宋初虽不是主流，却超越时代，引领着北宋诗学的发展潮流。"复古"在宋初是一个宽泛的概念，"三体"诗人中也有复古思想，如徐铉在《故兵部侍郎王公集序》中就赞赏因倡导古道而得"躁竞"之讥的王祜，说："夫古之君子，莫不汲汲于逢时，孜孜于救世。……公则内无隐情，外无饰貌，遇事辄发，胸中豁然，此真赵、魏意气之士，岂为儿女之态哉！"[①]林逋也在《与梵才大师帖》中说："岂仆向之所尚或泥于古耶？"[②] 表达了对"古调"的赞赏。杨亿虽喜欢写骈文，雕琢字句，但他一身正气，骨鲠敢言，在辽兵进犯之际与寇准共同促成了澶渊之盟，表现出与复古士人一样的敢于担当的气度。杨亿也追求"复古"，他将"三代"作为比拟的目标，借以阐发当下的理政之美。所以专就"复古"而言，宋初人的态度是一致的，其区别只在于对当下的态度上。我们这里所说的复古士人，是指宋初以倡导、恢复韩、孟古道自任的一批士人，他们强调道德节义，具有强烈的责任意识和承载韩、孟古道的魄力与决心。如果说"三体"士人以守成心态乐享太平、粉泽王业，那么复古士人则是以犀利的目光及浩然之气瞩目现实，关注时弊。复古士人注重文学与现实的关系，具有不同于常人的精神气度和对诗歌与众不同的思考视角，这形成了他们独特的诗学认知。

---

① 曾枣庄、刘琳主编《全宋文》第2册，第197页。
② 曾枣庄、刘琳主编《全宋文》第10册，第332页。

一 雄刚坚毅的柳开

柳开可谓宋初复古第一人，石介就评价说："下唐二百年，先生固独步。"（《过魏东郊》）① 同时他也是宋初复古第一狂人，他在《东郊野夫传》中解释自己取名"肩愈"、字"绍先"时，以柳宗元后人自居，故有"尚祖德"之说，同时认为自己在文章与行事方面可兼韩、柳二公之长，并且认为这种自评"不为过矣"②。他的自负也表现在《补亡先生传》中。"补亡先生"是他对自己的称呼，他在此传中对自己改名曰开、字曰仲途进行了解释，说："后大探六经之旨，已而有包括扬、孟之心，乐与文中子王仲淹齐其述作，遂易名曰开，字曰仲途。其意谓将开古圣贤之道于时也，将开今人之耳目使聪且明也；必欲开之为其途矣，使古今由于吾也，故以仲途字之，表其德焉。或曰：'子前之名甚休美者也，何复易之，不若无所改矣。'先生曰：'名以识其身，义以志其事，从于善而吾恶夫画者也。吾既肩且绍矣，斯可已也，所以吾进其力于道，而迁其名于己耳，庶几吾欲达于孔子者也。'"③ 可知这次改名是他超越了韩、柳，进而欲"达于孔子"的自励之举，是"包括扬、孟"，与王通"齐其述作"的又一次自我褒扬。孟子曾说"天将降大任于斯人也，必先苦其心志，劳其筋骨"（《孟子·告子章句下》）④，柳开就认为由他恢复古道是天降大任，他在《东郊野夫传》中说："捧书请益者咸云：'韩之下二百年，今有子矣。'野夫每报之曰：'不敢避是，愿尽力焉。'"当人们质疑说"子无害其谦之光乎"时，他则说，"当仁而不让者，正在此矣"⑤，充分表现出他的自负及其所具有的胆魄与决心。人的自负往往造成精神上的孤独，反过来孤独又促使人更加自负。柳开在倡导古道时倍感孤独，但刚毅之气始终不变。他在《送陈昭华序》中说："子曰：'见义不为，无勇也。'吾为子当之，力于大道焉。然子闻兵阵乎？能有勇，众辅之，则胜于战矣。吾犹战也，斯有勇焉，先将举其力而毙其杨、

---

① 北京大学古文献研究所编《全宋诗》第5册，第3410页。
② 曾枣庄、刘琳主编《全宋文》第6册，第393页。
③ 曾枣庄、刘琳主编《全宋文》第6册，第393页。
④ （宋）朱熹：《四书章句集注》，中华书局，2012，第355页。
⑤ 曾枣庄、刘琳主编《全宋文》第6册，第392页。

墨、老、佛。子与诸君，苟念其惠我之言而辅于吾，复于圣人之道也，而后必矣。"① 表达了对恢复古圣人之道的决心。他在《上符兴州书》中也说："江湖可以自放，林泉可以自娱，复恋恋不能去者，以明天子在上，贤执事在此。复而思之，设天与其命，一朝一夕，使主张斯文，教民归于古道，又万一而冀望于心也。"② 史称他"有胆勇""尚气自任，不顾小节，所交皆一时豪俊""性倜傥重义"③，或许正是这种个性，让我们看到了柳开极为强烈的肩负古道的雄心与魄力。

由于这种淑世精神，柳开在《昌黎集后序》中称叹道，"观先生之文诗，皆用于世者也"④，表达了对文学现实功能的肯定。与其坚毅的性格相应，柳开赞赏刚健的诗风。他在《与任唐征书》中说："辱示诗两轴，辞调颇切于古人。从何而得至于是者哉？非雄刚峻逸之材，孰能迨此！"⑤ 这里"雄刚峻逸"虽是形容诗人的才性，但其诗也必定是雄刚峻逸之作，才会引起柳开此番感慨。与"雄刚峻逸"一样，"奇拔"也是对平庸的超越，柳开在《五峰集序》中说："寥世善诗……子男十人，图善七言诗，凝善五言诗，立语皆奇拔。"⑥ 其中"奇拔"有着健拔向上的气质，体现出与"三体"诗学不同的美学倾向。柳开对卢仝、孟郊诗推崇有加，他在《与韩洎秀才书》中说："近洪州李顾行秀才自许州来相访……因读孟郊诗，言及足下有卢仝诗数十章。……予于江南及来河北，常欲求之，无能有也。……今欲请足下所有卢仝诗而一观焉。"⑦ 卢仝诗的狂放怪奇与柳开刚猛的个性及对古道的激切追求相关，孟郊诗的清寒峭硬则与柳开倡导古道却不为世人所重的身世之感相关，故能够获得柳开的激赏。

二 赋性融通的田锡

田锡（940~1003），字表圣，嘉州洪雅（今属四川）人。与柳开不

---

① 曾枣庄、刘琳主编《全宋文》第6册，第343页。
② 曾枣庄、刘琳主编《全宋文》第6册，第304~305页。
③ （元）脱脱等撰《宋史》第37册，第13023~13028页。
④ 曾枣庄、刘琳主编《全宋文》第6册，第356页。
⑤ 曾枣庄、刘琳主编《全宋文》第6册，第340页。
⑥ 曾枣庄、刘琳主编《全宋文》第6册，第354页。
⑦ 曾枣庄、刘琳主编《全宋文》第6册，第338~339页。

同,他一生仕途平顺,少有柳开的愤激,表现出一派雍容平稳的朝中官员作风。他在诗歌创作上属于白体,积极响应君臣唱和之举,认为这可以"美升平之际会,或扬德业之形容"(《谢御制和祝圣寿诗表》)①,而他又"以儒术为己任,以古道为事业"(《贻杜舍人书》)②,追求"天下穆穆然,复归于古道"(《贻青城小著书》)③ 的理想,这种复合型思想使他的复古诗学颇具包容性。

田锡在《进文集表》中说:"臣闻美圣德之形容谓之颂,抒深情于讽刺莫若诗,赋则敷布于皇风,歌亦揄扬于王化。"④ 他分别指出颂、诗、赋、歌对于政治教化的意义。他也在《贻陈季和书》中强调:"夫人之有文,经纬大道,得其道则持政于教化,失其道则忘返于靡漫。孟轲、荀卿,得大道也,其文雅正,其理渊奥。厥后扬雄秉笔,乃撰《法言》;马卿同时,徒有丽藻。"他不但指出文辞与政教的关系,而且指出文辞若失去"道"的内涵,则靡漫忘返,成为徒有丽藻的无用之言。接下来他还通过对唐人文学的回顾,表达了具有包容性的美学观念,他说:"世称韩退之、柳子厚,萌一意,措一词,苟非美颂时政,则必激扬教义。故识者观文于韩、柳,则警心于邪僻。抑末扶本,跻人于大道可知也。然李贺作歌,二公嗟赏,岂非艳歌不害于正理,而专变于斯文哉。"他以李贺诗获得韩、柳赞赏而得出"艳歌不害于正理"的结论,表现出对"艳歌"的包容。他在这篇文章最后说:"季和蜀之茂士也,嗜于博古,而工于作歌。以余东适秦关,祖道以别,示我长歌数百字,以为赠行之言,有以见天资杼轴,得于长吉;文理变动,侔于飞卿也。"⑤ 再次提到李贺,同时也提到了温庭筠,他把对"艳歌"的赞赏与陈季和"嗜于博古"相提并论,可以看出,在他心目中"艳歌"与"古"道并不冲突。

在《贻宋小著书》中,田锡则通过对"文理"的阐述,表达了对文风多样性的理解。他说:"数日论文,更得新意;若获秘宝,如聆雅音。

---

① 曾枣庄、刘琳主编《全宋文》第 5 册,第 136 页。
② 曾枣庄、刘琳主编《全宋文》第 5 册,第 220 页。
③ 曾枣庄、刘琳主编《全宋文》第 5 册,第 232 页。
④ 曾枣庄、刘琳主编《全宋文》第 5 册,第 138 页。
⑤ 曾枣庄、刘琳主编《全宋文》第 5 册,第 217~218 页。

苟非贤智之交，宁厚切磋之道？所谓悦我以文藻，荣我以道义也。……禀于天而工拙者，性也；感于物而驰骛者，情也。研《系辞》之大旨，极《中庸》之微言，道者任运用而自然者也。若使援毫之际，属思之时，以情合于性，以性合于道，如天地生于道也，万物生于天地也。随其运用而得性，任其方圆而寓理，亦犹微风动水，了无定文；太虚浮云，莫有常态。则文章之有生气也，不亦宜哉。"他认为文之工拙源自天赋，是"性"之自然，而对物的感发则是由于后天"情"的作用。他强调"以情合于性"，"性"合于道，这样写文章就能做到"随其运用而得性，任其方圆而寓理"。他所强调的"性"是以"道"为根基的，故"以性合于道"而产生的多样化风格都是符合"道"的。在他看来，文学风貌并没有一个固定的模式，"犹微风动水，了无定文；太虚浮云，莫有常态"，风格多样化不但无可厚非，而且可以使文章"有生气"。在这段话的后面，他对合"道"的辞采表示了由衷的赞赏。他说："比夫丹青布彩，锦绣成文，虽藻缛相宜，而明丽可爱。若与春景似画，韶光艳阳，百卉青苍，千华妖冶，疑有神鬼，潜得主张，为元化之枢机，见昊天之工巧，斯亦不知所以然而然也。则丹青为妍，无阳和之活景；锦绣曰丽，无造化之真态。"他认为"丹青布彩，锦绣成文"这种人工造出的美虽明丽可爱，但若与"春景似画，韶光艳阳，百卉青苍，千华妖冶"的自然之美相比，则"丹青为妍，无阳和之活景；锦绣曰丽，无造化之真态"，所以他赞赏禀于天性的自然之美，认为这是"元化之枢机"，而反对刻意雕琢的浮文丽藻。接下来他又说："以是知天亦不知其自圆，地亦不知其自方；三辰之明，六气之运，如目之在气主视，耳之在体司聪，己亦不知其自然也。故谓桂因地而生，不因地而辛；兰因春而茂，不因春而馨。……松以实而久茂，竹以虚而不凋；驺麟之性仁，虎豹之心暴：得非物性自然哉！"他通过对天地万物的体认，强调物性自然的合理性，具体到文学上，根植于天性自然的多样化风格是再正常不过的，就像"驺麟之性仁，虎豹之心暴"一样，没必要对不同的文学风格进行指摘。在这种思想指导下，田锡采取了任性自然的态度，他说："心与言会，任其或类于韩，或肖于柳，或依稀于元、白，或仿佛于李、杜，或浅缓促数，或飞动抑扬，但卷舒一意于洪濛，出入众贤之阃阈，随其所归矣。使物象不能桎梏于我性，文彩不能拘限于天真，然后绝笔而观，澄神以思，不知文有我欤，我有文欤。"① 在他看来，韩柳、元白、李杜的文学成就都是"卷舒一意于洪濛"、任性自然而呈现出来的结果，它们"或浅缓促数，或飞动抑扬"，也都是文理自然的体现。

在田锡的诗学思想中，值得我们注意的是他对"飞动抑扬"的赞赏。他在《贻宋小著书》中先是举出韩、柳、元、白、李、杜六位作家，然后列出两种迥异的风格，即"浅缓促数"与"飞动抑扬"，显然"浅缓促数"是与白居易闲适诗相对应的风格，"飞动抑扬"则与李白的豪放飘逸相对应。其余韩、柳、元、杜的诗文都可依据具体情况纳入这两类风格。这里显然李白的豪健诗风受到了他的关注，这一点很重要，因为"三体"人士很少提及李、杜，更遑论对李白"飞动抑扬"诗风的推崇了。"飞动抑扬"与柳开推崇的"雄刚峻逸"一样，都有着向上、激昂的气质，这体现出复古士人共同的诗歌美学倾向。田锡在《贻陈季和书》中就明确称赞李白诗说："若豪气抑扬，逸词飞动，声律不能拘于步骤，鬼神不能秘其幽深，放为狂歌，目为古风，此所谓文之变也。李太白天付俊才，豪侠悟道，观其乐府，得非专变于文欤？"② 他对"放为狂歌，目为古风"的李白诗做出了积极的评价，并描述了他"豪气抑扬，逸词飞动，声律不能拘于步骤"的诗歌风貌。与柳开一样，田锡也有着昂扬的淑世情怀，他曾在《答何士宗书》中说："钟是鼎新之运，乐乎升平之时，苟不左交英豪，右结俊造，与振藻名场之会，陪鸣珂帝里之游，则亦是包羞，安能免诮？"③ 这种豪迈的情志与他对豪健诗风的赞赏无疑是相呼应的。

三 推扬李杜的王禹偁

王禹偁是宋初白体诗的代表，又是宋初倡导古文的典型。他的诗学思想既有赞赏元、白诗清丽闲适的一面，如他在《送牛冕序》中说："好风什，多吟咏，寒苦清丽，有元、白之思焉。"④ 也有赞赏诗歌讽喻的一面，如他在《冯氏家集前序》中说："有讽谕，有感伤，有闲适，

---

① 以上皆引自曾枣庄、刘琳主编《全宋文》第5册，第218~219页。
② 曾枣庄、刘琳主编《全宋文》第5册，第217页。
③ 曾枣庄、刘琳主编《全宋文》第5册，第228页。
④ 曾枣庄、刘琳主编《全宋文》第7册，第429页。

落落焉，铿铿焉，真一家之作也。"① 王禹偁之所以能够突破一般士人学白的局限，进而学习杜甫，与他对现实的关注和积极入世的情怀密切相关。他曾在《拟留侯与四皓书》中说："历观古之圣贤，未尝不有意于民也。故隐见随其时，语默得其所，进则为天下之福，退则知天下之乱。……（今）帝欲废（太子）而不用，天下失望，朝廷愕然。先生于此时可不有意于民哉？……望先生无戢辕杜辔之虞，发函一披，则万国幸甚。"② 这虽是他模拟张良劝四皓出山的一封书信，但表达的却是对"有意于民"的士人社会责任感的呼吁。这种责任感在王禹偁的政治生涯中体现得非常鲜明，他在《端拱箴》、《三谏书序》、《御戎十策》及在知扬州时所作《应诏言事疏》中，多次提出重农耕、节财用、任贤能、谨边防、减冗兵并冗吏、沙汰僧尼等利于国计民生的主张，可以说北宋士大夫"先天下之忧而忧"的品格在王禹偁身上已经显露无遗了。这种社会责任感使他没有像一般"三体"诗人那样在吟咏中优游度日，而是以冷静的现实眼光关注社会。

王禹偁积极倡导古文，他在《送孙何序》中说："咸通以来，斯文不竞，革弊复古，宜其有闻。国家乘五代之末，接千岁之统，创业守文，垂三十载，圣人之化成矣，君子之儒兴矣。然而服勤古道，钻仰经旨，造次颠沛，不违仁义，拳拳然以立言为己任，盖亦鲜矣，富春孙生有是夫！"③ 何谓古文？释智圆曾说："夫所谓古文者，宗古道而立言，言必明乎古道也。古道者何？圣师仲尼所行之道也。"（《送庶几序》）④ 王禹偁"以立言为己任"就是他"服勤古道"的一种方式。值得我们关注的是这个过程中王禹偁对李白、杜甫诗歌的重视。他在《赠朱严》中说："谁怜所好还同我，韩柳文章李杜诗。"⑤ 王禹偁时常将韩、柳文与杜诗相提并论，如他在《送丁谓序》中说："其诗效杜子美，深入其间；其文数章，皆意不常而语不俗，若杂于韩柳集中，使能文之士读之，不之辨也。"⑥ 再如他在《答郑褒书》中说："吾不复议进士之臧否以贾谤矣。

---

① 曾枣庄、刘琳主编《全宋文》第8册，第24页。
② 曾枣庄、刘琳主编《全宋文》第7册，第413~414页。
③ 曾枣庄、刘琳主编《全宋文》第7册，第424页。
④ 曾枣庄、刘琳主编《全宋文》第15册，第190页。
⑤ 北京大学古文献研究所编《全宋诗》第2册，第759页。
⑥ 曾枣庄、刘琳主编《全宋文》第7册，第425页。

今携文而来者，吾悉曰韩、柳也；……赍诗而来者，悉曰陈、杜也。"① 他为了避免因评议他人诗文而惹出非议，故特以文似韩、柳，诗似陈、杜进行推扬，而这正反映出在他心目中韩柳之于古文、陈杜之于诗歌的典范地位。而他在《荐丁谓与薛太保书》中说："有进士丁谓者，今之巨儒也，其道师于六经，泛于群史，而斥乎诸子；其文类韩、柳，其诗类杜甫，其性孤特，其行介洁，亦三贤之俦也。"② 可知他对丁谓的重视是与其"巨儒"的身份及其"道师于六经"的学问渊源联系在一起的，而韩、柳文和杜诗是他所标榜的典范。

宋初人们对杜甫诗的发现和重视就是与这种复兴古道的精神紧密联系的。如孙仅在《读杜工部诗集序》中就从"古道"的角度对杜诗的重要性做了细致的阐述，他说：

> 夫文各一，而所以用之三，谋、勇、正之谓也。谋以始意，勇以作气，正以全道。苟意乱思率，则谋沮矣；气萎体瘵，则勇丧矣；言蒭辞芜，则正塞矣。是三者，迭相羽翼以济乎用也。备则气淳而长，剥则气散而涸。中古而下，文道繁富。风若周，骚若楚，文若西汉，咸角然天出，万世之衡轴也。后之学者，瞀实聋正，不守其根而好其枝叶，由是日诞月艳，荡而莫返。曹、刘、应、杨之徒唱之，沈、谢、徐、庾之徒和之，争柔斗葩，联组擅绣。万钧之重，烁为锱铢，真粹之气，殆将灭矣。洎夫子（杜甫）之为也，剔陈梁，乱齐宋，抉晋魏，潴其淫波，遏其烦声，与周、楚、西汉相准的。其夐邈高耸，则若凿太虚而嗷万籁；其驰骤怪骇，则若仗天策而骑箕尾；其首截峻整，则若俨钩陈而界云汉。枢机日月，开阖雷电，昂昂然神其谋，挺其勇，握其正，以高视天壤，趋入作者之域，所谓真粹气中人也。……风骚而下，唐而上，一人而已。③

孙仅从"意乱思率""气萎体瘵""言蒭辞芜"三个方面指出长期以来文学的弊端，杜甫则是一位能够"剔陈梁，乱齐宋，抉晋魏""与周、

---

① 曾枣庄、刘琳主编《全宋文》第 7 册，第 393 页。
② 曾枣庄、刘琳主编《全宋文》第 7 册，第 385 页。
③ 曾枣庄、刘琳主编《全宋文》第 13 册，第 306~307 页。

楚、西汉相准的"的诗人,他把杜甫看作《风》《骚》以来"一人而已",从而确立了杜诗的典范地位,这与王禹偁对杜甫的推崇是一致的。王禹偁赞赏的另一位诗人就是李白。他在《李太白真赞》中曾说:"予尝读《谪仙传》,具得其事:始而隐以俟命也,中而仕以求用也,终而退以全身也。又尝读谪仙文,微达其旨:颂而讽,以救时也;僻而奥,以矫俗也;清而丽,以见才也。而未识谪仙之容,可太息矣,恨不得生于天宝间,与谪仙挈书秉毫,私愿毕矣。……遂为赞曰:……国风缺败谁继声,空有鹤态高亭亭。"① 可见他也是从"救时""矫俗"等儒家诗教的角度对李白诗进行评价,所以对古道的崇尚也是他接受李白的重要诱因。

但王禹偁并不是一个偏执的复古主义者,他在努力恢复古道之时也始终保持着对山水和闲适情怀的吟咏。他非常赞赏能在人生逆境中实现"道胜"的人。他在《送李蕤学士序》中说:"唐韦处厚由考功员外郎出刺盛山,为诗十二章,当时名士自元、白而下皆和之,韩文公为之序,以为考功显曹,盛山僻郡,非处厚道胜自遣,不能乐于诗什。流播编简,以为美谈。司封李学士……以名曹史职,出佐庐江,而怡然自得,何道胜之若是耶?将见乎吟咏江山,传闻辇毂,俾朝之名士若元、白者属和成集。某,希韩者也,愿为序以继其美。"② "道胜"是指在人生困境中能以通达的心态抚慰内心,实现精神的自在及对现实处境的超越。他认为宋人李蕤与唐代韦处厚一样,也是"以名曹史职,出佐庐江",却能怡然自得,实现"道胜"。这种"道胜"也是王禹偁所追求的。他多次被贬,晚年在《无愠斋记》中说:"古人三仕无喜色,三已之无愠色。……到郡之明年,作书斋于公署之西偏,因征古义,以'无愠'为名。后之人治是郡者,公退之暇,当以琴书诗酒为娱宾之地,有余力则召高僧道士煮茶炼药可矣。"③ 令尹子文"三仕为令尹,无喜色;三已之,无愠色"(《论语·公冶长》)④。这是儒学的"道胜",而王禹偁所说的"道胜"实际已经是儒家与佛、道思想合流之后的一种状态了,他

---

① 曾枣庄、刘琳主编《全宋文》第 8 册,第 106~107 页。
② 曾枣庄、刘琳主编《全宋文》第 7 册,第 434 页。
③ 曾枣庄、刘琳主编《全宋文》第 8 册,第 78 页。
④ (宋)朱熹:《四书章句集注》,第 80 页。

在与"高僧道士煮茶炼药"中获得了精神的自在与超越。有宋一代,复古士人在倡导、践行古道的同时,始终保持着对山水及闲适情怀的吟咏和热衷,在这方面,王禹偁可谓北宋早期的一位典型人物。

四 援释入儒的释智圆

释智圆(976~1022),字无外,自号中庸子,钱塘人。他是一位援佛入儒的僧人,也是宋初复古思潮中的重要人物。他认为儒、释立教的根基都在于仁义,他说:"释氏之立教,博施而济众,根慈而柢仁。……夫仲尼之为教也,莫不好生而恶杀乎。……我安得不禀仲尼之道,以好生仁恕恻隐为心乎!吾苟不能好生仁恕恻隐者,非但为仲尼之罪人,实包羞于释氏也。"(《漉囊志》)① 他把佛教泛爱众生的理念与儒家的仁恕思想联系起来,并用儒家的"仁义"概括二者的共性,将佛称为"圣人"(《天台国清寺重结大界序》)②,这样就把佛教与世俗紧密联系起来。释智圆认为儒、释兼济,互为补充,缺一不可。他在《中庸子传(上)》中说:"夫儒释者,言异而理贯也,莫不化民,俾迁善远恶也。儒者饰身之教,故谓之外典也;释者修心之教,故谓之内典也。惟身与心,则内外别矣。蚩蚩生民,岂越于身心哉?非吾二教,何以化之乎?嘻,儒乎释乎,其共为表里乎!"③ 因此作为释者,他有着强烈的入世情怀,他说:"夫阐教之士,负法王之优寄,为如来之所使,必以摧邪显正、激浊扬清、为后学蓍龟、作生灵耳目为其己任也。苟弗能之,而默然自守者,则尸禄备员于佛门矣。"(《与嘉禾玄法师书》)④ 不难看出,他有将佛教儒学化的倾向,因此在"学佛外,读仲尼书"(《法济院结界记》)⑤ 成为他涵养人格的重要方式。

在文学思想上,释智圆强调教化功能。他说:"代人所为声偶之文,未见有根仁柢义、模贤范圣之作者,连简累牍,不出月露风云之状,谄时附势之谈,适足以伤败风俗,何益于教化哉!"(《送庶几序》)⑥ 他反

---

① 曾枣庄、刘琳主编《全宋文》第15册,第276~277页。
② 曾枣庄、刘琳主编《全宋文》第15册,第292页。
③ 曾枣庄、刘琳主编《全宋文》第15册,第305页。
④ 曾枣庄、刘琳主编《全宋文》第15册,第179页。
⑤ 曾枣庄、刘琳主编《全宋文》第15册,第275页。
⑥ 曾枣庄、刘琳主编《全宋文》第15册,第191页。

对雕琢风月、谄时附势、无关教化的创作倾向。但他并不是刻板的古文家，而是非常重视"言"的表达效果与作用。他在《答李秀才书》中说："愚窃谓文之道者三：太上立德，其次立功，其次立言。德，文之本也；功，文之用也；言，文之辞也。德者何？所以畜仁而守义，敦礼而播乐，使物化之也。功者何？仁义礼乐之有失，则假威刑以防之，所以除其蓄而捍其患也。言者何？述其二者以训世，使履其言，则德与功其可至矣。"① 他认为文章应以道德为本，以显功为用，而以"言"为之辞。他认为"言"是彰显功、德的方法与途径，因此在他的观念中，"言"是文章的重要元素，故在文道关系上他重视"言"的价值。与此相应，他不排斥所谓"今"辞。他说："今其辞而宗于儒，谓之古文可也；古其辞而倍于儒，谓之古文不可也。虽然，辞意俱古，吾有取焉尔。"(《送庶几序》)② 所谓"今"辞，就是上文所说的"声偶之文"，与质朴的"古"辞相对。释智圆认为古文的理想状态是"辞意俱古"，次之"今其辞而宗于儒"亦可，总之，其古文思想的核心就是反映儒教，凡是反映儒家伦理道德，言及教化的文章就是古文，虽"今其辞"，亦"有取焉尔"，所以他的古文观是比较通达的。

事实上，历来儒家文艺思想在反对过分雕琢的同时，也并不否定文字应有的价值。如孔子虽然提出"文胜质则史"，但他主张"文质彬彬，然后君子"(《论语·雍也》)③，要求文字形式与内容的和谐与均衡。再如西汉扬雄虽然批评过分雕饰，指出"辞胜事则赋"，即反对文辞修饰超过表达内容的需要，以至于成为"赋"那样华而不实的文字，但他仍然主张"事辞称则经"，而且提出"足言足容，德之藻矣"(《法言·吾子篇》)④。在柳开那里，他所反对的是受到形式束缚的文字，但他没有表达过否定文字价值的言论，所以人们批评他"重道轻文"是有偏颇的。到北宋中期，石介虽然反对"穷妍极态"(《怪说》中)⑤ 的西昆体，但他没有否定过文字应有的美学价值。因此我们的古人从来都不缺

---

① 曾枣庄、刘琳主编《全宋文》第15册，第185页。
② 曾枣庄、刘琳主编《全宋文》第15册，第191页。"倍"应作"背"。
③ (宋)朱熹：《四书章句集注》，第89页。
④ (汉)扬雄撰，韩敬译注《法言》，中华书局，2012，第39页。
⑤ (宋)石介撰，陈植锷点校《徂徕石先生文集》卷5，中华书局，1984，第62页。

少对美的审视，对文与质的辩证思考始终没有停止过，只是他们不追求唯美主义，而是要在适当的节点寻求形式与内容的和谐与平衡，只不过在特定时期，因反对以"文"为主导的创作倾向而在表达上有所侧重罢了，这是理解和解说中国古典文论的基本前提，也是人们常常忽略的。

与文学思想一致，释智圆在诗学思想上也极为强调教化功能。他在《钱唐闻聪师诗集序》① 中说：

> 或问诗之道，曰："善善，恶恶。"请益，曰："善善颂焉，恶恶刺焉。""如斯而已乎？"曰："刺焉俾远，颂焉俾迁，乐仁而怢义，黜回而崇见，则王道可复矣。故厚人伦、移风俗者，莫大于诗教与！"於乎！风雅道息，雕篆丛起，变其声，耦其字，逮于今，亦已极矣。而皆写山容水态，述游仙洞房，浸以成风，竞相夸饰。及夫一言涉于教化，一句落于谲谏，则伟呼族噪，攘臂眦睢，且曰："此诟病之辞矣，讥我矣，詈我矣，非诗之谓矣。"及问诗之道，则昂其头，翕其目，輥然而对曰："人亦有言，可以意冥，难以言状，吾何言哉？"吁，可怪也！诗之道出于何邪？出于浮图邪？伯阳邪？仲尼邪？果出仲尼之道也，吾见仲尼之道也。吾见仲尼之删者，悉善善恶恶、颂焉刺焉之辞耳，岂如今之人谓之诗者，盈简累牍皆华而无根，不可以训者乎？②

在序中，释智圆生动地描述了当时两种对立的诗学观念：一种是主平和，咏风月；另一种是主美刺，垂教化。在释智圆看来，诗应"善善恶恶"，"颂焉刺焉"，最终"乐仁而怢义，黜回而崇见"，恢复王道，而那些"盈简累牍皆华而无根"的作品则悖离了儒家诗教。他在《远上人湖居诗序》中曾说："（子夏）曰：'主文而谲谏，言之者无罪，闻之者足以自戒。'噫，诗之教大矣哉，岂但拘四声、辟八病、叙别离、状物色而已乎！"③ 因此他对那些"昂其头，翕其目，輥然而对"的人士予以严厉的斥责。

---

① "钱唐"应作"钱塘"。
② 曾枣庄、刘琳主编《全宋文》第15册，第233~234页。
③ 曾枣庄、刘琳主编《全宋文》第15册，第237页。

与其他复古士人一样，释智圆也对李白非常赞赏。他在《松江重祐和李白姑熟十咏诗序》中说，"夫诗之道本于三百篇也，所以正君臣、明父子、辨得丧、示邪正而已。……得之者虽变其辞，而且无背于三百篇之道也；失之者但务嘲咏风月，写状山水，拘忌声律，绮靡字句，于三百篇之道无乃荡尽哉！……唐朝李谪仙得之者也。其为诗，气高而语淡，志苦而情远，其辞与古弥异，其道与古弥同"①。在他看来，李白诗虽然"其辞与古弥异"，然而"其道与古弥同"，其诗以"正君臣、明父子、辨得丧、示邪正"为创作根本，虽然"变其辞"，即不用古辞，但内容则"无背于三百篇之道"，故他认为李白是儒家诗教的"得之者"，因此他从古道的角度接受了李白诗。

在诗风上，释智圆推崇平淡。他在《联句照湖诗序》中称赞说，"格调清卓，辞意平淡"②。他在《远上人湖居诗序》中也说，"凡此数联，即所谓辞尚平淡、意尚幽远者"③。因此在释智圆身上，激切的入世情怀与平淡幽远的审美取向并不矛盾。作为僧人，他有着与其他山林人士同样的美学视角。他在《联句照湖诗序》中所举的"菱花在何处，千古碧沉沉""冷光通禹穴，寒色绕山阴"等句，以及在《远上人湖居诗序》中所举的"积水涵虚碧，遥峰带月秋""幽鸟入深霭，残霞照晚流""猿声秋岳迥，月影夜潭空"等句，都表明他对平淡质朴的晚唐体诗风非常赞赏。而在实际创作中他也倾向于晚唐体，这说明晚唐体的山野意趣与宋人复古思潮并不冲突，这一点到北宋中后期依然如此，这是在儒释道思想走向融合的时期，时代赋予宋人的特殊气质与品格，这令他们能在入世与出世之间灵活地转换。

总的说来，宋初复古士人的诗学特色极为鲜明。首先，他们强调诗歌服务于政教，善善恶恶，表现出与"三体"诗人不同的现实眼光。其次，在诗学典范的选择上，他们发掘出李、杜诗歌中的"古"意，为北宋中期诗学接受李、杜开辟了道路。最后，他们青睐刚健诗风，柳开、田锡对此都有明确的表达，王禹偁、释智圆虽然没有明确表示，但他们接受了李白，对其豪迈诗风的接受自是题中之义。如王禹偁把李白诗分

---

① 曾枣庄、刘琳主编《全宋文》第15册，第236页。
② 曾枣庄、刘琳主编《全宋文》第15册，第235页。
③ 曾枣庄、刘琳主编《全宋文》第15册，第237页。

为三类，即"颂而讽""僻而奥""清而丽"，显然前两类与李白诗中愤世嫉俗的篇章密切相关，那些作品恰是彰显豪迈之风的。再如释智圆称李白为"三百篇之道"的"得之者"，而李白最能体现三百篇之道的就是《蜀道难》等古体诗，这些诗风格俊朗，豪迈不群，与"浅缓促数"者不同。总之，复古士人以积极的入世情怀直面现实，这令其诗学在"三体"之外别具风采。

第三节　多元、开放的诗学空间

宋初在某种程度上延续着晚唐五代流风，是宋诗学的初始阶段。此时诗学表现出自由的、较少束缚的状态，而诗坛创作远比我们印象中的要丰富多彩，除"三体"外，题材上还有边塞诗、爱情诗等，风格上也存在豪迈、旖旎等不同的风采。即使在"三体"之间，诗人也不固守自己的阵地，而是在各体之间游走，如《西昆集》中就有很多白体诗人，杨亿的作品也不全是西昆体。同时，宋初人们接受的唐诗也并非只有白居易、贾岛、李商隐等少数几位诗人的作品，而是对唐诗全面接受，由此形成了一个多元、开放的诗学空间。

一　诗学思想的多元化

所谓"三体"是后人对宋初诗坛的总结，实际在宋初并没有这样泾渭分明的体派界限。宋初人的创作并不局限于某一体，而是进行着泛化的接受与创作。如田锡作为具有现实情怀的复古士人，他在诗中表现出对民生的关注，如其《秋霖》云："菊花潦倒雨冥冥，秋菌参差上壁生。台榭可堪闲眺望，池笼不快野心情。猿啼山馆寒无梦，灯背风帘滴到明。却为农家妨敛获，丛祠精舍拟祈晴。"① 表现出对农民生存的担忧。他的乐府诗也颇多讽谏意味，如《塞下曲》云："黄河泻白浪，到海一万里。榆关风土恶，夜来霜入水。河源冻彻底，冰面平如砥。边将好邀功，夜率麾兵起。马度疾于风，车驰不濡轨。尽破匈奴营，别筑汉家垒。扩土过阴山，穷荒为北鄙。天威震朔漠，戎心畏廉李。所以龙马驹，长贡明

---

① 北京大学古文献研究所编《全宋诗》第 1 册，第 470 页。

天子。边夫苟非才，怨亦从兹始。"① 虽是以汉为说，但对当下亦含着讽谏之意。与复古士人的气度和对豪迈诗风的推崇相应，田锡的诗歌境界颇为阔大。如：

> 水国迎凉暑气消，思清吟啸语雄豪。远如海树黄云晓，健比秋风白浪高。酬答愧无明月珮，纵横争及解牛刀。和诗送别昭亭路，何似金銮夺锦袍。(《和安仪凤》)②

> 春日闲销一局棋，春愁还得数篇诗。高吟大醉何人问，英略雄图久已知。破产虽无容足所，丈夫岂合以家为。时来富贵终须有，懒学梁鸿赋五噫。(《寄蒲城宋白小著》)③

> 西楼吟倚若为情，情似浮云处处生。翠叠乱山千里阔，红翻晴叶一川明。散分野色渔村小，斜衬秋光雁阵横。回望帝乡归未得，芦花如雪绕江城。(《倚楼》)④

如前所述，他的诗学观念颇具包容性，尤其赞赏李贺的"丽"辞，相应地，在他的作品中也就呈现出诸多"丽"辞。如其《吟情》云："风月心肠别有情，灵台珠玉气常清。微吟暗触天机骇，雅道因随物象生。春是主人饶荡逸，酒为欢伯伴纵横。莫嫌宫体多淫艳，到底诗狂罪亦轻。"⑤ 这首诗提出"莫嫌宫体多淫艳，到底诗狂罪亦轻"的主张，整首诗本身也体现出如宫体般"丽"的特点。再如《拟古十六首》其八云："玉树拭不灭，柳带柔堪结。惠然贞妇心，皎若天山雪。罗幕生春风，珠帘鉴秋月。沧波燕又归，尺书胡断绝。"⑥ 其中显然富含六朝风韵，情思旖旎，语言也堪称华美，与西昆风格桴鼓相应。

再如张咏，他的诗也关注现实。如其《憨农》云："悠悠世事称无穷，千灵万象生虚空。活人性命由百谷，还须着意在耕农。自有奸民逃禁律，农夫倍费耕田力。青巾短褐皮肤干，不避霜风与毒日。暮即耕兮

---

① 北京大学古文献研究所编《全宋诗》第 1 册，第 474 页。
② 北京大学古文献研究所编《全宋诗》第 1 册，第 463 页。
③ 北京大学古文献研究所编《全宋诗》第 1 册，第 456 页。
④ 北京大学古文献研究所编《全宋诗》第 1 册，第 472 页。
⑤ 北京大学古文献研究所编《全宋诗》第 1 册，第 459 页。
⑥ 北京大学古文献研究所编《全宋诗》第 1 册，第 475 页。

朝即耘，东坻南垅无闲人。春秋生成一百倍，天下三分二分贫。天意昭昭怜下土，英贤比迹生寰宇。惩奸济美号长材，来救黎元暗中苦。我闻愍农之要简而平，先销坐食防兼并。更禁贪官与豪吏，愍农之道方始行。"① 这比田锡的农事诗更具现实批判性。张咏的诗也常呈现豪迈之风，如《解嘲》云：

> 我本高阳徒，平生意气凌清虚。词锋即日未见试，壮年束手来穷途。蛟龙岂是池中物，风雨不夹狂不得。五都年少莫相猜，鸾凤鸡犬非朋侪。志士抱全节，愚下焉复知。宁作鸾凤饥，不为鸡犬肥。君不见淮阴汉将未逢时，市人颇解相轻欺。又不闻宣尼孜孜救乱治，厄宋围陈亦何已。往者尚有然，余生勿多耻。休夸捷给饶声光，莫以柔滑胜刚方。我爱前贤似松柏，肯随秋草凋寒霜。道在康民致尧禹，岂要常徒论可否。兴来转脚上青云，何必羸驴苦相侮。②

从诗中我们似乎看到了唐人李白、韩愈的风采。

但他的诗也时有"丽"辞，如其《筵上赠小英》云："天教拼百花，拼作小英明如花。住近桃花坊北面，门庭掩映如仙家。美人宜称言不得，龙脑熏衣香入骨。维扬软縠如云英，毫郡轻纱若蝉翼。我疑天上婺女星之精，偷入筵中名小英。又疑王母侍儿初失意，谪向人间为饮妓。不然何得肤如红玉初碾成，眼似秋波双脸横。舞态因风欲飞去，歌声遏云长且清。有时歌罢下香砌，几人魂魄遥相惊。人看小英心不足，我看小英心本足。为我高歌送一杯，我今赠尔新翻曲。"③ 张咏为人"少任气，不拘小节"（《宋史·张咏传》）④，我们从诗中可以感受到这种豪迈的气度，但语言风格及人物形象却让我们看到了唐人乃至宫体风采，而他也参与了"西昆唱和"，并作有《鹤》等作品，这都表现出他对"丽"辞的包容。同时，张咏诗也多有白体的闲适情怀，如其《幽居》云："落花时节掩关初，请绝江城旧酒徒。满屋烟霞春睡足，一溪风雨夜灯孤。易中

---

① 北京大学古文献研究所编《全宋诗》第 1 册，第 522 页。
② 北京大学古文献研究所编《全宋诗》第 1 册，第 523~524 页。
③ 北京大学古文献研究所编《全宋诗》第 1 册，第 529 页。
④ （元）脱脱等撰《宋史》第 28 册，第 9800 页。

有象闲消息，身外无求免叹吁。多谢岩僧频见访，欲回流水又踟蹰。"①虽然语言颇为厚重，但充盈着闲静的生活情态。再如《退居近墅》云："选得烟村寄掩扉，拙谋翻似解忘机。名场未入老将至，乡信不来春欲归。窗背晚阴黄鸟语，簟横幽径落花飞。何由尽会苍苍意，时复携筇上翠微。"②表达着闲静状态中的人生感怀。我们用白体、西昆体或复古士人重道轻文的传统观念，都无法涵盖张咏诗歌中的多元风格。

又如释智圆作为复古士人，作有与其刚毅气质相应的豪迈之作。如《少年行》云："儿奴屡背约，辱我汉天子。瞋目而语难，五陵年少子。举手提三尺，报国在一死。匹马立奇勋，壮哉傅介子。"③作为僧人，他不但表达出强烈的入世情怀，而且豪迈气度丝毫不输张咏、田锡等人。他更在边塞题材中抒发豪迈的情怀，如其《边将二首》其一云："威声飞将岂能过，号令雄师剑始磨。雪搅长空马僵立，偷营今夜度胶河。"其二云："百战依前勇气成，穷边深入耀精兵。穹庐烧尽龙庭破，却上燕然更勒铭。"④如此豪迈的诗句出自远离尘嚣的僧人笔下，着实令人有些惊诧。但他的诗歌整体上倾向于晚唐体，如其《酬仁上人望湖山见寄次韵》云："平波映危碧，清景异尘中。雪霁寒侵郭，秋澄冷照空。眠云徒自乐，浮棹约谁同。幽趣何人识，搜吟愧远公。"⑤再如《酬正言上人》云："旅雁声孤过旧林，相怀无处共论心。眠云未负他年约，看雪难忘尽日吟。江上信稀寒浪阔，竹边房掩夕阳深。寂寥闲坐西窗下，空把余情寄玉琴。"⑥诗境清寂，对仗工稳。除此，作为僧人的释智圆，竟还有爱情题材的作品，如其《寄远》云"洞房秋晚更思君，宝瑟慵弹日又曛。雁过长空书不到，满庭黄叶落纷纷"⑦，令人绝倒。同时，他的有些咏物诗颇具西昆意味。如《柳》云："融融春色伴花荣，浓翠参差雨乍晴。低拂冷烟元亮宅，静笼明月亚夫营。叶浮晚水愁眉细，絮落春衣

---

① 北京大学古文献研究所编《全宋诗》第1册，第541页。
② 北京大学古文献研究所编《全宋诗》第1册，第541~542页。
③ 北京大学古文献研究所编《全宋诗》第3册，第1553页。
④ 北京大学古文献研究所编《全宋诗》第3册，第1538页。
⑤ 北京大学古文献研究所编《全宋诗》第3册，第1510页。
⑥ 北京大学古文献研究所编《全宋诗》第3册，第1515页。
⑦ 北京大学古文献研究所编《全宋诗》第3册，第1540页。

雪片轻。莫上隋堤思往事，万株萧索傍河声。"① 再如《雁》云："岁岁随阳整羽翰，翱翔还见过云端。哀音断续霜风紧，群影参差夜月残。雕鹗已逃榆塞险，烟波初下洞庭宽。行人万里思归切，送目遥空寄信难。"② 他对所咏之物的渲染、修饰与西昆诗人并无不同。我们不妨做一点对比。如杨亿《鹤》云："帐望青田碧草齐，帝乡归路阻丹梯。露浓汉苑宵犹警，雪满梁园昼乍迷。瑞世鸾皇徒自许，绕枝乌鹊未成栖。终年已结云罗恨，忍送西楼晓月低。"③ 再如丁谓《梨》："摇摇繁实弄秋光，曾伴青梓荐武皇。玄圃云腴滋绀质，上林风驭猎清香。寻芳尚忆琼为树，蠲渴因知玉有浆。多少好枝谁最见，冒霜颓丹倚邻墙。"④ 无论遣词设色，还是反复皴染等艺术手法，释智圆都与西昆诗人如出一辙。

不单复古士人，"三体"诗人也是如此。魏野作为晚唐体诗人，其诗有平淡清幽的晚唐色彩，如：

绛郡政闲闻，人家可闭门。马嘶花下路，犬睡月中村。吏亦擎书卷，民皆挈酒樽。行春思隐逸，多谢动吟魂。(《和绛台王都官见寄春日书事之什》)⑤

江山独去游，游遍始应休。云外敲清磬，船中剃白头。阻风孤岛晚，听雨二林秋。南国多嘉境，诗牌几处留。(《送丕上人南游》)⑥

这些诗对仗工稳，意境清寂，是典型的晚唐风格。同时他的诗又有白体闲适乐易的特点，如其《薛田察院洎寿师同宿三门开化院》云："绣衣蕙带方袍客，身计虽殊性共闲。同宿河心山顶寺，数宵无一事相关。"⑦ 再如《送王国博赴江南提刑》云："江南按察去如何，诏敕虽然密赐多。不断仙舟来往处，狎鸥载鹤听渔歌。"⑧ 故司马光称其诗"效白

---

① 北京大学古文献研究所编《全宋诗》第3册，第1544页。
② 北京大学古文献研究所编《全宋诗》第3册，第1544页。
③ 北京大学古文献研究所编《全宋诗》第3册，第1402页。"鸾皇"应作"鸾凰"。
④ 北京大学古文献研究所编《全宋诗》第2册，第1144页。
⑤ 北京大学古文献研究所编《全宋诗》第2册，第952页。
⑥ 北京大学古文献研究所编《全宋诗》第2册，第903页。
⑦ 北京大学古文献研究所编《全宋诗》第2册，第921页。
⑧ 北京大学古文献研究所编《全宋诗》第2册，第930页。

乐天体"①。

再如杨亿以创作西昆体著称,然而他还赞赏白体,并作有《读史学白体》。同时杨亿也不局限于台阁,还醉心于山野。如其《建溪十咏·武夷山》云:"灵岳标真牒,孤峰入紫氛。藤萝暗仙穴,猿鸟骇人群。古道千年在,悬流万壑分。汉坛秋藓驳,谁祀武夷君。"②再如《郡斋西亭夜坐》云:"凉飔初拂衽,皓魄正当轩。宿鸟林间定,流萤草际翻。苍茫迷野色,嘲哳辩方言。角罢重城掩,渔归别浦喧。断蛩吟坏壁,寒杵出遥村。树影成帷密,滩声激箭奔。夜长风露冷,川迥水烟昏。对景都无寐,冥心契混元。"③ 这些作品无疑具有晚唐体特征,我们从这个角度将他划归晚唐体也未尝不可。从创作风格上说,他的诗并非只有华美一途,还有倾向于质朴的作品。如《郑溥赴汀州判官》云:"家近祝融峰,登科遇至公。悲秋双鬓改,佐幕十年中。食蘖心常苦,占蓍命未通。瓯闽路虽远,荆楚俗多同。投刃应余地,当樽莫暂空。援毫如草檄,又是愈头风。"④再如《诸公于石氏东斋宴郑工部分韵得悲秋浮》云:"楚客登临处,离怀重隐忧。二毛初入鬓,一叶早惊秋。旅雁他乡思,悲笳绝塞愁。凭何遣羁绪,菊蕊满杯浮。"⑤ 这些诗以质朴的词句传达出对人生的感悟,完全没有西昆体浮华的痕迹,因此单纯从"西昆"视角看待杨亿并不全面。

人们说到"三体",诗人的创作形象似乎就被固定了,提到魏野就是晚唐体,提到杨亿就是西昆体。但如上所述,宋初诗人在创作上并没有严格的体派界限,一位诗人可能身兼数"体",诗人之间的交游更不为体派所限,我们更无法因其交游而定其创作所属之体派,这说明宋初有着非常开放的诗学环境,作家的诗学思想可谓多元化,他们虽然没有突破唐诗,但就创作的丰富性而言,仍是可圈可点的,这常为治宋诗的学者所忽视。

---

① (清)何文焕辑《历代诗话》,中华书局,2004,第276页。
② 北京大学古文献研究所编《全宋诗》第3册,第1377页。
③ 北京大学古文献研究所编《全宋诗》第3册,第1328页。
④ 北京大学古文献研究所编《全宋诗》第3册,第1347页。
⑤ 北京大学古文献研究所编《全宋诗》第3册,第1349页。

二 唐诗接受的开放性

宋初,人们在唐诗面前几乎没有与其分庭抗礼的可能。这主要表现在对唐诗的全盘接受上,从白居易、贾岛、李商隐到李白、杜甫、王维、薛能,这些诗人体现着唐人迥异的创作风貌、倾向以及成就,但在宋初,他们都拥有相应的接受群体,这说明宋人在确立自己的诗学思想体系之前,盲目地接受着唐诗兴味,缺少自觉的独立意识。

虽然如此,但宋人对每一阶段唐诗的接受程度并不相同。就初唐诗而言,除了陈子昂,我们很少看到宋人的评价。究其原因,宋初虽然沿袭了晚唐五代以来对"丽"辞的欣赏,如徐铉在《故兵部侍郎王公集序》中评价说,"丽而有气,富而体要,学深而不僻,调律而不浮"①。然而"丽"在宋人话语中始终是有所限定的,如王禹偁《冯氏家集前序》说,"三复而阅之,见其词丽而不冶"②,田锡在《贻宋小著书》中用"雅丽"来形容张谓、吕温之诗,③说明宋初诗学所主张的"丽"与靡丽、艳丽是不同的。这与宋人平和淡泊的社会氛围有关。宋人以"三代"自比,以清世自居,这与靡丽所代表的"浊"形成鲜明的对比,太宗在《逍遥咏》序中就对"华而不实"④的美学倾向表达了排斥的态度。对初唐诗的排斥,在后来宋人的文字中表述得更为清楚,如蔡宽夫说:"唐自景云以前,诗人犹习齐、梁之气,不除故态,率以纤巧为工。开元后格律一变,遂超然度越前古。"⑤南宋魏庆之在《诗人玉屑》中也认为"唐兴,诗人承陈隋风流,浮靡相矜"⑥,可谓道出了其中的原因,所以宋初人对沿袭南朝靡丽诗风的初唐诗歌加以忽略,自然在情理之中。

就盛唐诗而言,宋初人偶尔谈到过王维、王昌龄。如林逋《诗将》说:"子美尝登拜,昌龄合按行。"(《赠张绘秘教九题》)⑦ 王禹偁在

---

① 曾枣庄、刘琳主编《全宋文》第 2 册,第 196 页。
② 曾枣庄、刘琳主编《全宋文》第 8 册,第 24 页。
③ 曾枣庄、刘琳主编《全宋文》第 5 册,第 219 页。
④ 北京大学古文献研究所编《全宋诗》第 1 册,第 312 页。
⑤ (宋)胡仔纂集《苕溪渔隐丛话》前集卷 10,第 68 页。
⑥ (宋)魏庆之编《诗人玉屑》卷 14,上海古籍出版社,1978,第 300 页。
⑦ 北京大学古文献研究所编《全宋诗》第 2 册,第 1205 页。

《酬安秘丞歌诗集》中说："李白王维并杜甫，诗颠酒狂振寰宇。"① 范雍在《忠愍公诗序》中也说，"公平昔酷爱王右丞、韦苏州诗吟味"②。"忠愍公"即寇准。寇准喜爱王维诗，这与晚唐体诗人对平淡诗风及山水诗的赞赏是一致的。但宋初人最关注的盛唐诗人还是李白和杜甫，这主要体现在复古士人的诗学批评中。然而应该说明的是，在宋初李、杜的诗学地位并不十分突出，人们虽然反复称扬李、杜，如王禹偁在《日长简仲咸》中说："子美集开诗世界，伯阳书见道根源。"③ 他在《李太白真赞》中又说："恨不得生于天宝间，与谪仙挈书秉毫，私愿毕矣。"④ 孙仅甚至认为杜甫"风骚而下，唐而上，一人而已"⑤。然而，这在当时并没有产生特别的影响。田锡对唐诗的接受最能说明问题。他在《贻宋小著书》中说，"李白、杜甫之豪健，张谓、吕温之雅丽。……或类于韩，或肖于柳，或依稀于元、白，或仿佛于李、杜"⑥，他把李、杜与众多中晚唐诗人罗列在一起，将豪健与雅丽并列，把李杜与韩柳、元白并提，却没有进行特别的甄别。再如释智圆在《读白乐天集》中说："李杜之为诗，句亦模山水。钱郎之为诗，旨类图神鬼。讽刺义不明，风雅犹不委。于铄白乐天，崛起冠唐贤。下视十九章，上踵三百篇。句句归劝诫，首首成规箴。……所以长庆集，于今满朝野。"⑦ 作为复古诗人的释智圆，虽然推崇李白，但并没有把李、杜作为最高的诗学典范，反而认为白居易"崛起冠唐贤"。所以从整体上来看，李、杜并未成为人们诗学观念中不可逾越的诗学典范，即使在复古士人那里也是如此。

至善至美的盛唐诗并没能在宋初成为人们关注的重点，其中原因或许应该从唐、宋两个时代的巨大差异上来探求。宋初人循默自守、知足守静，而盛唐人意气风发、个性张扬，这种巨大的差异使宋初难以形成与盛唐风采进行对话的平台，而白居易所代表的中唐诗歌则因其优游萧散的生活情调与精神状态，极易与宋人产生共鸣，并成为追慕的对象。

---

① 北京大学古文献研究所编《全宋诗》第2册，第784页。
② 曾枣庄、刘琳主编《全宋文》第16册，第63页。
③ 北京大学古文献研究所编《全宋诗》第2册，第737页。
④ 曾枣庄、刘琳主编《全宋文》第8册，第106页。
⑤ 曾枣庄、刘琳主编《全宋文》第13册，第307页。
⑥ 曾枣庄、刘琳主编《全宋文》第5册，第219页。
⑦ 北京大学古文献研究所编《全宋诗》第3册，第1559页。

从历史角度看，盛唐并不是宋人心目中的社会典范，这在后来宋人对盛唐的评价中就可看出来。如曾巩曾在《读五代史》中说："唐衰非一日，远自开元中。"① 王安石在《开元行》中说得更具体，云："君不闻开元盛天子，纠合俊杰披奸猖。……一朝寄托谁家子，威福颠倒那复理。那知赤子偏愁毒，只见狂胡仓卒起。茫茫孤行西万里，逼仄归来竟忧死。子孙险不失故物，社稷陵夷从此始。"② 他们认为唐代乱局始于开元，因此盛唐也就成为祸乱开始的渊薮，这在很大程度上削弱了宋人对盛唐的推崇。

中唐诗是宋初人接受的重点，他们除了选定白居易作为诗学典范，还在中唐找到了众多"知己"。如前面所述柳开之于孟郊、卢仝；田锡之于韩愈、柳宗元、元稹、李贺、张谓、吕温；寇准之于韦应物；等等。杨亿还赞赏刘禹锡，他在《送人知宣州诗序》中说："京兆善政，前有赵、张，姑苏能诗，后推刘、白，岂偶然哉？"③ 中唐诗之所以成为宋初接受的重点，无外乎如下两个原因。首先，由于诗学的自然延续，唐诗自中唐以后便失去了盛唐时期昂扬的气度和风采，逐步走向对个人优游情思的吟咏，或清平，或黯淡，白居易则以其多元化的创作旨趣，成为晚唐五代以来诗学的"广大教化主"（张为《诗人主客图》）④，无论是消极出世还是积极入世，人们都能在白诗中找到渴求的诗学营养，他的诗歌几乎涵盖了封建士人所能赋予诗的全部内涵。而宋人及其诗学风貌没有因为改朝换代而急剧转变和更迭，在宋初，白居易诗进一步适应了人们守静、安定的精神需求与审美倾向，它比李白、杜甫诗更切合人们的现实需要。其次，中唐文学的盛况为宋初人提供了广阔的接受空间，中唐诗坛不但有元白、韩孟、刘柳、张王等众多风格迥异的诗人，而且乐府、歌行、五七言律绝等各体都臻于繁盛，其繁荣景象比盛唐有过之而无不及，这足以令宋初人景仰。同时对复古士人来说，中唐更是古文崛起之时，所以中唐为宋初人提供了诸多典范和发展的可能性，为宋人汲取诗学营养提供了丰厚的土壤，故为宋初所关注自然在情理之中。因

---

① 北京大学古文献研究所编《全宋诗》第 8 册，第 5541 页。
② 北京大学古文献研究所编《全宋诗》第 10 册，第 6536 页。
③ 曾枣庄、刘琳主编《全宋文》第 14 册，第 386 页。
④ 丁福保辑《历代诗话续编》，中华书局，2006，第 70 页。

此相对来说，中唐是一个在大乱后颇有意于奋发有为的社会。赵宋建国伊始，赵宁就在《大宋新修唐宪宗皇帝庙碑铭》中说："为中兴之主者，其唯宪宗皇帝之谓乎！"① 因此，对经历过长期战乱的宋初人来说，中唐更能激起他们的政治共鸣。

宋初对晚唐诗的接受，在程度上或许比不上中唐，但代表了宋诗走向精工的发展趋势，它对宋诗学的重要性与中唐诗相比有过之而无不及，是北宋诗学发展中的一个重要因素。宋初所接受的晚唐诗人为数不少，如薛能，张咏曾在《许昌诗集序》中说："许昌薛侯，诗人之雄乎！观夫所尚，率以治世为本。随事刺美，直在其中；放言既奇，意在言外。"② 再如罗隐，王溥在《谢进士张翼投诗两轴》中说："格调宛同罗给事，功夫深似贾司仓。"③ 罗给事即罗隐。又如皮日休、陆龟蒙，王禹偁在《桂阳罗君游太湖洞庭诗序》中就说："间以倡和赞献之句，凡一百首。虽金石不同其音，同归于雅正；黼黻不同其文，同成于章施。前不见刘、白，后不见皮、陆，又何人也！"④ 另欧阳修《六一诗话》载："郑谷诗名盛于唐末……以其易晓，人家多以教小儿，余为儿时犹诵之，今其集不行于世矣。"⑤ 可知郑谷诗在宋初也在传唱之列。此外，沙门皎然、贯休作为中晚唐诗僧，也受到宋初人的推崇，如宋白《大宋杭州西湖昭庆寺结社碑铭》云："上人姓颜氏……为诗甚工，汤休、皎然，不相上下。"⑥ 释智圆在《谢吴寺丞撰闲居编序书》中也说："若夫前世之贤为僧作序者多矣……但所称者之贤不如贯休、皎然尔。"⑦ 与其复古诗学立场相应，释智圆还赞赏杜牧，他在《读杜牧集》中说："去邪空有志，嫉恶奈无徒。后世名垂远，当时道亦孤。"⑧

总之，唐诗在宋初基本处于被全盘接受的状态。北宋中期，宋祁在《南阳集序》中曾总结说："大抵近世之诗，多师祖前人，不丐奇博于少

---

① 曾枣庄、刘琳主编《全宋文》第3册，第140页。
② 曾枣庄、刘琳主编《全宋文》第6册，第124页。
③ 北京大学古文献研究所编《全宋诗》第1册，第161页。
④ 曾枣庄、刘琳主编《全宋文》第8册，第31页。
⑤ （清）何文焕辑《历代诗话》，第265页。
⑥ 曾枣庄、刘琳主编《全宋文》第3册，第411页。
⑦ 曾枣庄、刘琳主编《全宋文》第15册，第182页。
⑧ 北京大学古文献研究所编《全宋诗》第3册，第1564页。

陵，萧散于摩诘，则肖貌乐天，祖长江而摹许昌也。"① 这准确地概括了宋初接受唐诗的情况。在接受过程中，我们可以看到两个基本现象：一是对唐诗几乎没有贬抑之词，完全是以欣赏的眼光看待唐诗的；二是对唐诗的接受极具开放性，以今天的眼光看，白居易诗之浅易，贾岛诗之清苦，卢仝诗之怪奇，李贺诗之秾丽，李商隐诗之繁缛及李白、杜牧诗之豪健，杜甫诗之沉郁等，各自不同，但都成为宋初接受的对象，这说明宋初处于对唐诗的盲从阶段，诗学自信与诗学自立意识远未建立起来。

第四节 宋初诗学的价值与意义

从宋诗发展来说，一般人们把梅尧臣、欧阳修的时代看作宋诗的发端。但如果我们不从以文字为诗、以议论为诗、以学问为诗等创作角度出发，而是从北宋诗体现出的整体风貌来看，② 就会发现宋诗的基本内涵与格调在宋初均已萌芽。与此相应，北宋诗学的基本元素在宋初也已具备，只是人们为传统表述所拘束，常常忽略了宋初在北宋诗学发展中的价值和意义。因此在这一节，我们就从宏观视角观照宋初在北宋诗学中的价值与意义。

一 太宗与北宋诗学基本格调的形成

太宗作为皇帝，其思想与言论必然成为北宋诗学发展的有力驱动和推手。事实也表明，北宋诗学的基本格调已经在太宗身上有所体现，这是我们观照北宋诗学时常常忽略的。

太宗在诗学上反对浮华，与此相应，他极为崇尚平淡美。他在《逍遥咏》中说："达人知淡泊，默默见非常。"③ 在太宗笔下，"淡泊"也常

---

① 曾枣庄、刘琳主编《全宋文》第24册，第321页。
② （宋）严羽《沧浪诗话》批评宋人以文字为诗，以才学为诗，以议论为诗，其所谓"近代诸公"指代并不明确，在很大程度上是指江西诗派以来的作家。而江西诗派出现于北宋后期，而且并非当时主流。故引用严羽这一判断应注意适用范围。若用以概括北宋诗歌，并不恰当。笔者认为，宋诗渊源于唐诗，就北宋诗歌而言，它在唐诗的基础上，发展了其中平淡闲适、富于理性自觉的一面，其整体特点首先在于平淡与闲适的风貌。
③ 北京大学古文献研究所编《全宋诗》第1册，第315~316页。

用"雅淡"一词表达,如:

> 异端违雅淡,返祸自轻生。(《逍遥咏》)①
> 品流才雅淡,格致意潜通。(《逍遥咏》)②
> 雅澹玄中得,常人故不知。(《逍遥咏》)③
> 精英闲雅澹,停歇世途心。(《缘识》)④

有时也用"澹薄""恬淡""清淡"表达,如:

> 澹薄随情遣,优游静恶除。(《缘识》)⑤
> 闲忙心各异,恬淡入清虚。(《缘识》)⑥
> 心专慕道真空法,恬澹清虚好到头。(《缘识》)⑦
> 慕道焚修万法通,一心清淡奉真宗。(《缘识》)⑧

太宗对"平淡"的强调,与宋人的精神旨趣相通,也与当时诗学中蕴含的平淡意蕴相一致。如前所述,太宗的态度无疑会对当时的诗学取向产生指导意义,事实证明,后来的宋诗学也是在这个方向上发展下去的。

"淡泊"往往是达于"乐道"之境的必要条件,而"乐道"则是判断一个人得"道"的关键因素。太宗曾说:"任持从雅淡,乐道定雌雄。"⑨ 太宗非常推崇古圣先贤所获得的自由乐易的境界,他曾说:"逍遥贤圣乐(原注:达理优游,任运不滞。贤圣纵别,逍遥且同。乐哉至仁,放意自得也),我闷俗情愚。"(《逍遥咏》)⑩ 所谓"贤圣乐",如原

---

① 北京大学古文献研究所编《全宋诗》第 1 册,第 314 页。
② 北京大学古文献研究所编《全宋诗》第 1 册,第 315 页。
③ 北京大学古文献研究所编《全宋诗》第 1 册,第 337 页。
④ 北京大学古文献研究所编《全宋诗》第 1 册,第 441 页。
⑤ 北京大学古文献研究所编《全宋诗》第 1 册,第 407 页。
⑥ 北京大学古文献研究所编《全宋诗》第 1 册,第 429 页。
⑦ 北京大学古文献研究所编《全宋诗》第 1 册,第 431 页。
⑧ 北京大学古文献研究所编《全宋诗》第 1 册,第 432 页。
⑨ 北京大学古文献研究所编《全宋诗》第 1 册,第 335 页。
⑩ 北京大学古文献研究所编《全宋诗》第 1 册,第 335 页。

注所认为的，是贤圣认知世界时"任运不滞"的情境，他们的"放意自得"就是外在体现。太宗又说："逍遥心自乐，清净保长生。"（《逍遥咏》）①他认为逍遥之"乐"可以让内心世界保持清净，有利于长生久视。太宗所强调的"乐道"情怀，是与他追求的平淡美桴鼓相应的精神品格，也是当时白体诗学的思想基础。通观北宋诗学，从宋初白体诗学的闲适乐道，到北宋中后期诗学旷达乐易的旨趣，再到道学家诗学的"乐"境，都对此有淋漓尽致的体现。

太宗深受道、释思想的影响，在创作中也大力将释、道思想融入作品，他在《逍遥咏》《缘识》中分别用道教与佛教思想吟讽劝世。如《逍遥咏》云："曩劫知因果，生前道不穷。若修方寸是，发意便周通。"②又云："一法归千法，真如即是真。迷情终不见，达了悟知因。"③其中不但有释、道的影响，而且可以明显看到释、道思想融合的迹象，如所谓"劫""因"是佛教词语，太宗却把它们与道家的"逍遥"之境联系起来。同样，《缘识》云："丹砂保重开清境，白发相宜倚翠岩。曩劫缘中因种在，布衣鹤袖凤来衔。"④"丹砂"是道教的修炼方法，太宗说的却是佛教的"劫"与"因缘"，故可知道、释在太宗思想中并不冲突。又如《缘识》云："人愚学道谤神仙，岂达虚无物外缘。多是六情贪爱障，更兼朝暮不心坚。"⑤"虚无"是佛教对世界的认知，然而它在诗中也与神仙修炼联系了起来。仔细阅读《逍遥咏》与《缘识》，可知其中有多首重出的作品，这本身也说明这些诗在道、释思想方面的相通性。宋人以这种融通为思想底色，于是我们看到后来苏轼、黄庭坚等人都在诗中造就了浑融无碍的境界。除此，太宗也不排斥议论在诗中的运用，他的《逍遥咏》《缘识》篇篇如佛教偈子吟讽劝世，可谓议论满眼。但这并非太宗所独有，宋初与太宗最为近似的是晁迥，他的诗也用佛、道思想指导人们立身处世，并通过议论着力表达旷达的情思和人生感悟，如云：

---

① 北京大学古文献研究所编《全宋诗》第1册，第329页。
② 北京大学古文献研究所编《全宋诗》第1册，第330页。
③ 北京大学古文献研究所编《全宋诗》第1册，第346~347页。
④ 北京大学古文献研究所编《全宋诗》第1册，第410页。
⑤ 北京大学古文献研究所编《全宋诗》第1册，第431页。

了达事终虚，往事何殊梦。此后事来干，屹如山不动。了达事
终虚，往事今何在。此后事来干，豁若空虚碍。独觉贵高奇，杰出
群迷外。(《超真独觉辞》)①

陶令曾言归去来，解印还家不回首。屏贵都遗身外名，忘忧酷
嗜杯中酒。白傅曾言归去来，了知浮世非长久。独步逍遥自得场，
饮食寝兴随所偶。罗隐曾言归去来，濩落生涯何所有。明日船中竹
一杆，要学江湖钓鱼手。晁叟亦言归去来，抗表辞荣养衰朽。京洛
红尘旧满衣，总脱临风都抖擞。(《仿归去来辞》)②

白氏先生耽醉吟，衔杯洒翰恣欢心。樽空才尽若为许，释闷遣
怀功未深。愚称居士名醒默，清思忘言求妙德。习此功成道更高，
不到诗魔兼酒惑。(《醒默居士歌》)③

一般认为，宋人喜欢以议论为诗，而这在太宗诗中已表现出来了。
我们也知道，宋人"以议论为诗"延续着唐代杜甫、韩愈等人的风气，
但透过太宗、晁迥诗可知，宋诗这一特点的形成，也无疑吸收了历来佛
教偈子的手法，并形成了以议论为特色的创作形态，以"筋骨思理"见
胜的宋诗在太宗这里也已经显露头角了。

综上所述，太宗身上已经体现出北宋诗学的基本格调，而作为皇帝，
他的做法与思想必然会对当时和此后诗学的发展产生重要影响，因此宋
人独具特色的诗学不是在北宋中期突然出现的，而是在宋初就已萌芽。

二 "三体"与北宋诗学的基本内涵

优柔闲适是宋初诗学的基本内涵，它的流行与宋初社会特定的氛围
及儒、释、道思想相互融合的大环境密切相关，并成为那个时代的"集
体意识"及士人的主体形象，这一点在整个北宋都没有中断，故白体在
北宋的影响与接受不必赘言。

宋初晚唐体亦对北宋诗学有重要影响。晚唐体虽然取材狭窄，并因
此受到多方批评，但它因精雕细琢的诗句而具有长久的艺术魅力，并对

---

① 北京大学古文献研究所编《全宋诗》第1册，第607页。
② 北京大学古文献研究所编《全宋诗》第1册，第607页。
③ 北京大学古文献研究所编《全宋诗》第1册，第609页。

后世产生了深远的影响。在创作上，梅尧臣、欧阳修等人都对晚唐体有所继承和发扬，翻开其诗集，可谓触目皆是。即便强调"文以载道"的儒学家也是如此。如李觏是著名的学者，但他并不反对必要的雕琢，他曾说："哀乐万端成画缋，江山大半入炉锤。格如平易人多爱，意到幽深鬼未知。"（《览余尧辅诗因成七言四韵》）① 所谓"江山大半入炉锤"，就是指诗对自然的描摹与锤炼。他又说："学佛有余力，吟诗过一生。情闲气焰少，句好琢磨成。"（《回明上人诗卷》）② 也是强调对琢磨诗句的赞赏。再如王安石在《灵谷诗序》中强调："观其镵刻万物，而接之以藻缋，非夫诗人之巧者，亦孰至于此。"③ 表达了对吴处士诗"镵刻"万物的赞赏，可知他与李觏一样并不反对必要的雕琢。其他文人对"雕镌"的态度也是如此。如陈舜俞《送诗僧惠师》说："琢句如琢玉，得之若得宝。有时到极挚，直可补元造。平生乐此乐，白头不知老。数年吴楚游，咏遍泉石好。却怀钟山隐，乡思满春草。橐中何以归，篇篇有留藁。"④ 诗中写惠师"琢句"如同"琢玉"一样专注、刻苦，以至于他的诗"直可补元造"，可谓是一种极大的赞美。与此相似，强至在《赠徐君强》中说："浑然天成有警句，直若未剖元气胚。间工磨琢弄纤巧，真宰手把天葩裁。"⑤ 他把诗人比喻成自然的"真宰"，也即天，认为诗人"磨琢弄纤巧"，如同天公剪裁天葩，非常人所能。又如文同在《还友人诗卷》中说："吾乡风物最清丽，君向其间作诗客。定余绝景在幽深，更欲烦君用刀尺。"⑥ 他期待诗人用诗句描写幽深的景物，像裁缝使用刀尺一样将景色表现出来。北宋后期苏轼等人依然持此态度。如苏轼说："诗人雕刻闲草木，搜抉肝肾神应哭。"（《次韵孔毅父集古人句见赠五首》其四）⑦ 他把诗人"雕刻"看作与天争巧，这与强至等人是一致的。再如刘弇在《赠钱承务咏翁》中也说："冥搜直到穷源处，惊得神

---

① （宋）李觏撰，王国轩校点《李觏集》卷37，中华书局，1981，第463页。
② （宋）李觏撰，王国轩校点《李觏集》卷36，第420页。
③ （宋）王安石撰，秦克、巩军标点《王安石全集》卷36，上海古籍出版社，1999，第324页。
④ 北京大学古文献研究所编《全宋诗》第8册，第4948页。"藁"应作"稿"。
⑤ 北京大学古文献研究所编《全宋诗》第10册，第6921页。
⑥ 北京大学古文献研究所编《全宋诗》第8册，第5325页。
⑦ （宋）苏轼撰，（清）王文诰辑注《苏轼诗集》第4册，中华书局，1982，第1157页。

啼与鬼号。"① 王安石晚年诗歌以雅丽精绝见长，然而陈师道指出，"公（王安石）平生文体数变，暮年诗益工，用意益苦"（《后山诗话》）②，则道出了王安石晚年作诗着意于炼字炼句的倾向，而陈师道本人亦以"宁拙勿巧，宁朴勿华，宁粗勿弱，宁僻勿俗"（《后山诗话》）③为创作旨趣，着意于苦吟，这种"宁拙勿巧"实际是一种更为刻意的雕琢。而黄庭坚强调"点铁成金"，又何尝不是对前人诗句的锤炼，他曾说："作诗句，要须详略用事精切，更无虚字也。"（《论作诗文》四）④ 这就需要对诗句进行反复的雕琢。即便是极力强调"自然"的道学家邵雍，也曾说："何故谓之诗，诗者言其志。……不止炼其辞，抑亦炼其意。炼辞得奇句，炼意得余味。"（《论诗吟》）⑤ 也难以完全排除"雕琢"对于创作的意义。

　　任何成功的诗句都离不开对艺术的追求。自有文艺以来，人们就希望通过艺术的方法最大限度地表达情感。对于文学而言，为达到这一目的，庄子用重言、卮言、寓言来表达思想，墨子用严密的逻辑层层推导进行论证。西汉人喜好大赋，在赋中"推类而言，极丽靡之辞，闳侈钜衍，竞于使人不能加也"（《汉书·扬雄传》）⑥，这都是借助语言以达到充分表情达意的目的。人们为此付出了艰辛的努力，"相如含笔而腐毫，扬雄辍翰而惊梦，桓谭疾感于苦思，王充气竭于思虑，张衡研京以十年，左思练都以一纪"（刘勰《文心雕龙·神思篇》）⑦，可谓殚精竭虑。魏晋时期，人们常感叹"言不尽意"，其中就包含了对语言局限性的无奈，其内在的需求则是期待言能尽意。陆机就明确指出文学要"虽离方而遁圆，期穷形而尽相"（《文赋》）⑧，对事物进行深刻、准确的揭示。而对于能够穷情写物的文字，人们自然会赞赏并接纳它。与"流易有余而深

---

① 北京大学古文献研究所编《全宋诗》第 18 册，第 12034 页。
② （清）何文焕辑《历代诗话》，第 304 页。
③ （清）何文焕辑《历代诗话》，第 311 页。
④ 曾枣庄、刘琳主编《全宋文》第 107 册，第 94 页。
⑤ 北京大学古文献研究所编《全宋诗》第 7 册，第 4568 页。
⑥ 《汉书》第 11 册，中华书局，1962，第 3575 页。
⑦ （南朝梁）刘勰撰，范文澜注《文心雕龙注》卷 6，人民文学出版社，1958，第 494 页。
⑧ （南朝梁）萧统编，（唐）李善注《文选》卷 17，中华书局，1977，第 241 页。

警不足"①的白体相比，晚唐体更注重对事物的逼真刻画与细致观察。通观北宋中后期诗学，宋人谈到晚唐体时，大都指向其诗句之"工"，这充分表明了人们对晚唐体接受的主要倾向，人们对艺术价值的注重，与宋初晚唐体诗人是一致的。到北宋中期，人们批判浅近的白体和浮靡的西昆体的时候，虽也批判宋初诗"徒取其鸟兽草木之文以纷更之"（王令《上孙莘老书》）②的倾向，但对晚唐体诗人如林逋、魏野、九僧等人仍给予非常高的评价，这就充分说明了宋人对晚唐体独特价值的认知。

从发展的角度看，宋初晚唐体虽然承袭了晚唐五代的诗学余韵，但毕竟是宋人的作品，它体现着宋人的创作成就，欧阳修、梅尧臣等人都从中汲取着创作营养，可以说，它为宋诗创作提供了丰富的艺术经验，因此可以说，它是宋诗发展过程中一个重要的环节。

对于西昆体，人们常从"以学问为诗"的视角将它与后来的江西诗派联系起来，朱弁就说："（黄鲁直）乃独用昆体工夫，而造老杜浑成之地。"（《风月堂诗话》卷下）③ 然而很少有人从宋诗自立的角度去看待杨亿和西昆体。

西昆体曾在真宗时期和仁宗即位之初受到极大的瞩目。欧阳修《六一诗话》载："盖自杨、刘唱和，《西昆集》行，后进学者争效之，风雅一变，谓'西昆体'。由是唐贤诸诗集几废而不行。"④ 西昆体虽然以李商隐为仿效对象，但杨亿等人体现出来的是宋人的创作成就，西昆风尚在当时产生了极大的轰动效应，以至于"唐贤诸诗集几废而不行"，这在对唐人顶礼膜拜的宋初，是极不寻常的诗学现象。此后在北宋中后期，王安石、苏轼、黄庭坚等宋诗典范不断涌现，使宋人逐步从唐诗的笼罩下走出来，并建立起自己时代的诗学体系，从而走向了诗学自立。在这个过程中，杨亿及西昆体的出现无疑使宋人第一次看到了属于自己时代的创作典范，可以说这是宋人第一次成功地自我树立，杨亿等人在诗坛所具有的感召力，对宋诗发展而言，无疑具有开风气之先的意义。

---

① （清）纪昀等撰《钦定四库全书总目·骑省集》，第2032页。
② （宋）王令撰，沈文倬校点《王令集》卷16，上海古籍出版社，2011，第294页。
③ （宋）朱弁：《风月堂诗话》，《丛书集成初编》本，第16页。
④ （清）何文焕辑《历代诗话》，第266页。

王禹偁虽被标榜为"纵横吾宋是黄州"（林逋《读王黄州诗集》）①，但其社会影响力远不及杨亿及西昆体。遗憾的是，西昆体因触动太宗以来"雅淡"诗学这一"公器"而遭到排斥，但它在宋诗发展史上的意义是不容忽视的。

三 复古思潮与北宋诗学的自立

复古诗学在宋初虽不是主流，却超越时代，引领着北宋中期诗学的发展方向。在王禹偁的诗学中，已鲜明地体现出自立的意识，这常为人们所忽略。他曾在《中条山》诗序中说，"薛许昌赋《中条山》十四韵，且自云：'两京之间，巨题不愧不负。'至今百年，人亦无敢继者。禹偁量移解梁，日与山接，苟默而无述，后之览吾集者，谓宋无人。因赋二十韵"②。薛许昌，即薛能，宋初及北宋中期人们对他极为推崇，张咏就曾感叹说："许昌薛侯，诗人之雄乎！"（《许昌诗集序》）③ 王禹偁也曾说道："许昌遗唐律，人口尚传诵。"（《寄题陕府南溪兼简孙何兄弟》）④ 后来范仲淹在《唐异诗序》中也曾以"薛许昌之英逸"为"与时消息，不失其正"⑤的代表。但王禹偁在这位"偶像"面前，如《中条山》序中所说："苟默而无述，后之览吾集者，谓宋无人。"在《中条山》诗中说："许昌休自负，吾什亦铭镌。"显示出与唐人比肩、为宋诗正名的意识，这在"三体"诗人中是见不到的。西昆体虽然造成了"唐贤诸诗集几废而不行"的局面，但杨亿等人并非有意与唐诗比肩，王禹偁则是从维护宋诗尊严的角度去对抗唐诗，显示出宋人自我振作的气度与魄力。

同时，复古士人是宋初最具批判眼光的群体，穆修就用"古道"衡量唐代的政治与文学，从而提出了富于独立精神的思考与文学主张。面对唐诗，他在《唐柳先生集后序》中说："唐之文章，初未去周、隋五代之气，中间称得李、杜，其才始用为胜，而号雄歌诗，道未极浑备。至韩、柳氏起，然后能大吐古人之风。"⑥ 他认为初唐文学尚未涤除周、

---

① 北京大学古文献研究所编《全宋诗》第2册，第1230页。
② 北京大学古文献研究所编《全宋诗》第2册，第741页。
③ 曾枣庄、刘琳主编《全宋文》第6册，第124页。
④ 北京大学古文献研究所编《全宋诗》第2册，第656页。
⑤ 曾枣庄、刘琳主编《全宋文》第18册，第394页。
⑥ 曾枣庄、刘琳主编《全宋文》第16册，第31页。

隋之气，固不足道；至盛唐李、杜，他们的诗虽值得称道，但"道未及浑备"，故未能尽善尽美；只有到了中唐韩、柳，他们才"大吐古人之风"。穆修从复古立场，站在"道"的高度上做出了这一番判断，他批判地考量着唐代文学，而非如"三体"诗人那样盲目地接受，从而确立了宋人在唐诗接受中的主体地位，而没有完全匍匐在唐人脚下，这在北宋诗学发展的历程中，无疑是非常亮丽的一笔。北宋中后期士人正是站在"道"的高度上，才发现了唐诗中的诸多"不足"，从而"超越"了唐诗。"道"成为宋人批判唐人唐诗的重要视角，是后来宋诗学得以自立的基础，而这在宋初穆修这里已呈现出来了。

综上所述，宋初虽是北宋诗学的初始阶段，但北宋诗学的基本品格与趋向已经显露无遗，只是囿于传统之见，人们对宋初诗学缺乏深入的探究和清晰的认识。通过上述讨论，我们可以得出以下结论：第一，北宋诗学的平淡品格、乐道旨趣在宋初特定的社会氛围及宋人特定的思想意识影响下已经产生，这对后来北宋诗学的发展具有重要的影响，太宗在这个过程中的作用不可忽视；第二，宋初"三体"均对北宋中后期诗学具有程度不同的影响，各具诗学价值，对此我们均应予以相应的重视，而复古诗学在宋初虽非主流，但它在思想理论上引导着北宋中期复古诗学的到来，可谓先驱；第三，北宋诗学自立的萌芽在宋初已经出现，这可以王禹偁为代表，而穆修用"古道"衡量唐代文学，已经体现出宋人未来"超越"唐诗的可能性。总之，宋初是北宋诗学发展中必要且重要的一环。

第二章　北宋诗学思想体系的建立

宋初，北宋诗学的一些基本元素已经有所显露，而到北宋中期，与宋人革新意识的觉醒相应，诗学革新的趋势已不可阻挡地呈现出来，并形成了较为完整的诗学体系。首先，它确定了诗学的儒学立场，即所谓"褒善刺过"的诗学定位。其次，提出了"抗心三代"的诗学主张，表现出鲜明的自立意识。再次，立足于复古诗学，对宋初诗学加以批判的吸收，白体、晚唐体之风仍被北宋中期接受，从而展现出北宋诗学的延续性及丰富内涵。最后，对怨怒与穷愁的容纳，突破了宋初诗学一味平和的创作局限，给诗歌设定了开阔的情感空间。同时，我们也需要看到，在嘉祐元年（1056）前后，欧阳修等庆历老臣已返回朝中，他们的为人与诗作在很大程度上去除了早年的锐气与犀利，更注重用诗歌吟咏性情，但王安石、苏轼等新生力量仍热衷于用诗表达对社会现实的观照，因此欧阳修等人创作倾向的变化，并不意味着诗学思想的改变，而是仍处于北宋诗学发展的中期阶段。

第一节　导夫先路：范仲淹《唐异诗序》

与宋初相比，北宋中期诗学最大的新变就是对豪健诗风的集体推崇和对怨怒的容纳，同时自成一家的意识开始凸显。这在范仲淹《唐异诗序》中均已有所显露。这篇序作于天圣四年（1026），此时距离杨亿去世仅两年，刘筠、钱惟演尚在人世，晚唐体诗人林逋与白体诗人晁迥等人也都活跃在诗坛上，因此严格地说《唐异诗序》写作于宋初。但与宋初"三体"和复古诗学相比，《唐异诗序》表现出对宋初诗学的全面反思，诗学思想代表着北宋中期的历史走向，故它可谓北宋诗学由宋初向中期过渡的先声，具有重要的标志意义。

范仲淹是北宋历史上的重要人物。他在政治上领导了庆历革新，在教育上将胡瑗及其"苏湖教法"引入太学，使学校教育呈现出新的局面，在思想领域引导并提携了"宋初三先生"及张载等人，接引了儒学思想变革的到来，在文学上则为词体注入了苍莽雄阔的内涵，为苏轼等人进一步拓展词体铺垫了道路。范仲淹生于太宗端拱二年（989），大中祥符八年（1015）进士及第，当时正处于真宗朝歌舞升平的时期。当尹洙、韩琦、欧阳修、富弼等人在天圣年间及第之时，范仲淹已俨然成为政坛前辈，他处于北宋中期诸大家未起之先，深刻地影响了北宋中期社会的方方面面。

其《唐异诗序》全文如下：

> 皇宋处士唐异，字子正，人之秀也。之才之艺，揭乎清名。西京故留台李公建中，时谓善画，为士大夫之所尚，而子正之笔，实左右焉。江东林君复神于墨妙，一见而叹曰："唐公之笔，老而弥壮！"东宫故谕德崔公遵度，时谓善琴，为士大夫之所重，而子正之音，尝唱和焉。高平范仲淹，师其弦歌，尝贻之书曰："崔公既没，琴不在兹乎！"处士二妙之外，嗜于风雅，探幽索奇，不知其老之将至。一日以集相示，俾为序焉。嘻！诗之为意也，范围乎一气，出入乎万物，卷舒变化，其体甚大。故夫喜焉如春，悲焉如秋，徘徊如云，峥嵘如山，高乎如日星，远乎如神仙，森如武库，锵如乐府，羽翰乎教化之声，献酬乎仁义之醇，上以德于君，下以风于民。不然，何以动天地而感鬼神哉！而诗家者流，厥情非一。失志之人其辞苦，得意之人其辞逸，乐天之人其辞达，觏闵之人其辞怨。如孟东野之清苦，薛许昌之英逸，白乐天之明达，罗江东之愤怒，此皆与时消息，不失其正者也。五代以还，斯文大剥。悲哀为主，风流不归。皇朝龙兴，颂声来复，大雅君子，当抗心于三代。然九州之广，庠序未振，四始之奥，讲议盖寡。其或不知而作，影响前辈，因人之尚，忘己之实，吟咏性情而不顾其分，风赋比兴而不观其时。故有非穷途而悲，非乱世而怨，华车有寒苦之述，白社为骄奢之语。学步不至，效颦则多。以至靡靡增华，悁悁相滥，仰不主乎规谏，俯不主乎劝诫，抱郑卫之奏，责夔旷之赏，游西北之流，望江海之宗者有矣。观乎处士之作也，孑然弗伦，洗然无尘。意必以淳，语必以真。乐则歌之，忧则怀之。无虚美，无苟怨。隐居求志，多优

游之咏；天下有道，无愤惋之作。骚雅之际，此无愧焉。览之者有以知诗道之艰，国风之正也。时天圣四年五月日序。①

这篇序首先介绍了唐异其人，并表达了对"诗"的总体认识，此为诗序类文字的套话，没有太大新意，他对诗学的深见与卓识均体现在后面的文字当中。

首先，他拓展了诗歌的情感内涵。他指出："……诗家者流，厥情非一。失志之人其辞苦，得意之人其辞逸，乐天之人其辞达，觏闵之人其辞怨。如孟东野之清苦，薛许昌之英逸，白乐天之明达，罗江东之愤怒，此皆与时消息，不失其正者也。"他所谓"诗家者流，厥情非一"，指出作家由于个性不同，其诗中表现出来的情感倾向也会有所不同，或激烈，或平和，或是其他。这是符合创作实际的，若要求作品情感整齐划一，既违背人之常情，也不符合"诗言志"的传统，即使同一个作家在不同的人生境遇中，也会在诗中表现出不同的情绪，故诗歌的情感取向应该是多元的，因此无论是"孟东野之清苦，薛许昌之英逸"，还是"白乐天之明达，罗江东之愤怒"，范仲淹都认为"与时消息，不失其正"，这就为诗歌设置了比较开阔的情感空间，下面分别进行考察。

第一种，"孟东野之清苦"。随着北宋中期士人入世情怀日益高涨，在实现理想及理想失落的过程中，"穷戚"之感难免日渐凸显，如梅尧臣就被欧阳修比作当代孟郊，他仕途不得志，其诗中就充斥着清苦的气息，如《十月二十一日得许昌晏相公书》云："哀忧向二年，朋戚谁与书……穷巷一如此，江深无鲤鱼。"②相应地，"穷"在北宋中期也常常引起人们的热烈讨论，这以孟郊、贾岛之"穷"最为典型。我们知道欧阳修在诗话和笔记中就对此反复品味，甚至比较二人谁更清苦。人们对"清苦"的滋味咀嚼也好，排斥也罢，它始终是北宋中后期诗学中讨论的重要内容。因此范仲淹对"清苦"的强调，指出了人生中实际存在的"清苦"之态及其合理性，这无疑为宋诗拓展了表现空间，从而一反宋初诗学一味平和的倾向，铺垫着通向中期诗学的道路。

---

① 曾枣庄、刘琳主编《全宋文》第18册，第394~395页。
② （宋）梅尧臣撰，朱东润编年校注《梅尧臣集编年校注》中册，上海古籍出版社，2006，第544页。

第二种,"薛许昌之英逸"。薛能诗肤廓浅薄,大而无当。其人亦自高自大,常发表一些惊人之论,如云:"我身若在开元日,争遣名为李翰林。"(《寄符郎中》)① 又说:"李白终无取,陶潜固不刊。"(《论诗》)② 面对杜诗,他在《海棠》诗序中说:"蜀海棠有闻,而诗无闻。杜子美于斯,兴象靡出,没而有怀,天之厚余,谨不敢让。风雅尽在蜀矣,吾其庶几。"③ 可见其自信满满的情态。他对诸葛亮也颇为不屑,曾在《筹笔驿》诗序中说"病武侯非王佐才"④,在《游嘉州后溪》中更说"当时诸葛成何事,只合终身作卧龙"⑤,可想见其高傲之态。但他在晚唐和北宋早、中期一度享有盛名。宋初孙仅就在《读杜工部诗集序》中说:"公(杜甫)之诗,支而为六家:……杜牧、薛能得其豪健,陆龟蒙得其赡博,皆出公之奇偏尔,尚轩轩然自号一家,赫世烜俗。"⑥ 他把"豪健"作为薛能诗的标签,而与杜牧并列,并将他作为承袭杜诗衣钵的人物。张咏甚至说:"许昌薛侯,诗人之雄乎!观夫所尚,率以治世为本。随事刺美,直在其中;放言既奇,意在言外。"(《许昌诗集序》)⑦ 从创作上看,薛能的一些诗确有能体现出不同于一般中晚唐诗人的"英逸"之处。如其《赠出塞客》云:"出郊征骑逐飞埃,此别惟愁春未回。寒叶夕阳投宿意,芦关门向远河开。"⑧ 前两句写友人深秋出塞,表达思念之情,在诗的结尾处,夕阳投宿,门开远河,显露出开阔之意。再如《题后集》云:"诗源何代失澄清,处处狂波污后生。常感道孤吟有泪,却缘风坏语无情。难甘恶少欺韩信,枉被诸侯杀祢衡。纵到緱山也无益,四方联络尽蛙声。"⑨ 其中包含着诗道维艰、道孤无援的愤恨,体现出难得的责任意识。又如《分水岭望灵宝峰》云:"千寻万仞峰,灵宝号何从。盛立同吾道,贪程阻圣踪。岭奇应有药,壁峭尽无松。那得休于是,

---

① (清)彭定求等编《全唐诗》第17册,中华书局,1960,第6521页。
② (清)彭定求等编《全唐诗》第17册,第6521页。
③ (清)彭定求等编《全唐诗》第17册,第6501页。
④ (清)彭定求等编《全唐诗》第17册,第6499页。
⑤ (清)彭定求等编《全唐诗》第17册,第6509页。
⑥ 曾枣庄、刘琳主编《全宋文》第13册,第307页。
⑦ 曾枣庄、刘琳主编《全宋文》第6册,第124页。
⑧ (清)彭定求等编《全唐诗》第17册,第6512页。
⑨ (清)彭定求等编《全唐诗》第17册,第6505页。

蹉跎亦卧龙。"① 他着眼于灵宝峰的高大奇峭，在诗的结尾处表达了自信与豪迈之情。或许因为这种豪情，他表现出不同于一般晚唐诗人的气质，故在北宋早、中期他总能被复古人士发现，范仲淹推崇"薛许昌之英逸"，与复古之士的诗学倾向是一致的。

景祐以后，宋人怀着急切的变革意识和强烈的以天下为己任的情怀，以"大我"在历史和现实中镌刻着自己的印迹。在创作上，欧阳修、梅尧臣、苏舜钦等人都仿效韩愈雄放古硬的诗风，他们也欣赏李白诗歌"如山耸海振，巍巍浩浩，不可穷极"（释契嵩《书李翰林集后》）②的气势和杜甫诗"豪迈哀顿"（苏舜钦《题杜子美别集后》）③的风格。而到北宋后期，苏轼贬谪惠州时作《四月十一日初食荔支》，云"我生涉世本为口，一官久已轻莼鲈。人间何者非梦幻，南来万里真良图"④，同样表现出英逸的气度。建中靖国元年（1101），已近花甲的黄庭坚作《王充道送水仙花五十枝欣然会心为之作咏》，他面对盛开的水仙不觉有年华老去之感，但随即云："坐对真成被花恼，出门一笑大江横。"⑤ 其高妙、超逸的情怀体现着范仲淹所提出的这种"英逸"的格调，苏轼就称黄庭坚其人、其诗具有"超逸绝尘"的格调，故可以说，"英逸"成为后来宋人诗学始终崇尚的一种美学气韵。

第三种，"白乐天之明达"。白体的盛行是基于白诗放达自适的气度，白居易对世俗悲欢的超越总能适应以"道"相期的宋人的精神旨趣，因此宋人对白居易的接受并没有随着宋初的结束而终止，到北宋中后期，白居易的"明达"更是人们在危机四伏的政治困局中所需要的，并以此自我镇定。宋人常以"明达"相互标榜和欣赏，如张耒在《题吴德仁诗卷》中就曾说：

陶元亮虽嗜酒，家贫不能常饮，而况必饮美酒乎？其所与饮，

---

① （清）彭定求等编《全唐诗》第17册，第6500页。
② 曾枣庄、刘琳主编《全宋文》第36册，第185页。
③ （宋）苏舜钦著，傅平骧、胡问陶校注《苏舜钦集编年校注》，巴蜀书社，1990，第397页。
④ （宋）苏轼撰，（清）王文诰辑注《苏轼诗集》第7册，第2122页。"荔支"应作"荔枝"。
⑤ （宋）黄庭坚撰，（宋）任渊、史容、史季温注，刘尚荣校点《黄庭坚诗集注》第2册，中华书局，2003，第546页。

多田野樵渔之人，班坐林间，所以奉身而悦口腹者盖略矣。白乐天亦嗜酒，其家酿黄醅者盖善酒也，又每饮必有丝竹童妓之奉。洛阳山水风物甲天下，其所与游，如裴度、刘禹锡之徒，皆一时名士也。夫欲为元亮，则窘陋而难安；欲为乐天，则备足而难成。德仁居二人之间，真率仅似陶，而奉养略如白，至其放达，则并有之，岂非贤哉！①

在"放达"情怀上，陶渊明、白居易是宋人所标榜的典范，但张耒认为陶渊明虽然放达，但常陷于贫困，故人们"欲为元亮，则窘陋而难安"。白居易的"吏隐"则寄寓着宋人理想中的人生图景，人们不必为生活劳顿所苦，又能享有精神的自由之境。在张耒看来，白居易的境界更具有现实可行性，但白居易的高官厚禄非常人所能企及，故退而求其次，人们若做到放达但不至于窘陋难安，处于陶、白二者之间就很满足了。应该说，这是很现实的考量，而陶渊明大概只能更多地生活在人们的精神世界中了。再如苏辙在《李简夫少卿诗集引》中也说：

太常少卿李君简夫归老于家，出入于乡党者十有五年矣，间而往从之。其居处被服，约而不陋，丰而不余。听其言，未尝及世俗；徐诵其所为诗，旷然闲放，往往脱略绳墨，有遗我忘物之思；问其所与游，多庆历名卿，而元献晏公深知之；求其平生之志，则曰："乐天，吾师也。吾慕其为人，而学其诗，患莫能及耳。"予退而质其里人，曰："……其家萧然，饘粥之不给，而君居之泰然。……"……晚岁其诗尤高，信乎，其似乐天也。

予时方以游宦为累，以谓士虽不遇，如乐天，入为从官，以谏争显，出为牧守，以循良称，归老泉石，忧患不及其身，而文词足以名后世，可以老死无憾矣。君仕虽不逮乐天，而始终类焉，夫又将何求？（《栾城后集》卷二十一）②

---

① （宋）张耒：《张耒集》卷53，中华书局，1990，第808页。
② （宋）苏辙撰，陈天宏、高秀芳校点《苏辙集》第3册，中华书局，1990，第1108页。

文中李简夫不但在行止上推崇白居易，而且在诗歌创作上也学白。苏辙在赞赏李简夫的同时，也推崇白居易"入为从官，以谏争显，出为牧守，以循良称，归老泉石，忧患不及其身，而文词足以名后世"的人生状态，认为如此"可以老死无憾矣"。

北宋人以"明达"相标榜的同时，更不忘以"明达"自许。如苏轼贬往惠州时所作《发广州》云："朝市日已远，此身良自如。三杯软饱后，一枕黑甜余。蒲涧疏钟外，黄湾落木初。天涯未觉远，处处各樵渔。"① 其中就表达着自己不以贬谪介怀的精神境界。蔡确被贬谪后也说："公事罢后，休息其（车盖亭）上，耳目所接，偶有小诗数首，并无一句一字辄及时事，亦无迁谪不足之意。"（《车盖亭诗辨诬奏》）② 可见白居易之"明达"在宋人中进一步获得了发扬、深化，成为维持精神平衡的不二法门。随着北宋历史与诗学进程的推移，人们对"明达"的接受与推崇始终有增而无减。

第四种，"罗江东之愤怒"。所谓"愤怒"，应是指罗隐嬉笑怒骂的创作风格。罗隐文字以尖锐犀利著称，这一点也表现在他的诗中。如其《钱》诗云："志士不敢道，贮之成祸胎。小人无事艺，假尔作梯媒。解释愁肠结，能分睡眼开。朱门狼虎性，一半逐君回。"③ 他首先揭示志士与小人对待钱的不同态度，前者对钱敬而远之，后者把钱作为钻营的目的与手段，因钱能"解释愁肠结，能分睡眼开"，故达官贵人们如虎狼一样对钱追逐不已，极具讥刺意味。再如《雪》诗云："尽道丰年瑞，丰年事若何？长安有贫者，为瑞不宜多！"④ 他指出百姓在丰年也经常忍饥挨饿，所谓丰年对百姓而言仍意味着贫困。这种对现实的针砭与讽刺，与儒家诗学强调"有补于世"的倾向是一致的，其本质是对儒家美刺诗教的践履与追求，有着鲜明的现实内涵。到北宋中期，士人怀着强烈的入世热情，用诗歌针砭现实与时事，并常充满苦闷与愤激，这就需要相应的诗学空间加以容纳，于是范仲淹把"愤怒"作为诗学"与时消息，不失其正"的内涵之一，无疑是逆宋初"潮流"而动，是对宋初诗学的

---

① （宋）苏轼撰，（清）王文诰辑注《苏轼诗集》第 6 册，第 2067 页。
② 曾枣庄、刘琳主编《全宋文》第 92 册，第 328 页。
③ （唐）罗隐撰，雍文华校辑《罗隐集·甲乙集》，中华书局，1983，第 89 页。
④ （唐）罗隐撰，雍文华校辑《罗隐集·甲乙集》，第 91 页。

最大改变，预示着新的诗学思潮的到来。

范仲淹的诗学思想与当时的"三体"诗学形成鲜明的对比。杨亿曾旗帜鲜明地反对诗歌表达怨怒的情绪，认为是"风刺之所生，忧思之所积，犹防决川泄流，荡而忘返"（《温州聂从事云堂集序》）①。晚唐体诗人赵湘在《王象支使甬上诗集序》中也说："其为章句之君子，或鲜矣。或问：'何为君子耶？'曰：'温而正，峭而容，淡而味，贞而润，美而不淫，刺而不怒，非君子乎？反于是皆小人尔。未有小人而能教化天下，使名以充于后世者也。'……其为美也，无骄媚之志以形于内；其为刺也，无狠戾之气以奋于外。所谓婉而成章者，岂惟《春秋》用之，盖王公之诗亦然矣！"②他把章句分为"君子"与"小人"，何谓君子？他认为"美而不淫，刺而不怒，非君子乎"。所谓"刺而不怒"，即他所说的"无狠戾之气以奋于外"，这就排除了对"怒"的表达，他强调诗要像《春秋》那样"婉而成章"。宋初诗学整体上是倾向平和的，并明确排斥诗歌表达怨怒的情绪，然而离开宋初平和的社会氛围与诗学环境，当中期士人面对日益显露的矛盾与积弊时，"三体"诗学已经无法承载诗人多元化的情感需要，难以适应复杂的社会现实，更无法表达士大夫在跌宕起伏的仕途生涯中复杂的内心感受，因此范仲淹拈出"怒"，可谓是顺应了宋诗学的发展潮流与时代趋势。

其次，范仲淹除了拓展诗歌的情感内涵，还对宋初诗学进行了全面的总结与反思。宋初人用诗歌粉饰升平，也用其来表现个人的安乐情怀，然而无论是白体、晚唐体还是西昆体，其创作主体及作品都缺乏鲜明的个性色彩，无法令人感受到富于个性化的灵动思想与情感脉搏。故范仲淹在诗序中就批评说："其或不知而作，影响前辈，因人之尚，忘己之实，吟咏性情而不顾其分，风赋比兴而不观其时。故有非穷途而悲，非乱世而怨，华车有寒苦之述，白社为骄奢之语。学步不至，效颦则多。以至靡靡增华，愔愔相滥，仰不主乎规谏，俯不主乎劝诫，抱郑卫之奏，责夔旷之赏，游西北之流，望江海之宗者有矣。"他所批评的核心就是宋初诗歌创作中的盲目性。他指出，人们在前人或他人的影响之下进行创

---

① 曾枣庄、刘琳主编《全宋文》第 14 册，第 376 页。
② 曾枣庄、刘琳主编《全宋文》第 8 册，第 357 页。

作，而忽略了自己的真实性情，于是出现了"吟咏性情而不顾其分，风赋比兴而不观其时"，以及"非穷途而悲，非乱世而怨，华车有寒苦之述，白社为骄奢之语"等脱离现实的创作现象，以至于"学步不至，效颦则多。以至靡靡增华，愔愔相滥"。

拿白体来说，中唐白居易诗虽以平易旷达为特征，但这是他在乱世全身远祸、自我保护的一种手段，在乐观放达背后是对现实的无奈。然而宋初白体的兴盛契合了安乐平和的社会氛围，成为人们表现安乐情怀的手段，作品内涵与白居易诗是不同的。在时代的裹挟下，人们忽略了对自身真实情绪的表达和对现实应有的关注，一味追求平和的诗境与人生姿态。对于西昆体而言，它更是闲适情怀与李商隐华辞丽藻结合的产物。李商隐诗华丽的辞藻、精致的技巧与宋初人日益追求精美的诗歌艺术是契合的，但李商隐深隐的感伤、幽怨则与宋人气质相抵牾，故西昆体实际只是"半截子"义山诗。如果说义山诗是对生活的"模仿"，那么西昆诗人则是对"模仿"的"模仿"，已经失去了最动人的情感力量，而西昆体的追随者又"跟风"进行创作，那么已经是第三度"模仿"了，很难再表现出李商隐独具个性的创作风采。而晚唐体诗人更是将目光局限在狭小的自我空间里。因此"三体"都无法实现对现实的反映，更因为脱离实际而难以实现北宋诗学的自立。范仲淹所说的"不知而作，影响前辈，因人之尚，忘己之实"，正道出了宋初诗坛的创作本质，这实际已初步包含了"自成一家"的诗学意识。

与此相应，范仲淹表现出对写"实"的赞赏。他说："观乎处士之作也，孑然弗伦，洗然无尘。意必以淳，语必以真。乐则歌之，忧则怀之。无虚美，无苟怨。"这段话上承他所说的"非穷途而悲，非乱世而怨，华车有寒苦之述，白社为骄奢之语"。他所谓"观乎处士之作也，孑然弗伦"，就指出了唐异处士与其他诗人不同，他在创作上"意必以淳，语必以真。乐则歌之，忧则怀之。无虚美，无苟怨"，真实地抒发自己的性情，有感而发，而非脱离现实、无病呻吟，这种"求实"倾向正是未来宋诗学的发展方向。

再次，范仲淹将宋初诗学中的闲适平和融入复古诗学，表现出诗学发展的延续性与辩证性。他欣赏唐异"隐居求志，多优游之咏；天下有道，无愤悁之作"的平和优游的创作态度，这与徐铉赞赏"遇事造景，辄以吟咏自怡。悔吝不及，终始无累，至于皓首，未见愠容"（《邓生诗序》）① 是一致的。而范仲淹说："骚雅之际，此无愧焉。览之者有以知诗道之艰，国风之正也。"这就将"优游之咏"纳入复古诗学当中，为闲适之作在儒家诗学中找到了合理的存在空间，而不至于与中期士人积极有为的现实情怀相冲突，为中后期士人吟咏性情扫平了道路，更为平淡诗学的延续和发展创造了条件。在宋诗创作中，乐易的旨趣远比美刺倾向更加凸显，宋代士人面临困顿的人生处境，不是怨愤，而是以乐易的情怀面对现实，平淡风格的诗作在北宋可谓延绵不绝，范仲淹的阐述无疑为这种创作需求提供了理论依据。

唐异留存至今的诗歌只有两首：

《塞上作》
防秋人不到，万里绝妖氛。马牧降来地，雕闲战后云。月依孤垒没，烧逐远荒分。未省为边客，宵笳懒欲闻。②

《闲居书事》
幽居经宿雨，屐齿遍林塘。一境无过客，千山自夕阳。昼禽多独语，夏木有余凉。招隐诗慵寄，时清谁肯忘。③

据欧阳修《六一诗话》，第一首《塞上作》是九僧的作品，④ 我们姑且不论。第二首诗写的是山野风光，意境静谧怡然，同时对仗精工，尤其是中间两联尤为工巧，具有明显的晚唐体特色；同时这首诗蕴含着对现实生活的满足感，有着优游的闲适格调。透过这首诗，我们可以感受到安乐的氛围，若采之以贡宫阙，自然可资皇帝体察天下之用，故范仲淹谓其体现"国风之正"。由此可见，范仲淹的诗学思想并不是割裂的，

---

① 曾枣庄、刘琳主编《全宋文》第 2 册，第 199 页。
② 北京大学古文献研究所编《全宋诗》第 3 册，第 1921 页。
③ 北京大学古文献研究所编《全宋诗》第 3 册，第 1921 页。
④ （宋）欧阳修《六一诗话》载："国朝浮图，以诗名于世者九人，故时有集号《九僧诗》，今不复传矣。余少时闻人多称之。其一曰惠崇，余八人者，忘其名字也。余亦略记其诗，有云：'马放降来地，雕盘战后云。'又云：'春生桂岭外，人在海门西。'其佳句多类此。"（见何文焕辑《历代诗话》，第 266 页）不过，"牧"作"放"，"闲"作"盘"。

他既吸收了宋初诗学平和、淡泊、精工的一面，又强调诗歌吟讽现实的诗教传统，他立足于复古诗学观照宋初诗坛，对其进行批判、吸收，从而展现出复古诗学的丰富内涵。一般人们谈到宋初诗坛，习惯把它与北宋中期看作两个截然不同的发展阶段，这显然是偏颇不周的。

最后，《唐异诗序》表现出"自成一家"的气魄。范仲淹说："五代以还，斯文大剥。悲哀为主，风流不归。皇朝龙兴，颂声来复，大雅君子，当抗心于三代。"宋初诗学并没有体现出"抗心于三代"的气魄，即使王禹偁、穆修也只是以唐人为比拟目标，而未能真正实现对前人的超越。范仲淹即有感于宋初以来"九州之广，庠序未振，四始之奥，讲议盖寡"，故提出"抗心于三代"的主张，这是基于复古士人勇于自立的气魄与胆识，体现出时代意识的觉醒。此后这种自立意识成为宋人的共识与自觉，宋人逐步建立起自己的诗学观。至迟在嘉祐二年（1057）前后，宋祁已形成了明确的"自成一家"的诗学意识，他说：

> 夫文章必自名一家，然后可以传不朽。若体规画圆，准方作矩，终为人之臣仆。古人讥屋下作屋，信然。陆机曰："谢朝花于已披，启昔秀于未振。"韩愈曰："惟陈言之务去。"此乃为文之要。"五经"皆不同体，孔子没后，百家奋兴，类不相沿，是前人皆得此旨。呜呼！吾亦悟之晚矣。虽然，若天假吾年，犹冀老而成云。（《宋景文公笔记》上）①

他在晚年已认识到创作上模仿前人、"屋下作屋"之弊，并以"孔子没后，百家奋兴，类不相沿"为例，阐明了"自成一家"的必要性，从理论上走出了规矩前人的误区。对于宋初创作丐于唐人的现象，他在《南阳集序》中批评说："大抵近世之诗，多师祖前人，不丐奇博于少陵，萧散于摩诘，则肖貌乐天，祖长江而摹许昌也。故陈言旧辞，未读而先厌。若叔灵不傍古，不缘今，独行太虚，探出新意。其无谢一家者欤！"② 在宋祁

---

① 朱易安等主编《全宋笔记》第一编（五），大象出版社，2003，第47页。据此段上文所说"年过五十，被诏作《唐书》，精思十余年，尽见前世诸著，乃悟文章之难也"，知此文作于嘉祐二年（1057）以后。

② 曾枣庄、刘琳主编《全宋文》第24册，第321页。宋祁在嘉祐初知益州，据序，此文作于益州时期。

看来，宋初创作"师祖前人"，其诗皆"陈言旧辞"，令人"未读而先厌"，故此赞赏"无谢一家"。在韩、柳古文间，宋祁更喜爱韩文之戛然独造。他说："柳州为文，或取前人陈语用之，不及韩吏部卓然不丐于古，而一出诸己。"（《宋景文公笔记》上）①

与宋祁一样，北宋中期人们普遍喜欢创新。如梅尧臣就说："若意新语工，得前人所未道者，斯为善也。"② 李觏也反思说："今人往往号能文，意熟辞陈未足云。"（《论文二首》其一）③ 当余靖游览大峒山时，他希望能补前人描写之"空白"，说："予尝恨游观山川，皆前贤所称、图籍所著者耳，未能索幽访异，舆音马迹之外，得古人所遗绝境一寓其目，状其名物，与好事者传之无穷也。"（《游大峒山》序）④ 表现出与宋初不同的诗学气象，说明随着时代和诗学的发展，人们已经不再满足于对前人的无谓重复，而是表现出另辟蹊径的勇气和气魄。这些都证明范仲淹提出的"抗心于三代"的命题具有远见卓识，在复古思潮尚未真正到来之际，尤其具有重要的价值和意义。

在范仲淹写作《唐异诗序》的时代，还没有人像他这样清醒地认识并解析当时的诗学困局，因此他可谓是时代的先觉者。对范仲淹而言，《唐异诗序》并不是偶然出现的，更不是孤立的。天圣三年（1025），他在《奏上时务书》中指出，"国之文章，应于风化；风化厚薄，见乎文章。……文弊则救之以质，质弊则救之以文。……前代之季，不能自救，以至于大乱，乃有来者，起而救之。……况我圣朝千载而会，惜乎不追三代之高，而尚六朝之细"⑤。他认为圣明时代的文学应"追三代之高"，而非"尚六朝之细"，体现出对宋初文学深刻的反思意识。《唐异诗序》写作的第五年，即天圣八年（1030），范仲淹在《上时相议制举书》中更加明确地指出："今文庠不振，师道久缺，为学者不根乎经籍，从政者罕议乎教化，故文章柔靡，风俗巧伪，选用之际，常患才难。"⑥ 对当时文章写作"柔靡""巧伪"的风气提出了批评，可见他对文学的反思和

---

① 朱易安等主编《全宋笔记》第一编（五），第48页。
② （清）何文焕辑《历代诗话》，第267页。
③ （宋）李觏撰，王国轩校点《李觏集》卷36，第435页。
④ 北京大学古文献研究所编《全宋诗》第4册，第2664页。
⑤ 曾枣庄、刘琳主编《全宋文》第18册，第207页。
⑥ 曾枣庄、刘琳主编《全宋文》第18册，第293~294页。

期待是始终如一的,《唐异诗序》正是他对诗学反思的结果与集中体现。

从北宋中后期诗学的发展来看,它基本是沿着范仲淹所期待的路径演进的,不论是注重对现实的反映,追求有为而作,崇尚"无虚美,无苟怨"的"求实"品格,还是崇尚平淡,赞赏优游、平和的诗学风貌等,都与《唐异诗序》相一致。因此在北宋诗学发展过程中,在北宋诗学诸大家未起之先,范仲淹的《唐异诗序》无疑具有承上启下的意义,其创作时间愈早,它的价值与贡献也就愈鲜明。

第二节 北宋中期经世诗学的内涵

进入北宋中期,面对严峻的社会现实,一批具有批判精神的复古士人活跃起来,并在社会上形成了强大的革新思潮。他们为士子忽视儒家经典而焦虑,也为士子沉溺于雕琢的西昆体而忧心,他们往往排斥佛道,并强调质朴的文字,要求文学承担起"载道"的责任。

石介在《安道登茂材异等科》中说:"嗟哉浮薄流,不知王霸略。六经挂东壁,三史束高阁。琐琐事雕篆,区区衍述作。随行登一第,谓身蓍寥廓。趋众得一官,谓身縻好爵。栖栖咫尺地,燕雀假安托。汲汲五斗米,雁鹜资饮啄。壮哉张安道,少怀夫子学。……直言补王阙,危论针民瘼。……我贺吾君明,取士得英卓。我贺吾道行,逢时不蹭蹬。行顾入廊庙,钧轴在掌握。上使斯文淳,下使斯民朴。五帝从何追,三王岂为邈。"①他指出当时人们将"六经挂东壁,三史束高阁",显示出儒学的衰微状态,而人们在创作上则"琐琐事雕篆,区区衍述作"。不以阐发王道为能事,只以"趋众得一官,谓身縻好爵"为目标,已不复儒家士人"弘毅"的品格及对社会的责任意识。相反,在石介看来,张方平(字安道)则"少怀夫子学",不但"直言补王阙",而且能"危论针民瘼",体现出鲜明的儒者情怀,石介认为这符合他所倡导的"道",故谓张方平之文足以"上使斯文淳,下使斯民朴",所以他对张方平寄予深切的期望。石介在所作《寄明复熙道》中也说:"四五十年来,斯文何屯蹇。雅正遂雕缺,浮薄竞相扇。在上无宗主,淫哇千万变。

---

① 北京大学古文献研究所编《全宋诗》第5册,第3414~3415页。

后生益纂组，少年事雕篆。仁义仅消亡，圣经亦离散。其徒日以多，天下过大半。路塞不可辟，甚于杨墨患。辞之使廓如，才比孟子浅。患大恐不救，有时泪如霰。"① 他批判"仁义仅消亡，圣经亦离散"的儒学衰微之态，指出了危急的形势，即所谓"其徒日以多，天下过大半。路塞不可辟，甚于杨墨患"，并表达了"患大恐不救，有时泪如霰"的急切心情，同时他也批判了"在上无宗主，淫哇千万变"的文学创作现状。在他看来，儒学衰微与文学创作的偏颇取向之间存在因果关系。

所谓"治世之音安以乐，乱世之音怨以怒"，在儒家学者看来，从文章中往往可以考察出社会的安危治乱。因此在北宋中期，人们都急切地强调复兴儒学并对诗文进行革新。范仲淹在《奏上时务书》中就说："臣闻国之文章，应于风化；风化厚薄，见乎文章。是故观虞夏之书，足以明帝王之道；览南朝之文，足以知衰靡之化。故圣人之理天下也，文弊则救之以质，质弊则救之以文。质弊而不救，则晦而不彰；文弊而不救，则华而将落。前代之季，不能自救，以至于大乱，乃有来者，起而救之。故文章之薄，则为君子之忧；风化其坏，则为来者之资。"② 他认为文章与社会治乱相互反映，文章是时代的一面镜子，"观虞夏之书，足以明帝王之道；览南朝之文，足以知衰靡之化"，因此"文章之薄，则为君子之忧"，诗文革新就是要擦亮这面反映时代的镜子，对"晦而不彰"的诗文，从"质"与"文"两方面进行变革。针对当时儒学不振、文字浇薄的状态，范仲淹在《上时相议制举书》中不无焦虑地说："今文庠不振，师道久缺，为学者不根乎经籍，从政者罕议乎教化，故文章柔靡，风俗巧伪，选用之际，常患才难。"并重申"观虞夏之纯，则可见王道之正；观南朝之丽，则知国风之衰"。不只范仲淹，李觏也认为："文者，岂徒笔札章句而已，诚治物之器焉。……上之为史，则怙乱者惧；下之为诗，则失德者戒。……欲观国者，观文而可矣。"（《上李舍人书》）③ 与范仲淹一样，他也认为"文"能反映社会治乱，具有观览国家风化的作用，故他痛诋"近年以来，新进之士，重为其（颓风）所扇动。不求经术而摭小说以为新，不思理道而专雕锼以为丽。……圣人之

---

① 北京大学古文献研究所编《全宋诗》第5册，第3415页。
② 曾枣庄、刘琳主编《全宋文》第18册，第207页。
③ （宋）李觏撰，王国轩校点《李觏集》卷27，第288~289页。

门，将复榛芜"（《上宋舍人书》）①的现状，其急切的心情不亚于范仲淹。苏舜钦在《石曼卿诗集序》中也说："古之有天下者，欲知风教之感，气俗之变，乃设官采掇而监听之。由是弛张其务，以足其所思，故能长治久安，弊乱无由而生。厥后官废诗不传，在上者不复知民志之所向，故政化烦悖，治道亡矣。"②可见他也是从治道的角度察觉到文学创作的偏颇与危机。因此石介等人并非重道轻文，这从他们创作的大量诗文便可知。他们只是要在"专雕镂以为丽"的创作背景下，唤起人们对"道"的重视，这是理解古人文道关系的基本前提，不应偏颇地认为他们缺乏对"文"的美的发现。今人论到柳开、石介或王安石等人，往往指出他们重道轻文，然而古人从来不缺乏发现美的眼睛，只不过在特定历史条件下，在理论倡导乃至文字表达上有所侧重罢了。

　　基于这种思潮，复古士人强烈地批判宋初文学脱离现实的创作倾向，而批判的矛头几乎都指向了当时盛行的西昆体。除了西昆体，人们也反对宋初以来对个人情性与山林草木的一味吟咏。王令在《上孙莘老书》中说："昔者孔子尝言《诗》矣，曰：'《诗》可以兴，可以观，可以群，可以怨，迩之事父，远之事君，多识于鸟兽草木之名，莫近于《诗》。'……而参求后来世作之诗，逮与古异矣。承流相沿，终不反以至今，而《诗》之道大坏。尝推索孔子所谓可兴、观、群、怨者，几绝矣。则是迩之事父，远之事君之道，其亦略乎？今其仅存者，鸟兽草木而已，尚乌在能多识之乎？然令尝怪后世待《诗》之薄，而探求当世之所以弊而后知其然者，《诗》之无主故也。……是古者为《诗》者有主，则风赋比兴雅颂以成之，而鸟兽草木以文之而已尔！"③在他看来，"迩之事父，远之事君"是诗歌应表达的重要内容，风、赋、比、兴、雅、颂是诗所以为诗的根本，鸟兽草木只起到文饰与载体的作用，若诗的内涵只剩下"鸟兽草木"则说明"诗之道大坏"了，所以他对"承流相沿，终不反以至今"的创作现状感到痛心。僧人释契嵩也在《书李翰林集后》中说："余读《李翰林集》，见其乐府诗百余篇，其意尊国家，正人伦，卓

---

① （宋）李觏撰，王国轩校点《李觏集》卷27，第290~291页。
② （宋）苏舜钦著，傅平骧、胡问陶校注《苏舜钦集编年校注》，第708页。
③ （宋）王令撰，沈文倬校点《王令集》卷16，第293~294页。

然有周诗之风，非徒吟咏情性、呕呕苟自适而已。"① 李白以愤世嫉俗的态度面对污浊的现实，向往"大雅"并用乐府百余篇来抵斥世俗，故释契嵩认为李白诗"非徒吟咏情性、呕呕苟自适而已"。早在宋初，张咏就在《许昌诗集序》中说："山僧逸民，终老耽玩，搜难抉奇，时得佳句。斯乃正始之音，翻为处士之一艺尔！"② 对"终老耽玩"的创作倾向感到痛心，释契嵩等人与宋初复古诗学一脉相承，都是诗学经世致用的重要体现。

宋初儒学衰微，文学创作偏于一"隅"，然而到北宋中期，"三体"诗学已不能适应时代的需要，北宋中期诗学正是在这种背景下应运而生的。中期对"三体"诗学有继承也有反拨，但从经世致用的角度来说，则更多的是体现出反拨的态势，具体来说有以下三个方面。

首先，高扬诗歌的政教传统。范仲淹在《唐异诗序》中就说："诗之为意也……羽翰乎教化之声，献酬乎仁义之醇，上以德于君，下以风于民。不然，何以动天地而感鬼神哉！"③ 其中提到"上以德于君，下以风于民"，实际宋初"三体"诗人也常说这样的话，但不同的是，《唐异诗序》有着比"三体"诗人更深刻的现实关怀。范仲淹批判了"五代以还，斯文大剥"的现实，强调诗歌要"与时消息"，强化创作与现实的联系，推崇在创作中进行"规谏"和"劝诫"，这是与"三体"诗学的不同。

在诗文革新的大潮中，中期士人的表述更为明确，也更有现实针对性。如刘敞在《为人以文章与知己书》中说："某七岁好诗，至今垂三十年，日夜之所积习，精力之所追及，旁贯经史，下协声律……而上追古人之作，窃以谓无甚大愧。夫击辕叩角之歌，词甚俚质，而贤君采之，故下情达而幽滞得出也。又况感激时事，吟咏国政，奖善而刺恶，有敦厚之风耶？"④ 他明确强调诗歌"感激时事，吟咏国政，奖善而刺恶"这一创作旨趣，这是对范仲淹"上以德于君，下以风于民"思想的具体化。余靖则是通过对"变风""变雅"的肯定，表达对诗歌济世功能的强调。他说："诗之源其远矣哉！唐、虞之际，君臣相得，明良赓载，书于帝典。……周、召没而王迹衰，幽、厉作而风雅变，然亦褒善刺过，

---

① 曾枣庄、刘琳主编《全宋文》第36册，第185页。
② 曾枣庄、刘琳主编《全宋文》第6册，第124页。
③ 曾枣庄、刘琳主编《全宋文》第18册，第394页。
④ 曾枣庄、刘琳主编《全宋文》第69册，第88页。

与政相通，盖所以接神明，察风俗，道和畅，泄愤怒，不独讽咏而已。"（《孙工部诗集序》）①这与刘敞一样，都强调创作不但要"褒善"，而且要"刺过"。如前所述，复古士人与"三体"诗人都是要复古的，其区别就在于对现实的态度。所谓"美刺"，其"刺"就是要发现社会的弊端进而进行批判，起到警示的作用，这当然是有益的，因此"刺过"是区分复古诗学与"三体"诗学的关键因素。故中期士人强调"褒善刺过"，也就成了这一时期的诗学新变。

其次，鲜明的"求实"倾向及对"怨怒"的容纳。范仲淹曾在《唐异诗序》中推崇"乐则歌之，忧则怀之。无虚美，无苟怨"的创作倾向。"虚"与"实"相对，"实"就要抒发真情实感，使情有所属，文有所主。然而在宋初，李昉在《二李唱和集序》中说："篇章和答，仅无虚日，缘情遣兴，何乐如之！"②杨亿《温州聂从事永嘉集序》也描述说："起居饮食之际，不废咏歌；门庭藩溷之间，悉施刀笔。鸟兽草木之情状，风云霜露之变态，登山涉水之怨慕，游童下里之歌谣……其或良辰美景，宾朋宴集之盛；名园别墅，轩车游览之适。公堂退食，蹈泳无何之乡；王泽及人，赓载中和之什。寓物必赋，援笔而成。"③无论是李昉"缘情遣兴，何乐如之"，还是聂从事"起居饮食之际，不废咏歌"，这种"仅无虚日"的创作必然造成内容上的单薄与无谓重复，并与现实相脱离，甚至不惜为文造情，故"虚美""苟怨"才成为宋初诗的主要弊端。在北宋中期，求"实"倾向则有着强烈的时代共鸣。苏舜钦在《石曼卿诗集序》中说，"国家祥符中，民风豫而泰，操笔之士，率以藻丽为胜。惟秘阁石曼卿与穆参军伯长，自任以古道，作之文，必经实不放于世"④，指出石延年（曼卿）和穆修的特立之处，就在于其文章"必经实不放于世"。余靖在《孙工部诗集序》中也赞赏说："托情讽谕，目之所经，迹之所接，一事一物，亡虚闻览。"⑤他所说的"亡虚闻览"就是"实"，这是与"目之所经，迹之所接"的现实观照紧密相关的。

---

① 曾枣庄、刘琳主编《全宋文》第27册，第17页。
② 曾枣庄、刘琳主编《全宋文》第3册，第161页。
③ 曾枣庄、刘琳主编《全宋文》第14册，第379～380页。
④ （宋）苏舜钦著，傅平骧、胡问陶校注《苏舜钦集编年校注》，第708～709页。
⑤ 曾枣庄、刘琳主编《全宋文》第27册，第17页。

第二章　北宋诗学思想体系的建立

与此相应，中期诗学突出强调"有感而作"。孙复在《答张洞书》中说："（诗）或则扬贤人之声烈，或则写下民之愤叹，或则陈天人之去就，或则述国家之安危，必皆临事撼实，有感而作。"① 他主张"撼实"，强调在现实中受到感发而进行创作，这样"虚美""苟怨"也就无从产生了。他又说："为论、为议、为书、疏、歌、诗、赞、颂、箴、解、铭、说之类，虽其目甚多，同归于道，皆谓之文也。若肆意构虚，无状而作，非文也，乃无用之瞽言尔，徒污简册，何所贵哉？"（《答张洞书》）正是出于实用目的，他指出了文学应从现实出发的创作方向。余靖也曾说："世谓诗人必经穷愁，乃能抉造化之幽蕴，写凄辛之景象。盖以其孤愤郁结，触怀成感，其言必精，于理必诣也。"（《孙工部诗集序》）② 他认为诗人"必经穷愁"，然后往往会"触怀成感"，使诗歌"其言必精，于理必诣"，以此强调"有感而发"的功用和意义。欧阳修论及梅尧臣的创作时说，"其体长于本人情，状风物，英华雅正，变态百出"（《书梅圣俞稿后》）③，他所谓"本人情"就是善于体察内心的情绪，强调对现实情感的表达。而对于人的真性情，尹洙也说："若夫废放之人，其心思以深，故其言或窘或迂，或激或哀。异此则非本于情，矫为之也。"（《答邓州通判韩宗彦寺丞书》其二）④ 他认为"废放之人"写出"或窘或迂，或激或哀"的言辞是自然的，是人的正常情绪反应，如果与此相反，就是他所谓"非本于情，矫为之"了。释文莹《湘山野录》记载了一个有趣的故事：

  夏英公竦每作诗，举笔无虚致。镇襄阳时，胡秘监旦丧明居襄，性多狷躁，讥毁郡政。英公昔尝师焉，至贵达，尚以青衿待之，而不免时一造焉。一日，谓公曰："读书乎？"曰："郡事鲜暇，但时得意则为绝句。"胡曰："试诵之。"公曰："近有《燕雀诗》，云：燕雀纷纷出乱麻，汉江西畔使君家。空堂自恨无金弹，任尔啾啾到

---

① 曾枣庄、刘琳主编《全宋文》第19册，第294页。
② 曾枣庄、刘琳主编《全宋文》第27册，第17~18页。
③ （宋）欧阳修撰《欧阳修全集》卷72，中华书局，2001，1049页。
④ 曾枣庄、刘琳主编《全宋文》第27册，第367页。

日斜。"胡颇觉,因少戢。①

释文莹从夏竦作诗"笔无虚致"立论,并举夏竦与胡旦之间的一段往事为例。胡旦曾因患眼疾,脾气暴躁,讥毁官府,当时主政襄阳的是他的学生夏竦,此时竦已贵达,但胡旦对他仍像对青年学子一样,加之胡旦平日常讥毁郡政,故竦以"空堂自恨无金弹,任尔啾啾到日斜"含蓄地批评了胡旦。因夏竦的诗句有感而发,故文莹表达了对他"笔无虚致"的赞赏。欧阳修也曾有一段有意思的记载。他在《六一诗话》中说:"诗人贪求好句,而理有不通,亦语病也。……唐人有云:'姑苏台下寒山寺,半夜钟声到客船。'说者亦云,句则佳矣,其如三更不是打钟时!"② 现代学者多用此例批评宋人以"理"评诗,这种批评对错与否,我们姑且不论。然而这段记述中蕴含着当时求"实"的诗学倾向,这是人们往往不加注意的。同样,欧阳修在《书韦应物西涧诗后》中也质疑说:"今州城之西乃是丰山,无所谓西涧者。独城之北有一涧,水极浅,遇夏潦涨溢,恒为州人之患,其水亦不胜舟,又江潮不至。此岂诗家务作佳句,而实无此邪?"③ 韦应物在《滁州西涧》中说:"春潮带雨晚来急,野渡无人舟自横。"④ 然而欧阳修通过实地考察,发现韦应物诗中所写的景象与现实反差极大,"西涧"并不存在,北涧亦不胜舟,诗中何来"野渡"?因此他认为这或许是诗人"务作佳句"的缘故。这生动地反映出当时诗学中"求实"的思潮。

在这种"求实"倾向中,对"怨怒"的容纳是诗学最突出的新变。怨、怒是人的自然情感,在仕途失意或理想失落等情况下都会产生,这又往往是激发诗人创作动力的重要因素。如前所述,在宋初诗学中,怨、怒常常是被排斥的。在北宋中期诗学中,人们则肯定了怨、怒存在的合理性及其对于文学创作的必要性。苏舜钦在《石曼卿诗集序》中说:"诗之作,与人生偕者也。人函愉乐悲郁之气,必舒于言,能者财之传于

---

① (宋)文莹撰,郑世纲、杨立扬点校《湘山野录》卷上,中华书局,1984,第3页。
② (清)何文焕辑《历代诗话》,第269页。
③ (宋)欧阳修撰《欧阳修全集》卷72,第1051页。
④ (唐)韦应物撰,孙望校笺《韦应物诗集系年校笺》卷6,中华书局,2002,第304页。

律,故其流行无穷,可以播而交鬼神也。"① 他认为诗歌是对人生的反映,人在生活中所遭遇的事件及所产生的情感,无论是"愉乐"还是"悲郁",都是诗歌中所要表现的内容,而且作品会因此而"流行无穷""播而交鬼神",所以在他看来,无论"愉乐"还是"悲郁",都是有价值的。复古士人无一例外地推崇杜甫,而杜诗中的悲郁之气比比皆是。如苏舜钦在《题杜子美别集后》中就说,"(杜诗)皆豪迈哀顿,非昔之攻诗者所能依倚"②,表达了赞赏之情。北宋中期出现了大量讥刺现实的作品,如苏舜钦的《庆州败》、王安石的《河北民》等,从这些作品可知,从宋初否定怨、怒,到北宋中期加以肯定,这为复古士人实现"奖善而刺恶"的诗学目的提供了必要条件和理论基础,极大地拓展了宋诗创作的表现空间,并丰富了诗学内涵。

最后,对"有补于世"的追求。人们强调"求实""有感而作",其目的就在于作品要"有补于世"。梅尧臣说:"因事有所激,因物兴以通。自下而磨上,是之谓《国风》,《雅》章及《颂》篇,刺美亦道同,不独识鸟兽,而为文字工。……愤世嫉邪意,寄在草木虫。"(《答韩三子华韩五持国韩六玉汝见赠述诗》)③ 他认为创作"因事有所激,因物兴以通",目的是"愤世嫉邪意,寄在草木虫",故这些作品并非只是"识鸟兽"而已,他认为《诗经》之《风》《雅》《颂》都是如此。欧阳修在《赠杜默》中也曾说,"饥荒与愁苦,道路日以盈。子盍引其吭,发声通下情。上闻天子聪,次使宰相听"④。他就是期望用诗歌反映现实,并最终达到令"天子聪""宰相听"的目的。苏舜钦明确说,"至于谐言短韵,无补于世,不当置于齿牙间,使人传信"(《上杜侍郎启》)⑤,又说"诗之于时,盖亦大物……原于古,致于用而已矣"(《石曼卿诗集序》)⑥,在他看来,文章必须"致于用""补于世",否则就没有存在和传播的价值。这种倾向性是北宋中期的诗学共识。孙复曾说:"夫文者,道之用也;道者,教之本也。……是故《诗》《书》《礼》《乐》《大易》《春

---

① (宋)苏舜钦著,傅平骧、胡问陶校注《苏舜钦集编年校注》,第708页。"财"应作"述"。
② (宋)苏舜钦著,傅平骧、胡问陶校注《苏舜钦集编年校注》,第397页。
③ (宋)梅尧臣撰,朱东润编年校注《梅尧臣集编年校注》中册,第336页。
④ (宋)欧阳修撰《欧阳修全集》卷1,第14页。
⑤ (宋)苏舜钦著,傅平骧、胡问陶校注《苏舜钦集编年校注》,第406页。
⑥ (宋)苏舜钦著,傅平骧、胡问陶校注《苏舜钦集编年校注》,第708~709页。

秋》皆文也……但当佐佑名教，夹辅圣人而已。"(《答张洞书》)① 王令也明确地指出"礼义政治"是诗歌的根本，他说："古之为《诗》者有道：礼义政治，《诗》之主也；……古者为《诗》者有主，则风赋比兴雅颂以成之，而鸟兽草木以文之而已尔！"(《上孙莘老书》)② 从而批判了单纯吟咏"鸟兽草木"的倾向。

北宋中期的经世诗学改变了宋初无病呻吟、千篇一律的创作风貌，使创作回归到儒家诗学的正统上来，也回归到诗学发展的正常轨道上来。当创作与现实取得紧密联系时，文学内涵的丰富性及深刻性无疑会得到极大提升。北宋中期，宋诗在欧阳修、梅尧臣等人手中出现兴盛的局面，这与诗学思想的转变存在密切的关系。这一时期诗歌对现实的针砭和讥刺不仅为宋初所不及，也为北宋后期所不及，这是诗学革新为宋诗做出的最重要的贡献。

第三节　儒学复兴与诗歌美学倾向

在儒学复兴的大潮中，士人表现出强烈的责任意识，意气勃发，勇于振作。与之相应，宋初只被复古士人推崇的豪健诗风，在此时期则引起强烈的时代共鸣，成为突出的诗学现象。同时，宋初占主流地位的平和淡泊诗风及对诗歌语言的追求，在这一时期仍被继承下来，表现出诗学发展的连续性，同时被赋予新的时代内涵。

一　古调与刚健诗风

儒学的复兴，需要复古士人具备极大的勇气和魄力，以对抗低迷的世风，更需要雄刚的气度去坚守古道。复古士人对豪健诗风的张扬就渊源于这种魄力与气度，所以我们看到宋初柳开赞赏"雄刚峻逸"的诗风，王禹偁、释智圆推崇李白的豪迈，张咏在诗歌中表现出横放的个性和激切的情怀。北宋中期，复古士人除了要恢复古道外，更担负着社会变革与廓清时弊的重任，因此他们比宋初复古士人具有更强烈的忧患意识以及奋发的时代精神。

---

① 曾枣庄、刘琳主编《全宋文》第19册，第293~294页。
② （宋）王令撰，沈文倬校点《王令集》卷16，第293~294页。

范仲淹在母丧期间冒哀上书，倡言改革。他在《奏上时务书》中说："今臣勉思药石，切犯雷霆，不遵易进之途，而居难立之地者，欲倾臣节，以报国恩。耻佞人之名，慕忠臣之节，感激而发，万死无恨。"①表现出将生死置之度外的气概。明道二年（1033），范仲淹因废后事与孔道辅等一同被贬，苏舜钦在《乞纳谏书》中说："此二臣者，非不知缄口数年，坐得卿辅，盖不敢负陛下委任之意，亏臣子忠荩之节，而皆罹中伤，窜谪不暇，使正臣夺气，鲠士咋舌，目睹时弊，口不敢论。……物情闭塞，上位孤危，轸念于兹，可为惊怛！"后又说："臣区区以此言达于冕旒者，非不知出口祸从，为众悯笑。盖欲陛下一悟，则天下蒙福，以臣之躯，负苍生之命，亦已大矣！"② 可想见他犯颜进谏时的政治勇气和"以臣之躯，负苍生之命"的担当。景祐三年（1036）范仲淹因献《百官图》被贬，尹洙在《乞坐范天章贬状》中不避朋党之嫌，主动要求与范仲淹一同受贬，他说："仲淹若以他事被谴，臣固无预；今观敕意，乃以朋比得罪。臣与仲淹，义分既厚，纵不被荐论，犹当从坐；……况余靖自来与仲淹踪迹比臣绝疏，今来止因上言，获以朋党被罪。臣不可苟免，愿从降黜，以昭明宪。"③后果以贬崇信军节度掌书记、监郢州酒税告终。后来欧阳修也受牵连，被贬到夷陵，但他却感慨地说："五六十年来，天生此辈，沈默畏慎，布在世间，相师成风。忽见吾辈作此事，下至灶间老婢，亦相惊怪，交口议之。不知此事古人日日有也，但问所言当否而已。又有深相赏叹者，此亦是不惯见事人也。可嗟世人不见如往时事久矣！往时砧斧鼎镬，皆是烹斩人之物，然士有死不失义，则趋而就之，与几席枕藉之无异。"（《与尹师鲁第一书》）④ 表现出杀身成仁的勇气。从这些事例中可看出，中期士人已养成了雄刚峻逸的品格。事实上，儒家先贤在立身处世上，早为儒士们赋予了这种品质。孔、孟周游列国，虽屡遭挫败，但对理想的坚守始终不变。韩愈在宪宗时期力辟朝野佞佛之风，虽遭贬黜，亦始终不改其刚。韩愈古文气势磅礴，如长江大河，滔滔汩汩，正是其经世情怀结成的浩然之气所使然。与此相似，

---

① 曾枣庄、刘琳主编《全宋文》第18册，第206页。
② （宋）苏舜钦著，傅平骧、胡问陶校注《苏舜钦集编年校注》，第389~390、390页。
③ 曾枣庄、刘琳主编《全宋文》第27册，第248页。
④ （宋）欧阳修撰《欧阳修全集》卷69，第998页。

北宋中期士人也具有了这种风范。

欧阳修颇为赞赏石延年雄壮豪迈的风神。他在《石曼卿墓表》中说："幽燕俗劲武，而曼卿少亦以气自豪，读书不治章句，独慕古人奇节伟行非常之功，视世俗屑屑，无足动其意者。……壮貌伟然，喜酒自豪，若不可绳以法度，退而质其平生，趣舍大节无一悖于理者。"① 从中可知，石延年不但"状貌伟然，喜酒自豪"，而且"慕古人奇节伟行非常之功，视世俗屑屑"，《宋史》说他"跌宕任气节"②，就源于此。欧阳修还在《哭曼卿》中说："嗟我识君晚，君时犹壮夫。信哉天下奇，落落不可拘。轩昂惧惊俗，自隐酒之徒。一饮不计斗，倾河竭昆墟。"③ 其中描绘了石延年豪迈的个性。这一点尤其体现在他饮酒"不计斗"的作风上。欧阳修说："曼卿隐于酒，秘演隐于浮屠，皆奇男子也。然喜为歌诗以自娱，当其极饮大醉，歌吟笑呼，以适天下之乐，何其壮也！"（《释秘演诗集序》）④ 他通过石延年轩昂的气度与极饮大醉时的狂态，来展现其壮美的人格。苏舜钦也是如此。他的书法因豪迈奔放而深受宋人喜爱，欧阳修在《水谷夜行寄子美圣俞》中就说："有时肆颠狂，醉墨洒滂霈。譬如千里马，已发不可杀。"⑤ 可见其颇有唐代"张颠"⑥的风采。《宋史》载："（苏舜钦）慷慨有大志，状貌怪伟。"⑦ 欧阳修《祭苏子美文》也赞美说："子之心胸，蟠屈龙蛇；风云变化，雨雹交加；忽然挥斧，霹雳轰车。人有遭之，心惊胆落，震仆如麻。"⑧ 在欧阳修看来，他是与石曼卿一样的胸蟠龙蛇之士。欧阳修自己也同样有着豪迈的气度。直至晚年依然如此，他在《斋宫尚有残雪思作学士时摄事于此尝有闻莺诗寄原父因而有感四首》中说："两京平日接英髦，不独诗豪酒亦豪。休把青铜照双鬓，君谟今已白刁骚。"（其三）"诗篇自觉随年老，酒力犹能助气豪。兴

---

① （宋）欧阳修撰《欧阳修全集》卷24，第373~374页。
② （元）脱脱等撰《宋史》第37册，第13070页。
③ （宋）欧阳修撰《欧阳修全集》卷1，第19页。
④ （宋）欧阳修撰《欧阳修全集》卷43，第611页。
⑤ （宋）欧阳修撰《欧阳修全集》卷2，第29页。
⑥ 《旧唐书》第15册云："旭善草书，而好酒，每醉后号呼狂走，索笔挥洒，变化无穷，若有神助，时人号为张颠。"（中华书局，1975，第5034页）
⑦ （元）脱脱等撰《宋史》第37册，第13073页。
⑧ （宋）欧阳修撰《欧阳修全集》卷49，第695页。

味不衰惟此尔，其余万事一牛毛。"（其四）① 就追忆了早年与"英髦"交游时的豪隽情态，展现了老年时期有些衰飒却豪迈依然的气度。

我们可以通过北宋前期与中期人物品藻的对比，管窥两个时代的人格审美倾向，如表1所示。

表1　北宋前、中期人物品藻对照

前期	中期
天骨秀异，神气清粹（徐铉撰）②	性刚直，未尝曲于人（范仲淹撰）③
风骨峻整，器度闲雅（徐铉撰）	性刚决（尹洙撰）④
风度闲详，才调清婉（杨亿撰）⑤	刚直严重，不妄与人（欧阳修撰）⑥
风度详闲，襟怀夷旷（杨亿撰）	刚决明敏（欧阳修撰）
风度夷雅，襟灵冲粹（杨亿撰）	质重刚劲（欧阳修撰）
识度沈粹，风规酝藉⑦（杨亿撰）	刚介有节（欧阳修撰）
器宇宏廓，风规爽迈（杨亿撰）	刚简，不矜饰（欧阳修撰）

---

① （宋）欧阳修撰《欧阳修全集》卷13，第228页。
② 此表徐铉所撰文字依先后顺序分别为《大宋左千牛卫上将军追封吴王陇西公墓志铭》（曾枣庄、刘琳主编《全宋文》第2册，第367页）、《大宋故尚书户部郎中王君墓志铭》（曾枣庄、刘琳主编《全宋文》第2册，第372页）。
③ （宋）范仲淹：《太子右卫率府率田公墓志铭》，曾枣庄、刘琳主编《全宋文》第19册，第56页。
④ （宋）尹洙：《故天水尹府君墓志铭》，曾枣庄、刘琳主编《全宋文》第28册，第84页。
⑤ 此表杨亿所撰文字依先后顺序分别为《宋故太客员外郎直集贤院高平范公墓志铭》（曾枣庄、刘琳主编《全宋文》第15册，第48页）、《宋故翰林侍读学士朝奉大夫右谏议大夫骑都尉赐紫金鱼袋荥阳潘公墓志铭》（曾枣庄、刘琳主编《全宋文》第15册，第59页）、《宋故太中大夫行给事中上柱国临汾郡开国侯食邑一千二百户赐紫金鱼袋平阳柴公墓志铭》（曾枣庄、刘琳主编《全宋文》第15册，第67页）、《宋故推诚翊戴同德功臣山南东道节度管内观察处置桥道等使特进检校大尉同中书门下平章事使持节襄州诸军事行襄州剌史判许州军州事上柱国陇西郡开国公食邑一万四百户食实封三千二百户赠中书令谥曰忠武李公墓志铭》（曾枣庄、刘琳主编《全宋文》第15册，第71页）、《宋故推忠协谋佐理功臣金紫光禄大夫行尚书吏部侍郎同中书门下平章事监修国史上柱国太原郡开国公食邑二千户食实封四百户赠太傅中书令谥曰文简毕公墓志铭》（曾枣庄、刘琳主编《全宋文》第15册，第81页）。
⑥ 此表欧阳修所撰文字依先后顺序分别为《孙明复先生墓志铭》［（宋）欧阳修撰《欧阳修全集》卷30，第457页］、《镇安军节度使同中书门下平章事赠中书令谥文简程公墓志铭》［（宋）欧阳修撰《欧阳修全集》卷31，第464页］、《赠刑部尚书余襄公神道碑铭》［（宋）欧阳修撰《欧阳修全集》卷33，第366页］、《陇城县令赠太常博士吕君墓志铭》［（宋）欧阳修撰《欧阳修全集》卷28，第430页］、《太常博士尹君墓志铭》［（宋）欧阳修撰《欧阳修全集》卷30，第451页］。
⑦ "酝藉"应作"蕴藉"。

这些都是来自被认为是"谀墓"的文字，但它们恰恰能反映出当世典型的人格审美倾向。与北宋中期相比，宋初人更看重人物"闲雅"的气度，如徐铉所说"风骨峻整，器度闲雅"，再如杨亿所说"风度详闲，襟怀夷旷"等，而北宋中期则更看重"刚直""刚介"等特征。可见随着时代的演进，士人品格及人物审美的角度都在发生着改变。

这种品格反映到诗学上，就是人们对刚健豪迈诗风的赞赏。欧阳修在《哭曼卿》诗中说："（曼卿）作诗几百篇，锦组聊琼琚。时时出险语，意外研精粗。穷奇变云烟，搜怪蟠蛟鱼。"① 他指出石延年诗歌的两个特征，一是爱作"险语"，二是意象"穷奇"，这些都与北宋中期诗学深受韩愈的影响有关。石介在《三豪诗送杜默诗雄》中也赞赏石延年说："曼卿豪于诗，社坛高数层。……身虽埋黄泉，诗名长如冰。"② 也指出其诗"豪"的特征。苏舜钦《石曼卿诗集序》也说，"曼卿（石延年的字）之诗，又特振奇发秀。……独以劲语蟠泊，会而终于篇，而复气横意举，洒落章句之外，学者不可寻其屏阃而依倚之"③，"劲语"即刚劲的语言，"气横"指石延年诗在言语间透露出的横放之气，这明显不同于宋初的诗学气象。

苏舜钦诗亦似其为人，洒落不群。《宋史》本传说他"时发愤懑于歌诗，其体豪放，往往惊人"④。欧阳修曾将苏舜钦比作"谪仙"，他在《扶沟知县周职方录示白鹤宫苏才翁子美赠黄道士诗并盛作三绝见索拙句辄为四韵奉酬》中说："能棋好饮一道士，醉墨狂吟二谪仙。道士不闻乘白鹤，谪仙今已掩黄泉。"⑤ "谪仙"一般用来代指李白，欧阳修用"谪仙"形容苏舜钦，可知在欧阳修眼中，苏舜钦有着与李白相似的豪迈情怀和人格魅力。拿苏舜钦《对酒》来说，诗云："丈夫少也不富贵，胡颜奔走乎尘世？予年已壮志未行，案上敦敦考文字，有时愁思不可掇，峥嵘腹中失和气。侍官得来太行颠，太行美酒清如天。长歌忽发泪迸落，一饮一斗心浩然。嗟乎吾道不如酒，平褫哀乐如摧朽。读书百车人不知，

---

① （宋）欧阳修撰《欧阳修全集》卷1，第19页。
② （宋）石介撰，陈植锷点校《徂徕石先生文集》卷2，第13页。
③ （宋）苏舜钦著，傅平骧、胡问陶校注《苏舜钦集编年校注》，第709页。
④ （元）脱脱等撰《宋史》第37册，第13081页。
⑤ （宋）欧阳修撰《欧阳修全集》卷14，第243页。

地下刘伶吾与归!"① 其中确实颇有李白诗豪放飘逸的风采。欧阳修在《答苏子美离京见寄》中也说:"众奇子美貌,堂堂千人英。我独疑其胸,浩浩包沧溟。沧溟产龙蜃,百怪不可名。是以子美辞,吐出人辄惊。其于诗最豪,奔放何纵横!"② 指出了苏舜钦胸中包藏"百怪"的个性与其"奔放"诗风之间密切的关系。苏舜钦的胞兄苏舜元,诗歌也以豪放著称,欧阳修曾说:"遒劲多佳句,而世独罕传。"(《六一诗话》)③ 表达了叹惋之情。

石介在《三豪诗送杜默师雄》中说:"师雄二十二,笔距狞如鹰,才格自天来,辞华非学能。……玉川《月蚀》诗,犹欲相凭陵。曼卿苟不死,其才堪股肱。"④ 玉川即唐代诗人卢仝,其《月蚀》诗以雄奇险怪著称,石介将杜默诗与卢仝、石延年诗相比,指出杜默诗有着"笔距狞如鹰"的刚健风貌。当然,杜默的诗并不好,苏轼认为是"京东学究饮私酒食瘴死牛肉饱后所发者也"⑤,可知其怪奇放诞的风貌。

与刚健相联系,还有其他类似的审美倾向在当时也都受到人们的赞赏。如"雄健",欧阳修《谢氏诗序》说:"景山尝学杜甫、杜牧之文,以雄健高逸自喜。"⑥ 再如"雄逸",郑獬评价文莹诗说:"语雄气逸,而致思深处往往似杜紫微,绝不类浮屠师之所为者。"(《文莹师诗集序》)⑦ 释文莹反过来也评价郑獬诗说:"翰林郑毅夫公,晚年诗笔飘洒清放,几不落笔墨畛畦,间入李、杜深格。"⑧ 表现出对"清放"诗风的赞赏,惺惺相惜之态显而易见。又如"奇峭",欧阳修说:"石曼卿自少以诗酒豪放自得,其气貌伟然,诗格奇峭。"(《六一诗话》)⑨ "峭"有陡拔、突兀之意,与"刚健"的风格相近。

这里需要强调的是,北宋中期诗学对刚健豪迈诗风的张扬,不但与

---

① (宋)苏舜钦著,傅平骧、胡问陶校注《苏舜钦集编年校注》,第21页。
② (宋)欧阳修撰《欧阳修全集》卷53,第752页。
③ (清)何文焕辑《历代诗话》,第269页。
④ (宋)石介撰,陈植锷点校《徂徕石先生文集》卷2,第13页。
⑤ (宋)苏轼撰《苏轼文集》第5册,中华书局,1986,第2131页。
⑥ (宋)欧阳修撰《欧阳修全集》卷43,第608页。
⑦ 曾枣庄、刘琳主编《全宋文》第68册,第112页。
⑧ (宋)文莹撰,郑世刚、杨立扬点校《玉壶清话》卷7,第70页。
⑨ (清)何文焕辑《历代诗话》,第271页。

时代风气、士人个性有关，也与他们对"古调"的认知有关，这一点，前人很少加以注意。柳开曾在《与任唐征书》中强调："辱示诗两轴，辞调颇切于古人。从何而得至于是者哉？非雄刚峻逸之材，孰能迨此！"① 就说明了"雄刚峻逸"与"古调"之间存在关联。到北宋中期，人们对这一点表达得更为明确。如苏舜钦称赞文莹诗说："篇篇清雄，有古作者气态。"（刘挚《文莹师集序》）② 就将"清雄"与"古"联系起来。欧阳修则是将"古"与"硬"联系起来，他在《水谷夜行寄子美圣俞》中说梅尧臣"近诗尤古硬，咀嚼苦难嘬"③，其中"硬"与"雄"、"刚"等属于相近的美学范畴，而用"古"进行修饰，说明"硬"中有着"古"的韵味与气质。在当时情境下，"古调"与"淫靡"是相对的。文同在《读杨山人诗》中就说："其声太凄楚，劲涩皆古调。俗尚正淫靡，惑者自夸耀。"④ 在他看来，杨山人"古调"的"劲涩"与"淫靡"相对，从而将"古"与"劲涩"联系在一起。"古"调的这种内涵在北宋后期也有所体现，如李复在《回周沚法曹书》中说："唐初文章沿江左余风，气格卑弱，殊无古意。"⑤ 在他看来，"气格卑弱"的"江左余风"与"古意"是相反的，既然这样，"古意"自然就是雄刚峻逸的。再如范温也说："建安诗辩而不华，质而不俚，风调高雅，格力遒壮，其言直致而少对偶，指事情而绮丽，得风雅骚人之气骨，最为近古者也。"⑥ 他也指出建安诗歌具有"遒壮""直致""气骨"等特征，这是它近"古"的主要原因。既然刚健诗风是"古"调的一种固有内涵，那么北宋中期复古诗学对它倍加推崇，也就再自然不过了。

二 古淡："平淡"内涵的拓展

北宋中期，士人品格日益呈现出两个层面：一是孟子所说的"我善养吾浩然之气。……其为气也，至大至刚，以直养而无害，则塞于天地

---

① 曾枣庄、刘琳主编《全宋文》第6册，第340页。
② （宋）刘挚撰，裴汝诚、陈晓平点校《忠肃集》卷10，中华书局，2002，第213页。
③ （宋）欧阳修撰《欧阳修全集》卷2，第29页。
④ 北京大学古文献研究所编《全宋诗》第8册，第5334页。
⑤ 曾枣庄、刘琳主编《全宋文》第122册，第31页。
⑥ （宋）胡仔纂集《苕溪渔隐丛话》前集卷1，第4页。

之间"(《孟子·公孙丑章句上》)①，强调"至大至刚"之气，此与宋人伟岸的人格及强烈的责任意识相应；二是颜子所体现出的"一箪食，一瓢饮，在陋巷。人不堪其忧，回也不改其乐"(《论语·雍也》)②的淡泊气度与乐道情怀，这与宋人优游平和的处世格调相应。从源头上说，刚健与淡泊本就是儒家思想涵养的两个层面，但在儒释道融合的大环境中，宋人在古道淡泊方面表现得更为突出。

北宋中期，人们纷纷为颜回的淡泊气度及乐道情怀所折服。如范仲淹《睢阳学舍书怀》诗云："白云无赖帝乡遥，汉苑谁人奏洞箫。多难未应歌凤鸟，薄才犹可赋鹪鹩。瓢思颜子心还乐，琴遇钟君恨即销。但使斯文天未丧，涧松何必怨山苗。"③ 睢阳学舍是范仲淹青年时期读书之处，当时他虽然经济拮据，常常"断齑划粥"，但从诗中可知，这并不妨碍他追求颜子之乐及其安贫乐道的人生旨趣。再如欧阳修《颜跖》诗云："颜回饮瓢水，陋巷卧曲肱。……惟其生之乐，岂减跖所荣。死也至今在，光辉如日星。譬如埋金玉，不耗精与英。"④ 他以"光辉如日星"表达对颜子居于陋巷却淡泊优游的强烈赞赏。欧阳修还在《删正黄庭经序》中说，"颜子萧然卧于陋巷，箪食瓢饮，外不诱于物，内不动于心，可谓至乐矣"⑤，其中赞赏之情也是溢于言表。又如尹洙在《送浮图迥光》中说："先圣称颜子'箪食瓢饮，人不堪其忧，回也不改其乐'。盖夫乐古圣人之道者，未始有忧也，尚何荣辱穷通之有乎？"他认为"穷"与"忧"不是必然联系在一起的，先圣们"忧道不忧贫"(《论语·卫灵公》)⑥，真正的君子能抛开个人穷通，不为遭际所困，因为"乐古圣人之道者，未始有忧也"。人们所谓的颜回之"乐"就是君子固穷、安贫乐道的一种极致体现。苏舜钦在罢官后，在《答马永书》中说："苟去其位，则道日益舒，宜其安而无闷也。……有其道而不见用，烛⑦居畎亩，乐以终身，盖亦多矣。故韩退之谓颜子恶衣食于陋巷，而依于孔子，

---

① （宋）朱熹：《四书章句集注》，第232页。
② （宋）朱熹：《四书章句集注》，第87页。
③ 北京大学古文献研究所编《全宋诗》第3册，第1879页。
④ （宋）欧阳修撰《欧阳修全集》卷1，第3页。
⑤ （宋）欧阳修撰《欧阳修全集》卷65，第949~950页。
⑥ （宋）朱熹：《四书章句集注》，第168页。
⑦ "烛"应作"独"。

虽乐不足称也。"① 他所强调的中心旨趣就是"乐道无闷"。在他看来，若颜回在陋巷当中厌恶恶衣恶食，困于周遭环境，那么他虽然依于儒学，但未能将自己融入大道，也就不值得称道了。

人们能做到不为"穷"所困，并摆脱周遭困扰，在精神世界处于优游徜徉的自在情境，这就是宋人常说的"道胜"。在宋人那里，颜回体现着儒家学者应有的淡泊气度，成为宋人面对困境时的精神偶像。淡泊气度成为宋人对抗无奈现实的精神武器，这是宋人在人生困顿、仕途无望之际，仍能保持优游吟咏的重要原因。

欧阳修处在北宋政治波谲云诡的时期，他在政治上有着大起大落的经历，应该如何面对困境是他必须思考的问题。他曾在《南阳集跋》中说："士之从宦，困于当时而文章显于后世者多矣。其能不戚戚于穷厄而泰然自以为乐者，既知有命，又知屈于当时者近，而伸于后世者远也。"② 他用"伸于后世者远"来自我安慰，用泰然自若的态度面对眼前的困扰。他因营救范仲淹而被贬后，就用淡泊的人生态度安慰和劝诫好友尹洙和张安道，他说："每见前世有名人，当论事时，感激不避诛死，真若知义者，及到贬所，则戚戚怨嗟，有不堪之穷愁形于文字，其心欢戚无异庸人，虽韩文公不免此累，用此戒安道慎勿作戚戚之文。"(《与尹师鲁第一书》)③ 他通过考察前人在顺境、逆境时的不同表现，表达了对困于"穷愁"的不屑，在这一点上，备受推崇的韩愈也被他否定了。欧阳修曾对僚友谢伯初说："古人久困不得其志，则多躁愤佯狂，失其常节，接舆、屈原之辈是也。景山愈困愈刻意，又能恬然习于圣人之道，贤于古人远矣。"(《与谢景山书》)④ 谢伯初（字景山）一生仕宦不偶，终以困穷而卒，但他在困境中却表现出"恬然"的气度，这令欧阳修赞叹不已。欧阳修本就是一个有放达情怀的人。他曾在《书怀感事寄梅圣俞》中说："幕府足文士，相公方好贤。……圣俞善吟哦，共嘲为阆仙。惟予号达老，醉必如张颠。"⑤ 当时欧阳修仅是一个二十几岁的年轻人，

---

① （宋）苏舜钦著，傅平骧、胡问陶校注《苏舜钦集编年校注》，第668页。
② （宋）欧阳修撰《欧阳修全集》卷155，第2581页。
③ （宋）欧阳修撰《欧阳修全集》卷69，第999页。
④ （宋）欧阳修撰《欧阳修全集》卷69，第1003页。
⑤ （宋）欧阳修撰《欧阳修全集》卷52，第730页。

却被公认为"达老",可见其老成淡泊的品性。经历过贬谪后,欧阳修在《答李大临学士书》中说:"足下知道之明者,固能达于进退穷通之理,能达于此而无累于心,然后山林泉石可以乐,必与贤者共,然后登临之际有以乐也。"① 他所谓"知道",就是在困苦之中获得思想通达的能力,也即"道胜"。他认为,若能"达于进退穷通之理",就可以进一步进入"乐道"的情境,他以此劝导被贬谪的李大临安于山水,乐于泉石。故宋人所推崇的"乐道",在很大程度上就是淡泊之乐,是胸中有道、乐而履之的一种情怀。

宋人对古道淡泊的发现,也使淡泊成为基本的美学范畴。如在音乐上,淡泊成为人们对古乐的基本认知。"古乐"产生的年代较早,没有过多的修饰,《老子》就提出"大音希声",认为好的音乐不依赖于繁缛的修饰,其中所传达的正是这种古朴的意蕴。陆机在《文赋》中也曾说:"或清虚以婉约,每除烦而去滥。阙大羹之遗味,同朱弦之清汜。虽一唱而三叹,固既雅而不艳。"② 他站在崇尚华丽的角度,批评庙堂音乐"雅而不艳",但实际指出了"庙堂音乐"即古乐缺少修饰与渲染的特点,就是所谓"每除烦而去滥"。宋人对古乐的认知与此相一致,如:

苏舜钦《怀月来求听琴诗因作六韵》:"正声今遁矣,古道此焉存。商缓知臣僭,风薰见帝尊。雄豪尚余勇,淡泊忽忘言。"③

刘敞《和永叔夜坐鼓琴二首》其一:"淳和太平风,简淡邈古时。"④

文同《任居云栖枝阁》:"独横古溜琴,远意追淡泊。萧萧履霜操,隐隐天外落。"⑤

郑少连《寄茅处士知至》:"情恬神气逸,琴淡古风还。"⑥

曾巩《赠弹琴者》:"至音淡薄谁曾赏,古意飘零自可怜。"⑦

---

① (宋)欧阳修撰《欧阳修全集》卷70,第1016页。
② (南朝梁)萧统编,(唐)李善注《文选》卷17,第242页。
③ 北京大学古文献研究所编《全宋诗》第6册,第3949页。
④ 北京大学古文献研究所编《全宋诗》第9册,第5747页。
⑤ 北京大学古文献研究所编《全宋诗》第8册,第5330页。
⑥ 北京大学古文献研究所编《全宋诗》第8册,第5297页。
⑦ 北京大学古文献研究所编《全宋诗》第8册,第5571页。

曾巩《送任逵度支监嵩山崇福宫》："雅淡琴声古，温纯玉性真。……行高宁系俗，道胜不忧贫。"①

这些都是将古朴的琴音与淡泊相联系，其中所谓"古淡""雅淡""淡泊""简淡"等都是宋人对古风乐曲的直观感受，而"淡"是最本质的内涵。

由于诗与乐相通，宋人把对"古乐淡泊"的认同也转向了诗学。如欧阳修在《与杨寘序》中说："夫琴之为技小矣……而纯古淡泊，与夫尧舜三代之言语、孔子之文章、《易》之忧患、《诗》之怨刺无以异。"②他将"纯古"与"淡泊"联系起来形容音乐的特征，并认为这种特征与"尧舜三代之言语、孔子之文章、《易》之忧患、《诗》之怨刺"没什么不同，这就使乐之"纯古淡泊"与文风产生了联系。欧阳修在《书梅圣俞稿后》中说："盖诗者，乐之苗裔欤！……唐之时，子昂、李、杜、沈、宋、王维之徒，或得其淳古淡泊之声，或得其舒和高畅之节，而孟郊、贾岛之徒，又得其悲愁郁堙之气。由是而下，得者时有，而不纯焉。今圣俞亦得之。"③他也是将"淳古"与"淡泊"联系起来，由于"诗者，乐之苗裔"，因此诗自然也有"淳古淡泊"一途，他认为，在唐代陈子昂、李、杜等人可作为代表，在宋则以梅尧臣为代表。再如胡宿评僧长吉诗说："作诗三百篇，平淡犹古乐。"(《读僧长吉诗》)④ 在他看来，"平淡"的诗风与"古"乐有着类似的韵味与内涵。更多时候，人们则是直接把"平淡"诗风与"古"相联系，如：

蔡襄："或传近诗句，平淡与古邻。"(《迁阳道中奉寄杨正臣同年》)⑤

刘攽："江邻几善为诗，清淡有古风。"⑥

吕陶："汲将楚谷水，就取石鼎烹。可以助君淳深幽寂之道味，

---

① 北京大学古文献研究所编《全宋诗》第 8 册，第 5576 页。
② （宋）欧阳修撰《欧阳修全集》卷 44，第 629 页。
③ （宋）欧阳修撰《欧阳修全集》卷 72，第 1048~1049 页。
④ 北京大学古文献研究所编《全宋诗》第 4 册，第 2053 页。
⑤ 北京大学古文献研究所编《全宋诗》第 7 册，第 4754 页。
⑥ （清）何文焕辑《历代诗话》，第 298 页。

高古平淡之诗情。"(《以茶寄宋君仪有诗见答和之》)①

王得臣:"同院阳翟徐秀才出其父屯田忘名所为诗,见其清苦平淡,有古人风致……"(《麈史》卷中)②

这些都是从"古风"的角度对"平淡"之诗进行诠释,把"平淡"作为"古风"的一个属性,吕陶用"高古平淡"形容诗情,这与欧阳修所说"纯古淡泊"是一致的。这些都说明,北宋中期士人对诗学上的"古风淡泊"有着强烈的审美认知。

而我们知道,从纯粹的诗学角度立论,此期"古淡"已作为较为普遍的诗歌美学范畴而存在。欧阳修认为梅尧臣诗就是"古淡"的代表,他在《再和圣俞见答》中说"子(梅尧臣)言古淡有真味,太羹岂须调以齑"③,"太羹",即不加任何调料的肉汤,看似平淡无奇,却滋味醇厚、自然和谐。对于这种淡泊的滋味,欧阳修也曾说:"世好竞辛咸,古味殊淡泊。"(《送杨辟秀才》)④ 世俗中人们往往推崇甜酸咸辣等,为争竞"辛""咸"而相互攀比,然而大羹不加任何佐料却滋味醇厚,故欧阳修在《读张李二生文赠石先生》中说"古味虽淡醇不薄"⑤。在他看来,这种淡泊的味道往往历久而绵长,他在《读书》中就说:"淡泊味愈长,始终殊不变。"⑥ 欧阳修认为梅尧臣诗的"古淡"风格就体现着这种质朴醇厚的韵味。相比于欧阳修,苏舜钦的表达更能说明"古淡"这一范畴在当时兴起的意义。苏舜钦在《诗僧则晖求诗》中说:"全吴气象豪,诗思合翘翘。风雅久零落,江山应寂寥。会将趋古淡,先可去浮嚣。好约长吟处,霜天看怒潮。"⑦ 他把古淡放在当时"风雅久零落"的时代背景下,意在用"古淡"扭转"浮嚣"的时弊。这则信息非常重要,因为它道出了宋人恢复古道的良苦用心,以及推崇"古淡"这一审美范畴的深层原因。因此,"古淡"这一范畴具有深刻的复古内涵,在

---

① 北京大学古文献研究所编《全宋诗》第12册,第7762页。
② 《宋元笔记小说大观》第2册,上海古籍出版社,2007,第1351页。
③ (宋)欧阳修撰《欧阳修全集》卷5,第82页。
④ (宋)欧阳修撰《欧阳修全集》卷2,第22页。
⑤ (宋)欧阳修撰《欧阳修全集》卷2,第25页。
⑥ (宋)欧阳修撰《欧阳修全集》卷9,第139页。
⑦ (宋)苏舜钦著,傅平骧、胡问陶校注《苏舜钦集编年校注》,第307页。

此基础之上，人们显然会在更高层次上观照和接受平淡诗风。

宋人极喜平淡，欧阳修欣赏平淡的旨趣，而且在他眼中，梅尧臣就是一个平淡的人。他曾在《梅圣俞墓志铭》中说："圣俞为人仁厚乐易，未尝忤于物，至其穷愁感愤，有所骂讥笑谑，一发于诗，然用以为欢，而不怨怼，可谓君子者也。"① 他进而赞赏梅尧臣诗"不戚其穷，不困其鸣。不踬于艰，不履于倾。养其和平，以发厥声"②，指出了其诗中平和淡泊的意蕴。在欧阳修的身边，还有一位淡泊平和的诗友，就是江邻几。他与梅尧臣一样，都是欧阳修青年时期在钱惟演幕中供职的僚友，情谊深厚。欧阳修在《江邻几墓志铭》中评价他说："外若简旷，而内行修饬，不妄动于利欲。"③ 与此相应，他赞赏江邻几之诗"淡泊闲远，往往造人之不至"（《江邻几墓志铭》），正所谓文如其人。除此，欧阳修也评价李建中说："（建中）冲退喜道……为诗清淡闲暇，如其人也。"④ 除了推崇当代的梅尧臣、江邻几等人，欧阳修还特别推崇陶渊明。他曾说："吾爱陶靖节，有琴常自随。无弦人莫听，此乐有谁知。君子笃自信，众人喜随时。其中苟有得，外物竟何为。寄谢伯牙子，何须钟子期。"（《夜坐弹琴有感二首呈圣俞》其一）⑤ 世人常以遇到知音自喜，但欧阳修说"寄谢伯牙子，何须钟子期"，表达了对陶渊明圆融自足之态的向往。除了精神上与陶渊明相通，欧阳修在行为方式上也常与陶渊明表现出相似之处。如他喜好饮酒，并以渊明自比，他在《秋日与诸君马头山登高》中说："晴原霜后若榴红，佳节登临兴未穷。日泛花光摇露际，酒浮山色入尊中。金壶恣洒毫端墨，玉麈交挥席上风。惟有渊明偏好饮，篮舆酩酊一衰翁。"⑥ 其中，他写到秋日登高的感受，而席上酩酊之"衰翁"就是欧阳修，他通过以渊明自喻，表达出对渊明风神的认同。再如其《暇日雨后绿竹堂独居兼简府中诸僚》诗云："新晴竹林茂，日夕爱此君。佳禽哢翠树，若与幽人亲。扫径绿苔静，引流清派分。开轩见远岫，欹枕送归云。桐槿渐秋意，琴觞怀友文。浩然沧洲思，日厌京洛尘。

---

① （宋）欧阳修撰《欧阳修全集》卷33，第497页。
② （宋）欧阳修撰《欧阳修全集》卷33，第498页。
③ （宋）欧阳修撰《欧阳修全集》卷34，第500页。
④ （宋）文莹撰，郑世刚、杨立扬点校《玉壶清话》卷1，第8页。
⑤ （宋）欧阳修撰《欧阳修全集》卷8，第129页。
⑥ （宋）欧阳修撰《欧阳修全集》卷56，第805~806页。

车骑方开府,梁王多上宾。平时罢飞檄,行乐喜从军。骑省悼亡后,漳滨多病身。南窗若可傲,方事陶潜巾。"① 他以陶渊明用头巾漉酒的典故为依托,表达了脱离京洛风尘的愿望。

欧阳修曾说:"圣俞、子美齐名于一时,而二家诗体特异。子美笔力豪隽,以超迈横绝为奇;圣俞覃思精微,以深远闲淡为意。各极其长,虽善论者不能优劣也。"(《六一诗话》)② 他既赞赏"超迈横绝"的苏舜钦诗,也欣赏"深远闲淡"的梅尧臣诗,认为"各极所长,虽善论者不能优劣也"。这典型地体现着北宋中期在推崇豪迈之风的同时,并没有放弃对"平淡"之诗的赞赏,这为人们接受宋初诗歌创造了条件,这种诗学框架在范仲淹《唐异诗序》中就已经清晰地体现了出来。同时,人们挖掘出"古道淡泊"这重内涵,为平淡寻找到"古道"这层外衣,这更为人们在新的时代条件下接受平淡诗风提供了思想动因与理论基础。

三 语言追求的深化

宋初,复古士人就表现出对晚唐体的深刻接纳。到北宋中期,人们更对语言本质力量充满自信,这成为突出的诗学现象。韩愈曾评价孟郊诗说:"规模背时利,文字觑天巧。"(《答孟郊》)③ 表达了对孟郊笔镵万物的赞赏。其中所谓"觑天巧",就是对文字深刻描摹事物,准确揭示世界"真相"的能力的推崇。受韩愈影响,北宋中期人们对语言文字也充满着强烈的自信。如周敦颐在《彭推官诗序》中就说"其句字信乎能觑天巧"④,这显然与韩愈所云一脉相承。再如王安石在《灵谷诗序》中说:"观其镵刻万物,而接之以藻缋,非夫诗人之巧者,亦孰至于此。"⑤ 其表述亦是如此。又如欧阳修在《温庭筠严维诗》中说二人作品"与造化争巧可也"⑥,他用"造化"代替了"天巧",但内涵与韩愈诗是一致的。又如陈舜俞在《送诗僧惠师》中说:"琢句如琢玉,得之若

---

① (宋)欧阳修撰《欧阳修全集》卷51,第724页。
② (清)何文焕辑《历代诗话》,第267页。
③ (唐)韩愈撰,钱仲联集释《韩昌黎诗系年集释》卷1,上海古籍出版社,1994,第56页。
④ (宋)周敦颐:《元公周先生濂溪集》,岳麓书社,2006,第102页。
⑤ (宋)王安石撰,秦克、巩军标点《王安石全集》卷36,第324页。
⑥ (宋)欧阳修撰《欧阳修全集》卷130,第1982页。

得宝。有时到极挚，直可补元造。"① 他用"元造"表达与"天巧"或"造化"同样的含义，在他的观念里，诗人可以通过诗为"天"补巧，增添华彩。这一时期强至对语言能力的赞赏最为典型。他强调：

诗人乃是天地儡，造化万物遭剜镂。(《近承杨子遣垂和池上短篇爱而有赠且撼予怀》)②

乐极光阴穷日御，诗成造化夺春工。(《和司徒侍中壬子寒食会压沙寺诗二首》其一)③

唐子能诗世一家，不矜纤巧剪天葩。(《睹林夫诗编信笔》)④

句揣物形虽有迹，笔镌天巧独无痕。(《某不度轻僭始以鄙句尘献判府安抚司徒侍中特屈威尊过赐宠和伏读荣荷谨成律诗一首代启上谢》)⑤

他认为，诗的语言能镌镂万物，将事物描绘殆尽，他甚至在韩愈等人的基础上，认为诗不但可以描绘、镌镂万物，而且可以"造化"万物，进而对诗歌的本质力量充满强烈的信心。因此，北宋中期诗学对语言已不仅仅限于对形式之"工"的追求，还进一步深入语言反映世界的能力的认知层次，具有了本体论和语言哲学的色彩。

---

① 北京大学古文献研究所编《全宋诗》第 8 册，第 4948 页。
② 北京大学古文献研究所编《全宋诗》第 10 册，第 6927 页。
③ 北京大学古文献研究所编《全宋诗》第 10 册，第 7026 页。
④ 北京大学古文献研究所编《全宋诗》第 10 册，第 7055 页。
⑤ 北京大学古文献研究所编《全宋诗》第 10 册，第 7013 页。

第三章 北宋儒学新变与诗学传承

儒学"复兴"是指儒学在北宋中期再次受到全社会的关注和弘扬，而儒学"新变"则是指传统儒学在北宋中期发生的新的变化，这主要指向儒学对释道思想元素的吸收与对淡泊和乐道旨趣的发掘，并最终催生出道学这一具有宋人风神的儒学新境。北宋中期儒学复兴，催生了瞩目现实及崇尚豪健之风的诗学思潮，而儒学新变与诗学密切相关的部分，就是对闲适乐道的推崇及儒学山林气的出现，这使它与宋初晚唐体、白体的诗学旨趣有着更深程度的契合。受此影响，中期诗学在原有基础上进一步拓展了对晚唐体、白体的容受空间，使晚唐体、白体创作在北宋中后期继续存在并保持着兴盛的局面。这使宋诗在北宋中期显露出雄深境界与阔大格局的同时，又延续着晚唐体、白体应有的格调和风貌。

第一节 儒学山林气与"晚唐体"兴味的延续

事物总是在传承中不断发展，北宋中期诗学就是针对萎靡、平庸、琐屑的宋初诗坛提出的，然而这并不影响人们对宋初诗学的接受。中期诗学对宋初晚唐体的态度及人们的创作实践证明，这两个时期的诗学并不是割裂的，而是传承中呈现出新的发展态势，在继承中走向新的发展阶段。对于晚唐体而言，它在艺术上刻画精微，适合抒发生活中的点滴感受，这一点被中期诗学充分接受，同时，宋人日益接受着儒释道思想所给予的淡泊气度，对体现着淡泊气度的"山林气"尤为赞赏，这对晚唐体的延续也至为关键。

晚唐五代以来儒释道思想日益融合，这使人们在规避各种人生风险的过程中，内心的恐惧与焦虑被佛、道思想平衡，儒学中的淡泊气度与佛、道思想的世外品格益相契合，于是释道的方外之趣普遍在儒家士人身上体现出来。如王禹偁在贬谪之际，其《黄州新建小竹楼记》就说："公退之暇，披鹤氅，戴华阳巾，手执《周易》一卷，焚香默坐，销遣世虑。江山之外，第见风帆沙鸟、烟云竹树而已。待其酒力醒，茶烟歇，送夕阳，迎素月，亦谪居之胜概也。"① 典型地体现出他对人生逆境的超越及其所拥有的宁静、淡远的情怀，而他"披鹤氅，戴华阳巾，手执《周易》一卷，焚香默坐"的形象与他在《无愠斋记》中所谓"公退之暇，当以琴书诗酒为娱宾之地，有余力则召高僧道士煮茶炼药可矣"②如出一辙，充分体现出方外之趣对这位儒家士人的影响。

相比于宋初，北宋中期是儒学复兴的时期，更是儒学从实践到理论都进一步呈现出"山林气"的时期。在儒学实践上，人们表现出在山林中体会儒家之道的乐趣。如石介在《上孙先生书》中就说："泰山、徂徕，泉石松竹，可吟可赏，以周公、孔子之道而自乐焉，先生亦何少。"③ 他把"泉石松竹"与"周公、孔子之道"联系起来，儒家人士的"乐道"场所不再局限于颜子所居的"陋巷"，还有以泉石松竹为代表的山林。范仲淹在《与王状元书》中说："水石琴书，日有雅味；时得佳客，相与咏歌。古人谓道可乐者，今始信然！"④ 他把"道可乐者"与水石琴书相联系，佳客咏歌，相伴其中，包含了多少文人雅趣！范仲淹在《与晏尚书书》中也说："有严子陵之钓石，方干之隐茅。又群峰四来，翠盈轩窗。……白云徘徊，终日不去。岩泉一支，潺湲斋中。春之昼，秋之夕，既清且幽，大得隐者之乐，惟恐逢恩，一日移去。"（其一）⑤ 其精神之"乐"非常依赖于山林之趣，甚至有"惟恐逢恩，一日移去"的烦恼，可知宋代儒士与山林气已经有了深度的融合，儒家与释、道思想悄然走到了一起。欧阳修在《答李大临学士书》中说："无累于心，然后山林泉石可以乐，必与贤者共，然后登临之际有以乐也。"⑥ 他也是将"乐"与山林泉石联系起来。刘敞在《过士建中屯田居此君年六十请致仕所居蔽风雨而已》中也说："市朝隐非一，躁静理不同。多君金闺彦，远有山林风。千钟卧名利，三径入蒿蓬。似是於陵子，又云张长公。

---

① 曾枣庄、刘琳主编《全宋文》第 8 册，第 79 页。
② 曾枣庄、刘琳主编《全宋文》第 8 册，第 78 页。
③ （宋）石介撰，陈植锷点校《徂徕石先生文集》卷 15，第 183 页。
④ 曾枣庄、刘琳主编《全宋文》第 18 册，第 362 页。
⑤ 曾枣庄、刘琳主编《全宋文》第 18 册，第 358 页。
⑥ （宋）欧阳修撰《欧阳修全集》卷 70，第 1016 页。

相望千年外，独得环堵中。自古用先进，谁当驻飞鸿。"① 士建中致仕后居于"环堵"之中，类似于颜回所居住的"陋巷"，然而刘敞称其有"山林风"，认为他践行着"市隐"的生存方式，这就把儒士"陋巷"之乐与道家隐逸的情怀、入世与出世情怀合而为一了。而从理论上说，北宋中期以后儒学的新变在于，它已经不单纯是关于人类社会伦理的哲学，还发展为将人类社会与自然统摄于大"道"之下的思辨哲学，这在范仲淹、欧阳修以及宋初三先生那里已有所萌芽，此后人们逐渐注重对道、无极、太极等范畴的讨论。② 由此，儒学家的关注点开始从人类社会向自然万物转移。这无疑为长期以来儒士对山林气的吸收提供了思想支持。

故宋人儒学在三教合一的背景下，已经发生了与以往不同的新变，儒家与方外的界限渐渐模糊，儒家乐道之思中已带有山林气，儒家士子的"乐道"往往蝉蜕为山水之乐。后来儒学发展到道学阶段，乃至南宋理学阶段，儒学家更加关注山林以及山林中所蕴含的大道运化的意蕴，他们强调"观物""体物"，而其所观照之"物"往往就是山水等自然景物。北宋学者如张载、邵雍、程颢等人的诗作，就常常对自然景物情有独钟，"观物"对他们来说往往有着特别的精神意趣。邵雍在《伊川击壤集序》中就说："经道之余，因闲观诗，因静照物，因时起志，因物寓言，因志发咏，因言成诗，因咏成声，因诗成音。是故哀而未尝伤，乐而未尝淫。虽曰吟咏情性，曾何累于性情哉！"③ 而他吟咏的目的往往正如他所说："尧夫非是爱吟诗，诗是尧夫语道时。"④ 因此可以说，儒学的发展促进了人们对山水的关注，人们用吟咏的方式表达着体味大道时的乐易感受，宋代儒学的复兴及新变，不但没有削弱人们对山水的青睐，反而强化着自然山水对于思想的启迪意义。

在北宋中期，人们在山水中体会到乐道的情怀和旷达的心境，并以此消泯世虑和精神苦闷。余靖在"得罪去朝"之际，在《曾太博临川十二诗序》中就反对像屈原那样"一不得用于时，则忧愁恚懑，不能自裕

---

① 北京大学古文献研究所编《全宋诗》第9册，第5633页。
② 参见陈来《宋明理学》，生活·读书·新知三联书店，2011；张立文《宋明理学研究》，人民出版社，2002。
③ 曾枣庄、刘琳主编《全宋文》第46册，第54页。
④ 北京大学古文献研究所编《全宋诗》第7册，第4677页。

其意，取讥通人"，而是强调"未尝一言及于身世，陶然有飞遁之想""不以时之用舍累其心"①的精神气度。苏舜钦罢官后，曾在《答韩持国书》中说："三商而眠，高春而起，静院明窗之下，罗列图史琴尊，以自愉悦；逾月不迹公门，有兴则泛小舟出盘阊，吟啸览古于江山之间；渚茶野酿，足以消忧；莼鲈稻蟹，足以适口；又多高僧隐君子，佛庙胜绝；家有园林，珍花奇石，曲池高台，鱼鸟留连，不觉日暮。"②似乎在山水优游中忘却了被罢斥的痛苦。欧阳修在《有美堂记》中也说："今夫所谓罗浮、天台、衡岳、庐阜，洞庭之广，三峡之险，号为东南奇伟秀绝者，乃皆在乎下州小邑、僻陋之邦，此幽潜之士、穷愁放逐之臣之所乐也。"③这道出了宋代逐臣追求内心平衡的心声，更看到了宋人成熟的处世心态。欧阳修还在《与王懿敏公》中说："湖上清旷，浩然放怀，可以遗外世俗区区可憎之态。至于忧悲烦恼，亦自以理遣之。"（十四）④这篇文字作于嘉祐七年（1062），此时他已任参知政事，早已摆脱被贬谪的困境，但他仍表达了以山水之乐祛除"世俗区区可憎之态"的愿望。由于山林已成为儒士乐道的场所，因此宋儒笔下的山林就与传统文人无奈而走入山林的萧瑟凄清不同，它呈现出人们乐道自足、充盈自适的意趣。

宋人常用诗表达这种山林之趣，如：

> 欧阳修《和晏尚书夏日偶至郊亭》："关关啼鸟树交阴，雨过西城野色侵。避暑谁能陪剧饮，清歌自可涤烦襟。稻花欲秀蝉初唼，菱蔓初长水正深。知有江湖杳然意，扁舟应许共追寻。"⑤
>
> 赵抃《清风阁即事》："庭有松萝砌有苔，退公聊此远尘埃。潮音隐隐海门至，泉势潺潺石缝来。夜榻衾裯仙梦觉，晴窗灯火佛书开。休官不久轻舟去，喜过严陵旧钓台。"⑥

---

① 曾枣庄、刘琳主编《全宋文》第27册，第20页。
② （宋）苏舜钦著，傅平骧、胡问陶校注《苏舜钦集编年校注》，第617页。
③ （宋）欧阳修撰《欧阳修全集》卷40，第585页。
④ （宋）欧阳修撰《欧阳修全集》卷146，第2392页。
⑤ （宋）欧阳修撰《欧阳修全集》卷56，第800页。
⑥ 北京大学古文献研究所编《全宋诗》第6册，第4195页。

吴奎《泛五云豁游照湖归》:"樵风漾归舟,飘然一叶轻。曲岸忽超逸,远山回抱明。幽禽淡容与,荷芰相低倾。野田足收获,村叟时逢迎。欢言无物役,得我游览情。日脚暮云起,湖面蓼烟生。秋光湛空碧,仿佛见重城。候吏津亭外,稍闻箛鼓声。"①

所以宋人山水诗异常发达,甚至可以说,宋人正是在山水间谱写了一代文人的心灵之歌。

在宋初诗学中,晚唐体无疑是最具山林气的,在当时它已有了与"古调"融合的迹象,人们往往把晚唐体的"山林"气与"古"联系在一起。如释智圆认为"九僧"之一保暹的诗"上以裨王化,下以正人伦。驱邪俾归正,驱浇使还淳。天未丧斯文,清风千古振"(《赠诗僧保暹师》)②,这样就把晚唐体的山林气纳入儒学轨辙当中。林逋也把樊才大师表现天台山之"云霞猿鸟之清绝,高木秀草之奇"的诗句与"古调"联系在一起,而林逋本人就是以"其谭道,孔孟也;其语近世之文,韩李也"(梅尧臣《林和靖先生诗集序》)③的形象示人的。在晚唐体诗人中,有一部分就是山野人士,他们淡泊名利,置身世外,优游于山野村郊。面对着这类人群时,山林气往往扑面而来,在宋人看来,他们体现着高卓的情操,代表着淡泊名利的品性,保有着"古人"的风范。与此相应,他们所写之山园小景以及山林景色往往让人感受到远离尘嚣的淡泊与宁静。在宋初,山林气在晚唐体中得到最完美的诗学呈现,因此晚唐体被北宋中期诗学所接受也就在情理之中了。

对于儒家诗教,人们往往首先想到的就是美刺,但儒家诗教从来不排斥"吟咏情性"。对宋人来说,诗歌的"讽谏"功能在大多数时间里是退居其次的,相反,"吟咏情性"则时时占据上游。如宋初释智圆激切地倡导古道,但他的诗多为吟咏性情的晚唐体。由于宋代儒学接纳了山林气,故当北宋中期白体、西昆体受到人们批判的时候,晚唐体的命运似乎就好了很多,人们更多的是流露出对它的赞赏与接受。

---

① 北京大学古文献研究所编《全宋诗》第 7 册,第 4447 页。
② 北京大学古文献研究所编《全宋诗》第 3 册,第 1505~1506 页。
③ (宋)梅尧臣撰,朱东润编年校注《梅尧臣集编年校注》下册,第 1150 页。

到北宋中期,"九僧"诗虽几近湮灭,然而欧阳修以"马放降来地,雕盘战后云""春生桂岭外,人在海门西"为例,云:"其佳句多类此。其集已亡,今人多不知有所谓九僧者矣,是可叹也!"① 在"九僧"中,惠崇最为人们所称道,释文莹就说:"宋九释诗惟惠崇师绝出,尝有'河分岗势断,春入烧痕青'之句,传诵都下,籍籍喧著。"② 宋人对惠崇的赞赏一直延续到北宋后期。与文莹不同,蔡宽夫欣赏惠崇的"人游曲江少,草入未央深",认为不减僧宇昭的"马放降来地,雕盘战后云"③。前者是惠崇《到长安》中的句子,写在长安所看到的凋敝荒芜的景象,蕴含着对历史与现实的悲慨;而"马放降来地,雕盘战后云"出自宇昭的《塞上赠王太尉》,写出了大战之后边地苍凉空阔的气氛与景象。这两联诗对仗精审、刻画入微,深刻揭示出特定场景的本质特征。虽然蔡宽夫认为后者不如前者,但亦是各有所爱而已,我们不必深论。而蔡絛则更喜欢惠崇的"晓风飘磬远,暮雪入廊深",说它"华实相副,顾非佳句耶"④。

再如寇准诗。寇准虽贵为宰相,但诗思细腻,沉挚深远。宋人常感叹其"野水无人渡,孤舟尽日横"之句,如释文莹说:"寇莱公诗'野水无人渡,孤舟尽日横'之句,深入唐人风格。"(《湘山野录》卷上)⑤ 司马光也记载说:"寇莱公诗,才思融远。……有诗云:'野水无人渡,孤舟尽日横。'……为人脍炙。"(《温公续诗话》)⑥ 寇准此诗化用了唐韦应物《滁州西涧》中"春潮带雨晚来急,野渡无人舟自横"之句,表现出闲远的意态和情境。而文莹说它"深入唐人风格",司马光说它"为人脍炙",说明了北宋中期人们对寇准诗句的评价之高与其诗传播之广。魏野在北宋也颇有诗名,不仅文莹赞赏他"平朴而常,不事虚语",后来《墨客挥犀》也赞赏说:"蜀人魏野,隐居不仕宦,喜为诗,以诗著名,卜居陕州东门之外。有《陕州平陆县诗》云:'寒食花藏县,重

---

① (清)何文焕辑《历代诗话》,第266页。
② (宋)文莹撰,郑世刚、杨立扬点校《湘山野录》卷中,第34页。
③ (宋)阮阅编《诗话总龟》前集卷13,人民文学出版社,1987,第150页。
④ (宋)阮阅编《诗话总龟》后集卷44,第280页。
⑤ (宋)文莹撰,郑世刚、杨立扬点校《湘山野录》卷上,第8页。
⑥ (清)何文焕辑《历代诗话》,第277页。

第三章　北宋儒学新变与诗学传承

阳菊绕湾。一声离岸橹，数点别州山。'最为警句。"（卷三）① 这首诗前两句写平陆县城花团锦簇的景象，无论是春季还是秋天，都有美好的景致；诗的后两句从更广阔的视角描写了县城之外山水叠映的美景，透露着清远的气息。诗句富含美感，前一联中锦簇的花丛充盈着诗境而使其富于活力，后一联则用清旷的远景加以调和，令意象疏密相间，情境张弛有度，不愧为佳作。

北宋中期，人们尚以唐人为诗学的最高标准，故能将宋人作品与唐诗相提并论，是一种极高的评价。除了文莹认为寇准诗"深入唐人风格"，刘攽也认为潘阆的诗不减唐人，他说："潘阆字逍遥，诗有唐人风格。有云：'久客见华发，孤棹桐庐归。新月无朗照，落日有余辉。渔浦风水急，龙山烟火微。时闻沙上雁，一一皆南飞。'仆以为不减刘长卿。"（《中山诗话》）② 潘阆此诗清鲠黯淡，刘长卿诗也多凄清萧索，在这一点上，二人确有一些相似之处。文莹、刘攽等人的赞赏，说明晚唐体与北宋中期的诗学环境是适应的。

与寇准等人相比，林逋在后世的接受更具典型性。林逋在文化史上具有重要地位，这主要表现在两个方面：一是他的隐士情怀，以及其中蕴含的高卓的人格魅力；二是他在诗歌上的艺术成就，尤其是描写梅花的"疏影""暗香"之句。我们先看第一方面，宋人对林逋从来不吝赞美之词。范仲淹在《和沈书记同访林处士》中说："山中宰相下岩扃，静接游人笑傲行。碧嶂浅深骄晚翠，白云舒卷看春晴。烟潭共爱鱼方乐，樵爨谁欺雁不鸣。莫道隐君同德少，樽前长揖圣贤清。"③ 他将林逋比作陶弘景，认为是"山中宰相"一类的人物，借以表达对林逋的赞赏。范仲淹也在《寄赠林逋处士》中说："风俗因君厚，文章至老淳。玉田耕小隐，金阙梦高真。罢钓轮生蠹，慵冠鉴积尘。饵莲攀鹤顶，歌雪扣琴

---

① （宋）彭□辑撰《墨客挥犀》，中华书局，2002，第304页。关于《墨客挥犀》作者，孔凡礼在《点校说明》中认为目前所存五种说法中，其中四种与"彭"有关，并认为"开始提出彭乘、彭渊材的，一定有依据，可惜这些依据文字，早已见不到，给进一步研究带来了困难。但可以肯定，《墨客挥犀》的辑撰，实出自惠洪族人彭姓某人之手，其目的之一，或为宣扬彭几（渊材），今以彭□当之。"（第265页）
② （清）何文焕辑《历代诗话》，第286页。
③ 北京大学古文献研究所编《全宋诗》第3册，第1885页。

垠。墨妙青囊秘，丹灵绿发新。"① 表达了对林逋气度、文章的赞赏。与范仲淹相似，欧阳修也说："处士林逋，居于杭州西湖之孤山。逋工笔画，善为诗，如'草泥行郭索，云木叫钩辀'，颇为士大夫所称。又《梅花诗》云'疏影横斜水清浅，暗香浮动月黄昏'，评诗者谓前世咏梅者多矣，未有此句也。又其临终为句云'茂陵他日求遗稿，犹喜曾无封禅书'，尤为人称诵。"并说："自逋之卒，湖山寂寥，未有继者。"（《归田录》卷二）② 在他看来，林逋"疏影""暗香"句可谓前无古人，而自林逋之卒，湖山寂寞，可谓后无来者，这是非常高的评价。

梅尧臣在《林和靖先生诗集序》中则对林逋的思想、气质、学问和文章都表达了钦佩之情。他说：

  天圣中，闻宁海西湖之上有林君，崭崭有声，若高峰瀑泉，望之可爱，即之逾清，挹之甘洁而不厌也。是时予因适会稽还，访于雪中，其谭道，孔孟也；其语近世之文，韩李也；其顺物玩情为之诗，则平淡邃美，读之令人忘百事也。其辞主乎静正，不主乎刺讥，然后知趣尚博远，寄适于诗尔。③

文中，他谈到了林逋"若高峰瀑泉，望之可爱，即之逾清，挹之甘洁而不厌"的人格魅力，透露出无限欣赏与怀念之情。后来苏轼对林逋的赞赏与此一脉相承，他在《书林逋诗后》中说："先生可是绝俗人，神清骨冷无由俗。我不识君曾梦见，瞳子瞭然光可烛。遗篇妙字处处有，步绕西湖看不足。诗如东野不言寒，书似留台差少肉。平生高节已难继，将死微言犹可录。自言不作封禅书，更肯悲吟白头曲。"④ 苏轼在首句就突出强调了林逋"绝俗"的为人品格。林逋曾二十年不入城市，有"梅妻鹤子"之誉，故其行事可谓"绝俗"，苏轼诗中就充满了对其品格的憧憬和向往。北宋人也常常间接地想到林逋，如文同在《再和》诗中说：

---

① 北京大学古文献研究所编《全宋诗》第3册，第1885页。
② （宋）欧阳修撰《欧阳修全集》卷127，第1930页。
③ （宋）梅尧臣撰，朱东润编年校注《梅尧臣集编年校注》下册，第1150页。
④ （宋）苏轼撰，（清）王文诰辑注《苏轼诗集》第4册，第1344页。

问子瞻，何江湖，乃心魏阙君岂无。胡为放浪检束外，日与隐者相招呼。篮舆往往从以孥，灵运石壁无此娱。穷深极险兴未已，岂复更惮梯登纡。过客休夸衡与庐，天下此景君勿孤。欲将文字写物象，当截无限春江蒲。登高能赋属大夫，游览未厌嗟已晡。安得世上有绝笔，尽取君诗妆在图。此身之外何赢余，成然而寐其觉蘧。请看湖上人名逋，此子形相谁解摹。①

他首先用"问子瞻，何江湖……天下此景君勿孤"，赞赏苏轼潇洒放浪的品性，后面用"欲将文字写物象……尽取君诗妆在图"赞赏苏轼高绝的才华，然而在诗的最后，他把苏轼比作西湖的林逋，说："请看湖上人名逋，此子形相谁解摹。"借林逋表达对苏轼的赞叹，而文同本人对林逋的想象与憧憬也都蕴含在诗句之中了。再如北宋后期陆佃《依韵和毅夫新栽梅花》诗则由栽梅想起了林逋，他说："昔闻林居士，幽栖贲岩坞。琼章虽在人，玉树已埋土。"② 一方面赞叹林逋栖身岩壑的出尘之姿，另一方面表达对其文学成就的感叹。这些都说明宋人对林逋的怀想并没有因时间的流逝而有所改变。

而林逋"疏影""暗香"句已成为宋人心中的经典。与梅花的气质相应，林逋又何尝没有梅花般高洁的品性及凌霜傲雪的身姿。对此，强至在《经和靖林先生旧隐》中说："能诗秀骨应无朽，近冢闲花亦自香。"③ 在他眼中，林逋的"能诗秀骨"不会随着岁月的流逝而消亡，受到他"能诗秀骨"的熏染，其冢旁的"闲花"似乎也都带有了高卓不凡的气质。在北宋中后期诗学中，林逋和他笔下的梅花不断地接受着人们的礼赞，这也说明宋初晚唐体诗歌具有独特的魅力。司马光就认为林逋"疏影横斜水清浅，暗香浮动月黄昏"句，能够"曲尽梅之体态"④。苏轼也认为"林逋《梅花》诗云：'疏影横斜水清浅，暗香浮动月黄昏。'决非桃、李诗。……此乃写物之功"（《评诗人写物》）⑤。所谓"写物之

---

① 北京大学古文献研究所编《全宋诗》第8册，第5461页。
② 北京大学古文献研究所编《全宋诗》第16册，第10645页。
③ 北京大学古文献研究所编《全宋诗》第10册，第6965页。
④ （清）何文焕辑《历代诗话》，第275页。
⑤ （宋）苏轼撰《苏轼文集》第5册，中华书局，1986，第2143页。

功",是宋人对语言刻画事物能力的赞赏,因诗有"写物之功",故可令描写对象在众多事物中凸显出来,使之具备独一无二的特性,进而揭示其本质特征,这当然是极高的评价。王直方亦曾记载:

　　(王)居卿置酒曰:"'疏影横斜水清浅,暗香浮动月黄昏',此林和靖《梅花诗》,然而为咏杏与桃李皆可。"东坡曰:"可则可,但恐杏李花不敢承当。"一座大笑。①

　　从形态上看,杏花、李花也可用"疏影横斜水清浅"来描绘,但梅花在严寒之中仍能悠然绽放,其品格固非众花所能比拟,其内在气韵更是杏花或李花所不具备的。

　　除"疏影""暗香"句,北宋人也赞赏林逋其他描写梅花的诗句。如黄庭坚就说,"欧阳文忠公极赏林和靖'疏影横斜水清浅,暗香浮动月黄昏'之句,而不知和靖别有《咏梅》一联云:'雪后园林才半树,水边篱落忽横枝。'似胜前句"(《书林和靖诗》)②。后一联出自林逋《梅花三首》其一,写出了雪中梅花"横斜"的姿态,透露出梅花刚劲瘦硬的气质。黄庭坚与欧阳修欣赏的对象不同,但王直方认为"余以为其所爱者,便是优劣耶?此句于前所称真可处伯仲耳"。而王直方则欣赏林逋另一描写梅花的诗句"池水倒窥疏影动,屋檐斜入一枝低"③。这也是林逋《梅花三首》中的诗句,写的是屋檐之下的梅花,同样写出了梅花"横斜"的姿态。欧阳修、黄庭坚、王直方三人都不约而同地将审美视角聚焦于"疏影横斜"这一点上,虽然欣赏的诗句不同,但看得出,林逋为人们欣赏梅花提供了经典的视角。王安石所写《梅花》诗"墙角数枝梅,凌寒独自开。遥知不是雪,为有暗香来"④,也正是突出了"数枝"梅花的"暗香",从形态和香气着眼,将其高洁的品性进一步凸显出来。这些都表现出"疏影""暗香"句在北宋中后期的巨大影响。

　　在北宋中后期众多赞赏林逋的人里面,梅尧臣最为典型。他生于真

---

① (宋)阮阅编《诗话总龟》前集卷9,第109页。
② 曾枣庄、刘琳主编《全宋文》第106册,第187页。
③ (宋)阮阅编《诗话总龟》前集卷8,第87页。
④ (宋)王安石撰,秦克、巩军标点《王安石全集》卷77,第592页。

宗咸平四年（1001），在中期诗人中年辈较早，并曾在天圣年间亲至西湖拜访林逋，深受其人格魅力的感染。在梅尧臣的心目中，林逋有着儒者的思想气度，他说林逋"其谭道，孔孟也；其语近世之文，韩李也"（《林和靖先生诗集序》）①，这与林逋自谓"泥古"的描述是一致的，可知林逋的思想涵养不是道家或隐士所能拘束的，而是有着更为博大的入世胸襟，或许基于此，范仲淹才赞赏他为"山中宰相"（《何沈书记同访林处士》）。可以想见，林逋的隐居不必是消极的避世行为，而是其沉静的品性和在"治世"中的安乐情怀所使然。林逋曾感叹："懒为躬耕咏梁甫，吾生已是太平民。"（《园庐》）②因此他的精神气质与历代隐士的是不同的，他身上更体现着儒者的淡泊情怀。林逋在诗学上也不是晚唐体所能拘束的，他推崇韩愈、李白，因此我们读他的诗歌，往往能感受到其他晚唐体诗人作品中所没有的开阔之感。

梅尧臣用诗记录了他拜访林逋的历程。他在《对雪忆往岁钱塘西湖访林逋三首》其一中说："昔乘野艇向湖上，泊岸去寻高士初。折竹压篱曾碍过，却寻松下到茅庐。"可见路途较为艰难。其二说："旋烧枯栗衣犹湿，去爱峰前有径开。日暮更寒归欲懒，无端缭乱入船来。"说明在拜访途中，他忍受着"衣湿苦寒"的艰辛，傍晚才到达林逋的居所。其三说："樵童野犬迎人后，山葛棠梨案酒时。不畏尖风吹入牖，更教床畔觅鸱夷。"③可知林逋用"山葛棠梨"热情地接待了他，而梅尧臣也感受到这次拜访的愉悦，因此"不畏尖风"之凛冽，享受着此次行程。梅尧臣的这次亲身经历，是其他年辈较晚的中晚期士人所无法复制的。

在创作上，梅尧臣没有明确说过林逋对他的影响，但他曾作过三首梅花诗，或许就与他受林逋的感染有关。其诗云：

> 江南腊月前溪上，照水野梅多少株。艳薄自将同鹄羽，粉寒曾不逐蜂须。桃根有妹犹含冻，杏树为邻尚带枯。楚客且休吹玉笛，清香飘尽更应无。（《梅花》）④

---

① （宋）梅尧臣撰，朱东润编年校注《梅尧臣集编年校注》下册，第1150页。
② 北京大学古文献研究所编《全宋诗》第2册，第1216页。
③ （宋）梅尧臣撰，朱东润编年校注《梅尧臣集编年校注》中册，第421页。
④ （宋）梅尧臣撰，朱东润编年校注《梅尧臣集编年校注》中册，第493~494页。

已先群木得春色，不与杏花为比红。薄薄远香来涧谷，疏疏寒影近房栊。全枝恶折憎邻女，短笛横吹怨楚童。坠萼谁将呵在须，蕊残金粟上眉虫。(《梅花》)①

时时不甘春著力，年年能占腊前芳。水边攀折此中女，马上嗅寻何处郎。山舍更清栽作援，凤楼偏巧学成妆。团枝密密都如雪，野雀飞来翅合香。(《和梅花》)②

在与桃树、杏树的对比中，梅尧臣咏叹了梅花的高卓气质，他说"桃根有妹犹含冻，杏树为邻尚带枯"，又说"已先群木得春色，不与杏花为比红"，更说"时时不甘春著力，年年能占腊前芳"。同时，他也描绘了梅花的香气，如云"薄薄远香来涧谷，疏疏寒影近房栊""团枝密密都如雪，野雀飞来翅合香"。诗中针对梅花之"疏影""暗香"进行描写，让人想象到梅花清幽的香气与横斜的姿态，而由"影""香"入手来写梅花，林逋的影响是隐然可见的。除了推崇林逋的晚唐体诗，梅尧臣的不少诗也颇具晚唐风味，如云：

遥知溪上亭，秋水瀺泠泠。云影无时翠，岚光到底清。危楼喧晚鼓，惊鹭起寒汀。聊作渊明饮，临流酒易醒。(《寄题石埭权县乐尉碧澜亭》)③

宿云未全敛，微雨入船疏。问伴失前后，瞑行随疾徐。相亲沙上雁，自乐水中鱼。亭午日光透，远分林际居。(《淮上杂诗六首》其一)④

暗开淮水平，远见孤城出。出身问舟子，遽对那能悉。始闻庄生台，还想观鱼日。果得真隐心，鱼鸟情非密。(《淮上杂诗六首》其二)⑤

轻舟晚投处，聒聒渚禽嘶。橡子随薪束，蔬科带土携。岸幽云

---

① (宋)梅尧臣撰，朱东润编年校注《梅尧臣集编年校注》中册，第496页。
② (宋)梅尧臣撰，朱东润编年校注《梅尧臣集编年校注》中册，第497页。
③ (宋)梅尧臣撰，朱东润编年校注《梅尧臣集编年校注》上册，第106页。
④ (宋)梅尧臣撰，朱东润编年校注《梅尧臣集编年校注》上册，第189页。
⑤ (宋)梅尧臣撰，朱东润编年校注《梅尧臣集编年校注》上册，第189页。

第三章 北宋儒学新变与诗学传承

满石,潮落蚌生泥。客思无憀极,惟将鲁酒迷。(《淮上杂诗六首》其三)①

昭亭万仞山,古庙半山间。赛雨使君去,钓潭渔父闲。蕨肥岩向日,竹暗垅连关。北望高楼上,南飞鸟自还。(《宣州杂诗二十首》其一)②

把这些诗掺入宋初晚唐体中恐怕很难分辨出来,这说明宋初晚唐体是梅尧臣重要的诗学渊源。

如前所述,晚唐体有狭义与广义之分,狭义上特指"九僧体",广义上泛指以晚唐人为师法对象,以及延续晚唐诗风进行创作的诗学思潮,这种思潮在北宋中期依然具有强大的惯性。如释契嵩,广西镡津人,七岁出家。他在诗学思想上与儒家诗教相一致,也推崇李白的豪迈诗风,曾说:"(李白诗)体势才思如山耸海振,巍巍浩浩,不可穷极。"(《书李翰林集后》)③ 然而他的作品中充满了晚唐兴味,不但境界清美,而且充盈着山野情趣。如:

山庭晚来静,林石自巉岩。犬去吠人语,花飞恣鸟衔。晴烟熏茂草,煦日蔼高杉。更喜团圆月,清光下碧岩。(《山亭晚春》)④
前山经夜雨,独往步春泥。天岸日将出,田家鸡更啼。孤烟行处起,旷野望中低。犹喜逢樵客,相将过数溪。(《山中早行》)⑤
北郭送阳子,日斜归旧居。路泥侵晓润,晦月逼春余。桑柘雨中绿,人烟关外疏。依然见风俗,归兴混樵渔。(《送客还北阙道中作》)⑥

若将他的诗句如"犬去吠人语,花飞恣鸟衔""孤烟行处起,旷野望中低"或"桑柘雨中绿,人烟关外疏"混于宋初晚唐体作品中,恐怕

---

① (宋)梅尧臣撰,朱东润编年校注《梅尧臣集编年校注》上册,第189页。
② (宋)梅尧臣撰,朱东润编年校注《梅尧臣集编年校注》下册,第768页。
③ 曾枣庄、刘琳主编《全宋文》第36册,第185页。
④ 北京大学古文献研究所编《全宋诗》第6册,第3567页。
⑤ 北京大学古文献研究所编《全宋诗》第6册,第3568页。
⑥ 北京大学古文献研究所编《全宋诗》第6册,第3569页。

难以区分。北宋中后期的诗僧写作也大致如此，如"披衣眠静榻，策杖绕荆扉"（释净端《述怀》）①、"月明还独宿，白云下疏钟"（释清顺《宿天竺》）②、"细宜池上见，清爱竹边闻"（释道潜《和龙直夫秘校细雨》其二）③、"岩桂和烟翠，溪花含露鲜"（释子淳《山居五首》其二）④等，可见诗僧的创作并没有因时代的更迭而发生太大变化。

不仅诗僧，其他文人在创作中也时常浮现晚唐兴味。与梅尧臣一样，他们的很多作品也都是用晚唐体写成的。如韩维《野步》云："目倦风尘观，身疲鞍马行。春沙迎步润，山雪照怀清。冰水初消色，林鸦欲乳声。物华多感触，一动故园情。"⑤诗中工巧的对偶与对景物的精细刻画，无疑具有鲜明的晚唐体特色。再如刘敞，他是北宋著名学者，撰有《春秋权衡》《七经小议》等，可谓标准的儒士，但他的作品中也时有晚唐意趣。如：

《夏晚》："闰余时候早，夏晚似新秋。月出空堂静，蝉鸣深树幽。健逢鹰学习，喜见火倾流。早晚凉飙起，重修白鬺裘。"⑥

《细雨》："细雨春城暗，空郊草色微。峡云朝复暮，沙燕语还飞。柳带柔堪结，梅香冷渐稀。旅游时晨失，数醉得忘归。"⑦

《秋晴西楼》："清风卷氛翳，广野露秋毫。木落山觉瘦，雨晴天似高。开窗置樽酒，看月涌江涛。高卧淹湖海，非关气独豪。"⑧

《春日楼上》："春流抱城郭，暖色媚楼台。麦秀闻雉雊，鹳鸣知雨来。浮烟著垂柳，晴雪落新梅。此地春愁阔，无人共一杯。"（其一）⑨

---

① 北京大学古文献研究所编《全宋诗》第 12 册，第 8341 页。
② 北京大学古文献研究所编《全宋诗》第 16 册，第 10709 页。
③ 北京大学古文献研究所编《全宋诗》第 16 册，第 10728 页。
④ 北京大学古文献研究所编《全宋诗》第 21 册，第 13847 页。
⑤ 北京大学古文献研究所编《全宋诗》第 8 册，第 5203 页。
⑥ 北京大学古文献研究所编《全宋诗》第 9 册，第 5789 页。
⑦ 北京大学古文献研究所编《全宋诗》第 9 册，第 5823 页。
⑧ 北京大学古文献研究所编《全宋诗》第 9 册，第 5824 页。
⑨ 北京大学古文献研究所编《全宋诗》第 9 册，第 5824 页。

不但诗句构思精巧，如"月出空堂静，蝉鸣深树幽""柳带柔堪结，梅香冷渐稀""木落山觉瘦，雨晴天似高""麦秀闻雉雏，鹳鸣知雨来"，而且他对山野小景的关注和描绘也与晚唐体颇为相近。又如文同，他一生大部分时间为地方官员，其山情野趣更为突出，诗作更接近晚唐体。如：

《野径》："山圃饶秋色，林亭近晚晴。禽虫依月令，药草带人名。排石铺衣坐，看云缓带行。官闲惟此乐，与世欲无营。"①

《晚兴》："众吏晚已散，西园常访寻。覆棋苔阁静，行药草桥深。草色晴承屐，松阴密洒襟。山蚿欲重赋，倚竹听清音。"②

《汉中城楼二首》："藓径踏层斑，高林古木间。雁随平楚远，云共太虚闲。晚霭昏斜谷，晴阳露斗山。将身就清旷，名路尔何颜。"（其二）③

《晴步西园》："急雨正新霁，林端明晚霞。松亭临旷绝，竹径入欹斜。花落留深草，泉生上浅沙。稚圭贫亦乐，一部奏池蛙。"④

《夏日南园》："阴阴乔木下，翠影若云浮。满地紫桑椹，数枝黄栗留。迎风湖上去，避日竹间游。定作今宵雨，绕墙啼晓鸠。"⑤

《弄珠亭春日闲望》："弄珠亭上客，来想弄珠人。野草迷晴岸，垂杨暗晚津。天涯羁旅地，村落寂寥春。何处皤然叟，扁舟下钓纶。"⑥

《闲居秋日书事》："秋雨晚萧萧，端居闲寂寥。雀饥争朽穗，蝉病落寒条。云过茶烟没，风归砚水摇。惟当泥图史，闲日底能消。"⑦

《寒食》："蜀客寓秦城，寒威怯夜生。火床功甚小，酒榼力何

---

① 北京大学古文献研究所编《全宋诗》第 8 册，第 5378 页。
② 北京大学古文献研究所编《全宋诗》第 8 册，第 5399 页。
③ 北京大学古文献研究所编《全宋诗》第 8 册，第 5406 页。
④ 北京大学古文献研究所编《全宋诗》第 8 册，第 5407 页。
⑤ 北京大学古文献研究所编《全宋诗》第 8 册，第 5415 页。
⑥ 北京大学古文献研究所编《全宋诗》第 8 册，第 5423 页。
⑦ 北京大学古文献研究所编《全宋诗》第 8 册，第 5445 页。

轻。月外天无色，霜中地有声。王章龙具薄，数彻郡楼更。"①

其中"覆棋苔阁静，行药草桥深""雁随平楚远，云共太虚闲""花落留深草，泉生上浅沙""满地紫桑椹，数枝黄栗留""野草迷晴岸，垂杨暗晚津""云过茶烟没，风归砚水摇""月外天无色，霜中地有声"，尤可见其构思之精及用字之妙，闲静的生活情态和意趣与晚唐体无异。

又如强至，字幾圣，钱塘人。如前所述，他在诗学上盛推诗句对自然万物的雕琢之功，他的诗歌就具有鲜明的晚唐体特点。如：

《山中遇雨》："马上凉秋雨，随愁入乱山。垂垂衣袖重，点点鬓毛斑。猿鸟寒声外，渔樵古画间。片时全岭暗，急趁暮钟还。"②

《小阁西山落日》："天地垂垂暮，残阳似有情。未催全岭暗，犹放半山明。远树微茫见，孤烟惨澹生。流年从此老，对酒急须倾。"③

《离东坡后寄题义师上方》："山水东阳富，僧居更翠微。晴峰露秋骨，古树减烟围。啼鸟远相应，孤峰闲自归。予生秉幽尚，梦想在禅扉。"④

《长安春日》："白入双吟鬓，衰侵一病身。年光不贷老，春色似欺人。鸟破日边雾，花飘风外尘。还将感时泪，对酒洒咸秦。"⑤

无论是作者的沉吟还是对事物的细腻刻画，都与晚唐格调非常接近。

宋初晚唐体被中期士人批判地接受下来，它虽然吟咏山林风月，但其平淡的诗风及对山林方外之趣的抒发，却适应了宋人思想的发展潮流。晚唐体诗风的延续虽然是诗学自然传承的结果，但儒学的发展无疑也为它备足了存在的空间。

---

① 北京大学古文献研究所编《全宋诗》第 8 册，第 5446 页。
② 北京大学古文献研究所编《全宋诗》第 10 册，第 6937 页。
③ 北京大学古文献研究所编《全宋诗》第 10 册，第 6949 页。
④ 北京大学古文献研究所编《全宋诗》第 10 册，第 6940 页。
⑤ 北京大学古文献研究所编《全宋诗》第 10 册，第 6948 页。

第二节 儒学乐道精神与"白体"风神的张扬

在北宋中期,白体的浅薄受到人们的嗤笑,然而白体所蕴含的闲适情怀却始终是宋人诗学精神的主流。在宋初,人们无论是在朝还是在野,多充盈着萧散闲适的情趣,这是宋人接受白体闲适风神的重要基础。而北宋中期,对白体接受更为有利的,是道学的萌芽与发展,其思想的核心在于对心性涵养的强调,这尤其以邵雍及以周敦颐、二程为代表的濂洛学人最为典型,它所强调的乐易风神与白体的精神指向极为接近,这无疑会强化人们内心平淡闲适的情志,并为人们接受白体提供新的契机。

北宋中期诗学大致从景祐元年(1034)到元丰二年(1079),持续了四十余年,这段时期恰是儒学转变的关键时期,所谓"北宋五子"都生活、成长于此时,如表2。

表2 从景祐元年(1034)至元丰二年(1079)之"北宋五子"情况一览

人物	生年	景祐元年(1034)	元丰二年(1079)	卒年
邵雍	大中祥符四年(1011)	24岁	已卒	熙宁十年(1077)
周敦颐	天禧元年(1017)	18岁	已卒	熙宁六年(1073)
张载	天禧四年(1020)	15岁	已卒	熙宁十年(1077)
程颢	明道元年(1032)	3岁	48岁	元丰八年(1085)
程颐	明道二年(1033)	2岁	47岁	大观元年(1107)

从表2可知,邵雍、周敦颐、张载都早于元丰二年去世,他们的代表作如《观物外篇》《通书》《西铭》等都作于这段时期。二程虽然于元丰二年后去世,但二人在熙宁居洛期间已设坛讲学,追随者众多。刘立之云:"士大夫从之讲学者,日夕盈门,虚往实归,人得所欲。"[1]邢恕亦云:"居洛几十年,玩心于道德性命之际。……洛实别都,乃士人之区薮。在仕者皆慕化之,从之质疑解惑;闾里士大夫皆高仰之,乐从之游;学士皆宗师之,讲道劝义;行李之往来过洛者,苟知名有识,必造其门,

---

[1] (宋)程颢、程颐:《二程集》,中华书局,1981,第329页。

虚而往，实而归，莫不心醉敛衽而诚服。于是先生身益退，位益卑，而名益高于天下。"① 范祖禹也说："居洛阳殆十余年，与弟伊川先生讲学于家，化行乡党。……士之从学者不绝于馆，有不远千里而至者。"② 可知其道学思想已经成熟。除此之外，王安石新学及三苏蜀学也均成熟，并共同呈现出儒学转变的新趋势，这一点将在第五章有所论及。总之，传统儒学在北宋中期已经蜕变至新的发展阶段。

具体来说，北宋中期儒学实际经历了两个阶段，即"宋初三先生"阶段和"北宋五子"阶段。"宋初三先生"即石介、孙复与胡瑗，他们的思想虽然已经有了向道学发展的苗头，但在相当程度上仍属于传统儒学，即强调外在事功，排斥佛、道。到"北宋五子"阶段，儒学虽也表面排斥佛、道，实则进一步融合之，强调内在心性涵养，这是儒学新变最明显的特征。

道学尤其是濂洛之学强调形而上的心、性、情、理等抽象的理论范畴，也强调形而下的"履道"行为，它既有对广阔社会的认知，也有对精细入微的身边事物的体察。道学家常把"道"引入琐碎的日常生活与自然万物之中。二程就主张在"洒扫应对"中体悟道学，说："洒扫应对便是形而上者，理无大小故也。"(《河南程氏遗书》卷十三)③ 道学家认为体悟"道"是一个逐渐深入的过程，二程说："今日格一件，明日又格一件，积习既多，然后脱然自有贯通处。"(《河南程氏遗书》卷十八)④ 因此，体悟道学是一种日常功夫。

在二程等人的思想中，悟"道"常伴随着乐易自足的情绪体验。我们知道，人们对"乐"的发现在道学形成之前就已经出现。而进入北宋中期后，宋代儒士普遍追寻孔颜乐处，这成为道学追求"乐"境的直接思想渊源。周敦颐引导二程参悟道学，就"令寻颜子、仲尼乐处，所乐何事"(《河南程氏遗书》卷二上)⑤。到了程颢这里，他更是把"乐"作为修道的最高精神境界，说："学至于乐则成矣。"(《河南程氏遗书》

---

① （宋）程颢、程颐：《二程集》，第332页。
② （宋）程颢、程颐：《二程集》，第333页。
③ （宋）程颢、程颐：《二程集》，第139页。
④ （宋）程颢、程颐：《二程集》，第188页。
⑤ （宋）程颢、程颐：《二程集》，第16页。

卷十一）① 道学之乐既是一种感性的情感活动，也是一种具有理性自觉的精神追求。在乐境中，生活的贫困与世事的纷繁杂乱都被排除在外，道学家的乐道场所不仅在"陋巷"，也在"山林"，当他们体察到鸢飞鱼跃、生生化育的时候，就会感受到身临大道之境的快乐。道学家悟"道"的最终情感旨归就是这种致知之"乐"。正如邵雍所说："学不至于乐，不可谓之学。"（《皇极经世书·观物外篇下》）② 当思理渐次畅通之时，"乐"的情绪感受就会油然而生。在观"物"、体"物"的过程中，道学家常为乐意所萦绕。如周敦颐《书春陵门扉》诗云："有风还自掩，无事昼常关。开阖从方便，乾坤在此间。"③ 他笔下的"门"常常是关着的，但他并不刻意理会"门"的开与阖，从其方便而已。在室内，他沉浸在自己的世界里，"乾坤"二字透露出诗人内心世界的充盈。再如我们熟悉的程颢《偶成》云："云淡风轻近午天，望花随柳过前川。旁人不识予心乐，将谓偷闲学少年。"（《河南程氏文集》卷三）④ 诗人在云淡风轻之日，流连于柳下花前，但程颢说这表现的不是一般意义上的少年式的浪漫情怀，而是道学家在自然中巡礼，并在领会到大道运化后内心的充盈自足。

中国古典诗歌历来以"悲"为典型情绪。如屈原《离骚》以香草美人为媒介，抒发自己高洁的品性及忠而被谤的抑郁之情。宋玉面对秋气，说"悲哉，秋之为气也！萧瑟兮草木摇落而变衰"（《九辨》）⑤，形成了中国文学中的悲秋主题。即使写春天，古人也常常萦绕着难以排解的花落春归的感伤。陆机在《文赋》中说："言寡情而鲜爱，辞浮漂而不归。犹弦幺而徽急，故虽和而不悲。"⑥ 就是用"悲"来代指文学中的情感特征，这或许是因为"悲"在人的诸多感情中最易打动人心，最能体现文学的本质力量。在唐及唐以前，"悲"始终是文学情感表达的主调，不论是激愤之悲、失意之悲、困厄之悲还是家国之悲，诗人总会在诗歌中抒发他们难解的忧愁心绪。在文学批评上，司马迁、韩愈等人更提出了

---

① （宋）程颢、程颐：《二程集》，第 127 页。
② （宋）邵雍撰 卫绍生校注《皇极经世书》卷 14，中州古籍出版社，2007，第 531 页。
③ （宋）周敦颐：《元公周先生濂溪集》卷 6，第 109 页。
④ （宋）程颢、程颐：《二程集》，第 476 页。
⑤ （南朝梁）萧统编 （唐）李善注《文选》卷 33，第 470 页。
⑥ （南朝梁）萧统编 （唐）李善注《文选》卷 17，第 242 页。

"发愤著书"说和"不平则鸣"说等命题,人们甚至形成了"诗人例穷"的悲观文学观念,故中国古典诗歌常常具有感伤、愤激的色彩。

而到了宋代,诗歌却表现出相反的情形,这以道学诗最为典型。如程颢就用诗歌表达他的乐意情怀,如其《秋日偶成二首》其一云:"寥寥天气已高秋,更倚凌虚百尺楼。世上利名群蠛蠓,古来兴废几浮沤。退安陋巷颜回乐,不见长安李白愁。两事到头须有得,我心处处自优游。"(《河南程氏文集》卷三)诗中先写俯瞰人世、纵览古今的感慨,并从沧桑之感中解脱出来,抒发退居"陋巷"、摆落愁绪后的畅快感受。其二云:"闲来无事不从容,睡觉东窗日已红。万物静观皆自得,四时佳兴与人同。道通天地有形外,思入风云变态中。富贵不淫贫贱乐,男儿到此是豪雄。"(《河南程氏文集》卷三)① 此时"四时佳兴"表面上看来与其他人没有什么不同,然而道学家独具慧眼,他们的情思已透过有形之天地,悟入微妙的风云变幻之中,从而去体悟"道"的存在与运化了。张载《圣心》诗也说:"圣心难用浅心求,圣学须专礼法修。千五百年无孔子,尽因通变老优游。"(《文集佚存·杂诗》)② 指出自己之所以能够做到"老优游",关键在于"通变",通变就是思想上的贯通无碍,这使张载品味到了精神世界中的优游之乐。

道学之乐一旦与诗歌的抒情性结合起来,就形成了诗歌中乐意满怀的情感特质,这以邵雍最为典型。邵雍诗大都充斥着乐易闲适的旨趣。如其《春天吟》:"一片春天在眼前,眼前须识好春天。春秋冬夏能无累,雪月风花都一连。能用真腴为事业,岂防他物害暄妍。我生其幸何多也,安有闲愁到耳边。"③ 再如《举酒吟》:"闲与宾朋饮酒杯,杯中长似有花开。清谈才向口中出,和气已从心上来。物外意非由象得,坐间春不自天回。施之天下能如此,天下何忧不放怀。"④ 又如《首尾吟》:"尧夫非是爱吟诗,诗是尧夫何所为。睡思动时亲瓮牖,幽情发处旁盆池。寻芳更用小车去,得句仍将大笔麾。余事不妨闲润色,尧夫非是爱

---

① (宋)程颢、程颐:《二程集》,第482页。
② (宋)张载:《张载集》,中华书局,1978,第368页。
③ 北京大学古文献研究所编《全宋诗》第7册,第4649页。
④ 北京大学古文献研究所编《全宋诗》第7册,第4642页。

吟诗。"①《宋史》说他在洛阳安乐窝中"兴至辄哦诗自咏。春秋时出游城中……出则乘小车，一人挽之，惟意所适"②，可见其生活中的乐易情态。

对于这种"乐"的表达，邵雍认为，诸种文体都不如诗那样充沛。他说："涤荡襟怀须是酒，优游情思莫如诗。"（《和人放怀》）③邵雍现存诗歌二十卷，是北宋道学家中存诗最多的。他也是对作诗最具热情的，自言："年近从心唯策杖，诗逢得意便操觚。"（《答客吟》）④诗对他来说具有陶冶性情的作用，如他曾说："清谈已是欢情极，更把狂诗当管弦。"（《年老逢春十三首》其二）⑤可知诗在其生活中具有重要意义。在《伊川击壤集》中，邵雍多次明确地表达过以诗观物的乐易感受。他说："安乐窝中诗一编，自歌自咏自怡然。陶镕水石闲勋业，铨择风花静事权。……忺时更改三两字，醉后吟哦五七篇。直恐心通云外月，又疑身是洞中仙。"（《安乐窝中诗一编》）⑥形象地说出了他对自然万物的关注与偏好，"直恐心通云外月，又疑身是洞中仙"点明他在观物过程中的精神之乐。邵雍还说："敢于世上明开眼，会向人间别看天。尽送光阴归酒盏，都移造化入诗篇。"（《天津弊居蒙诸公共为成买作诗以谢》）⑦他通过吟咏日常生活与景物，表现对"道"的观照，这正如南宋杨万里所说："道白非真白，言红不是红。请君红白外，别眼看天工。"（《芗林五十咏·文杏坞》）⑧杨万里又说："须把乖张眼，偷窥造化工。只愁失天巧，不悔得诗穷。"（《观化》）⑨因此，邵雍的一些诗表面看去与一般写景抒情诗并无二致，如《宿寿安西寺》云："竹色交山色，松声乱水声。岂辞终日爱，解榻傍虚楹。"⑩再如《宿延秋庄》云："乍有云山乐，殊

---

① 北京大学古文献研究所编《全宋诗》第 7 册，第 4688～4689 页。
② （元）脱脱等撰《宋史》第 36 册，第 12727 页。
③ 北京大学古文献研究所编《全宋诗》第 7 册，第 4465 页。
④ 北京大学古文献研究所编《全宋诗》第 7 册，第 4565 页。
⑤ 北京大学古文献研究所编《全宋诗》第 7 册，第 4546 页。
⑥ 北京大学古文献研究所编《全宋诗》第 7 册，第 4543 页。
⑦ 北京大学古文献研究所编《全宋诗》第 7 册，第 4584 页。
⑧ 北京大学古文献研究所编《全宋诗》第 42 册，第 26474 页。
⑨ 北京大学古文献研究所编《全宋诗》第 42 册，第 26523 页。
⑩ 北京大学古文献研究所编《全宋诗》第 7 册，第 4473 页。

无朝市喧。非唯快心志，自可忘形言。"① 然而我们把这些诗置于《伊川击壤集》中，就可以感受到其中与众不同的道学韵味了。邵雍等人将精神之乐融入诗学，在诗歌中创造出乐易自足的风貌，他们别用一副眼光来体察万物，从中体会天机物理之妙和心意畅然的感受，并用诗歌将其吟咏出来，从而改变了传统诗歌作品中悲悲戚戚的情感取向。后来发展到南宋杨万里那里，便形成了"诚斋体"中无处不在的幽默诙谐的理学情趣。

　　道学的产生不是周敦颐、二程等几个思想家灵光乍现的产物，此前或同时，石介、范仲淹、欧阳修等人都对"乐道"情怀有所发现和领悟，故道学是儒学思想经过岁月的累积、沉淀，经过众多人物一点一滴的变革演进而来的。② 宋人本就思想通达，宋初太宗、王禹偁等人就已如此，北宋中期以后，人们更以颜子固穷、安贫乐道的精神体悟道学，进一步强化了这种思想特质。由于宋人往往兼有学者与文人双重身份，人们或多或少地都会受到儒学新变的熏染，他们的诗歌时常显露白体鲜明的乐易品格甚至道学色彩，呈现出与传统作品中悲悲戚戚相反的情感取向。历史上，还没有哪个朝代的诗歌像宋代这样具有乐易的品格，这是宋人思想涵养给诗歌风貌带来的重要变化，也是宋诗的重要特色。

　　如刘敞《昼寝三首》（其一）就说："日出百事集，人生亦多忧。曲肱试少息，乃得逍遥游。圉圉为潜鱼，因之乘波流。翩翩为飞鸟，爰以凌空游。在己孰是非，于物任沉浮。观化悟独乐，真伪竟悠悠。"③ 他所谓的"观化"即体察自然运化之意，也就是在鸢飞鱼跃中体察大道运行，从而达到"乐"的境地。再如司马光《乐》云："吾心自有乐，世俗岂能知。不及老莱子，多于荣启期。缊袍宽称体，脱粟饱随宜。乘兴辄独往，携筇任所之。"④ 所谓"乘兴辄独往，携筇任所之"，正是白体知足保和心态的外在体现，所谓"乐"就是乐道，与程颢《偶成》诗所云"旁人不识予心乐，将谓偷闲学少年"（《河南程氏文集》卷三）⑤ 相

---

① 北京大学古文献研究所编《全宋诗》第 7 册，第 4473 页。
② 参见蒙培元《理学范畴系统》，人民出版社，1989。
③ 北京大学古文献研究所编《全宋诗》第 9 册，第 5629 页。
④ 北京大学古文献研究所编《全宋诗》第 9 册，第 6177 页。
⑤ （宋）程颢、程颐：《二程集》，第 476 页。

近。宋人把这种思想意志表现在诗中，就是乐易自足的闲适之作，因此在宋人普遍崇尚儒学的情况下，他们创作白体诗乃至白体风行也就不足为奇了。

北宋中期，人们对白居易的推崇并未因白体诗的"浅近"而有所削弱。范仲淹在《唐异诗序》中就以"乐天之明达"为"不失其正"的内涵之一。白居易始终是人们推崇的对象，如韩琦非常推崇白居易，专门建有醉白堂，作《醉白堂》诗说：

> 懿老新成池上堂，因忆乐天池上篇。乐天先识勇退早，凛凛万世清风传。古人中求尚难拟，自顾愚者孰可肩。……吾今谋退亦易足，池南大屋藏群编。一车岂若万籍富，子孙得以精覃研。夹堂修竹抱幽翠，森森拥槛竿逾千。池中所出粗可爱，芡盘菱角红白莲。芍药多名来江都，牡丹绝艳移洛川。及时花发池左右，香苞烂染朝霞鲜。懿老于此兴不浅，间会宾属陈芳筵。妖妍姬侍目嘉卉，咿哑丝竹听流泉。宜城酿法亦云美，诗酒仅可追前贤。狂吟气健薄霄汉，豪饮气放忘貂蝉。酒酣陶陶睡席上，醉乡何有但浩然。人生所适贵自适，斯适岂异白乐天。未能得谢已如此，得谢吾乐知谁先。①

诗的开篇就表达了对白居易"识勇退早"的赞赏，他通过"池中所出粗可爱，芡盘菱角红白莲"的富足、惬意的生存状态，表达了"酒酣陶陶睡席上，醉乡何有但浩然"的畅然之感，最后以"人生所适贵自适，斯适岂异白乐天"明确表达了对白居易人生情态的向往。这里他用了"自适"的概念，即不需要外界环境的赋予就能做到对自身心态的调适，进而获得精神上的乐易自足，这是"道胜"思想的另一种表达与体现，为白居易的情志赋予了道学色彩。再如刘敞在《杂咏》中说："今年四十一，发白牙齿脱。未能游逍遥，意每不自豁。偶寻乐天诗，往在江州日。年几与我同，衰疾与我埒。伊人了无生，外物均寂灭。而且于形骸，变化难自适。况我狭中者，万缘日相伐。力小觉任重，忧多使内热。安能保平和，但有就衰竭。贤哉香山翁，精诚妙前哲。悬车未六十，

---

① 北京大学古文献研究所编《全宋诗》第6册，第3985~3986页。

鼓缶终大耋。以兹揆损益，亦似有与夺。至理何心得，吾其守兹说。"①四十岁大致是白居易人生的分水岭，此后佛道旨趣开始占据其思想的主流。在诗中，刘敞极为赞赏白居易"伊人了无生，外物均寂灭"的洒脱与豁达，相比之下，刘敞则"况我狭中者，万缘日相伐。力小觉任重，忧多使内热"，仍在尘世中挣扎，故他感叹"贤哉香山翁，精诚妙前哲"。与韩琦一样，他也用了"自适"的概念。又如蔡襄同样瞩目于白居易旷达自适的人生取向，他在《过白乐天坟》中说："乐天本才士，羽仪初颉颃。脱身避祸机，遂得林泉尚。生爱香山游，死亦香山葬。悠悠醉吟魂，终古填幽圹。小堂松桧间，跻攀白云上。春日照伊流，素波明演漾。草树岂有情，一步一回望。"②他也表达了对白居易脱身避祸后徜徉于林泉的叹服。如果说韩琦、刘敞能从处世智慧的角度欣赏白居易，那么蔡襄则是更明确地从文学视角赞赏白居易的文采，如他在《梦游洛中十首》其九中说："履道园池竹万竿，竹间池际笋斑斓。当时酒所夸文战，今日谁登上将坛。（自注：普明寺乃白乐天履道第，水竹最佳，数为文字饮。）"③履道宅是白居易在洛阳的居所，蔡襄在梦中游历此地，感叹当年乐天"酒所文战"的盛事，感佩其才华。

  北宋中期人们对闲适情态的抒发与宋初相比有过之而无不及，当人们对白居易的推崇与儒学新变带来的乐易"自适"邂逅之时，在北宋出现白体盛行的态势自然就不可避免了。如：

  司马光《送祖择之》："人生荣与辱，百变似浮云。自有穷通定，徒劳得丧分。销愁唯有酒，娱意莫如文。方寸常萧散，其余何足云。"④

  韩维《闲居思湖上》："远泛每思随雁鹜，深居半是避杯觥。官闲日永无余事，卧听朱弦教曲成。"⑤

---

① 北京大学古文献研究所编《全宋诗》第 9 册，第 5684 页。
② 北京大学古文献研究所编《全宋诗》第 7 册，第 4751 页。
③ 北京大学古文献研究所编《全宋诗》第 7 册，第 4796～4797 页。
④ 北京大学古文献研究所编《全宋诗》第 9 册，第 6178 页。
⑤ 北京大学古文献研究所编《全宋诗》第 8 册，第 5287 页。

把这样的诗与晁迥诗比较，如晁迥《晚年勤道自修诗》所云："老来何故惜分阴，如月明亏魄渐侵。进道不遑求广智，随时随处且冥心。"① 再如晁迥《自警》所云："清澄寂灭海，明净涅槃天。到此方知乐，休耽浊睡眠。"② 并没有什么不同。再如：

韩琦《清明兴庆池上》："连日阴岑此日晴，池头风物称清明。万鳞潜养云头圻，一鉴新开水面平。两两凫鹥波上没，憧憧车马柳间行。嘉宾须惜难并会，莫厌芳樽冷淡倾。"③

韩琦《放泉》："缓带凭轩喜放泉，映花穿柳逗潺湲。谁言胜境须昆阆，自有清音过管弦。赴海任遥终泽润，灌园思足尚留连。衰翁日寄南窗傲，枕上时醒白昼眠。"④

韩琦《次韵和留守宋适推官游宴御河二首》（其二）："三月春容骀荡天，御流飞舸引双艣。十分芳景无三二，四合游人有万千。花任风残犹逐水，酒随歌半已空船。病夫且伴嘉宾醉，不过明朝卯尚眠。"⑤

韩琦《次韵答张宗益工部喜陈荐龙图窦舜卿侍郎同至相台》："嘉客非期会，如因病守邀。静俱知道胜，隐不待文招。柳色堆瑶榭，荷香凑绮寮。几回杯兴逸，同欲御仙飙。"⑥

刘敞《泛舟》："长啸望江汉，缅怀沧浪行。因浮扁舟去，共尽幽人情。春日天气佳，近郊颍水清。杂花乱缤纷，好鸟相嘤鸣。解缆相沿溯，凌风恣纵横。适心故真乐，徇物皆虚名。兴尽相与归，夕阳半东城。"⑦

刘敞《树阴偶坐》："朝阳送微暖，晴霭入寒空。负暄春盎盎，探策乐融融。松下坐忘返，树端遥见红。喟然感时节，举酒属

---

① 北京大学古文献研究所编《全宋诗》第1册，第611页。
② 北京大学古文献研究所编《全宋诗》第1册，第610页。
③ 北京大学古文献研究所编《全宋诗》第6册，第4053页。
④ 北京大学古文献研究所编《全宋诗》第6册，第4066页。
⑤ 北京大学古文献研究所编《全宋诗》第6册，第4077页。
⑥ 北京大学古文献研究所编《全宋诗》第6册，第4100页。
⑦ 北京大学古文献研究所编《全宋诗》第9册，第5633页。

邻翁。"①

刘敞《泛舟》:"溪流向人急,野色背人偏。轻浪仍堪鉴,虚舟不费牵。柳长勤拂面,鸥戏巧随船。幽兴终难尽,禽鱼莫间然。(自注:是日先饮,欧公道襄汉之乐。)"②

刘敞《招友上清宫》:"修竹高松无俗尘,全然不似近城闉。黄冠习静多藏客,野鸟忘机却傍人。高阁切云衔落日,广庭霏雨湿清珉。北窗固有逍遥地,来读离骚戴角巾。"③

从这些作品中,我们可以深切地感受到白体诗中乐易的生存情态,相比于宋初晁迥的坐而论道与空洞说教,这些作品与日常生活结合得更紧密。而相比于李昉以庭院书幌为背景,这些作品更青睐于山水郊野,不但去除了宋初白体诗的浅近,而且时常表现出北宋中期诗歌豪迈的气度和开阔的格局。这说明随着时代的推移,宋人白体诗创作也在发生着相应的变化。

综上所述,与人们对白居易的推崇相应,宋人闲适诗的创作一直在延续。在宋初,闲适情怀在很大程度上与儒释道思想融合带来的和平心态有极大关系,无论是晁迥还是李昉,他们的白体诗都是这种思想状态的集中体现。而到北宋中期儒学复兴后,儒释道思想融合的趋势更加强化,并最终促成了道学的产生。人们对心性涵养的追求及对"乐"的向往,使他们在诗歌中往往抒发闲适的情怀与乐意的旨趣。人们越是在贬谪的逆境中,越是要表现超越现实的胸襟,以标榜不为现实所困的旷达情怀及高卓的心性涵养,这使白体闲适诗创作始终有增无减。翻开《全宋诗》,便可知闲适之作远多于对现实的批判和其他题材,因此就北宋诗而言,闲适乐易才是宋诗的主体特征。

---

① 北京大学古文献研究所编《全宋诗》第9册,第5824~5825页。
② 北京大学古文献研究所编《全宋诗》第9册,第5828页。
③ 北京大学古文献研究所编《全宋诗》第9册,第5867页。

第四章　北宋儒学思潮与唐诗接受

北宋中期诗坛出现了梅尧臣、欧阳修、苏舜钦等大家，宋诗创作呈现出新的风貌。在诗学上，宋人具有了明确而强烈的"自成一家"的意识与气魄，人们在复古思潮中建立起属于自己的诗学体系。与此相应，唐诗接受也呈现出新的变化，这主要表现为对李、杜的突出接受，以及对唐诗中豪迈情怀的赞赏。此时期接受的选择性日益鲜明，改变了宋初全盘接受的局面，并在一定程度上出现了对唐诗的批评与指摘，唐、宋诗学转化与演进的大幕正式拉开，但从总体上说，这一时期对唐诗仍以接受为主，尚未表现出明显的超越意识。

第一节　唐诗接受的主要倾向

中期诗学崇尚诗歌的现实功能，赞赏豪健及古淡诗风，崇尚李白与杜甫，推崇有感而作，这些决定了人们对唐诗不会盲目地全盘接受，而是要根据自己的诗学立场进行有选择、有重点的审视，这就使唐诗接受随着时代的演进而出现了新的变化。

一　雄健豪放之风

在宋初，人们对李白、杜甫的豪迈诗风缺乏相应的关注，同样，韩愈雄健古硬的诗歌也不受时人重视。但在北宋中期复古思潮兴起的背景下，这一情况发生了改变。如释文莹在《玉壶清话》中说："翰林郑毅夫公，晚年诗笔飘洒清放，几不落笔墨畛畦，间入李、杜深格。"[1] 他就是从"飘洒清放"来体认李、杜诗歌的。而韩愈雄健的诗风也被普遍接受与仿效，欧阳修就作有《栾城遇风效韩孟联句体》[2]，梅尧臣也作有

---

[1] （宋）文莹撰，郑世刚、杨立扬点校《玉壶清话》卷7，第70页。
[2] （宋）欧阳修撰《欧阳修全集》卷11，第179页。

《余居御桥南夜闻袄乌鸣效昌黎体》①、《拟韩吏部射训狐》② 等。郑獬曾在《戏酬正夫》中说：

> 汪子怪我不作诗，意欲窘我荒唐辞。自顾拙兵苦顿弱，安敢犯子之鼓鼙。子之文章既劲敏，屡从大敌相摩治。左立风后右立牧，黄帝秉钺来指麾。蚩尤跳梁从风雨，电师雷鬼相奔驰。顷之截首挂大旆，两肩冢葬高峨危。如何韬伏不自发，欲用古术先致师。遗之巾帼武侯策，司马岂是寻常儿。应须敌气已衰竭，然后铁骑来相追。回戈坐致穷庞伏，得非欲学韩退之。嗟我岂敢与子校，唯图自守坚城陴。况兹忧窘久废绝，空余衰老扶疮痍。开卷旧字或不识，岂能有意争雄雌。朝来据鞍试瞿铄，是翁独足相撑支。检勒稍稍就部伍，亦欲一望将军旗。曹公东壁不羞走，周郎未得相凌欺。便须持此邀一战，非我无以发子奇。③

"正夫"是汪辅之的字，郑獬与其交游甚密。这首诗雄奇谲怪的文字风格与韩愈颇有几分近似，诗中又说汪辅之"子之文章既劲敏，屡从大敌相摩治。……回戈坐致穷庞伏，得非欲学韩退之"，可知汪辅之的诗句亦与韩愈相似。从诗中叙述的情形看，郑、汪二人以诗"邀战"，这种创作方式在中期诗坛非常普遍，如郑獬在《答吴伯固》中就说："又欲唱其宫，使我商以讴。相搏如风雷，真与郊愈侔。"④ 他用"相搏如风雷，真与郊愈侔"来比喻与吴氏的唱和。在中期诗坛唱和中，唐人韩、孟最具有典范意义，他们的联句受到人们的普遍关注，不但满足了宋人同题共作的嗜好，而且其雄壮博辩的风格深刻影响了宋人的联句创作。欧阳修曾在《六一诗话》中说："其（苏舜元）与子美《紫阁寺》联句，无愧韩、孟也，恨不得尽见之耳。"⑤ 苏舜元与弟苏舜钦都是诗文革新的倡导者，他们的诗风均雄奇壮美。这里欧阳修提到的《紫阁寺》联句保存

---

① （宋）梅尧臣撰，朱东润编年校注《梅尧臣集编年校注》上册，第 65 页。
② （宋）梅尧臣撰，朱东润编年校注《梅尧臣集编年校注》中册，第 500 页。
③ 北京大学古文献研究所编《全宋诗》第 10 册，第 6846 页。
④ 北京大学古文献研究所编《全宋诗》第 10 册，第 6831 页。
⑤ （清）何文焕辑《历代诗话》，第 269 页。

至今，诗云：

> 白石太古水，_{才翁}苍崖六月冰。昏明咫尺变，_{子美}身世逗留增。桥与飞霞乱，_{才翁}人间独鸟升。风泉冷相搏，_{子美}楼阁暮逾澄。反覆青冥上，_{才翁}跻攀赤日稜。呗音充别壑，_{子美}塔影吊寒藤。仙掌挂太一，_{才翁}佛坛依古层。岩喧闻斗虎，_{子美}台静下饥鹰。晴槛通年雨，_{才翁}浓萝四面罾。日光平午见，_{子美}雾气半天蒸。潭碧寒疑裂，_{才翁}钟清远自凝。阳陂冬聚笋，_{子美}阴壁夏垂绳。有客饶佳思，_{才翁}高吟出远凭。雄心翻表里，_{子美}远目著轩腾。岑寂来清夜，_{才翁}沈冥接定僧。宿猿深更杳，_{子美}落木静相仍。松竹高无奈，_{才翁}烟岚翠不胜。甘酸收脱实，_{子美}坳墺布清塍。北野才沈著，南天更勃兴。恣睢超一气，_{才翁}黤黮起孤鹏。并涧寒堪摘，看云重欲崩。行中向背失，_{子美}呼处下高应。庭树巢金爵，樵儿弄玉绳。断香浮缺月，_{才翁}古像守昏灯。乳管明相照，莎髯绿自矜。深疑啸神物，_{子美}骸欲敌崝陵。俯仰孤心挠，回翔百感登。画图风动壁，诗句涕沾膺。（先公有留题在澄心阁。）岁月看流矢，_{才翁}心肠剧断缯。追攀初有象，悲愤遂相乘。故赏知无逭，遗灵若此凭。依然忍回首，_{子美}愁绝下崚嶒。_{才翁}①

全诗通过戛戛独造的诗句营造了宏阔幽古的自然环境，文字劲健，与韩、孟类似。

同属韩孟诗派的卢仝，在北宋中期也进一步受到关注。石介在《三豪诗送杜默师雄》中就说："师雄二十二，笔距狞如鹰。……玉川《月蚀诗》，犹欲相凭陵。"② 以卢仝标榜杜默凌厉的诗风，说明卢仝《月蚀诗》在当时具有标杆性的意义，而"犹欲相凭陵"则透露出宋人与卢仝比肩的意味。王令也关注卢仝诗，他在《答问诗十二篇寄呈满子权》中说："令既爱卢仝、萧宅二三子之诗，而犹恨其发之轻也。然忘其效而更重之，则得矣！"③ 明确表示了对卢仝诗的喜爱。但他也批评卢仝诗"发之轻"，王令所谓"忘其效"就是指此而言。在王令看来，卢仝诗除却

---

① （宋）苏舜钦著，傅平骧、胡问陶校注《苏舜钦集编年校注》，第45~46页。
② （宋）石介撰，陈植锷点校《徂徕石先生文集》卷2，第13页。
③ （宋）王令撰，沈文倬校点《王令集》卷4，第65页。

此项不足，足以成为宋人学习的典范，这从侧面说明，宋人对唐诗已经能够看到其优、劣两个方面，这种唐诗接受已进入一个更高的层次，即辩证地接受，而不是像宋初盲目地肯定和推崇，这是宋人诗学开始走向成熟的一种体现。到北宋后期，这种辩证的唐诗接受将成为一种时代思潮。

这一时期，杜牧、张籍也因豪健诗风而被人们关注。如欧阳修《谢氏诗序》说："景山尝学杜甫、杜牧之文，以雄健高逸自喜。"① 在欧阳修看来，谢景山诗的"雄健高逸"与其学杜甫、杜牧诗紧密相关。对于张籍诗，强至的评价颇有代表性，他说："愈籍争诗豪，劲句尝往还。"（《某蒙君章兄宠示樱桃佳篇辄依韵奉和》）② 宋初，孙仅曾认为张籍诗继承了杜甫衣钵，指出其具有"简丽"的特征（见《读杜工部诗集序》）③，而强至则更关注其"豪劲"的一面，这体现出北宋中期诗学关注视角的变化。

二　愁苦之辞

愁苦之辞在北宋中期收获了宋人前所未有的认同感。"穷"是人们大都要面临的境地，前人常通过"士不遇"主题表达对仕途以及实现理想的强烈渴望，以及理想失落后的痛苦。进入北宋中期，人们怀着对国家、社会的强烈责任感参与到各种事务中，但随着政治斗争的深入与政治环境的恶化，士人对穷戚之感的体认逐步加深。苏舜钦虽曾表达过对优游度日的自得意趣，但他也曾感慨说："在疑嫌之地，不能决然早自引去，致不测之祸，摔去下吏，无人敢言，友雠一波，共起谤议；被废之后，喧然未已，更欲置之死地然后为快；来者往往钩赜言语，欲以传播，好意相存恤者几希矣！故闭户或密出，不敢与相见，如避兵寇，惴惴然惟恐累及亲戚耳。"（《答韩持国书》）④ 从中我们看到，他不但对自己不能早自引去感到悔恨，而且罢官后，他也面临着友朋零落的孤独处境，同时他也担心自己的遭遇会累及亲戚，于是每日只能"闭户或密出，不

---

① （宋）欧阳修撰《欧阳修全集》卷43，第608页。
② 北京大学古文献研究所编《全宋诗》第10册，第6914页。
③ 曾枣庄、刘琳主编《全宋文》第13册，第307页。
④ （宋）苏舜钦著，傅平骧、胡问陶校注《苏舜钦集编年校注》，第616页。

敢与相见，如避兵寇"，真切地说出了贬谪官员遭受政治打击后的现实处境。苏舜钦还在《上执政启》中说："素承清白之训，枉被盗贼之名，近戚当途，陈冤无路，徊徨去国，举动畏人。窘尔羁旅之囚，漂然江海之上，出则鬼揶揄而见笑，居则鹏闲暇以相窥，不及虫鼠之生，仅与草木为伍。"① 他深切感受到"出则鬼揶揄而见笑，居则鹏闲暇以相窥"，这揭示出他在罢官后出现的几近病态的心理。相比于优游吟咏，这或许才是苏舜钦真实的贬谪心态。其他官员如范仲淹、富弼、欧阳修等人或由于抱负不得施展而自请外任，或在险恶的政治环境中采取权宜之计，都无一例外地要面对"穷"的处境。如果仅因个人利益之争而被贬，其成败只属于个人，然而如果为承担"道义"或为国家前途而遭弹劾，那么理想与抱负的失落带来的穷戚之感恐怕会厚重得多。北宋中期险恶的政治斗争无疑给士人体会穷戚之感提供了丰厚的土壤。同时，也会有诗人因无法参与如火如荼的时代大潮而产生穷戚之感，如梅尧臣，他有复古革新的勇气，却没有参与国家大政的机会，欧阳修说他的诗"穷而后工"，其"穷"就产生在这种时代背景中。

"穷戚"的心理体现在诗学上，就是对诗人之"穷"的感同身受，以及对穷苦之辞的深刻体会，于是唐人郊、岛之"穷"往往能引起中期士人的注意与讨论。欧阳修就曾说："孟郊、贾岛皆以诗穷至死，而平生尤自喜为穷苦之句。"（《六一诗话》）② 又说："唐之诗人类多穷士，孟郊、贾岛之徒尤能刻篆穷苦之言以自喜。"（《郊岛诗穷》）③ 他还意味深长地比较了郊、岛二人谁更穷困，他说：

或问二子其穷孰甚？曰阆仙甚也。何以知之？曰以其诗见之。郊曰："种稻耕白水，负薪斫青山。"岛云："市中有樵山，我舍朝无烟。井底有甘泉，釜中乃空然。"盖孟氏薪米自足，而岛家柴水俱无，此诚可叹。（《郊岛诗穷》）④

---

① （宋）苏舜钦著，傅平骧、胡问陶校注《苏舜钦集编年校注》，第682~683页。
② （清）何文焕辑《历代诗话》，第266页。
③ （宋）欧阳修撰《欧阳修全集》卷130，第1981页。
④ （宋）欧阳修撰《欧阳修全集》卷130，第1981页。

又说：

> 贾云："鬓边虽有丝，不堪织寒衣。"就令织得，能得几何？又其《朝饥诗》云："坐闻西床琴，冻折两三弦。"人谓其不止忍饥而已，其寒亦何可忍也。（《六一诗话》）①

这里欧阳修所讨论的已经不只是"穷"，而是由人生之"穷"导致的生活上的贫困了。宋初人们谈到贾岛，多指向其人、其诗之"僻"，持批评的态度，而北宋中期人们则与贾岛之"穷"及其穷苦之辞产生共鸣，可见时代风气对诗学关注点的影响。不仅欧阳修，强至也感慨郊、岛的穷苦之辞。他在《前日以诗赠贾麟进士继蒙和答而杨蟠从事亦随次元韵鄙思不休辄复自和二篇》中说："江河饮肺吞阮刘，风月吟肠笑郊岛。"② 这里，他是以不屑、嘲笑的态度对待郊、岛清苦情态的，并以"江河饮肺吞阮刘"的豪迈、旷达予以排斥，但这只是一个方面。他在《寄辟疆》中则对友人"首飞诗人蓬，肠苦孟郊莽"③ 的穷苦之态给予了同情与接纳。与强至相似，王令在《还萧几道诗卷》中也曾说："高似君平于市隐，穷如东野以诗鸣。"④ 他用孟郊相比拟，除了以同情和哀悯的心态对萧几道进行描述外，还用"穷如东野以诗鸣"标榜萧几道。在唐代众多诗人中，杜甫的穷愁潦倒受到普遍关注，或许在艰难的仕途人生中，中期士人更加能体会杜诗中的穷愁。苏舜钦在《题杜子美别集后》中就以"豪迈哀顿"⑤ 评价杜甫诗。前人很少用"豪迈"来形容杜诗，然而杜诗中厚重的家国情怀何尝不是一种博大与雄浑，故而苏舜钦的批评乃是基于对杜诗的深刻体察。强至在《庚子岁除辇下作》中也说："京华犹旅食，世态益吾悲。四十明朝是，愁吟杜子诗。"⑥ 四十岁之际，杜甫曾在《杜位宅守岁》中说："四十明朝过，飞腾暮景斜。"⑦

---

① （清）何文焕辑《历代诗话》，第267页。
② 北京大学古文献研究所编《全宋诗》第10册，第6918页。
③ 北京大学古文献研究所编《全宋诗》第10册，第6903页。
④ （宋）王令撰，沈文倬校点《王令集》卷11，第198页。
⑤ （宋）苏舜钦著，傅平骧、胡问陶校注《苏舜钦集编年校注》，第397页。
⑥ 北京大学古文献研究所编《全宋诗》第10册，第6941页。
⑦ （唐）杜甫撰，（清）仇兆鳌注《杜诗详注》卷2，中华书局，1979，第109页。

强至以悲愁之心低吟杜诗，于是与杜甫的落寞穷愁产生了共鸣。

宋祁曾在《淮海丛编集序》中对唐代诗人的窘况作过一个总结，他说："予略记其近者，王摩诘颠于盗，愁苦仅脱死。杜子美客巴蜀，入沅湘，寒饥不自存。李太白踣于贬。白乐天偃蹇不得志，五十余分司。元微之为众排迮，终身恨望。刘梦得流摈，抵老弗见容。是皆章章信验也。"① 他普遍搜罗唐人的"穷"困之状，无论是王维之迫于伪署、杜甫之漂泊，还是李白的放逐、元稹的被斥等，都说明宋祁对此心有戚戚焉。不仅宋祁，强至也曾说："诗人古亦少达者，非特徐子如寒灰。孟郊老独张籍瞽，李杜落魄皆何哉。"（《赠徐君强》）② 同样展现了对唐代"诗人例穷"的感慨。

宋人对诗人之"穷"的认识角度与我们不同。宋祁认为诗人穷戚的原因在于"造物者吝之"，他说："诗为天地缊，予常意藏混茫中，若有区所，人之才者，能往取之。取多者名无穷，少者自高一世，顾力至不至尔。然造物者吝之，其取之无限，则辄穷蹶其命，而怫戾所为。"（《淮海丛编集序》）③ 在他看来，诗人不断地用诗笔去刻画、雕琢万物，这是对造物者的"冒犯"，故造物者要"穷蹶其命，而怫戾所为"，对诗人予以惩戒。对此，强至也认为："诗人乃是天地雠，造化万物遭剸剢。天公报之甚操矛，少使称遂多穷愁。"（《近承杨子遣垂和池上短篇爱而有赠且摅予怀》）④ 这其中包含了相当多宿命的成分。但不管怎样，此时期人们对"穷"的思考是非常普遍的，这是与宋初诗学非常大的不同之处。

三 平淡闲适之趣

平淡闲适之趣主要体现在对白居易的接受上。如前所述，白居易及其闲适诗在此时期仍具有示范意义。梅尧臣在《送吉老学士两浙提刑》中说："重过故乡逢故老，一闻鸣鹤记山川。不须歌管唯诗酒，况有余杭

---

① 曾枣庄、刘琳主编《全宋文》第 24 册，第 328 页。
② 北京大学古文献研究所编《全宋诗》第 10 册，第 6921 页。
③ 曾枣庄、刘琳主编《全宋文》第 24 册，第 327～328 页。
④ 北京大学古文献研究所编《全宋诗》第 10 册，第 6927 页。

白乐天。"① 就表达了对白居易诗酒闲适生活的赞赏。王令稍有不同，他更关注白居易对名利的超然态度，他在《读白乐天集》中说："北邙山下一孤坟，流落三千绮丽文。后世声名高白日，当年荣利等浮云。屏除忧愤归禅寂，消遣光阴在酒醺。若使篇章深李杜，竹符还不到君分。"② 他赞赏白居易能在禅寂中排解苦闷，在诗酒中消遣光阴的旷达。淡泊情怀与闲适情调是宋人所固有的，这都使他们始终能与白居易产生强烈的异代共鸣。

四 诗句之"工"

宋初晚唐体注重对诗句的锤炼，中期诗学仍延续着这种倾向，并对晚唐有着充分的接纳。在这种诗学意识中，唐诗之"工"往往能引起人们的强烈艺术共鸣。

首先，造境之工。梅尧臣曾说："诗家虽率意，而造语亦难。若意新语工，得前人所未道者，斯为善也。必能状难写之景，如在目前，含不尽之意，见于言外，然后为至矣。……若严维'柳塘春水漫，花坞夕阳迟'，则天容时态，融和骀荡，岂不如在目前乎？又若温庭筠'鸡声茅店月，人迹板桥霜'，贾岛'怪禽啼旷野，落日恐行人'，则道路辛苦，羁愁旅思，岂不见于言外乎？'"（欧阳修《六一诗话》）③ 诗家通过描绘、烘托和渲染描述对象，从而达到上佳的艺术效果，即"工"。如梅尧臣所举温庭筠"鸡声茅店月，人迹板桥霜"之句，由"鸡声""月"这种典型的意象点明拂晓时的环境氛围，用"霜"字使整个环境充满了凄清之感，"人迹"则表明有人经过板桥，由于远行人的背影不时在读者脑海中浮现，这样，清晨远行的意境就被充分地呈现出来，将古往今来人们的羁旅之感含蓄地抒发出来，做到了"状难写之景，如在目前，含不尽之意，见于言外"，这就是梅尧臣所谓造语之"工"。实际这里与其说造语之工，不如说造境之工。语言是创作的基本材料，但在上述诗歌中，语言最终呈现出来的是富于回味的意境，梅尧臣所表达的"必能状难写之景，如在目前，含不尽之意，见于言外"及所举诗句，笔者认

---

① （宋）梅尧臣撰，朱东润编年校注《梅尧臣集编年校注》下册，第966页。
② （宋）王令撰，沈文倬校点《王令集》卷11，第207页。
③ （清）何文焕辑《历代诗话》，第267页。

为，亦是倾向于对造境艺术的赞赏。

其次，造句之工。梅尧臣说："贾岛云：'竹笼拾山果，瓦瓶担山泉。'姚合云：'马随山鹿放，鸡逐野禽栖。'等是山邑荒僻，官况萧条，不如'县古槐根出，官清马骨高'为工也。"（《六一诗话》）① "竹笼拾山果，瓦瓶担山泉"与"马随山鹿放，鸡逐野禽栖"只能呈现山林中的野逸生活，而"县古槐根出，官清马骨高"既用"槐根出"说明了县之"古"，又以"马骨"之嶙峋说明了官况之清苦，切合了"官况萧条"之意，因此梅尧臣认为这一联更为工整。再如强至在《经春久雨未尝寻芳舟次黎驿始见桃李红白成阵爱而有题》中评韩愈诗说："白白朱朱今颇验，退之诗句亦天葩。"② 韩愈《寒食日出游夜归张十一院长见示病中忆花九篇因此投赠》中有"李花初发君始病，我往看君花转盛。走马城西惆怅归，不忍千株雪相映。迩来又见桃与梨，交开红白如争竞"③ 之句，描绘了红色的桃花与白色的梨花交相绽放的情景，强至看到桃、李红白成阵的景象，于是领会到了韩愈诗句之妙，不禁赞叹其诗句之"工"。

最后，用字之工与用韵之工。欧阳修《六一诗话》载，"陈公（从易）时偶得杜集旧本，文多脱误，至《送蔡都尉诗》云：'身轻一鸟'，其下脱一字。陈公因与数客各用一字补之。或云'疾'，或云'落'，或云'起'，或云'下'，莫能定。其后得一善本，乃是'身轻一鸟过'。陈公叹服，以为虽一字，诸君亦不能到也"。④ "身轻一鸟过"句出自杜甫《送蔡希鲁都尉还陇右因寄高三十五书记》，杜诗云："蔡子勇成癖，弯弓西射胡。健儿宁斗死，壮士耻为儒。官是先锋得，才缘挑战须。身轻一鸟过，枪急万人呼。云幕随开府，春城赴上都。马头金匼匝，驼背锦模糊。咫尺雪山路，归飞青海隅。上公犹宠锡，突将且前驱。汉使黄河远，凉州白麦枯。因君问消息，好在阮元瑜。"⑤ 杜甫自注："时哥舒翰入奏，勒蔡子先归。"此诗即赞颂蔡希鲁的勇猛。"身轻一鸟过"是形容希鲁矫健的身姿如同鸟儿般从身边掠过，"过"字尤其能体现出蔡氏

---

① （清）何文焕辑《历代诗话》，第 267 页。
② 北京大学古文献研究所编《全宋诗》第 10 册，第 6971 页。
③ （唐）韩愈撰，钱仲联集释《韩昌黎诗系年集释》卷 4，第 363 页。
④ （清）何文焕辑《历代诗话》，第 266 页。
⑤ （唐）杜甫撰，（清）仇兆鳌注《杜诗详注》卷 1，第 238～240 页。

敏捷的身手。其余"疾""落""起""下"都不能达到这样的效果，因为"落""起""下"是上下方向的运动，不符合战斗的情况；"疾"虽可以描述运动之迅捷，然而不如用"过"来形容人的矫健程度更为贴切。这里虽是记述陈从易对杜诗的叹服，但欧阳修把它记载下来，也说明了他对杜诗用字的赞赏。欧阳修还对韩愈诗用韵之"工"赞叹不已。他说："退之笔力，无施不可……而余独爱其工于用韵也。盖其得韵宽，则波澜横溢，泛入傍韵，乍还乍离，出入回合，殆不可拘以常格，如《此日足可惜》之类是也。得韵窄，则不复傍出，而因难见巧，愈险愈奇，如《病中赠张十八》之类是也。余尝与圣俞论此，以谓譬如善取良马者，通衢广陌，纵横驰逐，惟意所之。至于水曲蚁封，疾徐中节，而不少蹉跌，乃天下之至工也。"（《六一诗话》）① 他指出，韩愈诗用韵无论宽窄，都能纵横驰骋，用韵宽时不受韵部束缚，用韵窄时严守韵部，不复出韵，体现出对诗韵娴熟、高超的把握能力。

有一点需要说明的是，北宋中期对诗歌用字、用韵之"工"的讨论尚不多见，对诗歌造句之"工"的讨论，也基本停留在简单的评价上，尚未展开细致、深入的分析。其他如对诗歌用事、对偶等艺术手段的充分讨论都要等待北宋后期诗学的到来。

第二节 对李、杜的突出接受

李、杜是诗史上最具代表性的两位诗人，但在晚唐五代乃至宋初，他们并不适合人们的欣赏口味，被接受的普遍程度尚不及白居易等中晚唐诗人，这一点在北宋中期发生了改变。在复古思潮中，人们追求"有为而作"，力图"有补于世"，推崇刚健豪迈的诗风，李、杜正是这一诗学思潮中的唐诗典范，他们及其诗体现着宋人渴望的经世情怀及诗歌特征。

欧阳修是北宋中期诗学的典型。他把李、杜作为唐诗的代表，说："夜漏销宫烛，春辉上玉除。歌诗唐李杜，言语汉严徐。"（《和武平学士

---

① （清）何文焕辑《历代诗话》，第272页。

岁晚禁直书怀五言二十韵》)① 他把汉代的严安、徐乐作为"言语"的代表，而把李、杜作为古往今来"歌诗"的代表，可知他对李、杜的高度评价并不仅仅限定在唐代。而他在《赠王介甫》中说："翰林风月三千首，吏部文章二百年。老去自怜心尚在，后来谁与子争先。"② 又把李白作为诗歌的代表，而与文章领袖韩愈并举。欧阳修最欣赏李白的，是其豪放的诗风。他在《送石扬休还蜀》中说："长爱谪仙夸蜀道，送君西望重吟哦。"③ 李白《蜀道难》以想象和夸张著称，具有豪迈奔放之美，这里用所谓"长爱"表达赞赏之情。

欧阳修对李白的喜爱，还表现在与梅尧臣的对比中。他在《太白戏圣俞》中说："开元无事二十年，五兵不用太白闲。太白之精下人间，李白高歌《蜀道难》。蜀道之难难于上青天，李白落笔生云烟。千奇万险不可攀，却视蜀道犹平川。宫娃扶来白已醉，醉里诗成醒不记。忽然乘兴登名山，龙咆虎啸松风寒。山头婆娑弄明月，九域尘土悲人寰。吹笙饮酒紫阳家，紫阳真人驾云车。空山流水空流花，飘然已去凌青霞。下看区区郊与岛，萤飞露湿吟秋草。"④ 在这首诗中，他先阐释了李白被誉为"谪仙"的缘故，然后叙述了李白卓尔不群的谪仙做派。在诗的最后，欧阳修以"下看区区郊与岛"作结，指出郊、岛在李白面前的清苦之态，表现出对郊、岛的不屑。这首诗题为"戏圣俞"，自然是用"郊与岛"来代指梅尧臣，并通过对李白豪迈诗风的赞许，表达了对梅尧臣的戏谑。欧阳修常把梅尧臣比作当代孟郊，如其《读蟠桃诗寄子美》就说："韩孟于文词，两雄力相当。篇章缀谈笑，雷电击幽荒。众鸟谁敢和，鸣凤呼其皇。孟穷苦累累，韩富浩穰穰。穷者啄其精，富者烂文章。发生一为宫，揪敛一为商。二律虽不同，合奏乃锵锵。天之产奇怪，希世不可常。寂寥二百年，至宝埋无光。郊死不为岛，圣俞发其藏。患世愈不出，孤吟夜号霜。霜寒入毛骨，清响哀愈长。玉山禾难熟，终岁苦饥肠。"⑤ 指出在孟郊去世之后，"圣俞发其藏"，认为其诗表现出与孟郊

---

① （宋）欧阳修撰《欧阳修全集》卷13，第222页。
② （宋）欧阳修撰《欧阳修全集》卷57，第813页。
③ （宋）欧阳修撰《欧阳修全集》卷57，第814页。
④ （宋）欧阳修撰《欧阳修全集》卷5，第87页。
⑤ （宋）欧阳修撰《欧阳修全集》卷2，第36~37页。

一样的"霜寒入毛骨,清响哀愈长。玉山禾难熟,终岁苦饥肠"的清苦特征。欧阳修曾说梅尧臣"宣州诗翁饿欲死,黄鹄折翼鸣声哀"(《和刘原父澄心纸》)①,并评价梅尧臣诗,或云:"空肠时如秋蚓叫,苦调或作寒蝉嘶。"(《寄圣俞》)② 或云:"巉岩想诗老,瘦骨寒愈耸。诗老类秋虫,吟秋声百种。"(《秋怀二首寄圣俞》其二)③ 在他眼中,梅尧臣与孟郊可谓异代同音,而与梅尧臣和孟郊的清苦相对的,则是李白的潇洒飘逸。

对李白的赞赏,僧人释契嵩也颇具代表性。他在《书李翰林集后》中说:"余读《李翰林集》,见其乐府诗百余篇,其意尊国家,正人伦,卓然有周诗之风,非徒吟咏情性、呫呕苟自适而已。"他从儒家诗教出发,指出李白诗具有"尊国家,正人伦"的内涵,非"苟自适而已",从而使李白诗与一般的吟咏情怀之作区分开来。接下来他举例说:

  白当唐有天下第五世时,天子意甚声色,庶政稍解,奸邪辈得入,窃弄大柄。会禄山贼兵犯阙,而明皇幸蜀,白闵天子失守,轻弃宗庙,故作《远别离》以刺之。至于作《蜀道难》以刺诸侯之强横;作《梁甫吟》,伤怀忠而不见用;作《天马歌》,哀弃贤才而不录其功;作《行路难》,恶谗而不得尽其臣节;作《猛虎行》,愤胡虏乱夏而思安王室;作《阳春歌》以诫淫乐不节;作《乌栖曲》以刺好色不好德;作《战城南》以刺穷兵不休。如此者不可悉说。

分别指出了李白各篇所蕴含的儒学意义与思想价值,因此他极力赞扬李白及其诗歌,说:

  夫性之所作,志之所之,小人则以言,君子则以诗。由言、诗以求其志,则君子、小人可以尽之。若白之诗也如是,而其性之与志岂小贤哉!……苟当时得预圣人之删,可参二《雅》,宜与《国

---

① (宋)欧阳修撰《欧阳修全集》卷5,第89页。
② (宋)欧阳修撰《欧阳修全集》卷5,第81页。
③ (宋)欧阳修撰《欧阳修全集》卷3,第54页。

风》传之于无穷，而《离骚》《子虚》不足相比。①

他用儒家思想衡量李白诗，认为李白可位于"大贤"之列。在释契嵩的诗学体系中，李白诗比屈原《离骚》、司马相如《子虚赋》更有价值，由此，李白就登上了古典诗学的顶峰。

李觏也从"道"的角度指出了李白诗的意义。他说："魏晋之后，涉于南北，斯道积羸，日剧一日。高冠立朝，不恤治具而相高老佛；无用之谈，世主储王而争夸。奸声乱色，以为才思；虚荒伪巧，灭去义理。俾元元之民，虽有耳目弗能复视听矣。赖天相唐室，生大贤以维持之。李杜称兵于前，韩柳主盟于后。诛邪赏正，方内向服。尧舜之道，晦而复明；周孔之教，枯而复荣。"（《上宋舍人书》）② 他指出魏晋之后儒学衰微，在唐代李、杜则举起儒学大旗，"诛邪赏正"，而韩、柳继之，使儒学最终能"晦而复明""枯而复荣"，这与宋初穆修的评价视角相近。但在他看来，李、杜在儒学复古过程中可与韩、柳相提并论，而且李、杜"称兵于前"，更有领风气之先的意义，李、杜相当多的诗篇都是"刺世疾邪"之作，在复古士人看来，这正是它们能"与古弥同"的重要原因。李觏在《回黄通诗篇》中说："老杜没已久，嗟哉吾子心。时人任诟病，独自革浮淫。"③ 他在"革浮淫"方面找到了黄通与杜甫的共同点，并以此对黄通加以赞扬。宋初穆修、孙仅等人在复古的旗帜下，注意到杜甫诗歌的价值，而到北宋中期，复古思潮更唤起了人们对李、杜的回忆和推崇。

在北宋中期，人们也开始着手搜集、整理杜甫诗集。苏舜钦在《题杜子美别集后》中首先指出近世杜诗不受重视而导致诗篇零落的现状，他说："杜甫本传云：'有集六十卷。'今所存者才二十卷，又未经学者编辑，古律错乱，前后不伦，盖不为近世所尚，坠逸过半，吁！可痛闵也！"然后叙述了重新整理杜诗的过程，他说：

> 天圣末，昌黎韩综官华下，于民间传得号《杜工部别集》者，

---

① 曾枣庄、刘琳主编《全宋文》第 36 册，第 185 页。
② （宋）李觏撰，王国轩校点《李觏集》卷 27，第 290 页。
③ （宋）李觏撰，王国轩校点《李觏集》卷 36，第 407 页。

凡五百篇。予参以旧集，削其同者，余三百篇。景祐侨居长安，于王纬主簿处又获一集。三本相从，复择得八十余首，皆豪迈哀顿，非昔之攻诗者所能依倚，以知一出于斯人之胸中。……今以所得，杂录成一策，题曰《老杜别集》，俟寻购仅足，当与旧本重编次之。①

从中可知，他分别于"天圣"和"景祐"各得一本，并与旧本"三本相从"，共辑得杜诗三百八十余篇。王安石也整理过杜诗，他在《老杜诗集后序》中说：

予考古之诗，尤爱杜甫氏作者，其辞所从出，一莫知穷极，而病未能学也。世所传已多，计尚有遗落，思得其完而观之。然每一篇出，自然人知非人之所能为，而为之者，惟其甫也，辄能辨之。

予之令鄞，客有授予古之诗所不传者二百余篇。观之，予知非人之所能为，而为之实甫者，其文与意之著也。……世之学者至乎甫，而后为诗不能至，要之不知诗焉尔。呜呼！诗其难惟有甫哉？……皇祐壬辰五月日，临川王某序。②

"皇祐壬辰"是皇祐四年（1052），与苏舜钦在景祐时编次杜甫诗集相先后。刘敞也曾编次杜诗，他在《编杜子美外集》中称赞说："少陵诗笔捷悬河，乱后流传简策讹。乐自戴公全废坏，书从鲁壁幸增多。斯文未丧微而显，吾道犹存啸也歌。病肺悲愁情自失，苦吟时复望江沱。"③ 他不但编辑杜诗，而且从"道"的角度表达了对杜诗的慨叹。

在现代人看来，杜甫与李白代表了诗歌的两极，一个极其深沉，一个极为飘逸；一个诗律精严，一个古风纵横，被称为诗坛上的双子星座。人们或欣赏李白的飘逸豪放，或感慨杜甫的沉郁顿挫。但宋人同时接受了李、杜诗，并且找到了二者体现儒家诗教这一共同点。

除此之外，在宋人眼里，李、杜诗还共同拥有"豪迈"这一美学特

---

① （宋）苏舜钦著，傅平骧、胡问陶校注《苏舜钦集编年校注》，第397~398页。
② （宋）王安石撰，秦克、巩军标点《王安石全集》卷36，第323页。
③ 北京大学古文献研究所编《全宋诗》第9册，第5867页。

征。如释契嵩认为"（李白诗）体势才思如山耸海振，巍巍浩浩，不可穷极"（《书李翰林集后》）①。而在宋人看来，杜诗也是豪迈的。如欧阳修在《六一诗话》中就说"唐之晚年，诗人无复李杜豪放之格"②，文莹也称"翰林郑毅夫公，晚年诗笔飘洒清放，几不落笔墨畛畦，间入李、杜深格"③。这也不难理解。杜诗的豪迈气度从早年《望岳》"会当凌绝顶，一览众山小"④即可见一斑，晚年虽然历经坎坷，然诗思愈发沉郁，始终有着深沉博大的气度。如其《登高》诗云："风急天高猿啸哀，渚清沙白鸟飞回。无边落木萧萧下，不尽长江滚滚来。万里悲秋常作客，百年多病独登台。艰难苦恨繁霜鬓，潦倒新停浊酒杯。"⑤首联就以登高远眺为视角，描写天地间一派萧瑟的景象；第二联则将视角落在萧萧落木之上，又辅以滚滚而来的长江之水，抒发深沉的感慨；后面通过叙述自己的人生来描写晚年穷困潦倒的处境，充满悲壮之气。又如其《登岳阳楼》诗云："昔闻洞庭水，今上岳阳楼。吴楚东南坼，乾坤日夜浮。亲朋无一字，老病有孤舟。戎马关山北，凭轩涕泗流。"⑥第二联描写出洞庭湖浩瀚汹涌的气势，如在目前，常被看作描写洞庭湖的佳句，蔡絛在《西清诗话》中说："洞庭天下壮观，自昔骚人墨客，题之者众矣，如'水涵天影阔，山拔地形高'，'四顾疑无地，中流忽有山'，'鸟飞应畏堕，帆远却如闲'，皆见称于世；然未若孟浩然'气蒸云梦泽，波动岳阳城'，则洞庭空旷无际，气象雄张如在目前。至读子美诗，则又不然，'吴楚东南坼，乾坤日夜浮'，不知少陵胸中吞几云梦也。"⑦对此，或许苏舜钦的说法更为准确。他说："（杜诗）豪迈哀顿，非昔之攻诗者所能依倚，以知一出于斯人之胸中。"（《题杜子美别集后》）⑧"豪迈"是指其诗非凡的气势，"哀顿"指出其诗沉郁顿挫的艺术特点。对于杜诗的豪迈，后来的苏轼也认为，杜诗"旌旗日暖龙蛇动，宫殿风微燕雀

---

① 曾枣庄、刘琳主编《全宋文》第36册，第185页。
② （清）何文焕辑《历代诗话》，第267页。
③ （宋）文莹撰，郑世刚、杨立扬点校《玉壶清话》卷7，第70页。
④ （唐）杜甫撰，（清）仇兆鳌注《杜诗详注》卷1，第4页。
⑤ （唐）杜甫撰，（清）仇兆鳌注《杜诗详注》卷20，第1766页。
⑥ （唐）杜甫撰，（清）仇兆鳌注《杜诗详注》卷22，第1946～1947页。
⑦ （宋）胡仔纂集《苕溪渔隐丛话》前集卷九，第60～61页。
⑧ （宋）苏舜钦著，傅平骧、胡问陶校注《苏舜钦集编年校注》，第397页。

高""五更鼓角声悲壮，三峡星河影动摇"是"七言之伟丽者"①。叶梦得也认为，"七言难于气象雄浑，句中有力，而纡余不失言外之意，自老杜'锦江春色来天地，玉垒浮云变古今'，与'五更鼓角声悲壮，三峡星河影动摇'等句之后，常恨无复继者"②。因此，关于杜甫的"豪迈"诗风，宋人是有共识的。在这一点上，在宋人看来，李、杜是相通的。

宋初林逋曾说："李杜风骚少得朋，将坛高筑竟谁登。"（《和皓文二绝》其一）③ 突出地标举了李、杜，与此一脉相承，北宋中期则直接把李、杜作为诗坛的代名词。如胡宿《谢叔子阳丈惠诗》说："老子诗名久废闲，喜君步骤少陵坛。"④ 再如李觏《君赐以新诗相示因成四十字答之》也说："姑山蟠郡碧，盱水蘸天寒。景物将才思，相期李杜坛。"⑤ 可见其诗学地位的提升。在李、杜之间，中期士人大多并无轩轾，然而欧阳修说："至于（李白）'清风明月不用一钱买，玉山自倒非人推'，然后见其横放，其所以警动千古者，固不在此也。杜甫于白得其一节，而精强过之。至于天才自放，非甫可到也。"（《李白杜甫诗优劣说》）⑥ 这一评价或许与他个人的喜好和诗学取径相关，文莹就评价说："（欧阳修诗）飘逸清远，皆白之品流也。"⑦ 正是在这个角度上，欧阳修更推崇李白。而宋人对杜诗思想与艺术价值的深入发掘，以及其崇高诗学地位的确立，还要等待北宋后期诗学的到来。

第三节　对唐诗的批评与指摘

在北宋中期，宋人已建立起自己时代的诗学体系，他们已不满足于对唐诗亦步亦趋地全盘接受，同时他们有了"自成一家"的诗学意识，已能够从自己的诗学立场出发，对唐诗有选择地进行接受。宋初，王禹偁曾在《中条山》诗序中说："薛许昌赋《中条山》十四韵……至今百

---

① （宋）胡仔纂集《苕溪渔隐丛话》前集卷10，第66页。
② （宋）胡仔纂集《苕溪渔隐丛话》前集卷10，第66页。
③ 北京大学古文献研究所编《全宋诗》第2册，第1237页。
④ 北京大学古文献研究所编《全宋诗》第4册，第2104页。
⑤ （宋）李觏撰，王国轩校点《李觏集》卷36，第416页。
⑥ （宋）欧阳修撰《欧阳修全集》卷129，第1968页。
⑦ （宋）文莹撰，郑世刚、杨立扬点校《湘山野录》卷上，第15页。

年，人亦无敢继者。禹偁量移解梁，日与山接，苟默而无述，后之览吾集者，谓宋无人。因赋二十韵……"① 初步表现出与唐争衡的气魄，但这在宋初只是灵光乍现。到北宋中期，这则成为一种普遍的批评话语和诗学视角。如欧阳修说："闽人有谢伯初者，字景山……颇多佳句……皆无愧于唐诸贤。"② 天圣年间，谢伯初与欧阳修同在钱惟演幕府，相知甚深，欧阳修以"无愧于唐诸贤"推崇他，既表明他对谢景山诗句的喜爱，也表明宋人对自己时代的诗人及作品有了足够的自信。欧阳修在《六一诗话》中称赞郑文宝的诗句，说："西洛故都……裴晋公绿野堂在午桥南，往时尝属张仆射齐贤家，仆射罢相归洛，日与宾客吟宴于其间，惟郑工部文宝一联最为警绝，云：'水暖凫鹥行哺子，溪深桃李卧开花。'人谓不减王维、杜甫也。"③ 这里"人谓不减王维、杜甫"，说明这不仅仅是欧阳修个人的看法，更是当时人们的普遍共识。在宋初，林逋称赞王禹偁诗说："放达有唐惟白傅，纵横吾宋是黄州。"（《读王黄州诗集》）④ 他只把王禹偁局限在宋代进行评价，而北宋中期人们则开始打破时代的局限，有了与唐人相提并论的勇气。甚至，刘攽更说："某七岁好诗，至今垂三十年，日夜之所积习，精力之所追及，旁贯经史，下协声律……而上追古人之作，窃以谓无甚大愧。"⑤ 他把自己的作品与"古人"相比，在谦逊的言辞中透露出齐肩"古人"的勇气与魄力，这或许已经跨越了唐人，而向更为深远的"古人"那里看齐了。

与这种诗学背景相应，此时期宋人往往能够对唐诗进行更为理性、客观的批评与接受，改变了宋初一味推崇的态势。如欧阳修说："右薛苹《唱和诗》，其间冯宿、冯定、李绅皆唐显人，灵澈以诗名于后世，皆人所想见者。然诗皆不及苹，岂唱者得于自然，和者牵于强作邪？"（《唐薛苹唱和诗跋》）⑥ 这里欧阳修表现出冷静的批评意识，他能够在诸多唐人之间对诗歌的优劣进行评判，而非一味推扬或全盘肯定，这在宋初是很难见到的。欧阳修评价郑谷诗也说："郑谷诗名盛于唐末……其诗极有

---

① 北京大学古文献研究所编《全宋诗》第2册，第741页。
② （清）何文焕辑《历代诗话》，第270～271页。
③ （清）何文焕辑《历代诗话》，第270页。
④ 北京大学古文献研究所编《全宋诗》第2册，第1230页。
⑤ 曾枣庄、刘琳主编《全宋文》第69册，第88页。
⑥ （宋）欧阳修撰《欧阳修全集》卷142，第2289页。

意思，亦多佳句，但其格不甚高。"(《六一诗话》)① 他在肯定其诗"极有意思"的同时，明确指出其"格不甚高"的缺陷，表现出对唐诗接受的辩证色彩。再如石介评价杜默诗说："才格自天来，辞华非学能。回顾李贺辈，粗俗良可憎。"(《三豪诗赠杜默师雄》)② 李贺在宋初曾是田锡大加赞赏的对象，石介则因"粗俗"而否定了李贺诗，当然这种评价并不准确，却能说明宋人诗学有了自己的思想基础和艺术标准，他们对待唐诗已经能够进行独立的判断。又如王令在《答问诗十二篇寄呈满子权》中说："令既爱卢仝、萧宅二三子之诗，而犹恨其发之轻也。然忘其效而更重之，则得矣！"③ 他在"重之"的同时，也指出了卢仝等人诗"发之轻"的弊端。可见，随着诗文革新思潮的开展，以及宋人诗学理论架构的建立，宋人已经能够在一定程度上，从自己的诗学立场和审美视角出发，去冷静、客观地审视唐诗，并初步进行辩证的接受。

在这一时期，宋人对唐诗也表现出一些指摘，这主要表现在以下两个方面。

首先，对唐诗衡之以"理"。复古士人以"古道"自任，"道"常是他们评价诗歌的标准，正如曾巩所说："古诗之作，皆古穷人之辞，要之不悖于道义者，皆可取也。"(《读贾谊传》)④ 在这种背景下，王安石所编《四家诗》将李白置于杜甫、欧阳修、韩愈之下，认为："太白词语迅快，无疏脱处；然其识污下，诗词十句九句言妇人酒耳。"(惠洪《冷斋夜话》卷五)⑤ 就是从"道义"的立场对李白诗进行的批评。

其次，对唐诗中鄙俚浅俗之处进行批评。宋人常高自标置，以雅正自居，故浅俗就成了诗学的批评对象，正如梅尧臣所说："诗句义理虽通，语涉浅俗而可笑者，亦其病也。"(欧阳修《六一诗话》)⑥ 欧阳修也说："贾岛《哭僧》云：'写留行道影，焚却坐禅身。'时谓烧杀活和尚，此尤可笑也。若'步随青山影，坐学白塔骨'，又'独行潭底影，数息

---

① (清)何文焕辑《历代诗话》，第 265 页。
② (宋)石介撰，陈植锷点校《徂徕石先生文集》卷 2，第 13 页。
③ (宋)王令撰，沈文倬校点《王令集》卷 4，第 65 页。
④ (宋)曾巩撰，陈杏珍、晁继周点校《曾巩集》卷 51，中华书局，1984，第 701 页。
⑤ 《宋元笔记小说大观》第 2 册，第 2194 页。
⑥ (清)何文焕辑《历代诗话》，第 268 页。

树边身',皆岛诗,何精粗顿异也?"① 他列举出贾岛"精""粗"两类诗句,其中一类就是"尤可笑"者。"时人"说明不是欧阳修个人而是当时的很多人,他们从中贾岛诗中找到"浅俗"之处并进行调侃,这与宋初的接受景况已经大不相同。

  需要说明的是,北宋中期对唐诗的批评与指摘并不普遍。这一时期,"唐人"仍是无法回避的高峰。如释文莹说:"寇莱公诗'野水无人渡,孤舟尽日横'之句,深入唐人风格。"② 又说:"皇祐间,馆中诗笔石昌言、杨休最得唐人风格。"③ 再如郑獬在《先公行实》中说:"观书无不记览,为诗清丽峭绝,有唐人风格。"④ 这些虽然表明宋人对自己时代的作品开始有了信心,但所谓"深入唐人风格""得唐人风格""有唐人风格"等语,都说明在很大程度上宋人仍是以唐诗为标准来衡量宋诗,因此宋人虽有了与唐人比肩的勇气,但仍是在唐诗视野下来审视、回味宋诗,尚未表现出对唐诗的超越意识。而对于文坛盟主欧阳修的诗,文莹评云:"其(诗)飘逸清远,皆白之品流也。"⑤ 也是以李白之流品来看待的,这典型地说明了此期诗学中唐诗与宋诗的地位关系,以及宋诗学的发展阶段,这种不平衡要到北宋后期才会有较为彻底的改观。

---

① (清)何文焕辑《历代诗话》,第269页。
② (宋)文莹撰,郑世刚、杨立扬点校《湘山野录》卷上,第8页。
③ (宋)文莹撰,郑世刚、杨立扬点校《湘山野录》卷下,第46页。
④ 曾枣庄、刘琳主编《全宋文》第68册,第175页。
⑤ (宋)文莹撰,郑世刚、杨立扬点校《湘山野录》卷上,第15页。

第五章 北宋诗学思想体系的调整

北宋后期影响诗学的两个重要事件,是儒学的发展和党争的加剧。此期,儒学内部虽有不同的分支,但宗旨都在于强化伦理纲常,强调心、性、情、理等抽象的理论范畴。向外,儒学家将"礼义"提升至"天"的高度;向内,则使礼义成为恒定、不可移易的人性内涵。元丰二年(1079)发生了乌台诗案,这使人们在震惊中认识到诗歌干预现实的危险性。此后,在不断发生的新旧党争中,人们动辄将文学创作提升至体现儒家伦理纲常的高度,并以"讥刺朝廷"、泯灭"君臣之义"为由发动文字狱,这促使人们从现实与儒学两个角度反思诗学。于是,乌台诗案成为北宋诗学转折的标志性事件,元丰二年(1079)成为划分北宋中、后期诗学的重要时间节点。日益残酷的生存环境令宋人努力在"止乎礼义"的框架内,对诗学体系进行相应的调整,这使诗学的经世精神不断被削弱,"穷愁"与"怨怒"的情绪受到排斥,而吟咏超越世俗悲欢的心性涵养与淡泊高卓的胸襟则成为诗学的重要旨趣。

第一节 儒学:诗学体系调整的内因

在儒学中,"礼"历来是外在的行为规范,孔子说"不学礼,无以立"(《论语·季氏》)[①];而"义"则是内在的处世原则,孔子说"君子义以为质,礼以行之"(《论语·卫灵公》)[②]。礼与义,一外一内约束着人的视、听、言、动。北宋中期儒学复兴,孙复、石介等人就大力宣扬"礼义"思想。孙复在《世子赒赗论》中说:"君君、臣臣、父父、子子,邦国之大经也。……君不君、臣不臣、父不父、子不子,禽兽之道也,人理灭矣。"[③] 石介更说:"孔子之道,君臣也,父子也,夫妇也,

---

① (宋)朱熹:《四书章句集注》,第175页。
② (宋)朱熹:《四书章句集注》,第166页。
③ 曾枣庄、刘琳主编《全宋文》第19册,第311页。

朋友也，长幼也。天下不可一日无君臣，不可一日无父子，不可一日无夫妇，不可一日无朋友，不可一日无长幼。"(《辨私》)① 所以他对释、道两家"灭君臣之道，绝父子之亲，弃道德，悖礼乐，裂五常"(《怪说上》)② 的修为方式极为排斥，故北宋中期复古思潮是宋初释、道盛行而导致儒学相对衰微的一种反弹。

到熙、丰之际，儒学已进入新的发展阶段，无论是二程代表的洛学、张载代表的关学、三苏代表的蜀学，还是王安石代表的新学，它们对"礼"的探讨都不同程度地表现出向内心挖掘、向抽象的理论范畴发展的趋势，从而使"礼"与心性更深程度地联系起来。如王安石说："礼始于天而成于人……今人生而有严父爱母之心，圣人因其性之欲而为之制焉，故其制虽有以强人，而乃以顺其性之欲也。圣人苟不为之礼，则天下盖将有慢其父而疾其母者矣，此亦可谓失其性也。……故曰礼始于天而成于人。"(《礼论》)③ 所谓"天"，即道，与洛学所谓"天理"相似。王安石在"天道"中寻求"礼"所以"成于人"的哲学渊源，赋予世俗"礼"教以"天"的权威性，同时又与"性"联系起来，将"礼"内化为一种心性内涵，指出"礼"是人性的反映，如此一来，不守礼也就违反了人性，显然这对约束人的思想行为是一种强有力的说辞。苏轼对"礼"的论述则与"人情"相联系。他说："夫礼之初，缘诸人情，因其所安者，而为之节文，凡人情之所安而有节者，举皆礼也……"(《礼以养人为本论》)④ 他所说的"人情"，是指人的固有情感，即人的天性，如后来理学家所说羊羔跪乳、乌鸦反哺之类，显然与王安石一样，苏轼也是向人性深处挖掘"礼"的内涵。这种趋势在张载及二程那里更为鲜明。张载将"礼"直接与"性"相联系，他说："礼所以持性，盖本出于性……凡未成性，须以礼持之，能守礼已不畔道矣。"(《经学理窟·礼乐》)⑤ 他将"性"看作"礼"产生的渊源，并反过来认为礼能持"性"，心性在尚未养成之际，需"礼"以持之，这样人的行为就能

---

① (宋)石介撰，陈植锷点校《徂徕石先生文集》卷8，第88页。
② (宋)石介撰，陈植锷点校《徂徕石先生文集》卷5，第61页。
③ (宋)王安石撰，秦克、巩军标点《王安石全集》卷29，第252~253页。
④ (宋)苏轼撰《苏轼文集》第1册，第49页。
⑤ (宋)张载：《张载集》，第264页。

"守礼"而"不畔道"了，可谓守礼成性，成性遵道。张载又说："盖礼之原在心，礼者圣人之成法也，除了礼天下更无道矣。"（《经学理窟·礼乐》）进一步强调了礼对于道的重要意义。在这一点上，洛学表现得最突出。程颐说"仁义礼智信，于性上要言此五事"（《河南程氏遗书》卷十五）①，并认为："凡学之道，正其心，养其性而已。……久而弗失，则居之安，动容周旋中礼，而邪僻之心无自生矣。"（《河南程氏文集》卷八）② 这就将"正其心，养其性"当作行为"中礼"的重要条件，礼既是"性"的内涵，也是外在体现，故它的养成要从"性"上去挖掘。程颐又提出"视听言动，非理不为，即是礼，礼即是理也"（《河南程氏遗书》卷十五）③，认为"礼"是"视听言动"的外在行为标准，同时又是人与天地相通的"理"的体现，故"礼即是理也"。"理"是二程哲学体系的最高范畴，将"礼"定位为"理"，那么"礼"也就成了与"天"相通、客观存在且不可移易的人性内涵，是人自内向外而发的"视听言动"的法则。

可见，北宋中后期儒学延续着复古思潮对"礼义"的强调，并强化了"礼"与心性、天道的联系，使原本对人有外部行为约束力的"礼"内化到人的心性当中，使之上升到"天理""天道"的高度，加强了"礼"对内心的约束，"礼"成为一切行为的法则。王安石、二程、张载、苏轼等人虽属于不同的儒学派别，甚至相互辩驳，但儒学的理论色彩日益浓厚并倾向内省的发展趋势是一致的。在这种情况下，"止乎礼义"就更成了人们强烈的内在精神需求。

在这种时代氛围里，诗学典范随之发生变化，杜甫与李白的境遇开始变得有所不同。

他们在儒学复兴时期都被树立为典范，甚至在欧阳修心目中李白还略高于杜甫，这与当时崇尚博辩豪迈的风气有关。但到北宋后期，杜甫的地位开始超越李白，并达到无以复加的高度。如苏轼说："杜子美在困穷之中，一饮一食，未尝忘君，诗人以来，一人而已。"（《与王定国四

---

① （宋）程颢、程颐：《二程集》，第 168 页。
② （宋）程颢、程颐：《二程集》，第 577~578 页。
③ （宋）程颢、程颐：《二程集》，第 144 页。

十一首》其八）① 不仅如此，北宋后期杜诗的"忠义"情怀也被普遍接受。孔武仲在《书杜子美哀江头后》中说："余尝评之，自晋、宋以来，诗人气质萎敝，而风雅几绝。至唐之诸公磨洗光耀，与时争出，凡百余年，而后子美杰然自振于开元、天宝之间。既而中原用兵，更涉患难，身愈困苦，而其诗益工。大抵哀元元之穷，愤盗贼之横，褒善贬恶，尊君卑臣，不琢不磨，暗与经会，盖亦骚人之伦，而风雅之亚也。"② 他认为杜甫堪为"骚人之伦""风雅之亚"，原因就在于杜诗在乱世之际"褒善贬恶，尊君卑臣"，其"不琢不磨，暗与经会"特出于唐人。再如释德洪《次韵谒子美祠堂》说"笔阵工斫伐，忠义见词刃"③，着重突出杜诗中的"忠义"情怀。他又说："颠沛干戈际，心常系洛阳。爱君臣子分，倾日露葵芳。"（《次韵谒子美祠堂》）④ 这也是赞赏杜甫在干戈之际仍然心念故国的品质。杜诗不仅体现着厚重的儒学内涵，也表现出高超的艺术成就，孔平仲《题老杜集》就说："七月鸱鸮乃至此，语言闳大复瑰奇。直侔造物并包体，不作诸家细碎诗。吏部徒能叹光焰，翰林何敢望藩篱。读罢还看有余味，令人心服是吾师。"⑤ 他赞赏杜甫诗歌"语言闳大复瑰奇"的艺术造诣，并把他与韩愈、李白相比，认为"吏部徒能叹光焰，翰林何敢望藩篱"。由此，杜甫超过了李白和韩愈，享有崇高的诗学地位。

陶渊明自唐代就受到人们的推崇，他的身上体现出与道家相近的"自然"旨趣，成为隐逸、淡泊的代名词。在宋代，陶渊明不仅以平淡的诗风、淡泊的人生旨趣享有崇高的地位，同时也被宋人塑造成儒家"礼义"的典范，这是学界时常忽略的。如孙勴《题靖节祠二首》就说："先生拂衣归柴桑，视时富贵犹秕糠。义心耻食易代粟，督邮于我何低昂。"（其一）⑥ 他把渊明辞官归结为"耻食易代粟"，而非"为五斗米折腰"，从而突出了"义心"在这个过程中的意义和作用。再如王当《德清宰俞居安自画渊明图》也说："先生如明月，莹洁照古今。……人

---

① （宋）苏轼撰《苏轼文集》第 4 册，第 1517 页。
② 曾枣庄、刘琳主编《全宋文》第 100 册，第 268 页。
③ 北京大学古文献研究所编《全宋诗》第 23 册，第 15127 页。
④ 北京大学古文献研究所编《全宋诗》第 23 册，第 15190 页。
⑤ 北京大学古文献研究所编《全宋诗》第 16 册，第 10924 页。
⑥ 北京大学古文献研究所编《全宋诗》第 18 册，第 12233 页。

心去典午，朝柄归卯金。岂无康济心，且赋归来吟。"① 他认为陶渊明内心是憧憬"康济"天下的，然而时逢易代，使他无奈"归来"，只好做一个隐士，并称其"莹洁照古今"，这也是从"义"的角度阐发陶渊明的人格意义。黄庭坚也曾说："风流岂落正始后，甲子不数义熙前。一轩黄菊平生事，无酒令人意缺然。"（《次韵谢子高读渊明传》）② 同样着眼于此，故"忠义"是宋人接受陶渊明的重要内涵之一。

与强调心性涵养的儒学氛围相应，后期诗学形成了反对"讥刺""怒骂"的诗学观念。黄庭坚曾对苏轼说："昨传得寄子由诗，恭俭而不迫，忧思而不怨，可愿乎如南风报德之弦，读之使人凛然增手足之爱，钦仰钦仰！"（《上苏子瞻书》二）③ 所谓"南风报德之弦"，就是指舜时《南风歌》所体现出的雍容平和之音。黄庭坚在《胡宗元诗集序》中也说："好贤而乐善，安土而俟时，寡怨之言也。可以追次其平生，见其少长不倦，忠信之士也。"④ 他欣赏"寡怨之言"，并将其与"忠信"联系在一起，包含着深刻的儒学考量。黄庭坚还在《答晁元忠书》中说，"兴托深远，不犯世故之锋，永怀喜怨，郁然类骚。想见足下岂悌于学问"⑤，将"不犯世故之锋"与"岂悌于学问"联系在一起，强调不忤于世的处世心态及创作准则，体现出强化"止乎礼义"的儒学旨趣。不仅黄庭坚，孔武仲也在《兴国僧房诗序》中说："感于物，动于心，发于言，不为讥嘲以忤群众，从容自道而已，亦诗人之志也欤。"⑥ 他反对"讥嘲以忤群众"，与黄庭坚所说的"不犯世故之锋"相一致。魏泰在《临汉隐居诗话》中也说："予观老杜《潭州诗》云：'岸花飞送客，樯燕语留人。'……意丧乱之际，人无乐善喜士之心，至于一将一迎，曾不若岸花樯燕也。诗主优柔感讽，不在逞豪放而致怒张也。"⑦ 他赞赏的是"优柔感讽"的诗学旨趣，而反对"逞豪放而致怒张"的习气。由此可

---

① 北京大学古文献研究所编《全宋诗》第21册，第14247页。
② （宋）黄庭坚撰，（宋）任渊、史容、史季温注，刘向荣校点《黄庭坚诗集注》第3册，第796页。
③ 曾枣庄、刘琳主编《全宋文》第104册，第285页。
④ 曾枣庄、刘琳主编《全宋文》第106册，第147页。
⑤ 曾枣庄、刘琳主编《全宋文》第104册，第288页。
⑥ 曾枣庄、刘琳主编《全宋文》第100册，第258页。
⑦ （清）何文焕辑《历代诗话》，第319页。

知,北宋后期诗学已与容纳"怨怒"的中期诗学有所不同。

儒学的发展无疑为这一新变提供了深厚的思想土壤,人们对讥刺怒骂的排斥以及对优游不迫诗风的提倡,都体现着儒学思潮对诗学的影响。在这方面,黄裳可谓典型。

黄裳,字冕仲,福建南平人。元丰五年(1082)进士,历任兵部侍郎、礼部尚书、端明殿学士,建炎四年(1130)卒。他是北宋后期的著名学者,人称演山先生。他主张文学应反映"性与天道",反对用文学发泄穷愁忧愤之情。他在《上黄学士书》中说:

> 性与天道,孔子寓乎文章者也。人之学,未能由心而见性,由性而见天,由天而见道,则圣贤所以言者,其谁得之哉?……彼方与物竞者,未足以见性,则其气特发于胸间耳。是以讥娱调谈,穷愁忧愤,鄙俚陈旧,一发于文辞。及索其实用,则其言废矣。……尝欲深远其气,使夫世习物累不能辄然摇动于声色。有物感触其虚一,然后肆笔而书之,古意弥漫,浩无津涯,则著为议论;风思飘逸,不可禁止,则发为歌思。如春盛时,天理之中万物自动,纵笔而书之,未尝私一言焉,然后为得耳。①

他认为"性与天道"蕴含在圣人的文章当中,人若"未能由心而见性,由性而见天,由天而见道",就无法体会圣人文章中这些抽象的内涵。因此,读书作文首先要涵养内在心性,这是著述的前提。他所谓的"性",是人类本然的天性,但实际上是经过儒学涵养和培育,进而达到儒学家所谓"与天合一"的一种儒学境界。黄裳认为,现实中那些"与物竞"的人由于心中含有"私"意,"性"就受到了遮蔽,其文章中所表达的无非是些"讥娱调谈,穷愁忧愤,鄙俚陈旧"之辞,他们所说的话也都是些废言。

那么,该如何涵养心性并进行创作呢?黄裳认为要"深远其气,使夫世习物累不能辄然摇动于声色",他认为在这种情况下,人不与物竞,故所言所感都符合"性与天道",然后"纵笔而书之",写出来的才是好

---

① 曾枣庄、刘琳主编《全宋文》第103册,第46~48页。

文章。在这个过程中，他强调"未尝私一言"，也就是说，文章不是用来表达一己之喜怒哀乐的，不是发泄"与物竞"的情绪的，而是要抒发对"性与天道"的感悟。黄裳还在《乐府诗集序》中说：

> 诗之所自根于心，本于情，性有所感，志有所适，然后著于色，形于声，乃至舞蹈而后已，乌有人伪与其间哉？……故其用大，明足以动天地，幽足以感鬼神，上足以事君，内足以事父。虽至衰世，其泽犹在。野氓闺妇、羁臣贱妾，类能道其志，其情有节，其言有序，岂苟以为文哉？今世之人，天伦风度与古人所受同，然内蔽于狗己，而失诗之理；外蔽于玩物，而丧诗之志。嘉美忧怨，规刺伤闵①，适一时之私意，先物而迁就之，此狗己者也。风云泉石，春花秋月，与其情相适，则醉酣歌舞，挥毫而逐其后，以写一时之逸兴，此玩物者也。二人之诗出于伪，非天理之自然……②

这里黄裳所论述的中心话题，就是诗歌应"根于心，本于情"，不能掺杂"人伪"。所谓"人伪"，就是"狗己"或"玩物"。何谓"狗己"？黄裳说："嘉美忧怨，规刺伤闵，适一时之私意，先物而迁就之，此狗己者也。"也即用诗歌表达一己之怨愤。何谓"玩物"？他说："风云泉石，春花秋月，与其情相适，则醉酣歌舞，挥毫而逐其后，以写一时之逸兴，此玩物者也。"也就是盲目地抒发个人对风云泉石、春花秋月的感受。由于他认为"人伪"不是"天理之自然"，因此反对诗歌"内蔽于狗己""外蔽于玩物"，也就是反对表现一己之私，他认为这是"丧诗之志"。

那么"诗之志"是什么呢？就是他在前面所说的"其用大，明足以动天地，幽足以感鬼神，上足以事君，内足以事父。虽至衰世，其泽犹在。野氓闺妇、羁臣贱妾，类能道其志，其情有节，其言有序，岂苟以为文哉"。既然创作不能表现个人的喜怒哀乐以免"丧诗之志"，那么作家应该怎样做呢？他认为要"根于心，本于情，性有所感，志有所适，

---

① "闵"应作"悯"。
② 曾枣庄、刘琳主编《全宋文》第103册，第85页。

然后著于色，形于声"，即首先要心有所感；其次不能有"一时之私意"，也就是要做到他所说的"未尝私一言焉，然后为得耳"（《上黄学士书》）。总的来说，就是要出于"天理之自然"，这样所言所感就与"天理"合一了。由于他反对创作夹杂个人情绪上的喜怒哀乐，因此他最推崇的诗学境界就是发于"自然"的优游吟咏。他在《章安诗集序》中说：

> 章句之作，有自优游平易中来，天理自感，若无意于为诗者，此体最高……①

所谓"无意于为诗者"，就是自然，不刻意，不做作。他在《书子虚诗集后》中也说：

> 夫诗之为道，要在吟咏情性，发于自然，乃得至乐。有意于是体，牵合而后为之，不亦有伤于性乎？非诗之至也。②

他重申了创作不是"有意"而作、"牵合而后为之"，而是要"发于自然"，否则"有伤于性"，也就是说，如果刻意去作诗，就难免夹杂出于一己之私的喜怒哀乐，即"人伪"，这不仅"有伤于性"，还有违于诗之道。

这种"自然"的诗学观，与大儒邵雍在《伊川击壤集序》中所说的"所作不限声律，不沿爱恶，不立固必，不希名誉。如鉴之应形，如钟之应声。……虽曰吟咏情性，曾何累于性情哉"③ 是一致的。黄裳在《诸家诗集序》中更明确地说，"若夫六义之作，苟凿私智而为之，则恐号窍鸣虫之不若也"④，再次强调创作不能掺杂一己之私，否则"恐号窍鸣虫之不若也"。黄裳的思想典型地体现着北宋后期诗学的总体倾向，是北宋儒学融入诗学的典型状态。

---

① 曾枣庄、刘琳主编《全宋文》第103册，第89页。
② 曾枣庄、刘琳主编《全宋文》第103册，第101页。
③ 曾枣庄、刘琳主编《全宋文》第46册，第54页。
④ 曾枣庄、刘琳主编《全宋文》第103册，第88页。

在这一时期，人们比以往更强调"道胜"与"乐道"情怀。如杜敏求《茅庵》诗云："众人奔名徒，浮世萦物役。岂知庵中乐，道胜心自逸。"① 又如饶节《次韵赵承之殿撰二首》也说："恬游事外缘闻道，忧到眉端止为民。"（其一）② 再如王安中在《颜夷仲有次韵少无适俗韵诗少逸既和之不可不赋》中也提道："身恬道故在，心傲蒙漆园。"③ 他们都提到了恬逸的情趣与悠然的乐道情结。在儒释道思想融合的大环境中，优柔平和的心境被宋人放大，并成为诗学主流，这种对心性涵养的强调相对削弱了诗歌对社会的关注和对现实的揭露，这是儒学复兴之后诗学的又一次重大转折。

第二节　党争：诗学体系调整的外因

在北宋党争中，人们惯用的手段就是挥舞儒家伦理纲常这个大棒，指斥政敌"讪谤"朝廷乃至皇帝，直至将其击垮，故在北宋后期，言行"止乎礼义"是保护自己的最好选择。然而这又是很难的，所谓欲加之罪，何患无辞。乌台诗案后，政客们把用文字狱打击政敌，用得越来越得心应手，从纵向看，乌台诗案是北宋后期诸多文字事件的肇始。

汪辅之，皇祐间进士，曾任河北东路提点刑狱、广南东路转运副使等职。叶梦得《石林诗话》载："杜牧诗：'清时有味是无能，闲爱孤云静爱僧。拟把一麾江海去，乐游原上望昭陵。'此盖不满于当时，故末有'望昭陵'之句。汪辅之在场屋，能作赋，略与郑毅夫、滕达道齐名，以意气自负。既登第，久不得志，常郁郁不乐，语多讥刺。元丰初，始为河北转运使，未几，坐累谪官累年，遇赦幸复知虔州，谢表有云：'清时有味，白首无能。'蔡持正为侍御史，引杜牧诗为证，以为怨望，遂复罢。"（卷中）④ 李焘《续资治通鉴长编》"元丰五年十一月癸巳"条载："（元丰五年）监察御史王桓言：'知虔州汪辅之谢上表辞意狂悖，望特窜殛。'诏罢知虔州，依旧分司。辅之前为开封府推官，乞分司，久之，

---

① 北京大学古文献研究所编《全宋诗》第 15 册，第 10167 页。
② 北京大学古文献研究所编《全宋诗》第 22 册，第 14584 页。
③ 北京大学古文献研究所编《全宋诗》第 24 册，第 15991 页。
④ （清）何文焕辑《历代诗话》，第 420 页。

乃得虔州。请表云：'清时有味，白首无成。'……言者谓'清时有味'盖杜牧诗，其末句云'乐游原上望昭陵'，辅之托意怨望，故黜之。"①可知，汪辅之事发生在元丰五年（1082）。

蔡确，字持正，他曾以文字指斥汪辅之，但他自己也未能幸免。元祐四年（1089），吴处厚指责蔡确《夏日登车盖亭》诗用唐郝处俊谏高宗传位于武后事，影射宣仁太后。蔡确因此被流放到岭南新州，这就是"车盖亭诗案"。四年后，蔡确卒于贬所。

黄庭坚，与苏轼同被视为旧党。晁公武《郡斋读书志》载："绍圣初，（黄庭坚）责置戎州，至徽宗即位，召还。尝因嘲谑忤赵正夫，及正夫为相，谕部使者以风旨，摘所作《承天院塔记》中语，以为幸灾谤国，遂除名，编隶宜州以死。崇宁四年也。"（卷第十九"黄鲁直豫章集"条）② 元符三年（1100），黄庭坚曾在《江陵府承天禅院塔记》中说："儒者常论一佛寺之费，盖中民万家之产，实生民谷帛之蠹。虽余亦谓之然。然自余省事以来，观天下财力屈竭之端，国家无大军旅勤民丁赋之政，则蝗旱水溢，或疾疫连数十州，此盖生人之共业，盈虚有数，非人力所能胜者耶？然天下之善人少，不善人常多。王者之刑赏以治其外，佛者之祸福以治其内，则于世教，岂小补哉！而儒者尝欲合而轧之，是真何理哉！"③ 在这段文字里，黄庭坚意在论证佛教在感化人心方面有补于世的意义，其中述及北宋历年来"天下财力屈竭之端，国家无大军旅勤民丁赋之政，则蝗旱水溢，或疾疫连数十州"的情况，并且指明此

---

① （宋）李焘撰《续资治通鉴长编》，第7974~7975页。王明清《挥麈后录》卷6载："汪辅之，宣州人，少年有俊声。……熙宁中，为职方郎中广南转运使。蔡持正为御史知杂，摭其谢上表有'清时有味，白首无能'，以谓言涉讥讪，坐降知虔州以卒。有文集三十卷行于世。后数年，兴东坡之狱，盖始于此。而持正竟以诗遭死岭外。"（见《宋元笔记小说大观》第4册，第3693~3694页）似此事发生于熙宁期间。然据《续资治通鉴长编》"熙宁十年正月庚午"条与"熙宁十年十二月甲午"条，蔡确任侍御史知杂事始于熙宁十年正月，至本年十二月则任知制诰（分别见《续资治通鉴长编》，第6853、6999页）。又据《续资治通鉴长编》"熙宁九年二月癸丑""熙宁九年五月丁巳""熙宁九年八月乙酉""熙宁十年五月壬子""元丰元年三月乙亥"条，熙宁十年前后汪辅之先后任淮南西路转运判官、河北东西路转运判官、河北东路提点刑狱（分别见《续资治通鉴长编》，第6687~6688、6721、6773~6774、6901、7048页），并未有罢职事。故王明清《挥麈后录》属误载。
② （宋）晁公武撰，孙猛校证《郡斋读书志校证》，上海古籍出版社，1990，第1013页。
③ 曾枣庄、刘琳主编《全宋文》第107册，第201~202页。

乃"盈虚有数，非人力所能胜者"，但赵挺之指斥其有"幸灾谤国"之意。至于赵挺之陷害黄庭坚的原因，苏轼《乞郡札子》载："御史赵挺之，在元丰末通判德州，而著作黄庭坚方监本州德安镇，挺之希合提举官杨景棻，意欲于本镇行市易法，而庭坚以谓镇小民贫，不堪诛求，若行市易，必致星散，公文往来，士人传笑。"① 可知二人在元祐前就因政见不同而发生过不快，这为后来赵挺之打击黄庭坚埋下了祸根。黄𫖮《山谷年谱》就说："先生它日宜州之祸，亦基于此。"② 但这不是黄庭坚被贬的全部原因。王明清《挥麈后录》载："赵正夫丞相元祐中与黄太史鲁直俱在馆阁，鲁直以其鲁人，意常轻之。每庖吏来问食次，正夫必曰：'来日吃蒸饼。'一日，聚饭行令，鲁直云：'欲五字从首至尾各一字，复合成一字。'正夫沈吟久之，曰：'禾女委鬼魏。'鲁直应声曰：'来力敕正整。'叶正夫之音，阖坐大笑。正夫又尝曰：'乡中最重润笔，每一志文成，则太平车中载以赠之。'鲁直曰：'想俱是萝卜与瓜齑尔。'正夫衔之切骨。"③ 可以想见，这种个人恩怨也必然强化二人的情感隔阂。范公偁《过庭录》亦载："黄鲁直少轻物，与赵挺之同校举子。一文卷使'蟒蛇'，挺之欲黜之，诸公尽然，鲁直独相持。挺之诚其言，问曰：'公主此文，不识二字出何家？'鲁直良久，曰：'出梁武忏。'赵以其侮己，大衔之。"并载："后，挺之作相，鲁直责鄂州。召还诸流人，挺之令有司举鲁直作《承天寺碑》。云：'方今善人少，而不善人多。'疑为谤讪朝廷。善人盖谓奉佛者。复责宜州。"④ 可知北宋文祸已经不单纯是政治斗争的工具，而且成为发泄个人私怨的大棒，这就意味着文字的危险性大大增加了。

其他文字事件如：

> 释道潜。"东坡南迁，参寥居西湖智果院，交游无复曩时之盛者。尝作湖上十绝句，其间一首云：'去岁春风上苑行，烂窥红紫厌生平。如今眼底无姚魏，浪蕊浮花懒问名。'又一首曰：'城根野水

---

① （宋）苏轼撰《苏轼文集》第3册，第827~828页。
② （宋）黄𫖮编辑《山谷年谱》卷18，《影印文渊阁四库全书》本，第1113册，第880页。
③ 《宋元笔记小说大观》第4册，第3697~3698页。
④ （宋）范公偁撰《过庭录》，中华书局，2002，第323~324页。

绿逶迤，飐飐轻帆掠岸过。日暮蕙兰无处采，渚花汀草占春多。'此诗既出，遂有反初之祸。"（朱弁《风月堂诗话》卷下）①

朱服。"先公帅广，崇宁元年正月游蒲涧，因越俗也。见游人簪凤尾花，作口号，中一联云：'孤臣正泣龙须草，游子空簪凤尾花。'盖以被遇先朝，自伤流落。后监司互论，乃指此句以为罪，其诬注云：'契勘正月十二日，哲宗皇帝已大祥，岂是孤臣正泣之时！'鞠狱竟无他意，谗口可畏如此。"（朱彧《萍州可谈》卷一）②

佚名。"大观间，翰苑进春帖子，有一学士撰词云：'神祇祖考安乐之，草木鸟兽裕如也。'以鸟兽对祖考，非所宜，竟以是得罪。"（朱彧《萍州可谈》卷一）③

这些文字事件大都是通过对文字的随意解读、妄加揣测或断章取义发生的，均是从君臣之义的角度对政敌进行打压，并以打倒对方甚至将其置于死地为最终目的，与乌台诗案极为近似。因此，乌台诗案后的诸多文字事件，可以说是乌台诗案的反复上演，别有用心的政客如法炮制，这令宋人对文字及文祸常恐避之不及。

在文字狱中，当事人除了遭受贬谪和排挤，往往更能感受到人情冷暖的变化。如乌台诗案发生后，人们对苏轼讳莫如深，苏过在《书漳南李安正防御碑阴》中曾描述说："绍圣初，先君子谪罗浮（在惠州）。是时法令峻急，州县望风指，不敢与迁客游。"④ 实际何止"州县"不敢与迁客游，即使门生故吏也有冷眼待之者。李廌在《汝阴唱和集后序》中就说："今先生（苏轼）得罪，窜南海，异时门生故吏，孰肯顾恤。"⑤ 对此，张耒也可证实，他说："苏公以文章得罪……贬走数千里外，放之大荒积水之上，饘粥不给，风雨不蔽，平日之誉德美者皆讳之矣，谁复议于苏公之徒哉！"（《与鲁直书》）⑥ 以至于建中靖国元年（1101）苏轼自儋州北归卜居常州时，"阳羡士大夫犹畏而不敢与之游"（费衮《梁溪

---

① （宋）朱弁：《风月堂诗话》卷下，《影印文渊阁四库全书》本，第1479册，第22页。
② 《宋元笔记小说大观》第2册，第2305页。
③ 《宋元笔记小说大观》第2册，第2304页。
④ 曾枣庄、刘琳主编《全宋文》第144册，第171页。
⑤ 曾枣庄、刘琳主编《全宋文》第132册，第136页。
⑥ （宋）张耒：《张耒集》卷55，第827页。

漫志》卷四）①。对于党争遭遇，苏辙在《九日独酌三首》中也曾自道云："府县嫌吾旧党人，乡邻畏我昔黄门。终年闭户已三岁，九日无人共一樽。"（其一）又说："平昔交游今几人，后生谁复款吾门。"（其三）②表达了对世态炎凉的感慨。苏辙在《巢谷传》中记载："予兄子瞻，亦自惠再徙昌化。士大夫皆讳与予兄弟游，平生亲友无复相闻者。谷独慨然自眉山诵言，欲徒步访吾兄弟。闻者皆笑其狂。"（《栾城后集》卷二十四）③ 在"亲友无复相闻"的情况下，巢谷敢冒天下之大不韪，与苏轼兄弟交游，导致"闻者皆笑其狂"，当时世风由此可见一斑。不仅诗祸当事人，即使其家人也会被牵累，刘克庄《后村先生大全集》载："公（苏轼）贵盛时，士竞趋其门，故文者托公以重其文，挟艺者托公以售其意。及其迁谪也……盖有相遇都城，以扇障面，不揖叔党（苏过字）者矣。"（墨林方氏帖"苏文忠公"条）④ 苏轼去世后，党禁愈趋严酷，导致人们甚至讳言苏轼姓字。楼钥就说："当崇宁中方讳言苏氏，但言为守者，至不言坡之姓字。"（《跋袁光禄彀与东坡同官事迹》）⑤ 陆游也在《跋苏轼易传》中记载，其父陆宰曾在宣和年间于蜀中得到一本《苏氏易传》，由于当时方禁苏学，因此，书中不得不以"毗陵先生"代指苏轼（见《渭南文集》卷二十八）⑥。人们把这些看在眼里，自然也会加深对诗祸的畏惧，这种政治威慑一直持续到北宋末年。

在乌台诗案中，苏轼以"讪谤"朝廷的罪名被根勘并贬谪黄州，这引起了亲历者对诗文的警觉。在苏轼被贬后，他的诗中几乎不见了以往用诗讥刺现实的痕迹。元丰四年（1081），陈师仲将编成的苏轼文集赠给苏轼，但苏轼要求删除其中"不合道理者"，说："见为（轼）编述《超然》《黄楼》二集，为赐尤重。……当为删去其不合道理者，乃可存耳。"（《答陈师仲主簿书》）⑦ 他所谓"不合道理者"就是那些可能会被认为有悖"礼义"的作品，可知他是心有余悸的。除了苏轼，在乌台诗

---

① 《宋元笔记小说大观》第 3 册，第 3379 页。
② 北京大学古文献研究所编《全宋诗》第 15 册，第 10110～10111 页。
③ （宋）苏辙撰，陈天宏、高秀芳校点《苏辙集》第 3 册，第 1139～1140 页。
④ （宋）刘克庄：《后村先生大全集》卷 140，《四部丛刊初编》本，第 214 册。
⑤ 曾枣庄、刘琳主编《全宋文》第 264 册，第 311 页。
⑥ （宋）陆游撰《陆游集》第 5 册，中华书局，1976，第 2247 页。
⑦ （宋）苏轼撰《苏轼文集》第 4 册，第 1428 页。

案中被波及的刘攽也有相关表述。何薳《春渚纪闻》记载："（刘攽曰）'切有一事，不可不记，或有交友与汝唱和，须子细看，莫更和却贼诗，狼狈而归也。'盖讥先生（苏轼），前逮诏狱，如王晋卿、周开祖之徒，皆以和诗为累也。"（卷六）① 刘攽在乌台诗案中因与苏轼有所唱和而受到处罚，故他强调"莫更和却贼诗"，虽有一时戏言的成分，但他对诗祸的忧虑和警醒却是显而易见的。

与此相应，党争对诗学的影响也在逐渐显现，当时人们已经开始反思诗学。

元丰二年（1079），苏颂在《己未九月予赴鞫御史闻子瞻先已被系予昼居三院东阁而子瞻在知杂南庑才隔一垣不得通音息因作诗四篇以为异日相遇一噱之资耳》中说："文章高绝诚难敌，声气相求久益勤。莫为歌诗能数眯，圣朝终要颂华勋。"（其三）② 乌台诗案发生后不久，苏颂也因他事被囚，所在与苏轼毗邻，因此这首诗可谓最早反映乌台诗案的作品。他所说的"圣朝终要颂华勋"，实际道出了苏轼取祸的原因，以及对如何创作的思考。他虽然将此诗看作日后相噱之资，但反映出人们在特殊环境下对诗学的考量。

元丰三年（1080）苏轼被谪黄州后不久，吕陶在《答任师中》中说："顷闻湖州祸，文字倦且废。朝廷极仁恕，风俗当训厉。终令服宽典，不忍投四裔。吾侪今唱酬，正可颂治世。况当导情性，无自取罪戾。敢于韶濩前，率而献郑卫。"自注云："时苏子瞻以诗得罪，贬黄州。责词云：黜置方州，以励风俗，往服宽典，勿忘自新。故及之。"③ 吕陶以"朝廷极仁恕，风俗当训厉"为依据，指出"吾侪今唱酬，正可颂治世"。他所谓"颂治世"即歌颂朝廷。"况当导情性，无自取罪戾"就是指诗要抒发个人优游的情思，不要指斥现实，"无自取罪戾"是他对创作结果的思考，曾经在北宋中期大行其道的讽喻诗学，在此时看来，已同"郑卫"一样，成为"异端"而不被诗学接受和容纳。

元丰五年（1082），苏辙曾在《答徐州陈师仲书》中说："辙少好为

---

① （宋）何薳撰，张明华点校《春渚纪闻》，中华书局，1983，第95页。"子细"应作"仔细"。
② 北京大学古文献研究所编《全宋诗》第10册，第6392页。
③ 北京大学古文献研究所编《全宋诗》第12册，第7758页。

诗，与家兄子瞻所为，多少略相若也。子瞻既已得罪，辙亦不复作诗。然今世士大夫，亦自不喜为诗，以诗名世者，盖无几人。"（《栾城集》卷二十二）① 可知当时诗坛已呈现出凋零之势。

元丰六年（1083），孔武仲在《张子厚睦州唱和集序》中说：

> 夫诗之用于世久矣。其言隐约，而出入于风谕比兴之间，使人可以喜，可以愠。三代之际，会同燕享，必赋诗以见其志，所以察臧否，省祸福。为国者，又以此占治乱，知兴亡，至于怨伤讥刺，道人情之所难言，而莫以为忌。后世风俗浸衰，士之克己好善者少，于是有因诗之一言而得罪于世者。刘梦得弃置累年，白乐天谤及母子，凡坐此也。甚者父子相语，朋友相戒，曰诗不利于身，不可为也。是亦不善处之而已。如子厚与诸君之作，优游乐易，摸②写风物，自为嬉好，人亦知其不与世竞，读其言者，虽在朝市，而超然有泛江海入山林之心，方且皆喜慕称叹，欲追而从之，又何怨怒之有？余于是益知诗之不能为害也。③

孔武仲围绕"诗之不能为害"这一命题展开论述。他首先指出，"三代"之际人们因诗见志，用诗观占治乱，故即使诗有"怨伤讥刺"，"为国者"亦"莫以为忌"；但后来"风俗浸衰"，诗人不能"克己好善"，于是出现了因诗得罪的现象，并举前代刘禹锡、白居易为例。显然孔武仲认为，后世人因诗得罪与作家个人的涵养密切相关。然后，他就世俗所谓"父子相语，朋友相戒，曰诗不利于身，不可为也"的观点，提出了反驳意见，他认为诗祸的发生"是亦不善处之而已"，即不善于用诗歌处世。那么应该如何"处之"呢？他认为张子厚可为典范，其"与诸君之作，优游乐易，摸写风物，自为嬉好，人亦知其不与世竞，读其言者，虽在朝市，而超然有泛江海入山林之心，方且皆喜慕称叹，欲追而从之，又何怨怒之有"，可知孔武仲所谓"善处之"，就是用诗歌吟咏情怀，表现"不与世竞"的思想内容，使人读之"超然有泛江海入山林之心"，

---

① （宋）苏辙撰，陈天宏、高秀芳校点《苏辙集》第2册，第391页。
② "摸"应作"摹"。
③ 曾枣庄、刘琳主编《全宋文》第100册，第259页。

创作倾向于"优游乐易,摸写风物",其特点是没有"怨怒",即他所说"何怨怒之有",最后他得出结论,即"诗之不能为害也"。所以他给诗学开出的药方就是"不与世竞",换句话说就是逃避现实,以涵养个人情性为主。此文作于乌台诗案发生后的第四年,其中提到当时人有"诗不利于身,不可为也"的言论,甚至"父子相语,朋友相戒",可知这种言论与前不久发生的苏轼乌台诗案有关,这篇文字就是针对当时人们对诗祸的恐惧而作的,他所开出的药方与当时的道学倾向密切相关,可以说是在特定历史条件下经过道学改造,体现着道学风貌的诗学。

魏泰在《临汉隐居诗话》中也说:"元丰癸亥春,予谒王荆公于钟山。因从容问公:'比作诗否?'公曰:'久不作矣,盖赋咏之言亦近口业。然近日复不能忍,亦时有之。'予曰:'近诗自何始,可得闻乎?'公笑而口占一绝云:'南圃东冈二月时,物华撩我有新诗。含风鸭绿鳞鳞起,弄日鹅黄袅袅垂。'真佳句也。"①"业"在佛教中指人的行为,"口业"就是指言语,"业"在现世、来世会有报应,也即"业报"。在魏泰的记载中,王安石显然对作诗是有畏难情绪的,他虽然没有提及党争,但"元丰癸亥"也就是元丰六年(1083),王安石把作诗看作"口业",或许就与当时的诗祸思想有关。对此,沈松勤在《北宋文人与党争》中说:"王安石早年强调文学'务为有补于世',而反对无补于世的文字之工,晚年却用事琢句,益工益苦。……这是党争促使创作主体的演变。"② 从王安石的诗句看,"含风鸭绿鳞鳞起,弄日鹅黄袅袅垂"已经完全不是早期峭直瘦硬的诗风了。清代吴之振称王安石晚年诗"遣情世外,其悲壮即寓闲淡之中"(《临川诗钞序》)③,显然是看到了这一变化。

元祐初,毕仲游曾告诫苏轼说:"夫言语之累,不特出口者为言,形于诗歌者亦言,赞于赋颂者亦言,托于碑铭者亦言,著于序记者亦言。足下读书学礼,凡朝廷论议,宾客应对,必思其当而后发,则岂至以口得罪于人哉?……所可惜者,足下知畏于口,而未畏于文。夫人文字虽

---

① (清)何文焕辑《历代诗话》,第327页。
② 沈松勤:《北宋文人与党争》,人民出版社,1998,第264页。
③ (清)吴之振、吕留良、吴自牧编,(清)管庭芬、蒋光煦补《宋诗钞》,中华书局,1986,第564页。

无有是非之辞，而亦有不免是非者。"（《上苏子瞻学士书》）① 他指出人前不可乱语，文字更当三思，文字本身并无是非，但它却能惹出是非，文字除了"形于诗歌者"，还有"赞于赋颂者""托于碑铭者""著于序记者"，凡此种种皆须保持戒惧，避免白纸黑字变为政敌的"铁证"，可知这番话就是针对苏轼的经历而发的。

元祐四年（1089），车盖亭诗案发生。文祸的频繁发生，尤其是当它成为发泄个人私怨的工具时，更增加了发生的不确定性，因此车盖亭诗案的主角蔡确辩称："公事罢后，休息其（车盖亭）上，耳目所接，偶有小诗数首，并无一句一字辄及时事，亦无迁谪不足之意，其辞浅近，读便可晓。不谓臣僚却于诗外多方笺释，横见诬罔，谓有微意。如此，则是凡人开口落笔，虽不及某事，而皆可以某事罪之，曰有微意也。"（《车盖亭诗辨诬奏》）② 表达出他对诗学的无限忧虑。

这种"多方笺释，横见诬罔"必然会加深人们对创作的恐惧，它弥漫于那个时代。如：

苏辙《答欧阳叔弼书》："自患难以来，八九年间，驽怯畏避，未尝秉笔为文，众所共悉。"（《栾城后集》卷二十三）③

苏辙《久不作诗呈王适》："笔砚生尘空度日，他年何用继离骚。"④

李之仪《伯镇客居伤春佳句辄赋元韵二首》（其二）："我坐言多欲无语，每惭佳思枉诗流。"⑤

李之仪《次韵见寄》："东坡流落坐多言，我欲无言亦未全。"⑥

晁说之《忆江南赠通叟年兄》："排闷亦吟哦，清潦谁滋味。自从住囚籍，一语不敢谓。岂惟要绝言，自憎生此喙。因君发吾狂，明当保严誓。"⑦

---

① 曾枣庄、刘琳主编《全宋文》第 110 册，第 301 页。
② 曾枣庄、刘琳主编《全宋文》第 92 册，第 328 页。
③ （宋）苏辙撰，陈天宏、高秀芳校点《苏辙集》第 3 册，第 1138 页。
④ 北京大学古文献研究所编《全宋诗》第 15 册，第 9988 页。
⑤ 北京大学古文献研究所编《全宋诗》第 17 册，第 11181 页。
⑥ 北京大学古文献研究所编《全宋诗》第 17 册，第 11256 页。
⑦ 北京大学古文献研究所编《全宋诗》第 21 册，第 13689～13690 页。

他们普遍表现出"不作诗""欲无语""一语不敢谓"的倾向,虽然诗情尚在,然而创作热情却被恐惧大大削弱了。这种戒惧充斥着北宋后期诗坛,一直延续到北宋末年。

徐俯,黄庭坚曾对他寄予厚望,说:"辞皆尔雅,意皆有所属,规模远大。自东坡、秦少游、陈履常之死,常恐斯文之将坠。不意复得吾甥,真颓波之砥柱也。"(《与徐师川书二》)① 然而在徐俯看来,"作诗"并不是一件全然快乐的事。惠洪就曾作诗,题为《徐师川罪余作诗多恐招祸因焚去笔砚入居九峰投老庵读高僧昙谛传忽作数语是足成之以寄师川师川读之想亦见赦二首》,从诗题可知,徐俯对"作诗多"是畏惧的,在他看来,这有可能成为"招祸"的原因。可以想见,他在创作中一定会非常谨慎,对社会现实会尽量采取规避的态度。惠洪诗其一云:"归来卧起有余适,老去消磨无杂缘。门外不知何岁月,梦中亦觉在云泉。千年高道谁酬价,一世清闲我卖钱。安得道人江北去,此诗先录寄师川。"完全是一派尘外气息,与世事毫无关涉。其二云:"古书漫灭字斓斑,眼倦颓然整顿闲。以法为亲疏世相,视身如幻寄人间。业缘有尽今脱手,老态无因日上颜。已辨一瓢期涧饮,要刳余润到昆山。"② 惠洪明确点出诗人"以法为亲疏世相"的生活状态与精神取向,表现出对世事的规避。或许惠洪只有用这样的诗句才能向徐俯"交差"吧,所以他说"师川读之,想亦见赦",反之,恐怕就会遭到徐俯的责备,可见当时创作之风气。

唐庚,字子西,眉州人。他是绍圣间进士,张商英尝荐其才,除提举京畿常平,后受张商英牵连,被贬惠州。他曾在《次勾景山见寄韵》中说:"但觉呻喉都是讳,就令摇尾有谁怜。"③ 就深感周遭环境的拘束与无奈。他在《书姑苏张自强教授所编寅申录》(以下简称《寅申录》)中记录了这样一段往事,说:"吾平生取名以此(即《寅申录》),其掇谤亦以此。顷谪惠州,过扶胥,此书失手坠海中。舟人皆失色,予独喜,幸名与谤都息矣。不为今日复稍见于士大夫间,读之惘然,似他人文;

---

① 曾枣庄、刘琳主编《全宋文》第104册,第306页。
② (宋)释惠洪著,〔日〕释廓门贯彻注《注石门文字禅》卷12,中华书局,2012,第777页。
③ 北京大学古文献研究所编《全宋诗》第23册,第15004页。

思之茫然，如隔世事。而姑苏张自强复持此六卷示予。是名与谤特未已也。然自强嗜吾文，必知我者也，必爱我者也。想能为我深藏而慎出之，庶几可以免夫。宣和己亥十二月一日，眉山唐子西书。"① 他深深地表达了对于文字之谤的恐惧，他曾因《寅申录》之失而喜，后来又因《寅申录》之复得而惧，这在现代人看来是多么奇怪的心态。对这部失而复得的书，唐庚希望友人要"深藏而慎出之"，用他的话说这是"知我""爱我"的表现，这样"庶几可以免夫"。这篇文字作于宣和己亥，即宣和元年（1119），可知文祸给人们带来的恐惧感并没有因为苏轼这一辈人的离世而消失，而是在后辈人中继续蔓延。因此唐庚在把文集呈给别人的时候，首先要删去"触时忌者，不近道者，妄论天下利害非所当言者"，然后才认为"庶几可以受教而无嫌焉"（《上钱宪杂文序》）②。他提到了"时忌"与"近道"，"时忌"自然与时事有关，"近道"则涉及儒学礼义和规范，可知他在党争与儒学之间，寻求着作品存在的空间，但也可以想见，在这种空间里无非是吟咏性情而已。

谢逸，字无逸，布衣终身。这样一个远离官场的人同样要在诗中逃避现实。他在《游西塔寺分韵得溪字》中说："吾徒性真率，可追阮与嵇。安能触世网，瓮底藏醯鸡。"③ 清晰地表达了对"世网"的恐惧与回避。

综上可知，宋人创作沿着脱离现实的道路前行，诗学的经世色彩大为削弱。在党争与儒学的双重影响下，诗学逐渐改变着中期以来的发展方向，人们在"作诗"与"避祸"之间徘徊，"止乎礼义"也就成了不二选择，吟咏闲适情态再次成为创作的重中之重。

由此，北宋诗学从中期积极用世、干预现实，并力图"有补于世"，过渡到后期用诗歌涵养情性，追求"不与世竞"的精神旨趣，这是人们对创作环境进行深刻体察后做出的最终选择。刘挚在《跋览前此唱和诗卷有诗次其韵》中说："穷不废诗真技痒，笔研风云日相向。圣贤发愤乃有作，三千余篇自古上。……穷人所作诚已难，平淡丰腴乃嘉唱。横槊壮气虽萧萧，击钵争先犹行行。敢怀修门成怨骚，亦防饭颗嘲苦

---

① 曾枣庄、刘琳主编《全宋文》第 139 册，第 340~341 页。
② 曾枣庄、刘琳主编《全宋文》第 139 册，第 341~342 页。
③ 北京大学古文献研究所编《全宋诗》第 22 册，第 14816 页。

相。……闲适非以娱时人,可口甘酸劳酝酿。大儿归不开卷轴,喜我穷通心已忘。"① 他首先指出诗情涌动,技痒难耐,在"穷人所作诚已难"的情况下,他选择了"平淡丰腴"的创作倾向,他不写骚怨,唯恐因显露人生"苦相"而被人嘲笑,因此他选择表达"闲适"的情怀,儒学涵养及乐道情怀支撑着他的精神世界,他希望展现给别人一个"穷通心已忘"的超然形象。元符元年(1098),黄庭坚在《书王知载朐山杂咏后》中说:"诗者人之情性也,非强谏争于廷,怨忿诟于道,怒邻骂坐之为也。其人忠信笃敬,抱道而居,与时乖逢,遇物悲喜,同床而不察,并世而不闻,情之所不能堪,因发于呻吟调笑之声,胸次释然,而闻者亦有所劝勉,比律吕而可歌,列干羽而可舞,是诗之美也。其发为讪谤侵陵,引颈以承戈,披襟而受矢,以快一朝之忿者,人皆以为诗之祸,是失诗之旨,非诗之过也。"② 他首先在本体论上指出诗歌"非强谏争于廷,怨忿诟于道,怒邻骂坐之为"的性质,这实际否定了古典诗歌史上一大批优秀的作品,那些愤世嫉俗的佳作都被排斥在外了。那么诗歌该如何创作呢?他指出:"忠信笃敬,抱道而居,与时乖逢,遇物悲喜,同床而不察,并世而不闻,情之所不能堪,因发于呻吟调笑之声,胸次释然,而闻者亦有所劝勉,比律吕而可歌,列干羽而可舞,是诗之美也。"与孔武仲一样,他也强调诗吟咏性情、涵养情志的功能。此文作于元符元年(1098),从写作时间可知,在乌台诗案之后相当长的时间里,人们都未能消除对诗祸的恐惧,黄庭坚正是针对这种状况提出的解决方案。

在这种时代氛围里,陶渊明的"超然"成为人们心目中的典范,他身上不以世虑挂怀的气度及在田园中超然自在的情态,无疑是与宋人及其儒学思想对优游情趣的期待相契合的。陶渊明崇高的诗学地位始自北宋后期,他受到推重与现实政治环境密切相关。沈松勤在《北宋文人与党争》中说:"'身自不安',畏祸及身成了元祐党人的普遍心理。这一普遍心理又驱使了个体主体对自我命运和生命价值的反省,在反省中,渴求自由、自主,祈取自我性情的怡悦。"③ 在汉魏以来苏、李、曹、刘、陶、谢等诗人中,只有陶渊明的人生范式最契合宋人的现实需求,

---

① 北京大学古文献研究所编《全宋诗》第12册,第7937页。
② 曾枣庄、刘琳主编《全宋文》第106册,第188页。
③ 沈松勤:《北宋文人与党争》,第305页。

这促使人们在陶诗中寻求心灵得以安顿的精神家园，于是崇尚陶渊明的超然自在，体味陶诗中平淡的意蕴就成为北宋后期诗学一道亮丽的风景，苏轼说陶诗"质而实绮，癯而实腴。自曹、刘、鲍、谢、李、杜诸人皆莫及也"（苏辙《子瞻和陶渊明诗集引》）①，于是宋人的诗学标准，由唐诗逐渐向唐以前的"古人"那里进发，最终把陶渊明树立为最高诗学典范，并超越、取代了唐诗在人们心中的地位。

在这里，我们不妨回顾一下宋诗及宋诗学。庆历前后是北宋诗学经世精神最为高涨的时期，"有补于世"成为那时最鲜明的特征，社会现实是人们不竭的创作源泉，基于现实的情感力量，宋人开始大量用诗歌反映自己的时代，创作出属于自己时代的作品。基于现实，那时宋人不但形成了"自成一家"的诗学意识，而且确立了属于自己时代的诗歌风貌。可以说，庆历前后至嘉祐这段时间，虽不是宋诗创作的巅峰阶段，但它是宋诗最具活力的时期。到元祐、绍圣前后，苏、黄这一辈人经历过现实政治的剧烈波折，他们对社会、人生有着深刻的体察与感悟，在其超迈脱俗的精神意蕴背后总有着深沉的现实感受，这是他们的诗歌始终饱含韵味的深层原因。然而再往后，乌台诗案后成长起来的诗人，如徐俯、洪刍等人，他们在前辈诗人的训诫下成长，在残酷的现实环境中探寻作诗的空间和路径，没有前辈诗人丰富的人生阅历和对人生困境的深刻体察，他们在失去了社会现实这一创作源泉后，在北宋后期吟咏情性的诗学氛围中，在近乎狭窄的题材范围里学习和感悟诗歌写作，因此未能在苏、黄等老一辈诗人去世后，形成宋诗创作新的高峰，这实在令人唏嘘不已。

---

① （宋）苏辙撰，陈天宏、高秀芳校点《苏辙集》第3册，第1110页。

第六章 苏轼：诗学调整的风向标

苏轼是跨越北宋中、后期的诗学人物，他受到北宋中期诗学的濡染，有着不吐不快的诗学品格，然而乌台诗案发生后，仅有《鱼蛮子》《荔枝叹》尚能体现这一品格，其诗作数量明显减少。乌台诗案的发生使他真切地感受到"穷"的况味与处境，他对此进行了深刻的反思，形成了终其一生根深蒂固的"诗穷"观念，向以旷达著称的他，对"穷"的申说在诗中却异常活跃。由于对"诗祸"的顾忌，他曾选择"不作诗"，然而难以自抑的才华又使他技痒难耐，这使他选择了"清平丰融"这一审美倾向，并在诗学典范上追踪陶渊明，以至于遍和陶诗，典型地体现出向北宋后期诗学转变的轨迹。

第一节 乌台诗案：特定条件下的必然事件

从乌台诗案的发生看，儒家诗学体系存在深层矛盾，它一方面要求诗歌美刺，发挥现实功能，另一方面在伦理道德领域要求"止乎礼义"。在儒家思想体系中，"君君""臣臣"本是一种对君、臣双方都有所辖制的道德要求，但在现实中君可以"不君"，但臣必须"臣"，人们面对皇帝时既要小心翼翼，又要有所作为，这种分寸其实很难把握，这就使北宋政客有了用武之地。苏轼用诗歌讽喻现实与北宋中期诗学并无二致，故其突然获罪令苏轼及当时的朝野人士猝不及防。然而，我们观照当时实际的诗学氛围以及苏轼诗的具体创作方法，就会发现苏轼诗在当时确实过于醒目而刺眼，诗案的发生具有很大必然性。

从诗学的角度看，当时苏轼用诗歌讥刺时政是不合时宜的。在北宋诗史上，只有庆历前后才大肆掀起用诗歌针砭现实的浪潮，其时复古思潮大行其道，"载道"诗学兴盛，欧阳修、梅尧臣、苏舜钦等人都创作过针砭时弊的作品。然而终北宋一代，人们始终没有改变对"吟咏情性"的热衷，始终保持着徜徉山水的志趣，无论在怎样的人生情境中，宋人总是不忘抒发洒脱、淡泊的情怀。庆历新政失败后，范仲淹出知邠州、邓州，欧阳修被贬往滁州。然而范仲淹《依韵答王源叔忆百花洲见寄》云："芳洲名冠古南都，最惜尘埃一点无。楼阁春深来海燕，池塘人静下仙凫。花情柳意凭谁问，月彩波光岂易图。汉上山公发新咏，许昌何必诧申湖。"① 欧阳修《丰乐亭游春三首》云："春云淡淡日辉辉，草惹行襟絮拂衣。行到亭西逢太守，篮舆酩酊插花归。"（其二）② 他们并未因贬谪而表现出痛苦，而是表达着对山水景色的欣赏。随着庆历革新逐渐成为历史，人们更在优游吟咏中抒发着淡泊的胸怀与闲适的志趣。到熙宁初，庆历之臣已然老去，面对王安石新政，他们在朝堂上及奏折中充斥着不满的情绪与话语，但在诗歌中，他们却依然抒发着对生活的感兴与情趣。欧阳修退居颍州后，其《初夏西湖》云："积雨新晴涨碧溪，偶寻行处独依依。绿阴黄鸟春归后，红花青苔人迹稀。萍匜汀洲鱼自跃，日长阑槛燕交飞。林僧不用相迎送，吾欲台头坐钓矶。"③ 描写了颍州西湖夏日怡人的景色和诗人怡神于此的情态。韩琦《观鱼轩》诗亦云："雨后方池碧涨秋，观鱼亭槛俯临流。时看隐荇骈头戏，忽见开萍作队游。喜掷舟前翻乱锦，静潜波下起圆沤。吾心大欲同斯乐，肯插筼竿饵钓钩。"④ 充斥着对现实的满足感及乐道的情怀，他们很少用诗歌去书写对现实的不满。这些庆历遗老并非对政治视而不见、漠不关心，他们频频用"文"来上书，表达政治见解和对新政的忧虑。可以说，熙宁前后宋代文学已明显呈现出诗、文分野的态势，即文学日益将讥刺现实的功能从诗学中剥离出去，而由"文"来独自承担，诗歌在很大程度上专门用来抒发文人的心性情怀，尤其是对优游情思的吟咏。

熙、丰之际，庆历后成长起来的政治家如司马光、王安石等人，他们同欧阳修等庆历遗老一样，也没有延续庆历以来诗学的经世精神。司马光在新党执政时退居洛阳，与邵雍等人畅怀于"灵台无事日休休，安乐由来不外求。细雨寒风宜独坐，暖天佳景即闲游"（司马光《和邵尧

---

① 北京大学古文献研究所编《全宋诗》第 3 册，第 1906 页。
② （宋）欧阳修撰《欧阳修全集》卷 11，183 页。
③ （宋）欧阳修撰《欧阳修全集》卷 57，第 831 页。
④ 北京大学古文献研究所编《全宋诗》第 6 册，第 4066 页。

夫安乐窝中职事吟》)①的情境,而不是用诗歌讥刺现实,以及表露赋闲失志的身世之感。王安石晚年不得已退居江宁,虽然有着深沉的人生失意之感,他也没有完全忘怀世事,但他在诗中抒发更多的却是内心的宁静与身在"武陵源"的淡泊心绪。如前所述,熙、丰时期儒学已发展至道学阶段,它日益从传统的实践哲学向以心、性、情、理为主要旨趣的义理之学演变,相应地,熙、丰以来"载道"不再是诗学的重心。换句话说,诗学所载之"道"已从外在的对安危治乱的关注,转化为对内在心性之道的体察,人们在优游吟咏中体味着洒脱的情怀和"乐道"的旨趣,诗学精神已从经世致用与优游吟咏并重转而偏向了后者。

随着儒学的发展,宋人诗学对淡泊风神与旷达旨趣的推崇不断强化,我们将范仲淹《唐异诗序》与黄庭坚《书王知载朐山杂咏后》加以对比,就可以很清楚地看到这一点。范仲淹在《唐异诗序》中说:

> 观乎处士之作也,孑然弗伦,洗然无尘。意必以淳,语必以真。乐则歌之,忧则怀之。无虚美,无苟怨。隐居求志,多优游之咏;天下有道,无愤惋之作。骚雅之际,此无愧焉。②

黄庭坚《书王知载朐山杂咏后》说:

> 其人忠信笃敬,抱道而居,与时乖逢,遇物悲喜,同床而不察,并世而不闻,情之所不能堪,因发于呻吟调笑之声,胸次释然,而闻者亦有所劝勉……③

从时间上看,范仲淹《唐异诗序》作于天圣四年(1026),黄庭坚《书王知载朐山杂咏后》作于元符元年(1098),他们所推崇的人格美学与人生范式在本质上是一致的,但随着时间的推移有愈加强化的倾向,以至于黄庭坚笔下的人物达到了"遇物悲喜,同床而不察,并世而不闻,情之所不能堪,因发于呻吟调笑之声"的境界。在范仲淹的诗学

---

① 北京大学古文献研究所编《全宋诗》第9册,第6181页。
② 曾枣庄、刘琳主编《全宋文》第18册,第394页。
③ 曾枣庄、刘琳主编《全宋文》第106册,第188页。

中，诗尚可以"怨",而在黄庭坚的观念中,诗则成了一味吟咏性情的载体,"胸次释然"成为人性涵养与诗学表达的终极目标,如前所述,这一点在北宋后期黄裳的诗学中同样表露无遗。

乌台诗案发生后,我们几乎看不到人们从诗学立场上支持苏轼,为他辩解,相反地,却出现了许多批评的声音,由此亦可见当时诗学之一斑。如果说宋初诗学中平淡闲适之情是安宁的社会氛围所致,那么北宋后期诗学中优游自适的情怀有儒学濡染的成分,但也是现实环境挤压的结果,在这种诗学环境中,苏轼"好骂"的行为显然是不合时宜的。

从创作的角度看,苏轼诗中辛辣的讽刺在当时一定非常刺眼,故给政敌以口实。如我们熟知的《山村五绝》其三说:"老翁七十自腰镰,惭愧春山笋蕨甜。岂是闻韶解忘味,迩来三月食无盐。"① 诗中"老翁"年已古稀却不得休息,带着镰刀进入深山中挖掘春笋来充饥,这种揭露对以仁孝治天下的宋王朝和追求变法图强的神宗来说,无疑是一记响亮的耳光,尤其第二句"惭愧"二字说出了老人的不得已,在无声中鞭挞着新法。第三句更具讥刺意味,"闻韶"当然能够忘味,然而老人哪里是闻韶忘味,分明是三月无盐的结果。诗人突然把批判的矛头直接指向了新法,就作品本身而言,确实打了神宗皇帝的脸。其四云:"杖藜裹饭去匆匆,过眼青钱转手空。赢得儿童语音好,一年强半在城中。"② 这首诗另辟蹊径,以农村中的"儿童"为视角,写他们来去匆匆的身影。年轻人忙于生计,本来值得欣喜,但第二句突然写道"过眼青钱转手空",用青苗钱帮助农民耕作土地,这本是新法的初衷,但在具体实施过程中百姓借贷变成了官府向百姓的硬性摊派,且利息很高,这使农民面临破产的境地,而村里的年轻人来往于村镇之间,早早将所贷青苗钱挥霍掉了,"过眼青钱转手空"就是这种结果,其中"过眼"二字尤具表现力。后面说"赢得儿童语音好,一年强半在城中",含蓄但尖刻地讽刺揭示了新法的实际效果,其给农村带来的只是年轻人的"语音"愈发城市化了,而民生却没有任何改观,甚至使百姓困乏以至于破产。这两首诗的共同特点,就是前一句写乐,下一句急转直下,将事情的本质撕破了给

---

① (宋)苏轼撰,(清)王文诰辑注《苏轼诗集》第2册,第438~439页。
② (宋)苏轼撰,(清)王文诰辑注《苏轼诗集》第2册,第439页。

第六章 苏轼：诗学调整的风向标

人看，微笑着将尖刀插入当权者的胸口，这往往比金刚怒目式的猛烈批判更令人胆战心惊，这已经不是单纯地反映客观现实了，而是极具个人主观色彩的嬉笑怒骂、冷嘲热讽，当然是令人难以接受的。

苏轼以讽喻精神作诗，本来与庆历时期的诗学取向是一致的，但相比之下，在具体操作上却有很大不同。如我们所熟悉的欧阳修《食糟民》云：

> 田家种糯官酿酒，榷利秋毫升与斗。酒沽得钱糟弃物，大屋经年堆欲朽。酒醅瀺灂如沸汤，东风吹来酒瓮香。累累罂与瓶，惟恐不得尝。官沽味酽村酒薄，日饮官酒诚可乐。不见田中种糯人，釜无糜粥度冬春。还来就官买糟食，官吏散糟以为德。嗟彼官吏者，其职称长民。衣食不蚕耕，所学义与仁。仁当养人义适宜，言可闻达力可施。上不能宽国之利，下不能饱尔之饥。我饮酒，尔食糟。尔虽不我责，我责何由逃！①

欧阳修虽然批判了"官吏散糟以为德"的丑陋，但诗中非但没有具体的人物可以指实，而且最后还做出"尔虽不我责，我责何由逃"的自我反思，批判的矛头只是指向地方上个别丑陋的官吏，而非朝中势力集团，更非皇帝。再如梅尧臣《田家语》云：

> 谁道田家乐，春税秋未足，里胥扣我门，日夕苦煎促。盛夏流潦多，白水高于屋，水既害我菽，蝗又食我粟。前月诏书来，生齿复板录，三丁籍一壮，恶使操弓韣。州符今又严，老吏持鞭朴，搜索稚与艾，唯存跛无目。田间敢怨嗟，父子各悲哭，南亩焉可事，买箭卖牛犊。愁气变久雨，铛缶空无粥，盲跛不能耕，死亡在迟速。我闻诚所惭，徒尔叨君禄，却咏《归去来》，刈薪向深谷。

他虽然写的是百姓被征集后又逢霖雨的困顿处境，然而诗序中指明："主司欲以多媚上，急责郡吏，郡吏畏不敢辨，遂以属县令。互搜民口，

---

① （宋）欧阳修撰《欧阳修全集》卷4，第71~72页。

虽老幼不得免，上下愁怨，天雨淫淫，岂助圣上抚育之意耶！"① 他明确指出批判的对象是个别"主司"，而与皇权无关；梅尧臣明白地说，"主司"的做法无助于"圣上抚育之意"，从而表现出诗人对皇帝的温柔敦厚之意，与苏轼犀利的冷嘲热讽有很大的区别。

跟前代诗人相比是这样，那么跟同时代的诗人相比又如何呢？与苏轼同时，孔平仲在《熙宁口号》中说："百姓命悬三尺法，千秋谁恤两端情。近闻崇尚刑名学，陛下之心乃好生。"（其五）② 他批评了近来"崇尚刑名学"的时政，但他所说"陛下之心乃好生"，则是将皇帝从被批判的对象中剥离出来，甚至歌颂了皇帝，而把批评的矛头指向皇帝以外的人。这一时期，黄庭坚也曾直言新法对百姓的侵害，如其《上大蒙笼》云："衣冠汉仪民父子，吏曹扰之至如此。穷乡有米无食盐，今日有田无米食。"③ 再如《劳坑入前城》云："刀坑石如刀，劳坑人马劳。窈窕篁竹阴，是常主逋逃。白狐跳梁去，豪猪森怒嗥。云黄觉日瘦，木落知风饕。轻轩息源口，饭羹煮溪毛。山农惊长吏，出拜家骚骚。借问淡食民，祖孙甘铺糟。赖官得盐吃，正苦无钱刀。"④ 他抒发了百姓"赖官得盐吃，正苦无钱刀"的感慨，这与苏轼一样都是在批评新法盐政，但他是如实地反映现实，并没有用冷嘲热讽的方式尖刻地讥刺现实。因此可以说，苏轼获罪与其诗不够"温柔敦厚"，并深深地刺痛了当权者有极大关系。后来杨时批评说："为文要有温柔敦厚之气。对人主语言及章疏文字，温柔敦厚尤不可无。如子瞻诗多于讥玩，殊无恻怛爱君之意。"⑤ 又说："作诗不知风雅之意，不可以作诗。诗尚谲谏，唯言之者无罪，闻之者足以戒，乃为有补。若谏而涉于毁谤，闻者怒之，何补之有？观苏东坡诗只是讥诮朝廷，殊无温柔敦厚之气，以此人故得而罪之。"⑥ 苏轼在诗中鲜明地树立了"批评者"的形象，其创作方式不仅与

---

① （宋）梅尧臣撰，朱东润编年校注《梅尧臣集编年校注》上册，第164页。
② 北京大学古文献研究所编《全宋诗》第16册，第10917页。
③ （宋）黄庭坚撰，（宋）任渊、史容、史季温注，刘尚荣校点《黄庭坚诗集注》第4册，第1126页。
④ （宋）黄庭坚撰，（宋）任渊、史容、史季温注，刘尚荣校点《黄庭坚诗集注》第4册，第1127页。
⑤ （宋）杨时：《龟山先生语录》卷1，《四部丛刊续编》本，第49册。
⑥ （宋）杨时：《龟山先生语录》卷2，《四部丛刊续编》本，第49册。

前辈欧阳修等人不同，也与同辈黄庭坚、孔平仲等人不同，其诗中的讥刺不但不合时宜，而且过度刺激了当权者的神经，更给人以口实，故被冠以"怨望其上"（《监察御史里行舒亶札子》）①之名，于是李定等人舞弄"君臣之义"的大棒，使他陷入艰难的人生境地。

从历史的角度看，宋初以来文字事件并不鲜见。真宗咸平元年（998），王禹偁预修《太祖实录》，因直书史事而被贬黄州。景祐二年（1035），驸马柴宗庆因所印行《登庸集》"词语僭越"，诏"悉收众本，不得流传"②。庆历四年（1044），王益柔"预苏舜钦奏邸会，醉作《傲歌》。时诸人欲遂倾正党，宰相章得象、晏殊不可否，参政贾昌朝阴主之，张方平、宋祁、王拱辰攻排不遗力，至列状言益柔罪当诛。韩琦为帝言：'益柔狂语何足深计。方平等皆陛下近臣，今西陲用兵，大事何限，一不为陛下论列，而同状攻一王益柔，此其意可见矣。'帝感悟，但黜监复州酒"③。同一时期，邹浩《读丘濬寺丞天绘亭记》序载："丘侯庆历中进《观风感事诗》百篇，责为昭州职官。"④ 因此，乌台诗案只是王益柔、丘濬等人"以言获罪"的延续而已。但庆历时期，人们就已经对文字的危险性表现出应有的警惕了。苏舜钦被罢官后，他在《奉酬公素学士见招之作》中说："近罹罪辱舌虽在，每避嫌谤口已胶。更遭掀搅岂不畏，欲取笔砚俱焚烧。"⑤ 他因"避嫌"而口不言世事，可谓"口已胶"，又因为畏惧，故欲焚烧笔砚以绝后患。苏舜钦曾在《和永叔琅琊山庶子泉阳冰石篆诗》自注中提到"永叔近以书戒予作诗"⑥，可见欧阳修对因诗获罪也是有所警惕的。乌台诗案前，在苏轼于熙宁四年（1071）出知杭州之际，文同就"戒以诗云：'北客若来休问事，西湖虽好莫吟诗。'盖深恐其贾祸也"⑦。所谓"休问事"，就是劝他不要过问时事政治，"莫吟诗"则是劝他不要因诗"贾祸"，但苏轼恰犯了此条，因

---

① （宋）朋九万：《乌台诗案》，《丛书集成初编》本，第2页。
② 刘琳、刁忠民、舒大刚、尹波等校点《宋会要辑稿》第14册，上海古籍出版社，2014，第8294页。
③ （元）脱脱等撰《宋史》第28册，第9634页。
④ 北京大学古文献研究所编《全宋诗》第21册，第14026页。
⑤ 北京大学古文献研究所编《全宋诗》第6册，第3913页。
⑥ 北京大学古文献研究所编《全宋诗》第6册，第3918页。
⑦ （宋）罗大经撰，王瑞来点校《鹤林玉露》乙编卷之4，中华书局，1983，第188页。

此乌台诗案发生后，人们都钦佩文同的远见卓识，叹以为"知言"（见家诚之《丹渊集拾遗跋》）①。而苏轼的好友章惇和胞弟苏辙也曾对苏轼进行过反复劝诫。贬往黄州后，苏轼回忆说："平时惟子厚与子由极口见戒，反覆甚苦，而轼强狠自用，不以为然。"（《与章子厚参政书二首》其一）②然而苏轼在诗案发生后才真正感到大难临头。他在狱中充满恐惧地说："梦绕云山心似鹿，魂惊汤火命如鸡。"（《予以事系御史台狱，狱吏稍见侵，自度不能堪，死狱中，不得一别子由，故作二诗授狱卒梁成，以遗子由，二首》其二）③深切表达出对困窘处境的自我观照。如果苏轼往昔能谨言慎行，听从人们劝告，或许可以避免乌台诗案的发生。

第二节 "诗穷"：现实对固有内涵的强化

"诗穷"思想注重对诗人命运与创作关系的探讨，一般包含两个方面的内涵。一是"因诗而穷"，宋人往往把它归结为上天对诗人的惩罚，但我们从实际考察，则是因为很多优秀作家往往性格耿直，使他们常难以融入周围的世界，最终导致现实对其边缘化或抛弃，甚至形成了"诗人例穷"的观念。二是"穷而后工"，即被排挤和压抑的状态往往能激发作家对周边世界的细腻体察和敏锐感触，故而创作出比其他人更为优秀的作品。对于乌台诗案，元祐三年（1088），苏轼回忆说："昔先帝召臣上殿，访问古今，敕臣今后遇事即言。其后臣屡论事，未蒙施行，乃复作为诗文，寓物托讽，庶几流传上达，感悟圣意。而李定、舒亶、何正臣三人，因此言臣诽谤，臣遂得罪。"（《乞郡札子》）④苏轼用诗歌讽喻现实，却被指斥为"包藏祸心，怨望其上，讪渎谩骂，而无复人臣之节者，未有如轼也"（《监察御史里行舒亶札子》）⑤，并因此被贬到黄州，可谓"因诗而穷"的典型。苏轼从欧阳修那里接受了"诗穷"思想，一次次的贬谪经历又不断印证和强化着他的这一思想，最终形成了苏轼根

---

① 曾枣庄、刘琳主编《全宋文》第292册，第145页。
② （宋）苏轼撰《苏轼文集》第4册，第1411页。
③ （宋）苏轼撰，王文诰辑注《苏轼诗集》第3册，第999页。
④ （宋）苏轼撰《苏轼文集》第3册，第829页。
⑤ （宋）朋九万撰《乌台诗案》，《丛书集成初编》本，第2页。

第六章 苏轼：诗学调整的风向标

深蒂固并包含更多层次的"诗穷"思想。

苏轼对欧阳修非常推崇。嘉祐四年（1059），他自眉山还朝，途经夷陵，这是欧阳修曾经贬谪过的地方，苏轼曾作《夷陵县欧阳永叔至喜堂》云："夷陵虽小邑，自古控荆吴。形势今无用，英雄久已无。谁知有文伯，远谪自王都。人去年年改，堂倾岁岁扶。……故老问行客，长官今白须。著书多念虑，许国减欢娱。寄语公知否，还许数倒壶。"① 他通过回忆欧阳修在夷陵的生活点滴及当地故老对欧公的怀念，表达了对这位"文伯"的崇仰。欧阳修晚年守颍州，苏轼上任途中也曾去拜访，并作《陪欧阳公燕西湖》云："谓公方壮须似雪，谓公已老光浮颊。揭来湖上饮美酒，醉后剧谈犹激烈。湖边草木新著霜，芙蓉晚菊争煌煌。插花起舞为公寿，公言百岁如风狂。赤松共游也不恶，谁能忍饥啖仙药。已将寿夭付天公，彼徒辛苦吾差乐。"② 诗中苏轼怀着崇敬之情刻画了欧阳修晚年淡泊世务、乐意超然的情形，同时揭示出欧阳修晚年"醉后剧谈犹激烈"的情态，形象非常鲜明，崇敬之情溢于言表。元丰八年（1085），苏轼在《小饮公瑾舟中》中说："青泥赤日午相烘，走访船窗柳影中。辍我东坡无限睡，赏君南浦不赀风。坐观邸报谈迂叟，闲说滁山忆醉翁。此去澄江三万顷，只应明月照还空。"③ 此时欧阳修早已去世，但醉翁仍是他与人谈论、怀念的话题。同年王巩（字定国）任职颍州，这令他想起的还是曾在颍州任职的欧阳修，其《次韵王定国得颍倅二首》（其一）说："仙风入骨已凌云，秋水为文不受尘。一噫固应号地籁，余波犹足挂天绅。买牛但自捐三尺，射鼠何劳挽六钧。莫向百花潭上去，醉翁不见与谁亲。"④ 其中充满感伤之情。元祐三年（1088），已走上仕途巅峰的苏轼，作《和子由除夜元日省宿致斋三首》（其三）云："当年踏月走东风，坐看春闱锁醉翁。白发门生几人在，却将新句调儿童。"⑤ 尚念及欧阳修主持贡举的往事。元祐六年（1091），苏轼也任职颍州，此时已历经世事沧桑的他对颍州怡人的山水更为青睐，欧阳修留

---

① （宋）苏轼撰，（清）王文诰辑注《苏轼诗集》第1册，第50~51页。
② （宋）苏轼撰，（清）王文诰辑注《苏轼诗集》第1册，第276页。
③ （宋）苏轼撰，（清）王文诰辑注《苏轼诗集》第5册，第1368页。
④ （宋）苏轼撰，（清）王文诰辑注《苏轼诗集》第5册，第1394页。
⑤ （宋）苏轼撰，（清）王文诰辑注《苏轼诗集》第5册，第1564页。

下的遗迹更令他怀想。他曾作《次韵赵景贶春思，且怀吴越山水》云："岁华来无穷，老眼久已静。春风如系马，未动意先骋。西湖忽破碎，鸟落鱼动镜。萦城理枯渎，放闸起胶艇。愿君营此乐，官事何时竟。思吴信偶然，出处付前定。飘然不系舟，乘此无尽兴。醉翁行乐处，草木皆可敬。明朝游北渚，急扫黄叶径。白酒真到齐，红裙已放郑。"① 苏轼此时也已进入老境，与当年欧阳修一样，他的胸中充盈着优游的志趣，而颍州对他来说，乃"醉翁行乐处，草木皆可敬"之所，于是他将优游之情融入对欧阳修的怀念之中。元祐七年（1092），苏轼任职扬州，他又作《次韵晁无咎学士相迎》诗云："每到平山忆醉翁，悬知他日君思我。路旁小儿笑相逢，齐歌万事转头空。赖有风流贤别驾，犹堪十里卷春风。"② 扬州曾是欧阳修的任所，苏轼来到平山堂尤令他忆及醉翁，想到以后晁无咎等门生也会像他思念醉翁一样地思念自己，不禁感慨岁月流逝，心中充满了世事空幻之感。由这些诗句可见欧阳修对苏轼的影响之深，以及苏轼对欧阳修的无限崇敬与推崇之情。

　　欧阳修的"穷而后工"思想阐述了诗因何而工的问题。苏轼接受了这一思想，并说"非诗能穷人，穷者诗乃工。此语信不妄，吾闻诸醉翁"（《僧惠勤初罢僧职》）③，明确指出他这一思想的渊源所在。诗人之"穷"致诗歌之"工"，这是欧阳修的本意，但苏轼对"诗穷"的感悟远比欧阳修深刻和丰富得多，并呈现出不同的理论层次。

　　首先，苏轼认同诗"穷而后工"。熙宁七年（1074），僧人惠勤因僧职被罢而郁郁不欢，于是苏轼作《僧惠勤初罢僧职》云："轩轩青田鹤，郁郁在樊笼。既为物所縻，遂与吾辈同。今来始谢去，万事一笑空。"此时是熙宁变法时期，苏轼对现实政治心意懒散，他把在世事纷扰中挣扎的人们比作笼中之鹤，认为一旦飞出樊笼，就能高蹈出尘，了无牵挂，摆脱烦恼，并以此安慰诗僧惠勤。后面他则评价了惠勤罢职后的创作情况，说："新诗如洗出，不受外垢蒙。清风入齿牙，出语如风松。"指出惠勤摆落凡尘后，诗歌愈加清新可人。后面又说："霜髭茁病骨，饥坐听午钟。"描绘了惠勤落寞的形象，无论是"霜髭""病骨"，还是"饥

---

① （宋）苏轼撰，（清）王文诰辑注《苏轼诗集》第 6 册，第 1825 页。
② （宋）苏轼撰，（清）王文诰辑注《苏轼诗集》第 6 册，第 1870 页。
③ （宋）苏轼撰，（清）王文诰辑注《苏轼诗集》第 2 册，第 577 页。

坐""听钟",都表现出惠勤赋闲后失意无聊的精神和生活状态,可谓"穷"。最后苏轼得出结论:"非诗能穷人,穷者诗乃工。"① 表达了对"穷而后工"的认同。元祐六年(1091),苏轼知杭州,作《次韵仲殊雪中游西湖二首》(其一)云:"夜半幽梦觉,稍闻竹苇声。起续冻折弦,为鼓一再行。曲终天自明,玉楼已峥嵘。有怀二三子,落笔先飞霙。共为竹林会,身与孤鸿轻。秀句出寒饿,身穷诗乃亨。禅老复何为,笑指孤烟生。我独念粲者,谁与予目成。"② 龚明之《中吴纪闻》卷四载:"仲殊字师利,承天寺僧也。初为士人,尝与乡荐,其妻以药毒之,遂弃家为僧。工于长短句,东坡先生与之往来甚厚。时时食蜜解其药,人号曰'蜜殊'。有《宝月集》行于世。慧聚寺诗僧孚草堂,以其喜作艳词,尝以诗箴之……(诗)虽苦口,殊竟莫之改。"③ 可知仲殊虽为僧人,但词风艳冶。苏轼诗中的"粲者"出自《诗经·唐风·绸缪》,诗云:"今夕何夕,见此粲者。子兮子兮,如此粲者何。"④《绸缪》是一首写新婚的诗,"粲者"即美人。在诗的结尾处,苏轼用"粲者"和"与予目成"对仲殊进行嘲戏,这显然是对仲殊艳冶文风的调侃。对于此诗,王文诰即注云:"仲殊初为诸生,工绮语,虽出家而结习未忘,故戏之也。"⑤ 然而诗中除后面二句出于戏谑外,其余都呈现出一派潇洒绝尘之气,清寒空阔的意境与"寒饿""身穷"的意蕴相呼应,所谓"秀句"就出于这种"穷"境之中,"身穷诗乃亨"是苏轼对诗"穷而后工"思想的另一种描述。苏轼晚年渡海北归,他又在《与钱济明十六首》(其八)中说:"人来,领手教及二诗,乃信北归灾退,并获此佳宠,幸甚!幸甚!又知诗人穷而后工,然诗语明练,无衰惫气,如季札者听之,亦有以知君之晚节也。"⑥ 钱世雄,字济明,杨时曾序其文集云:"十六七时,其诗已为名流所称。比壮,游东坡苏公之门。与之方轨并驰者皆一时豪英,而东坡独称其'探道著书,云升川增',则其推与之意至矣。然公以是取重于世,亦以是得罪于权要,废之终身,卒以穷死。……(公)日以

---

① (宋)苏轼撰,(清)王文诰辑注《苏轼诗集》第 2 册,第 576~577 页。
② (宋)苏轼撰,(清)王文诰辑注《苏轼诗集》第 6 册,第 1750 页。
③ 《宋元笔记小说大观》第 3 册,第 2878 页。
④ (清)阮元校刻《十三经注疏·毛诗正义》,中华书局,1980,第 96 页。
⑤ (宋)苏轼撰,(清)王文诰辑注《苏轼诗集》第 6 册,第 1750 页。
⑥ (宋)苏轼撰《苏轼文集》第 4 册,第 1552 页。

诗书自娱，无穷愁怼憾之气。遇事感发，一见于诗，故其文于诗为多。"（杨时《冰华先生文集序》）①可知钱济明终身困窘。在这封信中，苏轼有"北归灾退"的欣喜，也有对钱济明"诗语明练"的赞赏，这里他就用"诗人穷而后工"来称赞钱济明的诗歌。综上，可知诗"穷而后工"的思想伴随着苏轼的一生，令他终身信服。

其次，苏轼对"诗人例穷"深信不疑。从古至今，凡是有所成就的文人，其人生大多坎坷多艰，故诗人命薄成为普遍共识。白居易在《序洛诗》中就说"文士多数奇，诗人尤命薄"②，欧阳修也曾说："自古善吟者益精益穷，何不戒也。"（《与王几道》）③苏轼在年纪很轻的时候也形成了这种观念。嘉祐七年（1062），他任凤翔签判期间，作《病中，大雪数日，未尝起观，虢令赵荐以诗相属，戏用其韵答之》说："诗人例穷蹇，秀句出寒饿。何当暴雪霜，庶以蹑郊、贺。"④赵荐，字宾卿，皇祐三年（1051）郑獬榜进士，十年过去了，只任区区虢县令，可谓仕途偃蹇。苏轼在诗中指出了"诗人例穷蹇"这一现象，并把自己与赵荐用孟郊、李贺这两位"穷"士比拟。赵荐与苏轼交谊甚笃，苏轼曾在《送虢令赵荐》中说："嗟我去国久，得君如得归。今君舍我去，从此故人稀。"⑤所以苏轼以孟郊、李贺之"穷"相嘲戏，赵荐也不以为嫌。熙宁四年（1071），苏轼又作《次韵张安道读杜诗》，他用"诗人例穷苦，天意遣奔逃"⑥来形容杜甫一生漂泊的处境。熙宁九年（1076），苏轼在密州任作《和晁同年九日见寄》云："遣子穷愁天有意，吴中山水要清诗。"⑦"晁同年"即晁端彦，据《续资治通鉴长编》熙宁九年五月癸酉条："两浙路提点刑狱晁端彦、潘良器并冲替，待鞫于润州。"⑧知此时晁端彦正处于人生逆境，故苏轼用诗来安慰他，认为吴中山水需要诗人来描绘，所以老天才将他留在润州，这种宽慰无非是希望晁氏能安身顺

---

① 曾枣庄、刘琳主编《全宋文》第124册，第258页。
② （唐）白居易撰，朱金城笺校《白居易集笺校》第6册，第3757页。
③ （宋）欧阳修撰《欧阳修全集》卷150，第2483页。
④ （宋）苏轼撰，（清）王文诰辑注《苏轼诗集》第1册，第159页。
⑤ （宋）苏轼撰，（清）王文诰辑注《苏轼诗集》第8册，第2600页。
⑥ （宋）苏轼撰，（清）王文诰辑注《苏轼诗集》第1册，第266页。
⑦ （宋）苏轼撰，（清）王文诰辑注《苏轼诗集》第3册，第697页。
⑧ （宋）李焘撰《续资治通鉴长编》"熙宁九年五月癸酉"条，第6731页。

命，涤除烦恼，但从诗学角度看，苏轼则是将诗与诗人的命运联系在了一起。元祐元年（1086），苏轼作《次韵和王巩》云："谪仙窜夜郎，子美耕东屯。造物岂不惜，要令工语言。"① 他也是将李白、杜甫之"穷"归结为上天的旨意，因为上天要造就天下一流的诗人，故让李、杜遭受非同寻常的颠簸与人生困顿。

再次，苏轼认为"诗能穷人"，他对这重内涵感受最深。苏轼在认同"诗人例穷"的时候，实际已经认同"诗能穷人"这一宿命观。他将诗人之"穷"归结为天意，认为老天要成就诗人，所以用"穷"来锤炼诗人，故诗人可谓因诗而穷。在这一点上，苏轼常以自身的遭际作为例证。元丰二年（1079），苏轼作《与秦太虚、参寥会于松江，而关彦长、徐安中适至，分韵得风字二首》云："二子缘诗老更穷，人间无处吐长虹。平生睡足连江雨，尽日舟横擘岸风。人笑年来三黜惯，天教我辈一樽同。知君欲写长相忆，更送银盘尾鬣红。"（其二）② 他明确指出关、徐二人因诗而穷，并联系到自己。苏轼从熙宁七年（1074）起由杭州改知密州，再改知徐州，又改知湖州，故可谓"年来三黜"，因此他在诗中实际是在说"三子之穷"，即所谓"天教我辈一樽同"是也。后来随着乌台诗案的发生，苏轼自己更是缘诗而穷，这就更加深了他对"诗能穷人"的信服。黄州时期，王巩因在乌台诗案中与苏轼有诗文往来而被贬往岭南，然而王巩为人豁达超然，不为岭南恶劣的环境所伤，诗作反而表现出高卓的胸襟，因而赢得苏轼的极力赞赏。他在给王巩的信中说："新诗篇篇皆奇，老拙此回真不及矣。穷人之具，辄欲交割与公。"（《与王定国七首》其六）③ 王巩是乌台诗案中受到处罚最重的官员，而且他在岭南"一子死贬所，一子死于家，定国亦病几死"（苏轼《王定国诗集叙》）④，可谓"穷"矣！然其诗"篇篇皆奇"，苏轼极为感佩，故他欲将作诗这项"天降大任"由己手交给王巩。这里，苏轼用"穷人之具"代指诗歌，说明在他看来，"诗"与"穷"之间具有等价或"必然"的联系。苏轼因诗入狱，以至于几乎丧命，他对"诗穷"有深刻的

---

① （宋）苏轼撰，（清）王文诰辑注《苏轼诗集》第 5 册，第 1441 页。
② （宋）苏轼撰，（清）王文诰辑注《苏轼诗集》第 3 册，第 948 页。
③ （宋）苏轼撰《苏轼文集》第 6 册，第 2458 页。
④ （宋）苏轼撰《苏轼文集》第 1 册，第 318 页。

体会，故此所谓"穷人之具"包含着苏轼深沉的人生感慨。元祐四年（1089），苏轼又在《呈定国》中说："旧病应逢医口药，新妆渐画入时眉。信知诗是穷人物，近觉王郎不作诗。"① 据李焘《续资治通鉴长编》，元祐四年（1089）三月二十六日通判扬州的王巩知海州（江苏淮安），六月八日改知密州（山东诸城）②，九月二十二日罢知密州③，送吏部，元祐五年（1090）八月十四日管勾太平观④。可见这一年对王巩来说乃多事之秋，故苏轼用"信知诗是穷人物，近觉王郎不作诗"表达了对现实的无奈。

这种情绪一直延续到晚年。元符三年（1100），苏轼在《书圣俞赠欧阳阀诗后》中说：

"客心如萌芽，忽与春风动。又随落花飞，去作江南梦。我家无梧桐，安可久留凤。凤巢在桂林，乌哺不得共。无忘桂枝荣，举酒一以送。"右宛陵先生梅圣俞诗。先君与圣俞游时，余与子由年甚少，世未有知者，圣俞极称之。家有老人泉，圣俞作诗曰："泉上有老人，隐见不可常。苏子居其间，饮水乐未央。泉中若有鱼，与子同徜徉。泉中苟无鱼，子特玩沧浪。岁月不知老，家有雏凤凰。百鸟戢羽翼，不敢呈文章。去为仲尼叹，出为盛时翔。方今天子圣，无滞彼泉傍。"圣俞没，今四十年矣。南迁过合浦，见其门人欧阳晦夫，出所为送行诗。晦夫年六十六，予尚少一岁，须鬓皆皓然，固穷亦略相似。于是执手大笑，曰："圣俞之所谓凤者，例皆如是哉！"天下皆言圣俞以诗穷，吾二人者又穷于圣俞，可不大笑乎？元符三年月日书。⑤

梅尧臣曾在诗中称欧阳阀"我家无梧桐，安可久留凤"（《送门人欧

---

① （宋）苏轼撰，（清）王文诰辑注《苏轼诗集》第5册，第1639页。
② （宋）李焘撰《续资治通鉴长编》，"元祐四年三月丁酉"条，第10255页。
③ （宋）李焘撰《续资治通鉴长编》，"元祐四年六月丁未"条，第10367页。
④ （宋）李焘撰《续资治通鉴长编》，"元祐四年九月己丑"条，第10447页。
⑤ （宋）苏轼撰《苏轼文集》第5册，第2159页。"阀"一作"辟"。查慎行《苏诗补注》（《影印文渊阁四库全书》本）卷43《梅圣俞之客欧阳晦夫使工画茅庵已居其中一琴横床而已曹子方作诗四韵仆和之云》题下有辩。

第六章 苏轼：诗学调整的风向标

阳秀才游江西》）①，将欧阳阀比作"凤"。梅尧臣又曾对苏洵说"日月不知老，家有雏凤皇，百鸟戢羽翼，不敢言文章"（《题老人泉寄苏明允》）②，将年少的苏轼、苏辙兄弟称为"雏凤"。然而当苏轼与欧阳阀在元符三年（1100）相遇时，二人皆已进入老境，其"固穷亦略相似"，因此苏轼有了"圣俞之所谓凤者，例皆如是哉"的感叹。欧阳阀青年时期师从梅尧臣学诗，且终身恪守梅尧臣诗法，然而这在北宋后期已不入创作时流，对此黄庭坚曾在《跋梅圣俞赠欧阳晦夫诗》中说：

> 余三十年前，钦慕圣俞诗句之高妙，未及识面，而圣俞下世。二十年前官于汝州叶县，闻欧阳君学诗于圣俞，又得赠行诗，而叶人能诵其诗，欧阳君已行，又不及识。元祐己巳庚午，乃见欧阳君于京师，其人长鬓，眉目深沉，宜在丘壑中也。用圣俞之律，作诗数千篇，今世虽已不尚，而晦夫自信确然。今当为掾龚州，待岁月于桂林里中。桂林主人今甚好文。晦夫行矣，往游幕府作嘉客，不独过家上冢为可乐也。元祐五年正月二十一日，黄某题。③

王应麟《困学纪闻》载："梅圣俞有诗送之（晦夫）云：'我家无梧桐，安可久留凤。'东坡南迁至合浦，晦夫时为石康令，出其诗稿数十幅。"④ 可知当他在元符三年（1100）与苏轼相遇时，虽已年近古稀，但仅为石康（广西石康）令，可见其"穷"。因此，苏轼在文章最后说："天下皆言圣俞以诗穷，吾二人者又穷于圣俞，可不大笑乎？"他把当时的自己和欧阳阀与梅尧臣之"穷"相比，实在有过之而无不及，故苏轼所云"可不大笑乎"实际包含了深沉的无奈与感慨！

最后，无所谓"穷"与"达"，苏轼的"诗穷"思想具有辩证性。宋人对佛、道思想濡染甚深，看待事物的态度十分通脱，故苏轼对"诗能穷人"也并不执着。他曾在《答陈师仲主簿书》中说："诗能穷人，所从来尚矣，而于轼特甚。今足下独不信，建言诗不能穷人，为之益力。

---

① （宋）梅尧臣撰，朱东润编年校注《梅尧臣集编年校注》下册，第1078页。
② （宋）梅尧臣撰，朱东润编年校注《梅尧臣集编年校注》下册，第1051页。
③ 曾枣庄、刘琳主编《全宋文》第107册，第49页。
④ （宋）王应麟：《困学纪闻》卷18，《影印文渊阁四库全书》本，第854册，第467页。

其诗日已工,其穷殆未可量,然亦在所用而已。不龟手之药,或以封,安知足下不以此达乎?人生如朝露,意所乐则为之,何暇计议穷达。云能穷人者固缪,云不能穷人者,亦未免有意于畏穷也。江淮间人好食河豚,每与人争河豚本不杀人,尝戏之,性命自子有,美则食之,何与我事。今复以此戏足下,想复千里为我一笑也。"①在这段文字中,苏轼开宗明义确立了"诗能穷人"的论点,并根据自身的经历加以论证,因此他面对陈传道(字师仲)作诗益力的时候,不禁忧虑"其诗日已工,其穷殆未可量"。然陈传道与苏轼相反,他认为"诗不能穷人"。对此,苏轼并未一概否定,他看到事物具有两面性,并借"不龟手之药"说明同样的事情可能会有两种不同的结果,他还以江淮间人吃河豚为例,认为不必为"吃"与"不吃"争论不休,如果认为"美"则食之,如果认为河豚能杀人就不去吃它,何必执着!因此对诗能否"穷"人,苏轼认为唯在"所用而已",故他最后说:"安知足下不以此达乎?"而我们考察苏轼诗,也会看到,在乌台诗案发生后他虽然时常声称"不作文字",但他也并不执着,正如他所说:"见劝作诗,本亦无固必,自懒作尔。如此候虫时鸣,自鸣而已,何所损益,不必作,不必不作也。"(《与程正辅七十一首》其五十四)②

可以说,苏轼每一次对"诗穷"的感悟,实际都是他对身世的一种感慨。至于诗人缘何命薄,他也曾做过深入的思考和分析。熙宁七年(1074),他在《邵茂诚诗集叙》中说:"至于文人,其穷也固宜。劳心以耗神,盛气以忤物,未老而衰病,无恶而得罪,鲜不以文者。天人之相值既难,而人又自贼如此,虽欲不困,得乎?"③这里,他撇弃了有关"诗人例穷"的宿命论思想,而是从客观实际出发,指出多数作家所具有的两种特质:一是"盛气以忤物",二是"劳心以耗神"。前者常导致作家与所处时代龃龉不合,常"无恶而得罪",甚至遭到贬谪、杀身等厄运,后者则常使作家思虑过度,疾病缠身,相比来说,前者是导致历史上多数文人困穷的主要原因。应该说这一论断是符合实际的。以苏轼为例,他的"穷"就与"盛气以忤物"的性格密切相关。元丰元年

---

① (宋)苏轼撰《苏轼文集》第4册,第1428页。
② (宋)苏轼撰《苏轼文集》第4册,第1614页。
③ (宋)苏轼撰《苏轼文集》第1册,第320页。

(1078),他曾在《思堂记》中说:"余天下之无思虑者也。遇事则发,不暇思也。未发而思之,则未至。已发而思之,则无及。以此终身,不知所思。……君子之于善也,如好好色;其于不善也,如恶恶臭。岂复临事而后思,计议其美恶,而避就之哉!是故临义而思利,则义必不果,临战而思生,则战必不力。若夫穷达得丧,死生祸福,则吾有命矣。"①这种性格必然使他在政敌的注视之下在劫难逃。

在《思堂记》中,苏轼的文字尚充盈着果敢犀利之气,那时他或许想不到日后所要经受的诸多人生苦难。而所谓"诗人例穷""诗能穷人",与其说是一种诗学思想,不如说是一种人生感慨,苏轼通过自己的人生经历验证着"更穷于圣俞"的命运。事实确实如此。梅尧臣晚年尚得都官员外郎之职,虽官职不大,但有自由之身,苏轼晚年则处贬谪之境,衣食困窘,且为主流社会所抛弃,可以想见其"可不大笑乎"背后的哑然与无奈,貌似洒脱,实则落寞。对一生坎坷的苏轼来说,诗歌给他带来无上的声誉,也让他备尝人生多艰的滋味,正如他所感叹的:"诗能穷人,所从来尚矣,而于轼特甚。"(《答陈师仲主簿书》)②

熙宁七年他写作《邵茂诚诗集叙》之时,乌台诗案尚未发生,那时苏轼因诗获得广泛赞誉,他对诗人之"穷"尚能做出理性的分析与判断,尚不至于用宿命的观点进行阐释。然而,此后的人生经历却让他愈发把致"穷"之因归于宿命,或许只有这样才能令他的内心获得抚慰,进而拥有平和的心态吧,但这又何尝不是一种无奈!因此,苏轼诗虽以旷达特称,但我们却无法忽略其背后灰暗的人生及情感底色。

第三节 清平丰融:戒惧状态下的诗学选择

在乌台诗案中,儒家诗学中"正得失"的现实功能被一笔抹杀了,李定等人的政治目的达到了,儒家诗学却只剩下似乎完整的皮相,内涵已不复全貌。这在很大程度上使北宋诗学偏离了本来的发展轨迹。如果说宋初诗学本是自然地选择了吟咏性情的发展倾向,那么乌台诗案则是

---

① (宋)苏轼撰《苏轼文集》第2册,第363页。
② (宋)苏轼撰《苏轼文集》第4册,第1428页。

通过政治等外力手段将诗学牢牢局限在吟咏性情的范围内，人们在客观上失去了在吟咏性情和批判现实之间自由选择的权利。离开黄州后，苏轼回忆乌台诗案及贬谪生涯说："只影自怜，命寄江湖之上；惊魂未定，梦游缧绁之中。"（《谢量移汝州表》）① 当时可谓穷极。与此同时，乌台诗案中跟苏轼有诗歌往来的二十余名官员均受到处罚，王巩甚至被贬谪到岭南，这常令苏轼愧疚不已。为了避祸，苏轼焚烧笔砚，以"不作文字"自警，然而他时常技痒难耐，无论是在黄州还是后来在惠州、儋州，他都写过不少作品。在戒惧和创作冲动之间，他不得不收敛起创作中的经世锋芒，而走向了对优游情思与旷达襟怀的抒发。

在乌台诗案中，苏轼的心情极为沮丧，内心充满恐惧，如他所说："梦绕云山心似鹿，魂惊汤火命如鸡。"（《予以事系御史台狱，狱吏稍见侵，自度不能堪，死狱中，不得一别子由，故作二诗授狱卒梁成，以遗子由，二首》其二）② 他真正体会到生命因诗而面临的困境。出狱后，苏轼在《十二月二十八日，蒙恩责授检校水部员外郎黄州团练副使，复用前韵二首》（其二）中说："平生文字为吾累，此去声名不厌低。塞上纵归他日马，城东不斗少年鸡。"③ 他决定收敛往日放纵的习气，"平生文字为吾累，此去声名不厌低"表现出他对文字的戒惧和低调处事的决心。到达黄州后，"不作诗"成为他对自己的告诫和现实中的诗学态度，而且持律甚严。他曾在《与陈朝请二首》（其二）中说："某自窜逐以来，不复作诗与文字。"并说："多难畏人，遂不敢尔。其中虽无所云，而好事者巧以酝酿，便生出无穷事也。"④ 这是苏轼的切身感受，"好事者巧以酝酿"正是乌台诗案最终发生的主要原因，这使他对文字的态度极为审慎。他在《与沈睿达二首》（其二）中说："某自得罪，不复作诗文，公所知也。不惟笔砚荒废，实以多难畏人，虽知无所寄意，然好事者不肯见置，开口得罪，不如且已，不惟自守如此，亦愿公已之。"⑤ 他深畏"好事者"，更畏惧"开口得罪"的后果，不但自己不作诗文，而

---

① （宋）苏轼撰《苏轼文集》第 2 册，第 656 页。
② （宋）苏轼撰，（清）王文诰辑注《苏轼诗集》第 3 册，第 999 页。
③ （宋）苏轼撰，（清）王文诰辑注《苏轼诗集》第 3 册，第 1006 页。
④ （宋）苏轼撰《苏轼文集》第 4 册，第 1709 页。
⑤ （宋）苏轼撰《苏轼文集》第 4 册，第 1745 页。

且劝他人"已之",这与他对"诗能穷人"的考量是相通的。苏轼在《答秦太虚七首》中说:"程公辟须其子履中哀词,轼本自求作,今岂可食言。但得罪以来,不复作文字,自持颇严,若复一作,则决坏藩墙,今后仍复衮衮多言矣。"(其四)① 显然,他是担心一旦破了诗戒而留下后患。贬谪期间面对难以拒绝的文约,苏轼时常感到非常尴尬,不得不因此向对方表达歉疚之情,如他在《与程彝仲六首》中说:"所要亭记,岂敢于吾兄有所惜,但多难畏人,不复作文字……千万体察,非推辞也。"(其六)②

贬谪时期,苏轼常会用三种方式搪塞文约、躲避文祸。第一,写佛经等与现实无关的文字。如他在《与滕达道五首》(其二)中说:"自得罪以来,不敢作诗文字。近有成都僧惟简者,本一族兄,甚有道行,坚来要作《经藏碑》,却之不可。遂与变格都作迦语,贵无可笺注。"③ 所谓"无可笺注",即不能被"好事者"引申和指摘,以避免"生出无穷事"(《与陈朝请二首》其二)④。他在《与王佐才二首》(其二)中也说:"近来绝不作文,如忏赞引、藏经碑,皆专为佛教,以为无嫌,故偶作之,其他无一字也。"⑤ 第二,录他人诗作。周必大《跋东坡与赵梦得帖》记载:"(苏轼)特畏祸不欲赋诗,故录陶、杜篇什及旧作累数十纸以寓意。"⑥ 录他人文字既能表达情志,又没有取罪之虞,可谓借他人酒杯浇自己胸中块垒。第三,用旧作塞责。旧作自然是经过政治淘洗的作品,没有涉案的危险,相对安全。如他在《与程正辅七十一首》(其二十一)中说:"宠示诗域醉乡二首,格力益清茂。深欲继作,不惟高韵难攀,又子由及诸相识皆有书,痛戒作诗,其言甚切,不可不遵用。空被来贶,但惭汗而已。兄欲写陶体诗,不敢奉违,今写在扬州日二十首寄上,亦乞不示人也。"⑦ 有时苏轼也用和陶之作加以回应,如他在《与程正辅七十一首》(其十一)中说:"某喜用陶韵作诗,前后盖有四五十

---

① (宋)苏轼撰《苏轼文集》第4册,第1536页。
② (宋)苏轼撰《苏轼文集》第4册,第1752页。
③ (宋)苏轼撰《苏轼文集》第6册,第2473页。
④ (宋)苏轼撰《苏轼文集》第4册,第1709页。
⑤ (宋)苏轼撰《苏轼文集》第4册,第1715页。
⑥ 曾枣庄、刘琳主编《全宋文》第230册,第275页。
⑦ (宋)苏轼撰《苏轼文集》第4册,第1597页。

首，不知老兄要录何者？稍间，编成一轴附上也，只告不示人尔。"① 但他仍希望"不示人"为上。除了搪塞各种文约，品读他人作品也成为苏轼安顿内心、避免诗祸的一种途径。他在《与参寥子二十一首》（其二）中说："到黄已半年，朋游稀少……见寄数诗及近编诗集，详味，洒然如接清颜听软语也。比已焚笔砚，断作诗，故无缘属和，然时复一开以慰孤疾，幸甚！幸甚！"② 有时苏轼也用写药方来打发时间，排遣心绪。周必大《题苏季真家所藏东坡墨迹》记载："陆宣公为忠州别驾，避谤不著书，又以地多瘴疠，抄《集验方》五十卷，寓爱人利物之心。文忠苏公手书药法亦在琼州别驾时，其用意一也。"③ 总之苏轼使用各种能够想到的方法疏解文字之困。对于不作文字的时限，苏轼在《与上官彝三首》中说："见教作诗，既才思拙陋，又多难畏人，不作一字者，已三年矣。"（其三）④ 这种说法当然是夸张的，翻检《苏轼诗集》尚未有三年不作诗的情况。离开黄州时他又说："吾穷本坐诗，久服朋友戒。五年江湖上，闭口洗残债。"（《孙莘老寄墨四首》其四）⑤ 这里所说"五年"更不可信，但他对"不作诗"的态度可见一斑。

对"作诗"的戒惧并没有因为其离开黄州而终止。苏轼回朝后又遭遇策题之谤和扬州题诗之谤等，另如元祐三年（1088），苏轼又因麻制中有"民亦劳止"之语，赵挺之即"以为诽谤先帝"（苏轼《乞郡札子》）⑥。此前一年，赵挺之就曾指斥苏轼在策题中"引（王）莽、（董）卓、袁（绍）、曹（操）之事，及求所以篡国迟速之术，此何义也！"认为苏轼"公然欺罔二圣之聪明，而无所畏惮，考其设心，罪不可赦"⑦。赵挺之三番五次地对苏轼加以指斥，意在除之而后快，故苏轼有"挺之崄毒甚于李定、舒亶、何正臣"（《乞郡札子》）⑧ 之慨。而后来苏轼被贬谪到惠州、儋州，也都与其所作文字相关，这使苏轼更加感受到"诗人

---

① （宋）苏轼撰《苏轼文集》第4册，第1593页。
② （宋）苏轼撰《苏轼文集》第5册，第1859~1860页。
③ 曾枣庄、刘琳主编《全宋文》第230册，第325页。
④ （宋）苏轼撰《苏轼文集》第4册，第1713页。
⑤ （宋）苏轼撰，（清）王文诰辑注《苏轼诗集》第4册，第1322页。
⑥ （宋）苏轼撰《苏轼文集》第3册，第829页。
⑦ （宋）李焘撰《续资治通鉴长编》，"元祐二年十二月丙午"条，第9915页。
⑧ （宋）苏轼撰《苏轼文集》第3册，第829页。

例穷"的宿命,于是"不作诗"仍是他的生存戒律。在惠州,如他在《与程正辅七十一首》(其十六)中说:"前后惠诗皆未和,非敢懒也。盖子由近有书,深戒作诗,其言切至,云当焚砚弃笔,不但作而不出也。"① 不仅如此,即使在生命的最后阶段,苏轼仍以"掩口"来约束自己。北归时,他在《答李方叔十七首》(其十七)中说:"某自恨不以一身塞罪,坐累朋友。如方叔飘然一布衣,亦几不免。纯甫、少游,又安所获罪于天,遂断弃其命……忧患虽已过,更宜掩口以安晚节也。"② 一再表达对李廌(字方叔)、秦观等人的愧疚,重申了在忧患过后要"掩口以安晚节"的态度,表现出对"不作诗"的终身持守。

苏轼所谓"三年""五年"不作诗的说法无疑是夸大的,作为才华横溢的诗人,他在黄州、惠州、儋州时期的作品比比皆是,因此所谓"不作诗"多数时候只是担心文字"外流"而引起祸端的一种说辞。当创作冲动在诗人胸中涌动的时候,有时作家本人是难以抑制的,对于个性不吐不快的苏轼更是如此。在黄州时,他在《再和潜师》中就说:"吴山道人心似水,眼净尘空无可扫。故将妙语寄多情,横机欲试东坡老。东坡习气除未尽,时复长篇书小草。"③ 叙述了"习气未除"进而"时复长篇书小草"的情形。离开黄州后,苏轼在《孙莘老寄墨四首》(其四)中也讲述了"得句忍不吐"的难耐之情,他说:"五年江湖上,闭口洗残债。今来复稍稍,快痒如爬疥。先生不讥呵,又复寄诗械。幽光发奇思,点黮出荒怪。诗成自一笑,故疾逢虾蟹。"④ 经过五年的压抑,此刻苏轼终于能够大胆地作诗了,他说这种感觉像"快痒如爬疥"般痛快,而孙觉又偏偏寄上好墨,进一步引逗着苏轼的诗情,这种难耐之情就如同得了疥痒的人,还在不断地吃虾蟹,加深着痼疾却痛并快乐着。到惠州、儋州时期,难以抑制的诗情仍会使苏轼陷入难耐之境,破戒常成为他不得不面对的事情。苏轼在扬州时就曾说:"某在京师,已断作诗,近日又却时复为之,盖无以遣怀耳。"(《与林子中五首》其四)⑤

---

① (宋)苏轼撰《苏轼文集》第4册,第1594页。
② (宋)苏轼撰《苏轼文集》第4册,第1581页。
③ (宋)苏轼撰,(清)王文诰辑注《苏轼诗集》第4册,第1186页。
④ (宋)苏轼撰,(清)王文诰辑注《苏轼诗集》第4册,第1322~1323页。
⑤ (宋)苏轼撰《苏轼文集》第4册,第1657页。

后来他在惠州也明确说:"闲中习气不除,时有一二,然未尝传出也。"(《与曹子方五首》其三)① 说出了他并非完全不作诗的事实,究其原因就在于"无以遣怀耳"。当他面对落花时说:"多情好事余习气,惜花未忍都无言。"(《花落复次前韵》)② 而他唯一能做的就是请求别人勿将作品"示于人"。绍圣三年(1096),苏轼在《次韵惠循二守相会》诗后说:"因见二公唱和之盛,忽破戒作此诗与文之(按:循州太守周彦质,字文之)。一阅讫,即焚之,慎勿传也。"③ 同年,太守方子容与循州太守周彦质造访白鹤轩,苏轼又在《又次韵二守同访新居》诗后说:"请一呈文之,便毁之,切告切告。"④ 同年,知循州周彦斌过惠,以妓相随,苏轼作《循守临行出小鬟,复用前韵》加以调侃,然而苏轼说:"虽为戏笑,亦告不示人也。"⑤ 对此施注云:"每诗皆丁宁切至,勿以示人,盖公平生以文字招谤蹈祸,虑患益深,然海南之役,竟不免焉。吁,可叹哉。"⑥ 这种技痒难耐之情与对诗的戒惧,迫使他必须在创作取向上做出选择,以尽量规避现实风险,因此,他收敛起早年积极入世的创作锋芒或许是继续创作的最好方式,这是苏轼也是北宋后期诗学在残酷的现实面前做出的必然选择。

贬谪前苏轼曾深受庆历以来经世诗学的影响,作品中充满着直面现实的勇气。在贬谪后,他也没有完全失去士大夫应有的处世品格,在残酷的现实面前他仍然有着批评现实的勇气。如元丰五年(1082),苏轼在黄州作《鱼蛮子》描述打鱼人的生活,诗云:"江淮水为田,舟楫为室居。鱼虾以为粮,不耕自有余。异哉鱼蛮子,本非左衽徒。连排入江住,竹瓦三尺庐。于焉长子孙,戚施且侏儒。擘水取鲂鲤,易如拾诸途。破釜不著盐,雪鳞芼青蔬。一饱便甘寝,何异獭与狙。人间行路难,踏地出赋租。不如鱼蛮子,驾浪浮空虚。空虚未可知,会当算舟车。蛮子叩头泣,勿语桑大夫。"⑦ 诗中"桑大夫"是汉代以善为国家理财著称的

---

① (宋)苏轼撰《苏轼文集》第4册,第1775页。
② (宋)苏轼撰,(清)王文诰辑注《苏轼诗集》第6册,第2079页。
③ (宋)苏轼撰,(清)王文诰辑注《苏轼诗集》第7册,第2220页。
④ (宋)苏轼撰,(清)王文诰辑注《苏轼诗集》第7册,第2221页。
⑤ (宋)苏轼撰,(清)王文诰辑注《苏轼诗集》第7册,第2222页。
⑥ (宋)苏轼撰,(清)王文诰辑注《苏轼诗集》第7册,第2222页。
⑦ (宋)苏轼撰,(清)王文诰辑注《苏轼诗集》第4册,第1124~1125页。

桑弘羊，这里代指为朝廷征收各种税赋的官吏，诗歌反映了渔民的生活和他们的苦恼，表现出苏轼对下层百姓的关注。绍圣二年（1095），苏轼在惠州时期所作《荔枝叹》更是一首直接批判皇帝腐朽生活的作品，诗中云："争新买宠各出意，今年斗品充官茶。吾君所乏岂此物，致养口体何陋耶。洛阳相君忠孝家，可怜亦进姚黄花。"① 然而不可否认的是，苏轼在乌台诗案后揭露社会现实的作品仅此而已，显然是急剧减少了。对于这种转变，前人看得很清楚。与苏轼交情笃厚的僧人参寥就说："东坡天才，无施不可以，少也实嗜梦得诗，故造词遣言，峻峙渊深，时有梦得波峭。然无己此论，施于黄州以前可也，坡自元丰末还朝后，出入李、杜，则梦得已有奔逸绝尘之叹矣。无己近来得渡岭越海篇章，行吟坐咏，不绝舌吻，常云此老深入少陵堂奥，他人何可及？"（朱弁《曲洧旧闻》卷九）② 这是针对陈师道批评苏轼"学刘禹锡，故多怨刺"③ 而发的，参寥则以贬谪黄州为界，把苏轼诗分为前后两个时期，他认为苏轼贬谪黄州后诗不再"峻峙渊深""有梦得波峭"，而是令"梦得已有奔逸绝尘之叹"。参寥说，这种转变也令陈师道叹服，陈后山自己也认为，苏轼后期作品"深入少陵堂奥"。其所谓"少陵堂奥"自然是温柔敦厚之作，是与"怨刺"相对的。因此，无论是在参寥还是陈师道看来，苏轼贬谪黄州后诗已走出了怨刺的旧途。

南宋陈善也指出："鲁直言：'东坡文字妙一世，其短处在好骂耳。'予观山谷浑厚，坡似不及。坡盖多与物忤，其游戏翰墨，有不可处，辄见之诗。……坡自晚年更涉世患，痛自摩治，尽黜圭角，方更纯熟。"（《扪虱新话》卷六）④ 他认为苏轼早年"有不可处，辄见之诗"，而在晚年"更涉世患，痛自摩治，尽黜圭角"之后，苏轼诗"方更纯熟"，也就是磨去了昔日的棱角。魏了翁对此做过更为细致的阐述，他说："世之知苏子者必曰言语文字妙天下，其不知之则曰讥讪嫚侮，不足于诚，乃若苏子始终进德之序，人或未尽知也。方嘉祐、治平间，年盛气强，熙宁以后，婴祸触患，靡所回挠；元祐再出，益趋平实，片言只词，风

---

① （宋）苏轼撰，（清）王文诰辑注《苏轼诗集》第7册，第2127页。
② 《宋元笔记小说大观》第3册，第3018页。
③ （清）何文焕辑《历代诗话》，第306页。
④ （宋）陈善：《扪虱新话》，上海书店涵芬楼影印本，1990。

动四方;追绍圣后则消释贯融,沉毅诚悫,又非中身以前比矣。士不精考而以一事概一人,一言蔽一生者,姑以是思之。"(《跋公安张氏所藏东坡帖》)① 他把苏轼诗的演变分为"嘉祐、治平""熙宁""元祐""绍圣后"四个时期,其中又以"元祐"为界,他认为苏轼后期诗歌"益趋平实","非中身以前比矣"。他认为,苏轼诗存在"进德之序",并两处用了"诚"字:一是苏轼前期诗"讥讪嫚侮,不足于诚";二是苏轼后期诗歌"沉毅诚悫"。在理学中,"诚"是一种重要的涵养,朱熹解释说:"诚者,真实无妄之谓,天理之本然也。"② 简言之,"诚"就是无妄。在魏了翁看来,苏轼诗有着从"不足于诚"到"诚"的转变,"诚"就是苏轼前后期诗歌最大的变化。

元人方回也曾说:"(东坡)黄州七年后,诗未尝再为讥诃。"③ 我们从创作上看,苏轼前期诗歌纵论古今,常体现出舍我其谁的气魄。如嘉祐五年(1060)苏轼《荆州十首》(其十)云:"柳门京国道,驱马及春阳。野火烧枯草,东风动绿芒。北行连许、邓,南去极衡湘。楚境横天下,怀王信弱王。"④ 纪昀评曰:"此首总收结句,寓自负之意,此犹少年初出意气方盛之时也。黄州以后,无复此种议论也。"⑤ 他所谓"黄州以后,无复此种议论",也就是方回所说的"黄州七年后,诗未尝再为讥诃"。

综上所述,乌台诗案后苏轼创作上的变化可谓有目共睹。与创作上收敛现实锋芒相应,苏轼在诗学上也倾向于对淡泊充盈的赞赏和向往。他在《王定国诗集叙》中说:

> 今定国以余故得罪,贬海上三年,一子死贬所,一子死于家,定国亦病几死。余意其怨我甚,不敢以书相闻。而定国归至江西,以其岭外所作诗数百首寄余,皆清平丰融,蔼然有治世之音,其言与志得道行者无异。幽忧愤叹之作,盖亦有之矣,特恐死岭外,而

---

① 曾枣庄、刘琳主编《全宋文》第 310 册,第 173 页。
② (宋)朱熹:《四书章句集注》,第 31 页。
③ (宋)方回:《桐江集》卷 5,《续修四库全书》本,第 1322 册,第 439 页。
④ (宋)苏轼撰,(清)王文诰辑注《苏轼诗集》第 1 册,第 67 页。
⑤ (清)纪昀评《苏文忠公诗集》卷 2,清道光十四年两广节署刻朱墨套印本。

天子之恩不及报，以悉其父祖耳。……今余老不复作诗，又以病止酒，闭门不出，门外数步即大江，经月不至江上，眊眊焉真一老农夫也。而定国诗益工，饮酒不衰，所至翱翔徜徉，穷山水之胜，不以厄穷衰老改其度。今而后，余之所畏服于定国者，不独其诗也。①

他首先阐述了王巩所遭受的人生之厄，即"贬海上三年，一子死贬所，一子死于家，定国亦病几死"。在这种情况下，王巩的诗却"清平丰融，蔼然有治世之音，其言与志得道行者无异"。对王巩超然、旷达的气度，苏轼是非常叹服的，他说："所畏服于定国者，不独其诗也。"王巩的气度表现在诗歌中就是"清平丰融"的风貌，所谓"清平"就是平和淡泊，"丰融"就是充盈自足。苏轼在黄州曾批评陈慥的作品说，"豪放太过，恐造物者不容人如此快活"（《与陈季常十六首》其十三）②，这恐怕是苏轼在艰险备尝后，出于对身世境遇的切身体会与反思而得出的结论，表现出与北宋中期迥然不同的取向。"平淡"是宋人精神世界与诗学世界的重要特质，"清平丰融"就是这种淡泊却充盈的一种境界，与第五章中刘挚所说的"平淡丰腴"相近。

第四节　黄州耕作：陶渊明接受的关键因素

谈论苏轼对陶渊明的接受，人们一般会想到"和陶"。但这只触及了这一经典诗学现象的表面，究其实际，造就苏轼接受陶渊明这段经典的关键因素，是他在黄州时期的耕作经历。接受陶渊明的方式有很多，或饮酒寄傲、北窗下卧，或赏菊、抚琴、躬耕等，但如果没有对土地的深刻依赖，并把生命安放于大地田园，再多的崇陶形式也只能是程度不同的附会风雅。贬谪黄州之前，苏轼接受的是以饮酒、赏菊为特征的符号化的陶渊明，跟其他人没有什么不同。贬谪黄州时期，苏轼迫于生计不得不躬耕于田园，这使他最大限度地走近了陶渊明，为他全面认同陶渊明奠定了深厚的生活基础。绍圣、元符时期，苏轼接受陶渊明达到了

---

① （宋）苏轼撰《苏轼文集》第1册，第318页。
② （宋）苏轼撰《苏轼文集》第4册，第1569页。

顶峰，但如果没有黄州时期对土地的耕作、依赖以及情感积淀，即使惠州、儋州时期遭受再大的挫折和磨难，恐怕也难以超越众人，达到与陶渊明合而为一的程度。

一　东坡耕作：陶渊明接受的分水岭

袁行霈在《论和陶诗及其文化意蕴》中说："陶渊明已经成为中国文化中的一个符号。……我们不能排除后人对他的认识有理想化的成分，而这正是符号的特点。至于和陶的人，多数未能达到陶渊明那样的人生境界，有的只不过是借以自我标榜而已。"① 贬谪黄州以前，苏轼接受陶渊明就处于这种符号化阶段。如熙宁三年（1070），苏轼在《绿筠亭》中说："爱竹能延客，求诗剩挂墙。风梢千纛乱，月影万夫长。谷鸟惊棋响，山蜂识酒香。只应陶靖节，会听北窗凉。"② 尾联以陶渊明的"北窗"③意象作结，表达居于此地的惬意感受，这里陶渊明代表的是隐士放达自任的风神。再如在乌台诗案中被根勘的《李杞寺丞见和前篇，复用元韵答之》，诗云："兽在薮，鱼在湖，一入池槛归期无。误随弓旌落尘土，坐使鞭箠环呻呼。追胥连保罪及孥，百日愁叹一日娱。白云旧有终老约，朱绶岂合山人纡。人生何者非蘧庐，故山鹤怨秋猿孤。何时自驾鹿车去，扫除白发烦菖蒲。麻鞋短后随猎夫，射弋狐兔供朝晡。陶潜自作《五柳传》，潘阆画入三峰图。吾年凛凛今几馀，知非不去惭卫蘧。岁荒无术归亡逋，鹄则易画虎难摹。"④ 此诗写于熙宁新政的背景下，在"岁荒无术归亡逋，鹄则易画虎难摹"的处境中，陶渊明成为苏轼逃避现实的救命稻草，所谓"陶潜自作《五柳传》，潘阆画入三峰图"，具有鲜明的符号意义，"五柳"意象则代表隐居。

对陶渊明的符号化接受，在古往今来的文人中最为普遍，这在《全宋诗》中可谓比比皆是，兹不赘述。符号化是表面性的接受，它并没有深入陶渊明的世界中，这归根结底源于人们与陶渊明世界的隔阂。对苏

---

① 袁行霈：《论和陶诗及其文化意蕴》，《中国社会科学》2003年第6期。
② （宋）苏轼撰，（清）王文诰辑注《苏轼诗集》第1册，第247页。
③ 陶渊明《与子俨等疏》云："北窗下卧，遇凉风暂至，自谓是羲皇上人。"见（晋）陶渊明撰，龚斌校笺《陶渊明集校笺》，上海古籍出版社，1996，第441页。
④ （宋）苏轼撰，（清）王文诰辑注《苏轼诗集》第2册，第319~320页。

轼来说，在贬谪黄州之前他是在读书与仕宦生涯中度过的，主要是在诗文中理解和领悟陶渊明，他所领会到的都是北窗下、菊花前的陶渊明形象。

实际上，在这种情境下接受陶渊明最为深入的并不是苏轼，而是王安石。熙宁后期，王安石带着失望与落寞退居江宁，他用佛经安顿内心，将身心投放到江宁的山山水水中间，把此地的人、物都通过想象，融入陶渊明的世界。如比邻而居的隐士杨德逢，王安石说："先生贫弊古人风，缅想柴桑在眼中。"（《示德逢》）① 再如俞秀老，终身不仕不娶，从王安石游，王安石说："山前邂逅武陵客，水际仿佛秦人逃。"（《移桃花示俞秀老》）② 除了人、物，王安石对"武陵源"这一意象更是情有独钟，并把它与身边的世界结合起来。如《段氏园亭》云："欹眠随水转东垣，一点炊烟映水昏。漫漫芙蕖难觅路，翛翛杨柳独知门。青山呈露新如染，白鸟嬉游静不烦。朱雀航边今有此，可能摇荡武陵源？"③ 其《径暖》亦云："径暖草如积，山晴花更繁。纵横一川水，高下数家村。静憩鸡鸣午，荒寻犬吠昏。归来向人说，疑是武陵源。"④ 在《送春》中也说："武陵山下朝买船，风吹宿雾山花鲜。"⑤ 显然，王安石是在用自己的世界向陶渊明贴合，用概念化的想象走近陶渊明。在这一点上，他是超越苏轼的。但王安石对陶渊明的接受到此而止，苏轼对陶渊明的接受则因黄州耕作这一契机而向纵深方向发展，从而超越了王安石以及其他北宋文人。

贬谪黄州后，苏轼俸禄锐减⑥，他在《与章子厚参政书二首》（其

---

① （宋）王安石著，李壁笺注《王荆文公诗笺注》，上海古籍出版社，2010，第850页。
② （宋）王安石著，李壁笺注《王荆文公诗笺注》，第81页。
③ （宋）王安石著，李壁笺注《王荆文公诗笺注》，第631页。
④ （宋）王安石著，李壁笺注《王荆文公诗笺注》，第522页。
⑤ （宋）王安石著，李壁笺注《王荆文公诗笺注》，第146页。
⑥ 何忠礼认为："贬官以后，苏轼被撤去了知州差遣，寄禄官亦由祠部员外郎降至团练副使，因此每月除却团练副使的二十千俸钱外，其他收入已全部停罢。这点俸钱与以前各项俸禄相比，确有天壤之别，特别是失去了禄米和巨额圭租，损失更大。故言'左宦无俸禄'或'廪人既绝'，虽有一定程度的夸张，但确实也不算太过分。"参见何忠礼《苏轼在黄州的日用钱问题及其他》，《杭州大学学报》（哲学社会科学版）1989年第4期。

一)中说:"禄廪相绝,恐年载间,遂有饥寒之忧,不能不少念。"① 为维持基本的生活需求,他只好耕种于东坡。为此他还特地买了一头牛,他在《与王定国》(第十三)中说:"近于侧左得荒地数十亩,买牛一具,躬耕其中。"② 在田园劳作过程中,他本人已宛若农人。如他在《次韵孔毅父久旱已而甚雨三首》(其二)中说:"去年东坡拾瓦砾,自种黄桑三百尺。……沛然例赐三尺雨,造物无心恍难测。四方上下同一云,甘霆不为龙所隔。蓬蒿下湿迎晓末,灯火新凉催夜织。老夫作罢得甘寝,卧听墙东人响屐。奔流未已坑谷平,折苇枯荷恣漂溺。……会当作塘径千步,横断西北遮山泉。四邻相率助举杵,人人知我囊无钱。明年共看决渠雨,饥饱在我宁关天。谁能伴我田间饮,醉倒惟有支头砖。"③ 他的所思所想所为都与农民一般无二,这与陶渊明跟农民之间"相见无杂言,但道桑麻长"(《归园田居》其二)④ 的情态是一样的。同时苏轼耕种虽苦,但也不乏生活情趣。他"不令寸地闲,更乞茶子蓺。饥寒未知免,已作太饱计"(《问大冶长老乞桃花茶栽东坡》)⑤,在"饥寒未知免"的时候,他已经迫不及待地要栽种一些茶来调剂生活了,并调侃说"庶几通有无,农末不相戾",说明苏轼底子里仍不是地道的农民,而是保持着文人的清雅情趣。正因为如此,他才有余力欣赏这片土地,这与陶渊明"此中有真意,欲辩已忘言"的沉醉状态是一致的。在黄州,他的妻子也变成了"农妇"。苏轼在《与章子厚》(其一)中说妻子不但与自己"身耕妻蚕"⑥,而且还熟稔了农民的一系列生活技能,他说:"昨日一牛病几死,牛医不识其状,而老妻识之,曰:'此牛发豆斑疮也,法当以青蒿粥啖之。'用其言而效。勿谓仆谪居之后,一向便作村舍翁。老妻犹解接黑牡丹也。言此,发公千里一笑。"⑦ 此时章惇在京城青云得志,苏轼却在黄州垦田,他的老妻甚至学会了嫁接黑牡丹和养蚕,乃至给牛治病。苏轼这位"村舍翁"在信中述及此事,当然不仅只为"发公千里一笑",

---

① (宋)苏轼撰《苏轼文集》第4册,第1412页。
② (宋)苏轼撰《苏轼文集》第4册,第1520~1521页。
③ (宋)苏轼撰,(清)王文诰辑注《苏轼诗集》第4册,第1122~1123页。
④ (晋)陶渊明撰,龚斌校笺《陶渊明集校笺》,第77页。
⑤ (宋)苏轼撰,(清)王文诰辑注《苏轼诗集》第4册,第1119页。
⑥ (宋)苏轼撰《苏轼文集》第4册,第1639页。
⑦ (宋)苏轼撰《苏轼文集》第4册,第1639页。

更是带着自嘲的意味，但我们却可以看出他在黄州时期生活内容的变化，所以我们才看到了土地上的苏轼形象。

对此，人们常常引用两首词。一是元丰五年（1082）所作《哨遍》，其序云："余治东坡，筑雪堂于上，人俱笑其陋。独鄱阳董毅夫过而悦之，有卜邻之意。乃取《归去来词》，稍加櫽栝，使就声律，以遗毅夫。使家僮歌之，时相从于东坡，释耒而和之，扣牛角而为之节，不亦乐乎。"此词为櫽栝陶文之作，他治东坡，筑雪堂，家僮侍立，都不乏陶令风采，词云："吾年今已如此。但小窗容膝闭柴扉。策杖看孤云暮鸿飞。云出无心，鸟倦知还，本非有意。……步翠麓崎岖，泛溪窈窕，涓涓暗谷流春水。观草木欣荣，幽人自感，吾生行且休矣。"① 从中我们看到的是苏轼的生存空间、精神世界与陶渊明有如此多的近似与叠合，而他实际上是借陶令之酒浇自己胸中块垒。另一首词是同年所作的《江城子》，我们从中更可看到苏轼与陶渊明世界的相近，序曰：

> 陶渊明以正月五日游斜川，临流班坐，顾瞻南阜，爱曾城之独秀，乃作斜川诗，至今使人想见其处。元丰壬戌之春，余躬耕于东坡，筑雪堂居之。南挹四望亭之后丘，西控北山之微泉，慨然而叹，此亦斜川之游也。乃作长短句，以《江城子》歌之。

词云：

> 梦中了了醉中醒。只渊明。是前生。走遍人间、依旧却躬耕。昨夜东坡春雨足，乌鹊喜，报新晴。　雪堂西畔暗泉鸣。北山倾。小溪横。南望亭丘、孤秀耸曾城。都是斜川当日境，吾老矣，寄余龄。②

在词中，苏轼觉悟到身边的"四望亭之后丘""北山之微泉"，无异于陶令之"斜川"，他自己则无异于黄州之陶令与宋时之渊明，他更是

---

① （宋）苏轼著，邹同庆、王宗堂校注《苏轼词编年校注》中册，中华书局，2002，第388~389页。

② （宋）苏轼著，邹同庆、王宗堂校注《苏轼词编年校注》上册，第352~353页。

将陶渊明视为自己的"前生",初步表现出对陶渊明人生、行事以及情怀的全方位认同。此时,苏轼贬谪黄州已有三年之久,朝廷却仍没有任何除授的迹象,因此他对未来难以抱有过多的幻想,于是他索性买田、筑房,将心与身结根于田园。正是这个契机,他才与陶渊明有了更高层次对话的可能。因此从仕途人生来看,贬谪黄州可谓苏轼之厄,但对陶渊明接受来说,则是莫大的幸事。

与王安石在"武陵源"中排遣内心的压抑不同,苏轼在黄州要靠耕种贴补家用,"东坡"是他获取生活资料的重要来源,是其"禄廪相绝"(《与章子厚参政书二首》其一)[①]时的无奈选择,耕耘对苏轼来说不仅仅是一种体验,更是维系生活的保障,因此他深深依赖那片土地。同时他回朝无望,索性买田、筑房,将身心沉浸在那片土地上,这是他从现实困境中解脱的最好方式,因此他的生存与精神都深刻依赖着黄州的"东坡",这与陶渊明对土地的感情极为相似。对陶渊明来说,田园不仅是他维系生存的必要条件,更是他逃避黑暗现实的场所,土地不仅维系其生命,更维系其生命的纯洁,除此,他已无处可"逃"。因此在对土地的依赖上,苏轼与陶渊明是相通的,唯其如此,苏轼才有了理解陶渊明得天独厚的条件及与陶渊明对话的平台,并由此与其他在土地上怡情养性的文人区别开来。

北宋有过农耕经历的文人并不少见,但都没有像苏轼那样深入地接受陶渊明。这些文人大致可分为两类:一是有农耕经历,但田园并不是其精神的主要活动场所;二是从事农业劳作,但只是其怡情养性的方式,田园并不构成维系其生存的必要条件。笔者这里选择了北宋有耕种经历且写作田园诗较多的四位诗人,其他诗人的情况可以照此类推。

首先看第一类。

吕南公,字次儒,举进士不第。"熙宁中,士方推崇马融、王肃、许慎之业,剽掠补拆临摹之艺大行,南公度不能逐时好,一试礼闱不偶,退筑室灌园,不复以进取为意。……元祐初,立十科荐士,中书舍人曾肇上疏,称其读书为文,不事俗学,安贫守道,志希古人,堪充师表科。

---

① (宋)苏轼撰《苏轼文集》第4册,第1412页。

一时廷臣亦多称之。议欲命以官，未及而卒。"① 因此，他大部分时间屏居乡里，确切地说，他是一位乡绅，生活中很重要的活动是经营田产。他不但要"先春理陂渠"（《壬戌岁归治西村居奉答次道见寄长句》）②、"颠倒粪畦畛"（《谢邻翁》）③，在一场新雨后，他在《傍湖行观》中欣慰地发出了"固知农趋时，岂特劝督明"④的感叹，而且在秋收时要计算一年的收入与支出，即所谓"穷秋我何事，岁计聊支准"（《谢邻翁》）⑤。除了耕种，他还要修缮房屋，如他在《西村》中说："伊我先君子，故家待增修。还当起楹檐，此志敢不求。开辟三处径，疏通四前沟。有轩列琴书，有室贮锄耰。"⑥ 但他并不需要亲自参与太多的田间劳作，正如他所谓"盛夏督耘耔"（《壬戌岁归治西村居奉答次道见寄长句》）⑦，他更多的是土地上的劳心者，而非劳力者。

但吕南公对耕作生活并不满意。他在《壬戌岁归治西村居奉答次道见寄长句》中说："肃肃白虎殿，潭潭承明庐。人皆通籍游，我独老饭蔬。譬彼兽啖土，岂其恶甘腴。道穷吾何之，只得归荷锄。"⑧ 从中可知，他内心充满着"人皆通籍游，我独老饭蔬"的愤懑，而他所说"道穷吾何之，只得归荷锄"则充满了对人生的无奈。据《全宋诗》小传⑨，吕南公生于庆历七年（1047），卒于元祐元年（1086）。诗题中"壬戌岁"即元丰五年（1082），此年吕南公36岁，距其卒年仅四岁。他又在《陪道先兄游麻源辄赋二小诗》中说："十五年前胆气粗，拟将文字换金珠。科场委顿成何事，耕稼辛勤落晚途。"（其二）⑩ 据《正德新城县志》，他于"熙宁初，尝与乡荐"⑪，以此为限后推十五年，可知此诗作于他在世的最后几年。由此，可见他一生都为不能入仕而愤愤不平，"只

---

① （元）脱脱等撰《宋史》第37册，第13122页。
② 北京大学古文献研究所编《全宋诗》第18册，第11823页。
③ 北京大学古文献研究所编《全宋诗》第18册，第11820页。
④ 北京大学古文献研究所编《全宋诗》第18册，第11824页。
⑤ 北京大学古文献研究所编《全宋诗》第18册，第11820页。
⑥ 北京大学古文献研究所编《全宋诗》第18册，第11834页。
⑦ 北京大学古文献研究所编《全宋诗》第18册，第11823页。
⑧ 北京大学古文献研究所编《全宋诗》第18册，第11823页。
⑨ 北京大学古文献研究所编《全宋诗》第18册，第11802页。
⑩ 北京大学古文献研究所编《全宋诗》第18册，第11864页。
⑪ 《天一阁藏明代地方志选刊续编》，上海书店，1990，第565页。

得归荷锄"对他来说实是一种无奈的选择。或许是出于对当世的不满及身世感慨，他常用诗歌讥刺现实，这也成为其诗歌的一个重要特色。所以土地虽为其生存所系，但他对土地的感情并不深，甚至为不能脱离土地步入仕途而愤懑。在这种情况下，他不可能像苏轼那样对陶渊明有深刻的领悟，他接受的只是符号化的陶渊明形象。如其《百年》说："安得一廛闲散去，耕桑吟醉似陶潜。"① 他在《答道先寄酒柴荆》中也说："江州双酎到篱东，快杀陶家寂寞翁。……何必篮舆依五柳，久来身世醉乡中。"② 都只是以陶渊明标榜自己而已。

其次看第二类，即田间劳作只是一种生活方式，不构成生存的必要条件。

沈辽，字睿达，钱塘人。与苏轼、黄庭坚等人交游，官至太常寺奉礼郎。因事夺官流永州，三年后东下，退居池州。在池州期间，躬耕于田园。他在《次韵奉酬文翁》中说："南庄夫子谢声名，夸我田家蚕且耕。"③ 又在《初耕东坡》中说："观田东坡去，春事日已揭。耕破岭上云，凿开岩下月。种我十亩粟，中有薇与蕨。优游卒岁事，山前梳秃发。"④ 可见他确实参加了农业劳作。然而他的生活并不困顿，他始终颇有田产。他早年在《次韵酬公夫二首》中说："贱官牵帅终非意，故国归休粗有田。"（其一）⑤ 当他归隐时，则在《东归》中说："断知无乐亦无忧，薄有田园沧海头。"⑥ 经过黄州，他在《赠别子瞻》中说："老夫寂寂出三湘，更欲卜居池水阳。薄田止须数十亩，田上更树麻与桑。"⑦ 实际到达池州后，他拥有的土地不止"数十亩"。沈辽曾在《初创二山》中说："始吾购二山，何为不相属。中间古兰若，台观当山腹。……我乃巢西崦，手自亲锄劚。青溪漫无际，岛屿相重复。雨余山更佳，春流涨平峪。下瞰池阳市，修烟弄芬馥。……清旷无俗韵，修明资远目。去秋已种麦，今春复栽粟。野老岂余欺，东坡幸膏沐。二山谁

---

① 北京大学古文献研究所编《全宋诗》第18册，第11855页。
② 北京大学古文献研究所编《全宋诗》第18册，第11864页。
③ 北京大学古文献研究所编《全宋诗》第12册，第8262页。
④ 北京大学古文献研究所编《全宋诗》第12册，第8312页。
⑤ 北京大学古文献研究所编《全宋诗》第12册，第8272页。
⑥ 北京大学古文献研究所编《全宋诗》第12册，第8257页。
⑦ 北京大学古文献研究所编《全宋诗》第12册，第8302页。

与适，最与枯藤熟。相见讵无人，顾我真麋鹿。"① 从山上可以俯瞰池州城，可知其山之高大，而他就在此山筑室耕种，可见其生活资料是非常充足的。对于耕种，正如他所说的"优游卒岁事"（《初耕东坡》）②，是兴之所至，而非生存的必要手段。在这种情况下，他对陶渊明的理解就没有苏轼那么深刻，陶渊明对他来说只是效法的对象，仅限于向往之情。如他在《次韵奉酬文翁》中说："阳狂长鄙向子平，弦歌偶似陶渊明。"③ 在《西斋》中也说："幸有方床不得眠，行休已有陶潜兴。"④ 又如其在《杂感》中说："区区白驹隙，君子慎所行。不如陶渊明，超然自归耕。"⑤ 弦歌、闲适、归耕是他所欣赏的，陶渊明对他来说只是这种生活的代名词。

再如张耒，他关注民生，也喜欢耕种，一生两次谪居黄州。崇宁五年（1106）遇赦后，他退居陈州，直到离世。他的耕种生活始于贬谪黄州时期。但躬耕并非其生存的必要手段，只是生活中的一种情趣。如其《种圃》说："僦舍亦为圃，从人笑我痴。自求佳草木，仍补小藩篱。吾事正如此，人生聊自怡。霜松未及尺，独我见奇姿。"⑥ 再如他在《理东堂隙地自种菜》中说："幽居无一事，隙地自畦蔬。秋雨忽甲坼，青青千万余。江乡盛菘芥，烹咀亦甘腴。岂惟供晨餐，庶用备冬菹。桓桓左将军，英气横八区。邂逅无事时，弛弓曾把锄。矧我放逐者，终年守敝庐。谅非勤四体，寓意以为娱。"⑦ 从中可知躬耕只是他"幽居无一事""人生聊自怡"的手段，是其"谅非勤四体，寓意以为娱"的一种生活态度，与苏轼为满足二十余家口生计而耕作的目的是不同的。

张耒晚年虽然生活在贫困交加之中，但考其诗文，他所耕种的土地仅限于园圃，所植除园蔬外，大都为观赏性的花木等，他并未参加大型的农业劳作。如前所述，张耒在白居易和陶渊明之间，更欣羡"奉养略

---

① 北京大学古文献研究所编《全宋诗》第 12 册，第 8306 页。
② 北京大学古文献研究所编《全宋诗》第 12 册，第 8312 页。
③ 北京大学古文献研究所编《全宋诗》第 12 册，第 8262 页。
④ 北京大学古文献研究所编《全宋诗》第 12 册，第 8267 页。
⑤ 北京大学古文献研究所编《全宋诗》第 12 册，第 8326 页。
⑥ （宋）张耒：《张耒集》，第 341 页。"僦"，此本作"促"，误，据诸本改。
⑦ （宋）张耒：《张耒集》，第 189～190 页。

如白"(《题吴德仁诗卷》)① 的状态,故他对陶渊明的接受只停留在符号化的层面。除了在《冬日放言二十一首》(其十七)中对陶渊明"义熙书甲子,此意有泾渭"② 的忠义表示推崇外,其余均是对陶渊明以酒释怀的赞赏,如其《雪晴野望》说:"客坐无毡君莫笑,陶潜亦有酒盈樽。"③ 再如《秋雨独酌三首》(其三)云:"惟有尊中物,于人差有功。不解作悲秋,吾师柴桑翁。"④

最后看李之仪。他从学苏门,坐元祐党籍被贬谪当涂,此后数年大多居住于此,其间他曾躬耕田园,直至去世。其《路西田舍示虞孙小诗二十四首》跋云:"余既触罪罟,遂与时忌。求所以寄其余生者,无如躬耕为可乐。适有田数顷,分两处,或舟或车往来其间,随时抑扬,以寓其所乐。而地薄农拙,种种辄身履之。然天时一不相契,则其力至于数倍,虽终归于有数,要是营求完补,几顷刻不得暇。旁观若不余堪,而我之乐常在也。"⑤ 跟张耒不同的是,他切身体会到了农耕的艰辛,但与张耒相同的是,他也把耕种当作"寄其余生"的手段,以及"我之乐常在"的一种生存方式。他的生存压力不像苏轼那么大,除了西庄、宁国庄等,汤华泉认为:"宣城可能有他的田产,王明清《挥麈后录》卷六谓其家几十年后'犹在宛陵姑孰之间村落中',也可能包括了宣城的田产。"⑥ 因此,可资其生存的田产并非一处。同时贬谪当涂时,李之仪已年届六旬,恐已不能胜任田间劳作,所谓"西庄南亩时来往,常得青山在坐隅"(《路西田舍示虞孙小诗二十四首》其二十)⑦,恐怕是他对土地的主要感情,因此他对土地的感情并不像苏轼那么深沉和厚重,与陶渊明也有较大差距。

综上所述,在北宋有过耕作经历的人不少,推崇陶渊明也是时代风气使然,但与苏轼相比,这些文人或饮酒寄傲,或北窗下卧,或赏菊抚琴等,都是通过"效仿"来实现陶渊明式的生活情态,他们更多的是土

---

① (宋)张耒:《张耒集》,第808页。
② (宋)张耒:《张耒集》,第116页。
③ (宋)张耒:《张耒集》,第418页。
④ 北京大学古文献研究所编《全宋诗》第20册,第13411页。
⑤ 北京大学古文献研究所编《全宋诗》第17册,第11285页。
⑥ 汤华泉:《李之仪晚年四事新考》,《滁州学院学报》2008年第1期。
⑦ 北京大学古文献研究所编《全宋诗》第17册,第11285页。

地上的消遣者，缺少源于生存而产生的对土地的深刻依赖，更没有将生命意蕴赋予脚下这片土地的人生期待，因此都难以真正深入接受和领悟陶渊明，并达到后来苏轼所说的"渊明即我"的境界。

二 贬谪惠州、儋州并非关键因素

苏轼之所以在惠州、儋州时期达到陶渊明接受的高潮，很大程度上来自黄州时期对土地的记忆和情感积淀。为说明这一点，我们不妨从苏轼的黄州耕作中，提取他深入接受陶渊明的四种要素：一是崇尚陶渊明；二是耕种经历；三是对土地的生存依赖；四是对土地的精神依赖，即将生命意蕴融入脚下的土地。

这四种要素在北宋其他文人，以及苏轼在惠州、儋州时期的人生经历中，只具备其中的一至三种。如崇尚陶渊明，宋人大都如此，若仅止于此，苏轼对陶渊明的接受只能停留在符号化层面上。再如耕种经历，这会大大提升深入接受陶渊明的可能性，但若浅尝辄止，只为怡情养性，也难以深入领悟陶渊明。又如对土地的生存依赖，这一点吕南公是具备的，但他没有将精神世界放置在土地上，最终也与陶渊明擦肩而过。对第四种要素，张耒、李之仪等人虽然将精神世界放置在土地上，但因没有对土地的生存依赖，也都没能透彻地领悟到陶渊明所赋予土地的生命意蕴。这是我们从北宋文人接受陶渊明的普遍情况中得出的结论。

而黄州耕作对苏轼的影响是深刻的。元丰七年（1084），苏轼离开黄州，他所作《次韵滕元发、许仲途、秦少游》说："二公诗格老弥新，醉后狂吟许野人。坐看青丘吞泽芥，自惭黄潦荐溪萍。两邦旌纛光相照，十亩锄犁手自亲。何似秦郎妙天下，明年献颂请东巡。"[①] 他仍以"野人""锄犁"表明自己的"身份"和记忆中的身世处境。元祐三年（1088），苏轼在《为老人光华》中仍称："青衫半作霜叶枯，遇民如儿吏如奴。吏民莫作官长看，我是识字耕田夫。"[②] 可见踏上仕途巅峰的苏轼，并未疏离陶渊明与农耕记忆，这正是黄州耕种的后续效应。元祐七

---

① （宋）苏轼撰，（清）王文诰辑注《苏轼诗集》第4册，第1267页。
② （宋）苏轼撰，（清）王文诰辑注《苏轼诗集》第5册，第1581页。

年（1092），他在扬州时已作过《和陶饮酒二十首》，惠州、儋州时期"和陶"与此一脉相承，因此，苏轼惠州、儋州时期对陶渊明的接受，只是黄州以来诗学的一种延续，而非突然出现。在绍圣新党起复后，苏轼陷入无望的境地，当他再次抓住陶渊明这根救命稻草的时候，一切都融化在了陶渊明的世界里。

  从陶渊明接受的四种要素来说，苏轼在黄州、惠州、儋州时期都有耕作经历，但惠州、儋州时期的耕作与黄州时期有着明显的不同。首先在惠州，苏轼刚刚经过了近十年的财富积累，所以我们看到他在惠州建了白鹤居，打算将长子苏迈等几房老小搬迁至此，作久居之计。而此时距他贬谪黄州已过去了十余年，小儿子苏过业已成家，子孝孙贤是此时苏轼的家庭实景，生存压力已大为减轻，或者说已经部分地转移到儿辈身上。其次在惠州、儋州，苏轼的劳作仅限于"小圃"，而这恐怕也多由苏过代劳。此时他已年届六旬，耕种对他而言，也如同李之仪所说的"所以寄其余生者，无如躬耕为可乐"，更多的是怡情养性的一种生活方式。再次贬谪儋州后，虽然苏轼的生活陷入窘境，生活物资匮乏，但此时家庭中仅有他与苏过二人，勉强糊口即已能满足生活需求，大可不必再次耕种于"东坡"，抑或"北坡""西坡"以求生计，他对土地的依赖已大为减轻。因此，惠州、儋州时期耕种的紧迫性，远远低于黄州时期，耕作在很大程度上已不构成其生存的必要条件。虽然此时苏轼对陶渊明的接受达到了顶点，但由前面对其他文人的论述可以推知，此时的耕种状态不大可能促成他对陶渊明的深入接受，他栽种小圃当然会强化对陶渊明的认同和耕种在其人生中的意义，但已不是促成其陶渊明接受的关键因素。他在惠州、儋州时期处于跟张耒、李之仪相近的状态中，如果没有黄州时期的积淀，他是不可能在惠州、儋州爆发出接受陶渊明的高潮。从接受的角度看，黄州耕作是陶渊明接受的"原始积累"时期，惠州、儋州则是陶渊明接受的延续与深化。

  黄州耕作促进了苏轼对陶渊明的领悟与接受，主要表现在它拉近了苏轼与陶渊明的距离，苏轼开始意识到自己与陶渊明的诸多相似性，这种领悟是他在耕作中对陶渊明生活的情境进行深入体认的结果，这正如他在《与王定国》（其十三）中所说："近日方得雨，日夜垦辟，欲种麦，虽劳苦却亦有味。邻曲相逢欣欣，欲自号鏖糟陂里陶靖节，如何？"① "麇糟陂"即好草陂②，所谓"麇糟陂里陶靖节"就是体悟到了自己与陶渊明的相似性，只是地点不同而已，这就是所谓"我即渊明"的境界。如果说苏轼在黄州时期达到了"我即渊明"的境界，那么他到惠州、儋州以后则达到了"渊明即我"的境界。

"我即渊明"和"渊明即我"代表着两个不同的接受层次。"我即渊明"是"我"对陶渊明的主动贴合与认同，即如所谓"麇糟陂里陶靖节"一样，"我"与"渊明"是主客体之间的认同关系，陶渊明是"我"的崇拜对象，"我"以成为"渊明"自许，此时主客体之间仍是有距离的，王安石对陶渊明的接受即是如此。在"渊明即我"中，"渊明"已不是高高在上的被崇拜的对象，而是与接受主体"我"处于平等的地位上，二者合而为一，超越了时空的隔阂，生活在同一个世界里且不分彼此。因此，只有达到了"渊明即我"的境界，才是接受陶渊明的至境。惠州、儋州时期，"渊明即我"的至境在苏轼和陶时表现得最为明显。他不但从自身联想到陶渊明，而且从陶渊明身上看到了自己的影子。如面对贫困，他作《和陶贫士》；选址建房，作《和陶移居》；喜迁新居，作《和陶时运》；到了重九，作《和陶己酉岁九月九日》；当他郊行步月，作《和陶赴假江陵夜行》；当他小圃栽植渐成，作《和陶西田获早稻》；当周彦质罢归过惠，作《和陶答庞参军六首》；当他独酌，作《和陶连雨独饮二首》；当他闲居时，作《和陶九日闲居》，等等。他体认到自己生活中的事物都与陶渊明是同一的，此时他无异于宋时的陶渊明，似乎陶渊明就生活在惠州、儋州，而他也似乎就生活在晋时的浔阳柴桑，二者的界限已经模糊，苏轼进入齐观物我、忧乐两忘的境地，已经最大程度地接近了陶渊明。

一般认为，苏轼惠州、儋州时期的贬谪际遇是陶渊明接受高潮到来的重要因素，这自然是不错的，但从辩证法的角度看，内因与外因密不可分，外因促进事物的发展，内因起决定作用。苏轼的晚年际遇只是强

---

① （宋）苏轼撰《苏轼文集》第 4 册，第 1521 页。
② （宋）庄绰《鸡肋编》卷中（中华书局，1983，第 75 页）载："许昌至京师道中有重阜……又有大泽，弥望草莽，号'好草陂'；而夏秋积水，沮洳泥淖，遂易为'麇糟陂'。"参见周正举《苏轼自号"麇糟陂里陶靖节"》，《四川大学学报》（哲学社会科学版）1986 年第 2 期。

化、促进陶渊明接受的外因，内因则是黄州时期对陶渊明的情感积淀。北宋时被贬谪到广东的官员大有人在，哲宗、徽宗朝最多，有十余人，如蔡确（英州别驾新州安置）、刘挚（鼎州团练副使新州安置）、梁焘（雷州别驾化州安置）、刘安世（新州别驾英州安置，后移梅州）、苏辙（化州别驾雷州安置，后迁循州）、孔平仲（惠州别驾英州编管）、秦观（雷州编管）、邹浩（羁管新州）、范祖禹（化州安置）、唐庚（惠州安置）、范坦（韶州安置）。他们多为坐党籍贬谪的官员，与苏轼的际遇类似，又同样生活在北宋崇陶的诗学大环境中，但他们并没有成为接受陶渊明的经典人物。北宋时被贬谪到海南的官员，除苏轼外，尚有牛冕、卢多逊、丁谓、任伯雨，其中卢多逊等人还留下了有关文字。如卢多逊《南水村》云："珠崖风景水南村，山下人家林下门。鹦鹉巢时椰结子，鹧鸪啼处竹生孙。渔盐家给无虚市，禾黍年登有酒尊。远客杖藜来往熟，却疑身世在桃源。"① 这显然是接受了陶渊明所描述的桃花源景象，表现出一番乐意盎然的情态。丁谓初到崖州，与苏轼同样感到此地的蛮荒及内心的失落，如云："今到崖州事可嗟，梦中常若在京华。程途何啻一万里，户口都无三百家。夜听猿啼孤树远，晓看潮上瘴烟斜。吏人不见中朝礼，麋鹿时时到县衙。"（《有感》）② 但他并未将此次贬谪与陶渊明结合起来。这些人物与苏轼贬谪的地点是相近的，环境也是相同的，对岭南的观感也大体一致，但接受陶渊明的程度则明显有别，可知贬谪并非苏轼接受陶渊明的决定性因素，黄州耕作才起着至关重要的作用。

综上所述，促成苏轼深入接受陶渊明的关键因素出现在黄州，而苏轼接受陶渊明的高潮则出现在惠州、儋州，苏轼在惠州、儋州时期"和陶"以及对陶渊明的接受，都是黄州时期生活与诗学积累的延续，如果没有黄州躬耕及对陶渊明的领悟，后来在惠州、儋州时期的接受高潮是不可能出现的。苏轼对陶渊明的接受本身，代表了北宋后期诗学的基本走向，也鲜明地体现出陶渊明诗学地位的提升与党争等时代因素之间的紧密联系。

---

① 北京大学古文献研究所编《全宋诗》第 1 册，第 260 页。
② 北京大学古文献研究所编《全宋诗》第 2 册，第 1148 页。

第七章　黄庭坚：后期诗学的典型

黄庭坚亲历过乌台诗案①及元符时期因文字导致的贬谪，他深知文祸对人的伤害与影响，同时他有着深厚的儒学涵养，把诗看作抒发优游情性的途径，而非强谏诤于廷的手段。陈善曾说："予观山谷浑厚，坡似不及。坡盖多与物忤，其游戏翰墨，有不可处，辄见之诗。"② 他所谓"浑厚"就是温柔敦厚，在黄庭坚诗中表现为不"与物忤"的处世态度与创作旨趣，这鲜明地体现了黄庭坚诗学瞩目心性涵养，并与社会现实渐行渐远的发展倾向。

第一节　心性涵养及美学品格

宋代是儒学发展的新阶段，传统儒学强调"礼义""仁孝"等道德伦理范畴，具有强烈的实践色彩，而宋儒把这些伦理范畴上升到"天"的高度，并注重从内心体察这些伦理范畴的存在，儒学在北宋的发展历程就是将道德伦理心性化、天理化的过程。黄庭坚就处于儒学演化的关键时期。山谷舅李常是当时的著名学者，其学以"治心养性"为本。黄庭坚父亲早亡，他少年时期跟随李常生活，并问学于李常。黄庭坚在《祭舅氏李公择文》中曾说："长我教我，实惟舅氏。"③ 又在《再和公择舅氏杂言》中说："外家有金玉，我躬之道术。有衣食我家之德心，使我蝉蜕俗学之市，乌哺仁人之林。"④ "外家"即李常，"道术"即李常传授给他的儒学。故李常不仅对黄庭坚有"衣食"之恩，也是引导黄庭坚

---

① 在乌台诗案中，黄庭坚等人由于与苏轼往来，遭处罚铜。见（宋）朋九万《乌台诗案》，《丛书集成初编》本，第32页；（宋）李焘撰《续资治通鉴长编》，"元丰二年十二月庚申"条，第7333页。
② （宋）陈善：《扪虱新话》，上海书店涵芬楼影印本，1990。
③ 曾枣庄、刘琳主编《全宋文》第108册，第167页。
④ （宋）黄庭坚撰，（宋）任渊、史容、史季温注，刘尚荣校点《黄庭坚诗集注》第4册，第1307页。

"蝉蜕俗学"的思想启蒙导师。对于学问人品，其他人和黄庭坚自己都认为深似其舅，他曾说："少也长母家，学海颇寻沿。诸公许似舅，贱子岂能贤。"(《奉和公择舅氏送吕道人研长韵》)① 故黄庭坚深受李常的影响，并服膺儒学以至于终身。

黄庭坚也对周敦颐非常推崇，他在《濂溪诗序》中说："舂陵周茂叔，人品甚高，胸中洒落，如光风霁月。"其诗咏曰："溪毛秀兮水清，可饭羹兮濯缨，不渔民利兮又何有于名。……蝉蜕尘埃兮玉雪自清，听潺湲兮鉴澄明。激贪兮敦薄，非青萍白鸥兮谁与同乐。"描绘了周敦颐濂溪的高洁和此处"非青萍白鸥兮谁与同乐"② 的优游乐境。黄庭坚在太和任职期间，与周敦颐之子周寿交游甚密。周寿字元翁，是周敦颐长子，其品节得乃父之风。黄庭坚在《跋周元翁龙眠居士大悲赞》中称赞说："吾友周寿元翁，纯粹动金石，清节不朽，虽与日月争光可也。其言语文章，发明妙慧，非为作使之合，盖其中心纯粹而生光耳。"③ 他所谓"争光""生光"与他对周敦颐"光风霁月"的赞赏如出一辙。

一 "养心治性"的儒学涵养

黄庭坚深受新兴儒学思潮的熏染，在读书治学上非常强调对心性的涵养，反复强调"养心治性"。他在《论语断篇》中说："学于师也，不敢听以耳，而听之以心；于其反诸身也，不敢求诸外，而求之内。故乐与诸君讲学，以求养心寡过之术。"④ 他又在《孟子断篇》中说："讲明养心治性之理，与诸君共学之，惟勉思古人所以任己者。"⑤ 在这两篇文字之中，他都强调养"心"，并强调学者要向内心索取安身立命之道，以求"寡过"，他也要求从内心体会先贤所以"任己"的儒学根源。所谓"任己"就是随性而发却不超越礼义藩篱，心性高妙而极度自由的儒学境界。

---

① （宋）黄庭坚撰，（宋）任渊、史容、史季温注，刘尚荣校点《黄庭坚诗集注》第4册，第1305页。
② （宋）黄庭坚撰，（宋）任渊、史容、史季温注，刘尚荣校点《黄庭坚诗集注》第5册，第1411～1414页。
③ 曾枣庄、刘琳主编《全宋文》第106册，第224页。
④ 曾枣庄、刘琳主编《全宋文》第107册，第80页。
⑤ 曾枣庄、刘琳主编《全宋文》第107册，第81页。

第七章　黄庭坚：后期诗学的典型

对于如何"养心"，黄庭坚强调要治经。他在《与洪甥驹父二》中说，"颇得暇治经否？此乃文章之根，治心养性之鉴"①。在他看来，"治经"是"治心养性"的基础，从中可汲取思想营养，也可照鉴自己的差距，故为治心养性的关键。山谷认为有了这种思想底蕴，文章自然也就有了根本，正如韩愈所说的"养其根而俟其实，加其膏而希其光。根之茂者其实遂，膏之沃者其光晔"（《答李翊书》）②。黄庭坚在《书赠韩琼秀才》中说："治经之法，不独玩其文章，谈说义理而已，一言一句皆以养心治性。"③ 他指出经典要细读，其中一言一句都有感发意义，都可成为涵养心性的有益积淀。除了强调要治经之外，他还指导后学读《汉书》《楚辞》《左传》等书，以便从中汲取有益的思想养分。

对于读书，黄庭坚不但注重精读，并且强调要用心纯粹。他在《与斌老书一》中说："古人云：'读书百遍，其义自见。'惟要不杂学，悉心一缘义理之性开发。"④ 可知体会"义理之性"是他读书的出发点和落脚点，他认为如此方能领会儒学正义。而对于"义理"，他更强调其中"忠义孝友"的内涵。他说："读书数千卷，以忠义孝友为根本，更取六经之义味灌溉之耳。"（《与韩纯父翁宣义二》）⑤ 也就是读书要从儒家"忠义孝友"角度去领会。他又说："观古人书，每以忠信孝悌作服而读之，则得益多矣。"（《与周甥惟深》）⑥ 所谓"得益多矣"，就是可以更加深入地领会圣贤在文字中传达的思想精髓。他还强调要"精治一经"，他在给外甥徐俯的信中说："甥读书益有味否？须精治一经，知古人关捩子，然后所见书传，知其旨趣，观世故在吾术内。"（《与徐甥师川二》）⑦ 就是主张先精治一经，以领会书中要义，再由内心所得切入，这样其他书传也自然入吾思想之縠了。他在《书赠韩琼秀才》中说得更为明确，云："读书欲精不欲博，用心欲纯不欲杂。读书务博，常不尽意；用心不

---

① 曾枣庄、刘琳主编《全宋文》第105册，第176页。
② （唐）韩愈撰，马其昶校注《韩昌黎文集校注》，上海古籍出版社，1987，第169页。
③ 曾枣庄、刘琳主编《全宋文》第106册，第176页。
④ 曾枣庄、刘琳主编《全宋文》第105册，第130页。
⑤ 曾枣庄、刘琳主编《全宋文》第104册，第347页。
⑥ 曾枣庄、刘琳主编《全宋文》第105册，第165页。
⑦ 曾枣庄、刘琳主编《全宋文》第104册，第312页。

纯，讫无全功。"① 而他所要达到的目的，就是"勤读书令精博，极养心使纯静"（《与济川侄》）②，因此在他看来，读书与涵养心性密不可分。

黄庭坚强调，学者"养心"是"追配古人"的有效途径。他说："洪、潘皆是佳少年，但未得严师畏友，追琢其相耳。忠信孝友，立则见其参于前，在舆则见其倚于衡，常久而后能安之。若但绣其鞶帨，又安能美七尺之躯哉！非甥辈有可以追配古人之才，老舅不出此语也。"（《与徐甥师川二》）③ 他希望通过"养心"以涵养"忠信孝友"的品性，使其"立则见其参于前，在舆则见其倚于衡"，这样洪、潘、徐俯等人就可以"追配古人"了，而非只是"绣其鞶帨"而已。他接下来说：

> 古人所谓"胆欲大而心欲小"，不以世之毁誉爱憎动，此胆欲大也；非法不言，非道不行，此心欲小也。文章乃其粉泽，要须探其根本，根本固则世故之风雨不能漂摇。古人特立独行者，盖用此道耳。（《与徐甥师川二》）

他认为"古人"具有"特立独行"的品格，这种品格的实质在于坚持自己的信念，不为外在环境所改变。他所谓"根本"，就是"胆欲大而心欲小"的心性涵养。不为世俗所动，敢于树立，即所谓"胆欲大"；言行举止"非法不言，非道不行"，言行端正，即所谓"心欲小"。无论是"胆大"还是"心小"，其根本都在于内心。黄庭坚认为内心的"根本"树立了，就能追配古人"特立独行"的品格。

黄庭坚希望像"古人"一样"特立独行"，这深刻地体现在他的人生行事当中。南宋汪应辰指出："鲁直疏通乐易，而其中所守，毅然不可夺。"（《书张士节自叙》）④ 就是赞赏山谷在"乐易"的表象下"毅然不可夺"的人格操守。因为拥有这种品格，黄庭坚在党争中始终保持着超然独立的个性。黄震就指出："方苏门与程子学术不同，其徒互相攻诋，

---

① 曾枣庄、刘琳主编《全宋文》第 106 册，第 176 页。
② 曾枣庄、刘琳主编《全宋文》第 104 册，第 325 页。
③ 曾枣庄、刘琳主编《全宋文》第 104 册，第 312 页。
④ （宋）汪应辰：《文定集》卷 11，《影印文渊阁四库全书》本，第 1138 册，第 688 页。

独涪翁超然其间，无一语党同。"① 清人杨希闵也说："（山谷）虽在苏门，亦为涑水、华阳所知。而于党人之林，超然不为所系，未尝偏立议论，真有凤凰翔千仞气象也。"（《黄文节公年谱》卷首）② 他所谓"凤凰翔千仞"就是这种独立、高卓的人格形象。这种品格令山谷在困厄之际也能保持高卓不凡的气度。吴坰《五总志》载："崇宁乙酉，先子责居荆南，张才叔还自英州，感慨道旧之余，询诸故人，才叔曰：'鲁直每有书来，寒温而已。……虽白刃在前，一色元祐。'"崇宁乙酉即崇宁四年（1105），此时山谷已谪居宜州，但他仍保持着元祐时期的个性，对此吴坰不禁发出浩然之慨，说："呜呼！古所谓孑立特起临大节而不可夺者，非斯人其谁与！"③

二 "无一点尘俗气"的美学品格

与"特立独行"相对的是随波逐流的"俗"。黄庭坚持守内心涵养，不为世俗所左右，他极力反对"俗"。他认为："士生于世，可以百为，唯不可俗，俗便不可医也。"（《书嵇叔夜诗与侄榎》）那么何谓"不俗"？他说："难言也。视其平居无以异于俗人，临大节而不可夺，此不俗人也。士之处世，或出或处，或刚或柔，未易以一节尽其蕴，然率以是观之。"（《书嵇叔夜诗与侄榎》）④ 故所谓"不俗"，就是"临大节而不可夺"，具有这种品格的人"世故之风雨不能漂摇"。故在他看来，"俗"与"不俗"最鲜明的界限，就是"临大节"之际行为主体与客观环境的关系。人们随波逐流、被客观环境所"夺"，就是"俗"，勇于树立、不为客观环境所"夺"，就是"不俗"，这也就是他所说的"特立独行"。在他的语境里，因为高卓，所以不俗，若"俗"，也便失去了追配"古人"的可能。

黄庭坚反复强调这种"不俗"的品格。他在《题王观复书后》中说："此书虽未极工，要是无秋毫俗气。盖其人胸中块磊，不随俗低昂，

---

① （宋）黄震：《黄氏日钞》卷65，《影印文渊阁四库全书》本，第708册，第590页。
② 北京图书馆编《北京图书馆藏珍本年谱丛刊》第20册，北京图书馆出版社，1999，第423页。
③ （宋）吴坰：《五总志》，《影印文渊阁四库全书》本，第863册，第807页。
④ 曾枣庄、刘琳主编《全宋文》第106册，第324页。

故能若是。"① 他认为王蕃（字观复）的书法虽未臻极致，但好在"无秋毫俗气"，这源于王蕃"不随俗低昂"的心性品格。黄庭坚在《再次韵兼简履中南玉三首》（其一）中也说："李侯诗律严且清，诸生庚载笔纵横。句中稍觉道战胜，胸次不使俗尘生。山绕楼台钟鼓晚，江触石矶砧杵鸣。锁江主人能致酒，愿渠久住莫终更。"② 这里所谓"胸次"就是心性涵养，他认为如果能抑制胸中"俗"气产生，就是内心"道胜"的体现。宋人始终追求的就是这种品格，他们在困境中不悲戚是"不俗"，在顺境中不迷失也是"不俗"。

与此相应，"无一点尘俗气"成为黄庭坚追求的一种美学品格，这往往成为他判断事物的美学标准，这体现在以下几个方面。

第一，品评人物。如他在《闰月访同年李夷伯子真于河上子真以诗谢次韵》中说："十年不见犹如此，未觉斯人叹滞留。白璧明珠多按剑，浊泾清渭要同流。日晴花色自深浅，风软鸟声相应酬。谈笑一樽非俗物，对公无地可言愁。"③ "俗物"用了阮籍调侃王戎"俗物已复来败人意"（《世说新语·排调第二十五》）④ 的典故，用来指与世俯仰的人。诗中李夷伯虽然在仕途上滞留不前，但他未曾因此悲叹，显然是位"不俗"的人物，黄庭坚跟他在一起"无地可言愁"，故而出现了谈笑风生的一番景象。再如《次韵高子勉十首》（其六）说："惊人得佳句，或以傲王公。处世要清节，滑稽安足雄。深沉似康乐，简远到安丰。一点无俗气，相期林下同。"⑤ 康乐即谢玄，安丰即王戎，二人都是六朝清远玄风的代表，高子勉因拥有这样的"清节"和"林下"之风（即前文所说的山林气），故黄庭坚赞赏他"一点无俗气"。

第二，评价书法。如云：

---

① 曾枣庄、刘琳主编《全宋文》第106册，第303页。
② （宋）黄庭坚撰，（宋）任渊、史容、史季温注，刘尚荣校点《黄庭坚诗集注》第2册，第476页。
③ （宋）黄庭坚撰，（宋）任渊、史容、史季温注，刘尚荣校点《黄庭坚诗集注》第3册，第815页。
④ （南朝宋）刘义庆撰，（梁）刘孝标注，朱铸禹汇校集注《世说新语汇校集注》，上海古籍出版社，2002，第652页。
⑤ （宋）黄庭坚撰，（宋）任渊、史容、史季温注，刘尚荣校点《黄庭坚诗集注》第2册，第569~570页。

第七章 黄庭坚：后期诗学的典型

近世惟颜鲁公、杨少师特为绝伦，甚妙于用笔，不好处亦妩媚，大抵更无一点一画俗气。(《论书一》)①

东坡简札，字形温润，无一点俗气。(《跋东坡字后二》)②

此字和而劲，似晋、宋间人书。中有草书数字极佳，每能如此，便胜文与可十倍，盖都无俗气耳。(《跋东坡蔡州道中和子由雪诗》)③

东坡尝自评作大字不若小字，以余观之，诚然。然大字多得颜鲁公《东方先生画赞》笔意，虽时有遣笔不工处，要是无秋毫流俗。(《题东坡大字》)④

在黄庭坚的书法美学体系中，"无一点尘俗气"的另一种说法是"无尘埃气"，如云：

蜀人极不能书，而东坡独以翰墨妙天下，盖其天资所发耳。观其少年时字画已无尘埃气，那得老年不造微入妙也！(《论子瞻书体》)⑤

见颜鲁公书，则知欧、虞、褚、薛未入右军之室；见杨少师书，然后知徐、沈有尘埃气。(《跋王立之诸家书》)⑥

《蔡明远帖》笔意纵横，无一点尘埃气。可使徐浩伏膺，沈传师北面。(《跋洪驹父诸家书三》)⑦

黄庭坚还常用"超轶绝尘"来形容这一美学品格，如云：

张长史作草，乃有超轶绝尘处。以意想作之，殊不能得其仿佛。

---

① 曾枣庄、刘琳主编《全宋文》第107册，第85页。
② 曾枣庄、刘琳主编《全宋文》第106册，第293页。
③ 曾枣庄、刘琳主编《全宋文》第107册，第18页。
④ 曾枣庄、刘琳主编《全宋文》第107册，第3页。
⑤ 曾枣庄、刘琳主编《全宋文》第107册，第89页。
⑥ 曾枣庄、刘琳主编《全宋文》第106册，第291页。
⑦ 曾枣庄、刘琳主编《全宋文》第106册，第292页。

(《跋张长史草书》)①

鲁公书，独得右军父子超轶绝尘处。(《跋颜鲁公东西二林题名》)②

从黄庭坚的评价体系看，王羲之、张长史、颜真卿、杨少师、苏轼等人是超一流的大家；欧、虞、褚、薛与徐浩、沈传师等人则位列其次。究其原因，黄庭坚认为欧、褚等人的作品时有"尘埃气"。由此可知，"无一点尘俗气"是黄庭坚心目中最高卓的美学境界。

第三，评价诗词。如云：

（东坡乐府）语意高妙，似非吃烟火食人语。非胸中有万卷书，笔下无一点尘俗气，孰能至此！(《跋东坡乐府》)③

叔夜此诗，豪壮清丽，无一点尘俗气。凡学作诗者，不可不成诵在心，想见其人。虽沉于世故者，暂而揽其余芳，便可扑去面上三斗俗尘矣，何况深其义味者乎！故书以付榎，可与诸郎皆诵取，时时讽咏，以洗心忘倦。(《书嵇叔夜诗与侄榎》)④

诗颂要得出尘拔俗，有远韵而语平易。(《与党伯舟贴八》)⑤

他认为诗词要"出尘拔俗"，贵在"无一点尘俗气"，这可看作他的诗学思想及其美学追求，无论诗人还是诗歌，他都强调对"俗"的超越。

除了儒学，黄庭坚在研习佛学上同样强调"治心养性"。他曾在《跋牛头心铭》中说："不学则已，学则必以治心养性为本。斯文之作，妙尽心性之蕴，只使朝夕薰之，自成道种。亦使觉苑净坊诸禅子等读之，句句稍归自己，乃知牛头快说禅病，免向野狐颔下枉过一生。"⑥ 牛头即禅学中的牛头宗，据内容可知，这是指导"禅子"修养心性而作的文

---

① 曾枣庄、刘琳主编《全宋文》第106册，第280页。
② 曾枣庄、刘琳主编《全宋文》第106册，第281页。
③ 曾枣庄、刘琳主编《全宋文》第106册，第181页。
④ 曾枣庄、刘琳主编《全宋文》第106册，第324页。
⑤ 曾枣庄、刘琳主编《全宋文》第105册，第43页。
⑥ 曾枣庄、刘琳主编《全宋文》第107册，第20页。

字。黄庭坚处于儒学嬗变的关键时期,他强调"治心养性",这赋予了其诗学思想"无一点尘俗气"的美学品格,而他所崇奉的佛学对他去除内心挂碍,放下执着,保持心性洞明同样有着不可忽视的作用。

第二节　诗学典范的多元选择

高卓不凡的美学品格融汇到诗学之中,就形成了黄庭坚"不俗"的接受视角。在其接受体系中,以杜甫、陶渊明、李白、晋宋风神最为突出。

一　杜、陶

黄庭坚对杜甫的接受是在儒家诗教的视角下展开的,他在《老杜浣花溪图引》中说:"探道欲度羲黄前,论诗未觉国风远。"① 他在《跋翟公巽所藏石刻十九》中也说:"文章畎畆而得韩退之,诗道敝而得杜子美,篆籀如画而得李阳冰,皆千载人也。"② 基于对杜甫的认同,黄庭坚曾筹建大雅堂来保存杜诗石刻。他在《大雅堂记》中说:"由杜子美以来四百余年,斯文委地,文章之士随世所能,杰出时辈,未有升子美之堂者,况室家之好邪!……子美诗妙处,乃在无意于文。夫无意而意已至,非广之以《国风》《雅》《颂》,深之以《离骚》《九歌》,安能咀嚼其意味,闯然入其门邪!故使后生辈自求之,则得之深矣。使后之登大雅堂者,能以余说而求之,则思过半矣。"③ 他认为杜甫诗在其后四百余年未有能出其右者,而后之读者非深之以骚、雅,则无法体察杜诗深厚的底蕴。

一般人们谈论黄庭坚学杜,都会提及"无一字无来处"(《答洪驹父书三》)④,以及其夔州后古律诗"平淡如山高水深"(《与王观复书二》)⑤,但人们常常忽略黄庭坚多次论及杜甫诗中蕴含的"忠义"情怀。

---

① (宋)黄庭坚撰,(宋)任渊、史容、史季温注,刘尚荣校点《黄庭坚诗集注》第4册,第1341页。
② 曾枣庄、刘琳主编《全宋文》第106册,第289页。
③ 曾枣庄、刘琳主编《全宋文》第107册,第180页。
④ 曾枣庄、刘琳主编《全宋文》第104册,第301页。
⑤ 曾枣庄、刘琳主编《全宋文》第104册,第297页。

换句话说，黄庭坚对于杜甫的推崇在很大程度上与杜甫及其诗中的"忠义"情怀密切相关。黄庭坚曾在《老杜浣花谿图引》中评价杜甫说："此公乐易真可人，园翁溪友肯卜邻。……中原未得平安报，醉里眉攒万国愁。生绡铺墙粉墨落，平生忠义今寂寞。……常使诗人拜画图，煎胶续弦千古无。"① 他就谈到杜甫"园翁溪友肯卜邻"的"乐易"形象，以及"平生忠义"的人格特质，并用"煎胶续弦千古无"表现对杜甫的无限崇敬。黄庭坚在《次韵伯氏寄赠盖郎中喜学老杜诗》中也说："老杜文章擅一家，国风纯正不欹斜。帝阍悠邈开关键，虎穴深沉探爪牙。千古是非存史笔，百年忠义寄江花。潜知有意升堂室，独抱遗编校舛差。"② 他赞赏杜诗中的"千古是非"与"百年忠义"，前者是对历史的记录，后者是杜甫在记录历史过程中表现出的道德情怀。因此，黄庭坚不仅接受了杜诗中炉火纯青的诗艺，同样接受了杜诗中的道德精神，杜诗以此树立了在黄庭坚诗学中的典范地位。如前所述，何谓不俗？他说："平居无以异于俗人，临大节而不可夺，此不俗人也。"（《书嵇叔夜诗与侄榎》）③ 杜甫虽然在李林甫当政时期曾为求得引荐而甘坐贵人的冷板凳，也曾在困顿之时向别人伸手求援，但他在困厄之中却始终能够做到"千古是非存史笔，百年忠义寄江花"，故可谓"不俗人也"。黄庭坚在《题韩忠献诗杜正献草书》中说："杜子美一生穷饿，作诗数千篇，与日月争光。"④ 正是对这一"大节"的看重，故杜甫或许"平居无以异于俗人"，但"临大节"之际的表现可谓"不俗"。

黄庭坚在诗歌风格上崇尚陶渊明的"平淡"。他说："血气方刚时读此诗，如嚼枯木。及绵历世事，知决定无所用智。每观此篇，如渴饮水，如遇寐得啜茗，如饥啖汤饼。今人亦有能同味者乎？但恐嚼不破耳。"（《书陶渊明诗后寄王吉老》）⑤ 他指出当人血气方刚之时，读陶诗只是平淡，甚至如嚼枯木，但当绵历世事后，则愈发能领会到陶诗中蕴含的醇

---

① （宋）黄庭坚撰，（宋）任渊、史容、史季温注，刘尚荣校点《黄庭坚诗集注》第 4 册，第 1342~1343 页。
② （宋）黄庭坚撰，（宋）任渊、史容、史季温注，刘尚荣校点《黄庭坚诗集注》第 5 册，第 1706 页。
③ 曾枣庄、刘琳主编《全宋文》第 106 册，第 324 页。
④ 曾枣庄、刘琳主编《全宋文》第 106 册，第 184 页。
⑤ 曾枣庄、刘琳主编《全宋文》第 106 册，第 305 页。

第七章 黄庭坚：后期诗学的典型

淡滋味，如遇寐得啜茗，如饥啖汤饼，这与苏轼所说"质而实绮，癯而实腴"的内涵是一样的。同时，黄庭坚也陶醉于陶渊明所营造的精神世界，如其《次韵闻善》云："扶醉三竿日，题诗一研埃。张罗门带雪，投辖井生苔。待得成丘陇，谁能把酒杯。常应黄菊畔，怅望白衣来。"①他用菊花意象及"白衣送酒"之典，使全诗多了一重陶渊明神韵。他曾在《溪上吟》序中说：

> 春山鸟啼，新雨天霁，汀草怒长，竹筱交阴。黄子观渔于塘下，寻春于小桃源，从以溪童、稚子、畦丁三四辈。茶鼎酒瓢，渊明诗编，虽不命戒，未尝不取诸左右。临沧波，拂白石，咏渊明诗数篇。清风为我吹衣，好鸟为我劝饮。当其漻然无所拘系，而依依规矩准绳之间，自有佳处。乃知白莲社中人，不达渊明诗意者多矣。过酒肆则饮，亦无量也，然未始甚醉。盖其所寓与毕卓、刘伶辈同，而自谓所得与二子异，人亦殊不能知之也。酒酣，得纸，书之，为《溪上吟》。②

据史容注，黄庭坚当时只有十七岁。在序中，黄庭坚容身于"汀草怒长，竹筱交阴"之境，寻春于"小桃源"，带领"溪童、稚子、畦丁三四辈"，在山水之间领略"漻然无所拘系，而依依规矩准绳之间"的人生妙境。此时他携陶渊明诗编，享受着快意畅然、泠然自在的清境，此情此景或已"达渊明诗意"，他以此自矜，认为自己对陶渊明的领悟超越了"白莲社中人"，也超越了毕卓与刘伶单纯寄身于酒、一味放诞的人生旨趣。

但对于陶渊明接受，人们常忽略的是，黄庭坚还注重体会陶渊明身上的"忠义"情怀。我们知道陶渊明在东晋灭亡后以甲子纪年，以示对刘宋政权的不满和对前朝的怀念，黄庭坚在品味陶渊明的时候，就看到了这一点。他在《宿旧彭泽怀陶令》中说：

---

① （宋）黄庭坚撰，（宋）任渊、史容、史季温注，刘尚荣校点《黄庭坚诗集注》第2册，第554~555页。
② （宋）黄庭坚撰，（宋）任渊、史容、史季温注，刘尚荣校点《黄庭坚诗集注》第3册，第745~746页。

> 潜鱼愿深眇，渊明无由逃。彭泽当此时，沉冥一世豪。司马寒如灰，礼乐卯金刀。岁晚以字行，更始号元亮。凄其望诸葛，肮脏犹汉相。时无益州牧，指挥用诸将。平生本朝心，岁月阅江浪。空余诗语工，落笔九天上。向来非无人，此友独可尚。属予刚制酒，无用酌杯盏。欲招千岁魂，斯文或宜当。①

"司马"指东晋司马氏，"卯金刀"指最终夺取东晋政权的刘裕。黄庭坚指出陶渊明怀念旧朝，即所谓"平生本朝心，岁月阅江浪"，故"岁晚以字行，更始号元亮"，体现出作为儒家知识分子的气节与忠耿，在这个角度上，黄庭坚认为"向来非无人，此友独可尚"。黄庭坚在《卧陶轩》中也说："陶公白头卧，宇宙一北窗。……卯金扛九鼎，把菊醉胡床。"② 同样是写陶渊明与刘裕政权的对立，这里则突出了他独善其身以及固穷的人生态度。黄庭坚还在《次韵谢子高读渊明传》中说："风流岂落正始后，甲子不数义熙前。一轩黄菊平生事，无酒令人意缺然。"③ 同样是用"一轩黄菊"与时代对举，突出陶渊明在易代之际的高卓姿态。陶渊明生当乱世，宁可栖身归隐，也不侍奉新主，在"临大节"之际敢于自我树立，故可谓"不俗人也"，从这一点说，陶渊明无疑可作为儒家的伦理典范。

杜甫、陶渊明是北宋后期的诗学典型，这当然有其诗学造诣上的原因，但在北宋后期的儒学氛围里，人们同样看重他们及其诗歌所体现的忠义内涵，也包括"乐易"的情怀。或者说，正是因为他们的诗歌体现出与宋人接近的气韵，故而成为宋人追崇的对象，若缺少了这重内涵，杜甫、陶渊明的诗学地位恐怕会大打折扣。从黄庭坚可知，他对杜、陶思想内涵的接受丝毫不亚于其艺术造诣，而这正是与他对"不俗"的追求相呼应的。

---

① （宋）黄庭坚撰，（宋）任渊、史容、史季温注，刘尚荣校点《黄庭坚诗集注》第1册，第57~58页。
② （宋）黄庭坚撰，（宋）任渊、史容、史季温注，刘尚荣校点《黄庭坚诗集注》第1册，第239页。
③ （宋）黄庭坚撰，（宋）任渊、史容、史季温注，刘尚荣校点《黄庭坚诗集注》第3册，第796页。

二 李白

李白性格耿介，桀骜不驯，在黄庭坚看来，他也是一个"不俗"的人。黄庭坚在《次苏子瞻和李太白浔阳紫极宫感秋诗韵追怀太白子瞻》中说："平生人欲杀，耿介受命独。往者如可作，抱被来同宿。砥柱阅颓波，不疑更何卜。但观草木秋，叶落根自复。我病二十年，大斗久不覆。因之酌苏李，蟹肥社醅熟。"① 李白为世俗所不容，黄庭坚说他"平生人欲杀，耿介受命独"。然而他说"往者如可作，抱被来同宿"，指出假若时间可以倒流，或历史可以重演，他愿与李白倾心相交，抱被对谈。在黄庭坚看来，李白不但气质出众，而且胸次无尘，潇洒脱俗，他在《跋太白诗草》中说："观此诗草，决定可知是胸中潇洒人也。"② 他从诗草中看到了李白质性高洁、洒落不群的形象。

黄庭坚非常喜欢李白诗。他在《书自草秋浦歌后》中说："新开小轩，闻幽鸟相语，殊乐，戏作草，遂书彻李白《秋浦歌》十五篇。"③ 他在"殊乐"之际首先想到的就是李白诗。他也在《跋李太白于五松山赠南陵常赞府》中说："元叔无恙时，宾客至者如归。或传仲良作家宰，客或有不得见者。荆州士大夫之憎语，殆未必然。然仲良于予恩意倾倒，不减元叔时，以其爱我者，故尽言，借太白以规之。"④ 李白《于五松山赠南陵常赞府》诗云："为草当作兰，为木当作松。兰幽香风远，松寒不改容。松兰相因依，萧艾徒丰茸。鸡与鸡并食，鸾与鸾同枝。拣珠去沙砾，但有珠相随。远客投名贤，真堪写怀抱。若惜方寸心，待谁可倾倒？"⑤ 在诗中，李白不但提出为人当立志高洁，而且提出与朋友应倾心交往。李元叔是黄庭坚的妹夫，仲良是元叔之弟。自从元叔去世后，仲良当家，"客或有不得见者"，荆州士人对此颇有微词，于是黄庭坚就借李白诗劝诫仲良。黄庭坚不但对李白诗非常熟稔，而且随身携带，黄庭坚在《题所书李太白诗后》中说："宗室行父莅官宜春，与余伯氏元明

---

① （宋）黄庭坚撰，（宋）任渊、史容、史季温注，刘尚荣校点《黄庭坚诗集注》第2册，第598~599页。
② 曾枣庄、刘琳主编《全宋文》第106册，第342页。
③ 曾枣庄、刘琳主编《全宋文》第107册，第33页。
④ 曾枣庄、刘琳主编《全宋文》第107册，第42页。
⑤ （唐）李白撰，（清）王琦注《李太白全集》卷12，中华书局，1977，第619页。

同郡，故于余虽无一日之雅，寓书二千里外来问寒温，且乞余书。偶开李太白诗，因为书此四篇，观者当知此书作于瘴雾黄日、桄榔橄榄阴中。"① 此时他处在贬谪境遇中，但是将李白诗带在身边，或许就置于几案之上，所以当有人索字之时，随手抽取，就拿到了李白诗。

对于李白诗，黄庭坚首先非常赞赏其自由不羁的笔法，他在《题李白诗草后》中说："李白诗，如黄帝张乐于洞庭之野，无首无尾，不主故常。"② 其次赞赏李白诗雄奇的想象，苏轼曾作有《铁拄杖》诗，想象瑰奇，黄庭坚则说："《铁拄杖》诗雄奇，使李太白复生，所作不过如此。"（《跋东坡铁拄杖诗》）③ 显然他是以李白为标准对苏轼诗进行评价的。再次赞赏李白诗豪壮的风格，他在《书天姥吟遗冯才叔》中说："才叔以此纸来乞书，因为书太白《天姥吟》豪壮之语遗之。"④ 所谓"豪壮"，即《天姥吟》中奔放的气势。

一般认为，黄庭坚诗生新瘦硬、拗峭奇崛，但我们从黄庭坚古体诗中，常能找到李白诗奔放恣肆的痕迹，如《次韵郭明叔长歌》云：

> 君不见悬车刘屯田，骑牛涧壑弄潺湲。八十唇红眼点漆，金钟举酒不留残。君不见征西徐尚书，为国捐躯矢石间。龙章凤姿委秋草，天马长辞十二闲。何如高阳郦生醉落魄，长揖辄洗惊龙颜。丈夫当年倾意气，安用蚓食而蝎跧。古人已作泉下土，风义可想犹班班。郭侯忠信如古人，荐书飞名上九关。诗书自可老斫轮，智略足以解连环。铜章屈宰山水县，友声相求不我顽。鹏翼垂天公直起，燕巢见社身思还。文思舜禹开言路，即看承诏著豸冠。尚趋手板事直指，少忍吏道之多艰。黄花零落一尊酒，别有天地非人寰。⑤

诗中分别列出"刘屯田""徐尚书"两种不同的人生，前者寄身于山野草莽，享受自由，且年寿永长，以至于"八十唇红眼点漆，金钟举

---

① 曾枣庄、刘琳主编《全宋文》第106册，第331页。
② 曾枣庄、刘琳主编《全宋文》第106册，第177页。
③ 曾枣庄、刘琳主编《全宋文》第107册，第18页。
④ 曾枣庄、刘琳主编《全宋文》第106册，第217页。
⑤ （宋）黄庭坚撰，（宋）任渊、史容、史季温注，刘尚荣校点《黄庭坚诗集注》第4册，第1261~1262页。

酒不留残"。后者追求功名，生命过早地凋零，以至于"龙章凤姿委秋草，天马长辞十二闲"。然后又举出"何如高阳郦生醉落魄，长揖辍洗惊龙颜"的潇洒不羁进行对比，并抒发了对"丈夫当年倾意气，安用蚓食而蝎跧"的赞赏，认为不应为现实所拘束，而应潇洒地生存于天地之间。诗的后半部分则是劝郭明叔应该保持高卓的人格以待时机，并以"黄花零落一尊酒，别有天地非人寰"告诉郭明叔应在美酒之中享受快意的人生。全诗滔滔汩汩，气势始终不减，尤其用了"君不见"这种颇具李白神韵的字眼，很容易令人感受到李白诗的风神。再如《再用旧韵寄孔毅甫》云：

> 鉴中之发蒲柳望秋衰，眼中之人风雨俱星散。往者托体同青山，健者漂零不相见。庾公楼上有诗人，平生落笔泻河汉。置驿勤来索我诗，自说中郎识元叹。我方冻坐酒官曹，为公然薪炙冰砚。不解穷愁著一书，岂有文章名九县。奴星结柳送文穷，退倚北窗睡松风。太阿耿耿截归鸿，夜思龙泉号匣中。斗柄垂天霜雨空，独雁叫群云万重。何时握手香炉峰，下看寒泉濯卧龙。①

全诗从生人不得相见的慨叹入手，表达对友情的珍视，然后写收到孔毅甫索诗的书简并应约作诗之事，最后表达了希望及时相见的愿望。读者在错落参差的古风句式中，显然可以感受到"泻河汉""截归鸿""云万重""濯卧龙"等与李白诗近似的阔大意象，以及其中透露出的豪壮与悲慨。

再如新奇的想象及夸张。其《题净因壁二首》（其二）云："门外黄尘不见山，此中草木亦常闲。履声如度薄冰过，催粥华鲸吼夜阑。"② 在寺庙清幽的环境里，"履声如度薄冰过"，平时看似微弱的声响此刻却异常清晰，而寺庙用斋的钟声在此刻听起来简直如同鲸鱼在怒吼，这种夸张的笔触形象地描绘出寺庙宁静的环境特点。再如《吏部苏尚书右选胡

---

① （宋）黄庭坚撰，（宋）任渊、史容、史季温注，刘尚荣校点《黄庭坚诗集注》第4册，第1095~1096页。
② （宋）黄庭坚撰，（宋）任渊、史容、史季温注，刘尚荣校点《黄庭坚诗集注》第2册，第402页。

侍郎皆和鄙句次韵道谢》云:"不待烹茶唤睡回,天官两宰和诗来。清如接笯通春溜,快似挥刀斫怒雷。"① 诗人还没从睡意中清醒过来,自己的诗歌已经被酬和并传了回来,其速度之快如"挥刀斫怒雷"。这一比喻极为形象,"怒雷"比一般的雷声更为迅疾,而竟有人能挥刀斫之,更可见刀法之快,其想象出人意表。如前所述,他曾以李白为标准赞赏苏轼《铁拄杖》诗的新奇想象,而他在诗中的想象较苏轼亦有过之而无不及。人们常强调黄庭坚诗用语生新独特,这或许与李白诗对他的启发不无关系,因此,李白诗对黄庭坚的影响,应该得到学界应有的重视。

又如俊逸的风神。其《发赣上寄余洪范》云:"二川来集南康郡,气味相似相和流。木落山明数归雁,郁孤栏楯绕深秋。胸中淳于吞一石,尘下庖丁解十牛。它日欲言人不解,西风散发掉扁舟。"② 诗中用"胸中淳于吞一石,尘下庖丁解十牛"表现其高卓,结尾以"散发掉篇舟"的意象表达遗世独立的不羁人格,这句诗本身就出自李白"明朝散发弄扁舟",因而更增添了许多李白潇洒俊逸的神采。

黄庭坚推崇和学习李白诗,这常为人们所忽视。如果从黄庭坚的诗歌风貌来看,李白诗的豪迈飘逸比杜甫的沉郁顿挫对黄庭坚的影响更大,人们一般用生新瘦硬、拗峭奇崛形容黄庭坚的诗风,这主要着眼于其诗歌的语言特色,若从整体风貌来看,"雄阔俊逸"不失为对山谷诗风的一种描述,"雄阔"即阔大的格局与境界,"俊逸"即超迈卓绝的风神。相对来说,黄庭坚的诗歌风貌与李白较为接近,而与杜诗相距甚远,或许我们可以这样理解,黄庭坚从杜甫那里学到了诗法,而对李白诗俊逸绝俗的品格则心有戚戚焉。

三 晋宋风神

晋宋间人有着超凡脱俗的气质,其摆落世俗、潇洒尘外的高妙气韵极令宋人怀想。如道潜《次韵少游寄李齐州》说:"画船京口见停桡,

---

① (宋)黄庭坚撰,(宋)任渊、史容、史季温注,刘尚荣校点《黄庭坚诗集注》第4册,第1298页。
② (宋)黄庭坚撰,(宋)任渊、史容、史季温注,刘尚荣校点《黄庭坚诗集注》第4册,第1072页。

萧洒浑疑谢与陶。"① 就是以陶、谢比拟友人的气度。再如谢逸《与诸友访黄宗鲁宗鲁置酒于思猷亭席上分韵赋思猷亭诗各以姓为韵予得谢字》云:"但得风味如晋人,纵无此君自潇洒。"② "此君"即王徽之。徽之,字子猷,关于他最有名的故事就是月夜访戴,诗题中的"思猷"就是指对王徽之的追思。诗中把"潇洒"与"风味如晋人"联系在一起,可知他们追踪的是晋宋人的潇洒风味,这与宋人推崇淡泊与高卓的情怀是一致的,故能在宋人中引起广泛共鸣。

晋宋时期除了人格气度潇洒出尘,文学风格也清丽可嘉。宋人对艳冶的文风常常进行猛烈批判,甚至将其与安危治乱联系在一起。如范仲淹就曾说:"故观虞夏之书,足以明帝王之道;览南朝之文,足以知衰靡之化。"(《奏上时务书》)③ 然而在宋人的诗学观念里,"丽"有清、浊之分,在宋人批评话语中"丽"可以是"清丽""壮丽""瑰丽""宏丽",而不必为"靡丽""艳丽",因而"清"与"丽"结合在一起,在宋人看来就是值得赞赏的。如对于《离骚》,刘敞就曾说:"念尔刚直心,吐兹清丽文。"(《读离骚》)④ 而对于清词丽句,南朝阴铿、何逊在宋人诗学中具有典型意义。如道潜评价说:"强将笔力为摹写,丽句已输何逊早。"(《次韵少游和子理梅花》)⑤ 再如韩驹《题阴铿诗》说:"铿与何逊齐名,世号'阴何'。今《何逊集》五卷,其诗清丽简远,正称其名。"⑥ 又如谢薖《次韵季智伯寄茶报酒三解》(其三)也说:"君如张籍学古淡,丽处往往凌阴何。"⑦ 他们都推崇阴、何或以阴、何诗作为批评的美学标准。阴铿、何逊也是黄庭坚诗学中的典范。他在《次韵无咎阎子常携琴入村》中说:"晁家公子屡经过,笑谈与世殊臼科。文章落落映晁、董,诗句往往妙阴、何。"⑧ 他在《元翁坐中见次元寄到和孔

---

① 北京大学古文献研究所编《全宋诗》第 16 册,第 10736 页。
② 北京大学古文献研究所编《全宋诗》第 22 册,第 14836 页。
③ 曾枣庄、刘琳主编《全宋文》第 18 册,第 207 页。
④ 北京大学古文献研究所编《全宋诗》第 9 册,第 5672 页。
⑤ 北京大学古文献研究所编《全宋诗》第 16 册,第 10736 页。
⑥ 曾枣庄、刘琳主编《全宋文》第 162 册,第 21 页。
⑦ 北京大学古文献研究所编《全宋诗》第 24 册,第 15799 页。
⑧ (宋) 黄庭坚撰,(宋) 任渊、史容、史季温注,刘尚荣校点《黄庭坚诗集注》第 3 册,第 957 页。

四饮王夔玉家长韵因次韵率元翁同作寄溢城》中也说："比来工五字，句法妙何逊。"① 又在《急雪寄王立之问梅花》中说："红梅雪里与蓑衣，莫遣寒侵鹤膝枝。老子此中殊不浅，尚堪何逊作同时。"② 都是把阴、何作为衡量的标准。

与接受晋宋清丽的诗句相应，黄庭坚也赞赏本朝人的清词丽句。如他所说：

> 所寄吉州旧句，并得见诸贤和篇，皆清丽有句法，读之屡叹，糠秕在前，老者增愧耳。（《与徐师川书一》）③
>
> 所惠别卷诗，词意清丽，读之使人矍矍。足下年少，方日新而未已也，他日不肖方当望奔轶绝尘而叹耳。（《答陈敏善一》）④
>
> 诗句清丽，钦爱无已。（《与李翘叟法曹》）⑤

在素为艳科的词体中，黄庭坚尤为推崇"清丽"之作。如他说：

> 王晋卿画水石云林，缥缈风尘之外，他日当不愧小李将军。其作乐府长短句……清丽幽远，工在江南诸贤季孟之间。（《跋王晋卿墨迹》）⑥
>
> 作小诗、乐府，清丽可爱。（《题知命弟书后》）⑦
>
> 观复乐府长短句，清丽不凡，今时士大夫及之者鲜矣。（《书王观复乐府》）⑧

黄庭坚本人风格清丽的作品，也体现了晋宋诗对他的影响。如《题

---

① （宋）黄庭坚撰，（宋）任渊、史容、史季温注，刘尚荣校点《黄庭坚诗集注》第4册，第1202页。
② （宋）黄庭坚撰，（宋）任渊、史容、史季温注，刘尚荣校点《黄庭坚诗集注》第4册，第1346页。
③ 曾枣庄、刘琳主编《全宋文》第105册，第107页。
④ 曾枣庄、刘琳主编《全宋文》第104册，第320页。
⑤ 曾枣庄、刘琳主编《全宋文》第105册，第318页。
⑥ 曾枣庄、刘琳主编《全宋文》第107册，第39页。
⑦ 曾枣庄、刘琳主编《全宋文》第106册，第216页。
⑧ 曾枣庄、刘琳主编《全宋文》第106册，第304页。

第七章 黄庭坚：后期诗学的典型

小景扇》云："草色青青柳色黄，桃花零落杏花香。春风不解吹愁却，春日偏能惹恨长。"① 这是对画扇的描述，画面为春日小景，草青柳黄，桃杏争芳，诗人因春色而染上淡淡的春愁，这与晋宋清丽柔媚的诗风颇为接近。再如《鄂州南楼书事四首》云："四顾山光接水光，凭栏十里芰荷香。清风明月无人管，并作南楼一味凉。"（其一）② 诗中用"十里荷香"点缀山水清光，用"清风明月"点染四顾清凉的周遭境界，诗境清省，画面纯净，勾勒出在南楼所见到的一川美景。又如《王立之以小诗送并蒂牡丹戏答》云："分送香红惜折残，春阴醉起薄罗寒。不如王谢堂前燕，曾见新妆并倚栏。"③ 诗的第一句写王立之送花，但其中充满了诗人对"折残"之牡丹的怜惜之情。第二句用拟人的手法描写牡丹清晨"醉起"后的清冷感受，然而在后两句中进一步渲染诗人的惜花之情，并以"王谢堂前燕"对比，表达出未能亲见清晨时分牡丹"新妆并倚栏"的遗憾，既抒发了对牡丹的怜惜，又描绘出牡丹令人神往的情态。

在黄庭坚清丽的诗句之中，也偶尔会透露出旖旎的风情。如《戏咏江南土风》云："十月江南未得霜，高林残水下寒塘。饭香猎户分熊白，酒熟渔家擘蟹黄。橘摘金苞随驿使，禾舂玉粒送官仓。《踏歌》夜结田神社，游女多随陌上郎。"④ 诗中之塘为"寒塘"，橘苞为"金苞"，谷粒为"玉粒"，可见诗人对字句多点染之功，在丰收的喜悦与祥和的氛围中，"游女多随陌上郎"烘托出诗境中温馨惬意的情绪，给整首诗增添了些许风情和南朝乐府民歌的风采。再如他曾作《清人怨戏效徐庾慢体三首》云：

  秋水无言度，荷花称意红。主人敬爱客，催唤出房栊。一斛明珠曲，何时落塞鸿。莫藏春笋手，且为剥莲蓬。（其一）

---

① （宋）黄庭坚撰，（宋）任渊、史容、史季温注，刘尚荣校点《黄庭坚诗集注》第2册，第628页。
② （宋）黄庭坚撰，（宋）任渊、史容、史季温注，刘尚荣校点《黄庭坚诗集注》第2册，第629页。
③ （宋）黄庭坚撰，（宋）任渊、史容、史季温注，刘尚荣校点《黄庭坚诗集注》第4册，第1347页。
④ （宋）黄庭坚撰，（宋）任渊、史容、史季温注，刘尚荣校点《黄庭坚诗集注》第3册，第780页。

翡翠钗梁碧，石榴裙褶红。隙光斜斗帐，香字冷薰笼。闻道西飞燕，将随北固鸿。鸳鸯会独宿，风雨打船蓬。（其二）

障羞罗袂薄，承汗领巾红。晚风斜蚕发，逸艳照窗笼。胡琴抱明月，宝瑟阵归鸿。倚壁生蛛网，年光如转蓬。（其三）①

在第一首诗中，黄庭坚用"秋水""荷花"营造了一个清丽的诗境，然后描写歌女走出房笼为客人演唱的情形。第二首诗中，不乏"翡翠钗""石榴裙"等华丽的语词，第三首诗中前四句塑造了一个光彩照人却娇羞半掩的女子，"罗袂薄""领巾红""蚕发""逸艳"都属于"丽"辞，近乎艳冶。但这三首诗却透露出"清丽"的气息。如第一首诗虽然有"春笋手"这种近于艳冶的描写，但紧接着"剥莲蓬"一句为诗境带来了清新的意蕴。第二首诗虽然不乏"翡翠钗""石榴裙"等意象，但诗境始终是落寞、孤寂的，"香字冷薰笼"的"冷"点出凄清的环境，"西飞燕"已随"北固鸿"而去，女子只能无奈"独宿"，整夜听着"风雨打船蓬"的悲苦之音，这使整首诗并无艳冶之感。第三首诗虽然前四句都在塑造一个光彩照人的女子形象，但五、六两句的鸿雁意象却微露出女子的相思及感伤之意。第七句明确揭示出"倚壁生蛛网"的情形，女子落寞的心境和孤寂的情态都在此句中表露出来。第八句中主人公则发出"年光如转蓬"的哀叹，抒发了苦涩哀伤的情绪。在这三首诗中，黄庭坚总能将诗歌由艳冶的边缘拉回到符合"礼义"的规范中来，虽为拟南朝徐庾之作，带有六朝风情，然而整首诗并不违背宋人的诗学规范。

推而广之，除了"清丽"，诸如"壮丽""瑰丽""宏丽"也是黄庭坚所赞赏的，这些虽不是晋宋诗的主调，但受其影响则是应有之意。如云：

通知古今在勤读书，文章宏丽在笔墨追古。（《与洪氏四甥书》）②

奉手诲勤恳，审旅次蓁藿，而杨休山立，甚慰怀仰。诗句壮丽，

---

① （宋）黄庭坚撰，（宋）任渊、史容、史季温注，刘尚荣校点《黄庭坚诗集注》第2册，第363~365页。
② 曾枣庄、刘琳主编《全宋文》第105册，第110页。

伏读增叹。(《答才翁承事简一》)①

一日,(参寥)出足下所为诗并杂文,读之,其辞雄伟闳丽,言近旨远,有骚人之风,且诵且叹,欣然如获明珠大璧。(《答淮海居士书》)②

无论是清丽还是宏丽、壮丽,"丽"辞这一本质元素无疑与晋宋诗歌的影响有关。对黄庭坚而言,由向往晋宋风神到赞赏晋宋清词丽句,构成了其诗学追求的多元性。

总而言之,黄庭坚在其"不俗"观念的统领下,选择了与其思想格调相应的美学倾向。我们通过对黄庭坚诗学的多元化分析,在一定程度上也可以管窥宋诗风貌。通常,人们偏颇地认为宋人以文为诗,以才学为诗,以议论为诗,这实际是将某些特征扩大化的结果,尤其对北宋诗歌而言,尤为不适用,可谓一叶障目、不见森林,忽视了对宋诗总体特征与风貌的探讨与把握。我们翻开《全宋诗》,北宋部分的内容可谓琳琅满目,其中精妙的对偶和过人的想象力不胜枚举,相比于唐诗,丝毫不逊色。可以说,宋诗还有很多没有被注意的细节,还有很多未被关注的领域,值得我们进行深入的探讨。

第三节 超离现实的创作方法

在创作早期,黄庭坚面对现实曾发出"饱食愧公家,曾无助毫末"(《二月二日晓梦会于庐陵西斋作寄陈适用》)③ 的感叹,但他又无法改变现实,只好对现实采取规避的态度。因此,黄庭坚超离现实的创作态度与乌台诗案等外在因素有关,更与他自身的诗学思想、人生的价值期待密切相关,这是与苏轼不同的地方。他曾在《对酒歌答谢公静》中说:

我为北海饮,君作东武吟。看君平生用意处,潇洒定自知人心。

---

① 曾枣庄、刘琳主编《全宋文》第106册,第2页。
② 曾枣庄、刘琳主编《全宋文》第106册,第125页。
③ (宋)黄庭坚撰,(宋)任渊、史容、史季温注,刘尚荣校点《黄庭坚诗集注》第4册,第1097页。

南阳城边雪三日,愁阴不能分皂白。摧轮踠蹄泥数尺,城门昼闭眠贾客。移人僵尸在旦夕,谁能忍饥待食麦。身忧天下自有人,寒士何者愁填臆。民生正自不愿材,可乘以车可鞭策。君不见海南水沉紫栴檀,碎身百炼金博山。岂如不蒙斧斤赏,老大绝崖霜雪间。投身有用祸所集,何况四达之衢井先汲。昨日青童天上回,手捧玉帝除书来。一番通籍清都阙,百身书名赤城台。飞升度世无虚日,怪我短褐趋尘埃。顾谓彼童子,此何预人事,但对清樽即眼开,一杯引人著胜地。传闻官酒亦自清,径须沽取续吾瓶。南山朝来似有意,今夜傥放春月明。①

在诗中,当他面对"移人僵尸在旦夕,谁能忍饥待食麦"的景况,只能逃避在虚无的精神世界里,他以"身忧天下自有人,寒士何者愁填臆"自我安慰,并引用庄子"无用之用"的论调,认为"君不见海南水沉紫栴檀,碎身百炼金博山。岂如不蒙斧斤赏,老大绝崖霜雪间。投身有用祸所集,何况四达之衢井先汲"。于是他在美酒中追寻明澈的心境,所谓"但对清樽即眼开,一杯引人著胜地",这与《登快阁》中"青眼聊因美酒横"②的价值取向是一致的。在诗的最后,他通过"南山朝来似有意,今夜傥放春月明",把思绪引入美好的期待之中,用一种虚无的遐想麻醉自己。元丰时期,黄庭坚在更多的时间里不愿多谈政治,他在《次韵章禹直开元寺观画壁兼简李德素》中说:"幽寻前日事,晦明忽复易。章生南溟鹏,笼槛锁六翮。能同寂寞游,浊酒聊放适。"据山谷诗序,章禹直因论新法被编管于洪州。诗的前四句描述了章禹直的遭遇及被编管洪州的处境,五、六两句则写出章禹直并未因贬谪而消沉,而是"能同寂寞游,浊酒聊放适",表现出旷达的情怀。在诗的最后,黄庭坚说:"期公开颜笑,醉语杂翰墨。不须谈俗事,只令人气塞。"③ 直接抒发了对现实的不满,"不须谈俗事"表现出他远离尘俗的意愿及对令人

---

① (宋)黄庭坚撰,(宋)任渊、史容、史季温注,刘尚荣校点《黄庭坚诗集注》第3册,第825~827页。
② (宋)黄庭坚撰,(宋)任渊、史容、史季温注,刘尚荣校点《黄庭坚诗集注》第4册,第1144页。
③ (宋)黄庭坚撰,(宋)任渊、史容、史季温注,刘尚荣校点《黄庭坚诗集注》第4册,第1055页。

"气塞"的现实的逃避,这显然是出于对现实的无奈。

从创作来看,黄庭坚的多数诗歌都远离当时的社会现实,这主要体现在如下几个方面。

首先,黄庭坚有些诗歌直接抒发胸次和感受,没有丝毫社会现实的痕迹。如《和李才甫先辈快阁五首》(其三)云:

> 长江淡淡吞天去,甲子随波日日流。万事转头同堕甑,一身随世作虚舟。①

此诗作于元丰五年(1082)知太和县时。诗中写了傍晚时分眺望大江所产生的虚无茫然之感。当时正值新党执政,这种感受一定与现实生活有着千丝万缕的联系,但我们却找不出实实在在的现实渊源,他只是在表达一种同光和尘的人生态度,其中显然有着佛学思想的影响。再如《古风次韵答初何甫二首》(1271)云:

> 饥思河鲤与河鲂,渴思蔗浆玉碗凉。冬愿纯棉对阴雪,夏愿绉绨度盛阳。万端作计身愁苦,一事不谐鬓沧浪。调笑天街吟海燕,藜羹脱粟非公狂。(其一)
>
> 君吟春风花草香,我爱春夜璧月凉。美人美人隔湘水,其雨其雨怨朝阳。兰荃盈怀报琼玖,冠缨自洁非沧浪。道人四十心如水,那得梦为蝴蝶狂。(其二)②

这组诗作于元丰七年(1084)在地方任职时。前一首诗写世俗中的人常贪恋锦衣玉食,以及由此而产生的"一事不谐鬓沧浪"的人生愁苦,从而表达了对无欲无求、洒脱自由的精神生活的向往。后一首诗创作构思与前首相似,先是写世俗间的种种苦恼,如"美人美人隔湘水"

---

① (宋)黄庭坚撰,(宋)任渊、史容、史季温注,刘尚荣校点《黄庭坚诗集注》第 4 册,第 1145 页。
② (宋)黄庭坚撰,(宋)任渊、史容、史季温注,刘尚荣校点《黄庭坚诗集注》第 4 册,第 1271~1272 页。

用屈原《湘夫人》中"帝子降兮北渚,目眇眇兮愁予"①的意象,表达了追求美人而不得的苦恼,"其雨其雨怨朝阳"用了《诗经·卫风·伯兮》中"其雨其雨,杲杲出日"②的句子,反衬爱情失落的痛苦,黄庭坚用这样两种情感代指世俗中人们的种种追求及苦恼。在五、六句中,山谷写友人怀兰抱璞的胸次,其高卓的情怀不须濯于沧浪而自洁,在诗的尾联又写友人平静如水的心性涵养,他不被世俗所牵绊,更不会因此而癫狂,进而表达了赞赏之情,将人生哲理寓于其中,直接袒露洒脱出尘的胸次。又如《再用前韵赠子勉四首》云:

> 胸中有度择人,事上无心活身。只么情亲鱼鸟,傥然图画麒麟。
> (其一)
> 行要争光日月,诗须皆可弦歌。着鞭莫落人后,百年风转蓬科。
> (其二)
> 句法俊逸清新,词源广大精神,建安才六七子,开元数两三人。
> (其三)
> 醉乡闲处日月,鸟语花中管弦。有兴勤来把酒,与君端欲忘年。
> (其四)③

在这组诗中,第一首诗前两句刻画高子勉不亲世务的为人品性;后两句写高子勉亲近自然、志在山林的情志。第二首是对高子勉的期待和勉励,第一句责成高子勉要有高卓的人格,要"争光日月",第二句是勉励高子勉创作出优秀的作品,第三、四句是勉励他要及时努力,珍惜生命和时间,全诗表现出对后学的关切和期待。第三首是对高子勉的赞赏。第四首则写闲适的生活态度及与高子勉的情谊。总之,这组诗所表达的内容完全超离社会现实,除了表达对后学的关切外,也是黄庭坚本人胸次的体现。

---

① (战国)屈原撰,金开诚、董洪利、高路明校注《屈原集校注》,中华书局,1996,第218页。
② (清)阮元校刻《十三经注疏·毛诗正义》,第59页。
③ (宋)黄庭坚撰,(宋)任渊、史容、史季温注,刘尚荣校点《黄庭坚诗集注》第2册,第575~577页。

第七章　黄庭坚：后期诗学的典型

　　黄庭坚对社会现实的忽略，使他的诗歌拥有大量书写情怀的空间。在诗歌中，他将自己融入诗意人生的化境，以高卓、从容、雅洁的情怀面对生活，其高卓的品性超越了世俗悲欢，在诗歌中流露出高妙、悠远的不凡意蕴。对于其他诗人而言，他们往往借助山水等事物书写身处世俗中的感受，故难免沾染世俗气，黄庭坚则跨过了现实感慨，直接抒发高卓的胸次，摆落了凡俗的痕迹，苏轼评黄庭坚诗曰"鲁直诗文，如蝤蛑、江瑶柱，格韵高绝"，还说"读鲁直诗，如见鲁仲连、李太白，不敢复论鄙事"（《书黄鲁直二首》其二）[①]，可谓道出了黄庭坚诗歌的本质特征。

　　其次，黄庭坚诗很少表达"不遇"的身世之感，即使偶有表露也常会忽略产生这种身世之感的现实背景。如其《次韵杨君全送酒》云：

　　　　扶衰却老世无方，唯有君家酒未尝。秋入园林花老眼，茗搜文字响枯肠。醉头夜雨排檐滴，杯面春风绕鼻香。不待澄清遣分送，定知佳客对空觞。[②]

　　这首诗作于元符三年（1100）自戎州放归时。诗中"老""衰"似乎只是诗人对身体状况的客观描写，诗人没有将这种状态与辛苦备尝的贬谪经历联系在一起，而且对于"老"与"衰"的描述，诗人也只是一笔带过，并没有进行着力的渲染，而是直接抒发对友人送酒的谢意。同年，他又作《走笔谢王朴居士拄杖》云：

　　　　投我木瓜霜雪枝，六年流落放归时。千岩万壑须重到，脚底危时幸见持。[③]

　　这首诗围绕拄杖而写，抒发放归之后幸有拄杖扶持，以跨越千难万

[①]　（宋）苏轼撰《苏轼文集》第 4 册，第 2122 页。
[②]　（宋）黄庭坚撰，（宋）任渊、史容、史季温注，刘尚荣校点《黄庭坚诗集注》第 2 册，第 488 页。
[③]　（宋）黄庭坚撰，（宋）任渊、史容、史季温注，刘尚荣校点《黄庭坚诗集注》第 2 册，第 493 页。

险的感激之情。在诗中，诗人"六年流落"的境遇只是点出而已，没有过多地抒发由此产生的身世之感。

这与苏轼诗形成鲜明对比，苏轼的旷达情怀常是以对"穷"的揭示为底色的。有意思的是，通览《全宋诗》，苏轼很可能是北宋哭"穷"最多的诗人，他的旷达往往是在克服"穷"的感叹后才表达出来的。黄庭坚则是将种种困顿及感受全部忽略掉，所体现出来的纯然是对生活乐观、豁达的态度及坚韧的生命意志。

又如其著名的《雨中登岳阳楼望君山二首》，这是放归后的作品，其一云：

> 投荒万死鬓毛斑，生出瞿塘滟滪关。未到江南先一笑，岳阳楼上对君山。①

诗的前两句是对过往经历的感叹，然而这种感叹并没有延续，而是在后两句中表现出乐易的情绪，似乎贬谪的经历在此时此地，已泯然于笑对君山的情境之中。在这组诗的第二首中，则完全是一派对自然景观的欣赏，诗云：

> 满川风雨独凭栏，绾结湘娥十二鬟。可惜不当湖水面，银山堆里看青山。②

其中，丝毫没有留下感慨现实人生的痕迹。又如《次韵向和卿行松滋县与邹天锡夜语南极亭二首》云：

> 雪泥滑滑到山郭，提壶劝沽亦不恶。林中解道不如归，家人应念思归乐。（其一）
>
> 冲风冲雨走七县，唯有白鸥盟未寒。坐中更得江南客，开尽南

---

① （宋）黄庭坚撰，（宋）任渊、史容、史季温注，刘尚荣校点《黄庭坚诗集注》第2册，第584页。
② （宋）黄庭坚撰，（宋）任渊、史容、史季温注，刘尚荣校点《黄庭坚诗集注》第2册，第585页。

窗借月看。(其二)①

这首组诗作于崇宁元年（1102）放还之后。其一抒发的是诗人解官归隐的志趣，对刚刚过去的贬谪经历没有丝毫描述。在其二中，诗人用"白鸥"意象诉说归隐的志趣，但没有对世事的抱怨，而是以见到友人的快乐作结。这两首诗都没有痛定思痛的深刻感怀，他一如平常地看待世界，他已进入苏轼所谓"也无风雨也无晴"的人生境界之中。

最后，黄庭坚诗中题咏类作品所占比重极大，从竹石花鸟到寺观亭台等，品类众多。这些诗歌有些是寄赠和酬类作品，有些是单纯题咏类作品，但它们都脱离于当时的社会政治生活。黄庭坚在其中很少托物寄慨，他只是表达对事物的赞赏与惬意的精神享受，由此使诗歌呈现出"无一点尘俗气"的品格。

他题咏最多的就是画。如《题惠崇画扇》云："惠崇笔下开江面，万里晴波向落晖。梅影横斜人不见，鸳鸯相对浴红衣。"② 作品完全是对画面的描绘，"晴波""落晖""梅影""鸳鸯"等意象烘托出和煦、惬意的氛围，在对画面的客观描述中巧妙地渗透出诗人惬意的情怀感受。再如《题刘将军鹅》云："箭羽不需春水，籀文时印平沙。想见山阴书罢，举群驱向王家。"③ 这首诗首先从羽毛到足迹描绘了鹅的特性，然后展开联想，将画面上的鹅与王羲之以《黄庭经》换山阴道士鹅的典故联系起来，增强了诗中"鹅"的文化韵味与内涵。又如《戏咏子舟画两竹两鸲鹆》云："风晴日暖摇双竹，竹间相语两鸲鹆。鸲鹆之肉不可肴，人生不材果为福。"④ 诗的前两句描绘画中之景，后两句用《庄子·山木》篇中"能鸣"之雁与《逍遥游》篇中"大樗"的典故，表达道家无用之用的道理。又如《题画孔雀》云："桄榔暗天蕉叶长，终露文章

---

① （宋）黄庭坚撰，（宋）任渊、史容、史季温注，刘尚荣校点《黄庭坚诗集注》第 2 册，第 581～582 页。
② （宋）黄庭坚撰，（宋）任渊、史容、史季温注，刘尚荣校点《黄庭坚诗集注》第 1 册，第 265 页。
③ （宋）黄庭坚撰，（宋）任渊、史容、史季温注，刘尚荣校点《黄庭坚诗集注》第 1 册，第 273 页。
④ （宋）黄庭坚撰，（宋）任渊、史容、史季温注，刘尚荣校点《黄庭坚诗集注》第 2 册，第 457 页。

婴世网。故山桂子落秋风，无因雌雄青云上。"① 与前首诗一样，"桄榔暗天蕉叶长，终露文章婴世网"也是提出了无用之用的人生命题，但整首诗只是描摹画面，体现文人雅识而已，与社会现实没有太多联系。

除了题画，黄庭坚吟咏较多的就是亭台楼阁，这些同样不夹杂对社会现实的感慨。如《武昌松风阁》云：

依山筑阁见平川，夜阑箕斗插屋椽。我来名之意适然。老松魁梧数百年，斧斤所赦今参天。风鸣娲皇五十弦，洗耳不须菩萨泉。嘉二三子甚好贤，力贫买酒醉此筵。夜雨鸣廊到晓悬，相看不归卧僧毡。泉枯石燥复潺湲，山川光辉为我妍。野僧早饥不能馈，晓见寒溪有炊烟。东坡道人已沉泉，张侯何时到眼前。钓台惊涛可昼眠，怡亭看篆蛟龙缠。安得此身脱拘挛，舟载诸友长周旋。②

诗首先描绘了松风阁的自然空间，然后抒发在此聆听"风鸣娲皇五十弦"的美好感受，此后表现了驻足于此的流连之情，最后表达了与挚友长此周旋的愿望。整首诗都在书写松风阁之美以及与友人情感的美好，与社会现实无关。再如《题高君正适轩》云：

至静在平气，至神惟顺心。道非贵与贱，达者古犹今。功名属廊庙，闲暇归山林。畜鱼观群嬉，笼鸟听好音。不如一丘壑，随愿得飞沉。开门纳日月，呼客解缨簪。诗书抚尘迹，歌舞送光阴。妖娴倾国笑，丝竹感人深。豁然开胸次，风至独披襟。樊笼锁形质，外物有幽寻。③

这首诗先是表达了"道非贵与贱，达者古犹今"通达的价值观，认为尘世"畜鱼""笼鸟"之乐不如丘壑自如之乐，在山林中，诗人可以

---

① （宋）黄庭坚撰，（宋）任渊、史容、史季温注，刘尚荣校点《黄庭坚诗集注》第1册，第269页。
② （宋）黄庭坚撰，（宋）任渊、史容、史季温注，刘尚荣校点《黄庭坚诗集注》第2册，第609~610页。
③ （宋）黄庭坚撰，（宋）任渊、史容、史季温注，刘尚荣校点《黄庭坚诗集注》第4册，第1119页。

尽情享受日月的照耀与诗书歌舞的愉悦。在诗的最后，黄庭坚表达了在丘壑中所拥有的旷放胸襟与怀抱，整首诗充盈着潇洒世外的情趣。这类诗着意挖掘事物的内在意蕴及诗人精神层面上的主观感受，但并没有所谓"寄托"。

除了画和亭台楼阁，茶和花也是黄庭坚关注较多的事物。茶从晋代以后就逐渐成为人们的主要饮品，茶饮色泽淡雅，并散发出淡淡的清香，故常成为展现文人雅趣的载体。黄庭坚诗中大量地写到茶。茶香可陪伴他进入梦乡，如《谢公择舅分赐茶三首》（其一）云："外家新赐苍龙璧，北焙风烟天上来。明日蓬山破寒月，先甘和梦听春雷。"① 也能将他带入高蹈尘外的境界，如《戏答荆州王充道烹茶四首》（其三）云："香从灵坚坞上发，味自白石源中生。为公唤觉荆州梦，可待南柯一梦成。"② 黄庭坚的咏花诗则颇为纯净，如：

金蓓锁春寒，恼人香未展。虽无桃李颜，风味极不浅。（《戏咏腊梅二首》其一）③

障羞半面依篁竹，随意淡妆窥野塘。飘泊风尘少滋味，一枝犹傍故人香。（《梅花》）④

借水开花自一奇，水沉为骨玉为肌。暗香已压荼蘼倒，只比寒梅无好枝。（《次韵中玉水仙花二首》其一）⑤

这些诗只是针对花本身而发，描写它的颜色、香气及形态，呈现出澄澈绝尘的气息。

综上所述，山谷诗很多时候都是疏离于社会现实的，他或者直接抒

---

① （宋）黄庭坚撰，（宋）任渊、史容、史季温注，刘尚荣校点《黄庭坚诗集注》第1册，第124页。
② （宋）黄庭坚撰，（宋）任渊、史容、史季温注，刘尚荣校点《黄庭坚诗集注》第2册，第583页。
③ （宋）黄庭坚撰，（宋）任渊、史容、史季温注，刘尚荣校点《黄庭坚诗集注》第1册，第202页。
④ （宋）黄庭坚撰，（宋）任渊、史容、史季温注，刘尚荣校点《黄庭坚诗集注》第5册，第1440页。
⑤ （宋）黄庭坚撰，（宋）任渊、史容、史季温注，刘尚荣校点《黄庭坚诗集注》第2册，第544页。

发心性胸次，或者纯粹描写客观事物，都略去了对源自社会现实的个体感受的抒发。在他的诗歌中，很难找到在现实人生中的身世之感及相关痕迹，他所抒发的是超离于现实之上的空灵蕴藉的情怀。立足于北宋诗坛，当时人们或出于全身避祸的考虑，或出于对心性涵养的追求，普遍倾向于表达远离尘俗的胸襟与怀抱，黄庭坚可谓是这方面的典型。

第四节 关于超逸绝尘的格调

在北宋，"超逸绝尘"已被苏轼用来形容黄庭坚诗歌及其为人，早于人们对其诗歌生新瘦硬、拗峭奇崛等语言特征的关注。进入 21 世纪以来，学界把对黄庭坚诗的文化阐释推向高潮，表现为从佛学及道学等角度对其诗歌内涵进行阐释。但人们始终没有对"超逸绝尘"这一格调有所论述，并进行基于文学本位的系统考察。笔者认为，"超逸绝尘"与黄庭坚"合于周孔"的儒学涵养与诗学追求紧密相关，是其诗歌的核心特征，具有重要的诗学价值。

一 问题的提出

熙宁五年（1072），苏轼第一次在孙莘老处读到山谷诗，即云："耸然异之，以为非今世之人也。……观其文以求其为人，必轻外物而自重者，今之君子莫能用也。"（《答黄鲁直五首》其一）他从黄庭坚的文字出发，指出其高卓的人格特质。熙宁十年（1077），苏轼在济南李公择处再次见到山谷诗，进一步指出"见足下之诗文愈多，而得其为人益详"，并明确称赞其"超逸绝尘，独立万物之表，驭风骑气，以与造物者游"的人格形象，并说："非独今世之君子所不能用，虽如轼之放浪自弃，与世阔疏者，亦莫得而友也。"① 再次赞赏了黄庭坚高卓不凡的人格特质。所谓文如其人，山谷诗的格调与山谷的为人格调应是相呼应的。然而当今学者往往只把"超逸绝尘"看作山谷的人格特质，而没有把它放入山谷诗中进行全面、系统的考察。事实上，南宋洪咨夔就说过："（山谷）得清宁正明之全气……飘飘乎与造物者游，放为篇章，超轶绝

---

① 以上引文见（宋）苏轼撰《苏轼文集》第 4 册，第 1531~1532 页。

尘，独立万物之表，坡翁盖心服之，而后山师焉。"① "轶"同"逸"，他已明确把"超逸绝尘"看作山谷诗的特征了。

古人对这一特征的关注始终不绝如缕，如：

（宋）韩淲："鲁直诗意气极高。"②
（宋）林季野："鲁直诗未必篇篇佳，但格制高耳。"③
（清）翁方纲："坡公之外又出此一种绝高之风骨、绝大之境界，造化元气发泄透矣，所以有'诗到苏、黄尽'之语。"④

无论是"格制高""意气高"还是"风骨高"，都是看到了黄庭坚诗高卓的格调特征。

对这一格调，人们不乏精彩的论述。如明唐顺之就曾说："黄豫章诗，真有凭虚欲仙之意，此人似一生未尝食烟火者，唐人盖绝无见有到此者也。虽韦苏州之高洁，亦须让出一头地耳。"⑤ 显然他接受了苏轼乃至洪咨夔"与造物者游"的描述，认为黄庭坚诗"有凭虚欲仙之意"，并指出黄庭坚其人"似一生未尝食烟火者"。至于他为何认为韦应物须"让出一头地"，或许宋人自己说得更为明白。蔡絛曾说："韦苏州诗……至其过处，大似村寺高僧，奈时有野态。"⑥ 就指出韦诗时有山林枯槁之态。南宋许尹在《黄陈诗集注序》中也曾说："陶渊明、韦苏州之诗，寂寞枯槁，如丛兰幽桂，可宜于山林，而不可置于朝廷之上。"⑦ 指出韦诗可施于山林，然其寂寞枯槁之态缺乏圆融自足的气象，故不可置于朝堂之上。宋代以前，诗人表达出世的高洁情志，或凄清萧瑟、清冷枯寂，或愤世嫉俗，往往还伴随着对尘世的厌恶，这些都有黏滞尘俗之嫌，同

---

① （宋）洪咨夔：《平斋集》卷29，《影印文渊阁四库全书》本，第1175册，第303页。
② （宋）韩淲：《涧泉日记》卷下，《影印文渊阁四库全书》本，第864册，第791页。
③ （宋）王楙：《野客丛书·附录》，《影印文渊阁四库全书》本，第852册，第803页。
④ 傅璇琮：《黄庭坚和江西诗派资料汇编》，中华书局，1978，第302页。
⑤ （明）贺复徵编《文章辨体汇选》卷375，《影印文渊阁四库全书》本，第1406册，第532页。
⑥ （宋）胡仔纂集《苕溪渔隐丛话》后集卷33，第257～258页。
⑦ （宋）黄庭坚撰，（宋）任渊、史容、史季温注，刘尚荣校点《黄庭坚诗集注》第1册，第2页。

宋人相比，缺少"自得""自适"之乐，故黄庭坚诗"似一生未尝食烟火者"，其格调可谓卓绝。

清人方东树评黄庭坚《赠清隐持正禅师》诗亦云："意味字句清超，不食烟火，山谷本色。"① 这里"不食烟火"即"超逸绝尘"之意，方氏就把它看作山谷诗的"本色"，即本质特征。方氏所评黄庭坚《赠清隐持正禅师》诗云："清隐开山有胜缘，南山松竹上参天。擗开华岳三峰手，参得浮山九带禅。水鸟风林成佛事，粥鱼斋鼓到江船。异时折脚铛安稳，更种平湖十顷莲。"② "鱼"指僧人用斋时所敲打的鱼形器具，常悬于廊下，而"折脚铛"即锅。诗中营造出远离尘嚣的情境，所谓"不食烟火"就指此诗中不黏滞于世俗的高卓格调与境界。方东树还评价黄庭坚《次韵寅庵》说："通首皆写寅庵自得之趣，而措语极高，不杂一毫尘俗气。"③《次韵寅庵》是组诗，共四首。对于方东树所说的"自得"之趣，其中其三最为典型，诗云："大若塘边掷网鱼，小桃源口带经锄。诗催孺子成鸡栅，茶约邻翁掘芋区。苦楝狂风寒彻骨，黄梅细雨润如酥。此时睡到日三丈，自起开关招酒徒。"④ 诗中抒发了隐居寅庵之际的乐易情趣，其中"诗""酒"等意象都渗透着人文兴味。诗中"此时睡到日三丈，自起开关招酒徒"这样自由洒脱的生活情境，尤其能体现出摆脱尘嚣后的悠然自得之态。方东树所谓"不杂一毫尘俗气"就在于此，而他所谓"措语极高"，就明确指出此诗有着极高的格调。事实上，苏轼早有评云："读鲁直诗，如见鲁仲连、李太白，不敢复论鄙事。"又说"鲁直诗如蝤蛑江瑶柱，格韵高绝，盘飧尽废"（《书鲁直诗后二首》）⑤，也就是具体指出了黄庭坚诗具有高卓的格调这一特征。

同时，人们也继承了苏轼借江瑶柱等食物评黄庭坚诗的方式。如明代李东阳说："熊蹯鸡跖，筋骨有余，而肉味绝少。好奇者不能舍之，而

---

① （清）方东树：《昭昧詹言》卷20，人民文学出版社，1961，第452页。
② （宋）黄庭坚撰，（宋）任渊、史容、史季温注，刘尚荣校点《黄庭坚诗集注》第5册，第1739页。
③ （清）方东树：《昭昧詹言》卷20，第455页。
④ （宋）黄庭坚撰，（宋）任渊、史容、史季温注，刘尚荣校点《黄庭坚诗集注》第3册，第903页。
⑤ （宋）苏轼撰《苏轼文集》第5册，第2122页。

第七章　黄庭坚：后期诗学的典型

不足以厌饫天下，黄鲁直诗大抵如此，细咀嚼之可见。"(《麓堂诗话》)①他认为黄庭坚诗似熊掌等味之极美者，此可谓"格韵高绝"，故"好奇者不能舍之"，然而"肉味绝少"，故无以"厌饫天下"。清方东树也曾指出："（黄庭坚诗）世间一切厨馔腥蝼意义语句，皆绝去，所以谓之高雅。脱去凡俗在此。"②他也是用"厨馔腥蝼"代指"烟火气"，认为黄庭坚诗之"高雅"就是脱去凡俗之"烟火气"的结果。清人姚范也说："玄思瑰句，排斥冥筌，自得意表。玩诵久之，有一切厨馔腥蝼而不可食之意。"③这与方东树近似。

前人评论并非虚语，我们具体到黄庭坚诗，其高绝之处随处可见。如《王充道送水仙花五十枝欣然会心为之作咏》云："凌波仙子生尘袜，水上轻盈步微月。是谁招此断肠魂？种作寒花寄愁绝。含香体素欲倾城，山矾是弟梅是兄。坐对真成被花恼，出门一笑大江横。"④这首诗咏水仙绰约的姿态和高洁的品质，境界澄澈，黄庭坚在尾联又宕开一笔云："坐对真成被花恼，出门一笑大江横。"诗中水仙本已姿态绰约，后又著以诗人"出门一笑大江横"的洒脱，一番超然卓绝的气息扑面而来。"横"字虽突兀，但非此江之"大"与"横"，不足以体现黄庭坚诗之雄阔与卓绝。再如黄庭坚《次韵公择舅》云："昨梦黄粱半熟，立谈白璧一双。惊鹿要须野草，鸣鸥本愿秋江。"⑤前两句是写黄粱梦境，后两句则否定了梦境中的世俗追求，"惊鹿"需要野草才能安定下来，"鸣鸥"更愿在秋江上优游徜徉，这是道家回归"自然"思想的诗意表达。诗中跳跃的思维及高远的意境，加之自然意象所赋予此诗的纯净的观感，都使诗中透露出卓荦绝尘的气息。

北宋蔡絛曾说："山谷诗妙脱蹊径，言谋鬼神，无一点尘俗气，所恨务高。"(《西清诗话》)⑥指出黄庭坚诗虽具有高绝的格调，但往往缺少

---

① 丁福保辑《历代诗话续编》下册，第1386页。
② （清）方东树：《昭昧詹言》卷20，第455页。
③ （清）姚范：《援鹑堂笔记》卷40，《续修四库全书》本，第1149册，第82页。
④ （宋）黄庭坚撰，（宋）任渊、史容、史季温注，刘尚荣校点《黄庭坚诗集注》第2册，第546页。
⑤ （宋）黄庭坚撰，（宋）任渊、史容、史季温注，刘尚荣校点《黄庭坚诗集注》第1册，第60页。
⑥ （宋）胡仔纂集《苕溪渔隐丛话》后集卷33，第257~258页。

一种亲切感，即我们俗称的"不接地气"。这是符合事实的，但也从反面说明，黄庭坚诗中卓荦不凡的气息是客观存在的，是当时人们的普遍认知，并且它与以往受道家出世思想影响而出现的枯寂与凄清之气不同，它散发着圆融与自足的气息，充分体现了道学对心性的涵养。

二 高绝格调的形成与消失

对黄庭坚而言，"超逸绝尘"的格调早已养成。黄庭坚早年跟随李常涵养儒学，而李常治学以养心治性为本，这对黄庭坚养成高卓的人格具有深远影响。这种高卓的人格自然会反映到他的创作中。对此，我们可从黄庭坚未第前的作品中得到印证。如黄庭坚《岩下放言·池亭》云："水嬉者游鱼，林乐者啼鸟。志士仁人观其大，薪翁笋妇利其小。有美一人，独燕居万物之表。"① 其中"鱼""鸟"戏于山水，仁人看到的是大化运行，百姓看到的是日常口腹之欲。黄庭坚指出"有美一人，独燕居万物之表"，这"美人"自然是与"志士仁人"相应的，其"独燕居万物之表"的形象散发着岿然独立的高卓气息，从整首诗而言，字里行间都透露出一种卓尔不群的格调。此时黄庭坚只有二十二岁。到熙宁五年（1072），苏轼在孙莘老处首见黄庭坚诗时，黄庭坚二十八岁，熙宁十年（1077），苏轼于李公择处再次见到黄庭坚诗时，黄庭坚也才三十三岁，由此可知黄庭坚诗早年已有了卓荦不凡的风骨。

从创作来看，黄庭坚的诗歌尤其是元祐以后的作品，大都远离当时的社会现实，这些作品往往就体现着"超逸绝尘"的格调。从实际创作看，我们会看到他元祐以前的作品有时会表现出与现实一定程度的对立，有黏滞世俗之嫌。如其《次韵叔父圣谟咏莺迁谷》云："先生丘中隐，乔木见雄雌。引子迁绿阴，相戒防祸机。李杜死刀锯，陈张怨弃遗。不如听黄鸟，永昼客争棋。"② 诗中举汉代李固、杜乔（据注或为李膺、杜密）与张耳、陈余的例子，表达对现实的厌恶，并借以鼓吹潇散的世外旨趣。再如《和师厚郊居示里中诸君》云："篱边黄菊关心事，窗外青

---

① （宋）黄庭坚撰，（宋）任渊、史容、史季温注，刘尚荣校点《黄庭坚诗集注》第3册，第753页。

② （宋）黄庭坚撰，（宋）任渊、史容、史季温注，刘尚荣校点《黄庭坚诗集注》第3册，第748~750页。

第七章 黄庭坚：后期诗学的典型

山不世情。江橘千头供岁计，秋蛙一部洗朝酲。归鸿往燕竞时节，宿草新坟多友生。身后功名空自重，眼前樽酒未宜轻。"① 也是借助对世间名利的厌弃来追求潇洒的生命意蕴，通过对世俗的厌恶、恐惧和逃避来表达高卓的情怀，有着鲜明的道家思想影响的痕迹。这些实际仍未能摆脱与现实的"挂碍"，故其元祐以前的诗歌并不是全然高卓的，用洪炎的话说，即并不"全粹"（见下文）。然而越到元祐以后，黄庭坚作为创作主体与客观现实的对立消失了，几乎不再黏滞于世俗之喜怒哀怨，而是超离于社会现实之外，直接抒发高卓的胸次及心性涵养，集中体现着"超逸绝尘"的格调。

然而这种格调在崇宁二年（1103）其走上通往宜州的道路后就基本消失了，诗中只剩下平淡的老年情怀。黄庭坚诗早期就有平淡的色彩，如在叶县时所作《睡起》诗云："仿佛江南一梦中，虚堂尽日转温风。春深稍觉夹衣重，昼永不知樽酒空。"② 但并非全部如此。如绍圣时期其很多诗并不平淡。如其放归后所作《次韵杨明叔见饯十首》其七云："元之如砥柱，大年若霜鹗。王杨立本朝，与世作郛郭。观公有胆气，自可继前作。丈夫存远大，胸次要磊落。"其八云："虚心观万物，险易极变态。皮毛剥落尽，惟有真实在。侍中乃珥貂，御史则冠豸。照影或可羞，短蓑钓寒濑。"③ 再如《荆南签判向和卿用予六言见惠次韵奉酬四首》（其一）云："仕宦初不因人，富贵方来逼身。要是出群拔萃，乃成威凤祥麟。"④ 这些诗显然充盈着浩大之气，具有充沛的情感，其"超逸绝尘"的格调与生新瘦硬的语言风格相辅相成。只有在贬官宜州之后，黄庭坚诗才褪去了此前兀傲的气度和超逸的格调，加之年纪老大，精力衰惫，高卓之气方消失不见。如《离福岩》云："山下三日晴，山上三

---

① （宋）黄庭坚撰，（宋）任渊、史容、史季温注，刘尚荣校点《黄庭坚诗集注》第3册，第875页。
② （宋）黄庭坚撰，（宋）任渊、史容、史季温注，刘尚荣校点《黄庭坚诗集注》第3册，第770页。
③ （宋）黄庭坚撰，（宋）任渊、史容、史季温注，刘尚荣校点《黄庭坚诗集注》第2册，第499~500页。
④ （宋）黄庭坚撰，（宋）任渊、史容、史季温注，刘尚荣校点《黄庭坚诗集注》第2册，第577页。

日雨。不见祝融峰,还溯潇湘去。"① 再如《李宗古出示谢李道人筇幕杖从蒋彦回乞葬地二颂作二诗奉呈》(其一)云:"提携禅客扶衰杖,断当姻家藏骨山。因病废棋仍废酒,鹧鸪鹦鹉伴清闲。"② 在这些诗中只剩下了老年人衰惫平淡的情志,其生新瘦硬的语言风格也已消失不见。因此可以说,黄庭坚"超逸绝尘"的格调在早年就已有所体现,而表现得最为集中和典型则是在元祐以后至崇宁时期贬谪到宜州之前,此后则逐渐消退。

三 "超逸绝尘"与山谷本色

方东树曾云:"意味字句清超,不食烟火,山谷本色。"下面就通过与苏轼、陈师道进行比较,以突出黄庭坚诗"超逸绝尘"的这一本质特征。

苏轼诗虽号称旷达,但往往是以现实之"穷"为底色来抒写人生感受的。如其《次前韵寄子由》云:"我少即多难,邅回一生中。百年不易满,寸寸弯强弓。老矣复何言,荣辱今两空。"③ 他首先就说自己"少即多难",而且"邅回一生",后面"荣辱今两空"的旷达显然是在过往的人生历程中得出的感悟,整首诗与现实有着紧密的联系。再如《上元夜过赴儋守召,独坐有感》云:"使君置酒莫相违,守舍何妨独掩扉。静看月窗盘蜥蜴,卧闻风幔落伊威。灯花结尽吾犹梦,香篆消时汝欲归。搔首凄凉十年事,传柑归遗满朝衣。"④ 诗中索寞的意蕴非常鲜明,充满对"十年"之事的感伤与回味,这与黄庭坚诗的绝尘之调迥然不同。又如苏轼的咏花诗,其《梅花二首》(其二)云:"何人把酒慰深幽?开自无聊落更愁。幸有清溪三百曲,不辞相送到黄州。"⑤ 这首诗作于元丰三年(1180)苏轼刚刚到达黄州时,梅花之"深幽"与"愁"苦相互映衬,这是诗人"以我观物"的结果,苏轼在诗尾点出"黄州"这一地

---

① (宋)黄庭坚撰,(宋)任渊、史容、史季温注,刘尚荣校点《黄庭坚诗集注》第2册,第678页。
② (宋)黄庭坚撰,(宋)任渊、史容、史季温注,刘尚荣校点《黄庭坚诗集注》第2册,第687页。
③ (宋)苏轼撰,王文诰辑注《苏轼诗集》第7册,第2248页。
④ (宋)苏轼撰,王文诰辑注《苏轼诗集》第7册,第2301~2302页。
⑤ (宋)苏轼撰,王文诰辑注《苏轼诗集》第4册,第1027页。

点，将花与人连并带入贬谪意绪之中。诗中对梅花的吟咏更着眼于表达现实的情感，这种托物寄慨为诗平添了一重厚重的现实内涵，相比之下，黄庭坚则极少慨叹人生并表达身世之感，即使在咏物时也是如此。

黄庭坚诗这种高卓绝尘的格调，与陈师道诗也形成鲜明的对比。在元祐时期，黄、陈有一首内容相同的作品，属同题共作，即咏陈留市隐。陈师道《陈留市隐者》云："陈留人物后，疑有隐屠耕。斯人岂其徒，满腹一杯羹。婷婷小家子，与翁同醉醒。薄暮行且歌，问之讳姓名。子岂达者欤，槁竹聊一鸣。老生何所因，稍稍声过情。闭门十日雨，吟作饥鸢声。诗书工发冢，刀笇得养生。飞走不同穴，孔突不暇黔。"其诗引云："陈留市有工力，随其所得为一日费。父子日饮于市，醉负以归，行歌道上，女子抵手为节，有问之者，不对而去。江季恭以为达，为作传，请予赋之。"① 这是一首题材很普通的咏隐士之作，古往今来这类作品非常多，后山着笔于歌颂这位隐士"满腹一杯羹"的安贫乐道的情志，并把自己的"固穷"与世人"诗书工发冢"对比，充满了对追求世俗名利的鄙视，而诗中"一杯羹""饥鸢声"等意象充斥着苦寒枯槁的气息。黄庭坚《陈留市隐》则云："市井怀珠玉，往来人未逢。乘肩娇小女，邂逅此生同。养性霜刀在，阅人清镜空。时时能举酒，弹铗送飞鸿。"② 山谷诗序云："陈留市上有刀镊工，年四十余，无室家，子姓，惟一女，年七岁矣。日以刀镊所得钱与女子醉饱，则簪花吹长笛，肩女而归。无一朝之忧，而有终身之乐，疑以为有道者也。陈无己为赋诗，庭坚亦拟作。"从黄、陈序可知，二人的吟咏旨趣是相同的，然而作品在境界格调上却有很大不同。黄庭坚完全是带着仰视的目光，首先赞扬陈留市隐"市井怀珠玉"的涵养，而后赞赏他"养性霜刀在，阅人清镜空"的高卓品格。所谓"清镜空"，即以澄澈高卓的境界观照世界和人物，体现出卓绝的胸次。在诗的最后，黄庭坚则以"弹铗送飞鸿"展现其洒脱的风神，与嵇康"目送归鸿，手挥五弦"同趣。黄庭坚整首诗都充斥着高卓绝尘的兴味，与陈师道诗的苦寒气息与黏滞世俗有很大不同，相比之

---

① （宋）陈师道撰，（宋）任渊注，冒广生补笺《后山诗注补笺》，中华书局，1995，第265页。
② （宋）黄庭坚撰，（宋）任渊、史容、史季温注，刘尚荣校点《黄庭坚诗集注》第1册，第230页。

下，黄庭坚诗更有着超越凡尘的风姿神采和"无一点尘俗气"的美学品格。

一般来说，诗人往往依托现实生活书写情怀，故难免沾染世俗之气，黄庭坚则跨越了现实生活，直接抒发高卓的胸次，去体现精神世界的纯净与澄明，故其"超逸绝尘"的格调不仅与其心性涵养密切相关，也与他超离现实的创作方法有关。黄庭坚据此，不仅苏轼、陈师道无法替代和超越，在整个诗歌史上也可谓典范，故他能与苏、陈并称于诗坛。

因此笔者认为，将"超逸绝尘"看作黄庭坚诗的本质特征，即方东树所说的"本色"，并不过分。所谓"本质"，即存在于事物的内核，蕴藏在表象下的根本特质。黄庭坚诗尤其是早年部分作品与现实也存在紧密的联系，如我们熟悉的《还家呈伯氏》诗云："去日樱桃初破花，归来着子如红豆。四时驱逼少须臾，两鬓飘零成老丑。永怀往在江南日，原上急难风雨后。私田苦薄王税多，诸弟号寒诸妹瘦。扶将白发渡江来，吾二人如左右手。苟从禄仕我遭回，且慰家贫兄孝友。强趋手板汝阳城，更责愆期被呵诟。……"① 这类诗当然有兴寄，并且有认识价值，也充分表达了诗人的情绪感受，但其成就并不比其他诗人高出太多，并且辨识度不高。而只有"超逸绝尘"这一格调造就了黄庭坚诗突出于其他诗人的不凡的神采，同时对黄庭坚诗而言，生新瘦硬等语言特征是可以模仿的，江西后学如洪刍等人就以文字为诗，讲究句法，取得了不俗的成绩，但"超逸绝尘"的格调是黄庭坚心性涵养与艺术追求综合作用的结果，相比于生新瘦硬等语言风格，"超逸绝尘"才是黄庭坚真正过人之处，是其他人难以超越的，正如清人翁方纲所感慨的："坡公之外又出此一种绝高之风骨、绝大之境界，造化元气发泄透矣，所以有'诗到苏、黄尽'之语。"这一评价可谓中的。

四 "合于周孔"的诗学价值

黄庭坚在《题王子飞所编文后》中说："欲取所作诗文为内篇，其不合周孔者为外篇，然未暇也。他日合平生杂草，搜弥去半，而别为二

---

① （宋）黄庭坚撰，（宋）任渊、史容、史季温注，刘尚荣校点《黄庭坚诗集注》第3册，第770~771页。

篇，乃能终此意云。"① 所谓"周孔"就是当时的儒学思想。虽然分内、外篇，非欲去此取彼，但相对来说，内篇无疑更为黄庭坚看重。黄庭坚手编之诗文集皆已亡佚，但从现存《山谷内集》《山谷外集》仍可管窥黄庭坚区分内、外篇的诗学用意及二者的差别。

元丰初，黄庭坚曾亲自编过诗文集，即《焦尾集》与《敝帚集》，这是他对此前千余篇作品初次反思与选择的结果，由火后幸存之作组成，黄庭坚晚年又对此二集有所刊定，共得三百零八篇②。现在通行的《山谷外集诗注》中的作品大致就由焚余的这部分构成。史容即说："《焦尾》《敝帚》即《外集》诗文也。"③ 对于史容所作诗注，钱文子《芎氏史氏注山谷外集诗序》云："（山谷）所自编谓之《外集》者，犹不易通，史公仪甫遂继而为之注。"④ 可知黄庭坚曾自编《外集》，现存《山谷外集诗注》中的作品就源自山谷原编。

元祐中期，黄庭坚还亲自编定过《退听堂录》。对此，《钦定四库全书总目》云："《内集》，庭坚之甥洪炎所编，即庭坚手定之《内篇》，所谓《退听堂》本者也。"⑤ 对于《退听堂录》，洪炎《题山谷退听堂录序》（以下简称《题序》）载，"炎元祐戊辰、辛未两试礼部，皆寓舅氏鲁直廨中。鲁直出诗一编，曰《退听堂录》"⑥。元祐"戊辰""辛未"即元祐三年（1088）和元祐六年（1091）。接下来洪炎《题序》又说："因见鲁直昔尝作《退听序》……及后一岁，鲁直丁母夫人忧，绝不作诗。"黄庭坚丁母忧在元祐六年（1091）六月，往前推一年即元祐五年（1090），可知黄庭坚《退听堂录》所收主要是元祐五年以前的作品。据洪炎《题序》，黄庭坚曾在《退听序》中说："诗非苦思不可为，余得第后始知此。今世所传录他诗，乃未第时为之者。"可知他对前期的一些作

---

① 曾枣庄、刘琳主编《全宋文》第106册，第245页。
② 叶梦得《避暑录话》（《宋元笔记小说大观》，第2619页）载："黄元明云鲁直旧有诗千余篇，中岁焚三之二，存者无几，故自名《焦尾集》。其后稍自喜，以为可传，故复名《敝帚集》。晚岁复刊定，止三百八篇，而不可成。"
③ （宋）黄庭坚撰，（宋）任渊、史容、史季温注，刘尚荣校点《黄庭坚诗集注》第3册，第716页。
④ （宋）钱文子：《芎氏史氏注山谷外集诗序》，《黄庭坚诗集注》外集注卷首，第715页。
⑤ （清）纪昀等撰《钦定四库全书总目》，中华书局，1997，第2066页。
⑥ （宋）洪炎：《题山谷退听堂录序》，《全宋文》第133册，第289~290页。

品,尤其是治平四年(1067)中第以前的作品是不满的,这种不满是他编定《退听堂录》的重要原因。黄庭坚说:"余作诗至多,不足传,所可传者百余篇而已。"又据洪炎《题序》所述,《退听堂录》中"太和止数篇,德平十得四五",可见这是黄庭坚再次否定与反思诗学的结果。

后来洪炎在《退听堂录》的基础上编定了《山谷内集》。其中所收作品最早作于元丰元年(1078),元祐以前的作品只有三十三首(组诗按一首计),故绝大部分诗作于入馆以后。对于山谷诗歌,洪炎《题序》说"其发源以治心修性为宗本",又说"入馆之后,不合者盖鲜。窃意少时所作,虽或好诗传播尚多,不若入馆之后为全粹也",与山谷晚年"合周孔"的观念一致,可知思想内涵是这次诗学转变的关键因素。洪炎说诗文集的编定是"去其可疑与不合者,亦鲁直之本意"的结果,可知他大抵坚持了黄庭坚编定和判断的标准。任渊追随山谷,并在北宋末年始为山谷诗作注,即现存《山谷内集诗注》,他在序中说:"近世所编《豫章集》,诗凡七百余篇,大抵山谷入馆后所作。山谷尝仿《庄子》,分其诗文为内外篇,此盖内篇也。晚年精妙之极,具于此矣。"① 可知他对于洪炎所编《山谷内集》(即《豫章集》)符合黄庭坚原编的选诗倾向是认可的,并认为"晚年精妙之极,具于此矣"。

故现存内集诗与外集诗,虽非山谷所编原貌,但仍可管窥山谷取诗之概况。基于此,我们将二者比较,就大致可以知道黄庭坚所谓"合周孔"的大致风貌。通过对比可知,《内集》中收录了"超逸绝尘"的作品,其中不但去除了讥刺社会现实之作,如《劳坑入前城》等,而且去除了明显与现实对立的作品,如前面所举《二月二日晓梦会于庐陵西斋作寄陈适用》。而我们所推崇的《登快阁》,或许是因为诗中"痴儿了却公家事"以及"朱弦已为佳人绝,青眼聊因美酒横"这样的句子,表现出与社会现实一定程度的对立,也没有被收录在《内集》中。从创作实际看,《内集》作品鲜明地体现出黄庭坚高卓的心性涵养及澄明透彻的胸襟,其中"超逸绝尘"的格调显然是与"合周孔"的儒学涵养相呼应的。

《内集》不仅为黄庭坚所看重,也极为后人所重视。任渊对《内集》

---

① (宋)任渊:《山谷内集诗注》卷首,《丛书集成初编》本。

的赞赏自不必多说。另如洪咨夔在《豫章外集诗注序》中说："外集如韩淮阴驱市人背水而战，暗与兵法合，内集如诸葛武侯八阵，奇正相生，鬼神莫窥其奥。汇分之意严矣。"① 这里他虽是对比二者的不同，但《外集》之"暗与兵法合"与《内集》之"奇正相生，鬼神莫窥其奥"，无疑后者更为正大。再如黄震说："读涪翁之书，而不于其本心之正大不可泯没者求之，岂惟不足知涪翁，亦恐自误。"② 黄震是南宋著名学者，他所说"本心之正大"就是指黄庭坚的心性涵养，那么相对于《外集》，他无疑更重视《内集》。又如刘克庄也说："其内集诗尤善，信乎其自编者。"③ 因此可以说，"合周孔"对于黄庭坚诗学而言具有核心价值，是其晚年对一生诗学的总结，那么与此相应的"超逸绝尘"的格调，自然可称为"本色"。

  黄庭坚"超逸绝尘"的格调一方面是心性涵养的结果，另一方面是他经历世事波折后对诗学的主动选择，这使早期已存在的高卓格调成为后期创作的主要形态。然而这也给黄庭坚诗带来了相应的负面效应，即诗既不能"强谏"，又不能书写人生"乖逢"与"悲喜"之感，这在很大程度上否定了诗歌与社会现实的联系，收窄了创作题材与表现内容，缺少生活中的烟火气。苏轼曾说"读鲁直诗，如见鲁仲连、李太白，不敢复论鄙事。颇若不适用"（《书黄鲁直二首》其二）④，对于"颇若不适用"，虽然洪炎反驳说"此评则未尽"⑤，但我们离开儒学立场，从单纯的诗学角度出发，苏轼的评价无疑是正确的。黄庭坚诗往往过于高远，缺少生活气息及亲切感，欣赏山谷诗需要有与山谷相应的思想、学问涵养作为对话平台。与黄庭坚相比，苏轼诗则更着眼于表达源于现实的情感和抒发令人唏嘘的人生况味，故而黄庭坚诗虽然高卓，却不如苏轼诗那样易于引起读者的普遍情感共鸣。

---

① （宋）洪咨夔：《豫章外集诗注序》，《全宋文》第 107 册，第 119 页。
② （宋）黄震：《黄氏日钞》卷 65，《影印文渊阁四库全书》本，第 708 册，第 590 页。
③ （宋）刘克庄：《后村集》卷 24，《影印文渊阁四库全书》本，第 1180 册，第 253 页。
④ （宋）苏轼撰《苏轼文集》第 5 册，第 2122 页。
⑤ （宋）洪炎：《题山谷退听堂录序》，《全宋文》第 133 册，第 290 页。

第八章 北宋辩证诗学的发展与成熟

中国古代有着丰富的辩证思想，人们在阴和阳、有和无、生和死、美和丑、祸和福、强和弱、难和易、攻和守、进和退等相互对立的范畴之间，看到了矛盾双方相互对立又相互依存的关系。辩证思维的优势在于能化解矛盾双方的冲突，进而获得和谐共存的新局面，这种思维方法是人类思维走向成熟和精细化的标志。北宋辩证诗学就是人们对具有辩证关系的诗学范畴的不断发现与阐释，它体现了北宋诗学所达到的新高度，是古典诗学在北宋时期走向成熟的表征。庞朴先生在《儒家辩证法研究》中，用A与B分别代表两种相互对立的范畴，如"直而温"中的"直"与"温"，"宽而栗"中的"宽"与"栗"，用A与A′代表具有某种相似元素却不完全等同的两种范畴，如"欲而不贪"中的"欲"与"贪"，"刚而无虐"中的"刚"与"虐"，庞先生用这些方式归纳具有辩证关系的几种思维模式①，极为方便而简洁。其中"A然而B"模式和"A而不A′"模式是北宋辩证诗学的主要形态，故本章就借用这种表述方式，对北宋辩证诗学的思想渊源和样态进行归纳与分析。

第一节 北宋辩证诗学思想探源

北宋辩证诗学思想不是突然出现的，它与前代哲学、艺术及诗学领域的辩证思维相呼应。本节将从"A然而B"和"A而不A′"模式出发，对宋代以前的相关辩证思维进行梳理。

一 哲学渊源

古人有着丰富的辩证法思想。《易经》中就有阴阳两仪之说，发展至《老子》，辩证思想更为丰富。为人所熟知的就有所谓"大音希声，

---

① 庞朴撰《儒家辩证法研究》，中华书局，1984，第79~100页。

大象无形"① 等，这明显体现出"A 然而 B"的辩证思维模式。老子通过对"音""形"表象与本质关系的考察，指出"大音"反而听不到声音，但它比任何具体的声音都要蕴含丰富，"大象"反而没有形状，但能够承载任何具体事物的形状。对此王弼注曰："有声则有分，有分则不宫而商矣。分则不能统众，故有声者，非大音也。""有形则有分，有分者，不温则炎，不炎则寒。故象而形者，非大象。"② 也就是说，"大音""大象"之所以能够容纳万有，就在于它没有给出具体的形象，一旦赋予它以形象，自身就不再有延展的能力了，也就是非宫即商、非温即炎、非炎即寒，因此"大音""大象"反而是"无"的。再看"A 而不 A′"模式。在儒家哲学中取"中"的思想占有重要地位，孔子为"君子"定下的行为准则就是："惠而不费，劳而不怨，欲而不贪，泰而不骄，威而不猛。"(《论语·尧曰》)③ "惠"即仁爱、恩惠，"费"即耗费，所谓"惠而不费"，就是要求君子应当恩泽他人，但不要过度施与，否则会造成不必要的浪费或适得其反的结果，正如朱熹所说"中者，不偏不倚，无过不及"④。君子的仁爱行为要限定在"中"的范围内，否则也就失去君子应有的智慧了。其他如"劳而不怨，欲而不贪，泰而不骄，威而不猛"等蕴含的中庸思想也都大体如此。

二 艺术渊源

相对于哲学领域，辩证思维在艺术领域产生的时间或许更早。在《尚书·舜典》⑤中就有"夔：命汝典乐，教胄子。直而温，宽而栗，刚而无虐，简而无傲"的记载，其中提出了音乐的四个标准，即"直而温""宽而栗""刚而无虐""简而无傲"，前两种显然是"A 然而 B"模式，后两种则是"A 而不 A′"模式。其中"刚而无虐"，"刚"即刚烈、壮烈，这种美学风貌不接近日常人情，于是提出"无虐"，以免令"胄子"受到过度的刺激和折磨。第四种"简而无傲"，也就是要求音乐既

---

① （春秋）老子撰，（魏）王弼注《老子》，上海古籍出版社，1995，第24页。
② （春秋）老子撰，（魏）王弼注《老子》，第24页。
③ （宋）朱熹：《四书章句集注》，第195页。
④ （宋）朱熹：《四书章句集注》，第17页。
⑤ （汉）孔安国传，（唐）孔颖达正义《尚书正义》，上海古籍出版社，2007，第106页。今人一般认为，《尚书》由周代史官据传闻编写，后经春秋战国时人补订。

要简洁明了,又要避免给人以高高在上的感觉,要让"胄子"乐于接近和接受,三、四两种的辩证色彩在于,不让事物在某一趋势上无限制地发展下去,而是通过一定程度的否定对其发展加以节制,从而限定在"中"的范围内。先秦文学处于诗乐舞合一的状态,孔子说:"关雎,乐而不淫,哀而不伤。"(《论语·八佾》)①,这同样属于"A而不A'"的辩证模式。

  在绘画领域,古人也很早就领会到其中的辩证旨趣。韩非曾说:"客有为齐王画者,齐王问曰:'画孰最难者?'曰:'犬马难。''孰者易?'曰:'鬼魅最易。夫犬马,人所知也,旦暮罄于前不可类之,故难。鬼神,无形者,不罄于前,故易之也。'"(《外储说左上第三十二》)② 他指出,在绘画中描画平常的事物往往很难获得好评,而对人们来说那些"鬼魅"之类未曾亲见的事物,则更易于完成并获得赞赏,原因就在于人们未曾亲见,画成什么样,人们都觉得是逼真的。到西汉时期,刘安则重视"神"在绘画中的艺术地位。他曾说:"画西施之面,美而不可说;规孟贲之目,大而不可畏:君形者亡焉。"(《淮南子·说山训》)③ 他认为如果作品中缺少了"神",那么西施虽美但并不惹人怜爱,孟贲之目虽大然而不能产生威慑,因此看不见的"神"往往是可见之"形"的主宰,这种关于形、神关系的论述,蕴含着强烈的辩证色彩。魏晋以后,人们对绘画中辩证旨趣的体会和探求更为深刻。如东晋顾恺之说:"手挥五弦易,目送归鸿难。"(张彦远《历代名画记》)④ "手挥五弦"可以目见,而"目送归鸿"的神采则不好描摹,所以绘画作品中写"神"最难。谢赫评价晋明帝的画,说他"虽略于形色,颇得神气"(《古画品录》第五品)⑤,就指出了明帝善于画出人的神采。而对于绘画这门艺术的特性,姚最《续画品》说:"(萧贲)尝画团扇,上为山川,咫尺之内,而瞻万里之遥;方寸之中,乃辨千寻之峻。"⑥ 他指出,绘画虽是尺幅,但可容纳万里江山,虽在方寸之地,却可以体察千寻之峻。

---

① (宋)朱熹:《四书章句集注》,第66页。
② (战国)韩非撰,姜俊俊标校《韩非子》卷11,上海古籍出版社,1996,第155页。
③ (汉)刘安撰,何宁集释《淮南子集释》,中华书局,1998,第1139页。
④ (唐)张彦远撰,范祥雍点校《历代名画记》卷5,人民美术出版社,2004,第113页。
⑤ (南朝齐)谢赫:《古画品录》,《影印文渊阁四库全书》本,第812册,第6页。
⑥ (南朝陈)姚最:《续画品》,《影印文渊阁四库全书》本,第812册,第14页。

如果说姚最只是针对萧贲画而言的，那么宗炳则从更宏观的视角，从整体上总结了绘画这门艺术的特性。他说：

> 且夫昆仑山之大，瞳子之小，迫目以寸，则其形莫睹；迥以数里，则可围于寸眸。诚由去之稍阔，则其见弥小。今张绡素以远映，则昆、阆之形，可围于方寸之内。竖划三寸，当千仞之高；横墨数尺，体百里之迥。是以观画图者，徒患类之不巧，不以制小而累其似，此自然之势。如是，则嵩、华之秀，玄牝之灵，皆可得之于一图矣。①

他首先强调客观事物与主观视觉之间的关系，事物往往需要在合适的视觉距离内才能被辨认清楚，而越是迫近则越难分辨，就如昆仑山，我们靠近它，反而无法看清它的整体面貌。故以远景为对象，用尺幅来表现自然万物，体现了绘画这门艺术的特性。西晋陆机曾在《文赋》中指出"函绵邈于尺素，吐滂沛乎寸心"，这虽是对文学特性的体悟，但一定对姚最和宗炳的绘画理论产生了深刻的影响。这一时期，人们对艺术技巧的辩证性也有了更深的领悟。萧绎在《山水松竹格》中说："水因断而流远，云欲坠而霞轻。"② 他认为，若要在画面中表现水流源远流长，就不能远近一色，而应在浓淡与连断之间表现流水之绵长；而写青天之云霞，画家越是画出"云欲坠"的形态，就越能反衬出"霞轻"的神韵。谢赫在《古画品录》中也曾说："（刘顼）其于所长，妇人为最。但纤细过度，翻更失真。"（第五品）③ 他所谓"纤细过度"是指用笔过分雕琢和琐细，反而容易使人物看起来有些失真。这些说明，魏晋以后是中国绘画技巧特为精进的时期。

魏晋以后，辩证思维在书法领域中也获得丰富和发展。书法是对文字进行美学意义上的书写，掌握知识的人首先要掌握写字的本领，故书法或许可看作古人最为普及的艺术形式。魏晋南北朝时期盛行品评之风，人们在书法品评中就体现出辩证的美学眼光。如袁昂评王羲之书法说：

---

① （唐）张彦远撰，范祥雍点校《历代名画记》卷6，第130~131页。
② （明）梅鼎祚编《梁文纪》卷4，《影印文渊阁四库全书》本，第1399册，第333页。
③ （南朝齐）谢赫：《古画品录》，《影印文渊阁四库全书》本，第812册，第5页。

"王右军书如谢家子弟，纵复不端正者，爽爽有一种风气。"（《古今书评》）① 他通过对文字的审视，体味到其字画中所蕴含的气质与神韵，认为王羲之的书法形态万千，即使那些"不端正"者也透露出一种清远爽利的神采。相似地，袁昂也能在"稚嫩"的作品中感受到爽利之气，他说："陶隐居书如吴兴小儿，形容虽未成长，而骨体甚骏快。"（《古今书评》）② 他指出陶隐居字体虽然不够"端正"，如"吴兴小儿"，但骏快的风神却隐然可见。相反，他说："施肩吾书如新亭伧父，一往见似扬州人，共语便音态出。"（《古今书评》）③ 指出其书法作品有光鲜雍容的表象，但仔细端详却情态粗鄙。这种对书法的品评是透过文字的形态感受其中的神采和意蕴，在表象与气韵的辨识中体现出文艺批评的辩证色彩。

在具体书写过程中，魏晋书家也总结出具有丰富辩证色彩的理论。王羲之作为大书法家，著有《笔势论十二章》专谈运笔制势。他在《节制章第十》中说："字之形势……不宜伤密，密则似病瘵缠身；复不宜伤疏，疏则似溺水之禽；不宜伤长，长则似死蛇挂树；不宜伤短，短则似踏死蛤蟆。"④ 他强调笔画疏密、长短都要适度，要不疏不密，不短不长，随适所宜。书法是一种直观艺术，它首要强调的是笔画的安排与节度，这关系到字的形态及其中所蕴含的"势"。不同的书法家对同一个字的处理方式不同，从而体现出书法家的个性与艺术创造力，王羲之对笔画的强调就蕴含着他对文字形态美学的辩证理解与考量。他在《视形章第三》中又说："视形象体，变貌犹同，逐势瞻颜，高低有趣。分均点画，远近相须；播布研精，调和笔墨。锋纤往来，疏密相附，铁点银钩，方圆周正。"⑤ 他所谓"高低有趣""远近相须""疏密相附"，就是对文字笔势安排的具体要求，他所强调的是笔画之间的相互映衬，强调通过对笔画的辩证考量，使书写出来的文字形态达到和谐圆美的境地。

对这一点，南朝萧衍表达得更为明确。他说：

---

① （宋）陈思编《书苑菁华》卷5，《影印文渊阁四库全书》本，第814册，第45页。
② （宋）陈思编《书苑菁华》卷5，《影印文渊阁四库全书》本，第814册，第46页。
③ （宋）陈思编《书苑菁华》卷5，《影印文渊阁四库全书》本，第814册，第46页。
④ （宋）陈思编《书苑菁华》卷1，《影印文渊阁四库全书》本，第814册，第10页。
⑤ （宋）陈思编《书苑菁华》卷1，《影印文渊阁四库全书》本，第814册，第8页。

运笔邪则无芒角，执笔宽则书复弱；点掣短则法拥肿，点掣长则法离澌；画促则字势横，画疏则字形慢。拘之乏势，放又少则；纯骨无媚，纯肉无力；少墨浮涩，多墨笨钝。此并默然。任之，自然之理也。若抑扬得所，趣舍无违；值笔连断，触势峰郁；扬波折节，中规合矩；分间下注，浓纤有方；肥瘦相和，骨力相称。婉婉暧暧，视之不足；棱棱常有生气，适眼合心，便为甲科。（《答陶隐居论书》）①

他首先指出书写中运笔及点、画形态的种种不足，然后从文字的整体形态着眼，指出"抑扬""连断""波折""浓纤""肥瘦"等笔画相和的道理，他强调要"适眼合心"，而这是书法最基本也是最高深的美学境界。

三 诗学渊源

文学理论中的辩证思想也很丰富。如孔子所说："质胜文则野，文胜质则史，文质彬彬，然后君子。"这虽是孔子对"君子"品质的概括，但人们一般也把它当作文学理论来看，因为其中提到了"文"与"质"两个文学理论永远无法回避的话题。

然而，就专门的诗学理论与诗学思想而言，不得不说在北宋以前是较为薄弱的。这主要是由于古人的诗学观念往往包含在宏观的"文学"当中，导致专门的诗学论述不够发达。如陆机《文赋》已经谈到文学"函绵邈于尺素，吐滂沛乎寸心"②的特性，他也认识到文学创作是一个"课虚无以责有，叩寂寞而求音"的从无到有的过程，但这并不是专门针对诗歌而发的。再如刘孝绰《昭明太子集序》说："深乎文者，兼而善之，能使典而不野，远而不放，丽而不淫，约而不俭，独擅众美，斯文在斯。"③通篇都是关于"文"学辩证观点的表达，诗学意味并不突出。

魏晋之后对诗歌辩证意蕴表达最为明确的，要属钟嵘的《诗品》。

---

① （宋）陈思编《书苑菁华》卷14，《影印文渊阁四库全书》本，第814册，第144页。
② （南朝梁）萧统编，（唐）李善注《文选》卷17，第241页。
③ （南朝梁）萧统撰《昭明太子集》，《影印文渊阁四部丛刊初编》本，第100册。

如他曾说：

> （阮籍）言在耳目之内，情寄八荒之表。（上品）①
> （张协）文体华净。（上品）②

指出了阮籍诗歌"言近而旨远"的辩证意蕴，他又认为张协诗言辞"华净"，华即华丽，净即干净，指出张华诗歌语言虽然华美，但很省净，并不艳冶。

另外，如萧统在《答湘东王求文集及诗苑英华书》中说："夫文典则累野，丽亦伤浮。能丽而不浮，典而不野，文质彬彬，有君子之致。吾尝欲为之，但恨未遵耳。"③ 从题目看，显然包含着对诗的考量，因此可以看作萧统的诗学理论，其中所谓"丽而不浮"就是强调文辞华丽但不浮华的美学风貌。如果我们将孔子对《关雎》"乐而不淫，哀而不伤"的批评，与钟嵘、萧统的言论排成一个序列，就呈现出唐代以前诗学辩证批评的总体风貌。

从先秦至南朝，专门的辩证诗学批评不但数量单薄，而且基本停留在点评的阶段，表现出古典诗学重直寻、感悟的特点。这一点直到晚唐司空图才有所改观。他关于诗歌"味外之旨""韵外之致"的表述与讨论，表现出辩证诗学的进一步深入，理论色彩开始鲜明起来。他说：

> 文之难，而诗之难尤难。古今之喻多矣，愚以为辨于味而后可以言诗也。江岭之南，凡是足资于适口者，若醯非不酸也，止于酸而已；若鹾非不咸也，止于咸而已。华之人所以充饥而遽辍者，知其咸酸之外，醇美有所乏耳。彼江岭之人习之而不辨也，宜哉。诗贯六义，则讽谕、抑扬、渟蓄、温雅，皆在其间矣。然直致所得，以格自奇。前辈编集，亦不专工于此，矧其下者耶！王右丞、韦苏州，澄澹精致，格在其中，岂妨于遒举哉？贾浪仙诚有警句，视其全篇，意思殊馁，大抵附于寒涩，方可致才，亦为体之不备也，矧

---

① （南朝梁）钟嵘撰，曹旭集注《诗品集注》，上海古籍出版社，1996，第123页。
② （南朝梁）钟嵘撰，曹旭集注《诗品集注》，第149页。
③ （南朝梁）萧统撰《昭明太子集》卷3，《四部丛刊初编》本，第100册。

其下者哉！噫，近而不浮、远而不尽，然后可以言韵外之致耳。（《与李生论诗书》）①

在这篇文字中，司空图先从辨味谈起，指出"华之人"在酸咸之外更追求"醇美"的滋味，以此引入对诗学的见解。他认为王维、韦应物诗因为富有意蕴而"格在其中"，因此不"妨于遒举"，而贾岛诗必"附于蹇涩，方可致才"，所以在内涵上"意思殊馁"。最后，他得出"近而不浮、远而不尽，然后可以言韵外之致"的观点，表现出较强的思辨性和理论色彩。这里"味外之旨""韵外之致"的提法，与他在《与极浦书》中提出的"象外之象，景外之景"②相呼应，都体现出辩证的诗学眼光，它们的共同点在于强调表象与内蕴所构成的不同层次的美感。司空图的诗学思辨合乎老子对"有""无"关系的论述。《老子》十一章说："三十辐共一毂，当其无，有车之用。埏埴以为器，当其无，有器之用。凿户牖以为室，当其无，有室之用。故有之以为利，无之以为用。"③与《老子》观点相似，司空图认识到诗歌的言外之意即"无"，它是诗歌韵味的产生之处。"无"依"有"而存在，"有"因"无"而意蕴更加丰富，司空图已经深刻认识到诗学"有""无"之间的辩证关系。司空图关于"味"的辩证思考深刻影响了苏轼。苏轼在《书黄子思诗集后》中曾说：

  唐末司空图，崎岖兵乱之间，而诗文高雅，犹有承平之遗风。其论诗曰："梅止于酸，盐止于咸。"饮食不可无盐、梅，而其美常在咸、酸之外。……恨当时不识其妙。予三复其言而悲之。闽人黄子思，庆历、皇祐间号能文者。予尝闻前辈诵其诗，每得佳句妙语，反复数四，乃识其所谓，信乎表圣之言，美在咸酸之外，可以一唱而三叹也。"④

---

① （唐）司空图撰，祖保泉、陶礼天笺校《司空表圣诗文集笺校》，第193~194页。
② （唐）司空图撰，祖保泉、陶礼天笺校《司空表圣诗文集笺校》，第215页。
③ （春秋）老子撰，（魏）王弼注《老子》，第6页。
④ （宋）苏轼撰《苏轼文集》第5册，第2124~2125页。

其中就表达了对司空图"美常在咸、酸之外"这一辩证思想的信服。总之，唐以前人们对辩证诗学的专门表述极为有限，这就为宋人的开拓留下了充足的空间。

第二节　北宋辩证诗学思想的流衍

北宋辩证诗学思想的发展和成熟，无疑与唐以前的辩证思维有密切关系，同时与宋人拥有独特的诗学优势相关。诗歌经过唐代的发展，各种体式及风格的建构都已达到诗歌史的高峰，宋人继承唐人丰富的创作遗产，这使他们所面临的批评材料异常丰富，再加上宋人特有的沉挚、理性的品格，使他们在辩证诗学领域拥有前人无可比拟的坚实基础。

一　苏轼以前的宋人辩证诗学

宋初，诗学批评已经表现出一定的辩证色彩。如徐铉在《故兵部侍郎王公集序》中说，"丽而有气，富而体要，学深而不僻，调律而不浮"①，他强调诗可以华丽但不要丧失气格，可以繁复但不要淹没创作旨要，可以学问渊懿但不要走向幽僻，可以追求声律和谐但不要有浮响，其中"学深而不僻"正是北宋后期"江西"诗学所缺乏的。再如王禹偁在《冯氏家集前序》中说，"三复而阅之，见其词丽而不冶，气直而不讦，意远而不泥"②，其中强调语言华丽而不要走向艳冶，这与徐铉所谓"丽而有气"的指向是一致的。

北宋中期，欧阳修典型地体现了苏轼之前辩证诗学所达到的高度与水准。欧阳修评价梅尧臣诗说："文词愈清新，心意虽老大。譬如妖韶女，老自有余态。近诗尤古硬，咀嚼苦难嚼。初如食橄榄，真味久愈在。"（《水谷夜行寄子美圣俞》）③ 他提出了两组富有辩证意味的范畴，即"清新"与"老大"、"古硬"和"真味"。"清新"是富于活力的，与年轻的心态和生命状态相对应，然而欧阳修作此诗时梅尧臣已四十三岁，已然"心意老大"，似乎已不能焕发出"清新"的气息了，但欧阳

---

① 曾枣庄、刘琳主编《全宋文》第2册，第196页。
② 曾枣庄、刘琳主编《全宋文》第8册，第24页。
③ （宋）欧阳修撰《欧阳修全集》卷2，第29页。

修却在其诗中读出了这重韵味，并用了一个比喻来形容这种别样的感受，即"譬如妖韶女，老自有余态"，从而挖掘出古淡却富含韵味的美感。

除此，欧阳修又谈到梅尧臣"近诗尤古硬，咀嚼苦难嚼。初如食橄榄，真味久愈在"（《水谷夜行寄子美圣俞》）。这首诗作于庆历四年（1044），梅尧臣许多反映现实的作品也都作于此时。如庆历四年（1044）《杂兴》诗云："主人有十客，共食一鼎珍，一客不得食，覆鼎伤众宾，虽云九客沮，未足一客嗔。古有弑君者，羊羹为不均，莫以天下士，而比首阳人。"① 这首诗作于苏舜钦进奏院案之后，陈鹄《耆旧续闻》卷五载："自苏子美监奏邸，旧例，鬻故官媵以赛神，因而宴客。时馆阁诸名公毕集，独李定不预，遂捃摭其事，言于中丞王拱辰。御史刘元瑜迎合时宰之意，兴奏邸之狱，一时英俊斥逐殆尽，有'一网打尽'之语。"② 梅尧臣诗中所云"一客不得食，覆鼎伤众宾，虽云九客沮，未足一客嗔"即指此事，因此这首诗有影射现实之意。从艺术上看，这首诗使用散文化、议论化的句式，整首诗呈现出较强的说理性，而语言铿锵质朴，颇有"古硬"之感，然而，其中的现实意蕴却值得回味。再如同年所作《同谢师厚宿胥氏书斋闻鼠甚患之》云："灯青人已眠，饥鼠稍出穴，掀翻盘盂响，惊聒梦寐辍。唯愁几砚扑，又恐架书啮。痴儿效猫鸣，此计诚已拙。"③ 这首诗以"鼠"为对象，体现出当时人们在诗歌题材上的开拓。初读此诗稍觉题材琐碎，不能给人以美感，但反复读之，儿童学猫叫以吓退饥鼠的情景不禁令人会心一笑，生活中的一幕在诗中展开，颇富亲切感，此诗在"古硬"的语言中，展现出的生活场景却极为生动，所以诗歌语言虽然"古硬"，以至于"咀嚼苦难嚼"，却蕴含着"真味"。于是欧阳修又用了一个比喻来说明这种富有韵味的美学特征，即"初如食橄榄，真味久愈在"。橄榄初尝味酸涩，但回味绵长，这显然是欧阳修对梅尧臣诗深入体会的结果。

这一时期，梅尧臣也提出"状难写之景，如在目前，含不尽之意，见于言外"（欧阳修《六一诗话》）④ 的诗学思想，这是司空图"象外之

---

① （宋）梅尧臣撰，朱东润编年校注《梅尧臣集编年校注》上册，第253页。
② 《宋元笔记小说大观》第5册，第4825页。
③ （宋）梅尧臣撰，朱东润编年校注《梅尧臣集编年校注》上册，第259页。
④ （清）何文焕辑《历代诗话》，第267页。

象""景外之景"的延续。总的说来,在苏轼之前无论是宋初徐铉、王禹偁还是北宋中期的欧阳修、梅尧臣,他们的辩证批评都没有超越前代,也远没有达到后来苏轼的丰富程度和认识深度。

二 苏轼的辩证诗学

对于苏轼的辩证诗学,我们所熟知的莫过于他对陶渊明、柳宗元和韦应物的评价:

> (陶渊明)诗质而实绮,癯而实腴。自曹、刘、鲍、谢、李、杜诸人皆莫及也。(苏辙《子瞻和陶渊明诗集引》引苏轼语)①
>
> 贵乎枯澹者,谓其外枯而中膏,似澹而实美,渊明、子厚之流是也。若中边皆枯澹,亦何足道。(苏轼《评韩柳诗》)②
>
> 韦应物、柳宗元发纤秾于简古,寄至味于澹泊,非余子所及也。(苏轼《书黄子思诗集后》)③

陶、韦、柳的诗歌在"质""癯""枯""澹""简古"的表象下蕴含着"绮""腴""膏""纤秾""至味"的醇厚意蕴,其中近乎矛盾的双重美感和谐地统一于陶渊明的诗歌中,成为一种全新的美学范畴,这是苏轼对陶诗美学的极致挖掘,开启了后人认知陶诗的新局面。然而苏轼的辩证诗学远不止于此,下面我们从"A 然而 B"和"A 而不 A'"两种基本模式出发,进一步探讨苏轼的辩证诗学思想。

首先,"A 然而 B"模式。在这种模式中,A 与 B 分别代表两种相反的美学特征,这在苏轼的辩证诗学中并不鲜见。如元丰四年(1081),苏轼在《书唐氏六家书后》中评价永禅师的书法时,打比方说:

> 如观陶彭泽诗,初若散缓不收,反覆不已,乃识其奇趣。④

---

① (宋)苏辙撰《苏辙集》第 3 册,第 1110 页。
② (宋)苏轼撰《苏轼文集》第 5 册,第 2109~2110 页。
③ (宋)苏轼撰《苏轼文集》第 5 册,第 2124 页。
④ (宋)苏轼撰《苏轼文集》第 5 册,第 2206 页。

这是对书法的评价，但苏轼以陶渊明诗作比喻，我们自然也可以理解为他对陶诗的评价。其中"奇趣"指陶渊明诗歌淡泊却富含"至味"的美学特征，其诗初看起来"散缓不收"，不惹人注目，然而经过反复咀嚼，诗中的精神境界、人生旨趣及诗歌的"滋味"才逐渐显露出来，这就是所谓的"奇趣"。这则材料与苏轼评价陶诗"质而实绮，癯而实腴"出现于不同的时期。据苏辙《追和陶渊明诗引》，苏轼所云陶诗"质而实绮，癯而实腴"写作于贬谪儋州时期，而我们从作于元丰四年（1081）的这则材料可知，苏轼对陶诗的经典评价在元丰时期已经有了初步表述。

再如绍圣三年（1096），苏轼在《书柳子厚南涧诗》中评价柳宗元诗说：

> 柳子厚南迁后诗，清劲纡余，大率类此。①

"劲"是苏轼对柳宗元诗歌中蕴含的劲峭气质的评价，然而柳宗元诗读起来却优柔不迫，此即所谓"纡余"，这与其清劲的内蕴形成极大的反差。"清劲"之美与"纡余"之气结合，使柳诗在平静舒缓中蕴含着强烈的内在张力，耐人咀嚼。建中靖国元年（1101），苏轼度岭北归，他在《赠诗僧道通》中评价道通诗说：

> 雄豪而妙苦而腴，只有琴聪与蜜殊。②

"雄豪"容易导致粗疏、肤廓，如杜默诗，然而诗僧道通却做到了"雄豪而妙"，不但不粗疏，反而妙绝，这就使雄豪的诗歌更具可读性与欣赏性，不仅如此，看似清"苦"的词句背后又蕴含着丰"腴"的韵味，这也使道通诗具有了与一般僧诗不同的美感。

苏轼又说"诗以奇趣为宗，反常合道为趣"（《书柳子厚渔翁诗》）③，他要求在合乎规矩即"合道"的框架下表述出"反常"的新意，在"反

---

① （宋）苏轼撰《苏轼文集》第5册，第2116页。
② （宋）苏轼撰，（清）王文诰辑注《苏轼诗集》第7册，第2451页。
③ （宋）苏轼撰《苏轼文集》第6册，第2552页。

常"与"合道"之间找到一个平衡点,从而具有"奇趣",这也富于辩证意味。苏轼还在《题柳子厚诗二首》(其二)中说:"用事当以故为新,以俗为雅。"① 强调从"故""俗"之中创造出"新"与"雅",这与他所说的"反常合道"是一致的,都体现了对诗学辩证法的深入把握。

其次,"A 而不 A′"模式。苏轼这种模式下的辩证思想零散地体现在其诗学批评中,这需要我们对苏轼诗学进行整合,进而呈现出其中辩证的诗学内涵。归纳起来,这种模式下的辩证诗学思想主要体现为下面三种主张。

第一,豪迈而不粗率。苏轼历来都赞赏劲健豪放的诗风,黄州时期他在《与王庠五首》(其一)中说:"寄示高文新诗,词气比旧益见奇伟。"② "奇伟"自然不是"柔婉"所能拘束的,而是体现出劲健高卓的气质。元祐任翰林时,苏轼深为蜀僧善咏而名不显感到惋惜,他在《答蜀僧几演一首》中感叹道:"今吾师老于吟咏,精敏豪放,而汩没流俗,岂亦有幸不幸耶?"③ 晚年苏轼在北归途中又说:"岭海八年……独念吾元章迈往凌云之气,清雄绝俗之文,超妙入神之字,何时见之,以洗我积年瘴毒耶!"(《与米元章二十八首》其二十五)④ 米芾,字元章。《宋史》载,米芾其人"冠服效唐人,风神萧散,音吐清畅,所至人聚观之。而好洁成癖,至不与人同巾器。所为谲异,时有可传笑者。无为州治有巨石,状奇丑,芾见大喜曰:'此足以当吾拜!'具衣冠拜之,呼之为兄。又不能与世俯仰,故从仕数困"⑤。可知米芾身上体现着不同于流俗的举止,所谓艺如其人,苏轼用"迈往凌云""清雄绝俗""超妙入神"来形容他的文章和书法。

然而这些并不意味着苏轼对豪健诗风全然接纳。杜默在庆历时期以诗风豪放著称,然而苏轼在《评杜默诗》中说:"吾观杜默豪气,正是京东学究饮私酒食瘴死牛肉饱后所发者也。作诗狂怪,至卢仝、马异极

---

① (宋)苏轼撰《苏轼文集》第 5 册,第 2109 页。
② (宋)苏轼撰《苏轼文集》第 5 册,第 1820 页。
③ (宋)苏轼撰《苏轼文集》第 5 册,第 1892~1893 页。
④ (宋)苏轼撰《苏轼文集》第 4 册,第 1783 页。
⑤ (元)脱脱等撰《宋史》第 37 册,第 13124 页。

矣，若更求奇，便作杜默。"① 在苏轼看来，杜默诗的"豪气"是怪奇诗风走向极端的结果。而对于李白的豪迈，苏轼也批评说："（李白诗）飘逸绝尘，而伤于易。"（《书学李白诗》）② 批判其缺少锻炼和润色。苏轼曾在《书李白集》中说："今太白集中，有《归来乎》、《笑矣乎》及《赠怀素草书》数诗，绝非太白作。……良由太白豪俊，语不甚择，集中往往有临时率然之句，故使妄庸辈敢尔。若杜子美，世岂复有伪撰者耶？"③ 这里指出，由于李白"豪俊"，以至于其诗"语不甚择"，也就是前面所说的"伤于易"，故出现了很多"率然之句"，令人有机可乘，导致李白集中常夹杂着很多伪作。因此总体说来，他赞赏豪迈，但主张"不粗率"。

第二，奇而不夸。苏轼多次表示对"奇"的赞赏。如在徐州任上，他在《与刘贡父七首》中称赞其"诗格愈奇古"（其四）④。这里的"奇"有新奇、不随流俗之意。元祐期间苏轼在《与米元章二十八首》（其二）中又说："示及数诗，皆超然奇逸。"⑤ 从苏轼反对怪奇诗风来看，这里所谓"奇"非怪奇之奇，而是与"新"同义的"新奇"。苏轼也曾在《书柳子厚渔翁诗》中说"诗以奇趣为宗，反常合道为趣"⑥。这些都表现了苏轼对"奇"的赞赏。

但苏轼不以追求新奇为终极目标。同样是在徐州任上，他在《答黄鲁直五首》（其二）中说："凡人文字，当务使平和，至足之余，溢为怪奇，盖出于不得已也。"⑦ 在他看来，"怪奇"是创作过程中自然发生的结果，是平和至足之余"溢"出来的，而不是刻意追求的创作目的。建中靖国元年（1101），苏轼在《书赠徐信》中说："大抵作诗当日锻月炼，非欲夸奇斗异，要当淘汰出合用事。"⑧ "夸奇斗异"是以"奇"为目标，是为"奇"而"奇"，但苏轼指出"奇"应以"合用"为准则，

---

① （宋）苏轼撰《苏轼文集》第5册，第2131页。
② （宋）苏轼撰《苏轼文集》第5册，第2098页。
③ （宋）苏轼撰《苏轼文集》第5册，第2096页。
④ （宋）苏轼撰《苏轼文集》第5册，第1465页。
⑤ （宋）苏轼撰《苏轼文集》第4册，第1777页。
⑥ （宋）苏轼撰《苏轼文集》第6册，第2552页。
⑦ （宋）苏轼撰《苏轼文集》第4册，第1532页。
⑧ （宋）苏轼撰《苏轼文集》第6册，第2562页。

而不要以奇相夸。他在《题柳子厚诗二首》中说得更直接，云："好奇务新，乃诗之病。"（其二）① 因此，将苏轼关于"奇"的思想综合起来看，他在好"奇"与反对"夸奇斗异""好奇务新"之间，营造了一个充满辩证意味的回旋空间，即诗人创作需要出奇，但要以"合用"为准则，不能使"奇"发展到不受节制、任意而为的地步。

第三，清而不寒。"清"历来都是古典美学所推崇的重要范畴，它意味着典雅、端正、高卓，在苏轼的诗学思想中就表现出对"清"的赞许。如他在《次韵正辅表兄江行见桃花》中说："袖手焚笔砚，清篇真漫与。"② 再如《和犹子迟赠孙志举》说："清诗五百言，句句皆绝伦。"③ 又如《用前韵再和许朝奉》说："清绝闻诗语，疏通岂法流。"④ 他在《法惠小饮以诗索周开祖所作》中也说："立着巫娥多少时，安排云雨待清词。"⑤ 又说："皓月徘徊应许共，清诗妙绝不容酬。"（《会双竹席上奉答开祖长官》）⑥

但有一类美学范畴与"清"有关，如"清苦""清寒"等，这些则常被宋人所排斥，这与宋人追求乐易平和的人生气度相关，苏轼也不例外。

元丰元年（1078），苏轼曾在《读孟郊诗二首》（其一）中说："要当斗僧清，未足当韩豪。人生如朝露，日夜火消膏。何苦将两耳，听此寒虫号。"⑦ 他把孟郊诗说成"寒虫号"，意在批评其诗歌寒涩清苦的况味。苏轼也反对诗中的"寒俭"之态，他曾在《书司空图诗》中说："（司空图诗）云：'棋声花院静，幡影石坛高。'吾尝游五老峰，入白鹤院，松阴满庭，不见一人，惟闻棋声，然后知此句之工也，但恨其寒俭有僧态。"⑧ 作为隐士，司空图的诗自然是清诗，不沾染世俗尘杂，但清静之极不免有枯寂、寥落之感，苏轼把它称为"寒俭"，并表达了遗憾。

---

① （宋）苏轼撰《苏轼文集》第5册，第2109页。
② （宋）苏轼撰，（清）王文诰辑注《苏轼诗集》第7册，第2109页。
③ （宋）苏轼撰，（清）王文诰辑注《苏轼诗集》第7册，第2435页。
④ （宋）苏轼撰，（清）王文诰辑注《苏轼诗集》第7册，第2439页。
⑤ （宋）苏轼撰，（清）王文诰辑注《苏轼诗集》第8册，第2607页。
⑥ （宋）苏轼撰，（清）王文诰辑注《苏轼诗集》第8册，第2611页。
⑦ （宋）苏轼撰，（清）王文诰辑注《苏轼诗集》第3册，第797页。
⑧ （宋）苏轼撰《苏轼文集》第5册，第2119页。

元丰八年（1085），苏轼称赞林逋诗说："诗如东野不言寒，书似留台差少肉。"（《书林逋诗后》）① 林逋虽为晚唐体诗人，但其诗非但不狭促，反而有开阔之感，时有白体平和乐易的格调，而没有"九僧"等人清寒枯寂的气息，故其"诗如东野不言寒"，从而受到苏轼的推崇。绍圣元年（1094），苏轼在《次韵定慧钦长老见寄八首并引》中评价其诗说："语有璨、忍之通，而诗无岛、可之寒。吾甚嘉之，为和八首。"② 孟郊、贾岛之"寒"源自他们对现实的感受及对困顿生活的吟咏，这种与困顿生活相"纠缠"的情态，与宋人淡泊乐易的精神追求相抵触，故而受到苏轼的排斥，然而慧钦长老恰恰思想通达，诗中没有这种苦寒之气，因此受到苏轼的赞赏。建中靖国元年（1101），苏轼在《赠诗僧道通》中也称赞说："语带烟霞从古少，气含蔬笋到公无。"③ "语带烟霞"是说道通的诗"清"；"蔬笋"一般指僧诗清苦的生活情境与诗歌意境，苏轼认为道通的诗虽"清"，但没有一般僧诗的清苦气，故符合苏轼的美学追求。

宋人常将"清"与峻拔、豪迈之气相结合，苏轼也是如此。他赞赏"清雄"（《与米元章二十八首》其二十五）④、"清拔"（《与程懿叔六首》其二）⑤、"清劲"（《书柳子厚南涧诗》）⑥ 等劲健豪迈的美学范畴，从宋诗学的发展来看，这是中期复古思潮赋予"清"的一种美学特质。但"清寒""清苦"则是苏轼所反对的，这与宋人趋于平和、高卓的诗学倾向相悖，故"清而不寒"是苏轼对诗学进行调适的结果。

三 苏轼之后的辩证诗学

在苏轼同时或稍后，宋人诗学掀起了一股不小的辩证诗学思潮，尤其在北宋后期，对陶渊明诗淡泊境界的品味是人们面对人生困境，摆脱内心烦扰的重要方式。在北宋后期诗学中，人们思考着如何将中期以来兴起的"刻厉"之风以"和气"出之，如何将"老硬"与"圆熟"进

---

① （宋）苏轼撰，（清）王文诰辑注《苏轼诗集》第 4 册，第 1344 页。
② （宋）苏轼撰，（清）王文诰辑注《苏轼诗集》第 7 册，第 2114 页。
③ （宋）苏轼撰，（清）王文诰辑注《苏轼诗集》第 7 册，第 2451 页。
④ （宋）苏轼撰《苏轼文集》第 4 册，第 1783 页。
⑤ （宋）苏轼撰《苏轼文集》第 4 册，第 1720 页。
⑥ （宋）苏轼撰《苏轼文集》第 5 册，第 2116 页。

行融通，故而中期以来张扬、外向的诗学倾向逐渐化入平和、淡泊的后期诗学当中，由此，我们可以窥见北宋诗学的历史走向。

北宋后期，辩证诗学已俨然成为不可忽视的现象。首先看"A然而B"模式。黄庭坚在《与王观复书二》中说，"但熟观杜子美夔州后古律诗，便得句法。简易而大巧出焉，平淡如山高水深，似欲不可企及"①。"简易"不等于简单，黄庭坚认为杜诗在简易中蕴含着"大巧"；"平淡"不是浅薄，黄庭坚认为杜诗于平淡中有着"山高水深"的内涵。杜甫晚年的律诗臻于化境，在技巧上举重若轻，正如他所说"老去诗篇浑漫与"，看似不经意，却已将深沉的身世感慨和世事的凝重沧桑融入诗歌的语言、色彩和韵律当中，在"简易"与"大巧"、"平淡"与"山高水深"之间蕴含着巨大的艺术张力。黄庭坚又评价梅尧臣诗说"句法刻厉而有和气"（《跋雷太简梅圣俞诗》）②，"和气"与"刻厉"是相对的范畴，"气"是事物所蕴含的气质与品格，它是内在的，它无形无相却能被人感知，所以"和气"是指诗歌的内蕴。黄庭坚说梅尧臣诗"刻厉而有和气"，这揭示出梅尧臣诗古硬清峭的外表下蕴藏着优柔和缓的气度，他看到的是梅尧臣诗更深层的内蕴。

吕南公在《书长江集后》中评价贾岛诗说："约而覃，明而深，杰健而闲易。"③"覃"有深广、悠长之意，"约而覃"点明贾岛诗歌简约而意味深长的特点。"明而深"意在说明贾岛诗虽然简约浅明，但内蕴上却意味深长而且入木三分。同时，吕南公又用"杰健而闲易"来概括贾岛诗，这里"杰健"或许是针对贾岛诗清峭甚或怪奇而言的，不管怎样，"杰健"一定有着健拔的气质，而与"闲易"不同，故能与"闲易"形成具有张力的美学范畴。

与黄庭坚和吕南公相近，王直方提出了"老硬而圆熟"这一范畴。他说："盖谓诗贵圆熟也。余以谓圆熟多失之平易，老硬多失之干枯。不失于二者之间，可与古之作者并驱。"④ "老硬"指古朴瘦硬的行文，所以失之于"干枯"；"圆熟"指笔法圆润流利，但缺乏气骨，如果能使诗

---

① 曾枣庄、刘琳主编《全宋文》第104册，第297页。
② 曾枣庄、刘琳主编《全宋文》第106册，第184页。
③ 曾枣庄、刘琳主编《全宋文》第109册，第279页。
④ （宋）阮阅编《诗话总龟》前集卷9，第98页。

歌既有"老硬"中所蕴含的骨力，又有"圆熟"中流畅圆润的美感，二者和谐地融汇于作品中，相反亦能相成，故可收到"老硬"与"圆熟"整合后的韵外之致，岂不美哉！王直方认为这样就"可与古之作者并驱"了。在这一点上，范温则是用"巧"与"壮"来表述。他说："自古诗人巧即不壮，壮即不巧，巧而能壮，乃如是（杜诗）也。"① "巧"即讲究形式，追求表达技巧，"壮"是指诗歌的风骨。讲求形式的作家常专事藻饰，故作品缺乏凛凛生气，而情怀豪迈的作家往往不重艺术技巧，甚至伤于易。因此在"巧"与"壮"之间，"巧而能壮"是最理想的状态，范温认为杜甫诗中就含有这种富有辩证意味的美学意蕴。从杜诗来看，其厚重苍莽的气局及博大的胸襟足见其"壮"，杜甫诗在韵律与遣词造句上的成就又足见其"巧"，故可谓"巧而能壮"。

从这些论述中，我们可以看出中期以来涌现的"杰健""刻厉""老硬""壮"等范畴，此时都融入"和气""闲易""圆熟""巧"等范畴当中，掩盖了以往诗笔的锋芒，从北宋诗学的发展历程来看，鲜明地体现出北宋后期诗学的特征。

范温除了赞赏杜甫，他对陶渊明也推崇备至，体现出后期诗学杜、陶兼重的格局。他极为赞赏陶诗富有辩证意蕴的美学内涵，并细致地分析和论述了辩证意蕴之所以形成的机理，极富理论色彩，在这方面，他是超越苏轼的。他认为：

> 以文章言之，有巧丽，有雄伟，有奇，有巧，有典，有富，有深，有稳，有清，有古。有此一者，则可以立于世而成名矣；然而一不备焉，不足以为韵，众善皆备而露才用长，亦不足以为韵。必也备众善而自韬晦，行于简易闲淡之中，而有深远无穷之味，……测之而益深，究之而益来，其是之谓矣。其次一长有余，亦足以为韵；故巧丽者发之于平淡，奇伟有余者行之于简易，如此之类是也。……自曹、刘、沈、谢、徐、庾诸人，割据一奇，臻于极致，尽发其美，无复余蕴，皆难以韵与之。惟陶彭泽体兼众妙，不露锋芒，故曰：质而实绮，癯而实腴，初若散缓不收，反复观之，乃得其奇处；夫

---

① （宋）胡仔纂集《苕溪渔隐丛话》前集卷10，第67页。

绮而腴、与其奇处，韵之所从生，行乎质与癯而又若散缓不收者，韵于是乎成。……是以古今诗人，惟渊明最高，所谓出于有余者如此。①

在这段文字中，范温首先将诗歌的美学范畴分为十个门类，即巧丽、雄伟、奇、巧、典、富、深、稳、清、古，然后他从理论上阐述了如何构建诗歌的韵味。他指出，在上述诸多美学范畴中"一不备"者，都不足产生"韵"，但"众善皆备而露才用长"，即刻意将它们全都表露出来，也不足以产生"韵"。在范温的观念中，要创造"韵"就要用辩证的方法：一是"备众善而自韬晦，行于简易闲淡之中，而有深远无穷之味"，也就是在简易闲淡之中包含各种美感，但各种美感韬晦而不显露，从而具有"测之而益深，究之而益来"的回味；二是"一长有余，亦足以为韵；故巧丽者发之于平淡，奇伟有余者行之于简易"，也即用"平淡""简易"来涵盖某"一长"，他认为曹、刘、沈、谢、徐、庾诸人，虽然能割据一奇，但由于没有行之于"简易平淡"，故虽将这一种美学意蕴发挥到极致，但由于没有其他内涵，故"无复余蕴"，虽尽发其美，但"难以韵与之"。这里我们需要注意的是，他始终是以"简易"与"平淡"为底色，这两种方法的区别只在于前者"备众善而自韬晦，行于简易闲淡之中"，后者则是将"一长"蕴于"简易""平淡"之中。在范温看来，古往今来只有陶渊明能"体兼众妙"而"不露锋芒"，并"行于简易闲淡之中"，故"测之而益深，究之而益来"，所以"初若散缓不收，反复观之，乃得其奇处；夫绮而腴、与其奇处，韵之所从生，行乎质与癯而又若散缓不收者，韵于是乎成"。故"古今诗人，惟渊明最高"。

在这段文字中，我们看到范温对"平淡简易"诗风的崇尚，在他的表述中，无论何种美学范畴，何种造就诗"韵"的方式，最终都要以平淡的面目出现，体现出宋人始终以"平淡"为美的特质。同时我们看到，范温辩证诗学明显受到苏轼的启发和影响，无论他说陶渊明"质而实绮，癯而实腴"，还是他说陶渊明"初若散缓不收，反复观之，乃得

---

① 钱锺书：《管锥编》第 4 册，中华书局，1986，第 1362~1363 页。

其奇处",这些都直接源自苏轼。与范温相似,李复在《读陶渊明诗》中也说:"渊明才力高,诗语最萧散。……初若不相属,再味意方见。"① 他显然也是受到了苏轼的影响,可知,苏轼对陶渊明的经典论断在当时就已经为人们所接受了。但范温并没有止于对苏轼辩证思想的接受,他更详细地探讨了陶诗辩证意蕴之所以形成的机理,他对苏轼辩证诗学的发展和超越是显而易见的。范温通篇用理论阐述、征引事例的方式,辩证地论述了"韵"之所以产生这一命题,使之具有了方法论的意义,这是范温辩证诗学的卓越之处。

黄裳的诗学思想中也有辩证的部分,如其《乐府诗集序》说:"其言优游而有断,放肆而有节,不可为畔岸也。"② "优游"是一种平和舒缓的状态,"断"则是决断,与"优游"形成鲜明的对比。同样,"放肆"指不受节制,故黄裳用"有节"加以调和,将"放肆"限定在"止乎礼义"的限度内,从而不违背儒学的中庸法则。

在诗歌韵味上,欧阳修曾用橄榄先酸而后甘的特点做比喻,北宋后期谢薖则用蜂蜜与余甘子做比喻。他评价吕本中诗说:"浅诗如蜜甜,中边本无二。好诗初无奇,把玩久弥丽。有如庵摩勒,苦尽得甘味。"(《读吕居仁诗》)③ 庵摩勒,即余甘子,可入药,其味回甘,又似橄榄,故又称"余甘"。谢薖先从"浅诗"展开论述,他认为"浅诗"的特点像蜂蜜,甜度均匀,然而"中边本无二",过于单一,所以缺乏回味。他认为"好诗"应该是中边不同,如吃余甘,先是味道无奇,良久而后却能品尝到其回甘的滋味,耐人寻味。这实际仍是主张平淡之中饱含深厚的韵味,这与欧阳修、苏轼、黄庭坚、范温等人的思想是一致的。

再看"A 而不 A′"模式。如前所述,这种模式是指诗歌的一种美学特征得到恰当的体现,而没有超出应有的限度。范温在揭示建安诗歌特点时就用了"辩而不华,质而不俚"④ 这一表述。"辩"是指机巧的言辞,老子说:"善者不辩,辩者不善。"⑤ 但范温指出,建安诗歌"辩"

---

① 北京大学古文献研究所编《全宋诗》第 19 册,第 12407 页。
② 曾枣庄、刘琳主编《全宋文》第 103 册,第 85 页。
③ 北京大学古文献研究所编《全宋诗》第 24 册,第 15764 页。
④ (宋)胡仔纂集《苕溪渔隐丛话》前集卷 1,第 4 页。
⑤ (春秋)老子撰,(魏)王弼注《老子》,第 44 页。

而不至于"华","质"而不至于"俚",如曹植诗"词采华茂",具有"辩"的特征,但曹植的诗并不以此为能事,而是体现出"骨气奇高"的品格,同时建安诗歌语言质实,但表达的是梗概多气的情感,故而不"俚",范温以此表达了对建安诗歌的赞赏。

贺铸则说:"平淡不流于浅俗,奇古不邻于怪僻。"① 苏轼曾说,"平淡"不是淡乎寡味,而是"绚烂之极"(《与二郎侄一首》)②,而"奇"则是"至足之余,溢为怪奇,盖出于不得已也"(《答黄鲁直五首》其二)③。然而在一般诗人笔下,平淡则易致"浅俗",如白体;"奇古"则易致怪僻,如杜默。因此这里,贺铸用"平淡不流于浅俗,奇古不邻于怪僻"加以限定,使诗歌虽然平淡、奇古,而不至于浅俗与怪僻。

辩证的诗学思想体现着人们对某一范畴的深刻把握,同时标志着诗学从单一审美向复合审美的发展。从北宋辩证诗学的发展链条上看,苏轼虽然不是首开记录的诗学家,但他的辩证批评无疑内容最丰富,影响也更大,尤其是对陶渊明诗的论断在当时和后世都产生了深远的影响,因此苏轼是北宋辩证诗学发展的关键一环。

同时我们也要看到,辩证诗学虽在孔子评价《关雎》"乐而不淫,哀而不伤"(《论语·八佾》)时就出现,但在唐末司空图之前,辩证诗学思想只是零星地出现,没有成为引人注目的诗学现象。直到北宋中后期,以苏轼为代表的诗学家们普遍关注诗学中丰富的辩证意味,并从艺术技巧、诗歌风貌等角度进行挖掘,展开细致的讨论,从而全面超越了前人的认知水平和理论高度,这是古典诗学发展的必然结果,更是北宋为古典诗学做出的重要贡献,它标志着北宋诗学的成熟,也标志着中国古典诗学的日臻完善。

---

① (宋)魏庆之编《诗人玉屑》卷5,第110页。
② (宋)苏轼撰《苏轼文集》第6册,第2523页。
③ (宋)苏轼撰《苏轼文集》第4册,第1532页。

第九章　北宋诗学对唐诗的"超越"

随着时代的推移，宋人诗学日渐深邃，同时在儒学新变过程中，人们对心性涵养及淡泊、旷达、乐易的情境进行着更主动的追求，这种以"道"为底蕴的诗学涵养，使宋人在审视唐人及唐诗时具有了巨大的思想"优势"，从而看到了其中诸多"不合道"之处。在以"道"为首要标准的宋人诗学中，思想的"高下"往往决定着诗学地位的高下，因此，唐诗"神坛"开始崩塌，甚至李、杜也都被置于被批判的视域内，思想上的超越成为宋人"超越"唐诗的最主要因素。宋人诗学由宋初对唐诗的全盘接受，到北宋中期接受的主体性日益鲜明，并出现些许指摘，再到北宋后期全面地批判唐诗，最终"超越"了唐诗，与此同时，苏轼、黄庭坚、王安石等宋人典范被树立起来，至此，唐、宋诗学最终完成了时代更迭。

第一节　平淡与工巧：披沙拣金后的接受倾向

北宋后期，社会环境和思想氛围发生改变，宋诗学必须适应新的存在空间。从诗学取向上看，北宋中期所热议的"怨怒"受到排斥，"苦寒"也受到贬抑，只有"平淡"与"工巧"仍然适应新的时代环境，而且愈加强化，从整体着眼，后期诗学扬弃了中期诗学的某些元素，皮毛落尽，真髓尽显，宋人及其诗学的特质日益鲜明。

这一时期，人们更倾向于以平淡示人，用"平淡"的诗歌抒发高妙的人生涵养，消解外在的生存压力，这体现在唐诗接受中，就是对体现平淡诗风的诗人、诗作都给予较高的评价，此前不受重视的很多诗人都因平淡而被提及或反复品评。如孟浩然，李复在《书鄂州孟亭壁》中说"浩然诗高尚驯雅，澄淡精致，颇有佳趣"。① 此前在宋人诗学中孟浩然

---

① 曾枣庄、刘琳主编《全宋文》第122册，第97页。

很少被提及，此期则因平淡诗风而被人们注意到了。此期韦应物、柳宗元因诗风平淡而地位陡然凸显，这也是前代没有出现过的现象。

宋人盛赞韦、柳其人及其诗之"清"。如黄庭坚在《都下喜见八叔父》中就以"诗成戏笔墨，清甚韦苏州"①来赞扬叔父的诗歌。王谠也评价韦应物说："（韦）立性高洁，鲜食寡欲，所居焚香扫地而坐。其为诗，驰骤建安已还，各得其风韵。"（卷二）②指出韦应物"立性高洁，鲜食寡欲"的人格，而且认为他的诗可"驰骤建安已还"，从而突出其诗坛地位。蔡宽夫说："（韦）苏州诗律深妙……以其诗语观之，其人物亦当高胜不凡。"③与王谠角度不同，他以诗评人，突出韦应物人格之"高胜"，这也与王谠所说其人"立性高洁"是一致的。对于柳宗元，范温评价说："向因读子厚《晨诣超师院读禅经》诗一段，至诚洁清之意，参然在前。"④"清"有着摆落尘俗的意味，"至诚洁清"自然是指诗中静穆淡然、远离尘俗的意蕴。韦、柳的平淡诗风及其卓荦脱俗的人格，适应了北宋后期人们平和淡泊的心态，同时由于政治环境的恶化，人们普遍趋向内敛和沉寂，韦应物、柳宗元其人及其诗恰恰有着这种特质，这是宋人与韦、柳产生异代共鸣的重要原因。

在此情况下，人们对韦、柳的诗学地位进行了深入的挖掘。如魏泰在《临汉隐居诗话》中说："韦应物古诗胜律诗，李德裕、武元衡律诗胜古诗，五字句又胜七字。张籍、王建诗格极相似，李益古律诗相称，然皆非应物之比也。"⑤在魏泰看来，李德裕、张籍、王建等人所擅诗体不同，其中李益虽然可谓古、律兼擅，但"皆非应物之比也"，这就使韦应物从中唐诗人中凸显出来。北宋中期，柳宗元的地位远比不上韩愈，但到北宋后期则发生了变化。苏轼就指出柳宗元在"温丽靖深"上超过了韩愈，他说："退之豪放奇险则过之，而温丽靖深不及（柳宗元）也。"（《评韩柳诗》）⑥我们知道，苏轼反对刻意求"奇"，故可知柳宗

---

① （宋）黄庭坚撰，（宋）任渊、史容、史季温注，刘尚荣校点《黄庭坚诗集注》第3册，第998页。
② （宋）王谠撰，周勋初校证《唐语林校证》，中华书局，1987，第181页。
③ （宋）胡仔纂集《苕溪渔隐丛话》前集卷15，第99页。
④ （宋）胡仔纂集《苕溪渔隐丛话》前集卷19，第122～123页。
⑤ （清）何文焕辑《历代诗话》，第326页。
⑥ （宋）苏轼撰《苏轼文集》第5册，第2109页。

元"温丽靖深"之作更符合苏轼的品味。同时,人们不仅欣赏柳宗元诗平淡的旨趣,也赞赏其造句之"工"。如范温说:"(柳宗元诗云)'日出雾露余,青松如膏沐',予家旧有大松,偶见露洗而雾披,真如洗沐未干,染以翠色,然后知此语能传造化之妙。"① 柳宗元诗描述出清晨经过雾披露洗的青松有如"膏沐"般的状态,范温从切身经历体察到柳宗元诗造句之"工",他所说"造化之妙"与宋人所谓"元造""天巧"等词语一样,都是对刻绘之功的赞赏,在范温看来,平淡的诗句同样可以"笔补造化"。

对于韦、柳的诗学地位,苏轼在《书黄子思诗集后》中说:"苏、李之天成,曹、刘之自得,陶、谢之超然,盖亦至矣。而李太白、杜子美以英玮绝世之姿,凌跨百代,古今诗人尽废,然魏、晋以来高风绝尘,亦少衰矣。李、杜之后,诗人继作,虽间有远韵,而才不逮意,独韦应物、柳宗元发纤秾于简古,寄至味于澹泊,非余子所及也。"② 他赞赏唐前"苏、李之天成,曹、刘之自得,陶、谢之超然",后来李、杜虽然取得了"凌跨百代"的成绩,但他们缺少了这种"高风绝尘"的风采。苏轼认为,李、杜之后只有韦应物、柳宗元才能上接晋宋,其诗"发纤秾于简古,寄至味于澹泊","非余子所及也",这就将韦、柳置于其他中晚唐诗人之上了。苏轼认为柳宗元的一些诗句甚至超越了谢灵运,他在《题柳子厚诗二首》中说:"柳子厚诗云:'鹤鸣楚山静。'又云:'隐忧倦永夜。'东坡曰:子厚此诗,远出灵运上。"(其一)③ 宋人评诗往往把人格与诗歌联系在一起,如前所述,宋人推崇晋宋风神,并对晋宋诗句之清丽与工巧情有独钟,而清丽与工巧,谢灵运可谓兼而有之,但苏轼认为柳宗元的一些诗句远胜谢灵运,他对柳宗元的赞赏由此可见一斑。

宋人对韦、柳的推崇往往与陶渊明联系在一起,从某种程度上说,他们对陶渊明的发现是韦应物、柳宗元最终得到关注的重要原因。如黄庭坚在《跋书柳子厚诗》中说:"手书柳子厚诗数篇遗之。欲知子厚如此学陶渊明,乃为能近之耳。"④ 显然是把柳宗元当作陶诗传人来看的。

---

① (宋)胡仔纂集《苕溪渔隐丛话》前集卷19,第123页。
② (宋)苏轼撰《苏轼文集》第5册,第2124页。"苏、李",原文误作"苏、季"。
③ (宋)苏轼撰《苏轼文集》第5册,第2109页。
④ 曾枣庄、刘琳主编《全宋文》第106册,第177页。

陈师道在《后山诗话》中也说："右丞、苏州，皆学于陶王，得其自在。"① 他也指出韦应物与陶渊明之间的诗学渊源，故在普遍推崇陶诗的背景下，韦、柳的诗学地位也开始凸显。在宋人眼中，王维诗也同样具有平淡的意蕴和超凡脱俗的品格。如上所述，陈师道指出"王得其（陶渊明）自在"，对这种所谓"自在"，或许黄庭坚说得更为清楚。他在《摩诘画》诗中说："丹青王右辖，诗句妙九州。物外常独往，人间无所求。袖手南山雨，辋川桑柘秋。胸中有佳处，泾渭看同流。"② 黄庭坚把王维塑造成超然物外、遗世独立的形象，不但优游世外，平和淡泊，而且在"南山雨"中"袖手"，于"桑柘"林里领悟秋意，静观世界，妙对人生，同光和尘。这实际也是黄庭坚精神世界的一种反映。黄庭坚在政治环境的压迫之下，镇之以平淡之思，所谓"泾渭看同流"就是置身于社会现实，同光和尘却又冷眼观世，表现出一种"自在"与"自得"的情态，因此王维"泾渭看同流"与陶渊明在田园中委心任运的生命意蕴是相通的。

从宋初开始，"平淡"与"工"就是宋人诗学最基本的两个侧面。至北宋后期仍沿袭着对"工"的赞赏，但对"工"的批评又有新的拓展，在立意、对偶、用事等方面都有所探讨，体现出北宋诗学日渐邃密的发展趋势。

如对偶。蔡宽夫说："郑綮《山居》云：'童子病归去，鹿麋寒入来。'自谓铢两轻重不差。有人作《梅花》云：'强半瘦因前夜雪，数枝愁向晚天来。'对属虽偏，亦有佳处。"③ 郑綮诗以"童子"对"鹿麋"，以"病"对"寒"，以"归去"对"入来"，各组词性相同，平仄相对，营造出清冷枯寂的意境，而后者"强半瘦因前夜雪，数枝愁向晚天来"是晚唐崔橹的诗句④，对偶上不如郑綮诗那样"铢两轻重不差"，"强半"与"数枝"虽然都表示"量"，但前句是对原因的推测，后句则是描写事物的具体形态，着眼点不同，同时"瘦因"与"愁向"对，"前夜"

---

① （清）何文焕辑《历代诗话》，第313页。
② （宋）黄庭坚撰，（宋）任渊、史容、史季温注，刘尚荣校点《黄庭坚诗集注》第4册，第1249页。
③ （宋）阮阅编《诗话总龟》前集卷13，第149页。
④ （清）彭定求等编《全唐诗》第17册，第6568页；"晚"，诸本作"晓"。

与"晚天"对尚可,而以"雪"对"天",前句是自然气象,后者则指向不明,过于宽泛,故算不上"铢两轻重不差"。然而从整体着眼,崔橹诗较好地表现了雪后梅花孱弱但惹人怜惜的情态,所以蔡宽夫认为属对虽偏,但自有佳处。

再如用事。用事的好处是在诗句字数不变的情况下,能最大限度地扩充诗句内涵。黄庭坚认为唐彦谦诗"最善用事",他说:"其《过长陵诗》云:'耳闻明主提三尺,眼见愚民盗一抔。千古腐儒骑瘦马,灞陵斜日重回头。'又《题沟津河亭》云:'烟横博望乘槎水,月上文王避雨陵。'皆佳句。"① 这里所说唐彦谦《过长陵诗》,其全诗云:"长安高阙此安刘,袝葬累累尽列侯。丰上旧居无故里,沛中原庙对荒丘。耳闻明主提三尺,眼见愚民盗一抔。千载腐儒骑瘦马,渭城斜月重回头。"② 这是一首怀古诗,除后两句写出诗人的形象外,其余都在写汉代故事,地点如"长安""丰上""沛中",事件如"安刘""袝葬""提三尺",感慨如"尽列侯""无故里""对荒丘""盗一抔"等,通过历史兴衰的对比,唐彦谦表达了对人世无常的感慨。在后四句中,唐彦谦则用"耳闻明主提三尺"与"眼见愚民盗一抔"作对,"提三尺"出自《史记·高祖本纪》,"盗一抔"出自《汉书·张释之传》,体现"兴""亡"之间的极大反差。黄庭坚所举的后一首诗,全诗云:"宿雨清秋霁景澄,广亭高树向晨兴。烟横博望乘槎水,日上文王避雨陵。孤櫂夷犹期独往,曲阑愁绝每长凭。思乡怀古多伤别,况此哀吟意不胜。"(《蒲津河亭》)③ 此诗表达思乡怀古之情,为渲染这种情绪,唐彦谦用具有历史厚重感的物象,如三国时期刘备与曹操鏖战的博望和文王避雨的崤山,来增重怀古之思,同时用张华《博物志》所载"乘槎抵天河"一事,将诗人的思绪引向深远。此诗用事不多,却能表达出诗人黯淡悠长的感伤情绪,其中"烟横博望乘槎水,日上文王避雨陵",无论就这两句本身来说还是从整首诗着眼,都堪称"佳句"。此条资料出自《洪驹父诗话》,可知黄

---

① (宋)胡仔纂集《苕溪渔隐丛话》前集卷22,第144页。
② (清)彭定求等编《全唐诗》第20册,第7673页。据《苕溪渔隐丛话》,"载"作"古","渭城斜月"作"灞陵斜日"。"抔",《全唐诗》作"坏",据诸本改。
③ (清)彭定求等编《全唐诗》第20册,第7672页;"日上",《苕溪渔隐丛话》作"月上"。

庭坚的看法也得到了洪刍的赞同。

又如立意。范温评柳宗元诗说:"'真源了无取,妄迹世所逐,微言冀可冥,缮性何由熟。'真妄以尽佛理,言行以尽薰修,此外亦无词矣。……'澹然离言说,悟悦心自足',盖言因指而见月,遗经而得道,于是终焉。其本末立意遣词,可谓曲尽其妙,毫发无遗恨者也。"① 柳宗元诗前四句从真、妄、言、性四个方面论个人修行,借以表达对世俗的鄙薄,后面两句表达了参悟佛理时畅快、自在的内心感受。范温认为柳宗元诗在立意遣词上"曲尽其妙,毫发无遗恨",故产生了异代相惜之情。

除此之外,北宋后期诗学注意从各类诗句中挖掘"工"的元素,除了要工于立意、工于造句、工于造境、工于偶对等,还对唐诗的创作方法进行了探讨。一般认为宋人以文为诗,但这在北宋人那里是不被接受的。如沈括就说:"韩退之诗乃押韵之文尔,虽健美富赡,而格不近诗。"(魏泰《临汉隐居诗话》)② 黄庭坚也批评说:"诗文各有体,韩以文为诗,杜以诗为文,故不工尔。"(《后山诗话》)③ 都将矛头指向了韩愈,可见宋诗中虽然也常出现一些文言虚词,包括散文化的句子,但像韩愈那样大肆用纯是散文的句子去写诗,仍是不被宋人认可的,可知宋人对唐诗一味推崇的态势在这一时期已有所改变。

第二节 唐诗接受的批判性与北宋诗学的自立

在儒学与诗学都走向成熟的背景下,宋人有了独特的观察视角。在宋初及北宋中期,人们对唐诗的批评往往只见其一端,如对于李白、杜甫、韩愈等作家,常是千人一面、众口一词的状态,北宋后期则呈现出多元化的批评,即对同一诗人有着不同的解读视角,甚至做出相反的评价,这说明人们面对唐诗时已能够进行从容的考量,并做出个性化的评价,故而北宋后期诗学批评呈现出前所未有的丰富性,反映出人们对唐诗更为客观和全面的观察与接受。

---

① (宋)胡仔纂集《苕溪渔隐丛话》前集卷19,第123页。
② (清)何文焕辑《历代诗话》,第323页。
③ (清)何文焕辑《历代诗话》,第303页。

如刘禹锡。陈师道赞赏说:"望夫石在处有之。古今诗人,共用一律,惟刘梦得云:'望来已是几千岁,只似当年初望时。'语虽拙而意工。"(《后山诗话》)① 古今诗人在写到望夫石时或指向其相思的苦楚,如李白云:"仿佛古容仪,含愁带曙辉。露如今日泪,苔似昔年衣。有恨同湘女,无言类楚妃。寂然芳霭内,犹若待夫归。"(《望夫石》)② 更多地指向其岿然不动的一面。如孟郊云:"望夫石,夫不来兮江水碧。行人悠悠朝与暮,千年万年色如故。"(《望夫石》)③ 王建云:"望夫处,江悠悠。化为石,不回头。山头日日风复雨,行人归来石应语。"(《望夫石》)④ 刘禹锡《望夫石》则云:"终日望夫夫不归,化为孤石苦相思。望来已是几千载,只似当时初望时。"⑤ 他把女子望夫"只似当时初望时"的恒久姿态与千百年来不变的相思结合起来,相思不变,姿态亦不变,从而更具有人的情感热度,而不只是一块冰冷的石头矗立在那里,陈师道说刘禹锡的诗"语虽拙而意工",就是从立意上进行评价的。然而,许多在唐人看来极为平常的表述,这一时期则触动了宋人的"道义"底线。如魏泰批评刘禹锡说:

唐人咏马嵬之事者多矣。世所称者,刘禹锡曰:"官军诛佞幸,天子舍妖姬。群吏伏门屏,贵人牵帝衣。低回转美目,风日为无辉。"……此乃歌咏禄山能使官军皆叛,逼迫明皇,明皇不得已而诛杨妃也。噫!岂特不晓文章体裁,而造语蠢拙,抑已失臣下事君之礼矣。(《临汉隐居诗话》)⑥

从刘禹锡《马嵬行》全诗来看,他从"路边杨贵人,坟高三四尺"入手,简略地交代了"官军诛佞幸,天子舍妖姬"的过程,此后用大部

---

① (清)何文焕辑《历代诗话》,第302页。
② (唐)李白撰,(清)王琦注《李太白全集》卷30,第1407页。
③ (唐)孟郊撰,华忱之、喻学才校注《孟郊诗集校注》卷2,人民文学出版社,1995,第71页。
④ (清)彭定求等编《全唐诗》第9册,第3378页。
⑤ (唐)刘禹锡撰,瞿蜕园笺证《刘禹锡集笺证》卷24,上海古籍出版社,1989,第707页。
⑥ (清)何文焕辑《历代诗话》,第324页;"官军诛佞幸"应为"军家诛戚族"。

分篇幅写了杨贵妃的美貌,并对其死后余香犹在的情形进行大肆渲染。此诗立意并不在于对杨贵妃进行鞭挞,相反地表现出对杨贵妃美貌的怜惜,同时"官军诛佞幸,天子舍妖姬。群吏伏门屏,贵人牵帝衣",将天子与贵妃表现得有情有义,但这使诛除"佞幸"的"官军"显得无情无义,这对崇尚君臣之义的宋人来说,无异于"颠倒黑白",是无法接受的。在魏泰看来,这种"错乱"是唐人"不晓文章体裁"的体现,所谓"文章体裁"显然是从文章立意的角度来说的。

再如李商隐。范温赞赏说:"'管、乐有才真不忝,关、张无命欲何如',属对亲切,又自有议论,他人亦不及也。"① 这两句诗出自李商隐的《筹笔驿》,筹笔驿位于四川广元,是诸葛亮出师之地。诗的前句赞扬诸葛亮有管、乐之才,后句感慨关、张的悲剧命运。从对偶上来说,"管、乐"对"关、张","有才"对"无命"恰到好处,可谓"亲切",后面又以"真不忝"对"欲何如",表达了对蜀国将相有才无命的感慨。这两句诗在有限的字句中蕴含着深厚的情感,故得到范温"他人亦不及也"的赞赏。范温又评价说:"文章贵众中杰出,如同赋一事,工拙尤易见。余行蜀道,过筹笔驿,如石曼卿诗云:'意中流水远,愁外旧山青',脍炙天下久矣,然有山水处便可用,不必筹笔驿也。殷潜之与小杜诗甚健丽,亦无高意。惟义山诗云'鱼鸟犹疑畏简书,风云长为护储胥',简书盖军中法令约束,言号令严明,虽千百年之后,鱼鸟犹畏之也。储胥盖军中藩篱,言忠谊贯神明,风云犹为护其壁垒也。诵此两句,使人凛然复见孔明风烈。"② 他围绕"筹笔驿"题材论述了不同诗句的工拙。范温认为,宋人石延年对筹笔驿"意中流水远,愁外旧山青"的描述,可适用于任何山水景色,故对筹笔驿来说算不上准确、工巧,唐人殷潜之与杜牧诗也无"高意"可言,只有李商隐诗表达出了"孔明风烈"。在李商隐《筹笔驿》诗中,"简书"一句指出诸葛亮出师号令严明,至今犹能为鱼鸟所畏,所谓"储胥"指军营的壁垒,千百年后的"风云"犹能为诸葛亮的忠义所打动,助其保护军营。通过这两句诗,李商隐把诸葛亮的才能和忠义表达得十分充分,并深切传达出作者的感

---

① (宋)胡仔纂集《苕溪渔隐丛话》前集卷22,第148页。
② (宋)胡仔纂集《苕溪渔隐丛话》前集卷22,第148页。

伤情绪，故范温说："诵此两句，使人凛然复见孔明风烈。"可谓透辟。而相比之下，石延年诗"惟思恢正道，直起复炎灵。……历劫兵如水，临秦策若瓴"（《筹笔驿》）①，殷潜之"奏书辞后主，仗剑出全师。……沈虑经谋际，挥毫决胜时"（《题筹笔驿》）②，杜牧"永安宫受诏，筹笔驿沈思。画地乾坤在，濡毫胜负知"（《和野人殷潜之题筹笔驿十四韵》）③，都只是就事论事，若从表现孔明风烈的角度来看，都不如李商隐诗形象、生动。然而，蔡宽夫也批评李商隐诗说："义山诗合处，信有过人，若其用事深僻，语工而意不及，自是其短。"④ 他所谓"用事深僻"显然是指李商隐作诗爱掉书袋，且难以追索其用意，他所谓"意不及"则是指义山用意幽隐，对思想表达不够明确，这确实指出了李商隐诗的特点，虽然未必是其缺点，但蔡宽夫的批评态度是很明显的。

又如孟郊诗。自北宋中期开始，人们对孟郊的接受就颇为矛盾，人们一方面体味其"穷"，另一方面又不愿意滞留在这样的情境中，故咀嚼之后就是排斥，如苏轼曾说："我憎孟郊诗，复作孟郊语。"（《读孟郊诗二首》其二）他又说："何苦将两耳，听此寒虫号。不如且置之，饮我玉色醪。"（《读孟郊诗二首》其一）⑤ 就是这种矛盾心态的典型体现。到北宋后期，人们仍赞赏其诗之"工"，如苏轼在《题孟郊诗》中就说："孟东野作《闻角》诗云：'似开孤月口，能说落星心。'今夜闻崔诚老弹《晓角》，始觉此诗之妙。"⑥ 他之所以察觉到孟郊诗句之妙，是因为当他听到崔诚老弹奏《晓角》时，感受到"似开孤月口，能说落星心"传达出的微妙意蕴，故引起了情感上的共鸣。但这一时期，人们对孟郊诗句的"寒涩"是一致反对的。如道潜《赠权上人兼简其兄高致虚秀才》说："穷愁肯学郊与岛，高瞻已能追晋魏。"⑦ 他反对的是郊、岛的"穷愁"，希望能够追踪魏晋的"高瞻"与远韵。再如毛滂《许子遇示二绝句见索乱道因次韵奉酬》说："苦吟正在郊寒处，露草秋虫亦共悲。

---

① 北京大学古文献研究所编《全宋诗》第3册，第2004页。
② （清）彭定求等编《全唐诗》第16册，第6309页。
③ （唐）杜牧撰，（清）冯集梧注《樊川诗集注》，上海古籍出版社，1978，第290页。
④ （宋）胡仔纂集《苕溪渔隐丛话》前集卷22，第146页。
⑤ （宋）苏轼撰，（清）王文诰辑注《苏轼诗集》第3册，第797页。
⑥ （宋）苏轼撰《苏轼文集》第5册，第2091页。
⑦ 北京大学古文献研究所编《全宋诗》第16册，第10809页。

过我聊当煮彭越，不须苦觅外孙词。"① 指出孟郊寒俭的诗风令"露草秋虫"也沾染了悲愁之气，他希望从这种悲愁的气氛中解脱出来，他将孟郊"苦吟"比作秋虫，与苏轼比作"寒虫号"是一致的。这一时期宋人强烈排斥唐诗中的悲苦、酸楚之态，苏辙在《诗病五事》中就批评孟郊诗说：

……孟郊尝有诗曰："食荠肠亦苦，强歌声无欢。出门如有碍，谁谓天地宽？"郊耿介之士，虽天地之大，无以安其身，起居饮食，有戚戚之忧，是以卒穷以死。而李翱称之，以为郊诗"高处在古无上，平处犹下顾沈、谢"，至韩退之亦谈不容口。甚矣，唐人之不闻道也。

孔子称颜子："在陋巷，人不堪其忧，回也不改其乐。"回虽穷困早卒，而非其处身之非，可以言命，与孟郊异矣。(《栾城三集》卷八)②

在苏辙看来，孟郊因外部环境而产生的"戚戚之忧"是不足取的，他从孔子对颜回的赞叹出发阐述了"道"，认为"道"的真意在于"乐"，故"戚戚之忧"是"不闻道"的体现。进而苏辙又批评了韩愈、李翱，认为他们称赞孟郊诗也是"唐人不闻道"的表现。韩愈曾是宋人在复兴古道和诗文革新中标榜的典范，此时却被苏辙看作"不闻道"，这体现出宋人从传统儒学向道学思想演变的历史轨迹，同时也可见在北宋后期诗学环境中，"戚戚之忧"几乎已经没有了存在的空间。这一时期人们还反对孟郊诗的"峻直"，李希声说："孟郊诗正如晁错为人，不为不佳，所伤者峻直耳。"③ 晁错力主削藩，后被腰斩于市，《汉书》评价他"为人峭直刻深"④，李希声就认为孟郊诗如同晁错为人。何谓"峻直"，李希声没有说，或许是因为孟郊刻意、执着地在诗中表现苦寒之态，唐突了宋人追求优游平和的人生意态。

---

① 北京大学古文献研究所编《全宋诗》第21册，第14124页。
② （宋）苏辙撰《苏辙集》第3册，第1229页。
③ （宋）曾慥撰《类说》卷57，《影印文渊阁四库全书》本，第873册，第993页。
④ 《汉书》第8册，第2277页。

又如柳宗元，他在此期虽然诗学地位陡然上升，但蔡宽夫还是批评他说："子厚之贬，其忧悲憔悴之叹，发于诗者，特为酸楚，闵己伤志，固君子所不免，然亦何至是，卒以愤死，未为达理也。"① 他所说的"未为达理"就是对柳宗元酸楚卒以愤死的不屑，这同苏辙说孟郊"不闻道"是一样的。宋人所谓"道"或"理"，常指向儒家"君子固穷"的思想，以及"不改其乐"的颜子气度。回顾北宋诗学进入中期以来，孟郊之"穷"曾经是欧阳修等人热议的话题，但随着时代环境的改变，诗学重心转移到吟咏性情上来，人们超越了或者说有意忽略了来自现实的穷戚之感，日益在"乐道"情怀中享受徜徉于大道的人生乐境，并用以对抗无奈的现实，进而形成了面对困境时的洒脱气度。

又如卢仝诗，谢逸在《江居士墓志铭》中说："（江居士）间或效玉川、贞曜体作诗以见志。"② 这说明卢仝诗在北宋后期诗学中仍占有一席之地，但这只是一个方面，此期对卢仝更存在批评的声音。如苏轼从创作方式和文字风格的角度对卢仝进行批评，他在《书学太白诗》中说："李白诗飘逸绝尘，而伤于易。学之者又不至，玉川子是也，犹有可观者。"③ 他并未对卢仝诗进行全盘否定，认为"犹有可观者"，但指出其"伤于易"的不足，表现出接受的客观性与辩证色彩。苏轼曾说："作诗狂怪，至卢仝、马异极矣，若更求奇，便作杜默。"（《评杜默诗》)④ 杜默诗是苏轼所极力反对的，所以他对卢仝的态度也就可想而知了。

又如李贺诗。道潜曾在《观明发画李贺高轩过图》中说："唐年茂宗枝，时平多俊良。长吉尤震曜，春林擢孤芳。"⑤ 极力表达赞赏之情。然而范温却批评说："皆拙固无取，使其皆工，则峭急无古气，如李贺之流是也。"⑥ 儒学复兴以来，人们崇尚"古"调，古诗成于律诗之前，特点在"拙"，律诗成于古诗之后，贵在"工"巧，但文字工巧易致圆熟，缺少峻拔的风神，相反完全不讲究文字、声律等技巧，又会使诗歌质木无文。宋人处在古诗与律诗都已经非常成熟的时期，所以范温能够对古、

---

① （宋）胡仔纂集《苕溪渔隐丛话》前集卷19，第123页。
② 曾枣庄、刘琳主编《全宋文》第133册，第262页。
③ （宋）苏轼撰《苏轼文集》第5册，第2098页。
④ （宋）苏轼撰《苏轼文集》第5册，第2131页。
⑤ 北京大学古文献研究所编《全宋诗》第16册，第10792页。
⑥ （宋）胡仔纂集《苕溪渔隐丛话》前集卷9，第61页。

律诗的优劣进行冷静而客观的审视，并试图在"工"与"拙"之间进行调和，既不失格律的和谐之美，又不失"格力遒壮"的风骨及其所代表的"古气"，在范温看来，"李贺之流"显然是过于讲究文字技巧了。

北宋后期，蔡絛对唐诗的全面盘点尤其值得我们重视，他说：

>柳子厚诗，雄深简淡，迥拔流俗，至味自高，直揖陶谢；然似入武库，但觉森严。王摩诘诗，浑厚一段，覆盖古今；但如久隐山林之人，徒成旷淡。杜少陵诗，自与造化同流，孰可拟议，至若君子高处廊庙，动成法言，恨终欠风韵。……韦苏州诗，如浑金璞玉，不假雕琢成妍，唐人有不能到；至其过处，大似村寺高僧，奈时有野态。刘梦得诗，典则既高，滋味亦厚；但正若巧匠矜能，不见少拙。白乐天诗，自擅天然，贵在近俗；恨如苏小虽美，终带风尘。李太白诗，逸态凌云，照映千载；然时作齐梁间人体段，略不近浑厚。韩退之诗，山立霆碎，自成一法；然譬之樊侯冠佩，微露粗疏。柳柳州诗，若捕龙蛇，搏虎豹，急与之角，而力不敢暇，非轻荡也。薛许昌诗，天分有限，不逮诸公远矣；至合人意处，正若刍荛，时复咀嚼自佳。……杜牧之诗，风调高华，片言不俗，有类新及第少年，略无少退藏处，固难求一唱而三叹也。①

在这段话中，蔡絛评述了李白、杜甫、王维、柳宗元、白居易、刘禹锡、韦应物、杜牧等多位唐诗大家。但在蔡絛看来，他们并非尽善尽美。他在指出柳宗元诗"雄深简淡，迥拔流俗，至味自高，直揖陶谢"之后，则批评其诗"但觉森严"，指出柳诗枯寂孤清，有似不近人情者；他又批评韦应物诗"大似村寺高僧，奈时有野态"，指出其诗中大有脱离尘世、不食人间烟火的气象，故难称雅致；他又批评韩愈诗"微露粗疏"，杜牧诗"无少退藏"，即不够精致和含蓄；等等。在这些批评中多有偏颇之处，如他评杜甫诗"终欠风韵"，这或许是因为杜甫诗多表现时代重大题材，展现博大情怀，而导致他的诗缺乏旖旎的情思，然而杜甫诗中有"风韵"者也并不少见，如《月夜》《江畔独步寻花七绝句》

---

① （宋）胡仔纂集《苕溪渔隐丛话》后集卷33，第257~258页。

等,只是不占多数而已。再如他批评李白诗"时作齐梁间人体段,略不近浑厚",这也并非其不足,相反是其创作风貌与诗学取径多元化的体现。

在蔡絛的批评中,糅合着个人的审美体验,未必全为的评,但从批评与接受的角度看,蔡絛在看到每位诗人成就的同时,也看到他们的"不足",这表明宋人已从对唐诗的盲目推崇中走出来,并能够进行全面、客观、理性的观察与辨析了,这是宋人诗学发展中必须要重视的事件,它代表着宋人诗学的成熟,以及宋人面对唐诗时的成熟心态和辩证眼光。

从宋诗学出发,我们无法忽视的是,曾为宋人所极力崇尚的唐诗大家,如白居易、韩愈、李白、杜甫,他们也都经历了从被崇尚到被批判的历程,即使杜甫也不例外,这都典型地体现着唐、宋诗学更迭的历史进程。下面就对被宋人树立为典范的白居易、韩愈、李白、杜甫分别进行考察。

白居易。从诗歌意蕴上说,"平淡"与"乐易"是宋诗区别于唐诗最根本的特征。一般人们认为宋人以议论为诗,以才学为诗,以文为诗,这是从创作方法上说的,如果我们从诗歌意蕴及其所体现的宋人气质来说,平淡乐易才是宋诗的典型特征。宋初以来,白体诗闲适、乐易的一面就始终被人们所接受,到北宋后期,白诗更成为人们面对困境时的精神稻草。苏辙曾在《读乐天集戏作五绝》中说:

乐天梦得老相从,洛下诗流得二雄。自笑索居朋友绝,偶然得句与谁同。(其一)

乐天得法老凝师,后院犹存杨柳枝。春尽絮飞余一念,我今无累日无思。(其二)

乐天投老刺杭苏,溪石胎禽载舳舻。我昔不为二千石,四方异物固应无。(其三)

乐天引洛注池塘,画舫飞桥映绿杨。溴水隔城来不得,不辞策杖看湖光。(其四)

乐天种竹自成园,我亦墙阴数百竿。不共伊家斗多少,也能不畏雪霜寒。(其五)[①]

[①] (宋)苏辙撰,陈天宏、高秀芳校点《苏辙集》第3册,第1194页。

在这五首诗中，苏辙将自己与白居易分别做了各方面的比较。在友朋相从上，他没有刘禹锡这样的"洛下诗雄"相伴，难与乐天相比，并因而感到落寞无奈（如其一）；然而在宁静的内心上，白居易尚有所挂怀，而他做到了无累无思，似胜乐天（如其二）；在生活境遇上，他不如白居易富足，但他有君子固穷的平和心态（如其三）；在乐道自持上，他有着与白居易一样的执着，甚至有着"策杖看湖光"的乐易情绪（如其四）；在个性气质上，他与白居易一样爱竹，有着不畏雪霜的气节（如其五）。在这五首诗中，无论苏辙与白居易相比孰高孰下，白居易显然在苏辙精神世界中具有重要的参照意义，同时苏辙在表述中也透露出党争影响的痕迹，无论是缺少友朋的无奈还是固穷的心态，都与伴随党争而来的生活境遇密切相关，尤其是所谓"无累无思"的精神世界和"不畏雪霜"的气节，都表现出苏辙在困顿中故作镇定的情态。苏辙曾在屡经患难后意绪索然，如他在《九日独酌三首》（其一）中说："府县嫌吾旧党人，乡邻畏我昔黄门。终年闭户已三岁，九日无人共一樽。"（《栾城后集》卷四）① 在这种意绪中，白居易及其诗或许聊且可以成为他消泯世虑的不二法门。

而对于苏轼来说，他不但对白居易的乐天精神有所领悟，而且对白诗的高妙之处有所发掘。在苏轼之前，从艺术上对白诗进行分析是很少出现的，苏轼则通过比较白居易早年与晚年作品，指出："白公晚年诗极高妙……如'风吹古木晴天雨，月照平沙夏夜霜'，此少时不到也。"② 白居易《江楼夕望招客》诗云："海天东望夕茫茫，山势川形阔复长。灯火万家城四畔，星河一道水中央。风吹古木晴天雨，月照平沙夏夜霜。能就江楼销暑否？比君茅舍校清凉。"③ 此诗作于白居易五十二岁任杭州刺史时，表现了晚年萧散的人生意态。其颈联"风吹古木晴天雨，月照平沙夏夜霜"生动地展现出江楼月夜动人的情境，风吹古木如雨声洒落，月照平沙如夏夜生霜，虽处炎热却时时让人有清爽怡人的美妙感受，笔法新奇，对仗工稳，颔联"灯火万家城四畔，星河一道水中央"则堪称佳对，既表现出江楼开阔的视野，又渲染出美丽的夜景，体现出白居易

---

① （宋）苏辙撰，陈天宏、高秀芳校点《苏辙集》第3册，第939页。
② （宋）赵令畤撰《侯鲭录》卷7，中华书局，2002，第182页。
③ （唐）白居易撰，朱金城笺校《白居易集笺校》第3册，第1373页。

晚年炉火纯青的诗学造诣，苏轼就是从其"妙"处指出了与早期诗作的不同。

除了苏轼，晁说之在崇陶的诗学背景下，指出了白居易诗具有"闲远"的意蕴，他在《和陶引辩》中说："韦苏州、白乐天之所效（陶渊明）者，皆极闲远之所致。"① 他发现了白居易诗与陶渊明诗的相通之处，虽然陶渊明诗以平淡著称，白居易诗以闲适乐易为世人所知，但闲适乐易何尝不是一种淡泊自适。无疑，白居易与陶渊明的诗歌存在可以相通的地方，因此在北宋后期崇陶的背景下，白居易也就拥有了更广泛的接受空间，所谓"闲远"之气无疑是在这一诗学思潮中人们观察白诗的新视角。

然而这一时期，人们也发现了白居易及其诗的诸多不足。首先在于浅俗鄙俚的诗风。魏泰在《临汉隐居诗话》中说："（白居易诗）格制不高，局于浅切，又不能更风操，虽百篇之意，只如一篇，故使人读而易厌也。"② 从作品看，白诗之"浅切"主要表现在用词浅显易懂，如"心足即为富，身闲乃当贵。富贵在此中，何必居高位？"（《闲居》）③ 之类，白居易频繁地表达知足常乐的情怀，题材单一，正如魏泰所说"虽百篇之意，只如一篇"，读之易厌。这说明在宋人诗学日渐邃密的情况下，白诗的浅近、单薄已不再能够满足宋人的审美旨趣了。彭□批评唐末诗风鄙俚，曾举例白居易诗说："白乐天每作诗，令老妪解之，问曰：解否？妪曰解，则录之；不解，又改之。故唐末之诗，近于鄙俚也。"④ 大概有以白居易为先导之意，虽然这件事的真实性受到人们的质疑，但这能说明宋人的诗学态度。宋人高标自置，凡事追求雅正，苏轼就曾批评晚唐诗说："唐末五代，文章衰尽，诗有贯休，书有亚栖，村俗之气，大率相似。"（《书诸集伪谬》）⑤ 所谓"村俗"就是指其书风、诗风黏滞着世俗气，不够雅致，这与彭□所说的"鄙俚"相近。而蔡條也说："（白居易诗）如苏小虽美，终带风尘。"⑥ 这与彭□所说的"鄙俚"也是一致的。

---

① 曾枣庄、刘琳主编《全宋文》第130册，第237页。
② （清）何文焕辑《历代诗话》，第327页。
③ （唐）白居易撰，朱金城笺校《白居易集笺校》第1册，第316页。
④ （宋）魏庆之编《诗人玉屑》卷16，第345页。
⑤ （宋）苏轼撰《苏轼文集》第5册，第2098页。
⑥ （宋）胡仔纂集《苕溪渔隐丛话》后集卷33，第258页。

其次对于白居易诗的高下，陈师道曾说："学诗当以子美为师，有规矩故可学。退之诗，本无解处，以才高而好尔。渊明不为诗，写其胸中之妙尔。学杜不成，不失为工。无韩之才与陶之妙，而学其诗，终为乐天尔。"（《后山诗话》）① 在他看来，白居易诗不如杜甫、韩愈、陶渊明诗，其诗既无"才"，又不"工"，更缺少妙境。

人们不但从艺术层面指出了白诗的不足，更从思想层面批判白居易。首先，魏泰认为白居易诗"失臣下事君之礼"，他说："唐人咏马嵬之事者多矣。……白居易曰：'六军不发争奈何，宛转蛾眉马前死。'此乃歌咏禄山能使官军皆叛，逼迫明皇，明皇不得已而诛杨妃也。噫！岂特不晓文章体裁，而造语蠢拙，抑已失臣下事君之礼矣。"（魏泰《临汉隐居诗话》）② 在他看来，白居易《长恨歌》歌咏李、杨爱情，"六军"成了扼杀美好爱情的刽子手。在白居易笔下，李、杨爱情显得那样无奈且值得同情，在魏泰看来，这分明是在"歌咏禄山能使官军皆叛，逼迫明皇，明皇不得已而诛杨妃"，至高无上的皇帝则被塑造成了难舍"妖姬"的昏君形象，因此在他看来，《长恨歌》无疑是违背"礼义"的，是唐人"不晓文章体裁"的表现。其次，蔡宽夫认为白居易未能做到真正的放达，他说：

> 乐天既退闲，放浪物外，若真能脱屣轩冕者，然荣辱得失之际，铢铢校量，而自矜其达，每诗未尝不著此意，是岂真能忘之者哉？亦力胜之耳。③

在他看来，白居易每每在诗歌中表达忘却名利、优游方外的情怀，这种"自矜其达"恰恰是他未能真正忘却名利的体现。如前所述，白诗中常有"心足即为富，身闲乃当贵。富贵在此中，何必居高位？"（白居易《闲居》）④ 之类的内容，在蔡宽夫看来"每诗未尝不著此意，是岂真能忘之者哉？"故仅是"力胜之"而已，也就是说，白居易只是刻意地

---

① （清）何文焕辑《历代诗话》，第304页。
② （清）何文焕辑《历代诗话》，第324页。"已失"，原文误作"己失"。
③ （宋）胡仔纂集《苕溪渔隐丛话》前集卷19，第123页。
④ （唐）白居易撰，朱金城笺校《白居易集笺校》第1册，第316页。

忽略，而未能真正地忘怀。由此，蔡宽夫更赞赏陶渊明的人生境界。他接着说：

> 渊明则不然。观其《贫士》《责子》，与其他所作，当忧则忧，遇喜则喜，忽然忧乐两忘，则随所遇而皆适，未尝有择于其间，所谓超世遗物者，要当如是而后可也。①

陶渊明在诗中"当忧则忧，遇喜则喜"，未曾刻意地在"忧"与"乐"之间进行择取，他只是"随所遇而皆适"而已，蔡宽夫认为这才是真正的"超世遗物者"。相比之下，白居易则未真正放下。苏辙曾在《诗病五事》中说："唐人工于为诗，而陋于闻道。"（《栾城三集》卷八）② 显然在宋人面前，无论是君臣之义还是旷达情怀，白居易都不再能满足北宋后期人们的需求。在儒学迈向道学之际，宋人面对唐诗时有着巨大的思想"优势"，这使他们能够指出唐人及唐诗的诸多"不足"，最终使唐诗典范在宋诗学中悄然褪色。

韩愈。韩愈诗在儒学复兴过程中受到人们的普遍关注，其凌厉的诗风及韩孟联句中的博辩气势曾为人们所激赏，在很大程度上，宋诗中阔大的境界就得益于韩愈诗风的影响。直到北宋后期，人们对其刚健之气仍比较赞赏，如范温说："唐诸诗人，高者学陶、谢，下者学徐、庾。惟老杜、李太白、韩退之早年皆学建安，晚乃各自变成一家耳。……韩退之《孤臣昔放逐》、《暮行河堤上》、《重云赠李观》、《江汉答孟郊》、《归彭城》、《醉赠张秘书》、《送灵师》、《惠师》，并亦皆此体，但颇自加新奇。"③ 这里他所举的《醉赠张秘书》《送灵师》《惠师》等诗，都有新奇的特征，如其《送灵师》云："瞿塘五六月，惊电让归船。怒水忽中裂，千寻堕幽泉。"④ 用极度夸张的笔法描绘出瞿塘水流之惊险。再如其《醉赠张秘书》云："长安众富儿，盘馔罗膻荤。不解文字饮，惟

---

① （宋）胡仔纂集《苕溪渔隐丛话》前集卷19，第123～124页。
② （宋）苏辙撰，陈宏天、高秀芳校点《苏辙集》第3册，第1229页。
③ （宋）胡仔纂集《苕溪渔隐丛话》前集卷1，第4页。其中《孤臣昔放逐》是以首句代为题目，韩愈原题为《赴江陵途中寄赠王二十补阙李十一拾遗李二十六员外翰林三学士》。
④ （唐）韩愈撰，钱仲联集释《韩昌黎诗系年集释》卷2，第202页。

能醉红裙。虽得一饷乐，有如聚飞蚊。"① 用"飞蚊"嘲谑长安富儿，讽刺劲健而有力。故范温认为韩愈学建安诗，又"颇自加新奇"，在唐诗中能够"自变成一家"。同时，在这一时期，人们探究韩愈诗的领域与深度较北宋中期大大拓展。如彭□《墨客挥犀》赞赏韩愈诗说："退之有诗赠同游者：'唤起窗全曙，催归日未西。无心花里鸟，更与尽情啼。'鲁直曰：'余儿时每哦此诗，而了不解其意。'自出陕右，吾年五十八矣，时春晚偶忆此诗，方悟'唤起''催归'，二禽名也。名不虚设，人故不觉耳。古人于小诗用意精深如此，况其大者乎！……'催归'，子规也。'唤起'，声如络纬，圆转清亮，偏于春晚鸣，江南谓之春唤。"（卷七）② 韩愈诗巧用"唤起""催归"二禽鸟名作对儿，若能理解诗人用意，自然大得其趣；若不解诗人用意，也不妨碍对诗意的解读，二禽鸟名如盐入水般地融入诗句，与"无心花里鸟，更与尽情啼"前后呼应，使诗句回味无穷。

　　除了对仗，惠洪还从比喻的角度观察韩愈诗，他说："予尝熟味退之诗，真出自然，其用事深密，高出老杜之上。如《符读书城南》诗'少长聚嬉戏，不殊同队鱼'，又'脑脂盖眼卧壮士，大招挂壁何由弯'，皆自然也。"（《冷斋夜话》卷二）③ 惠洪所谓"用事"实际就是指比喻。韩愈在《符读书城南》中指出人在少年时期与伙伴在一起嬉戏，如同一个池中的鱼，没什么不同，但由于日后努力程度不同，成就高下也就显而易见了，无异于"一龙一猪"，他以此劝导子符读书。惠洪所举后两句诗出自韩愈的《雪后寄崔二十六丞公》，其诗旨在抒发对崔氏及孟郊、张籍处境的同情和哀怜，"脑脂盖眼"指张籍的眼障，弨即弓，"大弨挂壁何由弯"比喻才能不得施展，虽是写张籍，但韩愈实际指出了崔、孟、张三人的共同际遇。惠洪认为韩愈诗中的比喻"自然""深密"，甚至"高出老杜之上"，这一结论未必准确，但赞赏的态度显而易见。与惠洪的赞赏不同，范温说："老杜《樱桃诗》云：'西蜀樱桃也自红，野人相赠满筠笼，数回细写愁仍破，万颗匀圆讶许同。'此诗如禅家所谓信手拈来，头头是道者……韩退之有《赐樱桃诗》云：'汉家旧种明光殿，炎

---

① （唐）韩愈撰，钱仲联集释《韩昌黎诗系年集释》卷4，第391页。
② （宋）彭□辑撰《墨客挥犀》，第362～363页。
③ 《宋元笔记小说大观》第2册，第2177页。"招"，应为"弨"。

帝还书《本草经》。岂似满朝承雨露，共看转赐出青冥。香随翠笼擎偏重，色照银盘写未停。食罢自知无补报，空然惭汗仰皇扃。'盖学老杜前诗，然搜求事迹，排比对偶，其言出于勉强，所以相去甚远；若非老杜在前，人亦安敢轻议。"① 他指出相对于杜甫，韩愈诗刻画"勉强"，从而对韩愈与杜甫诗的高下有了更准确的定位。

同时，在这一时期崇陶的大背景下，蔡宽夫还挖掘出韩愈诗中的"闲远"之处。他说，"退之诗豪健雄放，自成一家，世特恨其深婉不足。《南溪始泛》三篇，乃末年所作，独为闲远，有渊明风气"，② 他在肯定韩诗"豪健雄放"的同时，指出韩愈诗也有类似"渊明风气"的"闲远"。由他的评论可知，北宋后期人们对韩诗"深婉不足"是抱有遗憾的，甚至蔡絛还批评韩愈诗"山立霆碎，自成一法；然譬之樊侯冠佩，微露粗疏"，③ 这与北宋中期一味推崇韩愈诗有了很大改变。同时，蔡宽夫将韩愈纳入陶渊明平淡美学的轨道，从韩愈诗中挖掘出"闲远"之风，并深为推崇，更反映出北宋后期时代风气的转变。

然而若站在批判的角度，我们会看到人们对韩愈有着诸多不满，不仅"特恨其深婉不足""微露粗疏"，还对其"以文为诗"颇为不满，这些都是从艺术层面对韩愈进行的批判，同时在宋人好"道"的背景下，苏辙更从思想上对韩愈诗大加挞伐。他说：

> 韩退之作《元和圣德诗》，言刘辟之死曰："宛宛弱子，赤立佝偻。牵头曳足，先断腰膂。次及其徒，体骸撑柱。末乃取辟，骇汗如泻。挥刀纷纭，争切脍脯。"此李斯颂秦所不忍言，而退之自谓无愧于雅颂，何其陋也！（《栾城三集》卷八《诗病五事》）④

韩愈在《元和圣德诗》中描述了诛杀刘辟叛军时的情形，其中谈到对其弱子"牵头曳足，先断腰膂"，戮其随从以至于"体骸撑柱"，杀刘辟则"挥刀纷纭，争切脍脯"。韩愈颇以此诗自得，他在诗的最后说：

---

① （宋）胡仔纂集《苕溪渔隐丛话》前集卷23，第151页。
② （宋）胡仔纂集《苕溪渔隐丛话》前集卷18，第119页。
③ （宋）胡仔纂集《苕溪渔隐丛话》后集卷33，第257~258页。
④ （宋）苏辙撰，陈天宏、高秀芳校点《苏辙集》第3册，第1229页。

"作为歌诗,以配吉甫。"① 但这种血淋淋的场面,苏辙认为是暴秦"所不忍言"者,却出于这位儒学大师之手,故对韩愈提出了严厉的批评,指出其诗"何其陋也",这与苏辙认为"唐人不闻道"是相呼应的。在儒学复兴时期,宋人对韩愈的接受达到极盛,石介还曾模仿韩愈写过《庆历圣德诗》,然而在北宋后期,士人心态渐趋内敛,儒学涵养日益深邃,这种"牵头曳足,先断腰膂"的描写已经不合时宜了。

李白。宋人对李白的推崇在儒学复兴过程中达到高峰,欧阳修诗中的清逸之气就受到李白的影响,释文莹就评价说:"其(欧阳修诗)飘逸清远,皆白之品流也。"② 苏轼也学过李白诗,陈师道《后山诗话》批评说:"(苏轼)晚学太白,至其得意,则似之矣。然失于粗,以其得之易也。"③ 他指出苏轼诗有"失于粗""得之易"的弊病,似乎认为这是苏轼学李白诗的代价,这里应该含有陈师道对李白诗的批评。有意思的是,苏轼在《书学太白诗》中明确批评说:"李白诗飘逸绝尘,而伤于易。"④ 除了"伤于易",蔡絛批评李白诗说:"时作齐梁间人体段,略不近浑厚。"⑤ 与苏轼相似,这也是从艺术上着眼的。

然而,在思想上苏辙对李白的挞伐更为猛烈。他在《诗病五事》中说:

> 李白诗类其为人,骏发豪放,华而不实,好事喜名,不知义理之所在也。语用兵,则先登陷阵不以为难,语游侠,则白昼杀人不以为非,……汉高帝归丰沛,作歌曰:"大风起兮云飞扬,威加海内兮归故乡,安得猛士兮守四方?"高帝岂以文字高世者哉?帝王之度固然,发于其中而不自知也。白诗反之曰:"但歌大风云飞扬,安用猛士守四方?"其不识理如此。"(《栾城三集》卷八)⑥

苏辙以"理"贯穿对李白的批判,在他看来,李白诗违背了"理",

---

① (唐)韩愈撰,钱仲联集释《韩昌黎诗系年集释》卷6,第630页。
② (宋)文莹,郑世刚、杨立扬点校《湘山野录》卷上,第15页。
③ (清)何文焕辑《历代诗话》,第306页。
④ (宋)苏轼撰《苏轼文集》第5册,第2098页。
⑤ (宋)胡仔纂集《苕溪渔隐丛话》后集卷33,第258页。
⑥ (宋)苏辙撰,陈天宏、高秀芳校点《苏辙集》第3册,第1228页。

其诗"语用兵，则先登陷阵不以为难"，有华而不实的倾向，他"语游侠，则白昼杀人不以为非"，更是不知儒家义理的表现。李白《胡无人》诗，按照苏辙的理解，最后三句"陛下之寿三千霜，但歌大风云飞扬，安得猛士兮守四方"①反用了刘邦的诗句，故云"反之"。而从现代的角度看，这种"反之"恰能表现出李白诗歌极度张扬、不受羁束的特点，然而苏辙认为李白没有刘邦那种帝王气度，却要说出"但歌大风云飞扬，安用猛士守四方"的话，只是徒放大言而已，是其"不识理"之处，从而否定了李白及其诗，甚至把他置于被批判的位置上。

杜甫。北宋后期，杜诗在艺术上备受推崇，但苏轼仍指出其不足，他说："'减米散同舟，路难思共济。向来云涛盘，众力亦不细。呀帆忽遇眠，飞橹本无蒂。得失瞬息间，致远疑恐泥。百虑视安危，分明曩贤计。兹理庶可广，拳拳期勿替。'杜甫诗固无敌，然自'致远'以下句，真村陋也。"（苏轼《记子美陋句》）②这是杜甫的《解忧》诗，在"致远"以前句中，杜甫庆幸能躲过患难，然又虑及将来，这属于叙事的部分，表现了他对世事的忧虑，"致远"以后句则属于议论的部分，是他在叙事基础上的思想升华，或许在苏轼看来，叙事颇具个性色彩，议论却无精彩之处，甚为普通，故称之为"村陋"。而对于杜甫诗满眼都是家国情怀，如前所述，蔡絛则批评说："（杜诗）若君子高处廊庙，动成法言，恨终欠风韵。"③同时在北宋后期人看来，杜甫虽以"一饭不忘君"的"忠义"被普遍推崇，但其诗在思想内容上也并非无懈可击，如蔡宽夫说：

> 子美称苏涣为静者，而极美其诗，以为涌思雷出，书簏几杖之外，隐隐留金石声，所谓"庞公不浪出，苏氏今有之"者，其人品固可见也。然涣本凶悍不逞，巴中号为白跖，后同哥舒晃反岭外，伏诛，不知子美何取庞公之比乎？逆旅相遇，一时意气所许，固不

---

① （唐）李白撰，（清）王琦注《李太白全集》卷3，第213~214页。此处"安得"，苏辙作"安用"，并缺"兮"字。
② （宋）苏轼撰《苏轼文集》第5册，第2104页。
③ （宋）胡仔纂集《苕溪渔隐丛话》后集卷33，第257~258页。

皆当。然以拟庞公，则太不类。①

蔡宽夫所说的是杜甫《苏大侍御访江浦，赋八韵记异》诗，他所说的"静者"出自杜甫诗序，其云："苏大侍御涣，静者也，旅于江侧，凡是不交州府之客，人事都绝久矣。肩舆江浦，忽访老夫舟楫，已而茶酒内，余请诵近诗。肯吟数首，才力素壮，辞句动人，接对明月日，忆其涌思雷出，书箧几杖之外殷殷留金石声，赋八韵记异，亦见老夫倾倒于苏至矣。"② 杜甫在诗中亦对苏涣极尽溢美之词，不但认为其是汉末庞德公一类的人物，而且在文学上也超过了黄初（曹丕年号），可与司马相如、扬雄相比肩。然而据《唐才子传》，苏涣少年时"往来剽盗，善用白弩，巴寳商人苦之，称曰白跖"，后又"扇动哥舒晃跛扈，如蛟龙见血，本质彰矣。居无何，伏诛"（卷三）③。据此，蔡宽夫认为杜甫诗中的苏涣与其真实形象有很大的差距，故批评说："逆旅相遇，一时意气所许，固不皆当。然以拟庞公，则太不类。"同时，杜甫诗中的"穷愁"也成为徐积批评的重要视角，他说："人之为文，须无穷愁态乃善。如杜甫则多穷愁，贾岛则尤甚。"④ 徐积把杜甫与贾岛置入同一批评序列，显然是他们的穷愁气唐突了宋人对平和志趣与乐易情境的追求。

总之，随着宋人儒学思想的成熟和诗学的日益精深，北宋后期诗学表现出鲜明而强烈的主体意识。宋人思想以雅正为特征，他们以继承和发扬儒学道统自居，对他们而言，唐人是不"闻道"、不"达理"的，其中就包括韩愈和杜甫这种以儒学称于世的诗人，遑论其他。儒家伦理道德被宋人推扬到无以复加的程度，这使他们能够在"道"的高度上俯瞰和审视唐人和唐诗，并保持思想上的"优势"，许多在唐人看来极为平常的表述，在宋人眼中已经触及"礼义"的底线和基本的人生情态。可以说在北宋后期，唐诗已经不再是宋人盲目推崇的对象，而是在宋人主体意识下可以被接受，也可以被批判的诗学"大餐"了。

这种现象对宋诗学来说是可喜的，它说明宋诗学脱胎于唐，又最终

---

① （宋）胡仔纂集《苕溪渔隐丛话》前集卷8，第47页。
② （唐）杜甫撰，（清）仇兆鳌注《杜诗详注》卷23，第2014页。
③ 傅璇琮主编《唐才子传校笺》第1册，中华书局，1987，第675页。
④ （宋）徐积：《节孝集》卷31，《影印文渊阁四库全书》本，第1101册，第955页。

走出唐诗的笼罩，进而自立、自主起来，"扬弃"是这一时期宋人接受唐诗的显著特点，唐诗对宋人来说已经不再是高高在上、无法超越的经典，他们对陶渊明的接受与推崇已经说明了一切。

陶渊明诗学地位陡然提升是这一时期非常突出的现象。陶渊明不以世虑挂怀的气度及其超然自在的情态，无疑与宋人对平和乐易的推崇和期待相一致。宋代道学家无不推崇陶渊明，这是宋人从自身涵养出发，而找到了与其精神旨趣相适应的诗学典范。由此可知，宋人崇尚复古，其诗学已由唐向唐以前的"古人"那里进发了，他们不但用以陶渊明为代表的魏晋风神衡量李、杜，而且将白居易与韩愈这两个诗风截然不同的诗人，都纳入陶渊明平淡诗学的轨道，发现了二人诗中"闲远"这个共同点，这说明与宋人道学志趣契合的陶渊明已成为熔炼一切诗学元素的重要力量，他超越了唐诗在宋诗学中的典范地位。

同时，与唐诗学地位的相对失落形成鲜明对比，宋人苏轼、黄庭坚、王安石的创作与诗学成就获得了人们的普遍认同，回顾宋初或北宋中期，宋人还未曾集中地赞赏过自己时代的诗人，但这种情况在北宋后期诗学中发生了改变。

如范温评价苏轼说："东坡作文，工于命意，必超然独立于众人之上。"[①] 再如释德洪《郑南寿携诗见过次韵谢之》云："东坡句法补造化，山谷笔力江倒流。"[②] 这种赞美之声不绝于耳。苏、黄成为新的时代典范，宋人认为他们在某一方面已"超越"了唐人和"古人"。如蔡絛在《西清诗话》中说，"东坡诗天才宏放，宜与日月争光，凡古人所不到，发明殆尽，万斛泉流，未为过也"[③]，就指出苏轼在古今诗坛上具有的崇高地位。张耒评价黄庭坚诗也说："以声律作诗，其末流也，而唐至今诗人谨守之。独鲁直一扫古今，出胸臆，破弃声律，作五七言，如金石未作，钟磬声和，浑然有律吕外意。"[④] 他也从命意和声律的角度指出山谷诗具有超越"众人"的典范意义。黄庭坚不仅被别人推崇，他本人也自命不凡。他曾在《再次韵四首》中说："圣功典学形歌颂，更觉曹刘不

---

① （宋）胡仔纂集《苕溪渔隐丛话》前集卷4，第22页。
② 北京大学古文献研究所编《全宋诗》第23册，第15154页。
③ （宋）胡仔纂集《苕溪渔隐丛话》后集卷33，第257页。
④ （宋）胡仔纂集《苕溪渔隐丛话》前集卷47，第319页。

足吞。"（其三）① 其《饮韩三家醉后始知夜雨》亦云："只见眼前人似月，岂知帘外雨如绳。浮云不负青春色，未觉新诗减杜陵。"② 可见其自信的情态。苏轼虽没有如此推重自己，但胞弟苏辙在《子瞻和陶渊明诗集引》中说："辙少而无师，子瞻既冠而学成，先君命辙师焉。子瞻尝称辙诗有古人之风，自以为不若也。然自其斥居东坡，其学日进，沛然如川之方至。其诗比杜子美、李太白为有余，遂与渊明比。"（《栾城后集》卷二十一）③ 他不但认为苏轼比李、杜而"有余"，而且可与渊明相上下，其中或因兄弟之情而不免过誉，但宋人之自信于此之际可见一斑。

彭□《墨客挥犀》则从苏、黄、王三人着眼，着力突出宋诗的价值。他认为"造语之工，至于舒王、东坡、山谷，尽古今之变"（卷八）④，从"古今"的宏阔视角对三人加以肯定。宋人喜欢"清谈"，尤其喜欢论诗，而苏、黄、王的诗学观点就常为人们所引用，从他们所谓"东坡云""山谷云""荆公云"等字眼，就可以看出苏、黄、王在北宋诗学中的权威性和典范地位。如王直方说："山谷诗云：'文章最忌随人后。'又云：'自成一家始逼真。'诚不易之论。"⑤ 就是引用黄庭坚的观点表达了"自成一家"的主张。再如赵令畤说："东坡尝作《韩干马》诗云：'少陵翰墨无形画，韩干丹青不语诗。此画此诗今已矣，人间驽骥谩争驰。'余以为若论诗画，于此尽矣。每诵数过，殆欲常以为法也。"（《侯鲭录》卷八）⑥ 他也是将苏轼观点作为创作的法则加以遵循。又如王直方说："荆公尝作一绝题张文昌诗后云：'苏州司业诗名老，乐府皆言妙入神。看似寻常最奇崛，成如容易却艰辛。'文昌平生所得，荆公两句言尽。"⑦ 这就突出了对王安石诗学观点的认同。应该说，从作品到理论，苏轼、黄庭坚、王安石都成为那个时代人们心目中的诗学典范。

宋人诗学的成熟，除了表现在对唐诗的辩证接受上，还表现在对宋诗的辩证态度上。如前所述，蔡絛曾对唐诗进行了全面盘点，而他也用

---

① 北京大学古文献研究所编《全宋诗》第 17 册，第 11365 页。
② 北京大学古文献研究所编《全宋诗》第 17 册，第 11667 页。
③ （宋）苏辙撰，陈天宏、高秀芳校点《苏辙集》第 3 册，第 1111 页。
④ （宋）彭□辑撰《墨客挥犀》，第 369~370 页。
⑤ （宋）阮阅编《诗话总龟》前集卷 9，第 103 页。
⑥ （宋）赵令畤撰《侯鲭录》卷 8，第 203 页。
⑦ （宋）阮阅编《诗话总龟》前集卷 8，第 91 页。

同样的方式对宋诗进行了盘点，他说：

> 黄太史诗，妙脱蹊径，言谋鬼神，唯胸中无一点尘，故能吐出世间语；所恨务高，一似参曹洞下禅，尚堕在玄妙窟里。东坡诗，天才宏放，宜与日月争光，凡古人所不到，发明殆尽，万斛泉流，未为过也；然颇恨方朔极谏，时杂以滑稽，故罕逢酝藉。……王介甫诗，虽乏丰骨，一番出清新，方似学语之小儿，酷令人爱。欧阳公诗，温丽深稳，自是学者所宗；然似三馆画手，未免多与古人传神。①

与批评唐诗一样，蔡絛也同时看到苏、黄、王等人的优点与"短处"，如他认为黄庭坚诗格调极高，"无一点尘"，然而"所恨务高"，过于玄妙。再如他认为苏轼诗有"古人所不到"，但"恨方朔极谏，时杂以滑稽，故罕逢蕴藉"，即不够温柔敦厚。他又认为王安石诗缺少"丰骨"，但尚有可爱之处，而欧阳修诗虽然"温丽深稳"，但缺乏个人创造力，故"多与古人传神"。应该说，除了批评苏轼诗"罕逢蕴藉"有失公允外，其他都可谓中肯。

通过这些评论，我们知道蔡絛并未偏袒唐、宋哪一家，而是一视同仁，分别指出其优长与不足，颇为客观和辩证，这都说明宋人诗学已走向成熟，能从容地对唐、宋诗进行评判了。在这个过程中，宋人吸收和消化着唐诗提供的各种可能性，他们对唐人的批判以及对自己时代典范的认同和信奉，使他们能够以独立的姿态面对唐人及唐诗，并与之等量齐观，他们已从唐诗的笼罩下走了出来，在以批评者身份打量唐诗之际，也表达着自身的价值与意义。

南渡以后，诗学在较长的时间内都延续着这种态势，正如南宋初年陈岩肖《庚溪诗话》所说："本朝诗人与唐世相亢，其所得各不同，而俱自有妙处，不必相蹈袭也。"②

---

① （宋）胡仔纂集《苕溪渔隐丛话》后集卷33，第257～258页。
② 丁福保辑《历代诗话续编》，第182页。

第十章　余论

本章所论均为课题研究中涉及的一些外围问题。如宋代诗人唱和频繁，这对白体、晚唐体与西昆体作家形成相应的风格具有重要作用，但与魏野唱和最多的不是我们熟知的寇准、林逋、潘阆等作家，而是薛田这样一位历史人物，对此继续进行研究，为我们深化对魏野及晚唐体的认识不无裨益。再如北宋后期，苏、黄、王成为诗学关注的焦点，但陈师道很少被人提及，那么探讨他在后世的被接受，以及他与苏、黄、王并列的诗学地位的形成，也就成了必然要解决的问题。又如在研究晚唐体过程中，笔者发现长期以来人们对晚唐体概念存在误解，探究其源，实出自民国时期梁昆的《宋诗派别论》，故把关于民国文学研究的一些感受与思考亦附于此章。

第一节　道学家诗学思想举要

北宋儒学发展至道学阶段，体现出日益精细化的趋势，它对传统儒学中的"性与天道"备加关注，这尤其以邵雍等"北宋五子"最为突出。道学家的诗可分为两部分，一是文人诗，他们用诗唱和赠酬，伤别怀远，这跟普通文人之作并无二致，另一部分则是道学诗。一般认为，道学借诗歌为传声筒，议论满眼且刻板乏味。但是，人们往往只看到了其中的不足，没有注意到道学给中国古典诗歌带来的变化，如内容上对自然万物的关注，题材上咏物诗、山水诗大量出现，格调上乐易情绪的表达，等等。宋代道学诗与文人诗并不是完全隔离的，文人诗中时有道学思想的成分，道学家的部分作品也与文人诗并无二致，这说明道学家的诗学思想与北宋诗学紧密相关，同时从创作实际看，道学思想深刻地影响北宋诗歌的风貌。由于道学家群体的特殊性，他们的诗学思想必然集中反映着北宋诗学的某些重要方面，因此，对其进行探讨有助于我们理解北宋诗学的内涵与演变。

一 诗以载道：诗歌的创作前提

"道"在传统儒学思想中多指向国家与社会层面，常指治理情况和治理方式。而在道学思想中，"道"更是一个抽象的理论范畴，道学家把"道"提升到"天"的高度，并要求学者体悟自身，去发现人性中与"天道"相通的品格。同时，道学家也把"道"引入琐碎的日常生活中。二程认为日常所看到的花草、所遇到的事件，都蕴藏着体认道学的契机。所以他们主张在日常"洒扫应对"中体悟道学，说："圣人之道，更无精粗，从洒扫应对至精义入神，通贯只一理。"（《河南程氏遗书》卷十五）① 他们认为，经过一点一滴的积累，最终就能达到思想贯通的境界，因此，道学家常对琐碎的生活和自然景物进行观察与体认。中国古典诗歌历来就有咏物传统，并托物以言志，道学家在通过观"物"来体悟道学的时候，也常用诗歌表达对"物"的情感体验与思理所至，这是道学能与诗学联结在一起的根本原因。

道学家内部对诗歌的态度是不同的。邵雍认为："尧夫非是爱吟诗，诗是尧夫乐物时。天地精英都已得，鬼神情状又能知。陶真意向辞中见，借论言从意外移。始信诗能通造化，尧夫非是爱吟诗。"② 邵雍乐于从万物中体悟道学，因而他极力主张吟咏，程颐却直接把诗斥为"闲言语"，甚至称"'（杜甫）穿花蛱蝶深深见，点水蜻蜓款款飞'，如此闲言语，道出做甚？"（《河南程氏遗书》卷十八）③ 表现出对诗歌的强烈排斥。

对程颐这段话来说，诗歌似乎是他完全不能接受的，但这需要辩证地来看。程颐之所以反对作诗，原因有二。第一，他认为文章之学与道学无关，无益于治理天下及教化，他说："文章则华靡其词，新奇其意，取悦人耳目而已。……如是之学，果可至于道乎？"（《河南程氏文集》卷九）④ 由此他反对在进士科中试词赋，说："词赋之中，非有治天下之道也；人学之以取科第，积日累久，至于卿相。帝王之道，教化之本，

---

① （宋）程颢、程颐：《二程集》，第152页。
② 北京大学古文献研究所编《全宋诗》第7册，第4681页。
③ （宋）程颢、程颐：《二程集》，第239页。
④ （宋）程颐：《为家君作试汉州学策问三首》其一，（宋）程颢、程颐著《二程集》，第580页。

岂尝知之？"(《河南程氏文集》卷五)① 他认为那些以词赋仕进的人虽然最终做到了卿相，但还是不知道该如何治理天下，因而他认为词赋是无用之物。第二，程颐认为作诗要熬心费神，耽误时日，这妨碍人们体悟道学。《河南程氏遗书》载："或问：'诗可学否？'（程颐）曰：'既学时，须是用功，方合诗人格。既用功，甚妨事。……谓"可惜一生心，用在五字上"。此言甚当。'……'某所以不常作诗。'"（卷十八）② 与这种观点相应，《河南程氏遗书》又载："问：'作文害道否？'曰：'害也。凡为文，不专意则不工，若专意则志局于此，又安能与天地同其大也？《书》曰"玩物丧志"，为文亦玩物也。'"（卷十八）"与天地同其大"是道学家所追求的涵养目标，是指通过心性涵养，体会天地运行之理，达到与天地同参、并立为"三才"的境界。程颐认为，如果人们专注于文章之学，自然就占用了体悟道学的时间，这无助于思想上的进益。从这两个角度看，程颐完全站在了文学创作的反面。

但对于诗歌，程颐也并非一首不作。他自己说："某素不作诗，亦非是禁止不作，但不欲为此闲言语。"（《河南程氏遗书》卷十八）他的诗歌作品现存三首，分别是《闻舅氏侯无可应辟南征诗》《谢王佺期寄丹诗》《游嵩山诗》。其一是为舅氏南征所作，其二是写给朋友王子真的，其三是写景咏物之作。对于第二首《谢王佺期寄丹诗》，程颐有明确的解释，他说："今寄谢王子真诗云：'至诚通圣药通神，远寄衰翁济病身。我亦有丹君信否？用时还解寿斯民。'子真所学，只是独善，虽至诚洁行，然大抵只是为长生久视之术，止济一身，因有是句。'"（《河南程氏遗书》卷十八）他认为，王子真重视长生久视之术，但这只是个人得道，而道学家要做的是"为天地立志，为生民立道"（张载《张子语录·语录中》)③，因此，程颐要用"寿斯民"拓展王子真的"独善"之学，颇具指导意味，这样的诗歌自然就不是"闲言语"了。《二程集》中有一则材料云：

圣贤之言，不得已也。盖有是言，则是理明；无是言，则天下

---

① （宋）程颢、程颐：《二程集》，第513页。
② （宋）程颢、程颐：《二程集》，第239页。
③ （宋）张载：《张载集》，第320页。

第十章 余论

之理有阙焉。……后之人，始执卷，则以文章为先，平生所为，动多于圣人。然有之无所补，无之靡所阙，乃无用之赘言也。不止赘而已，既不得其要，则离真失正，反害于道必矣。……苟足下所作皆合于道，足以辅翼圣人，为教于后，乃圣贤事业，何得为学之末乎？（《河南程氏文集》卷九《答朱长文书》）①

在这段话里，程颐认为圣人的言论都是有针对性的。对于这个世界来说，圣人之言有则理明，无则理缺，因而圣人之言非但不是"闲言语"，而且是不可或缺的。但"后之人"的文章动辄多于圣人，却于道无所补，他们甚至不能领会"道"的真意，这样的言语有什么价值呢？反过来，程颐认为如果章句有裨于圣贤事业，那又"何得为学之末乎？"因此在他的思想中，文章是否值得去创作，关键要看是否有利于学道，如果利于学道，写诗作文都是可以的。

所以程颐对诗歌的态度是辩证的，若只注意他对杜诗的批评，显然是不全面的。统而观之，在邵雍与程颐之间实际有一个共同点，即诗以载道。

邵雍现存诗歌20卷，是北宋道学家中最多的，可知诗在其生活中有重要意义。然而邵雍作诗，具有强烈的道学目的。他在《首尾吟》135首中，篇篇在首句与尾句强调"尧夫非是爱吟诗"，表达其创作的非诗学目的。在邵雍看来，诗是他体悟道学的天然途径。他说："尧夫非是爱吟诗，诗是尧夫可爱时。已着意时仍著意，未加辞处与加辞。物皆有理我何者，天且不言人代之。代了天工无限说，尧夫非是爱吟诗。"（《首尾吟》）② 这里邵雍的说辞很有意味。道学家认为"物皆有理"，"道"化生万物，万物当中无一不蕴含着"道"，都蕴含着体悟"道"的"天机"。而道学家体悟道学就是要发现天机，体察天理，并涵养性情，贯通思理。邵雍认为，"天"所不言的，他代为言之，诗歌就是他为天代言的工具和载体，这是他的创作旨归。邵雍在《闲吟》中说，"忽忽闲拈笔，时时乐性灵。……天机难状处，一点自分明"③。"天机"就是天理

---

① （宋）程颢、程颐：《二程集》，第600~601页。
② 北京大学古文献研究所编《全宋诗》第7册，第4683~4684页。"着"，应为"著"。
③ 北京大学古文献研究所编《全宋诗》第7册，第4485页。

所在。邵雍认为，与普通的描述性语言相比，诗歌能很好地表达"天机"，这或许与诗歌能有效开启人们的感悟能力有关，所以他认为"天机难状处，一点自分明"。邵雍又说："鬼神情状将诗写，造化功夫用酒传。传写不干诗酒事，若无诗酒又难言。"(《诗酒吟》)① 进一步说明了诗歌对于他体悟道学、表达思理的意义，"鬼神造化"本与诗无关，然而无诗则难以传达天地造化之理，就如同纸笔本来与诗无关，但没有纸笔就难以传达诗歌的神妙，所以诗对邵雍体悟道学是不可缺少的。

而在张载看来，作诗不但是可以的，而且是必需的。他说："近作十诗，信知不济事，然不敢决道不济事。若孔子于石门，是信其不可为，然且为之者何也？……不可坐视其薄蚀而不救，意不安也。"(《经学理窟·自道》)② 我们不知道他所谓"十诗"的具体内容，但在他看来，当面对"薄蚀"之弊的时候，他不能"坐视不救"，表现出儒家学者舍我其谁的气魄和勇气，而此"十诗"就是他救"弊"的体现。这则材料与他在《张子语录》中的表述近似，他说："十诗之作，信知不济事，然不敢决道不济事。若孔子于石门，是知其不可而为之……此诗但可免不言之失。"(《张子语录·语录上》)③ 这种"免不言之失"，与程颐所强调的"圣贤之言，不得已也。盖有是言，则是理明；无是言，则天下之理有阙焉"的创作出发点是一致的，是儒家学者拯时救弊的途径，此时诗就不再是"闲言语"了。

道学家从诗以载道的立场出发，将诗学与道学沟通，对诗学内涵进行道学转换，这促成了道学家以学者身份创作诗歌的热情和理由，尤其是写景咏物诗的创作。由于道学内涵的融入，道学家的诗常常别有风味。这类诗歌在普通诗歌抒情言志之外多了一重道学滋味，从而产生了"韵外之旨"。当然，道学诗的弊端也是很明显的，道学家把诗作为悟道的工具，常使诗歌成为道学的代言体，内容乏味，从文学角度来说多无谓之作，兹不赘述。

---

① 北京大学古文献研究所编《全宋诗》第 7 册，第 4632 页。
② (宋)张载：《张载集》，第 289 页。
③ (宋)张载：《张载集》，第 315 页。

二　自然成文：诗歌的创作机理

在道学家的诗学思想中，自然成文可以有两个方面的内涵。

首先，指在创作动机上不刻意为文。程颐指出，"学以养心，奚以文为？"（《河南程氏粹言》卷一）① "学以养心"就是通过学习来涵养性情，以便渐次得道，在程颐的观念中，那些专力作文的人难以达"道"，他说："以博闻强记巧文丽辞为工，荣华其言，鲜有至于道者。"（《河南程氏文集》卷八）② 所以他反对在文字上下功夫，甚至把专意作文的人比成俳优，他说："古之学者，惟务养情性，其他则不学。今为文者，专务章句，悦人耳目。既务悦人，非俳优而何？"（《河南程氏遗书》卷十八）③ 在他看来，文人创作是为了"悦人耳目"，博得他人夸赞，这与俳优没什么区别。既然古之学者"惟务养情性"，不在文字上下功夫，那么先圣留下来的经典文字又如何解释呢？程颐认为"有德者必有言"。他说："人见《六经》，便以谓圣人亦作文，不知圣人亦摅发胸中所蕴，自成文耳。所谓'有德者必有言'也。"（《河南程氏遗书》卷十八）④ 在他看来，圣贤文字是胸中性情自然涌动的结果，正如他所说："德成而言，则不期于文而自文矣。"（《河南程氏粹言》卷一）⑤ 因此，圣贤本无意于文，思想与情感只是德成之后从胸中自然溢出的结果。他说："《五经》之言，非圣人有意于文也；至蕴所发，自然而成也。"（《河南程氏粹言》卷一）⑥ 所以经典文字有着强烈的自然属性，没有一丝刻意，只要学者努力涵养性情，文章也会从胸中自然涌出，自然而成。邵雍也提倡这种自然而然的吟咏之道。他在《闲吟》中说："句会飘然得，诗因偶尔成。"⑦ "偶尔"即物我在瞬间的遇合，这不需要也不会有预先的酝酿和刻意的构思。我们熟悉的程颢诗句"旁人不识余心乐，将谓偷闲学少年"，其诗题就是《偶成》，说明诗是他与自然景物"风云际会"的产

---

① （宋）程颢、程颐：《二程集》，第1187页。
② （宋）程颐：《颜子所好何学论》，（宋）程颢、程颐著《二程集》，第578页。
③ （宋）程颢、程颐：《二程集》，第239页。
④ （宋）程颢、程颐：《二程集》，第239页。
⑤ （宋）程颢、程颐：《二程集》，第1195页。
⑥ （宋）程颢、程颐：《二程集》，第1187页。
⑦ 北京大学古文献研究所编《全宋诗》第7册，第4485页。

物，是自然而然的结果。

在道学思想中，这种无一丝刻意的情形被称为"率性"。何谓"率"？二程说："率，循也。"（《河南程氏遗书》卷十五）① 何谓"性"？二程说："天降是于下，万物流形，各正性命者，是所谓性也。"（《河南程氏遗书》卷二上）② 因此，马有马之性，牛有牛之性，人亦有人之性。性是"天"所赋予万物的自然属性，所谓率性就是循性而然。"率性"与涵养道学有密切的关系，二程说："循其性而不失，是所谓道也。"（《河南程氏遗书》卷二上）道学家基于孟子所提出的性善论，认为循性而为就是符合道的，也是能够体现道的。二程说："吾道……率性而已。"（《河南程氏遗书》卷四）③ 道学家常以"赤子之心"来说明率性。有人问："大人不失赤子之心，若何？"二程说："取其纯一近道也。"（《河南程氏遗书》卷十八）④ 赤子即初生之小儿，他们率性而为，未尝矫饰，最能体现人的天性，故可谓"纯一近道"。大人是指圣贤，深厚的心性涵养使他们能够做到率性而近于道。程颐所谓圣贤"德成而言，则不期于文而自文"，就是循性而然，不需要有一丝刻意，自然成文而已。

其次，自然成文也指在行文中不刻意雕琢。如前所述，程颐指出："古之学者，惟务养情性，其他则不学。今为文者，专务章句，悦人耳目。既务悦人，非俳优而何？"（《河南程氏遗书》卷十八）⑤ 他强烈地否定了为文者"专务章句"的做法，因为他认为先圣的文章是"德成而言，则不期于文而自文"（《河南程氏粹言》卷一）⑥ 的，因此，不但文章的出现是自然的，而且行文也是自然的。

邵雍也从自然的角度出发，推崇自然为文。他在《无苦吟》中说："平生无苦吟，书翰不求深。……所乐乐吾乐，乐而安有淫。"⑦ 与"自然"相对，"苦吟"是典型的"专务章句"的做法。邵雍平生作诗则无

---

① （宋）程颢、程颐：《二程集》，第151页。
② （宋）程颢、程颐：《二程集》，第30页。
③ （宋）程颢、程颐：《二程集》，第74页。
④ （宋）程颢、程颐：《二程集》，第202页。
⑤ （宋）程颢、程颐：《二程集》，第239页。
⑥ （宋）程颢、程颐：《二程集》，第1195页。
⑦ 北京大学古文献研究所编《全宋诗》第7册，第4637页。

苦吟，除却"乐"以外，丝毫没有为文的清苦感受，可以想象，唐代卢延让"吟安一个字，撚断数茎须"（《苦吟》）①的情形大概不会在他身上出现。邵雍在《谈诗吟》中说得更明白："论物生新句，评文起雅言。兴来如宿构，未始用雕镌。"②意思是说，作诗时文字自然涌出，未加任何雕琢。他不但对文字不加雕琢，而且对诗歌韵律也不刻意安排。他在《答人吟》中说："林下闲言语，何须更问为。自知无纪律，安得谓之诗。"③这首诗通篇是自谦之词，或许曾有人夸赞他写诗如何好，而邵雍回答说，自己的诗不过是"闲言语"，随性而发罢了，甚至没有考虑过"纪律"，即不考虑是否符合诗的形式甚至艺术规范。确实像他说的那样，他在《首尾吟》组诗中，不但在每首诗的开头和结尾都用"尧夫非是爱吟诗"这种完全相同的字句，而且诗中频繁出现相同的字眼，如"三杯五盏自劝酒，一局两局无争棋"④，"物盛物衰随气候，人荣人瘁逐推移"⑤，"春初暖兮日迟迟，秋初凉兮云微微。轻风动垂柳依依，细雨过芳草萋萋"⑥，"以至死生犹处了，自余荣辱可知之。适居堂上行堂上，或在水湄言水湄"⑦等，虽然是七言八句的形式，却无"纪律"可言，这应该就是他"率性"为文的一种体现。

但对程颐和邵雍的说辞，我们需要辩证地来看。在创作中，实际任何人都无法避免行文中的"刻意"，都会有意无意对诗歌加以润色。邵雍在《论诗吟》中就说过："何故谓之诗？诗者言其志。既用言成章，遂道心中事。不止炼其辞，抑亦炼其意。炼辞得奇句，炼意得余味。"⑧"炼"字正是刻意为文的一种表现，说明邵雍作诗也并非完全如他所说的"未始用雕镌"，否则，我们也不会看到《伊川击壤集》中那些整饬的诗歌了。程颐应该也不反对诗歌应有的艺术规范，如他所写的《谢王佺期寄丹诗》："至诚通圣药通神，远寄衰翁济病身。我亦有丹君信否？

---

① （清）彭定求等编《全唐诗》第 21 册，第 8212 页。
② 北京大学古文献研究所编《全宋诗》第 7 册，第 4657 页。
③ 北京大学古文献研究所编《全宋诗》第 7 册，第 4574 页。
④ 北京大学古文献研究所编《全宋诗》第 7 册，第 4676 页。
⑤ 北京大学古文献研究所编《全宋诗》第 7 册，第 4677 页。
⑥ 北京大学古文献研究所编《全宋诗》第 7 册，第 4676 页。
⑦ 北京大学古文献研究所编《全宋诗》第 7 册，第 4676~4677 页。
⑧ 北京大学古文献研究所编《全宋诗》第 7 册，第 4568 页。

用时还解寿斯民。"(《河南程氏文集》卷八)①"神""身""民"全部是"真"韵，在文字平仄上也完全符合格律的要求，是标准的七言绝句，是有"规矩"可言的。因此对道学家来说，自然成文只是不刻意运用技巧而已，并非毫无技巧。

因为道学家追求自然成文，所以读他们的诗往往毫无费力之感。如邵雍《自在吟》云："心不过一寸，两手何拘拘。身不过数尺，两足何区区。何人不饮酒，何人不读书。奈何天地间，自在独尧夫。"② 表达了洒脱自足的生活态度。再如《静乐吟》云："和气四时均，何时不是春。都将无事乐，变作有形身。静把诗评物，闲将理告人。虽然无鼓吹，此乐世难伦。"③ 表达了快意满怀的心态。又如《忆梦吟》云："心足而家贫，体疏而情亲。开襟知骨瘦，发语见天真。"④ 则是表达安贫乐道的品性。又如周敦颐《题惠州罗浮山》诗云："红尘白日无闲人，况有鱼绯系此身。阙上罗浮闲送目，浩然生意复吾真。"⑤ 又如张载《芭蕉》诗云："芭蕉心尽展新枝，新卷新心暗已随。愿学新心养新德，旋随新叶起新知。"(《文集佚存·杂诗》)⑥ 这些诗歌均以浅易见长，少用典故，充分体现了"自然"的创作属性。当然这也使他们的诗缺少锤炼和艺术加工，很多诗歌因此索然乏味。

三　观物与咏物：诗歌的重要题材

在道学思想中，"物"的内涵非常宽泛。二程说"物则事也"(《河南程氏遗书》卷十五)⑦，"物不必谓事物然后谓之物也"(《河南程氏遗书》卷十七)⑧，"凡遇事皆物也"（《河南程氏外书》卷四)⑨，又说"凡眼前无非是物"(《河南程氏遗书》卷十九)⑩，因此，"物"不单指

---

① （宋）程颢、程颐：《二程集》，第590页。
② 北京大学古文献研究所编《全宋诗》第7册，第4568页。
③ 北京大学古文献研究所编《全宋诗》第7册，第4569页。
④ 北京大学古文献研究所编《全宋诗》第7册，第4571页。
⑤ （宋）周敦颐：《元公周先生濂溪集》卷6，第109页。
⑥ （宋）张载：《张载集》，第369页。
⑦ （宋）程颢、程颐：《二程集》，第143页。
⑧ （宋）程颢、程颐：《二程集》，第181页。
⑨ （宋）程颢、程颐：《二程集》，第372页。
⑩ （宋）程颢、程颐：《二程集》，第247页。

自然万物，也包括人世中的一切事或物。道学家观"物"，既指观察自然万物，也指体察身边日常的事物，包括人情事理。道学家认为日常生活及花草树木中都蕴含着"道"，二程就说："道之外无物，物之外无道，是天地之间无适而非道也。"(《河南程氏遗书》卷四)① 他们认为物外无理，故主张"凡一物上有一理，须是穷致其理"(《河南程氏遗书》卷十八)②，因此，"格物"成为二程体察"道"的基本方法和途径。同时，二程认为穷致其理是一个逐渐积累的过程，说："求一物而通万殊，虽颜子不敢谓能也。夫亦积习既久，则脱然自有该贯。"(《河南程氏粹言》卷一)③ 又说："人要明理，若止一物上明之，亦未济事，须是集众理，然后脱然自有悟处。"(《河南程氏遗书》卷十七)④ 因此，广泛地体察万物是他们体察道学的一项重要内容。我们从邵雍《伊川击壤集》中就可以看到其所观之"物"的广泛性。以《首尾吟》135首为例，其中所咏的内容大致可以分为以下几类。

（1）对"易"的体察，如云："尧夫非是爱吟诗，诗是尧夫赞易时。大道备人皆有谓，上天生物固无私。虽知同道道亦得，未若先天天弗违。过此圣人犹不语，尧夫非是爱吟诗。"⑤ 通过对"道"的体认，表达遵"道"的思想。

（2）对历史的考量，如云："尧夫非是爱吟诗，诗是尧夫掩卷时。时过犹能用归妹，物伤长惧入明夷。夏商盛日何由见，唐汉衰年争忍思。畎亩不忘天下处，尧夫非是爱吟诗。"⑥ 通过史书的记载，表达对时代兴衰的关注和感慨。

（3）对人情事理的体悟，如云："尧夫非是爱吟诗，诗是尧夫不忍时。戾气中人为疾病，和气养物号清微。世情非利莫能动，士节待穷然后知。尚口乃穷非我事，尧夫非是爱吟诗。"⑦ 通过对世事人性的考察，表达对人情百态的认知。

---

① （宋）程颢、程颐：《二程集》，第73页。
② （宋）程颢、程颐：《二程集》，第188页。
③ （宋）程颢、程颐：《二程集》，第1191页。
④ （宋）程颢、程颐：《二程集》，第175页。
⑤ 北京大学古文献研究所编《全宋诗》第7册，第4683页。
⑥ 北京大学古文献研究所编《全宋诗》第7册，第4687~4688页。
⑦ 北京大学古文献研究所编《全宋诗》第7册，第4684页。

(4) 对人生的体察，如云："尧夫非是爱吟诗，诗是尧夫记所思。少日过从都似梦，老年光景只如飞。快心事固难强觅，到手物如何不为。欲俟河清人寿几，尧夫非是爱吟诗。"① 通过晚境观照人生，表达对人生的感悟。

(5) 对自然万物的考察，如云："尧夫非是爱吟诗，诗是尧夫春尽时。有意落花犹去住，无情流水任东西。莺传信处音声切，燕诉冤时言语低。似此误人事多少，尧夫非是爱吟诗。"② 通过对流水落花等物象的考察，表达对自然的思考与感悟。

(6) 对"乐"的体验，如云："尧夫非是爱吟诗，诗是尧夫独酌时。一盏两盏至三盏，五题七题或十题。只知人事是太古，不信我身非伏羲。为幸居多宜自乐，尧夫非是爱吟诗。"③ 以诗酒为媒介，书写乐境中的潇洒风神。

可见，道学家所谓"物"的内涵之广。在道学家的诗歌中，咏物题材与他们对"物"的定义一样，内容非常宽泛，有如张载《圣心》《君子行》，再如邵雍《四道吟》《义利吟》《教劝吟》等作品，这些常常被人们贬斥为议论满眼、刻板乏味。但从题材上说，道学家所咏之物还是以自然万物为最多，这就将道学诗与传统咏物诗联系起来，如程颢诗：

《桃花菊》：仙人绀发粉红腮，近自武陵源上来。不似常花羞晚发，故将春色待秋开。存留金蕊天偏与，漏泄春香众始猜。兼得佳名共坚节，晓霜还独对楼台。

《新晴野步二首》其一：青帝方成万物春，如何淫雨害芳晨？乞求共指云间日，悔恨轻嫌陌上尘。消尽风威犹料峭，放开山色已嶙峋。燕游莫道王孙乐，亦有羲皇更上人。

《盆荷二首》其一：庭下竹青青，盆荷水面平。谁言无远趣？自觉有余清。影倒假山翠，波光朝日明。涟漪尤绿净，凉吹夜来生。④

---

① 北京大学古文献研究所编《全宋诗》第 7 册，第 4680 页。
② 北京大学古文献研究所编《全宋诗》第 7 册，第 4681 页。
③ 北京大学古文献研究所编《全宋诗》第 7 册，第 4682 页。
④ （宋）程颢、程颐：《二程集》，第 477、478、479 页。

第十章 余论

再如张载诗：

《贝母》：贝母阶前蔓百寻，双桐盘绕叶森森。刚强顾我蹉跎甚，时欲低柔警寸心。①

又如邵雍诗：

《暮春吟》：春来小圃弄群芳，谁为贫居富贵乡。门外柳阴浮翠润，阶前花影溜红光。梁间新燕未调舌，天末归鸿已着行。自问心源无所有，答去疎懒味偏长。

《洗竹》：岁寒松柏共经秋，丛剡无端蔽翳稠。遍地冗枝都与去，倚天高干一齐留。应龙吟后声能效，仪凤来时功可收。未说其佗为用处，此般风格最难俦。

《春阴》其二：花好难久观，月好难久看，花能五七日，月止十二圆。圆时仍龃龉，开处足摧残。风雨寻常事，人心何不安。

《流莺吟》：迁乔固有之，出谷未多时。正嫩簧为舌，初新金作衣。替花言灼灼，代柳说依依。柳外晚犹啭，花前晓又啼。啼多因雨过，啭少为春归。莫遣行人听，行人路正迷。②

程颢存诗并不多，但以咏物诗为最，咏植物的如《咏野草》《是游也，得小松黄杨各四本，植于公署之西窗，戏作五绝，呈邑令张寺丞》等；咏建筑的如《野轩》《污亭》《药轩》《和花庵》《晚晖亭》等；咏季候的如《春雪》《晚春》《早寒》《春雪》等；咏景物的如《西湖》《游月陂》《郊行即事》《春日江上》等；咏山的如《白云道中》《凌霄三峰》《云际山》《陪陆子履游白石、万固》等。相比之下，邵雍尤其热衷于用诗歌的形式表现对事物的体察与认知。在邵雍诗中，写景观物之诗无处不在，在咏物过程中，闲适之情就自然地蕴含在他领悟自然运化的乐易情绪之中了。与邵雍不同，张载诗较为严肃、端正，最乐于在诗

---

① （宋）张载：《张载集》，第369页。
② 北京大学古文献研究所编《全宋诗》第7册，第4483、4549、4550~4551、4559页。

歌中阐发感悟与道理。但显而易见，这些元素并不是道学诗独有的，宋诗普遍注重在山水、咏物中抒发旷达、乐易的情绪，二者的创作倾向是一致的，而道学诗的出现无疑强化并集中体现着这种创作倾向。

四 "乐"：诗歌的情感旨归

道学之乐既是一种感性的情感活动，也是一种具有理性自觉的精神追求。① 当道学家感受到身临大道之境的快乐时，生活的贫困与世事的纷繁杂乱都被排除在外，从而获得平和乐易的心境。邵雍一生都未真正踏入仕途，其穷困时"蓬荜环堵，不庇风雨，躬樵爨以事父母，虽平居屡空，而怡然有所甚乐"，后来富弼、司马光等人在洛阳为其集资买下一处园宅，他"名其居曰'安乐窝'，因自号安乐先生"；在此，他虽然"岁时耕稼，仅给衣食"，② 但常歌咏平生的满足感。其《瓮牖吟》云："羲轩之书，未尝去手。尧舜之谈，未尝虚口。当中和天，同乐易友。吟自在诗，饮欢喜酒。百年升平，不为不偶。七十康强，不为不寿。"③ 其《后园即事三首》也说："太平身老复何忧，景爱家园自在游。几树绿杨阴乍合，数声幽鸟语方休。竹侵旧径高低迸，水满春渠左右流。借问主人何似乐，答云殊不异封侯。"（其一）④ 同前首诗一样，其乐在于"羲轩之书""尧舜之谈"，以及"太平""升平"中所蕴含的王道流行的景象。在《击壤吟》中，他说："击壤三千首，行窝二十家。乐天为事业，养志是生涯。出入将如意，过从用小车。人能知此乐，何必待纷华。"⑤ 他叙述了"出入将如意，过从用小车"的生活情境，这种快意源于他以"乐天为事业，养志是生涯"的心性涵养。"养志"是他修习的目的，"乐天"是毕生的"事业"，他的乐易品性无待于"纷华"，从而展现出浓厚的安贫乐道的意味。再如其《自咏吟》云："老去无成齿发衰，年将七十待何为。居常无病不服药，间或有怀犹作诗。引水更怜鱼并至，折花仍喜蝶相随。平生积学无他效，只得胸中恁坦夷。"⑥ 诗人在自谦之

---

① 参见第三章第二节"儒学乐道精神与'白体'风神的张扬"。
② （元）脱脱等撰《宋史》第36册，第12727页。
③ 北京大学古文献研究所编《全宋诗》第7册，第4606页。
④ 北京大学古文献研究所编《全宋诗》第7册，第4491页。
⑤ 北京大学古文献研究所编《全宋诗》第7册，第4638页。
⑥ 北京大学古文献研究所编《全宋诗》第7册，第4635页。

余，指出他一生最重要的收获就是"胸中恁坦夷"。按照道学思想，"胸中恁坦夷"是思理贯通后的结果，是心性涵养的高级境界。"坦夷"意味着内心的平和与自在，它的外在表现就是诗人"引水更怜鱼并至，折花仍喜蝶相随"的悠然之乐。又如其《后园即事三首》说："年来得疾号诗狂，每度诗狂必命觞。乐道襟怀忘检束，任真言语省思量。宾朋款密过从久，云水优闲兴味长。始信渊明深意在，北窗当日比羲皇。"（其三）①诗中，"乐道襟怀"是他的乐易之源，"北窗羲皇"就是他的乐道风神，其结果就是乐易的诗歌作品。

　　道学家这种快意盎然的情绪，典型地体现在山水、咏物诗之中。在宋代道学产生之前，咏物诗盛行往往是在文学脱离现实、形式主义文风鼎盛的历史时期，常受到复古人士的强烈批判，如释智圆就曾说："近来吟咏唯风月，谤木诗官事久亡。"（《读毛诗》）②然而，与传统复古思潮对吟风弄月之风的批判不同，道学家对风、月等物的吟咏极为热衷，并常用诗歌表达在观物过程中所获得的快意感受，这是我们需要关注的。对传统咏物诗而言，诗人常常表现出对事物的细致观察与真切感受，甚或通过咏物以寄托身世之感，抒发的往往是怨抑的情思。然而道学家咏物在内涵与格调上有很大的变化，他们不仅观察事物的外貌，也通过外貌透视其背后所蕴藏的"天机"，抒发富于道学内涵的思理乃至乐易的情趣，表现出与传统咏物诗不同的视角与感悟，这是道学咏物诗的独特之处。

　　道学家将精神之乐融入诗学，从而改变了传统作品中悲悲戚戚的情感取向，这是道学给诗学带来的最重要的变化。一般人们都批评道学对诗学的诸多不良影响，但如果从积极的方面看，道学强化了传统诗歌对于山水及园林的关注，又由于道学意蕴的加入，使诗歌呈现出一番别样的内涵与风韵，诗不再是"令人气塞"（黄庭坚语）的泄愤之作，它转移了人们对困顿生活的关注，用心性涵养安顿了生活中怨、怒的情绪，它集中体现并强化了宋诗的美学风貌，并使宋人诗学的特色愈加鲜明，这理应得到我们的重视与肯定。

---

① 北京大学古文献研究所编《全宋诗》第 7 册，第 4491 页。
② 北京大学古文献研究所编《全宋诗》第 3 册，第 1539 页。

第二节 《宋史·薛田传》"与魏野友善"考

魏野去世后，薛田为其《东观集》作序曰："余与之（魏野）交越三十年，凡遇景遣兴，迭为酬唱，每简递往还，则驰无远迩。"① 可见交游之久及唱和之频繁。《宋史·薛田传》开篇亦载："（田）与魏野友善。"② 可知二人交谊为世所公认。然而对魏野的这位莫逆之交，人们却很少提及。薛田是北宋纸币"交子"发行的主要推动者，魏野是著名的隐士及诗人，宋初官员与隐士交游极为盛行，宰相寇准及大孙状元孙何、小孙状元孙仅等人与魏野的交往为人们所熟知和传颂，他们与魏野的交往多发生在任职陕州时期，这里是魏野隐居的地方，但这与魏野跟薛田长达三十余年、唱和"驰无远迩"的情形不可同日而语，人们对薛田的忽视显然是失之偏颇的。薛田留下来的文字极为有限，在魏野的文字中也仅有两首以"薛田"为题的诗歌，文字佐证匮乏是二人交谊被后世忽略、遗忘的主要原因。

在魏野《东观集》中，薛姓人物众多，除薛田外，还有薛户部、薛殿院、薛察院、薛端公、薛秘丞、薛省判等人，唱酬之作共28首。笔者考察，其中多数都是薛田，唱酬作品达21首之多，他是《东观集》中与魏野唱酬最多的诗人，时间贯穿魏野的大半生，这足以证实相关文字记载。故对《东观集》中薛姓人物进行考辨，指出其中哪些是薛田，进而捕捉他与魏野交游的线索和轨迹，对研究魏野及为相关作品系年都非常关键。

一 薛端公

《东观集》中有9首提到"薛端公"的诗作，分别是《谢薛端公寄惠素纱》③、《送薛端公赴右蜀均输兼呈司理刘大著二首》（第917页）、《依韵和益州司理刘大著喜与运使薛端公相见之什》（第927页）、《寄赠西川御史薛端公益州司理刘大著陕路运使臧殿院梓州提刑唐察院》（第

---

① （宋）薛田：《巨鹿东观集序》，《全宋文》第8册，第411页。
② （元）脱脱等撰《宋史》第29册，第9987页。
③ 北京大学古文献研究所编《全宋诗》第2册，第895页。以下魏野诗均出于此本。

933 页)、《次韵和薛端公归故里之什二首》(第 942 页)、《和酬益州刘大著同运使薛端公见寄之什》(第 943 页)、《薛端公寄示嘉川道中作次韵和酬》(第 946 页),从诗题可知这位薛姓人物在西川做运使,并带有御史的身份。《次韵和薛端公归故里之什二首》其一云:"茜旗影里椹袍身,迎入蒲津免问津。策蹇去时为举子,乘骢归日是功臣。"其二云:"绮罗笑别文翁郡,锦绣荣归舜帝州。"其二中"舜帝州"即舜所建虞国的都城蒲州,与其一中的"蒲津"相照应,可知薛端公的故里在山西蒲州。据史传及明凌迪知《万姓统谱》①,宋初诸薛中符合御史身份且家乡在蒲州一带的有薛田、薛奎及薛映。然据《宋史》本传,薛映为监察御史,薛奎为殿中侍御史,薛田则分别做过监察御史、殿中侍御史及侍御史。杜佑《通典·职官六》云:"侍御史之职……定殿中、监察以下职事及进名、改转,台内之事悉主之,号为'台端',他人称之曰'端公'。"② 故只有薛田可称为"端公"。另据《和酬益州刘大著同运使薛端公见寄之什》《寄赠西川御史薛端公益州司理刘大著陕路运使臧殿院梓州提刑唐察院》等诗题,知薛端公曾与刘(烨)大著③同在益州任职。关于刘烨通判益州的时间,考诸李焘《续资治通鉴长编》(以下简称《长编》)④"天禧元年夏四月乙酉"条:"(刘烨)通判益州,召还。"(第 2056 页)知刘烨于天禧元年(1017)四月从益州离任,按正常迁转之例,刘烨应在大中祥符八年(1015)至天禧元年任职益州,故薛端公亦应在此间任益州转运使。在薛映、薛奎、薛田三人中,此时在益州任职的只有薛田。如薛映,据《长编》"大中祥符八年闰六月庚午"条"徙知升州、枢密直学士、工部侍郎薛映知扬州"(第 1941 页),"大中祥符九年八月乙亥"条"知扬州薛映求代,即以命之,仍令巽谕旨戒敕"(第 2003 页),以及"大中祥符九年九月己酉"条"命枢密直学士、工部侍郎薛映为契丹国主生辰使"(第 2015 页),知大中祥符末薛映任职于扬州等地,而非益州,且薛映始终未曾任益州运使之职(见《宋

---

① (明)凌迪知:《万姓统谱》,《影印文渊阁四库全书》本,第 957 册,第 624 页。
② (唐)杜佑:《通典》第 2 册,中华书局,2016,第 667 页。
③ 下文有传。魏野有诗《和河中孙谏议见送薛田察院之龙门谒刘烨大著》《送刘烨大著移任龙门知县》《谢刘大著烨寄惠玉笺》,知刘烨即刘大著。
④ (宋)李焘撰《续资治通鉴长编》。本节相关资料均出此本。

史·薛映传》，第10089~10090页）。再如薛奎，《长编》"天禧元年五月庚戌条"载"遣殿中侍御史张廓往京东路，薛奎往河北路"（第2060页），知天禧元年前薛奎为殿中侍御史，而非侍御史，且据《长编》"天圣四年三月己卯"条"徙知秦州、右谏议大夫、集贤院学士薛奎知益州"（第2403页），知薛奎知益州是在天圣时期，非大中祥符末。而史传关于薛田在益州的记载则集中在大中祥符末，如《长编》"大中祥符八年十月己亥"条："益州路转运使薛田，言绵州要冲，戍兵甚众，请依彭州例增置驻泊都监一员，从之。"（第1954页）又《长编》"天圣元年十一月癸卯条"载"大中祥符末，薛田为转运使，请官置交子务以榷其出入"（第2342页），置交子务是薛田在益州推行的一项政策，时、地、官职皆与"薛端公"一致，故"薛端公"即薛田无疑。因此，《东观集》中有关"端公"的诗多作于薛田任职益州时期，但《谢薛端公寄惠素纱》较为特殊，由于侍御史是薛田的本官，不受具体职事局限，可以延续到接下来的陕西转运使任上，而对于薛田离开益州后是否迁秩，史无明文，故对这首诗创作时限的判断不能局限于益州时期。除此9首外，魏野另有两首《将游蜀中恨有所滞至情难蓄发为拙诗寄锦川峡路薛田臧奎二运使提刑杨及》（第960页）、《夏日怀寄西川峡路淮南薛臧王三运使》（第941页），虽未提及"端公"，但从诗题"西川""锦川"运使及姓氏可知，也作于薛田任职益州时期，因此《东观集》中与"端公"相关的作品实际共有11首，占与薛田酬赠之作的一半有余。

二 薛察院

《东观集》中有一首《和薛察院同龙门知县刘大著泊数公禹庙留题》（第945页）。宋初曾任"察院"的有薛田和薛映，但据马端临《文献通考·征榷考五》"（淳化）三年八月，监察御史薛映"云云①，知薛映任监察御史在淳化时期。关于刘烨，《宋史》载，"烨字耀卿，进士及第。积官秘书省著作郎。知龙门县，群盗杀人，烨捕得之，将械送府，恐道亡去，皆斩之。众服其果。通判益州"（第9074页）。据前所辨，刘烨

---

① （元）马端临：《文献通考》第1册，中华书局，2011，第505页。

在大中祥符八年（1015）到益州任职，故他任龙门知县的时间当在大中祥符六年（1013）至八年，比薛映任监察御史的时间晚很多，故此"薛察院"不是薛映，而是薛田。《东观集》中还有6首以"薛田察院"为题的作品，分别是《和河中孙谏议见送同薛田察院之龙门谒刘烨大著》（第912页）、《薛田察院洎寿师同宿三门开化院》（第921页）、《赠薛田察院兼呈刘大著》（第934页）、《和薛田察院咏雪三首》（第937页），更可知此"薛察院"非薛田莫属。

《宋史·薛田传》云："真宗祀汾阴，田时居父丧，经度制置使陈尧叟奏起通判陕州。还，拜监察御史。"知薛田拜监察御史在陈尧叟任通判陕州之后。据《长编》"大中祥符三年八月戊申"条，"以知枢密院事陈尧叟为祀汾阴经度制置使"（第1682页），真宗祀汾阴在大中祥符四年（1011）正月，至三月毕（见《长编》"三月甲申"条，第1716页），陈尧叟的"祀汾阴经度制置使"身份亦应在此时结束，故陈尧叟举荐薛田通判陕州，当在大中祥符三年（1010）八月至四年三月。《薛田传》云"还，拜监察御史"，"还"应属正常迁转之例，因此薛田任监察御史当在通判陕州三年之后，即大中祥符六年（1013）前后。《薛田传》载："还，拜监察御史，以母忧去。会（真宗）祀太清宫，又用丁谓奏，起通判亳州。迁殿中侍御史、权三司度支判官，改侍御史、益州路转运使。"《赠薛田察院兼呈刘大著》诗云："居丧贫御史，家近亦难归。"可知薛田在丁母忧期间仍是监察御史的身份，后为丁谓所荐任亳州通判，迁殿中侍御史。关于薛田由亳州通判迁殿中侍御史的过程，《薛田传》记载颇为简略，但"改"字说明薛田任殿中侍御史的时间极短，如前所述，大中祥符八年薛田已在侍御史益州转运使任上，那么可知在大中祥符六年前后至八年，薛田完成了由监察御史到殿中侍御史，再到侍御史身份的转变。

那么薛田丁母忧在何时呢？据《长编》"大中祥符六年八月辛酉"条："以参知政事丁谓为奉祀经度制置使，翰林院学士陈彭年副之，谓仍判亳州。"（第1844页）真宗祀太清宫在大中祥符七年（1014）正月（见《长编》第1862~1863页），据《长编》"大中祥符七年二月癸酉"条"以吏部员外郎、知制诰李迪知亳州"（第1865页），知丁谓以"奉祀经度制置使"身份在亳州活动是在大中祥符六年八月至七年二月,其举荐薛田亦应在这一时期。因此,薛田在大中祥符六年前后任监察御史,不久即丁母忧,或未终制,就于大中祥符七年前后通判亳州了。因此,薛田丁母忧的时间,粗略说来,应在大中祥符六年前后到大中祥符七年。据魏野《和河中孙谏议见送同薛田察院之龙门谒刘烨大著》《薛田察院洎寿师同宿三门开化院》诗题,知薛田此时行动较为自由,龙门县属河中府,三门即今砥柱,在陕县,亦属河中府,薛田是河中人,两地均距其故里不远,故这两首作品应与《赠薛田察院兼呈刘大著》一样,都作于薛田丁母忧期间及回朝之前。而《和薛田察院咏雪三首》其二云:"七字空吟六出花,与君无酒只烹茶。"与魏野一起烹茶,抑或作于居丧期间。加之《和薛察院同龙门知县刘大著洎数公禹庙留题》,魏野在薛田丁母忧期间及回朝之前相与赠酬之作共7首。

三 薛秘丞

《知玄武县薛秘丞继示手书因以谢》(第914页)。《宋史·薛田传》云:"(向敏中)荐其材。改著作佐郎、知中江县。真宗祀汾阴,田时居父丧,经度制置使陈尧叟奏起通判陕州。"著作佐郎属秘书省,中江县隋时称玄武县,此薛秘丞颇与薛田相合。然宋初任职秘书省的尚有薛颜,《宋史·薛颜传》载:"以秘书省著作佐郎使夔、峡,疏决刑狱。"(第9943页)但地点与魏野诗题不符,故将"薛秘丞"定为薛田更为恰切。薛田有《景德四年为中江令后为益州转运赋诗》[①],知其在景德四年(1007)任中江县令。如前所述,陈尧叟奏起薛田在大中祥符三年(1010)八月至四年(1011)三月,故从景德四年(1007)到大中祥符四年(1011)三月,薛田先后知中江县、居父丧,除去居父丧的二十七个月,其任中江县令应在景德四年(1007)到大中祥符元年(1008)这两年中,魏野诗即作于此时。

四 薛殿院、薛户部

《薛殿院将赴阙先归绛台迎觐》(第934页)。《东观集》中有一首明

---

① 北京大学古文献研究所编《全宋诗》第2册,第1053页。

确指称薛奎的作品《送薛奎殿院赴阙》（第933页），故此诗题中的"薛殿院"应是薛奎，但薛田也曾任殿中侍御史，故须对此略加考辨。如前所述，薛田在真宗祀太清宫期间被丁谓举荐，并由此通判亳州，后迁殿中侍御史，所以如果此诗中"薛殿院"是薛田的话，应是作于薛田通判亳州迁殿中侍御史之际，然而这首诗说"不妨赴诏暂归宁，跃马惟消两火程"，知薛氏驻地与故里相距甚近。从地图上看，汴京在亳州与蒲州中间，如果薛田从亳州出发，绕道故里蒲州（今山西永济），可谓千里之遥，在当时交通条件下，绝非"两火程"的距离，且此时薛田已父母双亡（见《宋史》本传），应无"归宁"之说。《宋史·薛奎传》载，"（奎）迁太常博士。向敏中荐为殿中侍御史"（第9630页），据《长编》"大中祥符二年秋七月甲寅"条："（诏）右丞向敏中、御史中丞王嗣宗、知杂御史卢琰各举才堪御史者一人。"（第1622页）知大中祥符二年（1009）经向敏中举荐，薛奎在此年七月或稍后，由太常博士迁为殿中侍御史。然《长编》"大中祥符四年十月戊辰"条称薛奎为"殿中侍御史"（第1739页），在"天禧元年五月庚戌"条仍称："殿中侍御史张廓往京东路，薛奎往河北路"（第2060页），似乎薛奎从大中祥符二年（1009）到天禧元年（1017）本官始终是"殿中侍御史"。据《宋史》本传，"向敏中荐（奎）为殿中侍御史，出为陕西转运使……（奎）坐失举免。数月，起通判陕州"。其被贬经历，史无详载，但魏野《送薛奎殿院赴阙》诗云："谪监陕郡滞贤才，清雪忻将紫诏开。缓步未亲龙辰去，回车愿拥隼舆来。辞蒙得得过三径，送合迢迢到柏台。"可知薛奎确曾"谪监陕郡"，并在此后因"清雪忻将紫诏开"而"赴阙"，并至"柏台"，正可与《宋史》及《长编》所载相印证，而"坐失举"或许就是薛奎多年未升迁的原因。如果是薛奎"赴阙"，应是由陕州（即今河南三门峡市），经故里绛州（今陕西新绛县附近），至汴京（今开封），可谓顺路，同时诗题中的"绛台"正在薛奎的家乡绛州，故此"薛殿院"非薛奎莫属，而非薛田。从诗的内容看，《送薛奎殿院赴阙》与《薛殿院将赴阙先归绛台迎觐》写的是同一件事，故应作于同时。

《东观集》中还有一首《寄淮南制置使薛户部》（第943页）。由诗题知薛户部任淮南制置使之职，《宋史·薛奎传》云："通判陕州，改尚书户部员外郎、淮南转运副使，迁江、淮制置发运使。"宋初任户部职的还有户部侍郎薛居正，但薛居正年代较早，与魏野较少重合时间，故此诗中的薛户部自是薛奎无疑。因此，《东观集》中与薛奎有关的诗共3首，而谪监陕州或许是魏野与薛奎结识的因由。

五 薛省判

《谢薛省判寄惠鹤》（第951页）。宋代尚书省设有判省事之职，薛映、薛奎都曾任此职。《宋史·薛映传》载："（映）迁尚书工部侍郎、集贤院学士、判尚书都省，进枢密直学士、知升州……顷之，纠察在京刑狱，再判都省。历尚书左丞、知扬州。"据《长编》可知，薛映知升州在大中祥符五年（1012）八月丁酉（第1778页），而知扬州在大中祥符八年（1015）闰六月（第1941页），薛映两判都省即在此期间。薛奎判省事（见《长编》"明道二年十一月癸亥"条，第2642页）则是在明道二年（1033），此时魏野早已离世。故此诗中的送鹤人应是薛映，而非薛奎，更不是薛田。

《东观集》中除了"薛端公""薛察院"等称呼，还有明确指称薛田的《酬薛田推官见赠》（第897页）一首。《宋史·薛田传》载："（田）进士，起家丹州推官。李允正知延州，辟为从事，向敏中至，亦荐其材。改著作佐郎、知中江县。"知其任"推官"在知延州李允正"辟为从事"之前。《山西通志》载"（李允正）代马知节为鄜延部署兼知延州"[①]，而据《长编》"咸平六年十一月己亥"条"镇州程德玄，政事旷弛。……徙延州马知节代焉"（第1217页），知马知节于咸平六年（1003）十一月从延州离任，故李允正知延州始于此时。另外，《宋史·真宗本纪》载："（景德二年九月丁未）以向敏中为鄜延路都部署。"[②] 知景德二年（1005）李允正为向敏中所替，故李允正知延州在咸平六年（1003）十一月到景德二年（1005）九月，薛田正是在此期间结束了推官之任并被辟为从事的。如前所述，景德四年（1007）薛田任中江县令，那么可推知景德二年（1005）到四年（1007）是他被辟为从事的时间，而他任推官的时间应在景德二年（1005）的基础上再往前推，大致在咸平五年

[①] （清）觉罗石麟修，储大文纂《山西通志》卷126，《影印文渊阁四库全书》本，第546册，第350页。

[②] （元）脱脱等撰《宋史》第1册，第129页。

第十章　余论

（1002）到景德元年（1004）这三年中。本传载薛田以丹州推官起家，可知他乃咸平五年（1002）王曾榜进士①。魏野《次韵和薛端公归故里之什二首》（其一）云："岂同化鹤千余岁，才过登龙十数春。"（第942页）知薛田从及第到镇抚一方不过十余年。如前所述，薛田离开益州、荣归故里在天禧元年（1017）前后，此时距咸平五年（1002）恰好"十数春"。

《东观集》中另一首直接题名"薛田"的诗《别云台观同宿饶益寺与薛田联句》云："可怜十宿无喧杂，不在僧家即道家（薛田）。"（第962页）云台观与饶益寺分别在陕西华山及大荔县，诗句传达出闲散之意，若此时薛田是在职官员，过境其他州县未必会如此清净，即使薛田曾任陕西转运使，云台观、饶益寺均在其治内，活动也未必会如此自由、轻松，故此诗作于薛田居丧及回朝之前的可能性较大，抑或作于及第之前。

综上所述，魏野与薛田的交游贯穿了魏野的大半生，如表3所示。

表3　薛田任职及魏野与其唱酬作品一览

时间	薛田官职	魏野所作诗歌及数量
咸平五年（1002）至景德元年（1004）	丹州推官	《酬薛田推官见赠》
景德四年（1007）至大中祥符元年（1008）	著作佐郎知中江县	《知玄武县薛秘丞继示手书因以谢》
约大中祥符六年（1013）至七年（1014）	监察御史（丁忧及服阙）	《和薛察院同龙门知县刘大著洎数公禹庙留题》等8首（其中《别云台观同宿饶益寺与薛田联句》不确定）
约大中祥符八年（1015）至天禧元年（1017）	侍御史益州转运使（端公）	《送薛端公赴右蜀均输兼呈司理刘大著二首》等11首（其中《谢薛端公寄惠素纱》不确定）

宋初太宗、真宗以黄老之术治国，推崇淡泊、乐易的人生态度和行事方式，社会上隐逸之风盛行，官员以与隐士交游为风尚。同时，隐士也可以通过与官员交游，获得较高的社会地位，故官员与隐士之间的交

---

① 参见刘琳、刁忠民、舒大刚、尹波等校点《宋会要辑稿》第9册，"选举一"，中华书局，1987，第5250页。

游很多时候并不纯粹。然而,魏野在《知玄武县薛秘丞继示手书因以谢》中说:"至交忘贵贱,岂可与常论。"可见他与薛田交谊之深。薛田《东观集序》云"余与之(魏野)交越三十年",魏野卒于天禧三年(1019),向前推三十年即太宗端拱二年(989),彼时薛田尚未步入仕途,二人业已订交,可谓贫贱之交,与那些偶尔造访隐庐或治内方与魏野交游的人物如寇准、孙何、薛奎等人迥然不同,这或许是魏野子闲将诗集交由薛田作序的重要原因。从创作上说,薛田与魏野能在"越三十年"的交游中"每筒递往还,则驰无远迩",除了人生志趣相投外,创作上的相通与契合也一定是重要原因,只可惜薛田存世作品有限,创作上相互影响的痕迹已无从寻觅。

第三节 两宋后山诗学传承考论

陈师道在古人心中有着崇高的地位,清代王原说:"较苏之驰骋跌宕,气似稍逊,而格律精严过之。若黄之所有,无一不有,黄之所无,陈则精诣。其于少陵,以之具体虽未敢知,然超黄匹苏,断断如也。"(《后山集序》)① 陈师道研究曾在 20 世纪八九十年代出现过热潮,但此后就不断被边缘化,甚至不如吕本中、刘克庄等人,以致我们对他在当时和后世的被接受情况知之甚少,较为模糊。故此,本部分通过考订的方式,对后山诗学在两宋的被接受情况进行梳理,在观照其诗学传承的同时,亦探讨其诗学地位的形成。

一 及门弟子

在北宋,陈师道诗名并不突出。晁补之荐词说他:"孝弟忠信闻于乡间,学知圣人之意,文有作者之风。怀其所能,深耻自售;恬淡寡欲,不干有司。"(《太学博士正录荐布衣陈师道状》)② 并没有提及他的诗名。陈师道追随苏轼,这成为他日后受人瞩目的诗学起点,苏轼亦欣赏陈师道,曾说:"凡诗,须做到众人不爱可恶处方为工。今君诗不惟可恶却可

---

① (宋)陈师道撰,(宋)任渊注,冒广生补笺《后山诗注补笺》,附录,第620页。
② 曾枣庄、刘琳主编《全宋文》第125册,第349页。

第十章 余论

慕，不惟可慕却可妒。"① 但从前辈提点后学的角度说，这谈不上有多推崇，正如葛立方《韵语阳秋》所说："鲁直酷爱陈无己诗，而东坡亦不深许。"（卷二）② 然而，陈师道在徐州当地已有一些门生，徐度《却扫编》说："后生从其游者常十数人。所居近城，有隙地林木，闲则与诸生徜徉林下。"（卷中）③ 初步显露出宗师气象。

在北宋门人中，可考见者有如下几位。

一，魏衍，字昌世，徐州人。他整理了陈师道诗文集，曾在《彭城陈先生集记》中说："先生之文早见称于曾、苏二公，世人好之者，犹以二公故也。今贤士大夫，竞收藏之，则其传也奚待于衍耶？"④ 后人对魏衍非常赞赏，如清沈叔埏《子穆诗钞题辞七首为海盐陈宝摩石麟教谕作》（其二）就说："最羡闻诗有鲤趋，屏墙况复列生徒。后山集记谁能作，可有门人魏衍无。"⑤ 纪昀《寄董曲江》亦云："只应雪夜哦新句，且付彭城魏衍看。"⑥

徐度《却扫编》载："政和间，先公守徐，招（魏衍）置书馆，俾余兄弟从其学。时年五十余矣，见异书犹手自抄写，故其家虽贫，而藏书亦数千卷。建炎初，死于乱。"⑦ 据此向前推五十年，可知魏衍生于熙宁元年（1068）前后，而卒于建炎初。

这也可从后山诗中得到印证。绍圣三年（1096），陈师道在《赠魏衍三首》（其一）中说："妙年文墨秀儒林，老眼今晨得再明。历块过都聊可待，未须回首一长鸣。"⑧ 绍圣四年（1097），陈师道在《答魏衍黄预勉予作诗》中也说："诗家小魏新有声，旧传秀句西里黄。"⑨ 魏衍此时正在"妙年"，还是个年轻人。元符元年（1098），陈师道又在《和魏

---

① （宋）叶梦得：《石林燕语》卷8，《宋元笔记小说大观》第3册，第2547页。
② （清）何文焕辑《历代诗话》，第497页。
③ 《宋元笔记小说大观》第4册，第4497页。
④ （宋）陈师道撰，（宋）任渊注，冒广生补笺《后山诗注补笺》，卷首，第19页。
⑤ （清）沈叔埏撰《颐彩堂诗钞》卷10，《续修四库全书》本，第1458册，第638~639页。
⑥ （清）纪昀撰《纪文达公遗集》卷10，《续修四库全书》本，第1435册，598页。
⑦ 《宋元笔记小说大观》第4册，第4498页。
⑧ （宋）陈师道撰，（宋）任渊注，冒广生补笺《后山诗注补笺》，第190页。
⑨ （宋）陈师道撰，（宋）任渊注，冒广生补笺《后山诗注补笺》，第220页。

衍元夜同登黄楼》中说："同来两稚子，冠者亦四五。"① 其中冠者就包括魏衍，三十岁，这与前面对其生于熙宁元年（1068）前后的推断相合。

魏衍在《彭城陈先生集记》中说，"衍从先生学者七年"②，陈师道去世于建中靖国元年（1101），可知魏衍从陈师道学诗在绍圣二年（1095），而陈师道于元符三年（1100）离开徐州，任棣州教授，故魏衍从学时期主要在绍圣二年到元符三年期间。

魏衍一生布衣，然风骨可嘉。魏衍的父亲是朝奉郎魏涛。《铜山县志》载："魏涛，字信卿，彭城人。生十年丧父，哭之过哀。十八试礼部，闻母疾而还。始以进士为濮州参军。……涛家产万金，委群弟，不问所在，后争分又多予之。有难之者，不答。召子衍而指其书曰：'读此不患贫矣。'徐守数荐于宰相，涛辞。或问之，曰：'班固以事窦氏，为后所笑，可使后人笑我耶？'元祐二年卒于家。"知其不以名利挂怀。魏涛去世时，门庭凋敝，然家人不为忧戚，《铜山县志》载："（魏衍）有文行，力贫以葬大父而下数丧。游陈师道之门，称高弟，操守文章雅似之。虽隐约布韦，未尝以为戚。所立绝人，不苟徇合。自以不能为王氏学，因不事举业，以经籍自娱。为文章，操笔立成。名所居轩曰曲肱，自号曲肱居士。"③ 可知魏衍颇能继乃父家风，且具有陈师道安贫乐道的品质，以读书、藏书为乐，可谓有品节、有操守的学人。魏衍未有诗文流传，然任渊《后山诗注》中辑有魏衍注七条。

二，黄预。陈师道《和黄预感秋》云："名成弟子韩，价重先生楮。"冒广生补笺："潘氏蜀宋大字本《后山集》卷八《黄预挽词》作《黄无悔挽词》，可知预字无悔。"④ 从后山诗中可知，黄预的创作是得到陈师道认可的。然陈师道在《招黄魏二生》中曾说："魏诗黄笔今未有，顾我独得神所钟。"⑤ 魏即魏衍，黄即黄预，似乎黄预更擅长写文章。

陈师道《和黄预感怀》云："壁立无堪佐子贫，漫修简牒效殷勤。……逸气不应供潦倒，剧谈脱或致纷纭。"⑥ 可知黄预生活贫困。绍

---

① （宋）陈师道撰，（宋）任渊注，冒广生补笺《后山诗注补笺》，第243页。
② （宋）陈师道撰，（宋）任渊注，冒广生补笺《后山诗注补笺》，卷首，第16页。
③ 余家谟等修《铜山县志》卷45，国家图书馆藏民国15年刻本。
④ （宋）陈师道撰，（宋）任渊注，冒广生补笺《后山诗注补笺》，第57页。
⑤ （宋）陈师道撰，（宋）任渊注，冒广生补笺《后山诗注补笺》，第248页。
⑥ （宋）陈师道撰，（宋）任渊注，冒广生补笺《后山诗注补笺》，第264页。

圣三年（1096），陈师道作《赠寇国宝三首》（其二）云："往岁黄童今寇君，高文要学亦多闻。"① 陈师道于此前一年自曹县归徐，从诗意可推知，黄预于绍圣二年（1095）从陈师道学，约略与魏衍同时。然而黄预在元符元年（1098）英年早逝，这令陈师道惋惜不已，他在《黄预挽词四首》中说："敏慧仍江夏，风流更妙年。贫焚酒家券，病得里胥钱。精爽来鹰隼，清明泻涧瀍。无儿传素业，有泪彻黄泉。"（其一）② 诗中有"敏慧仍江夏，风流更妙年"之句，不但用"江夏黄童，天下无双"之典，而且与魏衍一样，用了"妙年"二字，说明其去世时年岁尚轻，或与魏衍相仿。而据《黄预挽词四首》所云："子逝今何遽，吾生孰与居。岂无《文士传》，未有茂陵书。"（其四）③ "茂陵书"是司马相如所写的封禅书，可知在陈师道心目中，黄预文采斐然，而且品节高尚。

　　三，寇国宝。叶梦得《石林诗话》载："余居吴下，一日出阊门，至小寺中，壁间有题诗一绝云：'黄叶西陂水漫流，簝籐风急滞扁舟。夕阳暝色来千里，人语鸡声共一丘。'句意极可喜。初不书名氏，问寺僧，云吴县寇主簿所作，今官满去矣。归而问之吴下士大夫，云寇名国宝，盖与余同年，然皆莫知其能诗。余与国宝榜下未尝往来，亦漫不省其为人。已而数为好事者举此诗，乃有言国宝徐州人，久从陈无己学，始知文字渊源有所自来，亦不难辨，恨不得多见之也。"④ 据《全宋诗》，寇国宝仅留此一首诗，却因叶梦得诗话而流传千古，可谓幸矣，故卢文弨《后山诗注跋》说："天社任渊因后山门人魏衍所编次而为之注，颇能窥其用意之所在，然二人者皆未闻有篇什留于人间，何耶？叶石林尝见彭城寇国宝之诗而善之，后知其从后山学诗，以为渊源有自。今此二人者何遽不若寇耶？"⑤ 据《石林诗话》所云"盖与余同年"，可知寇国宝乃绍圣四年（1097）进士。又《石林诗话》云"今官满去矣"，据《叶梦得年谱》，叶梦得于政和元年（1111）到四年（1114）居苏

---

① （宋）陈师道撰，（宋）任渊注，冒广生补笺《后山诗注补笺》，第192~193页。
② （宋）陈师道撰，（宋）任渊注，冒广生补笺《后山诗注补笺》，第285~286页。
③ （宋）陈师道撰，（宋）任渊注，冒广生补笺《后山诗注补笺》，第288页。
④ （清）何文焕辑《历代诗话》，第424页。
⑤ （清）卢文弨：《抱经堂文集》卷13，《续修四库全书》本，第1432册，第661~662页。

州①，则可知寇国宝于政和元年（1111）前后任苏州吴县主簿。

在现存陈师道诗中，最早的与寇国宝赠酬之作是绍圣三年（1096）的《赠寇国宝三首》。其一云："承家从昔如君少，得士于今孰我先。口拟说诗心已解，世间快马不须鞭。"由诗中"口拟说诗心已解，世间快马不须鞭"，可知寇国宝天资聪颖。其二云："往岁黄童今寇君，高文要学亦多闻。留年看举天南翼，过目先空冀北群。"其中"留年看举天南翼，过目先空冀北群"，是陈师道对寇国宝来年科考高中的期待。由诗意知寇国宝从后山学诗始自此年，次年得与叶梦得同榜进士。其三云："虎子堕地气食牛，雀儿浴处鱼何求，可奈我衰才亦尽，正须二子与同游。"②据任渊注，"虎子堕地气食牛"源自《尸子》"虎豹之驹，虽未成文，已有食牛之气"。故从诗句推测，此时寇国宝年纪尚轻，大致为加冠之年。

陈师道《寇参军集序》曰：

> 大父盐铁府君、外大父颍公与文忠蔡公好。太常少卿寇君，蔡之出也，游二大父之间而辈先君。两君卒，二氏之子弟居同邑，学同文，情同好也。寇氏之伯曰元老，喜事而多能。张、李氏之墨，吴、唐、蜀、闽、两越之纸，端溪、歙穴之研、鼠须栗尾、狨毫兔颖之笔，所谓文房四物，山藏海蓄，极天下之选。……其季曰元弼，一无所好，顾嗜酒与诗。……元弼既殁，家无留藏，其子某索于里中，得诗若干首、文若干首而第次之，以请于余。余勤其成而尚其志也，为之序而藏之两家，使后之人知吾与若世好之如此也。元弼名某，仕为许州司理参军。元符二年八月癸巳，居士陈师道序。③

"大父盐铁府君"即陈师道的祖父陈洎，外大父即外祖父庞籍。由序可知，寇氏与陈氏"子弟居同邑，学同文，情同好"，乃为"世好"。对此，王士禛《带经堂诗话》云："寇氏兄弟曰元老、元弼。元弼名其

---

① 王兆鹏：《叶梦得年谱》，吴洪泽、尹波主编《宋人年谱丛刊》第6册，四川大学出版社，2003，第3919～3924页。
② （宋）陈师道撰，（宋）任渊注，冒广生补笺《后山诗注补笺》，第192～193页。
③ 曾枣庄、刘琳主编《全宋文》第123册，第324～325页。

仕，许州参军。盖国宝诸父云。"① 又由序可知，寇氏家境殷实，这与陈师道形成鲜明对比。陈师道诗中常出现"寇十一"，然此并非寇国宝。冒广生笺《谢寇十一惠端砚》曰："此谢寇十一惠端砚，而后又有《从寇生求茶库纸》绝句，则寇当是元老之子而元弼之侄。"② 陈师道《后山谈丛》亦载："寇昌龄嗜砚墨得名，晚居徐，守问之，曰：'墨贵黑，砚贵发墨。'守不解，以为轻己。嗟乎，世士可与语耶？"③ 对此，王士禛《带经堂诗话》说："读罗端良愿《新安志》，言彭门寇钧国家藏李廷珪下至潘谷十三人制墨，东坡先生临郡日取试之，因为书杜甫诗十三篇，各于诗下书墨工姓名，而品次之。盖亦国宝兄弟行，嗜古而好事者也。"④ 由此推断，"寇十一"即寇国钧，字昌龄，为国宝兄弟行。陈师道《寄寇十一》云："邻里相望信不通，时因得句寄匆匆。"⑤ 又有《戏寇君》（其一）云："南邻却有新歌舞，借与诗人一面看。"又其二云："南邻歌舞隔墙听，想对朝窗晕倒青。"⑥ 可知陈师道与寇氏比邻而居。故寇国宝从陈师道学诗，可谓颇有渊源。

四，何薳，字子楚，著有《春渚纪闻》。王洋《隐士何君墓志》载："初博士（何去非）为徐州学官，君尚少，得黄预、魏衍渊源，同升陈先生无己堂，透引句律。其后学成，所与以文雅相引重者甚众。"⑦ 其父何去非在元祐五年（1090）代陈师道为徐州教授。是年五月，苏轼经南都，陈师道因越境相晤，故改教授颍州。至于赴任日期，陈兆鼎《陈后山年谱》云："任渊《后山年谱》谓是岁移颍州教授，其冬往赴。今考《巨野》诗有'红落芙蕖晚，青深蒲稗秋'之句，是秋末往赴也。"⑧ 故何薳应在此年夏秋间问学于陈师道。

另外还有几人。（一）晁冲之，字叔用，著有《具茨晁先生鸡肋集》。陈师道《寄晁载之兄弟》云："季也亦有诗百篇，叔子拟度骅骝

---

① （清）王士禛：《带经堂诗话》卷15，人民文学出版社，1963，第389页。
② （宋）陈师道撰，（宋）任渊注，冒广生补笺《后山诗注补笺》，第363页。
③ （宋）陈师道：《后山谈丛》卷2，中华书局，2007，第31页。
④ （清）王士禛：《带经堂诗话》卷15，第389页。
⑤ （宋）陈师道撰，（宋）任渊注，冒广生补笺《后山诗注补笺》，第373页。
⑥ （宋）陈师道撰，（宋）任渊注，冒广生补笺《后山诗注补笺》，第335页。
⑦ （宋）王洋：《东牟集》卷14，《影印文渊阁四库全书》本，第1132册，第513页。
⑧ 吴洪泽、尹波主编《宋人年谱丛刊》第5册，第3362~3363页。

前。端能过我三冬学,可复参侬一味禅。"① 其中"叔子"就是晁冲之,诗中"端能过我三冬学,可复参侬一味禅"就是对冲之的勉励。晁冲之《过陈无己墓》亦曾云:"我亦尝参诸弟子,往来徒步拜公坟。"② 而我们从其《过陈无己墓》所云"以我怀公意,知公待我情。五年三过客,九岁一门生"③,知其自元祐九年(1093)就向后山问学了,而从"以我怀公意,知公待我情",可知二人情感是很深厚的。对此,学界已有论述,此不赘述。(二)杨适。黄升《唐宋诸贤绝妙词选》载杨时可:"名适,棣州人。年十八登第,未肯出仕。从陈后山学诗。晚为尚书比部外郎。"④《诗说隽永》云:"孙伯野,宣和间为中书舍人。论丽人入贡所过骚动,贬散官,居于蕲州。许崧老时为给事中,乃封驳曰:'孙传山东野人。乞从末减。'杨时可时为省郎,以诗送孙曰:'清议岂徒光四户,直声应已到三韩。黄门有手能批敕,太学无人为举幡。'"⑤ 可知在宋末宣和年间,杨适曾任省郎之职。(三)周之雍。洪迈《容斋随笔》载:"大观初年,京师以元夕张灯开宴。时再复湟、鄯,徽宗赋诗赐群臣,其颔联云:'午夜笙歌连海峤,春风灯火过湟中。'席上和者皆莫及。开封尹宋乔年不能诗,密走介求援于其客周子雍,得句云:'风生闾阖春来早,月到蓬莱夜未中。'为时辈所称。子雍,汝阴人,曾受学于陈无己,故有句法。则作文为诗者,可无师承乎?"(卷二)⑥ 知其大观初年曾客于京师。《后山集》中还出现了黄充、田从先等人,然无其他事迹可考。

北宋时期,陈师道虽然在徐州当地颇有诗名,黄庭坚晚年也曾极力称赞陈师道。然而,北宋人对陈师道的赞赏大致限于师友之间,后山门人也仅限于徐州当地,即如何薳,也是随父赴徐州任时才结识陈师道的。相比于苏轼、黄庭坚、王安石在北宋所获得的普遍认同,陈师道则逊色得多。从诗学角度看,从北宋末诗学中所谓"东坡云""山谷云""荆公云"等字眼,就能看出其诗学权威性和典范地位,然而我们却看不到陈师道有如此高的地位。这或许与陈师道仕路不显且去世过早有关,后来

---

① (宋)陈师道撰,(宋)任渊注,冒广生补笺《后山诗注补笺》,第136~137页。
② 北京大学古文献研究所编《全宋诗》第21册,第13894页。
③ 北京大学古文献研究所编《全宋诗》第21册,第13902页。
④ (宋)黄升编《唐宋诸贤绝妙词选》卷6,《四部丛刊初编》本,第341册。
⑤ (宋)胡仔纂集《苕溪渔隐丛话》后集卷36,第283页。
⑥ (宋)洪迈撰《容斋随笔》,中华书局,2005,第652页。

张耒成为元祐诗坛的象征可以说明这一点。

二 诗脉流衍

南渡初，陈师道的诗学地位陡然提升，笔者认为，吕本中和任渊在北宋末至南宋初的这种变化中起到了关键作用。如果说，北宋时期陈师道的影响仅限于师友之间，那么吕本中与任渊则把陈师道的影响扩展到整个诗坛。吕本中《江西诗社宗派图》成为南宋人认识江西诗派的重要资料，他在黄庭坚之下首列陈师道的叙述方式，初步给人以黄、陈相继的印象，成为人们认识陈师道诗学地位的重要依据。任渊则既注山谷诗，又注后山诗，在北宋政和间即初步完成，并在绍兴二十五年（1155）刊于蜀中，由此黄、陈以并列的形象出现于诗坛。无疑，吕本中、任渊开启了从黄、陈并列的角度去认识陈师道的先河，因此对于南渡以后陈师道诗歌地位的提升，无疑具有导夫先路的意义。南渡初随着时代风气的变化，人们对元祐政治与诗坛的追忆成为潮流，[1] 苏轼及苏门六君子的诗学地位也急剧上升，陈师道随之成为人们关注的对象。北宋曾经出现"东坡云""山谷云"，南宋则出现了"无己云"[2]。杨万里《胡公行状》载："（孝宗）因及'比日文士如苏轼、黄庭坚者，谁欤？'（胡铨）对曰：'未见其人。''诗人如张耒、陈师道者谁欤？'对曰：'太上（高宗）时如陈与义、吕本中，皆宗师道者。'"[3] 可知后山诗已成为当时诗坛参悟的对象。

然而，南渡初真正可考见的后山学人并不多。相反，从北宋末年到南宋中晚期，一些诗人并非有意学后山诗，却实际构成了后山诗脉的流衍。

---

[1] 参见沈松勤《南宋文人与党争》，第三节"'最爱元祐'与'绍兴更化'"，人民出版社，2005，第23~33页。

[2] 如胡仔说："无己诗云：'学诗如学仙，时至骨自换。'山谷亦有'学诗如学道'之句。若语意俱胜，当以无己为优。"（见《苕溪渔隐丛话》前集卷51，第346页）表现了对后山诗学的认同。再如吴曾《复斋漫录》载："东坡作《聚远楼诗》，本合用青江绿水对野草闲花，以此太熟，故易以云山烟水，此深知诗者。予然后知陈无己所谓'宁拙毋巧、宁朴毋华、宁粗毋弱、宁僻毋俗'之语为可信。"（见《苕溪渔隐丛话》后集卷27，第203页）

[3] 曾枣庄、刘琳主编《全宋文》第240册，第52页。

徐度，字敦立，睢阳人，官至吏部侍郎。如前所述，据其《却扫编》所载，"政和间，先公守徐，招（魏衍）置书馆，俾余兄弟从其学"。徐度父处仁，《宋史》本传云："徐处仁字择之，应天府谷熟县人。中进士甲科，为永州东安县令。……复延康殿学士、知汝州，再奉鸿庆祠、知徐州，召为醴泉观使。……出处仁知扬州。未几，以疾奉祠归南都。"① 据《徐州府志》"（徐处仁）重和初知徐州"②，另据《扬州府志》"（徐处仁）应天府谷熟人，（重和）二年"③，其中"二年"指其到扬州任职时间，其间还经历了醴泉观使之职，故徐处仁知徐州的时间并不长。徐度随魏衍学诗即在此时，然而正是这段时间的学习，使他成为后山诗脉在两宋之间流衍的关键人物。韦居安《梅磵诗话》云："乡人雪巢林宪景思，绍、淳间前辈，后居天台。少从侍郎徐敦立度游，立得句法于魏昌世衍，实后山陈公嫡派也。"④ 由魏衍至徐度，再由徐度至林景思，林景思可谓陈后山在南宋的三传弟子。

林景思，名宪，南宋中兴诗坛名流。杨万里《林景思寄赠五言以长句谢之》云："华亭沈虞卿，惠山尤延之。每见无杂语，只说林景思。试问景思有何好，佳句惊人人绝倒。句句飞从月外来，可羞王公荐穹昊。……别时花开今已落，思君令人瘦如鹤。梦里随君携酒瓢，同登天台渡石桥。"⑤ 楼钥《雪巢诗集序》亦云："读其诗，恍然自失，愈叩愈无穷。身虽未达，而以诗闻于诸公间。"可知林景思诗颇受当时诗坛瞩目。

楼钥《雪巢诗集序》云："淳熙五年，余自删定郎赘倅丹邱，始识雪巢林君景思。……一日写数十百篇遗余，又使序之。……（景思）曰：'吾于此非曰能之，而愿学焉。……吾行于世五六十年，得此于人者盖寡。'"⑥ 楼钥作此序时，林景思已五六十岁，那么我们从二人相识的淳熙五年（1178）向前推，可断其生于南渡前后。

据宋人陈耆卿《赤城志》所载："乾道中，（景思）随妻祖贺参政允

---

① （元）脱脱等撰《宋史》第33册，第11518~11519页。
② （清）石杰修，（清）王峻纂《徐州府志》卷9，国家图书馆藏乾隆七年刻本。
③ （清）阿克当阿修，（清）姚文田等纂《重修扬州府志》卷36，国家图书馆藏嘉庆十五年刻本。
④ 丁福保辑《历代诗话续编》，第554页。
⑤ 北京大学古文献研究所编《全宋诗》第42册，第26372~26373页。
⑥ 曾枣庄、刘琳主编《全宋文》第264册，第118~119页。

第十章 余论

中寓临海（属浙江台州），号雪巢先生。"① 知林景思在乾道间来到台州。叶适《朝议大夫秘书少监王公墓志铭》载，"初，尤尚书袤知台州，公为其属。相继同僚者，楼参政钥、彭仲刚、石宗昭、郡人石鼙、逸民应恕、林宪之流皆聚焉"。② 据吴洪泽《尤袤年谱》，尤袤守台州在淳熙二年（1175）到淳熙四年（1177），③ 这是他们能够相识的机缘。又据尤袤《寄林景思》所云："临海睽离七度春，都城相见话悲辛。苍颜白发浑非旧，短句长篇却有神。一第蹉跎真可叹，半生奔走坐长贫。老怀先自难为别，相识如君更几人。"④ 尤袤离开台州在淳熙四年（1177），七年后即淳熙十一年（1184），而此时林景思仍在世。又据《梅磵诗话》所云"乡人雪巢林宪景思，绍、淳间前辈"，⑤ 知其在绍熙（1190～1194）间亦在世。而钱文子《次韵李使君追悼雪巢先生》说："文龙竟复老污池，一笑应从造化期。环顾室庐无长物，流传人世有新诗。殷勤池上相从处，凄怆床前永诀时。更有后来贤太守，溯风犹解挹清规。"自注云："予为台州，雪巢屡从予饮池上。未几，病不能起。比予罢官，别之牖下。"⑥ 嘉泰四年（1204）十二月钱文子以朝奉郎知台州，至开禧元年（1205）四月改知常州⑦。从钱文子自注可知，此年他与林景思"别之牖下"，便离开了台州，不久林景思就去世了，故林景思应卒于开禧元年（1205）。

至于林景思的本籍，宋人载录纷纭。陈耆卿《赤城志》载："（宪）奉符人，字景思。"⑧ 尤袤《雪巢小集序》则云："余友林宪景思，吴兴人。"⑨ 杨万里《雪巢小集后序》又曰"天台林宪景思"⑩，颇为混乱。然据方回

---

① （宋）陈耆卿：《赤城志》卷34人物门，《影印文渊阁四库全书》本，第486册，第898页。
② 曾枣庄、刘琳主编《全宋文》第286册，第368页。
③ 吴洪泽、尹波主编《宋人年谱丛刊》第9册，第5953页。
④ （宋）李庚、林师蒇辑，（宋）林表民辑别编《天台续集别编》卷4，《影印文渊阁四库全书》本，第1356册，第571页。
⑤ 丁福保辑《历代诗话续编》，第554页。
⑥ （宋）李庚、林师蒇辑，（宋）林表民辑别编《天台续集别编》卷3，《影印文渊阁四库全书》本，第1356册，第565页。
⑦ 参见汪桂海《钱文子生平与著述考》，《文津学志》2003年第1辑。
⑧ （宋）陈耆卿：《赤城志》卷34人物门，《影印文渊阁四库全书》本，第486册，第898页。
⑨ 曾枣庄、刘琳主编《全宋文》第225册，第229页。
⑩ 曾枣庄、刘琳主编《全宋文》第238册，第228页。

《瀛奎律髓》："吴兴林宪字景思，少从其父宦游天台，因留萧寺寓焉。"（卷二十四）① 又据《宋元学案》："林宪，字景思，鲁人也。初寓吴兴，后寓临海。"② 如果联系他的生年，这些矛盾便可释然。盖林景思生于南渡前，为鲁地泰安人，随父南渡寓居浙江吴兴，故又被称为吴兴人，后随妻祖参政贺允中寓临海，被称为天台人。宋韦居安《梅磵诗话》即称其为"乡人雪巢林宪景思"③，韦居安即吴兴人。不过方回所云"少从其父宦游天台"，与前引陈耆卿《赤城志》所载林景思乃追随其妻祖来到天台，似乎是矛盾的。然而，林景思或许少随其父曾到过天台，亦未可知。

尤袤《雪巢小集序》云：

（景思）年少时卓荦有大志，贺参政子忱奇其才，以孙女妻之。临终，复与米数百斛，谢不取。贺既亡，挈其孥居萧寺，屡濒于馁而不悔。读书著文，不改其乐。顷尝随贺使虏，同行中后有鼎贵者，会赴大比试，来都城，因游西湖上。新贵人于马上睨识之，使人传言请见，亟遁去，其操守如此。④

知林景思曾随贺允中出使金国，允中死后，林景思不受所馈米粮，居住在天台当地萧寺之中。陈耆卿《赤城志》载，林景思曾"中特科，监西岳庙"⑤。然而其做官的时间并不长，这由其长期穷困潦倒、苟居萧寺即可知。在世人心中他是一介隐士，楼钥《跋戴式之诗卷》即云"雪巢林景思、竹隐徐渊子皆丹丘名士"⑥。

林景思一生贫困。尤袤《别林景思》曰："二年无德及斯民，独喜从游得此君。囊乏一钱穷到骨，胸蟠千古气凌云。论交却恨相逢晚，别

---

① （元）方回选评，李庆甲集评校点《瀛奎律髓汇评》，上海古籍出版社，2020，第1162页。
② （清）黄宗羲撰，（清）全祖望补修《宋元学案》卷27，中华书局，1986，第1022页。
③ 丁福保辑《历代诗话续编》，第554页。
④ 曾枣庄、刘琳主编《全宋文》第225册，第229～230页。
⑤ （宋）陈耆卿：《赤城志》卷34人物门，《影印文渊阁四库全书》本，第486册，第898页。
⑥ 曾枣庄、刘琳主编《全宋文》第264册，第290页。

第十章 余论

袂真成不忍分。后夜相思眇空阔，尺书应许雁知闻。"① 他甚至在《雪巢小集序》中说："至无屋可居，无田可耕，其贫益甚，其节益固，而其诗益工。呜呼！士患无才，而有才者，困穷类若此，岂发造化之秘，天殆恶此耶？"② 范成大《寄题林景思雪巢六言三首》其一亦云："大地九冰彻底，小巢四壁俱空。只有梅花同调，雪中无限春风。" 其三又说："万境人踪尽绝，百围天籁都沉。惟余冷淡生活，时复撚髭冻吟。"③ 从中可想见其清苦的生存处境，同时可知，林景思虽然穷困，但有着凌云的气度。杨万里亦曾曰："子何必以才而致穷耶？"林景思笑曰："吾何幸得与郊、岛、黄（庭坚）、秦（观）同其穷，而不与（王）涯、（贾）悚、王（黼）、蔡（京）同其达，而子为我愿之乎？"（见《雪巢小集后序》）④ 知其虽穷困，但并不愿舍节操而取富贵。对此，楼钥《林景思雪巢》诗说："作诗穷益工，寒瘦逼岛郊。落笔句惊人，不复寻推敲。客至不问谁，淡若君子交。直气干霄上，下视鄙斗筲。富贵顷刻花，谁能等幻泡。附离如幕燕，自谓漆与胶。先生阅世熟，兀坐山城坳。"⑤ 其所撰《雪巢诗集序》又云："（景思）行谊高洁肮脏，不与世合。环堵萧瑟，忍穷如铁石，一郡人士称重之。"⑥ 总的说来，穷困却气度不凡是林景思给人们的总体印象。徐度又为学者尹焞门人，与林景思俱附于《宋元学案·和靖学案》，则景思不仅从其学诗也。景思高卓的性情与其师祖尹焞及乃师徐度不无关系。

据陈振孙《直斋书录解题》所云"（景思）初寓吴兴，从徐度敦立游"⑦，知其从徐度学诗是在少年时期寓居吴兴之时。林景思著有《雪巢小集》，已佚。然而从时人评论看，其诗并无江西习气。尤袤《雪巢小集序》云："（景思）初不锻炼，而落笔立就，浑然天成，无一语蹈

---

① 北京大学古文献研究所编《全宋诗》第43册，第26859页。
② 曾枣庄、刘琳主编《全宋文》第225册，第230页。
③ 北京大学古文献研究所编《全宋诗》第41册，第26052页。
④ 曾枣庄、刘琳主编《全宋文》第238册，第228~229页。
⑤ 北京大学古文献研究所编《全宋诗》第47册，第29319页。
⑥ 曾枣庄、刘琳主编《全宋文》第264册，第118~119页。
⑦ （宋）陈振孙：《直斋书录解题》卷20，《影印文渊阁四库全书》本，第674册，第881页。

袭。……唐人之精于诗者不是过。一时名流皆愿交之。"① 杨万里则曰："至如'桃花飞后杨花飞，杨花飞后无可飞'，'天空霜无影'等句，超出诗人准绳之外，其邈不可追，其卓不可跋矣。使李太白在，必一笑领此句也，似唐人而已乎？"（《雪巢小集后序》）韦居安《梅磵诗话》载："近世三衢郑景龙编《宋百家诗续选》，谓景思诗高处不止似唐人……亦非虚语。"② 盖林景思属于中兴时期宋诗向唐风复归思潮中的一员。

陈振孙云："余为南城，其（景思）子游谒至邑，以家集见示，爱而录之。及守天台，则板行久矣，视所录本稍多。然其暮年诗似不逮其初，往往以贫为累，不能不衰索也。"（《雪巢小集》叙录）③ 陈振孙在端平三年（1236）以朝散大夫知台州，而此时林景思诗流传已久。

林景思之后，陈师道还有四传弟子，即高翥和戴复古。《（光绪）余姚县志》云："高翥，初名公弼，后改名，字九万，国佐仲子也。幼习科举学，下笔辄异，长乃卓越不羁曰：'此不足为吾学也。'遂专力于诗，师事林宪，得句法。……淳祐元年游淮，得疾归，卒于西湖寓舍，年七十二。著有《菊磵集》十二卷。嘉定以后学者多传其诗。"（卷二十三）④ 除了高翥，还有戴复古。宋楼钥《石屏诗集序》云："黄岩戴君敏才独能以诗自适，号东皋子。不肯作举子业，终穷而不悔。且死，一子方襁褓中，语亲友曰：'吾之病革矣，而子甚幼，诗遂无传乎！'为之太息，语不及他。与世异好乃如此！子既长，名曰复古，字式之。或告以遗言，收舍残编，仅存一二，深切痛之，遂笃意古律。雪巢林监庙景思、竹隐徐直院渊子皆丹丘名士，俱从之游，讲明句法。"⑤ 或许是由于这重诗学渊源，戴复古对后山诗非常赞赏，如其《陈漕领客西园赏海棠》云："追随玉节赏仙葩，满座风流客更嘉。锦绣有光摇竹影，珍珠无价买春华。猩红滴滴娇含蕊，雪白纷纷老半花。肯对骚坛轻着语，后山诗句

---

① 曾枣庄、刘琳主编《全宋文》第 225 册，第 229~230 页。
② 丁福保辑《历代诗话续编》，第 554 页。
③ （宋）陈振孙：《直斋书录解题》卷 20，《影印文渊阁四库全书》本，第 674 册，第 881 页。
④ （清）周炳麟修，（清）邵友濂、孙德祖纂《余姚县志》，上海书店影印光绪二十五年刻本，1993。
⑤ 曾枣庄、刘琳主编《全宋文》第 264 册，第 142 页。

已名家。"① 这种赞赏也表现在戴复古的创作上,赵章泉就说:"陈后山《寄外舅郭大夫》诗,乃全篇之似杜者也。后戴式之亦有《思家》,用陈韵,又全篇之似陈者也。"②

三 支脉旁生

与南宋初相比,中后期是后山接受的高峰阶段。此时除了后山诗脉在延续,宗法后山的诗人也大有人在。我们知道,中兴时期杨万里为探求创作道路,就曾学后山五字句。此外,其他可考见的诗人亦所在多有,这说明陈师道比以往得到了更多的关注。

陈造,字唐卿,高邮人。孝宗淳熙二年(1175)进士,著有《江湖长翁集》。陈造与杨万里、范成大、楼钥等人交游密切,是当时诗坛上的重要人物。③他在《答陈梦锡书》中说,"仆也学后山者,不但其文,且欲俎豆其节,顾未有得万一"④。他在《次韵赵帅四首》中也说:"谈笑惯陪北海酒,馥膏拟炷后山香。"(其四)⑤他学陈师道不限于诗,也学其文,他说:"取六君子文类而读之,如昌黎之粹而古,柳州之辨而古,六一之浑厚而古,河南之简切而古,南丰之密而古,后山之奇而古,是皆可仰可师。"(《题六君子古文后》)⑥但在他看来,陈师道的文与诗是联系在一起的。他说,"古人妙于文,惟妙故健。文有顺而健,有逆置而弥健。迁、固多得此法……后山用之于诗"(《文法》)⑦。陈造非常赞赏后山诗,他说:"三百篇之正派,黄、陈出于是,而其才高妙,故卓绝不可及如此。"(《答陈梦锡书》)⑧他评价别人的诗也以后山诗为标准,如其《次张节推山字韵诗留其行》云:"小回余事入诗律,句法还能逼后山。"⑨而且他也以后山自比,如《骑过山村》云:"颇似骑驴后山老,

---

① 北京大学古文献研究所编《全宋诗》第 54 册,第 33585 页。
② (清)厉鹗辑撰《宋诗纪事》,上海古籍出版社,1983,第 821 页。
③ 参见曾维刚《江湖长翁:南宋中兴诗人陈造考论》,《兰州大学学报》(社会科学版)2016 年第 4 期。
④ 曾枣庄、刘琳主编《全宋文》第 256 册,第 161 页。
⑤ 北京大学古文献研究所编《全宋诗》第 45 册,第 28195 页。
⑥ 曾枣庄、刘琳主编《全宋文》第 256 册,第 256 页。
⑦ 曾枣庄、刘琳主编《全宋文》第 256 册,第 300~301 页。
⑧ 曾枣庄、刘琳主编《全宋文》第 256 册,第 161 页。
⑨ 北京大学古文献研究所编《全宋诗》第 45 册,第 28206 页。

倩谁粉墨洒豪端。"由于这种推崇，陈造不但作诗以后山诗句作韵字，如其《十诗谢廖计使以后山诗何以报嘉惠江湖永相忘为韵》，而且常化用后山诗句入诗。如《雨未止再次前韵二首》（其二）云："欠伸旧识名驹子，兰艾一燎同飞灰。"就是用后山诗《寄曹州晁大夫》中的"只今容有名驹子，困倚阑干一欠伸"（《寄曹州晁大夫》）①。再如《次韵程帅游习池三首》（其一）云："回思行李冒尘土，更喜百忧偷一嬉。"则用后山《次韵苏公涉颍》诗："生忍自作难，百忧间一嬉。"② 又如《送张文昌帅豫章二首》（其一）所云："平时但有凝香梦，盛世那无勇退人。"则是用后山《寄张文潜舍人》诗："时平身早达，未要梦凝香。"③ 由此可见，陈造对陈师道的接受是全方位的。

张镃，字功甫，卜居南湖，著有《南湖集》。杨万里在《跋张功父通判直阁所惠约斋诗乙稿》中说："句里勤分似，灯前得细尝。孤芳后山种，一瓣放翁香。"④ 就是赞赏张镃对陈后山的学习。张镃在《俞玉汝以诗编来因次卷首韵》中也曾说："我生癖耽诗，极力参古意。寥寥千百年，所取仅三四。此言或是痴，的确有见地。大雅既不作，少陵得深致。楚骚久寂寞，太白重举似。堂堂豫章伯，与世不妩媚。峭峭后山老，深古复静丽。长篇杂短章，末学敢睥睨。傥非四公者，孰毕此能事。"⑤ 他为诗坛选取的四家典范，唐代为李、杜，宋代就是黄、陈。

赵蕃，字昌父，号章泉。方回《跋赵章泉诗》说："平生恬淡而诗尚瘦劲，不为晚唐，亦不为江西，隐然以后山为宗。奉岳祠三十三年，刘后村所谓'一生官职监南岳，四海诗名仰玉山'，非虚也。"⑥ 他又在《杂书五首》（其五）中说："饶君遒紧日千篇，未办骊珠出九渊。欲诣彭城陈正字，须参南岳赵章泉。"⑦ 显然是把赵蕃作为后山诗学的后身来看的。

除了这些诗坛名宿，还有一些名气不大的诗人。如方世京，刘克庄

---

① （宋）陈师道撰，（宋）任渊注，冒广生补笺《后山诗注补笺》，第340页。
② （宋）陈师道撰，（宋）任渊注，冒广生补笺《后山诗注补笺》，第113页。
③ （宋）陈师道撰，（宋）任渊注，冒广生补笺《后山诗注补笺》，第156页。
④ 北京大学古文献研究所编《全宋诗》第42册，第26355页。
⑤ 北京大学古文献研究所编《全宋诗》第50册，第31534~31535页。
⑥ （元）方回：《桐江集》卷4，《续修四库全书》本，第1322册，第421页。
⑦ （元）方回：《桐江续集》卷20，《影印文渊阁四库全书》本，第1193册，第473页。

说："（世京）小楷遒媚，有《黄庭》之韵。诗律尤高，以后山为师。"（《巴陵通守方君墓志铭》）① 再如陈箓谷与陈野逸，黄敏求《题陈箓谷陈野逸吟稿》曾云："后山衣钵尘埃久，赖有双英主夏盟。"② 这里的"双英"就是指这"二陈"。综上，陈师道在南宋中后期得到的关注远多于其他时期。

南渡初，人们常从江西诗派的角度认识陈师道。如陈长方《步里客谈》载："章叔度宪云：每下一俗间言语，无一字无来处，此陈无己、黄鲁直作诗法也。"（卷下）③ 再如吴坰说："陈无己见曾子开诗云：'今朝有客传何尹，到处逢人说相斯。'虽全用古人两句，而属辞切当，上下意混成，真脱胎法也。"（《五总志》）④ 然而到南宋中后期，人们更关注陈师道不同于黄庭坚的创作个性。如王偁说："（师道）为文师曾巩，为诗宗黄庭坚，然平淡雅奥，自成一家云。"（《东都事略·陈师道传》）⑤ 陈振孙也说："其造诣平澹，真趣自然，实豫章之所缺也。"（《直斋书录解题·后山集》）⑥ 这就打破了长期以来黄、陈一体的模糊印象。又如魏了翁指出："孙楚除妻服，作诗示王武子，王曰：'未知文于情生，情于文生，览之凄然，增伉俪之重。'而黄诗：'意不及此文生哀。'陈诗：'情生文自哀。'二人之意各不同。"（《经外杂钞》卷一）⑦ 这则是从具体作品出发论证二人的不同。

既然有所不同，就难免比较高下，宋人也是如此。黄、陈之间，无疑黄的整体成就更高，但如陈模所说："《后山集》中似江西者极少，至于五言八句，则不特不似山谷，亦非山谷之所能及。……（师道）句意从容顿挫，自成一家。但把山谷五言看，非是不工，然终不蕴藉。"（《怀古录》卷上）⑧ 再如罗大经，他比较了黄、陈二人送秦觏赴杭学诗

---

① 曾枣庄、刘琳主编《全宋文》第331册，第184页。
② 北京大学古文献研究所编《全宋诗》第57册，第35646页。
③ （宋）陈长方：《步里客谈》，《影印文渊阁四库全书》本，第1039册，第404页。
④ （宋）吴坰：《五总志》，《影印文渊阁四库全书》本，第863册，第808页。
⑤ （宋）王偁：《东都事略》卷116，《影印文渊阁四库全书》本，第382册，第760页。
⑥ （宋）陈振孙：《直斋书录解题》卷20诗集类下，《影印文渊阁四库全书》本，第674册，第874页。
⑦ （宋）魏了翁：《经外杂钞》，《影印文渊阁四库全书》本，第853册，第73页。
⑧ （宋）陈模撰，郑必俊校注《怀古录校注》卷上，中华书局，1993，第9~10页。

的同题之作，明确指出"后山之味永"（《鹤林玉露》乙编卷一）①，这就在特定视角下提升了陈师道的创作成就，把黄、陈之所以能够并称的内涵更具体化、明晰化了，甚至在当时形成了"黄、陈齐名，何师之有"（刘克庄《江西诗派小序·后山》）②的质疑，此时陈师道在很大程度上已摆脱了黄庭坚的影响和笼罩，以独立的姿态与他并列了。谢枋得曾说"选黄山谷、陈后山两家诗各编类成一集，此二家乃本朝诗祖"（《与刘秀岩论诗》）③，若我们把这句话放在南宋中后期陈师道接受的大背景下，或许可以感受到其中黄、陈并称的内涵的微妙变化。毫无疑问，南宋中后期是陈师道诗学地位提升的重要阶段。

在南宋，陈师道受到宋人推崇，有其诗学原因，也有其品格因素。陈师道的创作非常严谨，魏衍云，后山作诗"小不逮意，则弃去，故家之所留者止此"（《彭城陈先生集记》）④。任渊也说陈师道诗"作之有谓，而存之可传，无怪乎诗之少也"（《后山诗注序》）⑤，这也就形成了后山集中作品的精粹格局，人们难以指摘其中的不足。而陈师道人格高卓，尤其是他宁死不受挺之锦衣的气节，更让他在南渡后清算王安石新党的思潮中成为典型。所谓爱屋及乌，人们爱重其人，自然爱重其诗。朱熹门人林择之问曰："后山诗恁的深，他资质尽高，不知如何肯去学山谷？"朱熹说："后山雅健强似山谷，然气力不似山谷较大，但却无山谷许多轻浮的意思。"⑥ 其中就有道德评价的成分。在朱熹的判断中，陈师道已经有了与黄庭坚平分秋色的诗学地位，这基本代表了南宋中后期的接受状态。

另外，我们似乎还可以看出另一些端倪。从气度与品格可知，后山诗脉上的学人或多或少都与后山有相似之处，如魏衍不与世合、不求功名，林景思贫困自守、安贫乐道，陈造高卓，戴复古"蹭蹬归来，闭门独坐，赢得穷吟诗句清"（《沁园春》）⑦，等等。在两宋，陈师道或许已

---

① 《宋元笔记小说大观》第5册，第5244页。
② 曾枣庄、刘琳主编《全宋文》第329册，第108页。
③ （宋）谢枋得：《叠山集》卷2，《影印文渊阁四库全书》本，第1184册，第865页。
④ （宋）陈师道撰，（宋）任渊注，冒广生补笺《后山诗注补笺》，卷首，第19页。
⑤ （宋）陈师道撰，（宋）任渊注，冒广生补笺《后山诗注补笺》，目录，第1页。
⑥ （明）胡广编《性理大全书》卷56，《影印文渊阁四库全书》本，第711册，第234页。
⑦ 唐圭璋编《全宋词》第4册，中华书局，1965，第2303页。

成为某一类诗人的典型,他代表着耿介、不以世路为要务、沉吟自赏的典范人格,他在南宋的诗学地位就是其创作成就与主体人格良性互动、共同作用的结果。他的诗学地位经过了北宋的沉寂,在南宋初大有起色,自中兴诗坛以后则大幅提升,后来方回尤重后山诗,甚至在某种程度上超过了黄庭坚诗①,就是延续了南宋中后期的接受态势,这是陈师道最终能在"一祖三宗"中取得一席之地的重要诗学基础。

第四节　观照与反思:民国时期开放的文学史观与古典文学研究

民国是学术研究向现代转变的关键时期,在学术史上有着承上启下的意义。就古典文学研究而言,如何从国粹主义中走出来,将传统学术与现代研究方法和学术视野相结合,是学术健康发展的关键。在这方面,民国时期的一些学术团体及学术大家做出了突出的贡献。

一　民国时期现代学术研究的发生背景

早在19世纪中后期至20世纪初,西方现代文学观念就已传入中国。这对文学史观的影响,主要表现在对文学情感、美学特质的强调及相应的纯文学观念上,这在国人早期的文学史著作中已有明显的反映。如清末黄人在《中国文学史》中就说:"文学之职分,以感动人情为主,属于情之范围者,美也,故文学属于美学之范围,所谓赋与娱乐者,即超美之快感也。对于文学之快感,与对于绘画、雕刻之性质同。"② 又说:"美为构成文学的最要素,文学而不美,犹无灵魂之肉体,盖真为智所司,善为意所司,而美则属于感情,故文学之实体可谓之感情云。"③ 民国时期中国文学史著作的"新"与"旧",就大致以文学观念为区分,"新"文学史打破了"旧"文学史以经、史、子、集为类目的叙述方式,以纯文学为主要内容,依照西方诗歌、散文、小说、戏剧四种体裁进行分类,使文学从经、史、子、集中独立出来,同时更加重视小说、戏曲

---

① 见莫砺锋《从〈瀛奎律髓〉看方回的宋诗观》,《文艺理论研究》1995年第3期。
② 黄人著,江庆柏、曹培根整理《黄人集》,上海文化出版社,2001,第355页。
③ 黄人著,江庆柏、曹培根整理《黄人集》,第357页。

等俗文学的价值。

　　清末严复翻译赫胥黎《天演论》,将进化论思想传入中国,启发人们在动态的历史中寻觅文学发展的脉络。清末黄人在《中国文学史》中就已经用这种理论对文学的发展进行了描述,他说:"文治之进化,非直线形,而为不规则之螺旋形。盖一线之进行,遇有阻力,或退而下移,或折而旁出,或仍循原轨。故历史之所演,有似前往者,有似后却者,又中止者,又循环者,及细审之,其范围必扩大一层,其为进化一也。"① 至民国时期,胡适在《文学改良刍议》中进一步说:"文学者,随时代而变迁者也。一时代有一时代之文学……此非吾一人之私言,乃文明进化之公理也。"② 1919年,谭正璧撰写的《中国文学进化史》则直接以"进化史"命名,可见晚清以来,文学进化观念已经深入文学史家的视野之中了。

　　法国丹纳及丹麦勃兰兑斯从种族、时代、环境等外部因素来考察文学,这对中国文学史家的治学方法也产生了深刻影响。郑振铎直接接受了他们的学说,他批评说:"最早的'文学史'都是注重于'文学作家'个人的活动的,换一句话,便是专门记载诗人、小说家、戏剧家等等的生平与其作品的。这显然的可知所谓'文学史'者,不过乃是对于作家的与作品的鉴赏的或批判的'文学批评'之联合,而以'时代'的天然次序'整齐划一'之而已。"并说:"像写作《英国文学史》(公元1864年出版)的法人太痕(Taine,1828—1873),用时代、环境、民族的三个要素,以研究英国文学的史的进展的,已很少见。北欧的大批评家,勃兰兑斯(G. Brandes)也更注意于一支'文学主潮'的生与灭,一个文学运动的长与消。他们都不仅仅的赞叹或批判每个作家的作品了;他们不仅仅为每个作家作传记,下评语。他们乃是开始记载整个文学的史的进展的。"③ 又说,"文学史的主要目的,便在于将这个人类最崇高的创造物文学在某一个环境、时代、人种之下的一切变异与进展表示出来"。④ 这种以种族、时代、环境因素来研究文学的方法能够从广阔的视

---

① 黄人著,江庆柏、曹培根整理《黄人集》,第340页。
② 胡适:《胡适学术文集·新文学运动卷》,中华书局,1993,第21页。
③ 郑振铎:《插图本中国文学史》,绪论,第2页。
④ 郑振铎:《插图本中国文学史》,绪论,第4页。

野研究文学现象的发生、发展以及演化，改变了早期文学史家仅以作家小传和作品赏析书写文学史的方式，更加突出了文学史家的史识与卓见。

与此同时，20世纪前三十年有大量的俗文学文献被发掘出来，这其中就包括敦煌石室唐五代俗文学写本、日本的唐人小说、《全相平话》和《京本通俗小说》等，这些文献资料有力地迎合了五四新文化运动以来来势迅猛的白话文学与俗文学思潮，为改写文学史提供了难得的契机。人们需要重新审视中国自古以来的文学，必须重新梳理古典文学的发展历程，以及对文学经典进行重新选择，因而用新的文学观念写作文学史自然也被提上日程。

二　20年代的古典文学研究：以文学研究会为例

文学研究会是20世纪现代文学史上寿命最长的社团，也是民国时期中国古典文学研究的重镇。这个社团中涌现出现代学术史上多位大师，如郑振铎、郭绍虞、游国恩、俞平伯、朱自清、顾颉刚等，他们在继承国学研究优良传统的基础上，凭借现代的科学研究方法与开阔的学术视野，对古典文学进行了出色的整理与研究，这与他们开放的文学史观有密切的关系，并以此为古典文学研究的现代化做出了重要贡献。

文学研究会在成立之初就体现出鲜明的研究性质。《文学研究会简章》第二条明确提出"以研究介绍世界文学、整理中国旧文学、创造新文学为宗旨"（1921年《小说月报》第12卷第2号），这一宗旨始终贯彻在他们的文学创作与研究活动中。

文学研究会整理中国古典文学的态度不同于国粹主义，对此沈雁冰曾指出："今年提倡国粹的声浪从南京发出，颇颇震动了死寂的空气；我拜读过好几篇，觉得他们的整理国故有些和孙诒让等前辈同一鼻孔出气——是表彰国故，说西洋现今的政法和思想都是我国固有的，……我觉得现在该不是'民族自夸'的时代，'民族自夸'的思想也该不要再装进青年人的头脑里去罢？我对于这种样的'整理国故'真不胜其怀疑了！"（1922年《小说月报》第13卷第7号）郑振铎在《新旧文学的调和》中也批评说："现在自命为国粹派的，却是连国粹也不明白的。"（1921年《文学旬刊》第4期）文学研究会对待中国旧文学的态度非常鲜明，就是"整理旧文学的人也须应用新的方法"（《文学研究会宣言》

第二条，1921年《小说月报》第12卷第1号）。这里所谓新的方法就是用现代的眼光和思维去研究和考量旧文学，以客观的视角认识国故。郑振铎认为，"以前的一切评论，一切文学上的旧观念都应一律打破……就是有许多很好的议论，我们对他极表同情的，也是要费一番洗刷的功夫，把他从沙石堆中取出，而加之以新的证明"（《整理中国文学的提议》，1922年《文学旬刊》第51期）。顾颉刚也认为整理国故就是要"看出它们原有的地位，还给它们原有的价值"（《我们对于国故应取的态度》，1923年《小说月报》第14卷第1号）。因此，文学研究会整理国故实际就是要在新的时代，以新的眼光给国故以重新定位，确定其真正的价值。1923年1月10日《小说月报》第14卷第1号上出现了"整理国故与新文学运动"的讨论专栏，刊载了6篇文章，即郑振铎《新文学之建设与国故之新研究》、顾颉刚《我们对于国故应取的态度》、王伯祥《国故的地位》、余祥森《整理国故与新文学运动》、严既澄《韵文及诗歌之整理》、玄珠《心理上的障碍》，这是文学研究会开展古典文学研究的一个良好开端。

在具体操作上，首先他们要整理中国旧文学的类目。郑振铎在《研究中国文学的新途径》中把中国古典文学分为9个大类，即"总集及选集""诗歌""戏曲""小说""佛曲弹词及鼓词""散文集""批评文学""个人文学""杂著"，又在这9大类下细分出40个小类，如"短篇小说""长篇小说""童话及民间故事集"等，从这个类目中我们发现，小说、戏曲等俗文学的比重明显增加，体现出文学观念在新时代的变化。而在研究的过程中，郑振铎注重运用进化论的方法研究文学现象，他认为："进化论更可帮助我们廓清了许多传统的谬误见解。这些谬误见解之最大的一个，便是说：古是最好的，凡近代的东西总是不如古代的。明清之诗文不如唐宋，唐宋之著作不如汉魏，这是他们所执持着的议论。进化的观念，不是完全反对他们，乃是告诉他们以更真确的真理。"（《研究中国文学的新途径》，《小说月报》第17卷号外《中国文学研究》上册）文学研究会成员往往兼具旧学功底、新时代的眼光及开阔的学术视野，因此能把学问做得厚重而且新颖，其成果对现代学术极具借鉴意义。他们在吸收现代研究方法的同时，并没有放弃搜集、考订材料等旧学功夫。郑振铎提倡"归纳的考察"，就是通过搜集材料，对材料进行分析、取证，然后得出适当的结论，其中对材料进行分析、取证，实际就有着鲜明的传统学术的色彩。汪馥泉更鲜明地把辨真伪作为"整理古代文学的大工作"（《整理中国古代诗歌的意见及其他》，1922年《文学旬刊》第53期），并认为这是需要耗费大半生精力才庶几可以完成的事业。

此时，新的文学观念已被人们普遍接受，"新"文学史写作成为突出的学术现象。不只文学研究会成员，其他学者，如胡适也非常重视新材料的使用。1928年，胡适《白话文学史》的出版可视为"新"文学史的有益尝试，他得意地说："六年前的许多假设，有些现在已得着新证据了，有些现在须大大地改动了。如六年前我说寒山的诗应该是晚唐的产品，但敦煌出现的新材料使我不得不怀疑了。怀疑便引我去寻新证据，寒山的时代竟因此得着重新考定了。又如我在《国语文学史》初稿里断定唐朝一代的诗史，由初唐到晚唐，乃是一段逐渐白话化的历史。敦煌的新史料给我添了无数佐证，同时却又使我知道白话化的趋势比我六年前所悬想的还要早几百年！我在六年前不敢把寒山放在初唐，却不料隋唐之际已有了白话诗人王梵志了！我在六年前刚见着南宋的《京本通俗小说》，还很诧异，却不料唐朝已有不少的通俗小说了！"[①]

在这种观念和方法的指导下，后来郑振铎写出了影响巨大的《插图本中国文学史》，这部著作汇集了大量的精美插图，搜集了众多新发现的材料，其中大约三分之一的材料是首次被写入文学史，这也造成了这部文学史后半部分民俗文学的比例特别突出的现象。郑振铎对新发现的材料非常重视，他在《插图本中国文学史·例言》中说："本书所包罗的材料，大约总有三之一以上是他书所未述及的；像唐、五代的变文，宋、元的戏文与诸宫调，元、明的讲史与散曲，明、清的短剧与民歌，以及宝卷、弹词、鼓词等等皆是。我们该感谢这几年来殷勤搜辑那些伟大的未为世人所注意的著作的收藏家们。没有他们的努力与帮助，有许多中国文学史上的重要的作品是不会为我们所发见的。"[②] 这部著作在当时可谓独具一格，堪称20世纪30年代最优秀的文学史，至今仍不断被付梓

---

① 胡适：《胡适学术文集·中国文学史》，中华书局，1998，第140~141页。
② 郑振铎：《插图本中国文学史》，第2页。

重印。

在文学研究会成员中，郑振铎、顾颉刚等人都是现代古典文学研究的重要奠基人。郑振铎著有《中国俗文学史》《插图本中国文学史》等，开创了古典文学研究的新局面。顾颉刚则是现代《诗经》学研究的大家，他大胆疑古，去伪存真，从所搜集的民间歌谣解悟《诗经》，有很多令人耳目一新的创见。顾颉刚也是现代"红学"的创始人之一，他侧重对材料的搜集，胡适及俞平伯的"红学"研究均从顾颉刚这里受益颇多。游国恩的楚辞学研究，以其扎实的旧学功底，结合现代学术的广阔视野，对诸如《楚辞》与《诗经》的关系，《离骚》解题，屈原的放逐时间、地点及路线等问题都有较圆满的解决，很多结论均沿用至今，其被王瑶先生称为现代楚辞学的集大成者。① 郭绍虞则成为中国文学批评史这一学科的重要开拓者，其《中国文学批评史》是大学教材中经久不衰的一部著作，他对于历代诗话搜辑与考订的贡献也非常突出。此外，如俞平伯、朱自清、陆侃如等都成为现代古典文学研究领域中的巨匠，为现代学术史涂上了浓墨重彩的一笔。

三 30 年代的中国"新"文学史写作

20 世纪 30 年代的文学史著作，大都明显表现出现代文学观念。胡云翼在《新著中国文学史》自序中说："文学向有广狭二义，广义的文学即如章炳麟所说'著于竹帛之谓文，论其法式谓之文学'，即是说一切著作皆文学。这样广泛无际的文学界说，乃是古人对学术文化分类不清时的说法，已不能适用于现代。至狭义的文学乃是专指诉之于情绪而能引起美感的作品，这才是现代的进化的文学观念。……我们认定只有诗歌、辞赋、词曲、小说及一部美的散文和游记等，才是纯粹的文学。"② 1938 年，郑振铎在《中国俗文学史》中认为："哪一国的文学史不是以小说、戏曲和诗歌为中心的呢？而过去的中国文学史的讲述却大部分为散文作家们的生平和其作品所占据。现在对于文学的观念变更了，对于不登大雅之堂的戏曲、小说、变文、弹词等等也有了相当的认识了，

---

① 王瑶主编《中国文学研究现代化进程》，北京大学出版社，1998，第 408 页。
② 胡云翼著，刘永翔、李露蕾编《胡云翼重写文学史》，华东师范大学出版社，2004，第 5~6 页。

故这一部分原为'俗文学'的作品,便不能不引起文学史家的特殊注意了。"① 这种现代文学观念的树立,也就确立了纯文学的地位。

据陈玉堂《中国文学史旧版书目提要》载录,以初版为准,20世纪国人自著文学通史从1904年始至20年代末约38部,② 30年代约63部,40年代约15部;断代文学史(古代部分)30年代之前约7部,30年代约15部;40年代约7部;文学专史(古代部分)30年代之前约22部,30年代约71部;40年代约22部(见表4)。

表4 清末民国时期文学史写作概况一览

分类	30年代前	30年代	40年代
文学通史	38(部)	63(部)	15(部)
断代文学史	7(部)	15(部)	7(部)
文学专史	22(部)	71(部)	22(部)

可见,无论从哪个角度看,30年代都是文学史写作的一个高峰。这其中大部分都是"新"文学史,尤其是刘经庵《中国纯文学史纲》和郑振铎《中国俗文学史》等直接以新文学观念为著作命名,鲜明地与"旧"文学史划清了界限,这些"新"文学史是文学史写作走向现代化的重要表现,在20年代到40年代,起着承上启下的作用,它奠定了后来文学史写作的基本框架和取向。概括起来,其主要在两个方面深刻影响了后来的著述。

首先,纯文学史观得以确立。30年代以前已经产生了像胡怀琛《中国文学史略》、胡适《白话文学史》这样初步体现"新"文学观念的文学史,然而据陈玉堂《中国文学史旧版书目提要》,那时"旧"文学史著作仍能与之分庭抗礼。然而到了30年代,"新"的文学史著作已经占有绝对优势,并产生了具有广泛影响的著作,如郑振铎的《插图本中国文学史》,陆侃如、冯沅君的《中国文学史简编》等。纯文学史观念在文学史家及读者心中已经成为一种普遍共识,这正如郑振铎在《插图本中国文学史》中所说:"我们第一件事,便要先廓清了许多非文学的著

---

① 郑振铎:《中国俗文学史》,上海人民出版社,2006,第15页。
② 其中有少数未能确定具体出版年月,故称"约",下同。

作,而使之离开文学史的范围之内,回到'经学史'、'哲学史'或学术思想史的他们自己的领土中去。同时更重要的却是要把文学史中所应述的纯文学的范围放大,于诗歌中不仅包罗五七言古律诗,更要包罗着中世纪文学的精华——词与散曲;于散文中,不仅包罗着古文与骈文等等,也还要包罗着被骂为野狐禅等等的政论文学,策士文学,与新闻文学之类;更重要的是,于诗歌、散文二大文体之外更要包罗着文学中最崇高的三大成就——戏剧、小说与'变文'(即后来之弹词、宝卷)。这几种文体,在中国文坛的遭际,最为不幸。他们被压伏在正统派的作品之下,久不为人所重视;甚至为人所忘记,所蔑视。直到了最近数十年来方才有人在谈着。我们现在是要给他们以历来所未有的重视与详细的讲述了!"①

其次,俗文学地位得到提升。由于新材料的发现,在文学史家的著作中都加强了对俗文学的叙述,俗文学的文体种类和俗文学所占的分量均大量增加。如张振镛的《中国文学史分论》共分为六编,分别为诗、文、词、曲、小说、戏剧。在词、曲、小说、戏剧四编中分别以时代为序,叙述各文体的发展,俗文学占全书绝大部分。再如谭正璧在《新编中国文学史》中叙述俗文学的部分:第一编周秦文学的第一章叙小说(神话、寓言、汉人所谓小说);第二编两汉文学的第四章叙散文,其中包括小说;第三编的第三章叙小说(鬼神志怪书、清言集、应验录);第四编的第一章叙传奇小说(神怪故事、恋爱故事、豪侠故事、传奇集),第四章叙变文;第五编宋金元文学的第一章叙小说(鬼神志怪书、传奇小说、说话的话本、讲史书),第三章叙淘真,第四章叙戏曲(散曲、前期杂剧、后期杂剧、传奇);第六编明清文学的第一章叙小说(历史、武侠、理想、人情、才子佳人、讽刺、冶游小说、话本集、传奇集),第二章叙戏曲(初期作家、万历前后、清代作家),第三章叙唱词(宝卷、弹词、鼓词)。可见俗文学成为这部文学史各个时期必叙的内容,且所占比例甚大。

最能体现这种变化的是赵景深的两部文学史,一部是1918年1月出版的《中国文学小史》(上海光华书局出版),另一部是1936年1月出

---

① 郑振铎:《插图本中国文学史》,绪论,第6页。

版的《中国文学史新编》（北新书局出版）。从这两部文学史著作中可看出文学史观所发生的变化。《中国文学小史》正文部分共三十三章，其中只有六章述及俗文学部分：第二〇唐人小说，第二六元曲五大家，第二七明代的章回小说，第二八明传奇，第三〇清代的章回小说，第三一清传奇。而《中国文学史新编》共三编，每编十六章，每章三千字。其中第一编古代编，述及汉魏六朝小说、唐代小说与散文各一章。第二编宋元编，述及宋代诗文小说、戏剧的起源、诸宫调、元杂剧（两章）、元散曲、宋元戏文、元代小说八章。第三编明清编，述及明代杂剧、明代传奇（三章）、明代散曲、明代小说、清代杂剧、清代传奇、清代散曲、清代小说、清代花部戏十一章。共述及俗文学二十一章，近全书的二分之一。从《中国文学小史》三十三章中的六章到《中国文学史新编》四十八章中的二十一章，俗文学所占比重的变化显而易见。这种俗文学在文学史中地位的提升，在此后的文学史著述中被固定下来，成为文学史写作的基本模式。

戴燕充分肯定了30年代中国"新"文学史在中国文学史著述走向现代化过程中的关键作用。她说："经过本世纪最初的大约二三十年的讨论，'文学'的答案，就这样在西方文艺思潮涌入之际，经过一度小小的混乱，渐趋明朗了。在这个过程中，从事中国文学史研究及写作的人们，也完成了他们由旧向新的文学观念的转变，把立场从中国古人那里，悄悄地转移到了近代西方的文学理念这一边。……而三十年代以后出版的中国文学史著作，往往都不再辟出篇幅去对'什么是文学'作认真热烈的讨论，也似乎能够从另一方面证明有关'文学'的认识确实已经适时而稳定，故不再有人肯花力气去作论证了。"①

然而，文学史写作的趋同性在30年代也逐步显现。30年代以前，文学史写作常常各说各话，体例与章节安排各异，如胡毓寰《中国文学源流》以文体为纲目，乃文学史与作品选的混合书，分为记事文之发展、论理文之渐兴、字体之变迁、小说之盛等15章。再如赵景深《中国文学小史》以作家为纲，分别讨论屈原、贾谊、沈约、元曲五大家等共33

---

① 戴燕：《文学·文学史·中国文学史——论本世纪初"中国文学史"学的发轫》，《文学遗产》1996年第6期。另外，参见戴燕《文学史的权力》，北京大学出版社，2002。

章。又如刘麟生《中国文学 ABC》以文体为纲，实际是分体文学史的集合，分别叙述散文与韵文、诗、词、戏曲、小说，加上导言共 6 章。可以说 30 年代以前的文学史体现了书写方式的多样化与文学史家多样的写作个性。而到 30 年代之后，由于文学史家所享有的材料已大体一致，经过时间的打磨，各家所拈出的经典作家与经典作品也逐渐趋同，人们面前已呈现出一条清晰的、大体趋同的文学发展线索，文学史写作开始有了大体相似的面貌。关于这一点，董乃斌、陈伯海、刘扬忠主编的《中国文学史学史》有精妙的描述："它们会在同一个地方开头、结束，会有同样曲折的情节；它们列举的时代'代表'总是相同的，还有所谓的'代表'作品也总不出那些篇目；无论那文学史是厚还是薄，分配给一个时代、一个人或一篇诗文的篇幅比例，却都是一个尺码量下来的。"①实际上自黄人等人开始书写文学史之日起，人们在文学史中一直进行着历史性的淘汰，起初或许参差不齐，然而随着所见材料的日益完备，人们在同一个视野中，选择也会大体趋同，观点也渐趋相似。30 年代的文学史表述及其模式不仅影响了 40 年代的文学史写作，至今仍有着深刻的影响。

  对 20 年代中叶到 40 年代末中国"新"文学史写作的不足，董乃斌等人主编的《中国文学史学史》有比较清醒的认识，认为："不光是选题还不够宽，钻研还不够深，史料掌握不够全面，人员之间缺少有机配合，致使一部分著述流于浮浅、粗率乃至雷同因袭，更严重的，是它用'纯文学'和'进化论'的模子来整合我们的文学传统时所暴露出来的形而上学的线性思维和庸俗社会学的倾向。这在片面地用'纯文学'来排斥'非纯文学'，用'白话文学'来否定'文言文学'，用'民间文学''平民文学'来贬抑'士夫文学''贵族文学'，用'写实文学''社会文学'来批判'唯美文学''山林文学'，以及过分抬高外来文化的作用，夸大民族传统的落后保守性，认进步为绝对的进步，衰退为全面的衰退等方面，皆有充足的表现。这个缺失还直接遗留到下一阶段的文学史研究中，对二十世纪中国文学史学的基本走向影响甚大，不可不

---

① 董乃斌、陈伯海、刘扬忠主编《中国文学史学史》第 2 卷，河北人民出版社，2003，第 71 页。

加注意。"① 这无疑具有重要的指导意义。

因此，民国学术并非无瑕美玉，我们在肯定其卓越成就的同时，也不必过分迷信。由于当时一些学者往往闭门造车，资料检索亦不如今天方便、全面、快捷，因而其观点与思想难免局限于一隅，尤其是一些身世、生平至今都不明了的学者，我们对其学术成果更应谨慎地接受，不必认为只要是民国的学术，就一定是论证扎实可靠，观点准确无误。具体到"晚唐体"研究，梁昆《宋诗派别论》的论述就颇为混乱。《宋诗派别论》是一部断代文学史著作，它以派别的方式对两宋时期的诗歌创作进行总结和归纳，其中所说的派别未必等同于西方传入的流派观念，但书中用流派逻辑归纳宋诗创作则是不争的事实，其中就包括对宋初晚唐体创作群体及创作特征的论述，其可谓纰漏百出。事实上，宋初晚唐体并不以某一具体作家为集体师法对象，故没有一致的创作风貌，其中只有"九僧"的群体性及创作特征较为鲜明。晚唐体只可谓宋初的一股创作思潮。对于宋初晚唐体概念的形成，或许是将它与宋末晚唐体混为一谈的结果。然而梁著的观点在20世纪80年代之后颇受推崇，各种文学史论述纷纷继承和引用，以至于诸多误解迁延至今。对此，尚不论20世纪八九十年代的文学史著述，即使进入21世纪，相关论述仍受其影响，如虽然已经认识到"当时所谓的晚唐体诗人的诗派意识并不明显，缺乏比较统一的诗派主张和组织形式等"，但又指出晚唐体"推崇晚唐贾岛、姚合诗风，诗歌创作也模仿贾、姚"，甚至指出寇准"事实上成了晚唐体诗派的盟主"②，这种以流派逻辑构建对晚唐体的描述显然是错误的，具体参见本书第一章第一节。因此，我们应当理性对待民国学术，避免过于迷信和依赖。

---

① 董乃斌、陈伯海、刘扬忠主编《中国文学史学史》，第23页。
② 袁世硕、陈文新主编《中国古代文学史》中册，高等教育出版社，2018，第219~222页。

参考文献

一

（汉）刘安撰，何宁集释《淮南子集释》，中华书局，1998。

（汉）王充撰，黄晖校释《论衡校释》，中华书局，1990。

（汉）扬雄撰，韩敬译注《法言》，中华书局，2012。

（晋）陆机撰，张少康集释《文赋集释》，人民文学出版社，2002。

（晋）陶渊明撰，龚斌校笺《陶渊明集校笺》，上海古籍出版社，1996。

（明）曹学佺编《石仓历代诗选》，《影印文渊阁四库全书》本。

（明）陈焯编《宋元诗会》，《影印文渊阁四库全书》本。

（明）贺复徵编《文章辨体汇选》，《影印文渊阁四库全书》本。

（明）胡广编《性理大全书》，《影印文渊阁四库全书》本。

（明）凌迪知：《万姓统谱》，《影印文渊阁四库全书》本。

（明）马峦、（清）顾栋高撰，冯惠民点校《司马光年谱》，中华书局，1990。

（明）梅鼎祚编《梁文纪》，《影印文渊阁四库全书》本。

（明）徐伯龄撰《蟫精隽》，《影印文渊阁四库全书》本。

（南朝陈）姚最：《续画品》，《影印文渊阁四库全书》本。

（南朝梁）刘勰撰，范文澜注《文心雕龙注》，人民文学出版社，1958。

（南朝梁）萧统：《梁昭明太子文集》，《四部丛刊初编》本。

（南朝梁）萧统编，（唐）李善注《文选》，中华书局，1977。

（南朝梁）钟嵘撰，曹旭集注《诗品集注》，上海古籍出版社，1996。

（南朝齐）谢赫：《古画品录》，《影印文渊阁四库全书》本。

（南朝宋）刘义庆撰，（梁）刘孝标注，朱铸禹汇校集注《世说新语汇校集注》，上海古籍出版社，2002。

（清）阿克当阿修，（清）姚文田等纂《扬州府志》，国家图书馆藏嘉庆十五年刻本。

（清）查慎行：《苏诗补注》，《影印文渊阁四库全书》本。

（清）方东树：《昭昧詹言》，人民文学出版社，1961。

（清）何文焕辑《历代诗话》，中华书局，2004。

（清）黄廷桂修，张晋生纂《四川通志》，《影印文渊阁四库全书》本。

（清）黄宗羲撰，（清）全祖望补修《宋元学案》，中华书局，1986。

（清）纪昀：《纪文达公遗集》，《续修四库全书》本。

（清）纪昀：《纪文达公遗集》，国家图书馆藏嘉庆十七年刻本。

（清）纪昀等撰《钦定四库全书总目》，中华书局，1997。

（清）纪昀评《苏文忠公诗集》，清道光十四年两广节署刻朱墨套印本。

（清）觉罗石麟修，储大文纂《山西通志》，《影印文渊阁四库全书》本。

（清）厉鹗辑《宋诗纪事》，上海古籍出版社，1983。

（清）梁玉绳：《史记志疑》，《续修四库全书》本。

（清）刘于义修，沈青崖纂《陕西通志》，《影印文渊阁四库全书》本。

（清）卢文弨：《抱经堂文集》，《续修四库全书》本。

（清）潘永因编《宋稗类抄》，《影印文渊阁四库全书》本。

（清）彭定求等编《全唐诗》，中华书局，1979。

（清）彭循尧等修纂《临安县志》，国家图书馆藏宣统二年活字本。

（清）全祖望：《鲒埼亭集外编》，国家图书馆藏清乾隆刻本。

（清）阮元校刻《十三经注疏》，中华书局，1980。

（清）沈叔埏撰《颐彩堂诗钞》，《续修四库全书》本。

（清）石杰修，（清）王峻纂《徐州府志》，国家图书馆藏乾隆七年刻本。

（清）王昶：《春融堂集》，《续修四库全书》本。

（清）王夫之撰，戴鸿森笺注《薑斋诗话笺注》，人民文学出版社，1981。

（清）王士禛：《带经堂诗话》，人民文学出版社，1963。

（清）王士禛：《居易录》，《影印文渊阁四库全书》本。

（清）吴之振、吕留良、吴自牧编，（清）管庭芬、蒋光煦补《宋诗钞》，中华书局，1986。

（清）徐嘉：《味静斋集》，国家图书馆藏上海中华书局民国21年铅印本。

（清）严可均校辑《全上古三代秦汉三国六朝文》，中华书局，1958。

（清）姚范：《援鹑堂笔记》，《续修四库全书》本。

（清）赵翼撰，霍松林、胡主佑校点《瓯北诗话》，人民文学出版社，1963。

（清）周炳麟修，（清）邵友濂、孙德祖纂《余姚县志》，上海书店影印光绪二十五年刻本，1993。

（宋）蔡宽夫：《蔡宽夫诗话》，《宋诗话辑佚》本。

（宋）晁补之：《鸡肋集》，《影印文渊阁四库全书》本。

（宋）晁公武撰，孙猛校证《郡斋读书志校证》，上海古籍出版社，1990。

（宋）晁说之：《嵩山文集》，《影印文渊阁四库全书》本。

（宋）陈长方：《步里客谈》，《影印文渊阁四库全书》本。

（宋）陈模撰，郑必俊校注《怀古录校注》，中华书局，1993。

（宋）陈耆卿：《赤城志》，《影印文渊阁四库全书》本。

（宋）陈起编《江湖后集》，《影印文渊阁四库全书》本。

（宋）陈起撰《江湖小集》，《影印文渊阁四库全书》本。

（宋）陈善：《扪虱新话》，上海书店涵芬楼影印本，1990。

（宋）陈师道：《后山诗话》，《历代诗话》本。

（宋）陈师道撰，（宋）任渊注，冒广生补笺《后山诗注补笺》，中华书局，1995。

（宋）陈世崇：《随隐漫录》，《影印文渊阁四库全书》本。

（宋）陈舜俞：《都官集》，《影印文渊阁四库全书》本。

（宋）陈思编《书苑菁华》，《影印文渊阁四库全书》本。

（宋）陈岩肖：《庚溪诗话》，《历代诗话续编》本。

（宋）陈造：《江湖长翁集》，《影印文渊阁四库全书》本。

（宋）陈振孙：《直斋书录解题》，《影印文渊阁四库全书》本。

（宋）陈著：《本堂集》，《影印文渊阁四库全书》本。

（宋）程公许：《沧州尘缶编》，《影印文渊阁四库全书》本。

（宋）程颢、程颐：《二程集》，中华书局，1981。

（宋）戴复古：《石屏诗集》，《四部丛刊续编》本。

（宋）范成大：《石湖诗集》，《影印文渊阁四库全书》本。

（宋）范温：《潜溪诗眼》，《宋诗话辑佚》本。

（宋）范晞文：《对床夜语》，《历代诗话续编》本。
（宋）范仲淹：《范文正公集》，《四部丛刊初编》本。
（宋）方勺撰，许沛藻、杨立扬点校《泊宅编》，中华书局，1983。
（宋）高承：《事物纪原》，《影印文渊阁四库全书》本。
（宋）龚鼎臣：《东原录》，上海书店涵芬楼影印本，1990。
（宋）韩淲：《涧泉日记》，《影印文渊阁四库全书》本。
（宋）韩驹：《陵阳集》，《影印文渊阁四库全书》本。
（宋）何薳撰，张明华点校《春渚纪闻》，中华书局，1983。
（宋）何汶撰，常振国、绛云点校《竹庄诗话》，中华书局，1984。
（宋）洪刍：《老圃集》，《影印文渊阁四库全书》本。
（宋）洪迈撰《容斋随笔》，中华书局，2005。
（宋）洪咨夔：《平斋集》，《影印文渊阁四库全书》本。
（宋）胡宿：《文恭集》，《影印文渊阁四库全书》本。
（宋）胡仔纂集《苕溪渔隐丛话》，人民文学出版社，1962。
（宋）黄䇓编辑《山谷年谱》，《影印文渊阁四库全书》本。
（宋）黄裳：《演山集》，《影印文渊阁四库全书》本。
（宋）黄升编《唐宋诸贤绝妙词选》，《四部丛刊初编》本。
（宋）黄庭坚：《黄庭坚全集》，四川大学出版社，2001。
（宋）黄庭坚撰，（宋）任渊、史容、史季温注，刘尚荣校点《黄庭坚诗集注》，中华书局，2003。
（宋）黄震：《黄氏日钞》，《影印文渊阁四库全书》本。
（宋）江少虞：《事实类苑》，《影印文渊阁四库全书》本。
（宋）孔文仲、孔武仲、孔平仲撰《清江三孔集》，《影印文渊阁四库全书》本。
（宋）黎靖德编，王星贤点校《朱子语类》，中华书局，1986。
（宋）李焘撰《续资治通鉴长编》，中华书局，1992。
（宋）李昉等编《太平广记》，中华书局，1961。
（宋）李昉等编《文苑英华》，中华书局，1966。
（宋）李复：《潏水集》，《影印文渊阁四库全书》本。
（宋）李庚、林师蒇辑，（宋）林表民辑别编《天台集》，《影印文渊阁四库全书》本。

（宋）李觏撰，王国轩校点《李觏集》，中华书局，1981。
（宋）李攸：《宋朝事实》，《影印文渊阁四库全书》本。
（宋）李之仪：《姑溪居士前集》，《影印文渊阁四库全书》本。
（宋）林逋：《林和靖先生诗集》，《四部丛刊初编》本。
（宋）刘攽：《彭城集》，《影印文渊阁四库全书》本。
（宋）刘攽：《中山诗话》，《历代诗话》本。
（宋）刘敞：《公是集》，《影印文渊阁四库全书》本。
（宋）刘克庄：《后村先生大全集》，《四部丛刊初编》本。
（宋）刘弇：《龙云集》，《影印文渊阁四库全书》本。
（宋）刘挚撰，裴汝诚、陈晓平点校《忠肃集》，中华书局，2002。
（宋）柳开：《河东先生集》，《四部丛刊初编》本。
（宋）楼钥：《攻愧集》，《影印文渊阁四库全书》本。
（宋）陆佃：《陶山集》，《影印文渊阁四库全书》本。
（宋）陆游撰，李剑雄、刘德权点校《老学庵笔记》，中华书局，1979。
（宋）陆游撰《陆游集》，中华书局，1976。
（宋）吕本中：《童蒙诗训》，《宋诗话辑佚》本。
（宋）吕南公：《灌园集》，《影印文渊阁四库全书》本。
（宋）吕陶：《净德集》，《影印文渊阁四库全书》本。
（宋）吕祖谦：《东莱集》附，《影印文渊阁四库全书》本。
（宋）罗大经撰，王瑞来点校《鹤林玉露》，中华书局，1983。
（宋）马永易：《实宾录》，《影印文渊阁四库全书》本。
（宋）毛滂：《东堂集》，《影印文渊阁四库全书》本。
（宋）梅尧臣撰，朱东润编年校注《梅尧臣集编年校注》，上海古籍出版社，2006。
（宋）穆修：《河南先生文集》，《四部丛刊初编》本。
（宋）欧阳修：《六一诗话》，《历代诗话》本。
（宋）欧阳修撰《欧阳修全集》，中华书局，2001。
（宋）潘阆：《逍遥集》，《影印文渊阁四库全书》本。
（宋）朋九万：《乌台诗案》，《丛书集成初编》本。
（宋）彭□辑撰《墨客挥犀》，中华书局，2002。
（宋）彭百川：《太平治迹统类》，《影印文渊阁四库全书》本。

（宋）钱易撰，黄寿成点校《南部新书》，中华书局，2002。
（宋）强至：《祠部集》，《影印文渊阁四库全书》本。
（宋）阮阅编《诗话总龟》，人民文学出版社，1987。
（宋）邵雍：《伊川击壤集》，《四部丛刊初编》本。
（宋）邵雍撰，卫绍生校注《皇极经世书》，中州古籍出版社，2007。
（宋）沈括撰，胡道静校注《新校正梦溪笔谈》，中华书局，1957。
（宋）石介撰，陈植锷点校《徂徕石先生文集》，中华书局，1984。
（宋）史能之：《（咸淳）重修毗陵志》，《续修四库全书》本。
（宋）释道潜：《参寥子诗集》，《四部丛刊三编》本。
（宋）释惠洪著，〔日〕释廓门贯彻注《注石门文字禅》，中华书局，2012。
（宋）释契嵩：《镡津文集》，《四部丛刊三编》本。
（宋）司马光：《温公续诗话》，《历代诗话》本。
（宋）司马光：《温国文正司马公文集》，《四部丛刊初编》本。
（宋）司马光：《资治通鉴》，中华书局，1956。
（宋）宋祁：《宋景文公笔记》，《全宋笔记》本。
（宋）宋祁：《宋景文集》，《影印文渊阁四库全书》本。
（宋）苏轼著，邹同庆、王宗堂校注《苏轼词编年校注》，中华书局，2002。
（宋）苏轼撰，（清）王文诰辑注《苏轼诗集》，中华书局，1982。
（宋）苏轼撰《苏轼文集》，中华书局，1986。
（宋）苏舜钦著，傅平骧、胡问陶校注《苏舜钦集编年校注》，巴蜀书社，1990。
（宋）苏颂：《苏魏公文集》，《影印文渊阁四库全书》本。
（宋）苏辙：《龙川略志》，《全宋笔记》本。
（宋）苏辙撰，陈天宏、高秀芳校点《苏辙集》4册，中华书局，1990。
（宋）孙复：《孙明复小集》，《影印文渊阁四库全书》本。
（宋）唐庚：《眉山集唐先生文集》，《四部丛刊三编》本。
（宋）唐庚：《文录》，《丛书集成初编》本。
（宋）田锡：《咸平集》，《影印文渊阁四库全书》本。
（宋）汪应辰：《文定集》，《影印文渊阁四库全书》本。

（宋）王安石撰，秦克、巩军标点《王安石全集》，上海古籍出版社，1999。

（宋）王偁：《东都事略》，《影印文渊阁四库全书》本。

（宋）王谠撰，周勋初校证《唐语林校证》，中华书局，1987。

（宋）王令撰，沈文倬校点《王令集》，上海古籍出版社，2011。

（宋）王楙：《野客丛书》，《影印文渊阁四库全书》本。

（宋）王象之：《舆地纪胜》，中华书局，1992。

（宋）王洋：《东牟集》，《影印文渊阁四库全书》本。

（宋）王应麟：《困学纪闻》，上海古籍出版社，2015。

（宋）王禹偁：《小畜集》，《四部丛刊初编》本。

（宋）王正德：《余师录》，《影印文渊阁四库全书》本。

（宋）王直方：《王直方诗话》，《宋诗话辑佚》本。

（宋）魏了翁：《经外杂钞》，《影印文渊阁四库全书》本。

（宋）魏庆之编《诗人玉屑》，上海古籍出版社，1978。

（宋）魏泰：《临汉隐居诗话》，《历代诗话》本。

（宋）魏野：《东观集》，《影印文渊阁四库全书》本。

（宋）文同：《丹渊集》，《四部丛刊初编》本。

（宋）文莹撰，郑世刚、杨立扬点校《湘山野录》，中华书局，1984。

（宋）文莹撰，郑世刚、杨立扬点校《玉壶清话》，中华书局，1984。

（宋）吴坰：《五总志》，《影印文渊阁四库全书》本。

（宋）吴曾：《能改斋漫录》，上海古籍出版社，1979。

（宋）谢枋得：《叠山集》，《影印文渊阁四库全书》本。

（宋）谢薖：《竹友集》，《影印文渊阁四库全书》本。

（宋）谢逸：《溪堂集》，《影印文渊阁四库全书》本。

（宋）徐积：《节孝语录》，《影印文渊阁四库全书》本。

（宋）徐铉：《徐公文集》，《四部丛刊初编》本。

（宋）徐照、徐玑、翁卷、赵师秀撰，陈增杰校点《永嘉四灵诗集》，浙江古籍出版社，1985。

（宋）徐自明撰，王瑞来校补《宋宰辅编年录校补》，中华书局，1986。

（宋）严羽著，郭绍虞校释《沧浪诗话校释》，人民文学出版社，1961。

（宋）杨时：《龟山先生语录》，《四部丛刊续编》本。

（宋）杨万里：《诚斋集》，《影印文渊阁四库全书》本。
（宋）杨亿：《武夷新集》，《影印文渊阁四库全书》本。
（宋）姚铉编《唐文粹》，上海古籍出版社，1994。
（宋）叶梦得：《石林诗话》，《历代诗话》本。
（宋）尹洙：《河南集》，《四部丛刊初编》本
（宋）游酢：《游廌山集》，《影印文渊阁四库全书》本。
（宋）余靖：《武溪集》，《影印文渊阁四库全书》本。
（宋）曾巩撰，陈杏珍、晁继周点校《曾巩集》，中华书局，1984。
（宋）曾慥撰《类说》，《影印文渊阁四库全书》本。
（宋）詹大和等撰，裴汝诚点校《王安石年谱三种》，中华书局，1994。
（宋）张耒：《张耒集》，中华书局，1990。
（宋）张咏：《乖崖集》，《影印文渊阁四库全书》本。
（宋）张载：《张载集》，中华书局，1978。
（宋）张镃：《南湖集》，《影印文渊阁四库全书》本。
（宋）张镃：《仕学规范》，《影印文渊阁四库全书》本。
（宋）赵令畤撰《侯鲭录》，中华书局，2002。
（宋）赵汝愚编《宋名臣奏议》，《影印文渊阁四库全书》本。
（宋）赵湘：《南阳集》，《影印文渊阁四库全书》本。
（宋）郑獬：《郧溪集》，《影印文渊阁四库全书》本。
（宋）周必大：《文忠集》，《影印文渊阁四库全书》本。
（宋）周敦颐：《元公周先生濂溪集》，岳麓书社，2006。
（宋）朱弁：《风月堂诗话》，《丛书集成初编》本。
（宋）朱熹：《四书章句集注》，中华书局，2012。
（宋）朱熹编《五朝名臣言行录》，《四部丛刊初编》本。
（宋）庄绰：《鸡肋编》，中华书局，1983。
（宋）邹浩：《道乡集》，《影印文渊阁四库全书》本。
（唐）白居易撰，朱金城笺校《白居易集笺校》，上海古籍出版社，1988。
（唐）杜甫撰，（清）仇兆鳌注《杜诗详注》，中华书局，1979。
（唐）杜牧撰，（清）冯集梧注《樊川诗集注》，上海古籍出版社，1978。
（唐）杜佑：《通典》，中华书局，2016。

（唐）韩愈撰，马其昶校注《韩昌黎文集校注》，上海古籍出版社，1987。

（唐）韩愈撰，钱仲联集释《韩昌黎诗系年集释》，上海古籍出版社，1994。

（唐）贾岛：《唐贾浪仙长江集》，《四部丛刊初编》本。

（唐）皎然撰，李壮鹰校注《诗式》，人民文学出版社，2003。

（唐）李白撰，（清）王琦注《李太白全集》，中华书局，1977。

（唐）刘学锴、余恕诚集解《李商隐诗歌集解》，中华书局，2004。

（唐）刘禹锡撰，瞿蜕园笺证《刘禹锡集笺证》，上海古籍出版社，1989。

（唐）柳宗元撰，王国安笺释《柳宗元诗笺释》，上海古籍出版社，1993。

（唐）吕温：《吕衡州集》，《影印文渊阁四库全书》本。

（唐）罗隐撰，雍文华校辑《罗隐集》，中华书局，1983。

（唐）孟郊撰，华忱之、喻学才校注《孟郊诗集校注》，人民文学出版社，1995。

（唐）孟棨：《本事诗》，《历代诗话续编》本。

（唐）欧阳询撰，汪绍楹校《艺文类聚》，上海古籍出版社，1982。

（唐）司空图撰，郭绍虞集解《诗品集解》，人民文学出版社，2005。

（唐）司空图撰，祖保泉、陶礼天笺校《司空表圣诗文集笺校》，安徽大学出版社，2002。

（唐）孙过庭：《书谱》，《影印文渊阁四库全书》本。

（唐）王维撰，（清）赵殿成笺注《王右丞集笺注》，上海古籍出版社，1984。

（唐）韦应物撰，孙望校笺《韦应物诗集系年校笺》，中华书局，2002。

（唐）张彦远撰，范祥雍点校《历代名画记》，人民美术出版社，2004。

（魏）王弼注，章行标校《老子》，上海古籍出版社，1995。

（五代）孙光宪撰，贾二强点校《北梦琐言》，中华书局，2002。

（元）方回：《桐江集》，《续修四库全书》本。

（元）方回：《桐江续集》，《影印文渊阁四库全书》本。

（元）方回选评，李庆甲集评校点《瀛奎律髓汇评》，上海古籍出版社，2020。

（元）马端临：《文献通考》，中华书局，2011。

（元）脱脱等撰《宋史》，中华书局，1985。

（元）佚名撰，李之亮校点《宋史全文》，黑龙江人民出版社，2005。

（战国）韩非撰，姜俊俊标校《韩非子》，上海古籍出版社，1996。

（战国）屈原撰，金开诚、董洪利、高路明校注《屈原集校注》，中华书局，1996。

《汉书》，中华书局，1962。

《旧唐书》，中华书局，1975。

《旧五代史》，中华书局，2015。

二

北京大学古文献研究所编《全宋诗》，北京大学出版社，1998。

北京图书馆编《北京图书馆藏珍本年谱丛刊》，北京图书馆出版社，1999。

陈来：《宋明理学》，生活·读书·新知三联书店，2011。

陈平原辑《早期北大文学史讲义三种》，北京大学出版社，2005。

陈引驰、周兴陆主编《民国诗歌史著集成》，南开大学出版社，2015。

陈植锷撰，周秀蓉整理《石介事迹著作编年》，中华书局，2003。

程杰：《北宋诗文革新研究》，内蒙古教育出版社，2000。

程杰：《宋诗"平淡"美的理论和实践》，《南京师大学报》（社会科学版）1995年第4期。

丁福保辑《历代诗话续编》，中华书局，2006。

冯友兰：《中国哲学史新编》，人民出版社，2001。

高慎涛：《僧诗之"蔬笋气"与"酸馅气"》，《古典文学知识》2008年第1期。

葛兆光：《中国思想史》，复旦大学出版社，2016。

郭绍虞：《宋诗话考》，中华书局，1979。

郭绍虞编《清诗话续编》，中华书局，2016。

郭绍虞辑《宋诗话辑佚》，中华书局，1980。

何忠礼：《苏轼在黄州的日用钱问题及其他》，《杭州大学学报》（哲学社会科学版）1989 年第 4 期。

侯外庐、邱汉生、张岂之：《宋明理学史》，人民出版社，1984。

黄奕珍：《宋代诗学中的晚唐观》，台北：文津出版社有限公司，1998。

孔凡礼：《苏轼年谱》，学苑出版社，1998。

孔凡礼：《苏辙年谱》，学苑出版社，2001。

李定广：《论"晚唐体"》，《文学遗产》2006 年第 3 期。

李贵：《言尽意论：中唐－北宋的语言哲学与诗歌艺术》，《文学评论》2006 年第 2 期。

李剑锋：《元前陶渊明接受史》，齐鲁书社，2002。

李修生主编《全元文》，江苏古籍出版社，1997。

李一飞：《杨亿年谱》，上海古籍出版社，2002。

刘德清：《欧阳修纪年录》，上海古籍出版社，2006。

刘琳、刁忠民、舒大刚、尹波等校点《宋会要辑稿》，上海古籍出版社，2014。

刘文刚：《宋代的隐士与文学》，四川大学出版社，1992。

逯钦立辑校《先秦汉魏晋南北朝诗》，中华书局，1983。

吕思勉：《宋代文学》，山西人民出版社，2014。

吕肖奂：《宋诗体派论》，四川民族出版社，2002。

马东瑶：《论北宋庆历诗风的形成》，《文学遗产》2002 年第 2 期。

蒙培元：《理学范畴系统》，人民出版社，1989。

莫砺锋：《从〈瀛奎律髓〉看方回的宋诗观》，《文艺理论研究》1995 年第 3 期。

莫砺锋：《漫话东坡》，凤凰出版社，2008。

莫砺锋：《唐宋诗论稿》，凤凰出版社，2007。

庞朴：《儒家辩证法研究》，中华书局，1984。

钱基博：《中国文学史》，中华书局，1993。

钱锺书：《管锥编》，中华书局，1986。

上海书店编《天一阁藏明代地方志选刊续编》，上海书店，1990。

沈松勤：《北宋文人与党争》，人民出版社，1998。

《宋元笔记小说大观》，上海古籍出版社，2007。

唐圭璋编《全宋词》，中华书局，1965。

汪桂海：《钱文子生平与著述考》，《文津学志》第1辑，北京图书馆出版社，2003。

王传龙：《"九僧"生卒年限及群体形成考》，《文学遗产》2012年第4期。

王士博：《严羽的生平》，《文学遗产》1985年第4期。

王水照主编《宋代文学通论》，河南大学出版社，1997。

闻一多：《唐诗杂论》，中华书局，2004。

吴洪泽、尹波主编《宋人年谱丛刊》，四川大学出版社，2003。

吴文治编《宋诗话全编》，江苏古籍出版社，1998。

谢无量：《中国大文学史》，中州古籍出版社，1992。

徐规：《王禹偁事迹著作编年》，商务印书馆，2003。

杨伯峻：《春秋左传注》，中华书局，1981。

杨泽波：《孟子评传》，南京大学出版社，1998。

余家谟等修《铜山县志》，国家图书馆藏民国15年刻本。

俞冰主编《历代日记丛钞》，学苑出版社，2006。

袁行霈：《论和陶诗及其文化意蕴》，《中国社会科学》2003年第6期。

曾维刚：《江湖长翁：南宋中兴诗人陈造考论》，《兰州大学学报》（社会科学版）2016年第4期。

曾枣庄、刘琳主编《全宋文》，上海辞书出版社、安徽教育出版社，2006。

张伯伟撰《全唐五代诗格汇考》，凤凰出版社，2002。

张高评编《民国时期文学研究丛刊》，台中：文听阁图书有限公司，2011。

张海鸥：《宋初诗坛"白体"辩》，《中山大学学报》（社会科学版）2000年第6期。

张剑：《晁冲之年谱》，《河南教育学院学报》（哲学社会科学版）2004年第5期。

张立文：《宋明理学研究》，人民出版社，2002。

张兴武：《宋初百年文学复兴的历程》，中华书局，2009。

张毅：《宋代文学思想史》，中华书局，1995。

郑振铎：《插图本中国文学史》，上海人民出版社，2005。

周正举:《苏轼自号"鏖糟陂里陶靖节"》,《四川大学学报》(哲学社会科学版)1986年第2期。

朱刚:《北宋"险怪"文风:古文运动的另一翼》,《中国社会科学》2010年第1期。

朱新亮:《宋初"九僧"诗人群体形成辨》,《宁波大学学报》(人文科学版)2017年第1期。

朱易安等主编《全宋笔记》,大象出版社,2003。

朱则杰:《永嘉四灵丛考》,《杭州师院学报》(社会科学版)1984年第4期。

索 引

B

白居易 8，12，14~16，19，33，39，47，53~55，57，70~72，74，123，124，126，133，134，136，160，178，199，278~283，289

白体 10，12，13，15，16，18，19，25~31，33，37，39，47，49~52，59，60，63，66，70，73，74，101，105，117，122~124，126，261，266，279，292，304

悲悲戚戚 122，305

北宋 1~10，16，20，27，28，32，34，40，43，44，46，56，57，59~61，63~70，72，74~79，81，82，84~86，88~94，97，99~103，105~110，113，114，117，118，121~124，126，127，129~132，136，139，142，143，145~149，151，153~156，158，159，161，163~167，170，181，183，188，191，193，196，200，201，204，205，216，225，230，234，237，244，246，251，254，256，261~263，265~268，270，272，275~279，281，283~290，292，295，306，314，315，320，321，331

辩证诗学 246，252，254，256，258，261，262，264~266

不俗 40，209，210，213，214，216，217，225，242，278

不忤于世 150

不足 3，8，12，13，22，24，33，49，63，65，72，94，108，123，130，139，162，189，190，237，244，245，251，263，264，276，277，279，281~283，285，287，291，292，326，330，340

不作诗 128，162，163，167，180，184，186~188，243，294

C

超离现实 225，242

超逸绝尘 70，234~236，238~240，242，244，245

超越唐诗 8

充盈 2，3，17，50，104，107，113，117，119，176，183，190，191，233，239

D

淡泊充盈 190

淡泊风神 169

党争 4，146，154，158，159，161，164，165，204，208，280，321

道胜 4，42，94~96，123，125，154，210

道学 4，7，13，59，62，101，103，117~123，126，161，169，234，238，

276，283，289，292～298，300～302，
304，305，316，317，319

调整　146，154，167

杜甫　22，30，40～42，53～55，57，
60，69，70，85，91，127，130，132，
133，135，139～144，148，149，178，
179，213，214，216，220，262，263，
272，278，279，282，285，287，288，
293，319

F

发展阶段　5，6，76，101，118，145，
147

放达　12，15，27，70，71，74，94，
143，192，282

讽喻精神　5，34，171

复古立场　65

复古士人　6，10，34，39，43，46～48，
50，51，54，55，64，76，78，80，
82，85，86，99，139，144

G

高卓　4，105，107，109，112，126，
146，179，209，212，213，216，219～
221，228，229，234～236，238，239，
241，242，244，245，258，260，261，
325，330

工巧　8，38，75，114，267，269，
274，277

姑务契理　13，31

古淡　3，92，96，97，127，221，255

古调　34，86，92，105

观物　4，103，117，119，121，203，
240，300，303，305

H

韩愈　8，49，55，60，70，76，87，90，
94，99，100，111，119，127，128，
135～137，144，149，207，268，272，
276，278，279，282～286，288，289

豪健诗风　6，7，10，39，66，86，130，
258

黄庭坚　3～5，8，59，62，63，70，
110，150，155，156，163，165，169，
170，172，173，181，198，205～245，
262，265，267～272，289～291，305，
320，321，329～331

黄州耕作　191，193，201，202，204

J

戛然独造　77

贾岛　8，20～24，28，47，53，57，68，
96，131，132，134，135，144，145，
253，261，262，288，341

建立　8，57，63，66，76，127，142，
144

接受空间　55，281

晋宋风神　213，220，225，269

经世诗学　10，78，86，188

精神平衡　72

景祐元年　2，5，6，10，117

君臣之义　146，157，173，274，283

K

孔颜乐处　118

旷达旨趣　169

L

乐道　3～5，8，13，16，17，58，59，
65，93～95，101～104，117，119，

122，154，165，168，169，241，277，280，300，304，305，316，330

乐易风神　117

冷嘲热讽　171，172

李白　8，30，39，40，42，46，47，49，53~55，57，69，70，81，86，90，91，111，113，120，127，133，137~142，144，145，148，149，179，213，217~220，259，272，273，277~279，286，287

连续性　86

刘禹锡　8，55，71，160，189，273，278，280

柳宗元　8，35，55，256，257，268，269，272，277，278

伦理纲常　4，146，154

M

美太宁　6，18，30，31

美学倾向　36，39，53，86，225

萌芽　10，57，60，65，103，117，180

孟郊　8，36，55，68，96，99，131~133，137，138，178，260，261，273，275~277，283，284

P

批判唐诗　267

平和乐易　2，261，289，304

Q

契机　1，8，117，193，196，293，333

清平丰融　167，183，190，191

求实　74，78，82，84，85

R

儒学复兴　86，101，102，126，146，148，154，277，283，286

儒学新变　101，118，122，124，267

S

三体　6，10，19，26，28，30，31，34，36，39，40，46，47，51，52，60，64~66，73，74，81，82

山谷本色　236，240

山林气　101~103，105，210

审美旨趣　281

诗祸　158~161，165，167，186

诗穷　121，131，167，174~176，179~182，325

诗人例穷　120，133，174，178，179，182，183

诗学地位　54，142，149，165，204，216，267~270，277，289，292，314，321，330，331

诗学典范　8，46，54，55，148，166，167，213，289，290

诗学氛围　166，167

诗学革新　66，86

诗学更迭　279

诗学空间　47，72

诗学批评　7，8，32，54，252，254，258，272

诗学取向　5，58，171，267

诗学思潮　7，31，73，101，113，136，261，281

诗学思想　1，4，5，7，9，10，13，17，32，33，39，45，47，52，53，66，73，75，86，113，146，183，212，213，225，246，251，254~256，258，260，265，266，292，297

诗学思想史 9

诗学体系 63,66,127,139,142,146,154,167

诗学选择 33,183

诗学自立 57,63,65

时代的裹挟 74

时代更迭 267

时代共鸣 82,86

时代内涵 6,10,12,34,86

释道 3,46,93,101,114,126,154,156

思想渊源 118,246

宋人典范 267

苏轼 3,5,8,59,61,63,66,67,70,72,91,108,109,141,147~150,155~159,161,162,164,166,167,170~196,198~205,212,215,218,220,225,229~231,234~236,238,240,242,245,253,254,256~261,263~269,275~277,280,281,286,287,289~291,314,319~321

T

拓展 31,67,68,73,85,92,101,270,284,294

唐诗接受 53,65,127,130,144,267,272

陶渊明 3,8,71,98,99,149,150,165~167,191~196,198~204,213~216,235,256,257,261,263~266,269,270,281~283,285,289,290

体派 29,47,52

体物 103

W

晚唐体 6,10,18~31,46,50~52,54,60,61,63,66,73~75,99,101,105,107,109,111~116,134,261,292,341

晚唐兴味 113,114

王禹偁 3,4,19,20,25,27,39,40,42,43,46,53,54,56,64,65,76,86,101,122,142,143,173,254,256

韦应物 8,55,84,106,235,253,256,268~270,278

温柔敦厚 172,189,205,291

文字事件 5,154,156,157,173

乌台诗案 5,146,154,157~159,161,165~167,170,173,174,179,182~184,189,190,192,205,225

无一点尘俗气 209~213,231,237,242

X

闲适情调 2,134

心性涵养 4,7,117,118,126,146,150,154,205,208,210,228,234,239,242,244,245,267,294,298,304,305

新法 170,172,226

性与天道 7,151,152,292

胸次 5,7,165,169,170,210,217,227~229,232,234,239,241,242

雄刚峻逸 36,39,86,87,92

Y

颜回 3,5,93,94,103,120,276

扬弃 267,289

养心治性 206,207,238

吟咏情性 11,17,32,34,81,103,

105，138，153，166，167

勇于树立　209

优柔感讽　150

有补于世　72，85，136，155，161，164，166

渊明即我　201，203

元丰二年　5，6，117，146，159，179，205

怨怒　66，73，82，84，146，151，160，161，267

Z

止乎礼义　146，148，150，154，164，167，265

主流地位　86

自得　14，42，58~60，91，120，130，184，185，236，237，269，270，285

自名一家　6，76

自适　1，12，14，70，81，104，123，124，138，170，236，281，326

后　记

　　我的博士学位论文题目是《北宋诗学批评研究》，希望通过宋人的诗学批评揭示当时的诗学热点以及热点人物是如何形成的，即探讨诗学大家之所以出现的诗学机理。然而真正着手之后，才知道凭自己当时的能力无法达到这一目标，正所谓"意翻空而易奇，言征实而难巧"。于是又着手个案研究，希望以此撑起全篇论文，然而在宋代儒学复兴的环境里，宋人及其文学个性并不突出，诗学个案也大同小异，或者说，多数个案研究价值并不大，这让我再度陷入迷茫。其间曾想过换题，但又不愿放弃，最终经过材料筛选，找出了三个主题，即"儒学与批评的演变""美学倾向的演变""唐诗的接受历程"。着手写作之际，时间已经非常紧张了，还好在最后期限前完成了学位论文。

　　毕业之后，意识到将北宋诗学批评的每个细节全部呈现出来是不可能的，故抓住一些点来做，着眼于典型个案与专题研究，但很多问题需要从头做起，既然以北宋为范围，那就必须加大自己的阅读量。如此在迷茫中探寻，故又延宕了若干年，最后把题目定为《北宋诗学思想史论》，并将全文分为"诗学流变""典型个案""重要侧面"三个部分。第一、二部分按照时间排布，第三部分平行论述北宋诗学中的重要现象，希望通过诗学批评探讨其中的诗学思想，并通过宏观与微观两个角度将其立体地呈现出来。

　　这一期间，曾有很多领导、同事催促我赶紧把书稿写出来，但我却不想仓促赶稿，真正下笔时已经是2013年了，2015年基本完稿，此时学位论文大约只占全稿的三分之一。从2007年毕业到2015年基本完成书稿，不知不觉过去了八年。但实际上，这八年中用于写作的时间很少。毕业后几年中，在同学们都争相出版博士学位论文之际，我还处于迷茫之中，于闲暇时的读书既有推进研究的目的，也有打发时间的意味，由于工作安排，也出于自己的兴趣，所教课程从先秦到明清讲了个遍，其间经历了结婚、生子等人生中的各种大事小情，八年里一直没有停歇，但回头看看，似乎又什么都没做。

　　从投入与产出来看，这个题目的性价比并不高，但可以激发对各阶段及多视角的思考，对我而言，获得新知似乎比出产成果更令人兴奋，不知道这是不是迂腐的体现。正当整理书稿、统筹排定之际，2015年底申请到了国家社科基金后期资助项目，这对我来说是个鼓励，说明这个主题还是能够得到专家认可的。这次资助使我获得了对此主题深入研究的机会，从而对这本书稿做了进一步修改。根据专家的建议，按阶段进行论述，并力图摆脱学界原有的论述思路，如在晚唐体的再认识、黄庭坚诗与道学的关系、陈师道诗歌的接受等方面，我在修订时对这些问题做了更深入的探讨。从提交结项申请到出版，延宕了若干时月，如今拙著终于得以面世。杜甫在《自京赴奉先县咏怀五百字》中说："杜陵有布衣，老大意转拙。许身一何愚，窃比稷与契。居然成濩落，白首甘契阔。"经历了多年的沉寂，我对此颇有同感，然而已没有勇气说出老杜"盖棺事则已，此志常觊豁"的话了。

　　感谢恩师莫砺锋先生。从上学到如今的工作，始终都能感受到莫老师做人、做学问的品格与风范。莫老师为人谦和，讲话收放自如，一旦站上讲台就拥有强大的控场力，走下讲台则行事极为低调。三年读书期间，每年最期待的是圣诞节和元旦，届时与同门到南秀村莫老师的家中，听老师和师母坐在简朴的木椅上畅谈古今，平淡而宁静。时至今日，我仍记得那盆水仙的一抹淡淡的黄晕，以及瓶中那枝蜡梅的一缕淡淡的幽香。后来莫老师搬到了童卫路，看望老师时则是在一缕茶香中聆听先生的娓娓讲述。在延宕的时月里，老师从不催促，反而说，不要急。莫老师给人的感觉，就如同一条宽阔平缓的大江，不急不缓自然地流淌着。最令我和同门感慨的是老师的学问，往往古今中外的知识，他都能信手拈来。他也时常教导我们，要多读一些古今中外的名著，尤其是近现代的中外文学经典。作为学生，我一生都难以望师之项背。成为莫老师的学生，是我一生之幸。2004年，我面临两种选择：一是在北京工作，二是到南京攻读博士学位。当时毫不犹豫选择了后者，认定能够到一所名校跟随名师学习，是千载难逢的机会，而工作可以慢慢找。惭愧的是，我不能像其他同门一样有更多的成果回馈恩师。

　　感谢家人的陪伴和宽容。作为高校教师，唯一的优势就是时间相对自由，这在别人看来简直是神仙一样的工作，但其中的艰辛和苦恼，学界人士自然能够体会。高校工作时间投入多，似乎每天都在忙，又似乎什么都没做，于我而言，常是一年到头也没有写就一篇文章。同时，高校工资相对不高，跟大多数行业相比，投入的时间、精力与收入很难成正比。坐在故纸堆里，埋头读书，几乎跟社会断绝了联系。但我的家人却始终能理解，而且欣赏这种安静、纯粹的工作状态。在家里，我始终能感受到温暖、和谐的氛围，这对我来说是非常可贵的，能拥有这样的生活空间也是极为幸运了。一路前行，有家人陪伴，从不孤独。

  感谢各位专家提出的宝贵建议，让这本书能够有更恰当的结构与定位。同时也要感谢文学院各位领导、同事的关爱，以及诸位同门、好友的鼓励与支持。还要感谢本书的责任编辑吴超、李帅磊老师，他们不厌其烦地进行细致、耐心的审校，及时提出编辑过程中出现的各种问题，体现出极为可贵的职业精神。没有各位师友就不会有我的成长，也不会有这本书的出现。执笔际，难尽愚诚！

2021 年 10 月 15 日记于西园陋室

图书在版编目（CIP）数据

北宋诗学思想史论/宋皓琨著. -- 北京：社会科学文献出版社，2022.5
国家社科基金后期资助项目
ISBN 978-7-5228-0028-8

Ⅰ.①北… Ⅱ.①宋… Ⅲ.①诗学-文学思想史-研究-中国-北宋 Ⅳ.①I207.209

中国版本图书馆CIP数据核字（2022）第065669号

国家社科基金后期资助项目
北宋诗学思想史论

著　　者 / 宋皓琨
出　版　人 / 王利民
责任编辑 / 吴　超
文稿编辑 / 李帅磊
责任印制 / 王京美

出　　版 / 社会科学文献出版社·人文分社（010）59367215
　　　　　 地址：北京市北三环中路甲29号院华龙大厦　邮编：100029
　　　　　 网址：www.ssap.com.cn
发　　行 / 社会科学文献出版社（010）59367028
印　　装 / 三河市龙林印务有限公司

规　　格 / 开　本：787mm×1092mm　1/16
　　　　　 印　张：23　字　数：365千字
版　　次 / 2022年5月第1版　2022年5月第1次印刷
书　　号 / ISBN 978-7-5228-0028-8
定　　价 / 98.00元

读者服务电话：4008918866

版权所有 翻印必究